Im Sturm der Jahre

Die Autorin

Jan Moran ist Unternehmensberaterin und Journalistin – und dabei Expertin für die Themen Schönheit und Parfüm. Seit vielen Jahren schreibt sie für die verschiedensten Zeitschriften und verfasst einen viel gelesenen Blog. Ihr Buch *Fabulous Fragrances* wurde zum internationalen Bestseller. Jan Moran lebt mit ihrem Mann in San Diego, Kalifornien.

Jan Moran

Im Sturm der Jahre

Roman

Aus dem Amerikanischen von
Sabine Schilasky

Weltbild

Die amerikanische Originalausgabe erschien 2015 unter dem Titel
SCENT OF TRIUMPH bei St. Martin's Press, New York

Besuchen Sie uns im Internet:
www.weltbild.de

Übersetzung: Sabine Schilasky
Projektleitung und Redaktion: usb bücherbüro, Friedberg/Bay
Umschlaggestaltung: Johannes Frick, Neusäß
Umschlagmotiv: © Johannes Frick, Neusäß unter Verwendung von Motiven von
arcangel (©Malgorzata Maj) und Shutterstock
Satz: Datagroup int. SRL, Timisoara
Druck und Bindung: GGP Media GmbH, Pößneck
Printed in the EU
ISBN 978-3-95973-697-8

2021 2020 2019 2018
Die letzte Jahreszahl gibt die aktuelle Ausgabe an.

Für meine Mutter, Jeanne Hollenbeck, die mich an ihren Erinnerungen aus dem Zweiten Weltkrieg teilhaben ließ und mich Düfte und schöne Dinge lieben lehrte – in tiefer Zuneigung.

1

Die Rose, das Symbol der Liebe, ist die Königin auf der Palette des Parfümeurs. Wie kann es also sein, dass das Parfüm des Krieges noch die vernünftigsten Männer betört? – db (Aus dem Dufttagebuch von Danielle Bretancourt)

3. September 1939
Auf dem Atlantik

Danielle Bretancourt von Hoffman stützte sich an die Mahagonigetäfelte Wand der Luxuskabine, um das Gleichgewicht zu halten, als sie ein Messingbullauge aufriss und auf eine kurze Atempause hoffte, von der sie bereits wusste, dass sie ihr versagt bliebe. Sogleich blies ein klammer, nach Seetang riechender Wind in die Kabine und attackierte ihre Nase mit seiner rauen Intensität, während der salzige Wassernebel wenig tat, die Angst um ihren kleinen Jungen zu lindern.

Nicky war erst sechs Jahre alt. *Warum, oh warum nur habe ich zugestimmt, ihn zurückzulassen?* Sie wollte ihn mitnehmen, doch ihr Ehemann war dagegen gewesen und hatte behauptet, er wäre viel zu jung für eine solch anstrengende Reise. Als Wissenschaftler argumentierte er stets so schlüssig und vernünftig. Und so hatte sie Max letztlich zugestimmt, auch wenn es gegen ihre Gefühle ging. Es war abgemacht, dass sich ihre Schwiegermutter Sofia während Danielles Abwesenheit um Nicky kümmern würde, und zwar auf dem alten Familienanwesen in Polen.

Danielle richtete die Augen starr auf den Horizont, als die *Newell-Grey Explorer* ihren Bug hob und den Kamm einer hohen Welle durchschnitt. Der Ozeanriese mühte sich ächzend und knarrend durch den aufgewühlten grauen Atlantik von New York nach England. Im Stillen flehte Danielle ihn an, schneller zu machen, konnte sie es doch nicht erwarten, nach Hause zu kommen.

Ihr für gewöhnlich robuster Magen sträubte sich gegen den Rhythmus der See. War das Morgenübelkeit, Angst oder der heftige Wellengang? *Wahrscheinlich eine Mischung aus allen dreien,* dachte sie. Erst letzte Woche war ihr so furchtbar elend gewesen, dass sie einen Arzt aufsuchte, der ihre Schwangerschaft bestätigte. Der Zeitpunkt könnte nicht ungünstiger sein.

Sie blinzelte in der steifen Brise, und ihre Gedanken überschlugen sich. Als sie die Berichte über das neue Abkommen zwischen Deutschland und Russland hörten, hatten sie die Geschäftsverhandlungen abgebrochen, um nach Hause zu eilen. Waren wirklich erst zwei Tage seit der entsetzlichen Nachricht vom Einmarsch der Nazis in Polen vergangen?

Es wurde kräftig an die Tür geklopft. Vorsichtig durchquerte Danielle die Kabine und öffnete. Vor ihr stand Jonathan Newell-Grey, der eines Tages Herr über die britische Reederei mit seinem Familiennamen sein sollte. Seine Krawatte hing lose am Kragen und seine aufgekrempelten Ärmel gaben den Blick auf muskulöse Unterarme frei, gestählt von jahrelanger Seefahrt. Ein zerknautschtes Wolljackett hing an seiner Schulter.

Danielle und Max hatten Jon vor einigen Wochen bei ihrer Überfahrt nach New York kennengelernt und sich mit ihm angefreundet. Bereits an Bord dinierten sie regelmäßig mit ihm, was sie später in der Stadt fortsetzten. Der weit gereiste und lebensbejahende Jon begeisterte sich für gutes Essen und bestand darauf, sie in die besten Restaurants von New York sowie in die weniger bekannten kleinen Lokale auszuführen, in denen echte französische und deutsche Küche serviert wurde; dort, versicherte er, könnten Max und Danielle nach ihrer Übersiedelung bestens ihr Heimweh überwinden. Während ihrer Zeit in New York hatte Max unermüdlich gearbeitet und alle Einzelheiten ihrer bevorstehenden transatlantischen Expansion verhandelt, weshalb sie beide froh waren, einen ortskundigen Freund um Hilfe bitten zu können.

Auf seine gleichermaßen gesellige wie vornehme Art hatte Jon eine hübsche Wohngegend für sie gefunden, sie mit seinem Bankier bekannt gemacht und ihnen sogar die eine oder andere amerikanische Redensart erklärt, über die sie stolperten, während sie gemeinsam von seinem alten Lieblingsbordeaux tranken und lachten. Sie hatten zusammen das Empire State Building erklommen, ein Stück am Broadway gesehen und bis in die späten Abendstunden zu Benny Goodman's Big-Band getanzt. Jon begleitete sie auch zur Weltausstellung, wo ihre kristallenen Parfümflakons auf dem Stand eines potenziellen Geschäftspartners gezeigt wurden. Danielle und Max schätzten sich beide glücklich, einen solch sympathischen, geistreichen Freund gefunden zu haben, und sie freuten sich auf ihr neues Leben in Amerika, fernab der bedrohlichen Armeen Hitlers.

Aber jetzt, nach der Nachricht von der Invasion, hatte sich Max' und Danielles vorsichtiger Optimismus in ängstliche Sorge um ihre Familie gewandelt.

»*Bonjour*«, sagte sie, froh Jon zu sehen. »Gibt es schon Neuigkeiten?«

»Keine.« Er fuhr sich mit der Hand durch sein windzerzaustes, kastanienbraunes Haar, und Wassertropfen glitzerten auf seinem sonnengebräunten Gesicht. »Der Captain hat für fünfzehn Uhr eine Besprechung mit allen Passagieren angekündigt, die mit polnischen oder deutschen Pässen reisen.«

»Aber ich habe noch einen französischen Pass.«

»Du wirst dennoch hingehen müssen, Danielle.« In seiner rauen Stimme schwang eine Note von Meereswind mit.

»Natürlich, aber ...« Wieder wurde das Schiff durchgeschüttelt, und Jon fing sie an den Schultern ab, bevor sie fiel. Er bewegte sich vollkommen sicher mit dem Schiff, fuhr er doch schon seit Jahren zur See.

»Hoppla, Mädchen«, sagte Jon, und ein kleines Lächeln umspielte seine Lippen.

Verlegen stützte Danielle sich an der Wand ab. Ihr fiel wieder ihre dunkle Vorahnung ein, mit der sie morgens aufgewacht war. Sie war mit der Gabe gesegnet – oder gestraft –, Dinge vorauszuahnen. »Wird das Schiff diesem Sturm standhalten?«, fragte sie unsicher.

»Ja, sicher, es ist ein gutes, seetüchtiges Schiff, eines der besten weltweit. Dieses Wetter kann ihm nichts anhaben.« Er blickte an Danielle vorbei durchs Bullauge auf das weite, gischtgesprenkelte Meer. Große dunkle Wolken zogen über die Sonne hinweg und warfen Schatten auf sein Gesicht. Dann sah er wieder Danielle an, und seine sonst so joviale Art wich strengem Ernst. »Es könnte sogar noch rauer werden, aber wir sind morgen früh in England.«

Danielle nickte, trotzdem *wusste sie es.* Angst ergriff sie, denn etwas schien schrecklich falsch. Ihre Intuition äußerte sich in Bildfetzen reinen Wissens. Sie konnte sie nicht erzwingen, nicht lenken, und sie war nicht so dumm, mit jemandem darüber zu sprechen, erst recht nicht ihrem Ehemann. Sie war erst sechsundzwanzig; Max war älter und weiser, und er hatte gesagt, dass diese Ahnungen nichts als Unfug wären. Nicht dass er sie direkt beleidigte, doch er hatte in Deutschland Naturwissenschaften studiert und glaubte schlicht nichts, was sich nicht wissenschaftlich beweisen ließ.

Jon berührte mitfühlend ihren Arm. »Kann ich irgendetwas für dich tun?«

»Nein, es sei denn, du kannst Wunder wirken.« Jons rissige Finger lagen warm auf ihrer Haut und riefen eine unwillkommene Erinnerung von vor ein paar Tagen wach. Danielle tanzte sehr gern, und auf Max' Ermunterung hin hatte sie an jenem Abend nach dem Dinner mit Jon getanzt, während sich Max länger mit dem Captain unterhielt. Danielle entsann sich, wie warm Jons Atem gewesen war, wie seine Haut nach Moschus duftete und sich sein Haar über dem Kragen kräuselte. Er hatte sich für alles interessiert, was sie erzählte, angefangen von ihrem kleinen Sohn bis hin zu ihrer Arbeit bei Parfüms Bretancourt, ihrer Familienparfümerie in Südfrankreich. Doch als sie ihren Kopf an seine Brust lehnte, war es seine Haut gewesen, sein natürlicher, einzigartiger und faszinierend maskuliner Duft, der sie bezauberte.

Als Parfümeurin in der dritten Generation verfügte Danielle über einen ausgeprägten Geruchssinn. Ihre olfaktorischen Fähigkeiten waren unverzichtbar im Labor, erwiesen sich in Gesellschaft hingegen bisweilen als verstörend. Jons Duft kitzelte immer noch in ihrer Nase, verfolgte sie bis in ihre Träume; und stets war ihr jene animalisch-anziehende Moschusnote im Kopf. Ja, sie drängte sich weit hartnäckiger in ihre Gedanken, als sie sollte. *Schließlich,* ermahnte sie sich streng, *bin ich eine glücklich verheiratete Frau.*

Danielle zwang sich, die Bilder jenes Abends zu verdrängen, und trat sittsam einen Schritt zurück. Dabei fiel ihr Blick auf den Spiegel, und sie stellte fest, dass ihr dichtes, rotbraunes Haar unordentlich und ihr Lippenrouge verschmiert war. Sie glättete ihr blassgrünes Seidenkleid – einer ihrer eigenen Entwürfe – und strich sich mit den Fingern über die blasse Haut. »Ich hatte bei dieser Reise von Anfang an Bedenken.«

»Hast du noch etwas von deiner Schwiegermutter gehört?«

»Nicht seit New York. Und im letzten Telegramm meiner Mutter stand, dass sie noch nicht angekommen waren.« Als Max und sie die Nachricht hörten, hatte sie Max' Mutter Sofia angerufen und ihr gesagt, sie solle umgehend mit Nicky nach Paris fahren, wo Danielles Eltern eine geräumige Wohnung im sechzehnten Arrondissement besaßen, einer guten Gegend im Herzen von Paris. Sofias Stimme hatte furchtbar geklungen; ihnen war nicht bewusst gewesen, wie krank sie war. *Was ist, wenn ihre Gesundheit eine Reise verbietet?* Danielle rang mit der Panik, die in ihr aufstieg, weil sie um ihre Schwiegermutter fürchtete.

»Sie müssen raus aus Polen.« Jon berührte ihre Wange.

Instinktiv schmiegte Danielle sich in seine tröstende Hand und atmete wehmütig seinen Duft ein – der beruhigend und aufregend zugleich war – gewürzt mit dem Geruch des Meeres und eines Holzes, das Danielle normalerweise sofort erkennen müsste. Jetzt jedoch dachte sie nur an Nicky, schloss die Augen und unterdrückte ein Schluchzen.

»Max lässt sich etwas einfallen«, sagte Jon und streichelte ihre Wange. »Er wird alles regeln.«

Aber wie kann er das tun?, fragte sie sich. Max hatte alles geplant, von ihrem Umzug nach New York bis hin zur Rückkehr nach Polen, um ihr Heim aufzulösen. Er hatte ihre Immigration in die Vereinigten Staaten arrangiert, und er versuchte, ihre wertvollsten Mitarbeiter mitzunehmen. *Bei ihm klang alles so vernünftig.*

Max war Deutscher, Sohn einer Berliner Adelsfamilie. Als er noch jung war, erbte seine Mutter ihren Familienbesitz und die Kristallfabrik in Polen. Sofia, ihr Ehemann Karl und dessen Neffe Heinrich zogen in das Schloss, das 1820 als Hochzeitsgeschenk gebaut worden war. Während die Männer sich daranmachten, die Fabrik und den Handel wiederaufzubauen, hatte Sofia sich um das Haus gekümmert, ein Meisterwerk im englischen neogotischen Stil. Nach ihrer Heirat mit Max hatte Danielle einiges an Energie darauf verwandt, Sofia bei der Restaurierung der großen Salons und Zimmer, des Arboretums, der Gärten und der Teiche zur Hand zu gehen. Und dennoch vermisste Danielle ihr Handwerk und zog sich, wann immer sie konnte, an ihre Parfümorgel zurück – eine halbrunde Werkbank mit Reihen voller Essenzen, Ölen und sonstigem Parfümeur-Zubehör.

Sie stand in Danielles Gemächern, und hier ging sie ihrem

Kunsthandwerk in aller Stille nach. Parfümerie nährte ihre Seele, denn ihr Drang, Düfte zu kreieren, wollte sich nicht unterdrücken lassen.

Wieder rollte das Schiff, und das Bullaugenfenster schlug gegen die vertäfelte Wand. Sicheren Schrittes ging Jon hin, fing den Messingrahmen ein und sicherte ihn mit dem Riegel. Dabei blickte er wieder hinaus aufs Meer, blinzelte gegen die dünner werdenden Sonnenstrahlen und musterte die Wasseroberfläche.

Danielle entging nicht, dass sich sein Blick verfinsterte. »Ist dort etwas Außergewöhnliches?«

»Es könnten deutsche U-Boote sein. *Unterseeboote,* die heimtückischsten von allen. Ja, verflucht noch eins, das sind sie!« Er kam auf Danielle zu, und sie konnte das Adrenalin in seinem muskulösen Körper beinahe fühlen. Jon neigte sich zu ihr und strich ihr eine Haarsträhne aus der Stirn, die feucht vom Sprühwasser war. »Falls ich Max nicht sehe, sagst du ihm bitte wegen der Besprechung beim Captain Bescheid?«

»Wir werden dort sein.« Sie fing noch einen Hauch von seinem Duft nach Seeluft ein, und diesmal hatte sie ein klares Sinnenbild vor Augen: ein Lederakkord, Patschuli und Rosenblüte verschmolzen mit dem natürlichen Geruch seiner Haut, warm, reizvoll … dann erkannte sie es – Spanish Leather. *Eine englische Komposition. Von Trumper.* Doch die Art, wie er es trug, war unglaublich; das *Parfüm* vereinte sich auf solch faszinierende Weise mit seinem eigenen natürlichen Aroma. Es lockte sie, reizte sie, sich weiter in diesen Duft fallen zu lassen, doch rasch wich sie einen halben Schritt zurück. *Dies ist nicht der Moment.*

Sein Gesichtsausdruck wurde weicher, und er ließ ihr Haar von seinen Fingern gleiten, während seine dunkelbraunen Augen mit den haselnussbraunen Punkten jeden ihrer Züge musterten. Dann sagte er: »Sorge dich nicht, Danielle. Die Newell-Greys passen immer auf ihre Passagiere auf.« Mit diesen Worten ging er und schloss die Tür hinter sich.

Danielle legte einen Finger an ihre Lippen. Jons freundliche, lässige Art rührte zunehmend eine gewisse Saite in ihr, und das behagte ihr nicht. Zum Glück war Max viel zu sehr Aristokrat, als dass er sich wegen Nichtigkeiten aufregte. *Und es ist nichts,* sagte sie sich. Sie liebte ihren Ehemann. *Aber dieser Duft …* Ihr schwirrte der Kopf. *Frisch, würzig, holzig … Ich könnte die Meeresfrische nachbilden, sie mit Patschuli mischen …*

Plötzlich bäumte sich das Schiff auf. Essbesteck rutschte klimpernd über den Wurzelholztisch mit dem hohen Rahmen, und Danielles Bücher kippten gegen eine Wand. Sie hielt sich mit einer Hand am Türrahmen fest, die andere schützend auf ihrem Bauch. Es gab so viel Dringendes zu bedenken. *Unser Sohn, unsere Familie, unser Heim.* Sie zwang ihre Gedanken in die Gegenwart zurück.

Als das Schiff wieder horizontal war, bemerkte sie eine marineblaue Mütze auf dem Boden, die sie für Nicky gestrickt hatte. Er hatte sie auf dem Bahnhof fallen gelassen, und Danielle vergaß, sie Sofia zu geben. Sie hob sie auf und streichelte sie sehnsüchtig. Wie sehr er und der Klang seiner Stimme ihr fehlten! Sie presste sich die Mütze an die Nase, inhalierte seinen Kleinjungengeruch, der noch in der Wolle hing, nach Milch, Gras, Stroh und Schokolade. Und dieser

Duft rief das Bild von zarten, glänzenden Schweißperlen auf seinen geröteten Wangen wach. Oft spielten sie Fangen in der großen Gartenanlage des Anwesens, lachten und tollten, fütterten die Wildenten, die für kurze Zeit in ihren Teichen rasteten, oder schlenderten unter den hohen alten Bäumen umher. Danielle wischte sich die Tränen ab, die ihr über die Wangen liefen.

Sie nahm ihre Börse auf, um die Mütze hineinzustecken, und betrachtete die Fotografie von Nicky, die sie immer bei sich hatte. Seine Augenwinkel kräuselten sich vor Lachen, und er posierte mit seinem Lieblingsstofftier, einem rotgeringelten Affen mit schwarzen Knopfaugen, den Danielle ihm genäht hatte. Nicky war ein anbetungswürdiges blondes Energiebündel. Wieder regte sich Angst in ihr. Sie stopfte die Mütze in ihre Handtasche und klickte den Schnappverschluss ein.

Die Tür ging auf, und Max kam in die Kabine, sein stolzes Gesicht aschfahl und seine kantige Gestalt angespannt.

»Jon ist eben weg«, sagte sie. »Es gibt eine Besprechung …«

»Ich weiß. Er ist hinter mir«, fiel Max ihr in seinem förmlichen Englisch mit dem deutschen Akzent ins Wort. Er klopfte mit der Onyx-Pfeife in seine Hand, sodass der süßliche Rauchgeruch seines bevorzugten Vanilletabaks aufstieg.

Jon erschien in der Tür. »Wollen wir gehen?«

Max' Wangenmuskeln spannten sich. Er steckte seine Pfeife in die Tasche seines maßgeschneiderten Wolljacketts. »Zuerst brauche ich einen Drink. Wie ist es mit dir, Jon?«

»Jetzt nicht, danke.«

Max ging an Danielle vorbei zum Spirituosenschrank und

stolperte leicht, als das Schiff sich bewegte. Er stieß gegen ihre Frisierkommode, worauf ihr roter Parfümkoffer zu Boden fiel.

Danielle stockte der Atem. In dem Koffer klirrten kleine Flaschen, dann sprang der Deckel auf, und Essenzen von Jasmin, Rosen, Orangenblüten, Bergamotte, Beeren, Vanille, Zeder und Sandelholz explodierten wie ein schillerndes Feuerwerk.

»Oh, Max, meine Parfüms!« Sie raffte den Saum ihres Seidenkleids und sank unglücklich auf die Knie. Dies waren alle Parfüms, die sie bei sich hatte. Und sie erinnerte sich nicht mehr, wann sie je einen Tag keine ihrer *Parfüm*-Kreationen getragen hatte. Selbstverständlich hatte Max ihre kostbaren Tinkturen nicht mit Absicht zerstört, doch jetzt blieb ihr nur noch, die Stücke einzusammeln. Mit zwei Fingern fischte sie eine Kristallscherbe und einen Karneoldeckel aus dem Durcheinander. »Max, würdest du mir bitte den Papierkorb reichen?«

»Ich … das wollte ich nicht«, sagte er besorgt, wandte sich ab und griff mit einem resignierten Seufzer nach dem Wodka. »Lass es, Danielle. Darum wird sich der Page kümmern.«

Jon kniete sich neben sie. »Hast du die alle gemacht?«

»Ja, habe ich. Und den Koffer hat Max mir zur Hochzeit geschenkt.«

»Das sind wunderschöne Kunstwerke, Danielle. Max erzählte mir schon, dass du einst als das Wunderkind der Parfümerie galtst.« Er nahm ihr eine scharfkantige Scherbe ab. »Verletz dich nicht. Ich schicke jemanden, der das hier wegräumt, während ihr weg seid.«

Danielle sah ihn an und bedankte sich stumm bei ihm. Dann richtete sie sich wieder auf und öffnete das Bullauge. Ein Windstoß peitschte ihr das lange Haar ins Gesicht, dass es an ihren geröteten Wangen zwackte. Beim Blick aufs Meer beschlich sie eine schaurige Gewissheit. *Es ist wahr,* dachte sie und drehte sich um. »Jon sagte, es könnten U-Boote dort draußen sein.«

Sie beobachtete, wie Max sich einschenkte und, das Glas halb erhoben, seinen intellektuellen Verstand einsetzte, um alle Wahrscheinlichkeiten abzuwägen. Sie kannte ihren Ehemann gut, dessen leuchtend blaue Augen für einen winzigen Moment aufblitzten, bevor sie wieder vollkommen ruhig wurden. »Unmöglich«, sagte er.

»Alles ist möglich«, erwiderte Jon, fegte einige Kristallscherben in den Papierkorb und stand wieder auf.

Plötzlich dachte Danielle an den Morgen. »Sind wir deshalb heute Morgen im Zickzack gefahren?«

Jon warf Max einen Blick zu. »Deine Frau ist klug, nicht nur eine Künstlerin, wie ich sehe.« Sein einer Mundwinkel bog sich nach oben, sodass sich die tiefe Kerbe an seinem Kinn verschob. »Stimmt genau, Danielle, allerdings ist es eine reine Sicherheitsmaßnahme. U-Boote stellen keine Bedrohung für Passagierschiffe dar.«

Der Druck in ihrem Kopf nahm zu. »Wie die *Lusitania?*«

»Eine solche Katastrophe könnte heute nicht mehr geschehen«, sagte Jon und rieb sich das Kinn. »Jeder Captain prüft heute das *Lloyd's Register.* Aus dem geht klar hervor, dass wir ein Passagierschiff sind. Überdies gibt es das Kriegsrecht, nach dem zunächst ein Warnschuss über den Bug gefeuert werden muss. Und England ist nicht im Krieg.«

»Noch nicht.« Max stürzte den Wodka herunter und grinste schmallippig. »Hast du also darum auf dem Achterschiff Hof gehalten, Jon?«

»Ich gestehe, dass du mich durchschaut hast, alter Knabe. Aber im Ernst, wir hätten allemal hinreichend Zeit, einem anderen Schiff zu signalisieren, dass wir unbewaffnet sind. Selbst ein U-Boot muss sich ans Kriegsrecht halten. Sogar die Nazis.«

Nazis. Das Wort jagte Danielle Angst ein. Was die Nazis den Juden in Deutschland antaten, war unverschämt. Neue Gesetze verlangten, dass sie sich gelbe Sterne an die Kleidung nähen mussten. *Man stelle sich das vor!* Jüdische Geschäfte wurden zerstört, ganze Familien verprügelt oder getötet. Diese Menschen waren *deutsche* Bürger, von denen viele seit Generationen in Deutschland lebten. Es war gleich, wie gebildet sie waren, ob jung oder alt, arm oder reich. Ein kalter Schauer lief Danielle über den Rücken. »Uns bleibt keine Zeit mehr, Max. Wir müssen Nicky und deine Mutter sofort dort wegholen!«

»Die polnische Armee ist noch nicht geschlagen, meine Liebe«, sagte Max ruhig und schenkte sich nach. »Versuch, Geduld zu haben.«

»Wie kannst du so ruhig bleiben?« Ihre Stimme wurde schrill vor Verzweiflung. Ihr Vater entstammte einer alten französischen Familie, die seit Langem gesellschaftlich angesehen war. Danielles Mutter allerdings war Jüdin, und dem deutschen Gesetz nach machte das Nicky zu einem Viertel jüdisch. »Du weißt, was Nicky zustoßen könnte.«

»Wir haben das bereits besprochen. Nicky ist nur ein Kind.« Max war verärgert, wie man an den pochenden

Adern auf seiner hohen Stirn erkannte. »Du wurdest im Glauben deines Vaters erzogen, katholisch. Nicky ist ebenfalls getauft. Wie sollten die Nazis irgendetwas anderes herausfinden?«

Aber Danielle wusste, dass sie ihre Quellen hatten. Sie presste sich eine Hand auf den Mund, halb von Sinnen vor Sorge und Schuldgefühlen. *Wie konnte ich zustimmen, Nicky zurückzulassen?*

Max trank und sah Jon an. »Gehen wir lieber«, sagte er und ging zur Tür. Ohne sich umzudrehen, ergänzte er mit belegter Stimme: »Es tut mir leid um deine Parfüms, Danielle. Alles tut mir leid.«

Danielle rang nach Luft. Max trank nur, wenn er aufgebracht war, weil ihm keine eindeutigen Antworten einfallen wollten. *Und er entschuldigt sich selten.* Für ihn kam es dem Eingeständnis einer Niederlage gleich, war ein Zeichen, dass ihn sein wissenschaftlicher Verstand oder sein maßvolles Handeln verraten hatten. Max erfüllte es mit Stolz, finanziell für seine Familie zu sorgen und deren Wohlergehen zu sichern, insbesondere das von Nicky, seinem geliebten Sohn. Danielle war das Herz ihrer Ehe, und sie fühlte sich sicher bei ihm. *Ausgenommen heute,* dachte sie, und Angst schnürte ihr die Kehle zu. *Heute ist es anders.*

Jon hielt ihnen die Kabinentür auf, und Danielle nahm ihre Handtasche, um Max zu folgen.

Passagiere drängelten sich auf den Korridoren, und Danielle spürte die zunehmende Furcht in der Luft, ähnlich einer Hitzewelle, den Geruch von säuerlichem Schweiß – wie Milch, die in der Sonne zu Klumpen gerinnt –, der von den panischen, erbosten Passagiere aufstieg. Gewöhnlicher

Schweiß roch anders als von Angst getriebener. »Verfluchte Krauts«, hörten sie Leute schimpfen, und Danielle bemerkte, wie sich Max ob der Beleidigung verkrampfte.

Als sie zur offenen Deckspromenade kamen, blickte Danielle hinaus aufs Meer, konnte in dem dichter werdenden Dunst jedoch wenig sehen.

Jon folgte ihrem Blick. »Es kommt Nebel auf.«

In der Luft lag der Ozonduft heraufziehenden Regens. »Es ist so dunkel«, sagte sie. »Jon, warum sind die Taglichter aus?«

»Wir haben uns sicherheitshalber verdunkelt.«

Das ist nicht alles, dachte sie, und spürte, wie sich ihr Nacken versteifte.

Sie erreichte den Salon der Ersten Klasse, in dem dicht an dicht Passagiere standen. Jon entschuldigte sich, um seinen Platz als Repräsentant des Eigners einzunehmen. Stille senkte sich über den Raum, sowie der Captain sich mit strenger Miene dem Podium näherte.

»Vielen Dank, dass Sie alle gekommen sind«, begann der Captain. »Vor zwei Tagen hat Hitlers Nazi-Deutschland gegen das europäische Friedensabkommen verstoßen. Nun haben wir, dank der Errungenschaft des Radios, eine Antwort vom Premierminister des Vereinigten Königreichs erhalten.«

Er nickte einem Crew-Mitglied zu. Die Lautsprecher knacksten und rauschten, und ein nervöses Raunen hob an.

England meldete sich via Radio.

Der Ansager sprach über Polen. »*Blitzkrieg*«, nannte er den Angriff beim deutschen Namen.

Max übersetzte kopfschüttelnd. Seine Kiefer mahlten, und Danielle sah die Adern an seinen Schläfen hervortreten, während er mit verstörenden Gefühlen kämpfte.

»Oh nein!« Danielle drehte in blankem Entsetzen ihr Gesicht zu Max' Brust. *Es hat angefangen, und so fürchterlich.* Sie zitterte. *Mein armer Nicky, liebe Sofia. Mon Dieu, was geschieht mit ihnen? Welche Angst müssen sie leiden!*

Max hob ihr Kinn behutsam mit einem Finger an und wischte ihr linkisch die Tränen ab. »Es ist meine Schuld. Ich hätte unsere Familie längst außer Landes bringen müssen. Nur war mir nicht klar, dass es so schnell gehen würde.«

Sein gequälter Gesichtsausdruck machte ihr das Herz schwer. *Er hat versagt. All seine Pläne, all sein Handeln galt dem Schutz unserer Familie.* Sie wandte sich von seinem fühlbaren Schmerz ab und versuchte, ruhig zu atmen, während um sie herum Leute jammerten.

Das Radio knackste wieder. »*Und nun, Prime Minister Chamberlain.*«

»*Heute Morgen übergab der britische Botschafter in Berlin der deutschen Regierung ein Ultimatum, demzufolge sie bis elf Uhr ihre Truppen aus Polen abzuziehen hatten, andernfalls würden wir ihnen den Krieg erklären.*«

Chamberlain klang betroffen, aber resolut. »*Ich muss Ihnen nun mitteilen, dass es keine solche Maßnahme gab und unser Land folglich im Krieg mit Deutschland ist.*«

Ein kollektives Stöhnen ging durch den Raum, und Danielle sank gegen Max, weil sie sich nicht mehr aufrecht halten konnte. Er legte die Arme um sie und flüsterte ihr zu: »Wir finden sie. Bald sind sie in Sicherheit.« *Doch wollte er sie oder sich selbst beruhigen?*

Jons Bariton übertönte das aufwogende Gemurmel. »Morgen bei unserer Ankunft werden Agenten von Newell-

Grey bereitstehen, um Ihnen zu helfen und für Ihre Unterbringung zu sorgen. Wir werden Sie unterrichten, sobald uns neue Informationen erreichen.«

Danielle hielt sich eine Hand vor den Mund. *Wer konnte ahnen, dass es hierzu kommen würde?*

Plötzlich brach ihr kalter Schweiß aus, und ihre Übelkeit meldete sich mit Furor zurück. Sie riss sich von Max los, stürmte durch die Menge und rempelte andere Passagiere an, als sie aufs Außendeck rannte. Dort beugte sie sich über die Reling und atmete keuchend ein. Ihr Magen krampfte sich zusammen, und sie würgte trocken, während der Wind den blassgrünen Schal von ihrem Hals blies.

»Danielle!«, rief Max, der ihr nachgelaufen war. Auch Jon kam herbeigeeilt.

Ich halte das nicht aus, dachte sie. In ihrer Angst sah sie Bilder von Nicky und Sofia vor sich. Max und Jon waren bei ihr, und zu dritt standen sie dort, starrten in den wabernden Nebel und auf das graue Wasser unten. Danielle klammerte sich an die Reling, einen Arm auf ihren Bauch gepresst und die fiebrige Wange an das kalte Metall gelehnt.

Max legte seinen Arm um ihre Schultern, rieb ihr den Rücken und sah über sie hinweg zu Jon. »Ihre Morgenübelkeit ist dieses Mal viel schlimmer.«

Doch Jons Augen waren auf das Meer fixiert, und seine Miene erstarrte.

Ein schmaler, glänzender Umriss durchbrach die Wasseroberfläche.

»Was zum …«, begann Max.

»Gütiger Gott, runter!«, brüllte Jon und warf sich auf Max und Danielle, sodass sie alle zu Boden gingen.

Danielle schlug mit solcher Wucht auf dem Holzdeck auf, dass es in ihrer Schulter knackte und ihr schwindlig wurde. *Mein Baby,* dachte sie panisch und krümmte sich instinktiv, um ihren Bauch zu schützen. Zusätzlich schlang sie die Arme um sich und zog die Knie an.

Im nächsten Moment wurden sie von einem mächtigen Rumms über das Deck geschleudert. Eine Explosion zerriss das Innere des großen Schiffes. Schreie durchschnitten den Dunst, und der massive Schiffskörper bäumte sich röhrend auf.

»Torpedos«, rief Jon. Er hielt eine Hand auf Danielles Kopf und fluchte leise. »Bleibt unten.«

Ein eisiger Schwall ergoss sich über sie und durchnässte sie bis auf die Haut. Danielle japste vor Angst. *Mon Dieu!* Sie konnte Max hinter sich hören, wie er über das nasse Deck rutschte. *Schütze uns,* betete sie, ließ den Kopf unten und drückte das Kinn auf ihre Brust.

Noch eine Explosion brachte das Schiff zum Erbeben. Holz und Metall bogen sich kreischend, während das Schiff sich nach Steuerbord neigte und einem verwundeten Wal gleich auf der Seite rollte. Mit einem gewaltigen Ächzen wurde es von seinem eigenen Gewicht eingedrückt, und Salzwasser strömte in die offenen Wunden.

Jon rappelte sich auf. »Nimm meine Hand, Danielle. Wir müssen zu den Rettungsbooten. Hier entlang, Max.« Jon zog Danielle hinter sich her. »Nazi-Schweine!« Er blieb stehen, straffte seine Schultern und wandte sich zu der schockstarren Menge hinter sich um.

»Achtung!«, rief er mit autoritärer Stimme. »Wir müssen schnell und ruhig zu den Rettungsbooten!«

Inmitten des Chaos folgten ihm die Leute stumm.

Danielle griff wieder nach Jons Hand und stolperte in der Hast über etwas. Sie wischte sich das brennende Meerwasser aus den Augen und blinzelte. Eine Frau, die sie gestern kennengelernt hatte, lag blutend zu ihren Füßen. Danielle unterdrückte einen Aufschrei und streckte die Hand aus, um der Frau zu helfen.

Jon fing ihren Arm ab. »Nicht, es ist sinnlos. Sie ist tot.«

»Nein, das kann nicht sein«, schrie Danielle. Sie hatte noch nie einen toten Menschen gesehen, und abgesehen von dem Blut, das unter ihr ins Holz sickerte, wirkte die Frau nur ohnmächtig. *Das darf nicht wahr sein!* Dann bemerkte sie, dass die Frau keinen Hinterkopf mehr hatte, und musste sich übergeben.

Jon gab ihr sein Taschentuch, damit sie sich den Mund abwischen konnte. »Weitergehen!«, brüllte er.

Bald waren sie bei einem Rettungsboot, das wie ein Spielzeug über ihnen baumelte.

»Max, hilf mir, wir haben nicht viel Zeit. Danielle, halt dich mit beiden Händen an der Reling fest!« Jon strich sich das nasse Haar aus dem Gesicht und packte ein Tau. Max hatte Mühe, das Gleichgewicht zu halten, und torkelte zum Rettungsboot.

Wasser strömte über die Reling und vermengte sich mit dem Blut der Toten, spülte es übers Deck und färbte die Holzbohlen tiefrot. Überall rutschten Leute über das geneigte Deck und schrien hysterisch. Danielle verlor das Gleichgewicht zusammen mit einem Lederschuh, der ins Chaos purzelte. Sie streifte den zweiten Schuh ab und klammerte sich an die Reling.

Jon und Max begannen, Schwimmwesten aus dem Boot in die Menge zu werfen.

Danielles Herz pochte wie verrückt, als sie die Westen sah. »Werden wir … werden wir sinken?«

Jons Wangenmuskeln zuckten. »Zieh eine von denen an.«

»Aber ich kann nicht schwimmen!«, schrie sie ängstlich.

»Musst du nicht, wenn du eine Weste trägst.«

Trotz ihrer überwältigenden Furcht mühte Danielle sich mit den Bändern der Weste ab. Jon und Max arbeiteten fieberhaft daran, die Rettungsboote loszumachen. Bald waren mehrere Crew-Mitglieder da und fingen an, den Frauen und Kindern in die Boote zu helfen.

Max überprüfte Danielles Weste, zog die Knoten strammer und küsste Danielle, als das erste Boot herabgelassen wurde. »Geh jetzt. Wir sehen uns bald wieder.«

Sie starrte voller Entsetzen zu dem Rettungsboot. *Nein, nur das nicht!* Kleine Boote hatte sie noch nie leiden können, seit sie als Kind beinahe mit einem ertrunken war. Danielle stand wie angewurzelt da.

Jon winkte ihr zu. »Steig ein!«, brüllte er mit heiserer Stimme.

Sie wandte sich mit flehendem Blick zu Max. »Max, ich kann nicht.«

»Doch, du kannst. Ich bin direkt hinter dir, meine Liebe.« Trotz der dicken Weste drückte Max sie an sich und küsste sie wieder, um sie zu beruhigen.

Jon packte ihren Arm mit solcher Kraft, dass Danielle vor Schmerz aufjaulte. »Danielle, die Leute warten!«

»Nein, Jon, i-ich kann nicht in dieses Boot steigen. Ich bleibe bei Max.«

»Einen Teufel wirst du tun.« Jons Augen blitzten vor Strenge, bis Danielle erschrak. »Um Gottes willen, Weib, reiß dich am Riemen! Wo bleibt deine berühmte französische Courage?«

Max warf ihm einen verärgerten Blick zu, bevor er Danielle zunickte. »Er hat recht, du musst jetzt einsteigen.«

Empört riss Danielle ihren Arm von Jon los. »Ich werde dir Courage zeigen!« Sie stieg barfuß in das Boot, ihre Tasche fest an sich gepresst.

Als sie sich wacklig in das Boot setzte, kam ein Mann mit einem weinenden Kleinkind auf dem Arm zu ihnen gelaufen. »Bitte, kann jemand meinen Sohn nehmen?«

Danielle dachte an ihren eigenen kleinen Jungen und warf Jon einen Blick zu. »Ich nehme ihn«, sagte sie und streckte dem verängstigten Kind die Arme entgegen.

»Sein Name ist Joshua. Werden Sie sich um ihn kümmern?«

»Ich gebe Ihnen mein Wort.« Sie betete, dass jemand dasselbe für ihren Nicky tun würde, sollte es nötig sein, während sie das unglückliche Kind an ihre Brust drückte. Ein milchig süßer Geruch stieg von dem kleinen Körper auf. Joshua war genauso groß wie Nicky, und sie musste an sich halten, nicht laut seinen Namen zu schreien.

Jon gab das Zeichen, und das Rettungsboot fiel ins wogende Meer. Danielle kniff die Augen zu und beugte sich schützend über den Jungen, als eine Welle auf das Boot zurollte und sich am hölzernen Bug brach, worauf eiskaltes Wasser auf sie herabregnete.

Mit vor Kälte klappernden Zähnen sah Danielle zurück zum Schiff. Es lief schnell voller Wasser. Überall um sie herum krachten Rettungsboote ins Meer, begleitet von dem herzzerreißendsten Heulen und Klagen, das Danielle jemals gehört hatte.

Sie strengte sich an, durch den Nebel und die wirre Menge zu sehen, konnte jedoch weder Max noch Jon entdecken. Die *Newell-Grey Explorer,* das hübsche Schiff, das den Namen von Jons Familie trug, glitt in den Tod. Für einen Moment bäumte es sich noch gegen das erdrückende Gewicht seines nassen Grabes auf, ehe es unterging.

Danielles Augen hingen wie gebannt an dem entsetzlichen Schauspiel. Dann erinnerte sie sich an etwas, was sie einst gehört hatte. *Wir müssen handeln.* Erschrocken drehte sie sich zu dem jungen Crew-Mitglied um, das bei ihnen im Boot war. »Wenn ein Schiff untergeht, kann der Sog kleinere Boote mit nach unten ziehen. Wir müssen hier weg!«

Der junge Mann war so benommen vor Schock, dass er nicht reagierte.

Wütend wandte Danielle sich an die ältere Dame neben sich. »Hier, nehmen Sie den kleinen Joshua, und halten Sie ihn gut fest.« Sie gab der Frau auch ihre Tasche.

Eine andere Frau schrie auf: »Was sollen wir denn tun?«

»Wir müssen rudern!«, rief Danielle. »Wer hilft mir?« Sie hatte ihrem Bruder Jean-Claude oft genug beim Rudern zugesehen. *Sicherlich kann ich das auch,* dachte sie verzweifelt.

Eine kräftige Irin mit kupferrotem Haar meldete sich. »Ich mag aus der dritten Klasse sein, aber ich bin eine erstklassige Ruderin.«

»Sehr gut.« Danielles Entschlossenheit wuchs, und sie begab sich in Position. Ihr durchnässtes Seidenkleid, aus dem bereits die Farbe auslief und hellgrüne Schlieren auf den weißen Bodenplanken hinterließ, stopfte sie zwischen ihre Beine und griff sich ein Ruder.

»Zusammen, jetzt ziehen und … nein, warten Sie.« Als sie

die Arme hob, um zu rudern, rutschte ihre Weste nach oben und bremste ihre Bewegung. Sie sah zu dem kleinen Joshua und begriff erst jetzt, dass er keine Rettungsweste trug. Hastig löste sie die Bänder, zog die Weste aus und gab sie der älteren Frau. »Ziehen Sie ihm die an.«

»Also gut, jetzt los«, rief die Irin. »Ruhig und gleichmäßig, ziehen ... und ... ziehen.«

Danielle zog kräftig an dem Ruder, bemühte sich, einen Rhythmus zu finden, während sich Splitter in ihre Hände bohrten und ihre dünnen Ärmel unter der Dehnung aufrissen.

Sie hatten schon ein gutes Stück geschafft, als sie wieder aufblickte. Das riesige Schiff, die Perle der Flotte, gab ein letztes, jammervolles Ächzen von sich, ehe es im schwarzen Atlantik verschwand und nichts als brodelndes Wasser und eine Rauchspirale hinterließ.

Wo ist Max? Und wo ist Jon? Haben sie es vom Schiff geschafft? Danielle konnte nicht mehr hinsehen. Taub vor Kälte kehrte sie der Stelle den Rücken zu.

Und dort, in der Ferne, sah sie es. Ein seltsames Ding durchbrach die Oberfläche, und als es aufschwamm, erkannte sie das schwarze »U« sowie eine Seriennummer auf der Seite. *Ein U-Boot.* Heimtückisch hatte Jon sie genannt. *Und tödlich.*

Danielle kniff die Augen ein wenig zusammen. *Das also ist der Feind, der Polen – und meine Familie – in seiner Gewalt hält.*

Eine rasende Wut stieg in ihr auf und trieb sie an die Bootskante, die Hände zu Fäusten geballt und zitternd vor Rage. *Seht sie euch an, wie sie ihr Werk begaffen, diese Schweine!*

Sie hielt sich am Bug fest und schrie mit rauer Stimme in die einbrechende Nacht hinaus: »Dafür werdet ihr bezahlen! *C'est la guerre!* Und ich werde mich nie, niemals ergeben!«

»Ja, zeig's denen, Süße!«, brüllte die Irin. Während Danielle und die anderen im Rettungsboot zum U-Boot starrten, sammelte sich eine mächtige Kraft unter ihnen. Stumm wie ein Dieb in der Nacht zog eine rasche Strömung das Wasser unter ihnen weg.

Danielle spürte eine unheimliche Stille, drehte sich um und erschrak.

Eine Wasserwand, aufgewühlt von der untergehenden *Newell-Grey Explorer,* türmte sich hoch hinter ihnen auf.

Die Welle krachte nach unten und warf das Rettungsboot in die Höhe. Schreiend suchte Danielle nach Halt und stürzte in die wirbelnden Wogen. Das Rettungsboot vollendete seinen kurzen Flug, und ein Ruder flog auf Danielle zu. Sie versuchte, sich wegzuducken, doch es traf sie am Kopf, und der Aufprall erschütterte sie bis ins Mark.

Ihr Stöhnen nach Hilfe wurde erstickt, als sie in eisige Tiefen sank. Sie wedelte panisch mit Armen und Beinen, um wieder an die Oberfläche zu kommen, doch dadurch sank sie nur noch tiefer. Schließlich fühlte sie nichts mehr außer den kalten Krallen des Atlantiks. Sie bekam keine Luft mehr und spürte, wie sie in schwarze Dunkelheit glitt.

2

Im siebzehnten Jahrhundert entwickelten türkische Konkubinen eine Methode, mit Blumen zu kommunizieren, indem sie jeder Blüte oder Pflanze eine Bedeutung beiordneten. Diese faszinierende Ausdrucksform schwappte nach Europa über und erreichte ihren Höhepunkt im viktorianischen England. In der Sprache der Blumen symbolisiert die rote Rose die Liebe, während die Calla für überragende Schönheit steht: Zusammen bilden sie ein für jeden Parfümeur betörendes Paar. – db

3. September 1939
Polen

Sofia von Hoffman hatte kaum Zeit, ihre Flucht vorzubereiten. Trotz ihrer Krankheit, einem aggressiven Karzinom, das in ihrem Körper Geschwüre wuchern ließ, hatte sie seit der Invasion am frühen Morgen des gestrigen Tages pausenlos gearbeitet. Mit Hilfe ihres Chauffeurs Jacob hatte sie so viele persönliche Gegenstände, Wertsachen und Kunstwerke wie möglich aus dem riesigen Familienanwesen zusammengetragen und im Keller eingeschlossen.

Nun war es beinahe Mitternacht. Sie stand in der offenen Tür des Haupteingangs und rang nach Luft, denn der viele Staub setzte ihrer Lunge zu. Ihr ganzer Körper erbebte unter ihrem würgenden Husten, und ihre Brust schmerzte. Als es vorbei war, richtete sie sich auf, ihre Haltung mustergültig, und wandte sich zu Jacob. »Mehr zu tun, bleibt uns keine Zeit.

Wir müssen Ihre Familie herholen und uns gemeinsam in Sicherheit bringen. Nehmen Sie den Wagen, und beeilen Sie sich.«

»Ich bin noch vor Sonnenaufgang zurück«, versprach Jacob, blieb an der Tür stehen und legte eine Hand auf ihren Arm. Sein Blick wanderte zu dem Gemälde, das von einem Strahl Mondlicht beschienen wurde: ein Porträt von ihr in einem fließenden weißen Kleid und mit einem Strauß cremefarbener Callas in den Händen. Es zeigte sie am Vorabend ihrer Vermählung vor fünfzig Jahren.

Jacobs Augen glänzten vor Bewunderung. »Ich erinnere mich, wie es gemacht wurde.«

Sofia neigte den Kopf zur Seite. »Sie waren noch ein Junge.«

»Ja, und kümmerte mich um die Pferde und die Kutschen. Dennoch erinnere ich mich, dass sie damals von unvergleichlicher Schönheit waren«, sagte er mit belegter Stimme.

Sofia blickte hinab auf ihre zarten Hände, wo sich unter der dünnen Haut lila Adern verwoben. Ihre Krankheit hatte sie zu einem Schatten der Frau reduziert, die sie einst war. Doch sie beklagte den Verlust ihrer Jugend nicht, lediglich den ihrer Kraft.

»Verzeihung«, sagte Jacob leise. »Ich meinte nicht, dass Sie nicht mehr wunderschön sind.«

»Wir haben Wichtigeres zu bedenken.« Ihr Herz schlug schneller. Die Nazi-Truppen rückten vor, und sie wusste, dass ihre Route sie geradewegs zu seiner Familie führte.

Jacob zögerte. Unter den buschigen Brauen glänzten seine Augen feucht. »Falls ich nicht zurückkomme, sollen Sie wissen, dass ich immer …«

»Ich weiß«, unterbrach sie ihn rasch mit einem traurigen Lächeln. »Und Sie sollen erfahren, dass ich nicht mehr lange habe. Ich bin …«

»Nein, Ihnen geht es bald wieder besser! Sie sollten zu einem anderen Arzt gehen.«

Sie schüttelte den Kopf und sah nach Westen, wo ein schwaches orangenes Licht unheimlich schimmerte, gleich einem fernen Feuerball. »Sie müssen sich beeilen. Und seien Sie bitte vorsichtig.«

Wenn er zurückkehrte, würden sie in den nahen Wald fahren und sich dort verstecken, bis die Gefahr vorbei war. Im besten Fall könnten sie dann nach Hause zurückkehren. Im schlimmsten … Sie erschauderte.

Ich bin so froh, dass Jacob hier ist. Heinrich, der Neffe ihres Mannes, der bei ihnen lebte, war nach dem deutschen Einmarsch verschwunden.

Sofia und Karl hatten Heinrich an dem Tag in ihr Zuhause aufgenommen, an dem seine Eltern – Karls Bruder und dessen Frau – starben. Er war damals zehn Jahre alt gewesen: ein stolzer, wenn auch zutiefst trauriger Junge. Von dem Moment an hatte Sofia sich größte Mühe gegeben, ihn wie ihren eigenen Sohn Max zu behandeln. Selbst nach Karls Tod war es keine Frage gewesen, dass Heinrich bei ihr blieb. Sofia liebte ihn wie einen Sohn, obwohl er von jeher ein aufbrausendes, unberechenbares Naturell besaß.

Wo war Heinrich jetzt, da sie ihn brauchte? Wieder wurde sie von einem Hustenanfall geplagt, bei dem ihr Brustkorb sich anfühlte, als würde er von einer Schraubzwinge gepackt. Hätte doch ihre Gesundheit erlaubt, mit dem kleinen

Nicky nach Paris zu reisen, wie sie es Max und Danielle versprochen hatte!

Sie drückte eine Hand auf ihre Brust. Der Arzt hatte ihr gesagt, dass ihr mehr Zeit bliebe, aber das war, bevor er erkannte, wie erbarmungslos ihre Krankheit wütete.

In ihrer würdevollen Art hatte sie es vor ihrer Familie verheimlicht. Sie wollte nicht, dass Max und Danielle sich sorgten.

Sofia rang nach Luft, als der Husten nachließ. Was würden Max und Danielle bei ihrer Rückkehr vorfinden? In den letzten Tagen waren unglaubliche Geschichten von den Frontlinien im Ort angekommen. Tausende Unschuldiger waren bei Boden- und Luftangriffen getötet worden. Menschen rannten um ihr Leben. Und ihr Dorf, Klukowski, lag direkt auf der Route der Nazis.

Sie dachte an ihren Enkel Nicky und war voller Reue. Danielle hatte solche Angst gehabt, ihn hier zu lassen, doch Sofia versicherte ihr, dass es dem Jungen gut gehen würde, bis sie sich alle in Paris wiedertrafen. Wie schrecklich sie sich geirrt hatte!

Kaum war die Nachricht vom Pakt zwischen Deutschland und Russland bekannt geworden, war an den Tankstellen und auf den Bahnhöfen kein Durchkommen mehr gewesen. Sofia hatte versucht, in einen Zug nach Paris zu steigen, war jedoch zu schwach gewesen, sich in dem wirren Strom verzweifelt fliehender Menschen zu behaupten.

Sie hörte die Hintertür zuknallen und schwere Schritte die Dienstbotentreppe hinaufeilen. Diesen Schritt erkannte sie. »Heinrich?«

Sofia ging ihm durch die Diele entgegen. Heinrichs blondes Haar stand stachelig nach oben, und seine Kleidung war verschwitzt. Er hielt eine kleine Tüte in der Hand.

»Tante Sofia? Ich … ich dachte, du wärst schon weg.«

Sofia machte sich gerade. »Du sahst den Wagen wegfahren und nahmst an, ich säße drinnen. Wolltest du mir nicht unter die Augen treten?«

»Nein, ich …«

»Wo warst du?«

Er senkte die blassblauen Augen und betrachtete seine Füße. Dann warf er den Kopf in den Nacken und verkündete mit geschwollener Brust: »Ich schließe mich dem Glanz des neuen Deutschlands an. Ich habe mich gemeldet.«

Sofia war so erschrocken, dass sie sich an der Wand abstützen musste. Beim Sprechen rasselte der Atem in ihrer Brust. »Aber du lebst hier, seit du zehn bist! Du bist viel mehr Pole als Deutscher.«

»Nein, *du* bist polnisch. Mein Onkel war es nicht. Und ich hatte keine Wahl, als meine Eltern starben, nicht wahr?« Seine Lippen bogen sich zu einem höhnischen Lächeln. »Mein Blut ist deutsch, und darauf bin ich stolz. *Mein Führer* braucht mich.«

Ihr war nicht neu, dass Heinrich alles Deutsche idealisierte. Als Kind hatte er Soldatenspiele gemocht, Schlachten nachgestellt und Strategien studiert. Er sehnte sich nach der Uniform, der Kameradschaft, dem vermeintlichen Ruhm. Doch an der Nazi-Ideologie war nichts Ehrbares. *Wie kann ich ihn aufhalten?* Sie berührte seinen Arm. »Heinrich, ich habe dich immer geliebt wie meinen eigenen Sohn.«

»Das ist gelogen, und das weißt du auch!« Er zuckte zurück. »Dein teurer Max hat seine Rasse verraten, indem er eine kleine französische Halbjüdin heiratete, die sich als Katholikin ausgibt. Und du hast sie in dieses Haus aufgenommen! Du hast mehr Zeit mit ihr und dieser Brut verbracht als jemals mit mir.«

»Ist es das, was dahintersteckt? Bist du eifersüchtig auf Danielle und Nicky?« Ungläubig schüttelte sie den Kopf. Es stimmte, dass Heinrich nach Danielles Ankunft launenhaft gewesen war, aber Sofia hielt es für die typischen Verstimmungen eines Heranwachsenden.

»Eifersüchtig? Nein, denn sie stehen weit unter mir, Tante Sofia. Genau wie du.« Er machte auf dem Absatz kehrt und donnerte die Treppe hinunter.

Sofia hörte wieder die Tür knallen. Sie trauerte um Heinrich, während glühende Wut auf die Nazis in ihrer Brust brannte. Sofia lehnte sich an die Wand und versuchte, zu Atem zu kommen.

Sie erinnerte sich an den verängstigten Jungen, der er gewesen war, als er zu ihnen kam. Er hatte seine Berliner Freunde vermisst, und Sofia hatte geglaubt, das wäre der Grund für sein unwirsches Benehmen gewesen. Doch wie musste er sie verachtet haben!

Er hat sich dem Feind angeschlossen, seine Familie verraten.

Ihr wurde eiskalt. Heinrich kannte das Geheimnis von Nickys Abstammung. Er würde Nicky doch nicht ausliefern, oder?

Sie hörte kleine Füße hinter sich tapsen.

Nicky schlang seine Arme um ihre Knie. »Grand-mère, warum ist Heinrich böse?«

»Das ist kompliziert, Nicky. Aber jetzt ist er fort, und er kommt nicht wieder.«

Nicky wurde nachdenklich. »Er sagt schreckliche Dinge zu mir.«

Sofia wurde beklommen. Also stimmte es.

Der kleine Junge blickte sie mit großen unschuldigen Augen an. »Ich bin froh, dass er weg ist.«

Sofia kniete sich hin und umarmte Nicky, obwohl ihr wegen Heinrich das Herz brach. »Geh wieder ins Bett, Nicky, mein Lieber. Du musst schlafen.« Sie nahm seine Hand und brachte ihn ins Kinderzimmer.

Nachdem sie ihn ins Bett gelegt, zugedeckt und geküsst hatte, ging sie in ihr Schlafzimmer. Die Uhr auf dem Kaminsims zeigte nach Mitternacht, aber ihr blieb wenig Zeit, ihrem Schmerz und ihrer Angst nachzugeben. Ihre Zofe war bereits hysterisch geflohen, und es gab noch viel zu tun.

Sofia suchte sich ein schlichtes schwarzes Reisekleid aus Wolle aus und nähte ihren kostbarsten Schmuck in den Saum ein. Fotografien, Geld und die Dokumente zu ihrem Besitz steckte sie zusammen mit einiger Wechselkleidung, Brillen, Medikamenten und Essen in eine größere Tasche.

Erschöpft sank sie an ihren Schreibtisch im Studierzimmer. Wieder versuchte sie, Danielles Eltern in Frankreich anzurufen. »Hallo? Hallo?« In der Leitung herrschte Totenstille.

Und dann dachte sie, *Warum ist Jacob noch nicht zurück?*

4. September 1939
Auf dem Atlantik

Stunden nach dem Untergang der *Newell-Grey Explorer* saß Danielle bibbernd auf dem dunklen Deck des britischen Zerstörers, der sie gerettet hatte. Sie zog die klamme Wolldecke, die nach schweren tierischen Aromen roch, fester um ihre Schulter, so wenig Wärme sie ihr auch bot.

Danielle verdankte ihr Leben der Irin aus dem Rettungsboot, deren starke Arme sie zurück an die Oberfläche gezogen hatten, sie dem sicheren Tod entrissen. *Ich war nicht bereit zu sterben,* ging es ihr durch den Kopf, als sie sich bang an die surrealen Momente erinnerte, in denen sie spürte, wie sie beinahe aus diesem Leben in etwas Unbekanntes glitt. Sie hatte ihre Lieben nicht verlassen wollen. Entschlossen presste sie die Lippen zusammen und blinzelte ihre Furcht fort. *Nicky braucht seine Mutter, und ich werde ihn finden.*

Zum Glück hatten alle aus dem Rettungsboot überlebt, einschließlich des kleinen Joshua, auf den aufzupassen sie versprochen hatte. Danielle war unverletzt, abgesehen von einigen Prellungen und einer pochenden Beule an ihrem Hinterkopf. Andere Passagiere hatten weniger Glück gehabt. Der Anblick steifer, farbloser Körper auf den Wellen und der Geruch von Tod – diese Erinnerungen würden Danielle auf immer verfolgen.

Und ein Gedanke ließ ihr keine Ruhe. *Wo sind sie?* Sie hatte weder Max noch Jon gesehen, seit sie in das Rettungsboot stieg, und sie konnte nur beten, dass sie auf dem Schiff hinter ihnen waren, einem norwegischen, das ebenfalls bei der Rettung geholfen hatte. Beide Schiffe hielten Funkstille, weshalb keine Überlebenden bestätigt worden waren.

Danielle ballte ihre Hände mit Nickys Mütze darin zu Fäusten, hielt sie an ihre Wange und atmete seinen Duft ein. Als Parfümeurin wusste Danielle, was für ein starker Erinnerungsträger Geruch war, doch nicht nur das. Der Geruchssinn war überdies das Tor zu den Gefühlen – Gefühlen, die oft nicht bis an die Oberfläche des Bewusstseins drangen. Danielle sog die einzigartige Note ihres Sohnes ein, jenen vertrauten Duft, den jede Mutter, jeder Vater allzeit wiedererkannte.

Beim nächsten Atemzug beschwor das Aroma nasser Wolle die letzten Momente mit Max herauf, als das Gewebe seines Jacketts von Salzwasser getränkt gewesen war; und mit ihnen erschien das Bild des U-Boots vor Danielles geistigem Auge. Ihr Atem ging schneller, als die Wut in ihr anschwoll. Sie dachte an die abscheulichen Geschichten, die man aus Deutschland hörte, und nun war ihr mit entsetzlicher Gewissheit klar, dass sie wahr sein mussten.

Stilles Schluchzen erfüllte den nächtlichen Salznebel um sie herum, während Danielles Augen trocken blieben, denn sie entsagte sämtlichen Emotionen außer der Wut.

Sie umfing ihre Knie mit den Armen, wiegte sich in der beißenden Kälte und versuchte, ihren Körper und ihr Baby warm zu halten. Es war noch viel zu früh, als dass sie Bewegungen fühlen könnte, doch sie hoffte sehr, dass das Kind die Strapazen unbeschadet überstanden hatte.

Ihr Mann könnte unter den Toten sein, dennoch wagte sie nicht, ans Trauern zu denken. Sie hielt den Blick fest gen England gerichtet.

Zweifellos verfolgten die Nazi-U-Boote die Schiffsbewegungen. Würden sie es überhaupt nach England schaffen? *Und wenn ja, was dann?*

Wenigstens war Heinrich bei Nicky und Sofia. Andererseits hatte Danielle von Anfang an Max' Cousin misstraut. Heinrich verhielt sich stets so distanziert, aber Max hatte bloß gelacht, als sie es erwähnte, und gesagt, es läge an seiner preußischen Erziehung. Trotzdem hatte sie das Gefühl, dass er in ihr einen unerwünschten Eindringling sah.

Danielle drehte sich zu dem schemenhaften dunklen Umriss des norwegischen Schiffes um. Dabei glaubte sie, Max und Jon spüren zu können. *Dort müssen sie sein.* Schließlich holte die Erschöpfung sie ein, und sie sank in einen unruhigen Schlummer.

Als Danielle aufwachte, war die englische Küste zu sehen. *Wo bin ich? Was geschieht hier? Wo ist Max?* Dann stürzten die Erinnerungen an die letzte Nacht auf sie ein, und sie stand zittrig auf.

Sie wickelte die klamme Decke um sich und rümpfte die Nase ob des sauren Geruchs feuchter Wolle. Die Luft war unheimlich kühl, und der bleigraue Himmel spiegelte die düstere Stimmung des Morgens.

Die kräftige, rothaarige Irin aus dem Rettungsboot stand unweit von ihr an der Reling, das Gesicht voller Sorgenfalten. »Morgen, meine Gute«, sagte die Frau. Sie zeigte nach vorn auf die Hafenanlagen. »Wir laufen in Southampton ein. Wie geht es Ihnen?«

»Mir ging es schon besser, aber ich bin froh, am Leben zu sein. Ich kann Ihnen gar nicht sagen, wie dankbar ich Ihnen bin«, sagte Danielle. »Wären Sie nicht gewesen, ich wäre ertrunken.«

»Schon gut, aber Sie sollten besser schwimmen lernen.« Die Frau klopfte ihr auf den Rücken.

Vom Deck des britischen Zerstörers aus, der sie gerettet hatte, beobachteten die beiden Frauen, wie das norwegische Schiff anlegte. Danach fuhr der Zerstörer in den Hafen ein.

Auf beiden Schiffen standen stumme, ernste Passagiere an der Reling. Danielle hielt angestrengt Ausschau nach Max und Jon. Unterdessen hatte sich eine Schar Leute an der Pier eingefunden, um die Schiffe in Empfang zu nehmen, und viele von ihnen riefen hoffnungsvoll und ängstlich zugleich Namen. Auf einmal barst der Himmel mit einem krachenden Donner auf, und überall öffneten sich Regenschirme.

Die Irin ließ Danielle stehen und machte sich auf die Suche nach ihrer Familie. Danielle ließ sich mit der Masse der Schiffbrüchigen von Bord treiben und folgte der Schlange in ein großes, kastenförmiges Gebäude. Drinnen blickte sie sich weiter nach Max und Jon um, doch dort waren nur trockene Decken, stapelweise Seifenriegel und Freiwillige, die kaum mehr tun konnten, als ihr Mitgefühl auszudrücken.

Immer wieder fiel das Wort »Flüchtlinge«. Danielles Gesicht brannte vor neuer Wut. *Das sind wir jetzt also.* Barfuß und ihre Tasche umklammernd nannte Danielle einer Freiwilligen ihre persönlichen Daten. Das Herz schlug ihr im Hals, als sie nach Max fragte.

Die Frau schaute in einer Liste nach, runzelte die Stirn und entschuldigte sich.

Nervös leckte sich Danielle die rissigen Lippen, die nach Salzwasser schmeckten. Der Geruch von Schweiß und Feuchtigkeit war überall. Nicht weit von sich bemerkte sie einen gepflegten Mann, in dessen Hutband ein Presseausweis steckte.

»Wie viele Leute waren an Bord?«, fragte er einen Beamten. Er klang amerikanisch.

»Eintausendzweihundert und vierundneunzig«, lautete die Antwort.

»Überlebende?«

Danielle lauschte aufmerksam.

»Bei der letzten Zählung neunhundertsechsundsiebzig.«

Ihr Schädel pochte, als sie nachrechnete. *Über dreihundert Tote.*

Der Reporter machte sich Notizen. »Und was können Sie mir über die *S. S. Athenia* sagen?«

Der Beamte schüttelte den Kopf. »Sie sollte in die Staaten segeln, wurde aber nördlich von Irland von einem U-Boot angegriffen. Über hundert Zivilisten und die Mannschaft sind tot.«

Nein, nicht noch ein Schiff. Danielle wurde übel. *Das ist also Krieg.*

3

Was für ein Jammer, dass die Fliederblüte ihr Aroma so eigensinnig bewacht und sich weigert, seinen Zauber preiszugeben. So bleibt dem Parfümeur nur, sich auf die Alchemie zu verlassen und den Duft mit einer Mischung nachzubilden. Zusammengefügt können Jasmin-Essenz, Ylang-Ylang, Orangenblüte und Vanille den hellen Flieder nur nachahmen. – db

4. September 1939
Southampton, England

In dem spartanischen Einwanderungszentrum, durch das jeder auswärtige Besucher musste, der nach England einreiste, suchte Jon die dichten Reihen der müden Ankömmlinge ab. *Wo zum Teufel ist sie?* Er fuhr sich mit der Hand durchs Haar und betete, dass sie nicht in dem gekenterten Rettungsboot gewesen war. Max und er waren die ganze Nacht auf den Beinen gewesen und hatten verzweifelt nach ihr gesucht. An Bord ihres Schiffes war sie nicht gewesen, und nicht einmal Jon konnte eine Nachricht an den britischen Zerstörer funken.

In Absprache mit ihm hatte Max sich von den britischen Behörden zur Befragung mitnehmen lassen, und Jon versprach, währenddessen weiter nach Danielle zu suchen.

Über vierundzwanzig Stunden waren seit dem Untergang des Schiffes verstrichen. *Hat sie es geschafft?* Er würde es sich nie verzeihen, sollte sie nicht überlebt haben. Und er konnte sich nicht vorstellen, dass Danielle sich nicht mit aller Kraft in Sicherheit kämpfte. Andererseits hatte er schon viele starke Seeleute gekannt, die im eisigen Wasser des Nordatlantiks starben.

Dann sah er sie und war unsagbar erleichtert. Sie hatte eine Decke um ihre zarte Gestalt gewickelt, und ihr rotbraunes Haar hing ihr vorn nass in die Stirn und hinten in einem wirren Strang über den Rücken.

Ihm stockte der Atem, und das nicht, weil sie völlig durchnässt war, sondern weil sie sich so aufrecht hielt. *Couragiert.*

In ihrer Wolldecke und mit dieser entschlossenen Miene wirkte sie schlicht majestätisch. Sie hatte das Kinn beinahe trotzig gereckt. Keine andere Frau ließ seinen Puls so schnell gehen wie sie.

Als er näher kam, sah er die Intensität, mit der sie sich im Saal umblickte. Ihre Augen hatten die Farbe von kolumbianischen Smaragden und funkelten auf eine Weise, die es jeden Mann zweimal überdenken ließ, sie zu verärgern.

Hätte ich sie doch nur kennengelernt, bevor sie Max heiratete! Hitze kribbelte in seinem Nacken. Er blieb stehen und ermahnte sich im Geiste. *Sei kein Narr.* Er war praktisch mit Victoria verlobt. Aber man durfte ja wohl hinsehen, oder nicht?

Obwohl sie das grelle Licht von oben blendete, entdeckte Danielle ihn. Ihr Blick war gefangen von seiner Größe und den breiten Schultern. Sie winkte und drängte sich durch die Menge.

Jon nahm sie in seine Arme, wobei seine Lippen ihre Stirn streiften. Erleichtert hielt sie sich an ihm fest und fühlte seinen beruhigenden, regelmäßigen Herzschlag. Einen Moment genoss sie es, ehe sie sich auf den angemessenen Abstand zu ihm begab. »Sie können Max nicht auf der Liste finden. Hast du ihn gesehen?«

Jon sah zu ihr hinab, und seine müden Augen glänzten. Sie hielt den Atem an. *Nicht Max!* »Nein, nein«, murmelte sie.

»Max geht es gut, Danielle. Er war unglaublich, hat so vielen Menschen in Sicherheit geholfen. Mit dem Captain waren wir die Letzten, die das Schiff verließen.«

»Wo ist er?«, Danielle krallte sich ins Revers seines Jacketts. »Ich muss ihn sehen!«

»Er wird befragt.« Jon lachte leise. »Er hat den Ermittlern einen ganz schönen Schrecken eingejagt. Sie finden, dass er wie Edward, der Duke of Windsor, aussieht. Aber ich versicherte ihnen, dass er kein Nazi-Sympathisant ist.«

4. September 1939
Polen

Sofia musste nach den Anstrengungen, ihr Heim und den Familienbesitz zu sichern, eine Atempause einlegen. Ihr müder Blick fiel auf die Familienfotografien auf ihrem Sekretär. Sie dachte daran, wie hart Max gearbeitet hatte, um die Glasfabrik wiederaufzubauen, die er von seinem Vater geerbt hatte, ihrem Karl – dem gut aussehenden, liebenswerten Tunichtgut.

Karl und sie heirateten in Deutschland, und es dauerte nicht lange, bis sie von Karls Spielschulden erfuhr. Und so blieb ihnen nur noch Sofias Familienbesitz in Klukowski, dem polnischen Dorf, das nach ihren Vorfahren benannt war. Mehrere Generationen ihrer Familie hatten auf diesem Land gelebt: Nachfahren eines tapferen polnischen Ritters und seiner atemberaubend schönen Gemahlin, einer schlesischen Gräfin. Sie verkauften einige Antiquitäten der Familie, um das Geld aufzubringen, die alte Kristall- und Glasfabrik zurückzukaufen. Als Karl starb, hatte Max die strauchelnde Fabrik geerbt.

Sofia berührte das Hochzeitsbild von Max und Danielle. Max konnte sich glücklich schätzen, Danielle bei einer Parfümmesse in Paris begegnet zu sein.

Sie schüttelte den Kopf, und die Falte zwischen ihren Brauen vertiefte sich, als sie sich fragte, ob die Nachrichten von dem Einmarsch bis zu Max und Danielle auf dem Schiff vorgedrungen waren. *Falls ja, wie sehr müssen sie sich sorgen!* Sofia nahm die kostbaren Fotografien aus den Rahmen und steckte sie in ihre Tasche, bevor sie auf ihre Ansteckuhr sah. Fünf Uhr dreißig. Das erste Tageslicht zeigte sich bereits. *Jacob sollte wieder hier sein.*

Sie weckte Nicky, um ihn anzukleiden.

Der Kleine rieb sich die Augen. »Wo wollen wir hin?«

»Wir machen einen kleinen Ausflug.« Sofia zog ihm einen warmen Pullover über.

»Sehen wir da Maman und Papa?«

»Sobald sie aus New York zurück sind.« Sie küsste ihn auf die Wange. »Bis dahin müssen wir tapfer sein.«

Er drückte sein Lieblingsstofftier an sich, einen rot geringelten Affen. »Den will ich mitnehmen.«

»Solange du versprichst, dass du ihn trägst.« Danielle hatte ihm den Affen genäht.

Als sie bereit waren, wartete Sofia mit Nicky an der Hand vor der Hintertür, dass Jacob wiederkam. Eine ferne Kirchenglocke läutete siebenmal. *Wo blieb Jacob?*

»Guck mal da!«, sagte Nicky. Die leichte Sommerbrise zerzauste ihm das zarte blonde Haar, als er nach Westen zeigte. Am Horizont stiegen graue Rauchwolken auf.

Sofia schnupperte in die Luft. Ein leichter Brandgeruch lag in der Morgenluft. Sie drückte Nicky an ihre Brust, doch er wurde unruhig.

»Gehen wir in den Garten.« Sofia nahm wieder seine Hand, und er versuchte wegzulaufen, doch sie ließ ihn nicht los. »Na, was bist du munter heute Morgen!«

Sie knieten sich auf ein Rasenstück, das noch taufeucht war. Sofia blickte sich um, fand Trost in ihrem Garten. Da ihr bewusst war, dass sie ihn womöglich nie wiedersah, schloss sie die Augen und atmete die zarten Aromen ihrer üppigen roten Rosen, ihres weißen Geißblatts und ihrer Lieblinge, den riesigen Fliederbüschen, die jedes Frühjahr lila blühten, tief ein.

Sie hörte ihren Wagen in die Auffahrt einbiegen. Prompt krabbelte Nicky von ihrem Schoß. Sofia strich ihren Haarknoten glatt, richtete sich kerzengerade auf und schritt dem Wagen entgegen.

Jacobs junge Frau Irma und die drei kleinen Kinder drängten sich zusammen mit Jacobs jüngerem Bruder Oscar in dem Wagen.

Sofia ging zum Vordereingang des Hauses, nahm den großen Schlüssel aus ihrer Tasche und verschloss die beiden aufwendig geschnitzten Eingangstüren. Auf der Steintreppe nach unten zögerte sie.

Ihre Familie hatte so vieles ertragen; dies würde sie auch durchstehen. Sie blickte an dem großen Haus hinauf und hoffte, dass es überleben würde: für ihren Sohn Max, für Danielle und für Nicky, die nächste Generation.

Jacob erschien neben ihr. »Verzeihung«, sagte er leise und ehrfürchtig, »aber es wird Zeit.«

Sofia legte eine Hand in seine Ellbogenbeuge und war dankbar, dass er sie stützte. So ging sie zum Wagen, bemühte sich, stark zu wirken, und setzte sich vorn auf den Beifahrersitz, wo sie Nicky auf ihren Schoß nahm.

Als sie wegfuhren, drehte sie sich um, sodass sie ihr großes Haus hinter dem Hügel verschwinden sah. Dabei weinte sie stumm, und ihre Tränen tropften auf Nickys feines Haar.

Ein schrilles Pfeifen ertönte über ihnen. Sofia griff nach Jacobs Arm. »Was war das?« Ehe er antworten konnte, erschütterte ein donnerndes Krachen den Wagen.

Sofia reckte den Hals, um etwas zu sehen. Hinter ihnen quoll schwarzer Rauch auf. Sie bemerkte ein silbriges Blitzen am Himmel, dann noch eines und noch eines. »Flugzeuge. Gütiger Gott, sie werfen Bomben!«

Jacob trat das Gaspedal bis zum Boden durch.

4. September 1939
Southampton, England

Im Einwanderungsbereich durchlief Danielle eine Befragung, nannte ihre Adresse in Polen, die ihrer Eltern in Frankreich und bemühte sich, den Beamten zu versichern, dass Max nicht gegen britische Interessen arbeitete.

Minuten später fühlte sie eine Hand auf ihrer Schulter.

Sie fuhr herum, und sobald sie Max sah, brach sich all die aufgestaute Angst in ihr Bahn. »Oh Liebling, ich habe mich so um dich gesorgt!«, schluchzte sie.

»Gott sei Dank bist du hier«, sagte er, schloss sie in seine Arme und übersäte sie mit Küssen. Dann zog er die Brauen zusammen. »Und das Baby?«

»Dem geht es gut, glaube ich.« Sie strich über ihren kleinen Bauch. »Aber sicherheitshalber sollte ich zu einem Arzt gehen.«

»Ja, und zwar baldmöglichst.« Max wandte sich zu Jon, der neben Danielle stand. »Hätten du und dein Vater nicht für mich gesprochen, ich weiß nicht, was sie mit mir gemacht hätten. Ich könnte schon auf dem Weg nach Deutschland sein, zurück in den sicheren Untergang.«

»Nicht der Rede wert, ehrlich. Vater hat Freunde, die eure Situation verstehen. Euch beiden ist vorübergehend Asyl gewährt.« Jon lächelte, allerdings erreichte es seine Augen nicht.

Max sah wieder zu Danielle, und die Adern an seinen Schläfen traten hervor. »Sie haben auch einen Anruf in Paris arrangiert.« Er rang merklich nach Worten. »Ich sprach mit deiner Mutter, Danielle. Und sie haben nichts von Nicky und meiner Mutter gehört.«

Ein Kinderschrei aus der Ferne befeuerte Danielles Wut noch. »Ich hätte Nicky niemals zurücklassen dürfen!«

Max wirkte schockiert, und erst jetzt erkannte Danielle, welche Angst er hatte. Er nahm sie in die Arme. »Es tut mir leid. Nicht im Traum hätte ich gedacht, dass es hierzu kommen könnte.«

Danielle nahm sich zusammen. *Zwei Entschuldigungen in*

zwei Tagen. Wie untypisch für ihn. »Wir müssen irgendwie nach Hause kommen, Max.«

»Bald, versprochen«, sagte er leise.

Jon warf Max einen Blick zu und legte eine Hand auf Danielles Schulter. »Herb und Libby Leibowitz sind Freunde der Familie; bei ihnen könnt ihr wohnen.« Er musterte seine ramponierte Kleidung. »Wir können wohl alle ein heißes Bad und frische Kleidung vertragen. Ah, hier ist sie ja!«

Eine kleine dunkelhaarige Frau mit einem faltigen, vogelähnlichen Gesicht und in einem Tweedkostüm kam auf sie zu. »Sie müssen die von Hoffmans sein«, sagte sie mit einem eindeutig osteuropäischen Akzent. »Ich bin Libby Leibowitz, und Sie wohnen bei uns in London, bis es wieder sicher ist zu reisen.«

»Das ist sehr freundlich von Ihnen«, antwortete Danielle. »Wir sind recht erschöpft.«

Max und Danielle folgten Libby zu ihrem Wagen. Als Danielle den schimmernden schwarzen Rolls-Royce und den Chauffeur sah, blickte sie verlegen auf ihre zerrissenen, schmutzigen Kleider. *Aber ich bin so dankbar.* Sie stiegen in den Wagen, und Danielle atmete den satten Duft der Lederpolster ein.

Auf der langen Fahrt von Southampton nach London drehte Libby sich zu ihnen. »Mein Ehemann ist ein Berater der Krone. Heute ist er den ganzen Tag in Sitzungen, aber er wird sich freuen, Sie kennenzulernen.« Sie seufzte. »Ich habe schon einen Krieg erlebt, und der brachte mich hierher. Hitler muss um jeden Preis aufgehalten werden.«

»Darf ich fragen, von wo Sie sind?« Danielle konnte den Akzent der Frau nicht zuordnen.

»Ich stamme aus Litauen«, antwortete Libby sichtlich stolz. »Obwohl ich seit dem Krieg nicht mehr dort war. Mein Leben ist jetzt hier, bei meinem Mann.« Ihr Blick huschte von Max zu Danielle. »Haben Sie Familie?«

Danielle bändigte ihre Panik.

»Unser Sohn Nicky ist zu Hause bei meiner Mutter in Polen«, sagte Max.

Libbys Miene verfinsterte sich. »Das ist nicht gut, gar nicht gut. Sie müssen Ihre Familie dort wegholen.«

»Sobald wir können«, sagte Danielle fest entschlossen.

Das Haus der Leibowitz' war in Belgravia, einer vornehmen Gegend von London. Danielle stockte der Atem, als sie die elegante Diele betrat, die über und über mit Blumen geschmückt war. Die Parkettböden und Aubusson-Teppiche erinnerten sie an die Wohnung ihrer Eltern in Paris. Bei dem Gedanken an ihre Eltern, ihren Bruder und dessen Frau und ihre kleine Tochter, die beinahe im selben Alter wie Nicky war, überkam sie eine schmerzliche Sehnsucht, sie wiederzusehen. Sie beugte sich vor und betrachtete die silbergerahmten Fotografien lächelnder Menschen – ganz ähnlich der Bilder, die ihr eigenes Heim füllten.

Libby führte Danielle und Max eine Mahagonitreppe hinauf, deren blank poliertes Geländer sich herrlich glatt anfühlte. Danielle fing ein schwaches Zitronenölaroma ein. Über ihnen funkelte ein Kristallkronleuchter, der so edel wie jene war, die sie in ihrer Fabrik fertigten. Was wohl aus den Arbeitern dort würde?

Im ersten Stock drehte Libby sich zu ihnen um. »Ich möchte betonen, dass Sie hier so lange willkommen sind, wie Sie bleiben wollen.«

»Sie sind zu freundlich«, sagte Max.

»Ganz und gar nicht. Es ist sogar ein wenig eigennützig von mir, ehrlich. Sie müssen wissen, dass wir nicht mit Kindern gesegnet waren. Wir haben versucht, Jonathan und Abigail als unsere eigenen anzunehmen, aber davon wollten ihre Eltern nichts hören.« Sie lächelte wehmütig. »Ich wünschte nur, die Umstände wären erfreulichere.«

Libby zeigte ihnen das Gästezimmer, in dem ein Kaminfeuer knisterte und den Raum mit dem wohltuenden Geruch nach Holzrauch füllte. Nachdem Libby gegangen war, bemerkte Danielle, dass man von dem zierlichen Chippendale-Sekretär aus eine schöne Aussicht auf den sehr gepflegten Garten hatte. Sie sah zu dem Labyrinth gestutzter Hecken, das sich zwischen bunten Rosenbeeten hindurchwob. Doch so schön es auch sein mochte, empfand Danielle nichts.

Max verschwand früh am nächsten Morgen, ohne Danielle zu sagen, wohin er wollte. Libby bat ihren Hausarzt, zu ihnen zu kommen und nach Danielle zu sehen. Mutter und Kind wurden für gesund befunden, und der Arzt verordnete reichlich Essen und Ruhe.

Als er wieder fort war, sortierte Danielle die Kleidung, die Libbys Mädchen ihnen gebracht hatte. Libby sammelte Kleiderspenden für die London Women's Society, und aus denen wählte Danielle ein dunkles Wollkostüm aus, steckte den zu weiten Rockbund ab und stülpte die zu langen Ärmelenden nach innen. Dann bürstete sie ihr Haar und wand es zu einem schlichten Chignon.

Doch etwas fehlte. Ihr wurde bewusst, dass sie zum ersten

Mal seit sie sich erinnerte kein Parfüm auflegte, und sie fühlte sich bloß ohne. Ihre Parfüms zu verlieren war, als hätte sie einen guten Freund, einen Teil ihrer Vergangenheit verloren. *Aber das ist unsere geringste Sorge.*

Hinter ihr ging die Tür auf. »Du siehst reizend aus, Danielle«, sagte Max.

»Danke. Wo warst du heute? Der Arzt war am Vormittag hier.«

»Ich habe mit ihm gesprochen, und ich bin erleichtert, dass es dir gut geht. Doch ich musste mich um etwas kümmern.«

Er küsste sie auf die Wange und ging sich seine Pfeife anstecken. Ihr Gefühl sagte ihr, dass etwas nicht stimmte. »Verschweigst du mir etwas? Wie wollen wir zurückkommen, um Nicky und Sofia zu suchen?«

Er seufzte. »Danielle, was ich dir jetzt sage, musst du unbedingt für dich behalten. Es geht um deinen Bruder, denn ich denke, dass er uns vielleicht helfen kann.«

»Jean-Claude? Aber er ist auf der Medizinischen Hochschule. Was kann er tun?«

Max senkte die Stimme. »Er hat Beziehungen. Entsinnst du dich, dass er mit der Nichte meiner Sekretärin befreundet war? Jean-Claude half ihrer Familie, aus der besetzten Tschechoslowakei nach Portugal zu fliehen, von wo aus sie nach Amerika gelangten. Er arbeitet für ein Untergrundnetzwerk, das in ganz Europa tätig ist, um Unschuldige aus Hitler-Deutschland zu holen.«

»I-ich hatte keine Ahnung!« Und dabei hatte sie geglaubt, dass ihr Bruder und sie einander alles erzählten. Was wusste sie sonst nicht?

Max nahm ihre Hand. »Überall in Europa sind Zellen von Leuten wie deinem Bruder, die den Mut haben, Menschen in Not zu helfen. Du solltest stolz auf Jean-Claude sein, aber dies muss unter uns bleiben. Andernfalls wäre sein Leben in Gefahr. Nicht einmal seine Frau oder deine Eltern wissen davon, vor allem nicht dein Vater. Ich schwor ihm bei meinem Leben, sein Geheimnis zu bewahren.«

»Hélène weißt nichts?« Danielle runzelte die Stirn. »Und Papa ...«

Max fiel ihr ins Wort. »Solange die Bank deines Vaters weiterhin Deutschlands wirtschaftliche Expansion finanziert, darf er nie von Jean-Claudes Aktivitäten im Untergrund erfahren.«

Das begriff Danielle, und ihr wurde das Herz schwer, als es ihr wieder gegenwärtig wurde. »Jean-Claude hält Papas Arbeit für Verrat. Aber wie konnte Papa wissen, dass die Gelder von der Bank für Waffen ausgegeben würden, um andere europäische Länder anzugreifen?«

Max kniff die Lippen zu zwei schmalen Linien zusammen. »Jean-Claude hat recht.«

Hitlers Untaten zerstörten das Gefüge ihrer Familie. Sie sah Max an.

»Hast du mit dieser Geheimorganisation zu tun?«

»Uns bleibt keine andere Wahl mehr. Vielleicht kann Jean-Claude meiner Mutter eine Nachricht zukommen lassen.«

»Ich möchte nur wissen, dass es ihnen gut geht und ob wir sie aus Polen herausholen können. Falls ja, oh Liebling, ich würde dich nie wieder um etwas bitten, solange ich lebe! Lass uns umgehend an Jean-Claude telegrafieren.«

Sie umarmte ihn, während Tränen über ihre Wangen strömten und sie betete, dass es nicht zu spät war.

Max vergrub das Gesicht in ihrem Haar. So hielten sie einander lange Zeit erschöpft in den Armen und lauschten dem steten Ticken der Uhr. Die Minuten gingen dahin.

Dennoch nagte eine verstörende Angst an ihr. *Max verheimlicht mir noch etwas. Was ist das?*

10. Oktober 1939
Polen

Als Sonnenstrahlen durch das Laub über ihnen drangen, zog sich die abgerissene Gruppe tiefer in die Schatten des Waldes zurück. »Teilt euch auf«, flüsterte Jacob und bedeutete Irma und den Kindern, wegzulaufen.

Sofia folgte ihnen mit Nicky an der Hand. »Lauf so schnell du kannst«, sagte sie dem kleinen Jungen. Ihr Herz pochte wild vor Angst.

Seinen großen Augen nach schien Nicky den Ernst ihrer Lage zu erfassen, als sie durchs Dickicht stapften, wo sich ihre Kleider und Haare im Unterholz verfingen. Sofia reckte den Hals, um ein Stück Himmel zu sehen, und wünschte, sie könnten so leicht und frei dahinsegeln wie die Vögel über ihnen. Wie weit würden ihre Füße sie noch tragen?

Das Benzin hatte nicht weit gereicht. Seit Wochen kampierten sie mit anderen Familien im Wald, die ebenfalls vor den nahenden Truppen geflohen waren, und zogen weiter, als die Soldaten ausschwärmten, um nach Flüchtlingen zu suchen. Wenn nachts Schüsse die Stille zerrissen, hielt Sofia ihrem Enkel die Ohren zu und betete stumm für die Opfer.

Wortlos blieb Nicky stehen und zeigte auf mehrere Soldaten, die in ihre Richtung kamen. Sofia zog ihn tiefer ins Unterholz.

»Räumen wir diese Gegend«, hörte Sofia einen der Soldaten sagen. *Sie klingen so jung,* dachte sie, kaum erwachsen. Sie sah hin. Ihre hageren Hälse ragten aus grünen Uniformen, und in ihren glatten Händen hielten sie Gewehre. Schweißperlen glänzten auf ihren ängstlichen Gesichtern. Aber sie hatten ihre Befehle. *Drei, nein, vier waren es. Jetzt fünf.* Sofia bekreuzigte sich und drückte Nicky an ihre Brust. *Lieber Gott, schütze uns.*

Nur noch wenige Schritte, dann würden sie die Kinder entdecken. Sie sah, wie Jacob Oscar und einigen anderen Männern eine Reihe von Handzeichen gab, worauf sie vorwärtsschlichen und dann von hinten angriffen. Schüsse hallten, Kugeln prallten an Baumstämmen ab, und Sofia duckte sich, schirmte Nicky mit ihrem Körper ab. Sein Zittern brach ihr das Herz. *Er sollte solch eine schreckliche Angst noch gar nicht kennen.*

Plötzlich sprang Irma hinter ihr auf, blickte sich wirr um und warf sich einem der Soldaten auf den Rücken; ihm hätte noch ein Schritt gefehlt, dann wäre er bei ihren drei Kindern gewesen. Sofia hielt Nicky die Augen zu. Dann hörte sie ein Gerangel, gefolgt von einem dumpfen Schlag.

»Lauft!«, rief Irma heiser. Sie zog Sofia nach oben und riss ihr Nicky aus den Armen.

»Ich kann nicht mehr«, flüsterte Sofia atemlos, während ihr Zweige ins Gesicht peitschten und blutige Schrammen in ihre dünne Haut schnitten.

Irma hielt durch; wenn Sofia stolperte, half sie ihr auf und weiter. Die Kinder rannten vor ihnen her.

»Bleibt zusammen, Kinder!«, rief Sofia.

Sie hörte das Scharmützel hinter sich und wusste, dass Jacob, Oscar und die anderen Männer mit den Soldaten kämpften.

Ein Schuss explodierte vor ihnen, und die Kinder rannten zurück. Sofia packte Nicky und zog ihn hinter sich. Die kleine Gruppe wollte in die andere Richtung laufen, als ein weiterer großer Soldat erschien und ihnen den Weg versperrte.

»*Halt!*« Er nahm das Gewehr von seiner massigen Schulter, und Sofia starrte in den Lauf, der auf ihren Kopf gerichtet war. Irma drückte ihre verängstigten Kinder an sich, während sich Nicky an Sofias Beine klammerte. »Schhh, nicht weinen«, flüsterte Sofia und versuchte, ruhig zu bleiben. Doch ihre Hände zitterten. *Wird er uns töten oder verschonen?*

4

Die Samen der Muskatnuss, die von den Molukken stammen, ergeben eine würzige, süßlich aromatische Essenz. Der Geschichte nach soll Muskatnuss die weibliche Fruchtbarkeit anregen und intellektuell stimulieren. – db

29. Oktober 1939
London, England

Danielle zog die Verdunklungsrollos vor ihrem Fenster hoch. Sie war erschöpft von einer weiteren Nacht mit ohrenbetäubendem Sirenengeheul, das sie alle für zwei Stunden in den Keller des Hauses gescheucht hatte. Draußen war das Laub von den Bäumen gefallen. Über ihrem sich rundenden Bauch rückte Danielle den wattierten Morgenmantel zurecht, den Libby ihr gegeben hatte. *In was für eine schreckliche Welt gebäre ich ein unschuldiges Kind!*

Max hatte darauf bestanden, dass sie in London blieben. »Hier können wir eher etwas über die Lage unserer Familie erfahren als in Paris«, hatte er ihr erklärt, und er wollte nicht, dass sie ihn verließ. Zum Glück schienen die Leibowitz' froh, sie im Haus zu haben.

Nach dem Fliegeralarm war Danielle den Rest der Nacht wach gewesen und hatte an Nicky und Sofia gedacht. Ihr war das Herz schwer vor Erinnerungen. Jedes Frühjahr war Max nach Paris gereist, um Boutiquen, Geschäfte und Couturiers aufzusuchen und bei ihnen die schönsten Parfümflakons auszustellen, die ihre Fabrik fertigte. Ihre edelsten Modelle waren schwere Kristallflakons, handpoliert, mit Säure mattiert und mit eingeschliffenen Stopfen. Die Stile reichten von klassisch eckigen Flakons über runde Apothekenfläschchen bis hin zu Art-déco- und Art-Nouveau-Formen.

Das Geschäft florierte, und während Max sich mit wichtigen Kunden in Paris traf, war Danielle mit Nicky und Sofia auf ihren Familiensitz bei Grasse in Südfrankreich gereist, »Bellerose«, wo die Parfümerie war. Ihr Onkel Philippe betrieb das Anwesen, auf dessen sanften Hügeln oberhalb des Châteaus sich Reihen von Blumen hinzogen, aus denen kostbare Parfümöle gewonnen wurden. Oft kam ihre Mutter aus Paris zu ihnen; die elegante und heitere Marie betete Nicky an.

Und da gleich zwei Großmütter auf Nicky achten konnten, zog Danielle sich oft an ihre Parfümorgel zurück, wo sie neue Ideen ausprobierte, um wunderschöne Parfüms zu mischen, deren Duft die Seele berührte.

Hatte Max seine Geschäfte in Paris erledigt, kam er zu ihnen nach Bellerose. An lauen Abenden genossen sie mit Freunden die frischesten Waren der Saison im Freien, zumeist unter einem elfenbeinfarbenen Baldachin aus Kletterrosen, deren Duft sich mit der Mittelmeerbrise vermengte.

Danielles Erinnerungen waren so lebendig, dass sie tatsächlich Nickys seidiges Haar und den buttrigen Duft der *Boulangerie* in Grasse riechen konnte, wo sie Croissants kauften – nicht zu vergessen die zahlreichen Aromen im Parfümlabor, wo sie bereits begonnen hatte, Nickys Nase zu trainieren. Sein Lachen kitzelte in ihren Ohren; sie konnte seine weiche Wange an ihrer fühlen. *Hätten wir ihn doch nur mitgenommen,* dachte sie gequält.

Wie sollen wir sie finden? Warum dauert alles so lange?

Sie wusste, dass Max bei den britischen Behörden gewesen war und sie um Hilfe gebeten hatte; dennoch verhielt er sich seltsam, eilte zu Treffen und weigerte sich, ihr zu erzählen, warum oder was besprochen wurde.

Nun verlangte er, dass sie zu einer Dinnerparty im Haus von Jons Familie gingen. Es war das Letzte, was Danielle wollte, doch Max begnügte sich mit dem Hinweis, dass ihr und dem Baby die Ablenkung guttäte. Dabei konnte sie an kaum etwas anderes als Nicky denken.

Libby hatte das Haus der Newell-Greys im Art-Nouveau-Stil einmal als Ozeanriesen beschrieben. Vor ihnen ragte es an einer Straßenecke auf, schmal und kurvenreich mit klaren Linien und abgerundeten Ecken. Die Fenster in der Haustür waren Bullaugen, und der Balkon wurde von einer glänzenden Messingreling gesichert.

Die karneolrote Haustür flog auf, und Licht flutete den Aufgang gleich einem Leuchtturmstrahl.

Jon begrüßte Max mit einem herzlichen Handschlag und küsste Danielle auf beide Wangen. Seine Geste sollte nichts als Freundschaft signalisieren – immerhin war es in ihrer Heimat so üblich. Trotzdem huschten ihr einige verwirrende Gedanken durch den Kopf, und noch ehe sie ihre Reaktion kontrollieren konnte, wurde ihr Gesicht warm. *Nicht,* ermahnte sie sich im Geiste und wandte den Blick ab.

»Wie wunderbar, dich wiederzusehen«, sagte er mit einem breiten Lächeln, bei dem sich kleine Fältchen in seine Augenwinkel gruben. »Ich würde dich gerne mit meiner Schwester Abigail und einem alten Freund aus Los Angeles bekannt machen, Cameron Murphy. Cameron ist ein beliebter Sänger in den Staaten, und er arbeitet an einem Rot-Kreuz-Projekt für Abigail.«

»Ich versprach Abigail, vorbeizukommen, wenn ich in London bin.« Alles an Cameron strahlte Sinnlichkeit aus: seine melodische Stimme, die Augen mit den dichten dunklen Wimpern, die muskulöse Figur unter dem perfekt geschneiderten Abendanzug. »Und einer schönen Frau gegenüber halte ich immer Wort.«

Abigail lachte. Ihr bronzefarbenes Abendkleid betonte ihren Alabasterteint und das kastanienbraune Haar sehr hübsch, und sie teilte das gute Aussehen und freundliche Naturell ihres Bruders. »Glauben Sie ihm nicht. Er ist solch ein Star, dass er schon reichlich Herzen und Versprechen gebrochen hat. Gott sei Dank sind wir nur Freunde.«

Cameron wandte sich zu Danielle und verbeugte sich. Seine dunklen Augen funkelten. »Sie lügt, *Madame.* Sehe ich vielleicht wie ein windiger Bauernbursche aus?« Er schenkte ihr ein betörendes Lächeln, ergriff ihre Hand und küsste sie. »Nein, ich bin vielmehr der edle Ritter, allzeit bereit, einer Dame in Not zu Hilfe zu eilen.«

Max räusperte sich. Danielle bemerkte Camerons manikürte Nägel, zog ihre noch von der See raue Hand zurück und rümpfte die Nase, als sie irischen Whiskey roch. *Nordirischer Whiskey,* stellte sie fest, denn sie erkannte das Aroma auf Anhieb. *Bushmills.* Dennoch war der Mann charmant. Unwillkürlich kam ihr ein anderer Gedanke in den Sinn: *Das ist Jon auch … auf eine natürlichere Art.*

»Lass es gut sein, Cam, sie ist vergeben«, sagte Jon und sah Max an. »Pass auf deine Frau auf, wenn er in der Nähe ist. Es heißt, dass er schon den Willen von Nonnen gebrochen hat.«

Abigail zog eine Braue hoch. »Ach, Jon, du bist ja nur neidisch, weil Cameron dir ständig die Freundinnen ausspannt. Apropos, wo ist Victoria?«

»Mit Freunden im Urlaub in Irland«, antwortete Jon achselzuckend.

Danielle sah ihn aus dem Augenwinkel an. Ihr gegenüber hatte er nie eine Freundin erwähnt. *Doch warum sollte mich das wundern?*

Jon warf Cameron einen strengen Blick zu. »Wie geht es Erica? Dreht sie derzeit neue Filme?«

»Du liest wohl keine Zeitungen, alter Knabe.« Cameron grinste. »Erica Evans ist jetzt eine ledige Frau, was mich zu einem freien Mann macht. Ist Scheidung nicht etwas Großartiges?« Er rieb sich die Hände. »Als wäre nie etwas gewesen. Das ginge in Irland nicht, und deshalb muss man heutzutage in Amerika leben.«

»Aber, Cam, das ist doch nicht dein Ernst«, sagte Abigail. »Es tut mir aufrichtig leid, das zu hören.« Sie hakte sich bei Cameron ein und führte ihn nach nebenan, wo die Cocktails serviert wurden. Das Gespräch wandte sich dem Untergang der *Newell-Grey Explorer* und dem Vormarsch der Deutschen zu. Danielle spürte eine unterschwellige Spannung im Raum. Sie hörte Max zu, der das deutsche Volk verteidigte, sich allerdings energisch gegen Hitler aussprach. Er war immer stolz auf seine Heimat gewesen, und die Familie seines Vaters war sehr alt und angesehen.

»Wir rüsten unsere Schiffe für militärische Zwecke um«, erzählte Jon. »Sogar die *Queen Mary* wird zum Kriegsschiff aufgerüstet.«

Danielle wurde bewusst, dass sie deshalb in den letzten Wochen so wenig von ihm gehört hatten. *Was auch gut so ist,* dachte sie, so sehr ihr seine Gesellschaft fehlte. Sie waren sich in New York so nahe gekommen, hatten zusammen diniert, getanzt, über ihre Träume und ihre Ziele gesprochen. *Vielleicht zu nahe.* Max war stets dabei gewesen, doch Jon und sie schienen auf einer Wellenlänge zu kommunizieren. *War es Max aufgefallen?* Sie schluckte. *Nein.* Dann drängte sie die unangemessenen Gedanken fort und lächelte Abigail zu, die, wie sie erst jetzt bemerkte, etwas zu ihr gesagt hatte.

»Wie fühlen Sie sich mit dem Baby, Danielle?«

»Inzwischen viel besser, *merci.* Was für ein entzückendes Kleid Sie tragen, Abigail«, ergänzte sie und bewunderte den Diagonalschnitt der Seidenrobe im Empire-Stil, die Abigails anmutige Gestalt umspielte, sowie die cremeweißen Perlen an ihrem schmalen Hals. Danielle trug ein bordeauxrotes Dinnerkostüm aus Libbys Wohltätigkeitssammlung, das sie geändert hatte, damit es in der Mitte weit genug war. Sie sah passabel aus, Abigail hingegen umwerfend.

Während die Damen plauderten, warf Jon Max einen Blick zu.

Max klopfte an seine Pfeife. »Wollen wir zum Rauchen nach draußen gehen?« Die Herren entschuldigten sich. *Führten Max und Jon etwas im Schilde?*

»Kommen Sie«, sagte Abigail zu Danielle, »setzen wir uns an den Kamin, bis das Dinner serviert ist.«

Danielle ging hinter Abigail her und schnupperte an der Luft.

»Es riecht köstlich. Ich liebe Muskatnuss, denn sie erinnert mich immer an zu Hause.«

Abigail war erstaunt. »Sie sind aber gut! Das ist die geheime Zutat zu meinem Fasanrezept. Sie wären eine ausgezeichnete Köchin.«

Danielle schmunzelte. »Ich ziehe die Parfümerie vor. Sie ist die Sprache der Liebe.«

»Dasselbe gilt fürs Kochen«, erwiderte Abigail augenzwinkernd und warf ihr schimmerndes Haar über ihre Schulter. Danielle sah, dass Abigails Arme schlank und muskulös waren und sie sich mit lässiger Sicherheit bewegte. *Sie muss sportlich sein,* dachte Danielle, und sogleich fielen ihr die sportlichen Kollektionen von Jean Patou und Gabrielle Chanel ein. Danielle liebte Mode und hatte schon früh angefangen, ihre Kleider selbst zu entwerfen und zu nähen.

»Was für ein wunderschönes Zimmer.« Danielle sank in einen schwarzen Ledersessel neben dem knisternden Kaminfeuer. Der Salon war mit Teakholz vertäfelt und mit Messingakzenten dekoriert. Über dem Kamin hing eine Meereslandschaft von Turner, auf der sich das typische Licht des Künstlers in der aufgewühlten See spiegelte. Sogleich musste Danielle an ihre schicksalhafte Atlantiküberquerung denken und konnte den Tang und das Salz förmlich riechen. Das Turner-Gemälde war unheimlich realistisch.

Abigail beugte sich vor. »Ich werde bald nach Los Angeles zurückkehren, um eine Spendenveranstaltung für das Rote Kreuz auszurichten. Wie sind Ihre Pläne?«

»Für uns hat Vorrang, unsere Familie zu finden«, antwortete Danielle.

»Die Menschen fliehen in Scharen aus Europa. Was ist, wenn die Deutschen nach Frankreich kommen?«

»Ich bete, dass es nie dazu kommt.« *Frankreich?* Die Maginot-Linie schützte sie davor, wie jeder wusste. Frankreich war buchstäblich uneinnehmbar.

»Es könnte passieren.« Abigail sah besorgt aus. »Sie und Max sollten mit in die Staaten kommen.«

»Ehe wir Nicky und Sofia nicht gefunden haben, können wir an nichts anderes denken.« Danielle blickte ins Feuer.

Abigail lehnte sich verschwörerisch zu ihr und sprach leiser: »Amerika bietet viele Möglichkeiten. Sehen Sie sich Cameron Murphy an. Stellen Sie sich nur vor, er war eines von elf Kindern in einer Familie aus dem County Cork in Irland. Er hatte eine schreckliche Kindheit, bettelarm, und sein Vater prügelte ihn so schlimm, dass er weglief, sich die Überfahrt nach Amerika erarbeitete und von dort den Weg nach Los Angeles. Da war er erst fünfzehn.«

»Wie konnte er zu solchem Erfolg gelangen?« Danielle rieb sich die Hände vorm Feuer.

»Er arbeitete in unserem Dock in Long Beach, wo Jon und er sich kennenlernten. Dann fand er eine Stelle als Barkeeper in einem privaten Club. Und während er an der Bar arbeitete, sang er ein bisschen; ein Plattenproduzent hörte ihn, und der Rest ist, wie man so schön sagt, Geschichte. Cameron kann manchmal ein Hallodri sein, aber er hilft immer, Geld für das Rote Kreuz einzuwerben.«

»Das ist bewundernswert.« So viel Fleiß und Großzügigkeit hatte Danielle dem Charmeur gar nicht zugetraut.

»Er ist ein guter Mann, ungeachtet aller Gerüchte. Natürlich sind er und Jon sich nicht in allem einig. Weil Cameron immer die schönen Frauen bekommt, vermute ich. Es ist eine alte Rivalität.« Abigail rückte ihren Sessel näher ans Feuer und hielt ihr Sherry-Glas in der Hand. »Der Cameron Murphy, den ich kenne, ist nett und freundlich, aber auch ein bisschen verloren. Es würde mich freuen, ihn wieder verheiratet zu sehen.«

Danielle merkte auf. »Höre ich da einen Hauch von Interesse Ihrerseits?«

Abigail lachte. »Nein, er ist nicht mein Typ, und meine Eltern träfe der Schlag! Oh nein, mir ist es bestimmt, eine alte Jungfer zu werden, Danielle. Wahrscheinlich werde ich nie Kinder haben, und ein solch maskuliner Mann würde gewiss unzählige wollen.«

Danielle vernahm einen Anflug von Traurigkeit in ihrer Stimme. »Warum haben die Schauspielerin und er sich scheiden lassen?«

»Weiß ich nicht genau. Doch angeblich soll Erica nach wie vor verrückt nach ihm sein.«

Draußen auf dem Balkon zog Jon, nachdem Cameron sich entschuldigt hatte, einen Umschlag aus seinem Dinnerjackett. »Mein Vater bat mich, dir das zu geben, Max.«

»Ich hoffe es ist das, worauf ich schon warte.«

Jon zögerte. »Dir ist sicher bewusst, wie gefährlich es ist, mein Freund. Du musst an Danielle denken. Was ist, wenn …«

»Ich nicht zurückkomme?«, beendete Max die Frage für ihn. Tiefe Sorgenfalten gruben sich in sein Gesicht. »Mein Sohn und meine Mutter werden vermisst, Jon. Was würdest du tun?«

Kopfschüttelnd atmete Jon langsam aus.

»Genau. Ich habe keine Wahl.« Max steckte den Umschlag in seine Tasche. »Ebenso wenig wie jede andere der armen Seelen, die noch dort sind.«

Cameron kam wieder zu ihnen. Seiner Haltung und dem Gang waren der Alkohol anzusehen, den er bereits getrunken hatte, und er begann, etwas von feindlichen Flugzeugen zu brabbeln, nach denen er Ausschau hielte.

»Ah, kein einziges weit und breit«, lallte Cameron, wobei man seine irische Herkunft deutlich hörte. »Haben wohl Schiss, dass sie's mit mir zu tun kriegen.«

Jon gefiel nicht, dass Cameron solch unangebrachte Späße machte. »Vor Nazi-Angriffen auf die Stadt brauchen wir uns nicht zu fürchten, Cam«, sagte er. »Jedenfalls noch nicht«, ergänzte er an Max gewandt.

Cameron neigte sich über die Messingreling. Sein schwarzes Dinnerjackett flatterte im Wind, und sein gestärktes weißes Hemd stand oben offen. »Und was für ein schöner Abend! Wie geschaffen für die Heiligen im Himmel.«

Max gab sich ruhig und legte eine Hand auf Camerons Schulter. »Wir sollten zu den Damen zurückgehen. Abigail und Danielle vermissen uns gewiss schon.«

Cameron blickte abfällig auf Max' Hand und grinste spöttisch. »Die holde Danielle, die Schönheit mit dem zimtbraunen Haar. Was sind Sie doch für ein Glückspilz, Max. Sie haben viel zu viel Glück, wenn Sie mich fragen.« Beim Reden zog er einen Flachmann aus seiner Jacke und goss sein Glas randvoll mit irischem Whiskey.

Jon stellten sich die Nackenhaare auf. »Cam, alter Knabe, meinst du nicht, du hast genug?«

Cameron grinste ihn an und wandte sich wieder zu Max. »Und sie ist zufällig die Sorte Frau, die ich gerne besser kennenlernen würde.«

Jon entging nicht, dass Max ein wenig zusammenzuckte, wusste aber, dass dessen logischer Verstand diese Bemerkung kurz reflektieren und dann als nebensächlich verwerfen würde. Und tatsächlich verdunkelten sich Max' Augen nur für einen kurzen Moment, und er wahrte die Fassung.

Trotzdem wurde Jon heiß vor Scham. »Tut mir leid«, flüsterte er Max zu. »Mir war nicht klar, dass er so betrunken ist.«

»Das habe ich gehört, Jon«, sagte Cameron. »Na los, sei kein Spielverderber. Dem guten Max macht das nichts, stimmt's, Max? Also ich möchte sogar wetten, dass er nichts dagegen hat, sein Weibchen mit ein paar guten Freunden zu teilen, solange der Handel aufgeht, was?« Er schwenkte seine Flasche in Max' Richtung. »Die Ehe kann mächtig öde werden, sage ich euch. Ein und dieselbe Frau, tagein, tagaus, wie langweilig!« Er zwinkerte Max zu. »Ich könnte Sie mit einigen Starlets bekannt machen, und dann könnten wir …«

»Das reicht jetzt«, fiel Jon ihm erbost ins Wort. *Wäre sie meine Frau, würde ich nicht ruhig dastehen, während Cam ihre Reputation besudelt.* »Du beleidigst Max.«

Cameron schnaubte. »Na, kommen Sie, Max, wollen Sie sie etwa ganz für sich behalten?«

Max blickte stur geradeaus und bemühte sich offenbar, Cameron zu ignorieren.

»Genug!« Jon packte Cameron beim Arm. »Zeit zu gehen, Cam.«

Cameron hieb mit der Faust nach Jon, doch der wich dem Schlag aus. Allerdings sprühte ihm dabei Whiskey aus dem offenen Flachmann ins Gesicht, bevor Max nach der kleinen Flasche griff.

»Auf geht's, Seemann.« Jon wischte sich den brennenden Alkohol aus den Augen und bugsierte Cameron vom Balkon. Obwohl Cameron sich zu wehren versuchte, überwältigte Jon ihn mühelos; er hatte reichlich Erfahrung mit sturzbetrunkenen Seeleuten.

Mit Hilfe des breitschultrigen Chauffeurs gelang es Jon, Cameron in den Wagen der Familie zu setzen und ihn zurück zu seinem Hotel zu schicken. Immer noch außer sich vor Wut, ging Jon direkt in sein Zimmer, um seinen Anzug zu richten und sich den Whiskey aus dem Gesicht zu waschen. Was Cameron über Danielle gesagt hatte, machte ihn richtig zornig, und das wohl mehr, als es sollte. Warum seine Schwester diesen Blödmann bewunderte, war ihm ein Rätsel. Cameron war ein unverschämter, egozentrischer Schwachkopf. Sie waren im Krieg, und er riss nach wie vor geschmacklose Witze! *Ich bin fertig mit ihm.*

Jon war den rauen Umgangston der Männer gewohnt, mit denen er zur See fuhr. Und Max war einem Idioten wie Cameron allemal gewachsen – schließlich wollte er sich einem ganz anderen Monstrum stellen, um seine Familie zu suchen. Nein, Max hatte Cameron mit unglaublicher Gefasstheit behandelt. *Aber wäre sie meine Frau, würde ich Camerons Bemerkungen niemals dulden.* Jon genoss Max' Gesellschaft, hatte jedoch schon in New York einsehen müssen, dass er das Paar zum Essen und zur Stadtbesichtigung einlud, um Danielle nahe zu sein. Seine wachsenden Gefühle für sie waren vollkommen unangebracht gewesen, entzogen sich jedoch seiner Kontrolle. Schuldgefühle überkamen ihn, weil er feststellte, dass er mit jedem Tag mehr an Danielle und weniger an Victoria dachte. Victoria und er kannten sich seit vielen Jahren, und beide Familien erwarteten, dass sie eines Tages heirateten, auch wenn Jon ihr bisher keinen Antrag gemacht hatte. Seine Zuneigung zu Danielle war etwas gänzlich Neues für ihn und nahm die Züge einer Sucht an. Er konnte nicht aufhören, an sie zu denken.

Während er sich das Gesicht abtrocknete, dachte er an die Geschichten seines Vaters aus dem letzten Krieg. Die enormen Strapazen, der unsagbare Druck, die entsetzlichen Tragödien. Die meisten seiner Freunde hatten gar keine Vorstellung davon, was ihnen und ihrem Land bevorstand. Jon und sein Vater arbeiteten bereits rund um die Uhr. *Und es ist erst der Anfang.*

Jon ging wieder nach unten zur Party und nickte Max zu, der ausrichtete, dass Cameron sich entschuldigte.

Während sie den Fasan aßen, den Jon in der letzten Jagdsaison geschossen hatte, fragte Danielle Abigail nach ihrer Arbeit in Los Angeles.

Abigail strahlte, und Jon lächelte Danielle zu. »Jetzt kennt sie kein Halten mehr. Aber du musstest ja fragen, nicht?« In Wahrheit war er stolz auf die Arbeit seiner Schwester.

Und Abigail ließ sich von ihm ohnehin nicht bremsen. »Das Rote Kreuz bietet überall Hilfe für Menschen in Not, besonders für Kinder. Auch wenn Amerika nicht im Krieg ist, kann dort so vieles getan werden, und dazu brauchen wir private Spenden.« Ihre braunen Augen leuchteten. »Haben Sie gewusst, dass die Wurzeln des Roten Kreuzes bis auf die byzantinischen Schlachtfelder zurückgeht, wo Freiwillige verwundeten Rittern halfen?« Abigail lächelte wehmütig. »Ich wünschte, ich könnte Sie beide überreden, nach Los Angeles zu ziehen.«

»Eines Tages vielleicht.« Danielle sah besorgt zu Max. »Aber nicht ohne unsere Familie.«

Jon blickte auf Danielles grazile Hand, die schmalen Finger, nach deren Berührung er sich sehnte, und Verlangen flammte in ihm auf. Er biss die Zähne zusammen, erhob seinen Weinkelch und sah Max an. »Auf deinen Erfolg, Max. Ich hoffe, dass Danielle und du bald wieder mit eurer Familie vereint seid.«

Auf der Rückfahrt zum Haus der Leibowitz' sprachen Max und Danielle kaum, denn jeder hing seinen eigenen Gedanken nach, während sie in ein aufkommendes Gewitter hineinfuhren.

Erst als sie wieder in ihrem Zimmer waren, fragte Danielle: »Warum hat Jon dir Erfolg gewünscht?«

»Es wird wohl Zeit, dass du es erfährst«, sagte Max seufzend. »Fühlst du dich gut genug, um zu reisen?«

Danielle griff nach einem Sessel und sank hinein, denn ihr Herz raste. »Fahren wir heim?«

»Du nicht, mein Liebling. Ich möchte, dass du nach Frankreich fährst. In deinem Zustand solltest du bei deiner Familie sein.«

Sie wollte widersprechen, musste indes einsehen, dass er recht hatte, also nickte sie stumm. Dann kam ihr ein Gedanke. »Also reist du nach Hause?«

Max bejahte. »Durch Deutschland. Die britische Regierung hat mich gebeten, für sie zu arbeiten.«

»Als Spion, meinst du?« Sie wollte schreien. Draußen wurde der Regen heftiger und trommelte aufs Dach. »Wie kannst du das auch nur in Erwägung ziehen? Genügt es nicht, dass unsere Familie in Gefahr ist?«

»Ich habe keine Wahl«, antwortete er müde. »Von Deutschland aus kann ich nach Polen fahren und nach Mutter und Nicky suchen. Dann wird Jean-Claude uns helfen, sie nach Frankreich zu schicken.«

»Ohne dich? Warum kannst du nicht mit ihnen kommen?«

»Weil ich weiter für den britischen Geheimdienst tätig sein werde. Sie brauchen mich, Danielle. Meine Fertigkeiten und die Sprache sind entscheidend in diesem Kampf.«

»Es ist *ihr* Kampf, Max. Ich will nur meine Familie.«

»Dies ist der einzige Weg. Wir alle müssen uns für die Freiheit auf dem europäischen Kontinent einsetzen. Und da ist noch etwas ... Heinrich hat sich den Nazis angeschlossen. Einer meiner Aufträge lautet, ihn zu finden und ihm militärische Informationen zu entlocken.«

Danielle starrte ihn mit tränenglänzenden Augen an.

»Vertrau mir, Liebling.« Max umfing ihr Gesicht und nahm sie in die Arme.

»Du musst nicht für sie arbeiten! Tu das nicht, ich bitte dich, als deine Frau. Es ist zu gefährlich. Bitte, bring nur Nicky und Sofia in Sicherheit.«

»Ich habe die Risiken abgewogen, Danielle. Und ich gab mein Wort.« Ein Schatten legte sich auf seine Züge und betonte die Sorgenfalten an seiner Stirn.

Danielle atmete langsam aus. *Also ist schon alles beschlossen.* Eine unheimliche Vorahnung breitete sich in ihr aus wie ein pechschwarzer Nebel, doch egal, wie sehr sie flehte, ihr Ehemann würde niemals ein Versprechen zurücknehmen.

Max strich ihr übers Haar, und sie hielten einander in den Armen, während sie dem Trommeln des Regens lauschten.

Danielle vergrub ihr Gesicht an seiner Schulter. Irgendwie wusste sie, dass ihm großes Unglück bevorstand, weigerte sich aber, ihrem Gespür zu glauben. *Diesmal nicht,* beschloss sie. *Diesmal wird es anders sein. Max wird mit Nicky zurückkehren. Gott hilft ihm, ja, das wird er.*

12. November 1939
Polen

Sofia lag auf einer dünnen Matratze in einem verlassenen Lagerraum und starrte blind an die Wand, während Sonnenlicht durch das Fenster über ihr drang. Außerhalb des verbarrikadierten Lagerhauses konnte sie Soldaten harsche Kommandos brüllen und das Knirschen ihrer Stiefel im Schnee hören. Durch die dünne Wand war das ununterbrochene Wehklagen einer Frau zu vernehmen, die gestern Abend gebracht wurde. Sofia würde ihr ja sagen, dass es sinnlos ist, ihre Kraft mit Weinen zu vergeuden, doch sie war zu schwach. Und sie musste ihre Kräfte schonen.

Kein Kind sollte jemals in einem Gefängnis leiden müssen, dachte Sofia, der das Herz für all die Kinder blutete, die zu jung waren, um den Horror dessen zu begreifen, was sie mitansahen; allerdings nicht zu jung, um die Verzweiflung zu spüren.

Seit ihrer Gefangennahme vor sechs Wochen war Jacob fest entschlossen, die Flucht zu wagen. Heute Nacht sollte es so weit sein, hatte er ihr morgens gesagt.

»Ich hole Sie nach Sonnenuntergang.«

Sofia schüttelte den Kopf. »Gehen Sie ohne mich, Jacob. Ich sterbe.«

»Nein, wir finden einen Arzt, dann geht es Ihnen wieder besser.«

»Aber ich würde bloß alle behindern.«

»Sofia, Sie müssen mit uns kommen. Um Nickys willen.«

Schließlich hatte sie zugestimmt, wenn auch nur für Nicky. Sie hatte Max und Danielle versprochen, auf ihren Sohn aufzupassen.

Jetzt ruhte sie sich aus und wartete auf Jacob. Mit herkulischer Anstrengung drehte sie sich auf die Seite und bemühte sich zu atmen. Sie dachte an alles, was sie zurückgelassen hatte – ihre Familie, ihre Freunde, ihr Heim, ihren Besitz.

Nichts zählte mehr außer der Sicherheit ihrer Lieben. Sie würde tun, was sie konnte, um sie zu schützen, und das mit allen Mitteln. Unweigerlich kam ihr der wunderschöne Schmuck in den Sinn, den sie einst Danielle vermachen wollte.

Wenigstens hatten die kostbaren Steine ihren Zweck erfüllt. Sofia hatte sie Jacob gegeben, damit er die Gefängniswachen bestach.

Der gute, liebe Jacob. Wie freundlich er all die Jahre zu ihr und ihrer Familie gewesen war. *All die Jahre.* Es hatte gute, sogar großartige gegeben, und solche, die sie lieber vergessen würde.

Das Licht in dem winzigen Fenster wurde schwächer, und Sofia wusste, dass auch ihr Licht allmählich erlosch. Schatten von Schneeflocken tanzten über die kahle Wand und erinnerten sie an die Puppenspiele ihrer Kindheit. Ihr Atem ging angestrengt, und der Druck auf ihrer Brust war unerträglich.

Sie hatte stets gebetet, dass Gott sie im Schlaf zu sich nehmen würde, wenn ihre Zeit gekommen war, dass ihre letzten Tage friedlich wären und sie im Kreis der Familie einschlafen dürfte.

Aber das sollte nicht sein. Nun dachte sie an ihre Familie und betete für jeden von ihnen. Und wie jeden Tag fragte sie sich, *wo sind sie?*

So sehr sie Max und Danielle auch vermisste, hätte sie nie gewollt, dass sie dieses Grauen miterlebten. Sie hoffte, dass die beiden es nach Frankreich geschafft hatten. Wäre Nicky doch bloß mit ihnen gereist oder Sofia hinreichend bei Kräften gewesen, mit ihm nach Frankreich zu fahren. Würde Nicky nun durch ihr Handeln Schreckliches erleiden müssen? Nein, entschied sie und schöpfte neue Kraft aus ihrem Glauben. *Gott wird es richten.*

Der Raum wurde dunkler, als die Sonne gen Horizont sank. Sofia schloss die Augen und strengte sich an, noch einen Atemzug zu machen. Die Geräusche von draußen und nebenan wurden leiser, als kämen sie von weit weg.

Die Tür ging auf, und Jacob kam herein.

»Wo ist Nicky?«, fragte sie.

»Bei Oscar und Irma.« Er drückte ihr drei Tabletten in die Hand. »Nehmen Sie diese gegen die Schmerzen«, flüsterte er und reichte ihr einen Becher mit Wasser. »Es wird Zeit zu gehen.«

Sie schluckte die Tabletten, schwang die Beine vom Bett und raffte all ihre Kraft zusammen.

Sie schlichen durch einen dämmrigen Korridor zum hinteren Gebäudeteil und kamen zu einer verschlossenen Tür, die Jacob mit einem Schlüssel öffnete. Durch den Türspalt konnten sie eine Wache sehen, die ihnen den Rücken zugekehrt hatte, aber Jacob drängte Sofia weiter.

»Gehen Sie«, flüsterte er. »Er ist eingeweiht.« Nachdem Jacob durch die Tür geschlüpft war, hielt die Wache ihn mit dem Gewehrkolben zurück, worauf Jacob ihm den Schlüssel zurückgab.

Es war bitterkalt, sodass ihr Atem feuchte Wolken bildete. Im Schutz der Dunkelheit eilten sie zu einer Stelle im Behelfszaun, wo der Schnee festgetreten war und man ihre Spuren nicht bemerken würde.

Jacobs Frau Irma, ihre Kinder, sein jüngerer Bruder Oscar und Nicky warteten bereits am Zaun.

Die bestochene Wache drehte sich weg. Dann hoben Jacob und Oscar einen losen Teil des Zaunes.

»Schnell«, sagte Jacob. »Die Kinder zuerst, beeilt euch. Nicky, Irma, gut. Sofia?«

Nicky streckte einen Arm unter dem Zaun hindurch. »Nimm meine Hand, Grand-mère.«

»Geh mit den anderen, Nicky«, flüsterte Sofia.

Oscar kniete sich hin und kroch unter dem Zaun durch, bevor er ihre Hand packte.

Sie verzog das Gesicht, als sie über die kalte, hartgefrorene Erde rutschte; ihre Kleider und ihr Haar verfingen sich im Stacheldraht, und sie riss sich grob los. Auf der anderen Seite legte Oscar einen starken Arm um ihre schmale Taille, hob sie hoch und trug sie halb hinüber zum Wald, wo sie sich im dichten Unterholz versteckten.

Jacob kam als Letzter unter dem Zaun durch. Als er auf den Wald zulief, streifte ein Suchscheinwerfer seine Beine. »Lauft!«, sagte er heiser und murmelte einen Fluch. »Wartet nicht auf mich. Lauft!«

Sofias Herz klopfte in ihrem Hals, als sie durch die eisige Nacht liefen und gar nicht wahrnahmen, wie ihnen das Dickicht die Kleidung und die Haut zerriss, während sie um ihr Leben rannten.

19. November 1939
Dover, England

An diesem Morgen zeigte sich der Hafen von Dover trübe und grau, wie am Tag von Danielles und Max' Ankunft in England zwei Monate zuvor. Hoch oben auf einer Klippe ragte eine Burg bedrohlich in den Nebel.

Während sie in der Passagierschlange auf die Fähre nach Frankreich warteten, umfing Danielle das Gesicht ihres Mannes mit beiden Händen, um sich jeden seiner Züge einzuprägen: das kantige Kinn, die lange schmale Nase, die Augen, die mal so entschlossen, mal so liebevoll blicken konnten.

»Das hätte ich beinahe vergessen.« Max drückte ihr ein kleines, eingewickeltes Bündel in die Hand. »Nimm die hier mit.«

Danielle öffnete das Bündel: Es enthielt seine Lieblingspfeife und das handgemachte Platinfeuerzeug im Art-déco-Stil, das Danielle ihm zur Hochzeit geschenkt hatte. Das samtige Vanillearoma seines Lieblingstabaks stieg ihr in die Nase, und sie fuhr ehrfürchtig mit dem Finger über den geriffelten Behälter mit dem winzigen Smaragd und Saphir im Baguette-Schliff.

»Um sicher zu sein, darf ich nichts bei mir haben, was nicht in Deutschland gefertigt wurde.«

»Ich bewahre sie für dich auf«, versprach sie mit belegter Stimme.

Max schlang die Arme um Danielle, und sie umarmte ihn ebenfalls, drückte ihn an sich und lehnte ihren Kopf an seine Brust.

»Alle Besucher bitte die Halle verlassen!«

Max streichelte mit dem Finger über ihr Kinn, und Danielle wurde ganz warm. »Ich hoffe, dass ich dich sehe, bevor das Baby geboren ist, Liebling. Bis dahin bist du bei deiner Familie sicher.«

»Max …«, begann sie, konnte aber nicht weitersprechen, weil Angst ihr die Kehle zuschnürte. Sie hob den Kopf, und ihre Lippen vereinten sich zu einem Kuss, der schmerzliche Sehnsucht in ihr weckte – nach ihrer Familie, ihrem Leben, wie es mal gewesen war … voller Verliebtheit und Glück. *Wie komisch, dass man sich in glücklichen Momenten nie vorstellen kann, die friedliche Idylle würde nicht ewig währen,* dachte sie und nahm sich vor, Glück nie wieder für selbstverständlich zu nehmen.

Sie strich mit den Händen über Max' glatt rasiertes Gesicht, glättete die Sorgenfalten in seinen Augenwinkeln und hauchte Küsse auf die Furche zwischen seinen Brauen. Könnte ihre Liebe und Kraft doch einen Schild um ihn bilden, der ihn vor Unheil schützte!

Max umfing wieder ihr Gesicht. »Bald hast du deinen Sohn wieder. Ich finde Nicky für dich, versprochen.«

Danielle unterdrückte ein Schluchzen. »Und deine Mutter.«

»Ich werde sie nach Paris schicken, sobald ich kann.« Er zog sich zurück.

Ihr war klar, dass es Zeit wurde. »Max …«

»Ich liebe dich, meine Teuerste«, flüsterte er mit rauer Stimme und zog ihren Kopf an seine Brust, sodass sie sein Herzklopfen unter dem Mantel fühlte. »Vergiss das nie. Pass auf dich auf und bete für mich.«

»Das werde ich … Ich liebe dich, Max«, sagte sie halb schluchzend. *Mein geliebter Max.* Einsamkeit umfing sie, als sie zur Seite trat und ihre Hand von seinem Gesicht über den Wollmantel in seine Hände glitt. Er drückte sie, und sie sah, dass er mit den Tränen rang.

Als die Fähre aus dem Hafen fuhr, stand Danielle zitternd an der Reling und winkte, bis ihr Mann zu einem winzigen Punkt an der Pier geworden war.

Nachdem sie Max nicht mehr sehen konnte, zog Danielle ihren Wollschal bis zu den Ohren hoch, wobei sich ihr Ehering in dem Stoff verfing. Max hatte darauf bestanden, dass sie den herrlichen Smaragd- und Diamantring behielt, der einst seiner Großmutter gehört hatte, obwohl er seine goldene Taschenuhr verkaufte, um ihre Überfahrt zu bezahlen. »Was auch geschieht, verkauf nie unseren Ring.« Sie musste es ihm versprechen, auch wenn Danielle ihn sofort gegen die Sicherheit ihrer Familie eintauschen würde. Ein Schluchzen entfuhr ihr, als sie an seinen gefährlichen Auftrag dachte.

Sie blickte nach vorn zu den gischtgekrönten Wellen, die sie von ihrem Ehemann, ihrem Sohn und allen trennten, die sie liebte. Der intensive Seegeruch ließ sie an ihre letzte

Reise über den Atlantik denken. Sie wappnete sich gegen die Erinnerung, dennoch fuhr ihr ein Angstschauer vom Nacken über den Rücken, und ihre Zähne schlugen zitternd aufeinander. Ihre alte Furcht vor dem Ertrinken – die nun allzu real war – lähmte ihre Courage.

Zugleich drängte sich ein verstörender Gedanke in ihren Kopf. Dasselbe Gefühl hatte sie schon einmal gehabt, als kleines Mädchen, beim letzten Mal, als sie ihren Großvater gesehen hatte. Irgendwie hatte sie gewusst, dass sie ihn nicht wiedersehen würde. Was sie sogar ihrer Mutter sagte. Da hatte sich ihre Vorahnung erstmals gezeigt. Seither machte sie ihr schreckliche Angst.

Und die Frage, die sie bisher nie zugelassen hatte, kam ihr nun mit entsetzlicher Klarheit in den Sinn.

Werde ich Max jemals wiedersehen?

5

Man beachte die Beziehung der Düfte untereinander. Ein Parfüm ist eine Symphonie, so viel größer als die Summe der einzelnen Teile. Und dennoch entspringt die Exzellenz dem Individuellen. Der Künstler begreift diese Wechselwirkung und wählt demzufolge nur die besten Zutaten. – db

19. November 1939
Paris, Frankreich

Danielles Eltern und Jean-Claude holten sie mit dem Familienwagen am *Gare du Nord* in Paris ab. Sonnenlicht brachte die Seine zum Glitzern und spiegelte sich in der vergoldeten Kuppel des Invalidendoms. Danielle neigte den Kopf zur Seite, um die Türme von Sainte-Chapelle zu sehen, die von der Île de la Cité aufragten. Die Lebensfreude, welche die einzelnen Eindrücke der Stadt zu einem edlen, farbenfrohen Gobelin verwob, erstaunte Danielle seit jeher.

Doch dieser Besuch war getrübt, denn eigentlich sollte Danielle mit Max, Nicky und Sofia hier sein. Und jetzt roch sie die Angst in der Stadt, spürte den drohenden Krieg wie ein großes graues Gespenst, das mit grausamen Klauen nach Paris griff.

Als sie in der Wohnung im Parterre des Hauses aus der Haussmann-Epoche ankamen, strömten Erinnerungen auf Danielle ein. Über diesen Parkettboden waren Danielle und ihr Bruder früher auf Strumpfsocken geglitscht, und unter der hohen Decke flatterte einst aufgeregt eine Taube, die sich durch ein weit offenes Fenster nach drinnen verirrt hatte, was die Bediensteten kurz vor einer Dinnerparty in Panik versetzte, während Danielle und Jean-Claude vor Begeisterung gekreischt hatten. Der arme Vogel hatte sich schließlich einen Flügel gebrochen, worauf Jean-Claude ihm eine Schiene bastelte und ihn gesund pflegte. Und dort auf dem Kaminsims tickte die Uhr aus teils vergoldeter Bronze, wie sie es schon seit Generationen tat.

Sehnig und stark wie eh und je trug Jean-Claude ihren Koffer in Danielles altes Zimmer. Sie kamen am Boudoir ihrer Mutter vorbei, wo Danielle eine antike Étagère erspähte, beladen mit Maries Parfümflaschen, deren Duftnoten die Luft aromatisierten. Sie war daheim.

Beim Betreten ihres Zimmers hingegen rümpfte Danielle die Nase, riss sogleich das Fenster auf und sank auf den gepolsterten Stuhl, dessen fröhlich gemusterter roter Stoff mit den Jahren verblichen war. Danielle betrachtete Jean-Claudes strenges Profil, sein zerzaustes dunkles Haar, die Wolltuchhose und das etwas zerknautschte Hemd, das aussah, als hätte er die ganze Nacht darin gelernt. Er wirkte besorgt. »Irgendwelche Neuigkeiten von deinen Quellen?«

»Nein, nichts aus Polen.« Er kniete sich vor ihren Stuhl, sodass das einfallende Sonnenlicht Falten an seiner Stirn beleuchtete, die Danielle zuvor nie bemerkt hatte. »Aber das muss nicht heißen, dass Nicky und Sofia nicht wohlauf sind.«

»Können wir irgendetwas tun?«

Jean-Claudes dunkle Augen funkelten. »Es gibt sehr viel zu tun«, antwortete er mit Nachdruck.

Seine Strenge machte ihr Angst. *Diese Seite an meinem Bruder kenne ich gar nicht,* stellte sie fest. *So vieles hat sich verändert.*

Jean-Claude stand auf und ging zur Tür. Dort blieb er stehen und drehte sich zu ihr um. »Du wirst bald sehen, womit wir es aufnehmen, Danielle.«

Später in der Woche wurde Danielle bewusst, dass Jean-Claudes Warnung begründet gewesen war. Die Zeitungen berichteten Entsetzliches aus Deutschland: Arbeiter denunzierten ihre Arbeitgeber, Nachbarn zeigten sich gegenseitig an, sogar Familien verrieten ihre eigenen Angehörigen. Sie hatte Untergrundflugblätter von brennenden Geschäften mit eingeschlagenen Fenstern gesehen. Juden mussten gelbe Sterne an ihrer Kleidung tragen, und immer mehr Nazi-Truppen fielen in Nachbarstaaten ein. Leute verschwanden. Der Tod wurde allgegenwärtig.

Von den Geschichten wurde Danielle übel, und sie wünschte sich umso ungeduldiger, wieder mit ihrer Familie vereint zu sein. Wie könnte sie helfen?

»Wann kann ich mit dir zu deinen Treffen gehen?«, fragte sie Jean-Claude eines Tages, weil sie so rastlos war.

Jean-Claudes Miene verfinsterte sich. »Woher weißt du von denen?«

»Du musst dich doch mit anderen treffen, um zu planen«, antwortete sie achselzuckend.

Jean-Claude stand abrupt auf. »Das ist zu gefährlich.«

»Mein Sohn ist in Gefahr. Was würdest du denn tun?« Sicher gab es etwas, das sie machen konnte, um Max bei der Suche nach Nicky und Sofia zu helfen.

»Du bist schwanger, Danielle. Ich darf dich nicht in Gefahr bringen.«

»Ich bin schwanger, nicht tot! Und wer würde eine schwangere Frau verdächtigen?«

Er atmete erschöpft aus. »Kommt nicht infrage!«

Nach über zwei Wochen, die sie untätig in der Wohnung ihrer Eltern verbracht hatte, reichte es Danielle und sie beschloss, nach Grasse zu fahren und von dort zum Anwesen der Familie. Der Zeitpunkt war ideal, denn ihr Vater hatte mit einigen Renovierungsarbeiten begonnen, die er schon seit Jahren plante. Anscheinend musste er sie jetzt als eine Form von Protest gegen das Chaos ausführen, das Europa drohte.

Danielle saß im vergoldeten Louis-XV-Stuhl im Boudoir ihrer Mutter, wo bereits Baustaub die feinen Antiquitäten bedeckte. Sie bewunderte ihre Mutter Marie, ihre teure *Maman,* mit dem silbrig blonden Haar und dem eleganten Kostüm, die anscheinend alles im Leben mit Anmut und Gelassenheit nahm.

Marie drehte sich zu Danielle um. »Sieh dich einer an«, sagte sie. »Du bist blass, deine Augen sind stumpf, und selbst dein wunderschönes Haar hat seinen Glanz verloren. Mein Liebes, ich wünschte, du würdest mit uns ins Hôtel Ritz ziehen. Mir kommt es vor, als würde ich dich rauswerfen, wenn du uns am dringendsten brauchst.«

Marie strich mit ihren manikürten Händen über Danielles langes Haar, zog sie von dem Stuhl hoch und küsste sie auf beide Wangen.

»Ich weiß, dass du die Parfümerie und deinen Onkel liebst, doch ich behielte dich lieber hier in Paris. Wir haben noch nicht einmal neue Kleider für dich gekauft.«

Danielle sank in die Umarmung ihrer Mutter, deren vertrautes *Parfüm* sie tröstete. *Sie hat mir so sehr gefehlt,* dachte sie. »Ich liebe es auch, dich und Papa zu sehen, aber ich muss eine Beschäftigung haben.« Auf Nachrichten zu warten, die selten kamen, war qualvoll. Bellerose war schon immer ihr kreatives Refugium gewesen, wo sie neben Philippe in der Familienparfümerie arbeiten durfte.

»Die Geschäfte gehen schleppend«, sagte Marie, »doch gewiss freut Philippe sich über deine Gesellschaft.« Sie strich Danielle über die Wange. »Weißt du eigentlich, wie stolz ich auf dich bin? Du hast dir einen Platz im exklusiven kleinen Kreis der weltweit besten Parfümeure verdient.«

Danielle lächelte. Es stimmte. Da gab es Ernest Beaux, der Chanel No. 5 schuf, Jacques Guerlain von der Guerlain-Dynastie, Ernest Daltroff, der Nuit de Noël für Caron kreierte, sowie den überaus produktiven François Coty. Danielles Können hatte geholfen, La Maison de Bretancourt als moderne Parfümerie von Weltrang zu etablieren.

Marie küsste sie auf die Stirn, und Danielle freute sich über die Anerkennung ihrer Mutter, denn sie war eine der Großen in der Branche. Marie kümmerte sich um die Vermarktung, während ihr Bruder Philippe die Produktion überwachte. Unter ihren Kunden fanden sich sogar Mitglieder der europäischen Königshäuser und Käufer, die von so weit her wie Shanghai oder Buenos Aires bei ihnen orderten.

»Bis Max mit Nicky und Sofia hier ist, werden dir Bellerose und die frische Luft in deinem Zustand wohltun«, fuhr ihre Mutter fort.

Sie hatte ihren Eltern erzählt, dass Max als Deutscher die

Regierung überreden könnte, Sofia und Nicky reisen zu lassen. Mehr allerdings nicht, denn sie wollte sie nicht unnötig in Angst und Sorge versetzen.

Danielle sah auf die Uhr und ging zur Tür. »Wir sollten bald aufbrechen. Mein Zug geht in einer Stunde.«

»Natürlich, und denk dran, wir kommen über Weihnachten.« Maries Stimme klang melodisch wie immer, nur wusste Danielle, dass ihre Mutter sich besonders bemühte, ihre Sorge zu überspielen.

8. Dezember 1939
Grasse, Frankreich

Danielle stieg am kleinen Bahnhof von Grasse aus dem Zug und inhalierte genüsslich die rustikalen Landaromen. Die Sonne wärmte ihr die Schultern, sodass einiges von der Anspannung schmolz, die sie in Paris empfunden hatte.

Sie entdeckte ihren Onkel: ein drahtiger, weißhaariger Mann mit Brille. »Philippe!«, rief sie winkend.

»*Bonjour* Danielle, wie schön, dich zu sehen!« Philippe war groß und hatte das wettergegerbte Gesicht eines gallischen Bauern, das sich nun bei seinem strahlenden Lächeln in abertausend Falten legte. Er küsste sie auf beide Wangen, und sie sog verzückt seinen typischen dezenten Duft nach Jasmin, Lavendel und Rosenblüten ein, den natürlichen Ölen, mit denen er täglich arbeitete.

»Ich habe dich vermisst«, sagte sie. Mit Philippe verband sie eine besondere Beziehung. Nicht bloß kannte er sich mit der Bewirtschaftung des Landes bestens aus; überdies war er ein weit gereister, sehr intelligenter Mann, der neben moralischer Integrität auch ein großes künstlerisches Talent besaß. »Wie stehen die Dinge auf Bellerose?«

»Es fehlt eine Frau im Haus. Ich bin froh, dass du gekommen bist.«

»Und ich konnte es gar nicht erwarten. Wie war die Blütenernte?«

»Sehr gut in diesem Jahr. Wir haben sehr viele Essenzen gewonnen. Aber das Geschäft läuft nicht so gut. Dieser verfluchte Krieg!« Er bückte sich, um ihren kleinen Koffer zu nehmen.

»Ich nehme ihn schon, *mon oncle.*«

»Unsinn, ich bin nach wie vor stark wie ein Ochse. Ist das alles, was du mitgebracht hast?«

Sie nickte betrübt. »Es ist alles, was ich noch besitze.«

»Nein, meine Kleine«, sagte er, und seine grünen Augen hinter den Brillengläsern blitzten. »Alles, was du besitzt, ist in dir, und mehr wirst du niemals brauchen.«

In Philippes altem Pritschenwagen fuhren sie durch die schmalen Kopfsteinpflasterstraßen von Grasse, die rechts und links von kleinen Geschäften mit Spitzengardinen in den Fenstern gesäumt waren. Als sie sich der *Boulangerie* näherten, bemerkte Danielle den süßen Duft von *Calissons d'Aix,* jenen Mandelkeksen, die sie als Kind geliebt hatte. »Lass uns anhalten.«

In der Bäckerei kaufte Philippe Brote, unter anderem eine *Brioche* und Danielles bevorzugtes *Fougassette,* ein flaches Brot, das mit Orangenblütenwasser verfeinert war.

Während er einkaufte, wanderte Danielle im Laden umher. Sie wünschte, sie wäre in Polen und könnte Max helfen. *Dies ist die schlimmste Zeit, um schwanger zu sein.* Sogleich bereute sie ihren Gedanken. Max und sie hatten sich doch ein zweites Kind gewünscht!

Nach dem Einkauf setzten sie ihre Fahrt durch die flacheren Hügel fort. Danielle sah die Lavendelfelder, die sie früher einmal zu Pferde durchquert hatte. Als sie es erwähnte, lächelte Philippe.

»Nun, da du in deinem Zustand nicht reiten darfst, musst du wohl fahren lernen.«

Sie strahlte. »Bringst du es mir bei? Max hielt es nie für wichtig, dass ich es lerne.«

»Du bist eine moderne Frau, Danielle. Und eines Tages wird all dies dir gehören.« Er schwenkte die Hand. »Es ist einfacher, den Anbau mit dem Wagen zu überwachen anstatt vom Sattel aus. Besonders wenn man so alte Knochen hat wie ich.«

Danielle blickte aus dem Fenster, schüttelte ihr Haar in der kühlen Brise und inhalierte die von Lavendel-, Rosen- und Jasminduft getränkte Luft. Sie kamen an Feldern vorbei, auf denen zart duftende *Rosa-centifolia*-Sträucher wuchsen. »Wie war die Rosenernte dieses Jahr?«

»Hervorragend. Wir hatten ein mildes Frühjahr und reichlich Regen. Zwanzig bis fünfundzwanzig Blüten pro Stiel. Unsere Rose war in diesem Jahr wahrlich die ›Königin der Blumen‹, um Sappho zu zitieren.« Er reckte das Kinn und sah Danielle gewichtig an. »Unsere *Rose de mai* ist teuer, Danielle, aber anderen weit überlegen.«

Sie musste lachen. »Bei dir kommt wieder der gallische Hochmut durch, Philippe.«

Er blies den Atem durch geschürzte Lippen aus. »Bulgarien? Marokko? Du willst mir doch nicht erzählen, dass ihre Rosen besser sind als meine!«

»Nur anders«, sagte sie geduldig. »Marokkanische Rosen haben ein sattes Parfüm, und aus dem bulgarischen Rosental kommen bezaubernde Damaszener-Rosen mit einer wunderbaren Birnennote.« Sie sah aus dem Augenwinkel zu ihm. »Aber das weißt du ja schon.«

Philippe grinste. »Wie ich sehe, hast du nichts von dem vergessen, was ich dir beibrachte.«

»Ich hatte den besten Lehrer, nicht wahr?« Sie sah über die gepflügten Felder, die nach der Ernte in den Winterschlaf versetzt wurden und sich Bändern gleich über die Hügel wellten. Prompt jagte ihr ein Angstschauer durch den Leib. *Was ist, wenn die Nazis Frankreich einnehmen? Was passiert dann mit all dem hier?*

Ihr Großvater hatte das Unternehmen gegründet, nachdem er seine Lehre bei Pierre-François-Pascal Guerlain in der Rue de la Paix in Paris beendet hatte. Wie die Guerlain-Dynastie, war auch Danielles Familie tief in der Parfümerietradition verwurzelt. Sie bauten die Rohmaterialien an und handelten mit ihnen, schufen aber auch Parfüms für Privatkunden und Couturiers.

Letzteres war ein relativ neuer Trend, der von Paul Poiret und Gabrielle Chanel begründet wurde, als sie ihr Geschäft mit der Mode um eigene Düfte erweiterten.

Eines Tages würde Danielle für die Parfümerie verantwortlich sein. Das Familien-Château der Bretancourts, Bellerose, würde an Jean-Claude gehen, doch Marie plante, die Parfümerie und den Blumenanbau an Danielle zu übertragen.

Danielle wollte dieses Erbe für ihre Kinder erhalten. Doch sollte Frankreich fallen … *würde uns all dies entrissen – die Arbeit unserer Vorfahren, unser Geburtsrecht.*

Ihre Großeltern waren an Grippe und Schwindsucht gestorben, als sie noch klein war, weshalb Danielle sich kaum an sie erinnerte, und die beiden jüngeren Zwillingsbrüder ihres Vaters starben im Großen Krieg, im Jahr von Danielles Geburt. Ihr Vater hatte gleichfalls in dem Krieg gekämpft, weigerte sich jedoch, darüber zu sprechen, und Danielle verstand, dass sein Schmerz schlicht zu groß war.

Sie musterte ihren Onkel genauer, denn etwas an ihm schien anders. Waren es die tiefen Falten in seiner Stirn, die altersbedingt eingesunkenen Schultern oder sein nachdenkliches Schweigen? Oder war es einfach seine Einsamkeit? Philippes Frau – die große Liebe seines Lebens – war während des Krieges Krankenschwester gewesen. Am Tag nachdem sie ihm eröffnete, dass sie ihr erstes Kind erwartete, starb sie bei einer Explosion auf dem Schlachtfeld. Philippe war in der Armee gewesen und kehrte nach dem Krieg auf das Anwesen zurück. Danielle glaubte, die *Parfüms d'amour*, an deren Komposition er nächtelang arbeitete, galten dem Andenken seiner Frau.

Philippes Frau war seit Kindertagen Maries beste Freundin gewesen. Wie Danielles Vater ihr einmal erzählte, war Marie untröstlich gewesen, und einzig ihre Kinder hatten sie davor bewahrt, vor Trauer den Verstand zu verlieren.

Sanfte Hügel mit säuberlich gepflügten Pflanzreihen zogen an Danielle vorbei. Nach dem Großen Krieg hatten ihre Eltern und Philippe hart gearbeitet, das Anwesen wieder aufzubauen, ihr Heim zu erhalten und für das Wohlergehen und die Erziehung von Danielle und ihrem Bruder zu sorgen. Jean-Claude und sie hatten stets reichlich Liebe bekommen, doch für ihre Eltern waren die Jahre zwischen

Krieg und Wirtschaftskrise eine große Herausforderung gewesen.

Verglichen mit ihnen hatte Danielle ein ruhiges Leben geführt, und nun fragte sie sich, ob sich die tragische Geschichte der Familie wiederholen sollte. Hatte sie ihr Leben für selbstverständlich genommen?

Die Zerstörung, die sie auf dem Atlantik erlebt hatte, verfolgte sie bis in ihre Träume. *Ich muss für meine Familie kämpfen,* sagte sie sich, *so wie es meine Eltern und Philippe getan haben.*

Auf dem Hügel stand die Parfümfabrik, in der Rosen, Jasmin und Lavendel nach der Ernte verarbeitet wurden. Heute herrschte dort Ruhe, dennoch konnte sich Danielle die Geschäftigkeit der Sommerernten lebhaft vorstellen, wenn die Arbeiter vor Sonnenaufgang anfingen, Blumen zu pflücken und zu verarbeiten. Rosen und Jasmin waren am lieblichsten, wenn sie bis Sonnenaufgang gepflückt wurden.

Die Arbeit war kräftezehrend. Ein guter Arbeiter konnte über zwanzigtausend Rosen in der Stunde pflücken, was ungefähr zwanzig Kilo entsprach. Achthundert Kilo ergaben gerade mal ein Kilo Absolutes oder Reinprodukt. Der Lavendel wurde per Hand mit einer Sichel geerntet, anschließend zu Büscheln gebunden und getrocknet. Es war sehr aufwendig, doch das Ergebnis – die Alchemie des Parfümeurs – war pure Magie.

Plötzlich schoss Danielle ein anderer Gedanke durch den Kopf: *Was ist mit unserer Fabrik in Polen?* Leider ahnte sie es im selben Moment schon, und ihr wurde das Herz schwer. Die Nazis würden sie unter ihre Kontrolle bringen, denn Glas war wichtig bei der Kriegsführung.

Die Straße führte um eine Biegung, und sie gelangten zu dem Weg, der zum stattlichen Château führte. Danielle hatte die Sommer mit ihrer Familie hier verbracht; ihr Vater war an den Wochenenden von Paris hergekommen und hatte jedes Jahr den ganzen August Urlaub genommen, um bei ihnen zu sein. Philippe zog das zweigeschossige Nebenhaus vor und behauptete, das Château wäre ihm zu groß.

Sie hielten vor dem Haus, an das ein Labor angebaut war. Hier hatte Danielle sich stundenlang glücklich in Aromen vertieft, die sie bis heute in ihrer Fantasie lebendig hielt. Philippe war ihr erster Lehrer gewesen; in einem Alter, in dem die meisten Mädchen Verkleiden spielten oder Klavier lernten, folgte sie beharrlich ihrem Onkel. Er war damals noch in der Blüte seiner Jahre gewesen und hatte leidenschaftlich die schönsten Blumen gezüchtet, aus denen er die intensivsten, wohlriechendsten Materialien extrahierte. Mit einer Engelsgeduld hatte er Danielles Nase geschult und das Einprägen der Aromen zum Spiel gemacht. Er lehrte sie, die Grundrezepte zu mischen und ihrer Kreativität freien Lauf zu lassen.

»Hast du noch meine alten Tagebücher?«, fragte sie. Gemeint waren ihre Aufzeichnungen von Versuchen und Rezepturen. In den Moleskin-Büchern fanden sich seine Weisheiten neben Danielles Gedanken und Beobachtungen.

»Sie stehen noch in deinem Arbeitsbereich«, antwortete er schmunzelnd.

Danielle ging nach drinnen. Eine Mélange von Aromen durchwirkte die alten Mauern des Hauses und verlieh ihm einen unsterblichen Duft. Wesentliche Öle, produziert auf ihren eigenen Feldern, mischten sich mit den exotischeren

Rohmaterialien, die Philippe importierte. Diesen Geruch trug Danielle immerzu in ihrem Gedächtnis. »Macht es dir etwas aus, wenn ich zuerst ins Labor gehe?«

»Nur zu!« Philippe lachte. »Du bist eine wahre Parfümeurin.«

Danielle öffnete die Labortür und atmete tief ein. Jenseits der Bottiche, in der hinteren Ecke unter dem von rosa Bougainvillea umrahmten Fenster, stand ihre Werkbank, oder, wie es bei den Parfümeuren hieß: ihre Orgel.

Mehrere Ebenen erhoben sich nach hinten versetzt über den hufeisenförmigen Tisch. Auf den Regalen reihten sich beschriftete Apothekerfläschchen voller Öle: Blumen, Harze, Blätter, Hölzer, Moose, Gewürze, Kräuter, Samen, Körner, Wurzeln, Rinden und Früchte. Aus dem Tierreich kamen die Fixative: Zibetöl, Moschus, Ambra. Die Absolute, die Harze, die wesentlichen Öle. Hier hatte Danielle gelernt, Hunderte von Aromen zu erkennen und sich jedes einzelne zu merken.

Philippe brachte ihr bei, wie man Rezepturen abwog und mischte und welche Materialien einander ergänzten, zum Beispiel Orangenblüte und Rose mit einem Quäntchen Vanille; das war ihr erster Versuch gewesen, als sie sechs Jahre alt war. Ihre Augen glänzten bei der Erinnerung. *Eines Tages werden meine Kinder in meine Fußstapfen treten.* Ein Kloß bildete sich in ihrem Hals, als sie an Nicky dachte, und unweigerlich berührte sie die Rundung ihres Bauchs.

Liebevoll glitt sie mit den Fingern über den zerkratzten Arbeitstisch und sog die Aromen ein, bis ihr schwindlig vor Erregung war. Hier, nur hier, wagte sie, sich vollends ihrer

Intuition zu überlassen und sich ganz auf sie zu verlassen. Ideen wirbelten ihr durch den Kopf.

Habe ich überhaupt noch die Kraft, die Magie zu bändigen?

Im Geiste konnte sie Philippe sagen hören, »einfacher, einfacher«, und tatsächlich suchte sie die Schönheit im Einfachen. Sie war für Parfüms bekannt, welche die Seele ansprachen. Harmonie und Eleganz, das waren die Markenzeichen ihrer Kreationen.

In sehr jungen Jahren war eines ihrer Lieblingsparfüms von Guerlain, Mitsouko, ihre Inspiration gewesen. Ein schlichtes Rezept aus zehn Zutaten, aber von einer unglaublichen Tiefe. Was für eine magische Kreation! Nicht unähnlich ihren eigenen späteren Schöpfungen, war es geschaffen, die Zeit zu überdauern. Und sie hoffte, dass ihre Arbeit, gleich einem Monet-Gemälde, ebenfalls weiterleben würde, weit über sie hinaus.

Denn wie bei jedem Künstler, lag auch für den Parfümeur der wahre Erfolg nicht darin, mit welcher Fertigkeit man Materialien mischte, sondern in der Vorstellungskraft. Um ein originelles Parfüm zu kreieren, bedurfte es einer natürlichen Begabung, so wie die Musik oder die bildende Kunst nach Naturtalent verlangte. Danielle war sich bewusst, dass ihr eine seltene Gabe geschenkt war, und dafür war sie dankbar.

Nur wollte eine Gabe genutzt und stetig weiter verfeinert, perfektioniert werden. Ungenutzt verkümmerte sie. Von Parfümeuren war bekannt, dass sie ihre Fähigkeiten einbüßten. Und bei Danielle war es sehr lange her, seit sie zuletzt richtig an ihren gearbeitet hatte.

Am nächsten Morgen wurde Danielle bei Sonnenaufgang wach. Sie ging in die Küche, wo sie ihren Onkel zu finden hoffte, der ebenfalls ein Frühaufsteher war, da hörte sie ein Geräusch aus Philippes Büro.

Sie schob die Tür auf und spähte in das Zimmer, in dem nichts verändert worden war, seit seine Frau es vor Jahren einrichtete. Morgenlicht schien durch die handgemachten Spitzengardinen, und über einem rechteckigen antiken Bauerntisch, den ihr Onkel als Schreibtisch benutzte, hing ein verblasstes Familienwappen. Philippe saß in einem rissigen Lederstuhl, den Kopf auf den Tisch geneigt, die Brille abgesetzt, und schnarchte leise, während aus einem Kurzwellenradio leises Knistern drang. Danielle wollte ihn schon wecken, als sie einen Zettel unter seiner Hand bemerkte.

Es war ein Parfümrezept.

Ihre Neugier siegte, und sie zog den Zettel behutsam heraus. Philippe regte sich, wachte aber nicht auf.

Danielle hielt den Zettel ins Licht und begann fasziniert zu lesen. Im Geiste stellte sie sich die Komposition vor. *Bergamotte, ja, Rosen, ja.* Dann vermengten sich die Zutaten in einem Chaos von Duftnoten, das keinerlei Sinn ergab. Man konnte es nicht einmal *Avantgarde* nennen, denn auch die Abmessungen waren vollkommen falsch. *Das ist abscheulich,* dachte sie und sah Philippe an. *Hat er den Verstand verloren?*

Sie unterdrückte ein Niesen, und Philippe wachte auf. »Wer ist da?«, fragte er barsch und griff nach einem hölzernen Schläger neben seinem Stuhl.

»Ich bin es«, antwortete sie.

»*Mon Dieu,* schleich dich nie an einen alten Mann an, *ma chère.*« Er stellte den Schläger ab. »Was hast du da?«

»Deine Rezeptur.« Sie zuckte mit der Schulter. »Sie ist … nicht schlecht, aber …« Wie sollte sie ihm sagen, dass sie furchtbar war? Dass sie wie das Werk eines Wahnsinnigen aussah? *Er muss an Altersschwachsinn leiden.*

»Es ist nicht, was du denkst.« Er nahm ihr den Zettel ab. »Das ist eine Chiffrierung, die man benutzt, um Nachrichten zu kodieren.«

»*Du* arbeitest mit Jean-Claude zusammen?«

»Genau genommen arbeitet er für mich. Als er mir erzählte, dass du nach Polen zurück willst, war ich nicht überrascht.«

»Warum hast du gestern nichts gesagt?«

»Ich musste erst abwarten, in welcher geistigen Verfassung du bist, Danielle.«

»In welcher geistigen Verfassung *ich* bin? Du klingst genau wie Max. Ich bin bereit, alles zu tun, was getan werden muss, damit meine Familie wieder vereint ist.«

»Ja, das ist mir jetzt klar. Und du solltest dies hier sehen.« Er nahm eine Parfümflasche vom Schreibtisch auf.

Mit einer geschmeidigen Bewegung zog er den Boden ab, unter dem eine Skalenscheibe zum Vorschein kam. Dann knickte er einen Metallanhänger von der Seidenschleife am Flaschenhals, fügte ihn in die Scheibe unten und hielt ihr das Fläschchen hin.

Danielle beobachtete staunend, wie das Metallstückchen sich drehte.

»Norden«, sagte Philippe. »Sehr wichtig zu wissen, wenn man als Kurier oder Pilot in fremdem Land abgeschossen wird.«

»Ein Kompass?«

Er drehte die große Kappe, und sie zerfiel in zwei Teile. »Mit einer Karte«, antwortete er und zog eine winzige Papierrolle aus dem geteilten Deckel. »Seit dem letzten Krieg sind wir besser geworden.«

6

Ein Durchbruch in der chemischen Forschung führte zur Kreation der Aldehyde. Paul Vacher und André Fraysse verwandten sie bei Arpège, Ernest Beaux bei Chanel No. 5. Aldehyde verleihen den Kopfnoten eine lebendige, schnelle Eigenschaft; mit ihnen können Variationen pudrig, fruchtig, grün, zitronig, blumig oder holzig werden. Wahrhaft magisch sind sie mit Rosen- und Jasminabsoluten, denen sie Prickel und Glanz verleihen. – db

24. Dezember 1939
Grasse, Frankreich

Mit einer gestärkten weißen Schürze um ihren anschwellenden Bauch stand Danielle in der Küche und schlug Eischnee, wobei sie traurig an das letzte Weihnachten dachte, als sie dieses Rezept für Max und Nicky bereitet hatte. Heute war Heiligabend, und ihre Eltern waren gestern eingemummelt in dicke Pullover und Schals gekommen, zusammen mit Jean-Claude, seiner Frau Hélène und ihrer kleinen Tochter Liliana, die im gleichen Alter wie Nicky war.

Während Danielle arbeitete, betete sie für die Sicherheit ihrer Familie; ja, sie hoffte sogar insgeheim, dass sie jeden Moment vor der Tür erschienen und nach ihr riefen. Wieder hatte sie einen Kloß im Hals, denn die Wahrheit ließ sich nicht zum Verstummen bringen. Befeuert von ihrem Schmerz schlug sie die Eier noch kräftiger, bis sich das glänzende Eiweiß in steifen Baiser-Schnee verwandelte.

»Philippe, hast du Orangenlikör?«, fragte Marie, die in der Speisekammer ihres Bruders stand.

»Hier ist er«, sagte Philippe und reichte ihr eine verkorkte Flasche. »Was macht ihr?«

»Einen *Bûche de Noël*«, sagte Danielle, die sich auf ihre Arbeit konzentrierte. Sorgfältig maß sie die rationierten Zutaten ab, vermengte Zucker und Mehl in einer anderen Schale mit geriebener Orangenschale, gab den Likör hinzu und hob dann den Eischnee unter die Masse.

»Ohne Weihnachtsrolle ist es kein Weihnachten«, sagte Marie, die in einem alten Rezeptbuch nachlas, wie man den Biskuitteig zubereitete. »Auf einem flachen Kuchenblech verstreichen und zehn Minuten backen.«

»Damit kenne ich mich nun wirklich überhaupt nicht aus«, erwiderte Philippe spitz. »Ich feiere die Feste deines Ehemannes schließlich nicht.«

»Lass uns nicht wieder mit dem alten Kram anfangen, *mon frère*«, sagte Marie und garnierte ihre Worte mit einem Lächeln. »Ich bin aus Liebe konvertiert.«

Es klopfte an der Tür. Danielle sah besorgt zu Philippe, der hineilte, um zu öffnen.

»Anschließend lassen wir den Teig abkühlen«, sagte Danielle und bemühte sich, ruhig zu bleiben. »Dann bepinseln wir ihn mit dem Kaffeelikör und der Buttercreme, wickeln ihn auf wie einen Baumstamm und verzieren ihn.« Sie dachte an die Baiser-Pilze, die sie letztes Jahr mit Nicky gemacht hatte, und wie er ihr half, die Glasur wie Holzspäne aussehen zu lassen. Sie erinnerte sich, dass seine leuchtend grünen Augen vor Freude gestrahlt hatten, als sie ihm die erste gewickelte Scheibe gab, und musste schlucken, bevor sie ihre Mutter ansah. »Liliana wird begeistert sein, oder?«

Ihre Mutter nickte verständnisvoll, als das kleine Mädchen in die Küche kam.

»Ist sie schon fertig?«, fragte Liliana.

»Wir essen die Weihnachtsrolle morgen zum Abendessen, aber für dich haben wir später schon ein Stück zum Probieren«, versprach Marie, umarmte Liliana und strich ihr das seidige Haar aus der Stirn. »Wo ist dein Papa?«

»Bei Grand-père.« Liliana blickte nach unten. »Sie streiten wieder.«

»Männer und Politik!«, sagte Marie und verdrehte die Augen.

Philippe kam mit einem Blatt Papier in der Hand in die Küche gelaufen. »Danielle, wir haben Nachricht von Max!«

Danielle presste eine Hand auf ihren Mund, um nicht laut aufzuschreien. »Was schreibt er?« Sie eilte zu ihrem Onkel und wischte sich die Hände in der Schürze ab. Die zusammengefaltete Nachricht war auf Deutsch. »Was steht da?«, fragte sie und überflog die Worte. »Das sieht aus wie ein Einkaufszettel!«

»Ja, soll es auch. Es ist kodiert«, erklärte er und setzte seine Brille auf. »Komm mit.« Sie eilten in sein Büro. Dort lehnte sich Danielle klopfenden Herzens über seine Schulter, während Philippe die Nachricht dechiffrierte.

Meine liebe D, mir geht es gut, lautete sie. *Suche nach der Familie. Einige Spuren. Keine Sorge. Gib acht auf unser Baby. Ich liebe dich.*

Danielle sank auf einen Stuhl, vergrub das Gesicht in den

Händen und schluchzte vor Erleichterung und Verzweiflung. Sie war dankbar für die Nachricht, nur war sie nicht, was Danielle sich erhofft hatte.

31. Dezember 1939
Paris, Frankreich

Trotz der Unruhe in Europa kamen die Pariser am Silvesterabend in Scharen ins ehrbare Hôtel Ritz, um das neue Jahr zu begrüßen.

Oben saß Marie in einem elfenbeinfarbenen Morgenmantel aus Seide und Spitze an ihrem Frisiertisch und dachte daran, wie schnell das Jahr vergangen war und wie sich die Probleme in ihrer Familie ballten. Das Weihnachtsfest auf Bellerose letzte Woche war von Trauer, Verzweiflung und Wutausbrüchen geprägt gewesen.

Marie hatte in Grasse bleiben wollen, doch Danielle drängte sie, mit ihrem Vater nach Paris zurückzukehren. »Ich werde ohnehin jeden Tag im Labor arbeiten«, hatte sie gesagt.

Nun wählte Marie ein Parfüm aus und tupfte es mit dem Kristallstopfen auf ihren Hals. Es war eine von Danielles schönsten Aldehyd-Kompositionen aus bulgarischer Rose und Jasmin-Absolut: ein Meisterwerk mit einer zarten Note von Ambra und Vanillin, extrahiert aus den Samenkapseln der Orchidee. Das Ergebnis war modern, stilvoll und sinnlich – Danielles aromatisches Markenzeichen.

War ihr kurzes Glück für immer verloren? Sollten sich die Schrecken des letzten Krieges wiederholen?

Marie blickte in den Spiegel. Könnte sie doch nur irgendetwas unternehmen, um ihrer Tochter, deren Familie und ihrem armen kleinen Enkelsohn Nicky zu helfen! Es war so tragisch, aber was könnte sie schon ausrichten? Was konnte irgendeiner von ihnen tun? Sie betete, dass Max bald mit Nicky und seiner Mutter zurückkehren möge.

Dann zog sie sich ein schmales, kamelbraunes Wollkleid an und begann, den Salon aufzuräumen, während sie auf Jean-Claude, Hélène und Liliana wartete. Für ihre Enkelin hatte Marie einen besonderen Abend geplant. Sie richtete ein Silbertablett mit *Petit-fours* und *Canapés* vom Zimmerservice auf einem Tisch mit feinen Intarsien an.

»Oh, Edouard!«, rief Marie nach ihrem Mann und bemühte sich, munter zu klingen. »Sie werden bald hier sein.«

Aus dem Schlafzimmer kam nur ein Brummeln.

Müdigkeit trübte Maries Stimmung gleich einer dunklen Regenwolke. Der Streit zwischen Edouard und Jean-Claude am Weihnachtstag hallte bis heute in ihrem Kopf nach. In den letzten Monaten hatte ihr Sohn eine zunehmend feindselige Haltung gegenüber dem Vater eingenommen, gab ihm gar eine Mitschuld an Hitlers Vormarsch. Die Hand über einer Kristallfigur, hielt Marie inne. *Könnte Jean-Claude recht haben?*

Edouard war Miteigner einer der namhaftesten Banken in Paris. Und diese Bank vergab seit Jahren Kredite an europäische Unternehmen, von denen viele in Deutschland saßen. Wie sich herausstellte, gehörten einige von ihnen zur Rüstungsindustrie, weshalb Jean-Claude das Engagement der Bank aufs Schärfste verurteilte. Beim Weihnachtsdiner hatte er seinen Vater wütend angegriffen.

»Die Nazi-Partei und ihre Mitglieder leben in Saus und

Braus«, hatte Jean-Claude geschimpft, »und das auf Kosten aller anderen, ganz besonders der Juden, einer Volksgruppe, der deine eigene Frau angehört, wie du dich vielleicht erinnerst, ebenso wie deine Kinder, ganz gleich ob wir getauft sind oder nicht.«

Edouard hatte erbost gebrüllt: »Kein Mann muss seine Geschäfte gegenüber der Familie rechtfertigen. Vergiss nicht, dass auch du von ihnen profitierst! Wie sonst könntest du dir erlauben, dein Medizinstudium abzuschließen und eine Frau und ein Kind zu ernähren?«

»Ich würde es schaffen«, konterte Jean-Claude.

Edouard schnaubte. »Dieser Wohlstand kommt allen Europäern zugute. Und außerdem bin ich im Vorstand in der Stimmenminderheit.«

»Dann musst du eben alleine für das einstehen, was richtig ist.«

»Du bist ein idealistischer Narr! Ich weigere mich, diese Diskussion fortzusetzen.«

Die unglückliche Marie hatte versucht, zwischen ihnen zu vermitteln, doch es war zwecklos. Und jetzt fürchtete sie einen weiteren Streit, noch einen ruinierten Feiertag.

Marie hatte Hélène und Jean-Claude mit dem Angebot überrascht, den Silvesterabend auf Liliana aufzupassen, während sie das neue Jahr mit einem Diner und anschließendem Tanz im Hotel einläuteten. Hélène war begeistert gewesen, zumal Jean-Claude, wie sie sagte, derzeit jeden Abend fort war, um in Ruhe zu lernen.

Marie presste die Finger an ihre Lippen. *Warum war er jeden Abend fort?* Sie hoffte, dass Jean-Claude nicht den Reizen einer anderen Frau erlegen war, denn sie mochte Hélène sehr.

Marie blickte sich im Zimmer um. *Alles ist bereit. Der Silvesterabend wird perfekt, solange sich die Männer benehmen.*

»Wie geht es dir, meine Kleine?« Maria nahm ihrem Sohn Liliana ab und lachte mit dem Kind, das eine besondere Vorliebe für Danielle hatte. »Wir werden heute Abend ganz viel Spaß haben.«

»Darf ich mit deinen Parfüms spielen, Grand-mère?«

»Aber natürlich, *ma chérie*. Ich habe eines, das deine Tante Danielle eigens für kleine Mädchen wie dich gemacht hat.« Sie wandte sich zu Jean-Claude und bemerkte, dass seine dunklen Augen müde wirkten. »Möchtet ihr nicht hereinkommen? Esst ein *Canapé* und begrüßt deinen Vater.«

Jean-Claude warf Hélène einen Blick zu. »Nein, wir haben keine Zeit, Maman.«

Hélène sah ihn streng an.

»Vielleicht wenn wir Liliana morgen abholen«, murmelte er.

Edouards Stimme ertönte aus dem Nebenzimmer: »Jean-Claude, bist du das mit Hélène?« Er erschien in der Schlafzimmertür; eine beeindruckende Gestalt mit makellos gekämmtem silbernem Haar. Festen Schrittes, beinahe militärisch anmutend, ging er auf Hélène und Liliana zu, umarmte die beiden und wandte sich zu seinem Sohn. »Jean-Claude.« Er neigte sich vor, um ihn auf die Wangen zu küssen.

Jean-Claude schob die Hände in die Taschen und nickte. »Papa.«

Marie verdrehte die Augen, und ihre Enttäuschung lastete schwer auf ihren Schultern. *So viel zu einem schönen Abend.*

»Wie ich höre, bist du sehr beschäftigt, mein Sohn«, sagte Edouard ruhig. »Ich würde dich gern sprechen.« Er sah Marie und Hélène an. »Entschuldigt ihr uns einen Moment?«

Hélène brachte Liliana ins Schlafzimmer, und Marie folgte ihnen, ließ die Tür allerdings einen Spalt weit offen. Sie wollte hören, was Edouard zu sagen hatte.

Edouard räusperte sich. »Jean-Claude, mir wurde zugetragen, dass einige deiner Freunde im Untergrund tätig sind, Juden und ›Unerwünschte‹ mit falschen Pässen und Papieren versorgen und Zivilisten außer Landes schmuggeln. Ist das wahr?«

»Ich habe keine Ahnung, wovon du redest«, antwortete Jean-Claude finster.

Marie lief ein kalter Schauer über den Rücken, während Hélène entsetzt aufsah. Marie drückte ihre Hand.

»Jean-Claude, warum lässt du dich auf derlei ein? Du trägst die Verantwortung für eine Familie und hast eine strahlende Zukunft vor dir. Solche Aktivitäten sind gefährlich und unverantwortlich.«

Nun wurde Jean-Claude lauter. »Meine Verantwortung gilt der Menschlichkeit, Papa, und mit dieser Überzeugung stehe ich nicht allein. Auch du könntest etwas tun. Nutze deine Position und deine Macht in der Bank zum Wohl der Menschheit. Fordere die Kredite ein, dreh diesen Unmenschen den Geldhahn ab.«

»So betreiben wir unser Geschäft nicht«, erwiderte Edouard streng.

»Papa, wenn Männer wie du Stellung beziehen, stoppen wir Hitlers Krieg!«

Marie lauschte angestrengt und bedeutete Liliana stumm, leise zu sein. Es folgte längeres Schweigen. Edouard hatte eine Kindheit in Armut, den Großen Krieg und den Tod seiner Zwillingsbrüder überlebt, und während der Wirtschaftskrise war er nur knapp dem finanziellen Ruin entgangen. Niemals würde er die materielle Sicherheit der Familie gefährden. Dennoch hatte Marie selbst begonnen, die Geschäfte ihres Mannes infrage zu stellen.

Etwas knallte, und Marie zuckte zusammen. *Wahrscheinlich Jean-Claudes Faust auf dem Schreibtisch.*

»Dann denk an deine Familie, Papa. Um Gottes willen, sieh dir doch an, was mit Danielle passiert!«

»Sie hätte Frankreich nie verlassen dürfen«, wütete Edouard. »Ich war von vornherein gegen diese Heirat. Aber eines kann ich dir versprechen: In Frankreich wird den Juden nichts geschehen.«

»Wenn du das glaubst, belügst du dich selbst!«, brüllte Jean-Claude. »Die Nazis sind ganz versessen darauf, Paris einzunehmen.«

Marie riss die Tür auf. »Mäßigt eure Stimmen! Ihr macht Liliana Angst.«

»Ist schon gut, Maman. Ich habe nichts mehr zu sagen.« Jean-Claude machte auf dem Absatz kehrt und rief nach seiner Frau: »Hélène, wir gehen. Wir sind schon spät dran zum Diner.«

Hélène murmelte Marie und Edouard eine Entschuldigung zu, küsste Liliana und eilte ihrem Mann nach.

Marie verschränkte die Arme vor der Brust. »Tja, ich bin froh, dass ihr zwei versucht habt, euch auszusöhnen.«

Edouard zog sich verärgert zurück.

Marie nahm Liliana auf den Arm, die sich ängstlich an sie klammerte. »Sie meinen es nicht böse«, flüsterte Marie und wiegte das Kind.

Ungeachtet dessen, was Edouard gesagt hatte, durchbrachen die Nazitruppen die Barrieren, und Marie fürchtete, dass es Franzosen jüdischer Abstammung nicht anders ergehen würde als den deutschen Juden. Sie drückte ihre Enkelin an ihre Brust.

Kann Frankreich der Nazi-Kriegsmaschine standhalten?, fragte sie sich. Ihre österreichischen Freunde lebten in ständiger Angst unter dem neuen Regime. Welches Schicksal erwartete ihre Familie, sollten die Nazis Frankreich besetzen? Was geschah, wenn Frankreich im Kampf gegen die Deutschen unterlag? Voller Entsetzen wurde ihr bewusst, dass eine Besetzung durch die Nazis unmittelbar bevorstehen könnte.

Dann fügten sich alle Teile einem Puzzle gleich zusammen: Jean-Claudes Abende außer Haus, sein Streit mit Edouard, Danielles Plan, nach Polen zurückzukehren. Als sie Danielle fragte, wie sie denn wieder nach Polen zurück könnte, hatte sie nicht geantwortet.

Marie bekam eine Gänsehaut. Jean-Claude musste bei irgendeiner Befreiungsorganisation sein. Sie hatte schon von solchen Gruppen gehört, dass die Mitglieder oft nicht einmal im engsten Familienkreis über ihr Engagement sprechen wollten oder konnten.

Marie schlang die Arme fester um Liliana. *Möglicherweise ist für uns die Zeit gekommen, Frankreich zu verlassen.*

15. Januar 1940
Grasse, Frankreich

Danielle rückte von der Werkbank weg und rollte den Nacken und die Schultern. Vom detailgenauen Abmessen der Zutaten und Prüfen der Ergebnisse war sie verspannt. Zudem machte es ihre Sorge um Max schwer, sich längere Zeit zu konzentrieren. Fröstelnd zog sie ihren Laborkittel aus und den perlgrauen Wollpullover wieder an, den sie mit weißer Spitze und kleinen Rosenstickereien verziert hatte.

Täglich hoffte sie auf Nachricht von Max, dass er Nicky und Sofia gefunden hatte und sie bald zu ihr kommen würden. Nun blickte sie gedankenverloren zu den kahlen Bäumen vorm Fenster. Von der steten Belastung hatte sie ein unangenehmes Pochen in der Schläfe.

Viel zu selten erhielt Philippe eine Nachricht über sein Kurzwellenradio oder kam mit einer heim, die durch das Untergrundnetzwerk geschmuggelt worden war. Und jedes Mal wurde Danielle beinahe ohnmächtig vor Angst, während er die Worte dechiffrierte.

Ich liebe dich, schrieb Max Mal für Mal. *Suche noch. Arbeite unablässig.*

Sie presste sich die Finger an die Schläfen. *Ich muss hier raus.*

Danielle übernahm das meiste Kochen, Putzen und Waschen für Philippe. Ihr Onkel hatte sein Versprechen gehalten und angefangen, ihr das Fahren beizubringen. In den letzten Wochen hatte Danielle unter seiner geduldigen Anleitung gelernt, den Truck zu lenken. Einmal hatte er nur gelacht, als sie von der Straße abkam und in ein Lavendelfeld schlitterte. Er grub die Reifen aus, während Danielle den Wagen aus dem Graben manövrierte. »Du musst auch lernen, wie du dich aus einer misslichen Lage befreist«, hatte Philippe gesagt. Sie übte viel und fuhr oft ins nahe Grasse, um Einkäufe zu erledigen.

Nun beschloss sie, frühzeitig fürs Abendessen einzukaufen. Also ging sie nach draußen und atmete die kühle Luft ein, um einen freien Kopf zu bekommen. Sie ließ Philippes alten Pritschenwagen an und fuhr schon bald zwischen abgeernteten Feldern hindurch in Richtung Dorf.

Weit war sie noch nicht, als ihr ein anderer Wagen entgegenkam, und sie erkannte das Postauto sofort, dem sie zuwinkte, worauf der Wagen neben ihr hielt.

»*Bonjour* Danielle, Sie sind heute aber früh dran«, sagte die mollige Frau.

»Ich brauchte frische Luft. Haben Sie etwas für uns dabei?«

Die Frau griff in eine Kiste neben ihrem Sitz und reichte Danielle ein kleines Bündel Briefe. »Hier, das ist für Sie.«

Ganz oben war ein Brief mit einer Londoner Marke. Danielle und Abigail schrieben sich regelmäßig, nur war Abigails Handschrift feminin und zart, diese hingegen ausladend und männlich.

Ängstlich fuhr Danielle an den Straßenrand, stellte den Motor aus und riss den Umschlag auf.

Der Brief kam von Jon.

Meine liebe Danielle, begann er. *Ich versprach Max, mich nach dir zu erkundigen und zu vergewissern, dass du sicher und wohlauf bist. Abigail lässt dich herzlich grüßen, allerdings sind wir beide besorgt um dich. Ich muss dir mitteilen, dass ich von meinem Vater hörte, Max wäre in eine sensiblere Region ent-*

sandt worden, daher kann es sein, dass er sich eine Weile lang nicht meldet. Versuch bitte, dir keine allzu großen Sorgen um ihn zu machen. Er ist ein sehr fähiger und kluger Mann. Und ich bin überzeugt, dass er bald euren Sohn und seine Mutter finden wird. Hab Vertrauen, Danielle. Und schreib mir bitte, damit ich erfahre, wie es dir geht. Ich denke immerzu an dich.

Sie ließ den Brief auf ihren Schoß sinken, lehnte die Stirn ans Lenkrad und zitterte vor Angst. *Was hat das zu bedeuten?*

2. Februar 1940
Polen

Tageslicht drang in dünnen Fäden durch die Spalten der Holzbretter über ihnen, die hastig mit einem Strohhaufen bedeckt worden waren. Keines der Kinder gab einen Laut von sich, wofür Sofia dankbar war. Zusammen mit Jacob, Irma und Oscar lag sie in einer flachen Grube, die sie eilig unter der Scheune gegraben hatten, die Kinder auf der gefrorenen Erde zwischen sich gedrängt.

Gestern war ein eisiger Wind übers Land gefegt, und im weichen Schnee hinterließen ihre Schritte verräterische Spuren, was ein sicheres Fortkommen so gut wie unmöglich machte. Sie hatten sich bemüht, ihre Spuren zu verdecken und schließlich Unterschlupf bei einer freundlichen jungen Frau gefunden, deren Mann im Krieg umgekommen war.

Nun stampften dicke Stiefel auf die Bretter über ihnen und erschütterten den Boden. Eine Mistgabel wurde ins Stroh gestochen und schabte auf dem Holz.

Sofia gelang es, ihren Husten zu bändigen, bis das Scheunentor wieder geschlossen war. Sie wagten nicht, sich zu rühren, bis ihre junge Wohltäterin mehrere Stunden später kam und ihnen einen Krug Wasser, ein frisch gebackenes Brot und einen Stapel Wolldecken brachte.

Sofia setzte sich auf, wobei ihre steifen Gelenke knackten. Sie schüttelte sich den Schmutz aus dem Haar und der Kleidung und wischte Nicky einige dunkle Streifen von den Wangen. Beim Anblick seiner tapferen Miene fragte sie sich, wie lange sie hier sicher wären.

27. Februar 1940
Grasse, Frankreich

Danielle saß an ihrer Werkbank im Labor und prüfte mehrere Parfümkompositionen, indem sie Löschpapierstreifen in die kleinen braunen Flaschen tunkte. Dann wedelte sie mit ihnen vor ihrer Nase, war jedoch nicht recht bei der Sache, denn sie dachte an die letzten Wochen auf Bellerose.

Das Warten auf Max war nervenaufreibend, und sie konnte ihre Sorge um Nicky und Sofia kaum noch im Zaum halten. Im letzten Monat hatte sie mehrfach an Jon geschrieben und ihn angefleht, ihr alles zu sagen, was er wusste. Jon antwortete jeweils mit aufmunternden, beruhigenden Worten. Er berichtete ihr auch von seiner militärischen Ausbildung sowie von den neuesten Meldungen über den Krieg. Im Gegenzug erzählte Danielle ihm von ihrem Leben und ihrer Arbeit in Grasse.

Philippe hatte ihr von seiner Geheimdiensttätigkeit während des Großen Krieges erzählt, wovon Danielle zum ersten Mal hörte. Sie beobachtete, wie er spezielle Parfümflaschen präparierte, bei denen er die fantasievollen Stopfen aushöhlte, um darin winzige Papierstreifen mit Chiffrierungen oder Karten zu verstecken. In der Chiffre verfasste er Duftrezepte, die für niemanden außer dem jeweiligen Agenten einen Sinn ergaben.

Danielle verbrachte die meiste Zeit im Labor, vertieft in ihre Arbeit, um sich von ihrer ständigen Sorge abzulenken. Mit den aromatischen Materialien zu hantieren, verbesserte ihre Konzentration und bot ihr ein geringes Maß an Entspannung, auch wenn sie in Gedanken immerzu bei ihrer Familie war.

Sie wedelte eine andere Rezeptur vor ihrer Nase und atmete ein. Das neue Parfüm, an dem sie arbeitete, hatte eine ähnliche Grundrezeptur wie jenes, das sie für ihre Hochzeit entwickelt hatte. Dieses hier war lediglich reifer, tiefer und voller; es spiegelte quasi ihr Leben und die jüngsten Prüfungen. Jeder Künstler gab sich selbst in seinem Werk preis.

Sie machte sich Notizen in ihrem Dufttagebuch, in dem sie Rezepte, Eindrücke und Gedanken festhielt. *Zu viel Bergamotte in diesem, zu herb; keine Tiefe in diesem; die Orangenblüte in jenem stärker ausarbeiten.* Die Tropfen aus mehreren Glasfläschchen abzählend, mischte sie eine andere Variante, wobei sie sich ganz auf ihre Intuition verließ. Beim Testen ließ sie ihre Gedanken abschweifen und visualisierte den aromatischen Eindruck.

Sie stand kurz vor einer Entdeckung. *Eine ätherische Frische mit subtiler Würze, ähnlich dem satten Duft von Orangenblüten an einem sonnigen Frühlingsmorgen.* Die Härchen an ihren Armen richteten sich auf.

Sie inhalierte wieder, entdeckte das Bouquet von Jasmin-Absolut und Rosenöl, reichhaltig und seidig, gepaart mit einer würzigen Nelkennote, die Schwung, Lebendigkeit und eine robuste Brillanz brachte. *Hier fehlt noch etwas Komplexität, ein klein wenig Basilikum und ein Hauch Nelke.* Vor ihrem Geiste tauchten Bilder von Liebenden auf, und eine anschwellende Sonate erfüllte ihr Inneres.

Plötzlich drängte sich eine Vision in den Vordergrund, nein, eine Erinnerung – wie sie mit Jon tanzte, den Kopf an seine Schulter lehnte und seinen Duft einatmete, berauscht von dem maskulinen Moschusgeruch seiner Haut, dem eine salzige Meerwassernote anhaftete …

Noch ein Atemzug, und sie zwang ihre Gedanken zurück zu den Essenzen. *Das Mysterium des Ambras, um die Seele zu beruhigen; die seidige Geschmeidigkeit von Sandelholz; die köstliche Verlockung der Vanille, wie die mitternächtliche Umarmung zweier Liebender.* Ein Sehnen wuchs in ihr, und sie sah eine verschleierte Vision von einer mondhellen Nacht, ein Paar, das barfuß an einem Strand tanzte, wirbelnde Seide in Scharlachrot und Gold, das laue Streicheln eines Flüsterns, so lebendig, dass sie unwillkürlich die Hand an ihre Halsbeuge hob, während sie sich erinnerte … Verführerisch, sinnlich, die Essenz von *Amour*.

Sie erinnerte sich an Jon …

Kopfschüttelnd verscheuchte sie den Gedanken.

Zurück … zurück zu dem Eindruck, einatmen, zurück zur Vision, sein Atem auf ihrer Haut …

Und dennoch fehlte etwas.

Die tiefste Befriedigung der Seele, die vollkommene Verbundenheit des Geistes, der Psyche. Beinahe, aber nicht ganz.

Habe ich meine Gabe verloren? Danielle öffnete die Augen.

Sie war schlicht nicht bei der Sache. Selbst als sie sich Notizen in ihrem Tagebuch machte, störte sie die Erinnerung an Jon.

Mit einer Hand hielt sie ihren Bauch, wiegte sich vor und zurück und fragte sich, wo Max sein mochte. Schließlich war es ganz um ihre Konzentration geschehen, sodass sie ihren Stift ablegte und sich mit den Händen übers Gesicht strich. Ihre Gedanken rasten in ihrem Kopf.

Ich kann das, sagte sie sich, strengte sich an, ihre Erinnerungen wegzudrängen und ihre Entschlossenheit zu stärken.

Philippe kam herein. »Geht es dir gut?«, fragte er.

Sie schüttelte den Kopf. »Es ist ein schwieriger Morgen.« Sie hielt ihm ein Fläschchen hin. »Dies hier ist alles, was ich bisher für Chimère habe.«

Er schloss die Augen, inhalierte und öffnete sie wieder. »Exzellenter Fortschritt mit einem einzigartig klaren Motiv. Ganz neu, radikal anders als alle anderen Düfte heute. Es muss noch dran gearbeitet werden, aber das weißt du ja. Und warum nennst du es Chimère?«

»Weil es ein reizendes Wort ist, findest du nicht?« Ein wehmütiges Lächeln trat auf ihre Züge, als sie das Muster zurücknahm. »Es ist voller Bilder, meine närrische Fantasie, denn für die hält Max meine Arbeit. Aber dies wird ein großes Parfüm, wenn es erst fertig ist. Es ist unsere Zukunft«, ergänzte sie voller Überzeugung. »Dessen bin ich mir sicher.«

Philippe runzelte die Stirn. »Bewundert Max deine Arbeit nicht?«

»Ihm ist es lieber, dass ich mich um unsere Kinder kümmere.« Sie nagte an ihrer Unterlippe und dachte an Nicky.

»Sei's drum, du darfst deine Kunst nicht verleugnen.« Philippe strich sich über sein stoppeliges Kinn. »Warum kannst du nicht beides tun? Marie hat es auch immer.«

»Das werde ich, wenn die Kinder größer sind.« Danielle stellte das Fläschchen weg. »Max ist ein stolzer Mann. Er will für unsere Familie sorgen.« Sie verstummte.

»Ihr mögt eure Differenzen haben, Danielle, doch Max ist ein ehrenwerter Mann.« Philippes Stimme klang belegt. »Und mutig. Ins besetzte Polen zu reisen, nun, dir ist bewusst, wie gefährlich es ist. Das hätten die wenigsten Männer getan.«

19. März 1940
Grasse, Frankreich

»Dies muss vor sechs Wochen geschrieben worden sein«, sagte Danielle und wurde lauter, als sie Max' Nachricht umklammerte. Seit er seinen neuen Auftrag bekommen hatte, betete sie, von ihm zu hören. Und obwohl sie sich täglich mit dem Parfümmischen, dem Kochen, Putzen, der Wäsche und dem Einkaufen beschäftigt hielt, wurde es zusehends schwieriger sich einzureden, dass Max schon nichts zugestoßen war. *Er sollte längst hier sein, mit Nicky und Sofia.*

Philippe saß vor einem bescheidenen Käseteller am Küchentisch, die Hemdsärmel aufgekrempelt, und schenkte sich von dem tiefroten Bordeaux nach, den er vor Jahren im Weinkeller eingelagert hatte. Er trank und sagte nachdenklich: »Er könnte es später geschrieben haben.«

Danielle lief in der Küche auf und ab, eine Hand auf ihrem runden Bauch, und studierte Max' vertraute, allerdings kaum noch entzifferbare Schrift, nachdem das Papier so lange zusammengefaltet versteckt gewesen war. »Nein, auf der anderen Seite steht ein Datum. Es ist eine Quittung.« Max hatte eine Liste auf die Rückseite gekritzelt.

Danielle blickte zu dem Wein, der im Schein der niedrigen Küchenlampe schimmerte. Die Nachricht war kurz nach dem Abendessen eingetroffen. Während der Schwangerschaft entsagte Danielle jedem Alkohol, aber heute Abend sehnte sie sich mehr denn je nach einem Glas Wein, um ihre Nerven zu beruhigen. »Ich habe ein ganz schreckliches Gefühl, Philippe. Was ist, wenn er unsere Familie nicht findet?«

Sowie sie die Worte ausgesprochen hatte, fröstelte Danielle, und Angst regte sich in ihr. Es war zu viel Zeit vergangen. Etwas stimmte nicht.

Das wusste sie einfach.

7

Das ledrig animalische Ladanum ist ein Harz aus dem Gehölz der Zistrose, dessen Impression so schwarz und schattig ist wie die tiefen Nischen des menschlichen Herzens. – db

3. April 1940
Polen

Nach einigen Wochen schmolz der Schnee, und die kleine Gruppe wanderte weiter über Land Richtung Süden. Die kältesten Wintertage hatten sie in einer Scheune auf einem Bauernhof verbracht, doch mit Einsetzen der Schneeschmelze beschloss Jacob, dass sie weiterziehen mussten, obwohl der Vormarsch der Nazis ihr Weiterkommen schwierig machte.

Jacob und Oscar stützten abwechselnd Sofia, während Irma mit dem jüngsten Sohn auf dem Arm vorausging. Hinter ihr kam Nicky, der seinen schmutzigen Stoffaffen auf den Rücken geschnallt trug. Ihm folgten Jacobs und Irmas zwei andere Kinder – ein Mädchen in Nickys Alter und ihr kleiner Bruder. Alle Kinder hielten sich an den Händen, fingen sich gegenseitig ab, wenn sie über Rankpflanzen oder Steine stolperten.

Sie wanderten nachts und lebten von dem, was das Land oder freundliche Fremde ihnen gaben, während sie verzweifelt dem Schrecken ihrer Heimat zu entkommen versuchten.

Im Mondlicht trotteten sie weiter, bis Sofia nicht mehr konnte.

»Hinter dem Hügel«, sagte Jacob atemlos, »sollte eine Hütte sein, in der wir ein paar Stunden schlafen können.«

»Geht ihr weiter«, keuchte sie. »Ich komme nach.« In Wahrheit hatte sie schon länger durchgehalten, als sie jemals gedacht hätte, aber sie hatte Max und Danielle nun mal versprochen, Nicky zu beschützen.

»Nein. Hier, legen Sie Ihren Arm um meine Schultern.« Jacob hob sie mit einer fließenden Bewegung hoch und stapfte weiter.

Bei Sonnenaufgang erspähten sie die kleine Holzhütte, von der ihr Kontakt gesprochen hatte. Die Tür war unverschlossen, und drinnen gab es zwei Feldbetten und einen dreibeinigen Tisch. Mehr passte nicht in den verwitterten Holzbau.

»Sofia, Sie und die Kinder müssen ausruhen.« Jacob wandte sich zu seinem Bruder. »Oscar, du kannst dich ohne uns unauffälliger bewegen. Geh voraus und sieh nach, was uns erwartet.«

Oscar verschwand, und während die anderen schliefen, lösten sich den Tag über Jacob und seine Frau mit der Wache ab.

In der Abenddämmerung entdeckte Jacob einen Soldaten oben auf dem Hügel, über den sie gekommen waren. Man hatte ihre Fährte aufgenommen. Sofort weckte Jacob seine Familie und Sofia und trieb sie alle zur Eile an. Noch konnten sie durch das rückseitige Fenster weg.

Sofia wachte hustend auf. Als sie die Hand von ihrem Mund nahm, sah sie das Blut. Ihr wurde das Herz schwer, auch wenn sie bereits gewusst hatte, dass es unvermeidlich war.

Irma kam mit einem Taschentuch und einem Krug Wasser zu ihr gelaufen. Nachdem Sofia sich die Hand und den Mund abgewischt hatte, trank sie einen Schluck. Dann blickte sie zu Jacob auf, der neben ihr stand. »Ich habe nicht mehr lange«, flüsterte sie, um die Kinder nicht zu erschrecken. »Ihr solltet ohne mich gehen.«

»Wir können Sie nicht hier lassen.«

Sofia sah die Kinder an. Wie verwahrlost sie mit ihren durchgelaufenen Schuhen und den eingefallenen Wangen aussahen – und dennoch wirkten sie entschlossen. *Ich liebe sie alle so sehr!* Für einen Moment schloss sie die Augen, spürte ihre Liebe, ließ ihre Wärme in ihre kalten, schmerzenden Knochen strömen. Sie wusste, dass sie die anderen mit ihrer Gebrechlichkeit nur gefährdete, indem sie ihre Flucht behinderte. »Ich habe eine Idee«, sagte sie langsam. »Ich könnte Zeit schinden, damit ihr verschwinden könnt.«

Jacob war entsetzt. »Auf keinen Fall!«, antwortete er energisch.

Sie griff nach seiner Hand, die rau von vielen Jahren Arbeit war. »Jacob, meine Zeit ist gekommen. Mein Krebs geht nicht wieder weg, ganz gleich wie viele Tabletten Sie für mich auftreiben. Ein Tag, zwei vielleicht, ist alles, was ich noch habe. Das weiß ich. Und wenigstens sterbe ich als freie Frau, hier mit der frischen Luft, den hohen Bäumen und dem Gesang der Vögel um mich. Meine Seele wird frei sein, mit ihnen in die Höhe zu entschweben. Welcher Ort wäre schöner zum Sterben?«

Jacob kniete sich hin, strich ihr über die Stirn und sprach leise: »Meine teure Sofia, wir lieben Sie, und ich will alles für Sie tun. Dies kann nicht die einzige Lösung sein.«

»Es ist das, was ich will, Jacob. Bald werde ich meinen Frieden haben und all meine Schmerzen werden vorbei sein.« Sie wandte den Kopf zur Seite. »Nicky, komm her, mein Liebling.«

Nicky trat mit großen Augen vor, seinen Stoffaffen an die Brust gedrückt, und wischte sich eine blonde Locke aus dem Gesicht. »Grand-mère?«

Sofia konnte die Angst in seiner Stimme hören, und es machte sie traurig. Sie richtete sich halb auf, nahm den Kleinen in die Arme und wünschte sich, ihr letzter Rest Kraft könnte sich auf den Jungen übertragen. »Geh mit Jacob, mein lieber Kleiner. Eines Tages, bald schon, wirst du wieder bei deiner Mutter und deinem Vater sein. Ich gehe in den Himmel. Von dort werde ich über dich und deinen kleinen Affen wachen, für immer.« Sie küsste seine warme, schmutzige Wange.

»Ich hab dich lieb, Grand-mère«, sagte Nicky und warf die Arme um sie. Tränen füllten seine leuchtend grünen Augen, die gleichen Augen wie die seiner Mutter. »Ich möchte mit dir in den Himmel gehen.«

Sie hielt ihn fest und betete, dass ihre Liebe ihn schützen könnte wie ein unsichtbarer Schild. »Das wirst du eines Tages, und ich warte dort auf dich. Aber noch ist es zu früh für dich. Du musst mit Jacob und Irma gehen.«

Nicky schmiegte schluchzend das Gesicht in ihre Halsbeuge. »Verlass mich nicht!«

»Ich werde immer bei dir sein, und du wirst es fühlen, das verspreche ich.« Sie presste die Lippen auf sein feines Haar und küsste ihn wieder. »Sei stark für mich, und denk dran, dass ich dich immer lieben werde.«

Nicky trat zurück, schniefte und wischte sich mit dem Ärmel über die Augen. Dann hob er den Kopf, und Sofia erkannte, wie der verängstigte kleine Junge neuen Mut schöpfte. *Jetzt ist er stark,* dachte sie lächelnd. *Wie seine Eltern.*

Sofia drehte sich zu Jacob, Irma und den Kindern und sah sie alle liebevoll an. »Geht jetzt, meine Lieben«, sagte sie, »und lauft schnell wie der Wind.«

Jacob öffnete das Fenster an der Rückseite der Hütte und hielt es auf, während die anderen an Sofia vorbeigingen, jeder sie umarmte und zum Abschied auf die Wange küsste.

Sanft nahm Irma Nickys Hand und küsste Sofia. »Ich achte gut auf ihn.«

Jacob berührte Sofias Stirn mit seinen Lippen. »Leben Sie wohl, meine wunderschöne Dame.« Tränen schwammen in seinen Augen, als er sich wieder aufrichtete.

»Weinen Sie nicht um mich«, murmelte Sofia. »Ich bin bald frei.«

Jacob rang sich ein Lächeln ab, dann war er fort.

Nun, da sie allein war, raffte Sofia all ihre verbliebene Kraft zusammen. Eine letzte, lebenswichtige Aufgabe hatte sie noch zu bewältigen.

4. April 1940
Grasse, Frankreich

Danielle sah aus dem Laborfenster. Hinter den rubinrot blühenden Bougainvillea konnte sie die mit schweren lila Blüten beladenen Glyzinienranken sehen. Wie die Glyzinie hatte das Frühjahr auch sie schwer mit neuem Leben gemacht. Ihren Berechnungen nach müsste das Baby in vier Wochen kommen.

Auf dem Anwesen herrschte wieder Hochbetrieb, und Philippe stand jeden Morgen früh auf, um die Arbeiten zu beaufsichtigen, obwohl er abends bis spät aufblieb und wichtige Informationen über sein Kurzwellenradio übermittelte. Danielle hörte oft zu, lernte so viel wie möglich. Falls sie nicht bald von Max hörte, hatte sie sich einen eigenen Plan zurechtgelegt.

Heute Vormittag saß sie an ihrem Arbeitstisch, schrieb hektisch in ihrem Tagebuch und prüfte Zahlen. Als sie einen Streifen Löschpapier unter ihrer Nase wedelte, überkam sie ein freudiger Schauer. Noch war viel zu tun, doch endlich war sie auf dem richtigen Weg zu einer unglaublichen, berauschenden Mischung aus Rose, Tuberose und Jasmin auf einer Kombination aus Sandelholz und Ambra. Der Duft weckte eine exquisite Freude.

Die Idee, Sandelholz und Patschuli mit Ambra-Noten von Vanillin und Ladanum-Absolut auf diese wahrhaft einzigartige Weise zu mischen, war ihr im Traum gekommen. Und nun näherte sich ihr Meisterwerk »Chimère« der Vollendung. Aber würde sie es wirklich bis zur Perfektion bringen? Dieser Gedanke verstörte sie, denn noch nie war ihr die Arbeit so schwergefallen.

Danielle legte ihren Stift ab, rieb sich die Augen und streckte sich. Dabei machte ihr Baby eine kleine Drehung und trat sie. Sie malte einen Kreis auf ihrem Bauch und versuchte, sich Max' Freude über das neue Baby auszumalen, was ihr leider nicht recht gelingen wollte. Es war so lange her, seit sie von ihm gehört hatte. Sie holte tief Luft und bemühte sich, ihre Angst zu bändigen.

Als Philippe ins Labor kam, sah Danielle auf. Seine Haltung war gebeugt, und er hielt eine Hand an seine Stirn. Erschrocken stand Danielle auf und nahm ihn in die Arme. »Was ist los, Philippe? Fühlst du dich nicht wohl?«

Er zögerte beunruhigt. »Ein britischer Gentleman ist hier, um dich zu sehen.«

Ihr wurde eiskalt.

»Es ist Jonathan Newell-Grey.«

Danielle drehte sich um und rannte durch den Korridor. Philippe folgte ihr, so schnell er konnte. Als sie Jon sah, fing er sie in seinen Armen auf. Ihr Herz pochte so schnell, dass sie kaum noch atmen konnte.

»Jon, was führt dich her?« Noch während sie das Gesicht an seinen Hals drückte und jenen Duft inhalierte, der sie seit Monaten verfolgte, überkam sie eine schreckliche Furcht.

»Danielle«, sagte Jon sehr ernst. Als er ihren Bauch sah, wurde sein Blick noch besorgter.

Jon schien dünner, älter. Und sie erinnerte sich nicht, vorher schon das graue Haar an seinen Schläfen gesehen zu haben.

Sie griff an ihren Hals. »Ist es Nicky?«

Er schüttelte den Kopf, und sein Kinn verhärtete sich.

Und dann wusste sie es, so sehr sich ihr Verstand auch weigerte, es hinzunehmen. Ihr Atem ging in kurzen, schnellen Zügen. »Nein, oh nein …«

Er nahm sie wieder in die Arme und lehnte ihren Kopf an seine Brust. »Es tut mir so leid, Danielle. Max ist tot.«

»Nein«, flüsterte sie. Sie begann zu zittern, und Tränen schossen ihr in die Augen. *Das darf nicht sein!* Ihr Pulsschlag rauschte in ihren Ohren, das Zimmer drehte sich um sie, und ihre Beine gaben nach.

Jon half ihr zum Sofa, wo er sie in den Armen hielt und wiegte, während sie weinte und sich seine Tränen mit ihren mischten. Philippe legte seine starken Arme um sie beide und strich Danielle tröstend übers Haar, wie er es schon getan hatte, als sie noch ein Kind war.

Nach mehreren Minuten richtete sie sich halb auf. Ihr Mund war trocken, ihre Zunge geschwollen. Sie versuchte, etwas zu sagen, und ihre Stimme klang unheimlich matt. »Wann?«

»Letzte Woche.« Jon tupfte ihr die Wangen mit seinem Taschentuch ab.

»Was ist passiert?«, fragte sie stockend.

Jon streichelte zart ihre Wange. »Er wurde erschossen. Mir wurde gesagt, dass es sehr schnell ging. Denk immer daran, dass er mutig war; er hat England wertvolle Informationen beschafft. Sein Handeln hat viele Menschen gerettet.« Er verstummte kurz, und seine Augen glitzerten. »Wir glauben, dass Max entdeckt hatte, wo seine Mutter und euer Sohn waren.«

Danielle stieß einen stummen Schrei aus.

Jon sah zu Philippe. »Wir glauben nicht, dass er sie gesehen hat, haben jedoch Grund zu der Annahme, dass sie noch am Leben sind. Doch bevor er zu ihnen gelangte, sprach er mit seinem Cousin.«

»Heinrich?« Ihr wurde eiskalt.

»Heinrich wurde bei der SS befördert, zur Schutzstaffel,

einer besonderen Sicherheitseinheit. Aber anscheinend dachte Max immer noch, er könnte ihm vertrauen.« Jon wurde rot. »Mein Vater erzählte mir, dass Heinrich ihn verraten hat, sein eigen Fleisch und Blut. Unsere Quellen berichten, dass Max zu einem Treffen mit Heinrich wollte. Später fand man ihn am vereinbarten Treffpunkt mit einer Kugel im Herzen. Er starb als Held, Danielle.«

»Ich will keinen Helden, ich will meinen Mann!«, erwiderte sie wütend. »Also hat Heinrich ihn erschossen?«

»Das können wir nicht mit Gewissheit sagen. Zumindest hat er Max verraten.«

Danielle wurde zusehends unruhiger. »Und Nicky?«

»Wir wissen nichts Näheres über Nicky oder Sofia. Es tut mir so unsagbar leid.«

Weiße Punkte erschienen vor Danielles Augen, der Raum kippte zur Seite und verdunkelte sich. Danielle hörte ihren Onkel und Jon etwas sagen, weit weg, und dann war alles schwarz.

Draußen hing der Mond hoch am Himmel wie ein stiller Wächter. Danielle bewegte sich im Bett. Die Laken unter ihr waren warm, und sie schob eine Hand unter die Decke. Als sie sie wieder hervorzog glänzte sie rot im Mondlicht.

Sie schrie auf.

Jon kam in ihr Zimmer gestürmt. »Danielle, alles ist gut. Ich bin hier.«

»Nein, nein, etwas stimmt nicht.« Ein scharfer, stechender Schmerz durchfuhr sie. »Es ist mein Baby.«

Philippe war an der Tür. »*Mais non!* Es ist zu früh. Sie hat noch einen Monat.«

»Holen Sie einen Arzt. Ich bleibe bei ihr.« Jon krempelte seine Ärmel auf und übernahm das Kommando. Er strich Danielle über Gesicht. »Nicht pressen, nur atmen.«

Sie wurde halb ohnmächtig, doch durch den Nebel hörte sie Jons Stimme, sicher und befehlend, wie in den letzten Minuten auf dem Schiff. Sie wandte sich aus der Dunkelheit zu ihm.

»Bleib bei mir«, sagte er und ergriff ihre Hände. »Nimm meine Hände und drück sie, Danielle, mach schon. Tu es für Max.«

8

Parfüm ist meine Erinnerung, die Chronik meines Lebens. – db

4. April 1940
Paris, Frankreich

Jean-Claude schob seine Mütze nach hinten und betrachtete das Diagramm auf der klapprigen Tafel. Ein Kollege skizzierte einen komplizierten Plan, um die finanziellen Strukturen hinter dem Dritten Reich zu blockieren. Von oben drang der Lärm einer Pariser Spelunke zu ihnen, und das ausgelassene Johlen und Grölen stand im krassen Gegensatz zu der ernsten Gruppe im Keller.

Jean-Claude dachte an die schwierige Lage seiner Schwester, an Max' Tod und Heinrichs Verrat, an Danielles Kind und ihre Schwiegermutter, die nun der Gnade der Nazi-Truppen ausgeliefert waren. Ihm wurde speiübel. Seit sein Onkel Philippe ihm die Nachrichten gefunkt hatte, schwor er sich, dass er sie und so viele andere wie möglich befreien würde, koste es, was es wolle.

Vor Wut zitterte er am ganzen Leib. Dies hier war für sie, für all jene, die durch die Taten dieses Wahnsinnigen grausame Ungerechtigkeit erlitten.

4. April 1940
Polen
Nachdem Jacob, Nicky und die anderen fort waren, stand Sofia von dem Feldbett auf, hustete Blut und humpelte zur Hüttentür.
Dann ging sie hinaus.

Ein Kolkrabe flog vom Hüttendach auf und hockte sich auf einen Baum in der Nähe. Sofia blinzelte. Soldaten stürmten über den Hügelkamm. *Ich muss sie solange wie möglich aufhalten.* Sechs, sieben, acht waren es nun.

Ich bin müde, so unglaublich müde. Aber gleich ist mein Schmerz vorbei.

Rufe ertönten, als sie Sofia sahen. Sie blieb ruhig und aufrecht stehen.

»Da ist eine!«, rief ein Soldat.

Die Stimme kam Sofia befremdlich vertraut vor.

»Nur eine?«, antwortete eine ältere Stimme.

»Ja, nur eine.«

Sofia neigte den Kopf nach hinten, um zu dem Hügel aufzublicken. *Diese Stimme. Nein, das konnte unmöglich sein.* Sie strengte sich an zu sehen, doch das Dämmerlicht spielte ihren alten Augen Streiche.

»Sieh dich genauer um. Juden, Polen oder Tunten, die verstecken sich alle wie die Ratten.«

Sofia räusperte sich. »Hier ist sonst keiner. Sie sind seit Stunden weg, sicher schon über die Grenze. Sparen Sie sich die Mühe. Ich bin müde. Bringen Sie mich zurück.« Aber sie wusste, dass sie das nicht würden. Sie war ja nur eine unbedeutende alte Frau.

Die nun einsetzende Stille wurde einzig von einem Rabenkrächzen unterbrochen.

»Werden wir sie los, dann können wir gehen.«

Diese Stimme. Sofia presste eine Hand auf ihre pochende Schläfe. Sie kannte diese Stimme. »Zeig dein Gesicht, Feigling.«

Ein Soldat trat vor, und das letzte Sonnenlicht fiel auf sein Gesicht, beleuchtete seine stahlblauen Augen.

Sofia musste sich am Türrahmen abstützen und unterdrückte ihren Aufschrei. Es war Heinrich, der Neffe ihres Mannes, den sie wie ein eigenes Kind geliebt hatte.

Heinrich richtete seine Waffe auf sie; obwohl er sie erkannte, zögerte er nicht.

Die ältere Stimme ertönte: »Sie ist alt, kaum der Mühe wert.«

Sofia wies ihre Verzweiflung und Enttäuschung von sich. »Dann werden sie denken, dass ihr mich nicht gefunden habt.« Jetzt zählte nur noch die Sicherheit von Nicky, Jacob und seiner Familie. Nichts sonst. Und jede Sekunde half ihnen.

Hämisches Lachen erklang vom Hügel. »Wir können ja deinen Kopf mitnehmen.«

Der Rabe krächzte wieder, rief einige vorbeifliegende Vögel in die kahlen Bäume, als sollten sie das Drama bezeugen. Einer der Vögel flog über Heinrich hinweg und hinterließ einen kreideweißen Klacks auf dessen Gewehr.

Heinrich fluchte leise vor sich hin, hielt sein Gewehr aber auf sie gerichtet. Sein Magen rebellierte. *Warum musste es ausgerechnet sie sein?*, dachte er verärgert. Das mit Max war eine Sache gewesen; er hatte ihn schon immer dafür gehasst, wie überlegen er tat. Und seine Heirat mit Danielle, sie war der endgültige Verrat gewesen. Tante Sofia hatte sie auch noch umsorgt und verwöhnt. Nichts war wie früher gewesen, seit Danielle auf der Bildfläche erschien, und dann dieser dämliche Fratz Nicky.

Wieso machte Tante Sofia solch einen Aufstand um diese niederen Wesen? Er verstand es nicht. Doch er hatte längst erkannt, dass sie ihren Verstand verloren hatte.

Der ältere Soldat rief: »Jetzt mach schon!«

Heinrich trat unsicher von einem Fuß auf den anderen. Man erwartete von ihm, dass er handelte. Und er durfte nicht ungehorsam sein. Blinzelnd nahm er Sofia ins Visier und bemühte sich, die Hände möglichst ruhig zu halten. *Sie ist eine kranke, verrückte Alte, für die es sowieso Zeit wird zu sterben.*

Sofia sah Heinrich an. Sämtliche Gefühle schwanden aus seinem hübschen jugendlichen Gesicht, wichen berechnendem Ehrgeiz und einer Kälte, bei der sie fröstelte. Für Sofia stand zweifelsfrei fest, was er tun würde. Und er müsste damit leben.

»Ich ergebe mich«, sagte sie sehr langsam, um mehr Zeit zu schinden, hob die Hände und blickte auf zu den Vögeln, den großen Bäumen und dem endlosen Himmel.

Das Kommando hallte über die Senke.

Noch ein kurzer Moment bleierner Stille folgte, dann krachte der Schuss durch die Dämmerung.

Eine Kakofonie von Vogelschreien, Krächzen und schlagenden Flügeln brach in den Bäumen aus, als der Vogelschwarm aufflog und sich als dunkle Masse gen Himmel erhob.

Die erste Kugel schlug in ihren Brustkorb ein, zerschmetterte ihre Rippen, und dennoch fühlte sie seltsamerweise kaum Schmerz. Es muss der Schock sein, dachte sie, während der süßliche Schießpulvergeruch in ihre Nase stieg. Dann spürte sie, wie ihr warmes Blut über die eisige Haut floss. *Lauf, Jacob, lauf,* schrie sie im Geiste.

Noch ein Schuss ließ ihre Beine einknicken, sodass sie auf die Knie sank.

Ihre Arme waren noch weit ausgebreitet, ungeachtet des Schmerzes, der nun ihren Körper ergriff. Je länger sie zum Sterben brauchte, umso weiter könnten Nicky, Jacob und die anderen sein. *Lauft, lauft, lauft!*

Die Soldaten kamen auf sie zu, Heinrich voran. Sie schienen perplex angesichts dieser Frau, die sich selbst im Sterben noch stolz gab.

Sofia schloss die Augen, als sie sich näherten. Ein Metalllauf knallte gegen ihren Kopf. Sie wusste, zu wem dieses Gewehr gehört. *Gott, vergib ihm.*

Der Lärm war ohrenbetäubend.

Ein helles, schillerndes Licht erfüllte sie. Und als sie hoch über die Baumkronen aufflog, konnte sie Jacob im Wald unter sich laufen sehen, Nicky an seiner Seite. Der kleine Junge sah ernst und entschlossen aus, wie er weit, weit weglief.

Ein unbeschreiblicher Frieden setzte ein, bedeckte sie wie eine weiche Kaschmir-Decke, umfing ihre gebrechlichen Knochen. Zum ersten Mal in diesen bitterkalten Wintermonaten breitete sich Wärme in ihrem Leib aus, und der leuchtende Glanz strahlte von Glied zu Glied, badete ihr Sein in weißes, überragend klares Licht – so wunderschön, transparent, ätherisch.

Ihr Schmerz löste sich auf und fiel zur Erde wie abgeworfene Ketten. Sie konnte mühelos die süßlich parfümierte Luft atmen, die sie erfrischte und belebte.

Und durch den perlweißen Schleier sah sie Danielle, die sich vor Pein wand. *Solcher Schmerz.* Sofia ging zu ihr und versuchte, sie zu trösten, wenn auch nur kurz, denn es wurde Zeit zu gehen.

Sofia spürte, wie sie eine liebende Präsenz umgab, und blickte auf. Max erschien über ihr, sein ernstes Gesicht voller Liebe, und streckte seine Hände aus. Sofia ergriff sie, fühlte ihre Kraft zurückkehren, während sie die Gewissheit, dass ihre Arbeit vollbracht war, mit Freude erfüllte.

9

Die Königin der Parfümeurspalette, die Jasminblüte, muss vor Sonnenaufgang geerntet werden, damit sie die ganze Kraft ihres delikaten Dufts bewahrt. Fragil und flüchtig wie sie ist, ähnelt die Jasminnote einer Nymphe von einer Blume mit einem starken Parfüm. Eine Welt ohne Jasmin? Schlicht unvorstellbar. – db

5. April 1940
Grasse, Frankreich

»Ich kann nicht mehr«, schrie Danielle, während sie sich durch eine Wehe atmete.

»Doch, du kannst. Atme, Danielle, atme.« Jon strich ihr das verschwitzte Haar aus dem Gesicht, küsste sie auf die Stirn und hielt ihre Hände. Mit der Hebamme saß er an ihrem Bett, jeder auf einer Seite. »Drück meine Hände – fester.« Seine Miene war entschlossen, seine dunklen Augen waren vor Müdigkeit gerötet, doch er spornte sie unermüdlich an.

Danielle biss die Zähne zusammen, ehe sie ermattet auf das klamme Leinenkissen zurücksank. Sie sah zu ihm auf, so dankbar, dass er bei ihr blieb. *Wäre er nicht …*

»Wir müssen dich bei Kräften halten«, sagte er, richtete ihre Kissen und bedeckte ihre nackten Arme mit dem Laken. »Du bist eine starke Frau, und dieses kleine Baby verlässt sich auf dich. Ich bin für dich da, Danielle, solange es dauert. Ich verlasse dich nicht.« Wieder küsste er sie auf die Stirn.

»Lange … halte ich es nicht mehr aus«, sagte sie erschöpft.

»Doch, tust du. Ich weiß, dass du das schaffst. Immerhin habe ich deine berühmte französische Courage schon erlebt.«

Hierauf brachte Danielle ein zartes Lächeln zustande.

Auf ihrer fiebrigen Haut fühlten sich seine Hände herrlich kühl und sicher an. Sie blickte zur Uhr neben ihrem Bett. *Siebenundzwanzig Stunden Wehen.* Das erste Morgenlicht drang ins Zimmer, wo Jon die schlaflose Nacht bei ihr gewacht hatte, so wie Max, als Nicky geboren wurde. *Max, mein armer, armer Max …*

Als sie sich anders hinlegte, sah sie für einen Moment ihr Bild im Spiegel. Schweiß glänzte auf ihrer Stirn, ihr Haar war strähnig, und ihre Augen wirkten stumpf vor Erschöpfung. *Was täte ich ohne Jon?*

Dann schrie sie erneut auf, als die Krämpfe stärker wurden und ihren Bauch und Rücken zum Zerreißen anspannten.

Jon stützte sie. »So ist es gut. Atme. Es dauert nicht mehr lange.«

Danielle keuchte sich durch die Wehe, in der sich der Schmerz bis zum Unerträglichen steigerte, ehe er wieder verebbte. Sie zitterte von Kopf bis Fuß, sackte zurück auf die Kissen und war klebrig vor Schweiß. Unter ihren Bewegungen ächzte das Eisenbett. Sie verlor die Kontrolle über ihre Glieder, wurde halb ohnmächtig. Konnte sie weitermachen?

Jon hielt ihr ein Glas Wasser an die ausgedorrten Lippen, half ihr zu trinken und wischte ihr das Gesicht mit einem kühlen Waschlappen ab.

Sie sahen einander an, und in diesem Moment wusste Danielle, dass er für sie kämpfen würde, selbst wenn sie zu schwach dazu war.

Die Hebamme fühlte Danielles Puls, und Danielle fielen die Lider zu, als die Frau Jon besorgt ansah.

Graue Punkte tanzten vor Danielles Augen. »Ich kann nicht mehr«, murmelte sie.

Die Hebamme bedeutete Jon, mit ihr beiseite zu kommen.

Dann hörte Danielle sie leise reden. Der gestrige Tag war verschwommen; in ihrem Schock ob der Nachricht von Max' Tod hatte sie vorzeitige Wehen bekommen, und nun blieb ihr außer den Erinnerungen nur noch dieses Kind von ihrem lieben Max. Entschlossen presste Danielle die trockenen Lippen zusammen. *Ich werde ihn nicht enttäuschen.*

Danielle beobachtete, wie Jon ernster wurde. »Letzte Nacht hat sie halluziniert, nach Max gerufen und gesagt, dass sie Sofia gesehen hat. Wo bleibt Philippe mit diesem Trank, den er versprochen hat?«

Müde schloss Danielle die Augen. Sie war vollkommen entkräftet. In der Nacht hatte sie sich vorgestellt, dass Sofia bei ihr saß. Sie hatte ihre Schwiegermutter immer geliebt und bewundert, und ihre überirdische Präsenz hatte Danielle getröstet und gestärkt. Sofia versicherte ihr, dass sie auf Max achten würde. Die Vision war unglaublich klar gewesen. *Ist Sofia auch gestorben?*

Oder habe ich halluziniert?

In ihrem Traum hatte Sofia gut ausgesehen, frei von diesem grauen Schleier, der sie zuletzt umgeben hatte. Danielle hatte Sofias beruhigende Berührung an ihrer Stirn gefühlt und das Rosenparfüm gerochen, dass Danielle für sie gemischt hatte. Sie hatte sie sogar sprechen gehört, und ihre Worte waren ganz klar und hell wie ein Glockenton gewesen.

Nimm die Zügel in die Hand, hatte Sofia gesagt, *sei in jeder Beziehung stark. Du bist die neue Matriarchin meiner Familie.*

Ich muss durchhalten, dachte Danielle, obwohl sie merkte, wie ihre Kräfte mit jedem Atemzug schwanden.

Philippe kam mit einem Becher in der Hand herein. »Geben Sie ihr das zu trinken«, sagte er zu der Hebamme. »Es ist eine Kräuterteemischung, die ihr helfen sollte, sich zu weiten.«

Die Hebamme roch an dem Getränk. »Ja, das könnte wirken. Und jetzt müssen Sie beide gehen. Ich habe zu arbeiten.«

Jon kniete sich neben Danielle, strich ihr übers Haar und küsste sie auf die Wange. Zu schwach zum Sprechen, sah Danielle ihn flehend an.

»Ich verlasse dich nicht«, sagte er und drückte ihre Hand.

12. April 1940
Grasse, Frankreich

Eine Woche später saß Danielle allein auf ihrem Bett in dem weiß getünchten Zimmer. Die Sonne wärmte ihr die Schultern durch das weiße Baumwollkleid, und eine Frühlingsbrise wehte durchs offene Fenster herein.

Nach allem, was geschehen war, hatte sie nun einen Säugling, um den sie sich kümmern musste. Ein bittersüßes Geschenk, dachte sie und blinzelte die Tränen fort, die ihr kamen. Sie hatte so viele Entscheidungen zu treffen. *Wie kann ich Nicky finden? Wo werden wir leben? Und schaffe ich alles mit diesem neuen Baby?* Sie wischte sich die Tränen fort. Ihre Mutter hatte versprochen zu helfen, lag jedoch mit einer Grippe danieder, sodass sie noch nicht kommen konnte.

Jon klopfte an die Tür und schob sie auf. Morgens hatte er von sich aus angeboten, das Baby zu baden, und allein das hatte ihn in Danielles Augen noch liebenswerter gemacht. Nun hielt er die Kleine in den Armen, winzig, rosig und sauber in eine weiche Decke gewickelt.

Ihre Tochter war klein, aber wohlgeformt, eine wahre Kämpferin. Jon hatte geholfen, das Baby zur Welt zu bringen, hatte für sie gekämpft. *Ohne ihn hätte ich die Geburt vielleicht nicht überlebt.*

Sie schniefte und wischte sich das Haar aus dem Gesicht, verlegen vor Scham. »Wie ich nur aussehen muss!« Sie lehnte sich in die Kissen und streckte die Arme nach ihrem Baby aus.

Jon setzte sich zu ihr, reichte ihr das Kind und neigte sich vor, um eine verirrte Haarlocke hinter ihr Ohr zu streichen.

»Danke«, murmelte sie und war sich seiner Nähe allzu bewusst. *Er sieht müde aus,* dachte sie angesichts der Ringe unter seinen Augen und seiner gerunzelten Stirn. Dann blickte sie ihre Tochter an. *Mein süßes Baby, so voller Leben. Wie werde ich meines bewältigen?*

»Hast du dir schon einen Namen überlegt?«, fragte Jon und legte einen Arm um ihre Schultern. Es war eine ganz natürliche Geste, und ihn bei sich zu haben, linderte Danielles Schmerz ein wenig.

»In unserer Familie ist es Tradition, Mädchen nach Blumen zu benennen. Meine Nichte heißt Liliana, meine Mutter Marie Mignonette, und ich heiße Danielle Rose. Für sie habe ich Jasmin gewählt, nach einer der kostbarsten Blumen auf der Palette der Parfümeure.«

Jon berührte die winzigen Finger des Babys. »Jasmin ist ein wunderschöner Name für dieses kleine Bündel.« Er beobachtete das Baby einen Moment. »Danielle, ich habe nachgedacht … du solltest jetzt nicht allein sein. Was hältst du davon …« Jon fuhr sich mit einer Hand durch sein welliges Haar.

Warum ist er so nervös?

»Wovon?«

Die Hebamme kam ins Zimmer. »Wie geht es meiner tapferen Patientin?«

Danielle blickte auf. »Viel besser, danke. Sie haben mir ein reizendes, gesundes Baby geschenkt.«

»Ohne Jons Hilfe und Ihr Durchhaltevermögen hätte ich es nicht geschafft.«

Danielle wollte schwören, dass Jon errötete, doch ehe sie etwas sagen konnte, scheuchte die Hebamme ihn aus dem Zimmer, damit sie Danielle untersuchen konnte.

»Sie erholen sich gut«, sagte die Hebamme, bevor ihr faltiges Gesicht einen seltsamen Ausdruck annahm. »Seien Sie in jeder Beziehung stark.« Mit einem mitfühlenden Blick nahm sie ihre Tasche auf, ging hinaus und schloss die Tür leise hinter sich.

Danielle öffnete den Mund. *Sei in jeder Beziehung stark.*

Diese Worte hatte sie in ihrem Traum von Sofia gehört. Wurde sie verrückt? Auf einmal lag Sofias Rosenparfüm in der Luft, und Danielle spürte wieder die friedliche Präsenz ihrer Schwiegermutter.

Sie sah zu der Stelle auf dem Bett, wo sie Sofia zuletzt gesehen hatte. »Bist du gekommen, um deine neue Enkelin zu besuchen?«

Danielle blickte hinab auf ihre Tochter, ihre kleine Jasmin, die im Moment so zufrieden aussah.

Dann sah sie wieder auf. »Sie ist vollkommen«, sagte sie zu der Stelle, die vor Energie flirrte, und ein unbeschreiblicher Frieden überkam sie.

Unten füllte Jon frisch gemahlenen Kaffee in eine Tasse und stellte sie auf ein Holztablett. Er machte sich mit dem Kaffee, einer Scheibe *Brioche* und einer kleinen Vase mit frischen Jasminzweigen auf den Weg nach oben zu Danielle. Es war erstaunlich, dass solch winzige Blüten einen so intensiven, süßen Duft abgaben.

Als er die Treppe hinaufging, dachte er an die Tragödie, die ihn zu Danielle geführt hatte. Max war ein guter Freund gewesen, und Jon trauerte um ihn. Auch von anderen Freunden, die sich bereits zum Kriegsdienst gemeldet hatten, waren manche schon einem ähnlichen Schicksal zum Opfer gefallen. Nun war der Krieg persönlich.

Er öffnete Danielles Tür mit dem Fuß. Sie saß mit Jasmin in den Armen auf dem Bett, wo das Sonnenlicht auf ihr rotbraunes Haar fiel und sie in ein sanftes Licht tauchte. Jon blieb stehen und prägte sich diesen Anblick ein.

Nachdem er Milch in die große Tasse geschenkt hatte,

reichte er sie Danielle. Wieder einmal fiel ihm auf, wie klein und zart ihre Hände waren. »Sei vorsichtig mit der Kleinen«, sagte er lächelnd.

»Ich danke dir, *mon ami.*«

Er stellte ihr den Teller mit der Brioche hin und unterdrückte ein Gähnen. Die halbe Nacht war er wach gewesen und hatte überlegt, was mit Danielle werden sollte. Was hätte Max gewollt? *Was ich will, weiß ich bereits.* »Ich nehme Jasmin, während du isst.« Er hob das Baby in seine Arme, wiegte es und sprach leise mit ihm. Beinahe könnte sie sein eigenes Kind sein und würde es, falls Danielle ihn wollte. »Wie geht es meiner zarten Blume?« Er nahm die Vase und schwenkte einen weißen Jasminzweig vor Jasmins Gesicht. »Ich wollte der Erste sein, der dir die Blumen bringt, nach denen du benannt bist.«

»Ich glaube, sie gefallen ihr«, sagte Danielle lachend, als Jasmin einen kleinen Laut von sich gab. »Wie aufmerksam von dir«, fügte sie mit einem herzzerreißenden Ausdruck hinzu. Dann nippte sie an ihrem Kaffee und legte ein schmales Bein über das andere.

Verstohlen sah Jon sie an. *Ist es zu früh für sie?* Wieder wollte er etwas sagen, doch sein Mut verließ ihn. Das war gänzlich neu für ihn. *Selbstverständlich ist es zu früh, du Idiot!*

Seine Schultern verspannten sich, und sein Gefühl sagte ihm, dass er dort weitermachen müsste, wo Max aufgehört hatte: Danielle bitten, nach England zu kommen, wo er für sie und das Baby sorgen könnte. Leider war Jon nicht besonders gut im Umgang mit Frauen. Nicht wie Cameron. Sicher, jeder hielt ihn für gesellig, doch das bezog sich auf Freundschaften, nicht auf die tiefe Beziehung, die er sich mit Danielle wünschte. Mit Ausnahme von Victoria, die stets alle Aufmerksamkeit auf sich zog, war er kaum mit Frauen ausgegangen. Sein Vater hatte hohe Erwartungen an ihn, und dann war da der Krieg – seine patriotische Pflicht. Er mochte gut darin sein, Menschen zu führen, aber wenn es darum ging, seine innersten Gefühle gegenüber Frauen auszudrücken, scheiterte er zumeist kläglich.

Danielle stellte ihren Kaffee auf dem Nachttisch ab und schob ihre Brioche beiseite. »Jon, was bedrückt dich?«

Ihre Stimme klang so sanft, dass er sie in die Arme nehmen und nie mehr loslassen wollte. *Sie ist diejenige, die Trost braucht nach dem, was sie durchgemacht hat.* Und dennoch sorgte sie sich um *ihn.* Dies war noch so ein Unterschied zwischen ihr und Victoria, der ihn letzte Nacht wach gehalten hatte. Victoria war charmant und schön, konnte aber ausgesprochen fordernd sein – *Mitgefühl existiert nicht einmal in ihrem Wortschatz.* Er war so durcheinander, dass er eine Hand an seine Stirn legte.

Als er nicht antwortete, sagte Danielle: »Du kannst mir alles erzählen, das weißt du doch, nicht wahr?«

Konnte er? Konnte er ihr sagen, dass er sie seit dem Moment liebte, als er sie zum ersten Mal auf dem Schiff sah? *Willst du das zu einer Frau sagen, die gerade ihren Mann verloren hat?* Es war eine Illusion zu glauben, dass sie mit ihm kommen würde, und er beging schon einen Fehler, indem er es sich bloß vorstellte. Er hob Jasmin höher an seine Brust, und ihr süßer Babygeruch rührte ihn. *Wären die Dinge nur anders!* Zu gerne würde er Danielle bitten, mit ihm nach England zu kommen. Aber ein schrecklicher Gedanke hielt ihn ab. *Sollte ich im Krieg fallen, wäre Danielle wieder verwitwet.*

Er sah auf und erkannte den frischen Schmerz in ihrem Gesicht.

Das kann ich ihr nicht antun.

Schließlich fällte er einen Entschluss und räusperte sich. »Was ich dir sagen wollte, ist, dass ich gekommen bin, um mich zu verabschieden.«

Enttäuschung spiegelte sich in ihren Augen. »Du reist ab?«

»Ich muss zurück, um mich zum Militär zu melden.«

»Oh Jon«, murmelte sie traurig, und ihre Schultern sanken ein. »Versprich mir, dass du vorsichtig bist. Ich werde dich so vermissen.«

Sie nahm ihm Jasmin ab, legte sie in ihre Behelfswiege und ging zum Alkoven, wo zwei Stühle an einem gemauerten Kamin standen. Sie setzten sich, und Danielle beugte sich vor, die Ellbogen auf die Knie gestützt. »Wann musst du abreisen?«

Wieder wünschte er, er müsste sie nie verlassen. »Heute. Jetzt.«

»So bald?«

Die Verzweiflung war ihr deutlich anzuhören, und er sehnte sich danach, sie in die Arme zu nehmen. Stattdessen antwortete er: »Mein Land braucht mich. Norwegen und Dänemark sind eben an das Dritte Reich gefallen, und es besteht kein Zweifel, dass Hitler es als Nächstes auf England abgesehen hat.«

»Ich wünschte, du könntest bleiben.«

Ein schlichter Satz, doch ihr Blick sagte so viel mehr. »Um deinetwillen wünsche ich es mir auch, Danielle.« Mit klopfendem Herzen streckte er eine Hand aus und berührte ihre Wange.

Danielle lehnte sich an seine Hand. »Ich werde bald nach Paris fahren, um meine Familie zu sehen.«

Da gehört sie hin, wurde Jon bewusst. Er konnte die Wärme ihrer Haut fühlen, das Herzklopfen unter der Oberfläche.

»Ich möchte dir etwas anvertrauen, Jon.«

Er nahm ihre Hand und streichelte die schmalen Finger. »Was?«

»Es geht um Nicky. Ich weiß, dass er noch lebt, denn ich kann es fühlen.« Sie zögerte. »Max hat mir nie geglaubt, aber ich habe einen starken sechsten Sinn. Ich *weiß,* dass Nicky noch da ist.«

»Ich glaube dir«, antwortete er. »Ich glaube dir jedes Wort, Danielle.« Dann fügte er hinzu: »Versprich mir, dass du dich meldest, wenn du etwas brauchst.« Jon neigte sich vor und lehnte seine Stirn an ihre. Seine Lippen streiften ihre Wange, und schließlich musste er sich zwingen aufzustehen. »Ich muss los«, sagte er resigniert. »Du brauchst mich nicht nach unten zu begleiten.«

»Pass auf dich auf, Seemann.« Sie schlang die Arme um ihn und vergrub ihr Gesicht an seiner Halsbeuge.

Behutsam umarmte er sie und zog sie näher an sich, bis ihre Körper aneinandergeschmiegt waren. Nun konnte er ihre Stärke fühlen und ließ sie seine fühlen.

Mit leuchtenden grünen Augen blickte sie zu ihm auf.

Er spürte, dass ihr Herz schnell schlug, genauso schnell wie seines, und wieder strich er über ihre Wange. *Das war's. Werde ich sie je wiedersehen?* Höchst widerwillig wandte er sich zum Gehen.

»Wa… warte.«

Als ihre Stimme brach, zögerte er, drehte sich um, legte die Hände an ihre Wangen und küsste sie auf die Lippen. Sie umarmte ihn wieder, erwiderte seinen Kuss voller Sehnsucht und mit demselben Verlangen, das ihn antrieb. Sie tranken einander, bis Jon schließlich den Kuss löste und sie ansah, um sich jeden ihrer Züge einzuprägen, bevor er aus dem Zimmer ging und die Tür hinter sich schloss.

Er stieg benommen die Treppe hinunter, und seine Gedanken wirbelten durcheinander. *Was geschieht jetzt?*

10

Die Rose: Obwohl ihre Blütenblätter sehr empfindlich sind, blüht sie opulent. Welche Macht die Rose besitzt; schon die kleinste Andeutung einer Blüte weckt die tiefsten Erinnerungen. Sie muss bei Tagesanbruch rasch gepflückt werden, denn in der Mittagssonne verliert sie die Hälfte ihrer Essenz – den Schatz des Parfümeurs. – db

28. April 1940
Paris, Frankreich

Von der Seine-Brücke aus blickte Danielle wehmütig auf die Stadt, die sie liebte, und zum Eiffelturm in der Ferne. Sie zupfte an Jasmins leichter Decke und vergewisserte sich, dass sie es in ihrem Kinderwagen warm hatte. Dann machte sie sich auf den Weg in die Tuilerien, wo Jean-Claude und sie als Kinder gespielt hatten.

Während sie ging, legte sich die Traurigkeit einem feuchten Umhang gleich um sie. Max und sie hatten einen Teil ihrer Flitterwochen in Paris verbracht, und jede Sehenswürdigkeit war ein Andenken an ihre idyllische gemeinsame Zeit.

Sie betrat den Park, wo die Luft vom Plätschern der Springbrunnen und dem süßen Duft der Frühlingsblumen erfüllt war. Liebespaare schlenderten Arm in Arm; einige blieben hier und da stehen, um sich zu küssen. Danielle presste die Finger auf ihre Lippen, doch es waren nicht Max' sanfte Küsse, an die sie sich erinnerte, sondern Jons leidenschaftlicher Kuss. Nachts lag sie verwirrt im Bett, allerdings weniger von Jons unerwartetem Handeln als von ihrer Reaktion. Sie genoss die Erinnerung an seine Berührung, kostete sie ein ums andere Mal aus. Und dann waren da seine Briefe. Sie nagte an ihrer Unterlippe und blickte hinab zu ihrem schwarzen Kleid. Sie trauerte um Max, doch die Welt schien sich schneller zu drehen und Traditionen veränderten sich.

Der Klang von Kinderlachen wehte in der Luft. Danielle blieb stehen und dachte an Nicky. Im Geiste malte sie sich ihn laufend und spielend aus. Sie würde mit ihm herkommen, zusammen mit Jasmin und ihrer Cousine Liliana. *Ja, das werde ich tun.* Ein kleiner Seufzer entfuhr ihr.

Aber wie?

Seit sie Grasse verlassen hatte, war Hitler in Holland und Belgien einmarschiert. Frankreich könnte als Nächstes kommen, egal wie sehr die Regierung die Leute beruhigen wollte.

Ich muss zu Nicky.

Sie dachte an Jean-Claudes und Philippes Bemühungen und an das, was sie in Grasse von Philippe erfahren hatte.

Sie hatte sich einen Plan überlegt, nur war der gefährlich.

Jasmin begann zu weinen. »Ach, mein armes Baby«, murmelte Danielle, hob die Kleine hoch und lehnte sie an ihre Brust. Dann klopfte sie ihr sanft den Rücken und beruhigte sie. Während sie das winzige Baby wiegte, das vollkommen abhängig von ihr war, fühlte sie sich hin und her gerissen zwischen ihren Kindern. Beide brauchten sie, und Danielle brauchte sie beide, jetzt mehr denn je. Was war, wenn ihr in Polen etwas zustieß? *Was ist, wenn ich getötet werde?*

Was ist, wenn Nicky getötet wurde?

Bei dem Gedanken wollte sie in Tränen ausbrechen.

Sollte ihr etwas passieren, würden sich ihre Mutter oder Jean-Claude und Hélène um Jasmin kümmern. Danielle betrachtete ihr Baby, das den Kopf drehte und an ihrer Bluse saugte. Danielle berührte Jasmins Mund mit der Fingerspitze, und die Kleine fing an, an ihrem Finger zu saugen, was sie fürs Erste zufriedenstellte. Bevor sie fortging, müsste sie Jasmin abstillen und an die Flasche gewöhnen. Sie bekam ein schlechtes Gewissen. *Bin ich eine schreckliche Mutter?*

Aber dann dachte sie an Nicky.

Welche Wahl habe ich?

Sie setzte sich auf eine Steinbank nahe einem Springbrunnen und wiegte Jasmin weiter. Sie liebte die Kleine von ganzem Herzen, konnte jedoch den Gedanken nicht ertragen, dass Nicky sich fragte, wo seine Eltern waren. Ihr fiel der Traum wieder ein, der Rosenduft, den sie nach Jasmins Geburt in ihrem Zimmer wahrgenommen hatte. *Wenn Sofia etwas geschehen ist …* Diesen Gedanken konnte sie nicht beenden. *Gütiger Gott, ich würde es mir nie verzeihen, sollte Nicky ein Leid widerfahren.*

»*Bonjour, ma chère*«, sagte Marie und küsste sie zur Begrüßung. »Ach, muss man Paris an solch einem schönen Tag nicht lieben?« Sie setzte sich zu Danielle, nahm ihr Jasmin ab und gurrte ihrer Enkelin zu. Dabei blickte sie unter der Krempe ihres Frühlingshuts hervor zu Danielle. »Du siehst aus, als ginge dir eine Menge im Kopf herum.«

»Maman, was ist, wenn Frankreich an die Nazis fällt?«

Marie bedachte sie mit einem strengen Blick. »Die

Maginot-Linie schützt uns angeblich. Aber ich gestehe, dass ich mir gleichfalls Sorgen mache. Dein Vater und ich haben bereits darüber gesprochen, fortzugehen, doch du kennst ja deinen Vater. Die Bank hält ihn hier. Ich versuche, ihn zu überzeugen, nur werden wir nicht ohne dich gehen.«

Danielle nickte. »Ich muss Nicky finden.«

Marie blinzelte traurig. »Ich weiß.«

Danielle sah nach unten und bemerkte, dass sie nervös an Jasmins Decke zupfte. »Ich fahre nach Polen.« Sie blickte wieder auf und sah, dass ihre Mutter Tränen in den Augen hatte – genau wie sie selbst. »Kannst du für Jasmin sorgen?«

»Das brauchst du nicht zu fragen, *ma chère*.«

Später am selben Tag war Danielle im Gästezimmer von Jean-Claudes enger Wohnung, wo sie sich zum Abendessen umzog. Sie zog ihr schwarzes Kleid aus und ein königsblaues Kleid an, das Hélène ihr gegeben hatte. *Zum Teufel mit der Witwenkleidung,* beschloss sie. *Max mochte mich immer gern in farbigen Kleidern.* Es wurde leise an die Tür geklopft. »Herein!«

Jean-Claude schloss die Tür hinter sich und stellte einen Reisekosmetikkoffer aus braunem Leder aufs Bett. »Wir haben nicht viel Zeit. Hélène wird jeden Moment fertig sein, und wir werden in einer halben Stunde zum Diner erwartet.« Er holte ein kleines Päckchen aus seiner ledernen Bomberjacke und reichte es ihr. »Hier, öffne das zuerst.«

In dem Päckchen waren eine Rose aus gelber Seide und ein schimmernder Schal in Gelb und Gelbgrün.

»Diese Sachen musst du auf deiner Reise tragen. Es sind noch mehr Sachen für dich im Wandschrank, alle aus

Deutschland. Nimm nichts Französisches mit. Warte, da ist noch mehr.« Er angelte einen Umschlag aus seiner Tasche. »Dies sind deine amtlichen Papiere: dein Pass und dein Reisevisum.«

Jean-Claude erklärte ihr jedes der Dokumente. Danielle war beeindruckt und nahm sich vor, auf der Reise so aufzutreten wie er. »Du reist als Frau Werner, die Ehefrau eines hochrangigen Parteimitglieds.«

»Ist die Tarnung nicht übertrieben?«

»Glaub mir, auf die Weise wird man dich nicht allzu viel fragen. Keiner der Rangniederen will den Zorn deines Mannes riskieren.«

Danielle verzog das Gesicht. »Ist er solch ein Monstrum?«

»Eines von den schlimmsten.« Seine Miene verfinsterte sich. »*Alors,* der Plan ist wie folgt. Steck dir die Blume an den Hut und binde den Schal um deinen Hals. An den Sachen erkennen dich die Leute, die auf dich aufpassen, aber nur, wenn es nötig ist.«

Danielle nickte. Ihr waren die Folgen durchaus bewusst. »Falls sie mich fangen, werde ich nichts verraten.«

»Das habe ich auch nicht gemeint.« Er trat ans Fenster, zog die Vorhänge etwas auf und sah nach draußen. »Diese Leute sind nur da, um dich vor einer Katastrophe zu bewahren, sofern möglich.«

Danielle beobachtete Jean-Claude und fragte sich, nach wem oder was er Ausschau hielt.

Er drehte sich wieder zu ihr. »Also, wenn jemand zu dir sagt: *›Ihre Blume hat dieselbe Farbe wie die Narzissen in meinem Garten‹*, kannst du ihm vertrauen und musst genau das tun, was derjenige sagt. Sprich mit niemandem sonst.« Er nahm sie in die Arme und drückte sie an sich. Danielle konnte sein Herzklopfen fühlen, das so schnell ging wie ihres. »Nach dem Dinner solltest du die Dokumente gründlich studieren. Lerne deine Adresse, den Namen und Rang deines Mannes sowie jede Zahl auswendig.«

Von draußen war zu hören, wie Hélène in der Wohnung umherging.

Danielle schlug den Pass auf. »Gibt es wirklich eine Frau Werner?«

»Ja. Sie sympathisiert mit uns und ist froh, einige Wochen mit ihrem Liebhaber zu verbringen. Du reist als Frau Werner, um die Unterbringung am neuen Posten deines Ehemannes zu arrangieren. Das ist deine Geschichte. Und du musst schnell sein und verschwinden, bevor er dort ankommt.«

Danielle bejahte stumm und merkte sich jedes Detail.

»Jetzt öffne den Kosmetikkoffer.«

Sie löste den Riegel und klappte den Deckel nach oben. »Das sind unsere Entwürfe«, sagte sie und strich mit den Fingern über die Make-up-Pinsel mit hohlen Griffen, die Parfümflaschen, die sich zum Kompass wandeln ließen, die Deckel, in denen winzige Werkzeuge versteckt waren, und die Kleiderbürsten, in denen Dokumente steckten.

Jean-Claude zog am Boden des Koffers, und darunter kamen mehrere Reihen kleinster elektronischer Geräte zum Vorschein. »Achte darauf, dass der Boden immer gesichert ist. So.« Er rastete ihn wieder ein.

»Jeden Morgen wird dich dein Fahrer abholen, angeblich, damit du dich nach einem geeigneten Quartier umsehen kannst. Du nutzt die Tage, um nach Nicky und Sofia zu suchen. Als Frau Werner darfst du ausschließlich Deutsch sprechen. Falls dich jemand auf Französisch, Polnisch oder Englisch anspricht, antworte nicht. Gib nicht zu erkennen, dass du die Leute verstehst. Ansonsten beschränkst du dich auf kurze Antworten, und achte auf deine Aussprache.«

Danielles Nackenhärchen stellten sich auf. »Und wenn ich Hilfe brauche?«

Er gab ihr einen gefalteten Zettel. »Dann organisiert dein Fahrer alles. Sollte er aus irgendeinem Grund mal nicht erscheinen, musst du diese Nummer anrufen und auf Anweisungen warten.« Er hielt inne, um sich den Schweiß von der Stirn zu wischen. »Merk dir die Nummer und vernichte den Zettel. Und noch etwas«, sagte er und sah zu ihrem Haar. »Frau Werner ist blond. Dein rotbraunes Haar ist wie ein Leuchtsignal.« Er wies mit dem Daumen zum Koffer. »Da drin ist eine Flasche mit Haarfärbemittel.«

Unwillkürlich fasste Danielle sich ins Haar. »Ich werde Maman sagen, dass Blond gerade der letzte Schrei ist.«

»Gut. Der Rest liegt bei dir, Danielle.«

Hélènes Stimme erklang hinter der Tür. »Jean-Claude, Danielle! Wir müssen aufbrechen.«

Jean-Claude umarmte seine Schwester wieder. »Max war ein guter Mann, Danielle. Er starb als Held. Ich bete, dass Nicky im Gegenzug verschont bleibt.«

Sein Atem wehte warm über ihr Haar, und Danielle erinnerte sich, wie er sie als Kind immer vor den brutalen Nachbarskindern beschützt hatte. Jetzt wäre sie bald auf sich allein gestellt. *Und ich muss es schaffen.*

»Wann kann ich aufbrechen?«, fragte sie.

»Bald, in ein oder zwei Wochen. Ich werde Nachricht erhalten.« Jean-Claude sah sie ernst an. »Du bist jetzt eine von uns. Für den Rest deines Lebens.«

29. April 1940
Polen

In der mondlosen Nacht kroch Nicky bäuchlings durch das Gestrüpp über ein Feld, wobei ihm Erde in Nase und Augen drang. Er unterdrückte sein Husten, um nicht bemerkt zu werden.

Nachdem sie Sofia verlassen hatten, war Oscar zu ihnen zurückgekehrt. Jacob und Irma hatten sich beeilt, sie weiter weg zum nächsten Versteck zu führen. Dort hatten sie gerastet, und Nicky hatte mit den drei Kindern von Jacob und Irma Wasser aus einem Bach getrunken, geschützt von einer kleinen Baumgruppe, als sie hörten, wie ein Streit zwischen den Erwachsenen und fremden Soldaten ausbrach. Sie waren entdeckt worden.

Bei der Erinnerung daran zuckte Nicky zusammen. Die Kinder hatten sich versteckt und die Augen zugehalten, doch niemals würden sie die Schüsse und die vollkommene Stille danach vergessen. Als Ältester war Nicky hingegangen, um nach Jacob und Irma zu sehen. Der entsetzliche Anblick hatte sich auf immer in sein Gedächtnis eingebrannt. Es war so schrecklich, dass er den anderen nicht erlaubte, ihre Eltern zu sehen.

Insekten huschten über seine Hände und Beine. Er war alt genug, sich nicht mehr vor Käfern zu fürchten, sagte er sich und biss die Zähne zusammen. Er blinzelte angestrengt, um das Jucken in seinen Augen zu vertreiben. Wichtig war jetzt, dass er die Kinder in Sicherheit brachte.

Nicky robbte an einem Soldaten am Straßenrand vorbei und duckte sich ins Unterholz. Von dort gab er eine Reihe von Vogelrufen von sich, die er mit den anderen geübt hatte, damit sie ihre Flucht beginnen konnten. Erschaudernd strich er sich die Insekten von Armen und Beinen, dann sah er über das Feld zu einer Scheune, in der sie sich verstecken könnten. *Würden sie es schaffen?*

11

Ein Gedanke zu Tabac de Bretancourt: Man stelle sich eine rauchige Note vor, eine Erinnerung an den Duft von Max' Vanilletabak, der sich auf dem Schiffsdeck mit der Meeresluft vermengt – Vetivergras wäre eine Idee – rauchig, grün, dezentes Anis-Aroma … unterstützt von Sandelholz und Teak mit einer subtilen Ambra-Beigabe. – db

30. April 1940
Paris, Frankreich

Hélène rückte ihre braune Filz-Baskenmütze zurecht, an der sie strategisch klug eine falsche Gemmenbrosche platziert hatte, um die Mottenlöcher zu bedecken. Sie stand am Tisch in der winzigen Küche ihrer Wohnung und sortierte die Post, während sie auf ihre Schwiegermutter wartete.

Liliana hatte sie bei den Nachbarn untergebracht, weil sie etwas furchtbar Wichtiges mit Marie zu besprechen hatte. Seit ihre Mutter starb, hatte Hélène niemanden mehr, dem sie sich anvertrauen konnte – niemanden, dem sie hinreichend vertraute, um ihm von ihrem Verdacht bezüglich Jean-Claudes zu erzählen.

Auf das Klopfen hin öffnete sie die Tür.

»*Bonjour,* bin ich zu früh zum Mittagessen?«, fragte Marie.

»Nein, ich bin bereit.« Hélène nahm ihre Handschuhe und die Tasche auf.

Sie musterte Maries Frühlingskostüm mit passendem Hut und Handtasche. Im Vergleich dazu kam sie sich schäbig vor. Vielleicht sollte sie versuchen, sich besser zu kleiden. Könnte es daran liegen, dass ihr Mann das Interesse an ihr verlor? Sie war doch erst sechsundzwanzig. »Marie, wie gelingt es dir, immer so chic auszusehen?«

Marie lachte.

»Ich habe seit Jahrzehnten nichts weggeworfen! Mit der Zeit stellt man sich eine Garderobe zusammen, die den persönlichen Stil betont. Aber als meine Kinder klein waren, kamen sie für mich an erster Stelle.«

»Das kommt meines für mich auch, und ich fürchte, man sieht es«, sagte Hélène unsicher. Vielleicht verbrachte sie zu viel Zeit mit ihrer Tochter. Könnte das der Grund sein, weshalb Jean-Claude jeden Abend lange ausblieb?

Marie tätschelte Hélènes Arm. »Mach dir keine Gedanken über deine Kleidung. Ich werde mit dir einkaufen gehen. Ich wünschte, ich wäre so hübsch wie du. Deshalb lieben es eure Künstlerfreunde so sehr, dich zu porträtieren.« Sie lächelte. »Aber heute haben wir Wichtiges zu bereden. Wollen wir losgehen?«

Um das Thema der möglichen Untreue noch ein wenig aufzuschieben, fragte Hélène: »Wie bald wird eure Wohnung fertig sein?«

Marie schnalzte mit der Zunge. »Die Renovierung zieht sich schrecklich in die Länge. Es wird immer wieder etwas aufgeschoben, weil so viele Handwerker zur Armee gegangen sind. *Wie sie es auch sollten.*« Sie zuckte mit den Schultern. »Natürlich ist Edouard außer sich. Männer wollen ständig alles sofort, nicht wahr?«

Hélène war zum Heulen, doch stattdessen schluckte sie energisch.

Marie fuhr fort: »Bald ist Edouards Geburtstag, und ich plane eine kurze Reise nach Bellerose. Aber ich würde gerne vorher ein Überraschungsessen für ihn geben.«

Es war ein sonniger Tag, weshalb sie sich für ein Café mit Tischen draußen entschieden und ihr Essen bestellten. Marie sagte: »Ich weiß, dass Edouard seinen Geburtstag gern mit dir und Liliana feiern würde. Natürlich ist Jean-Claude auch herzlich eingeladen, aber ich bezweifle, dass er sich zu uns gesellen will.«

»Jean-Claude ist furchtbar dickköpfig.« Hélènes Mut, ihre Eheprobleme anzusprechen, schwand rapide.

»Mit der Zeit werden sie ihre Differenzen vergessen, allerdings hatten Jean-Claudes Worte eine enorme Wirkung auf Edouard.«

»Ach ja?« Hélène glaubte nicht, dass Edouard jemals auf Jean-Claude hören würde. Er schien ihr noch dickköpfiger als sein Sohn, sofern das überhaupt möglich war. »Sie sind allemal zwei sehr starrköpfige Männer.«

Marie senkte die Stimme. »Manche Menschen übersehen gravierende Ungerechtigkeiten, wenn Geld im Spiel ist, vor allem Bankiers.« Marie rümpfte die Nase. »Männer und ihre Politik!«

Hélène starrte sie an. Sie hatte gedacht, dass Marie ihre Sorge wegen Jean-Claude erahnte. *Wovon spricht sie?*

Ein Kellner brachte ihnen eine Karaffe Beaujolais und schenkte zwei Gläser ein.

Marie trank von dem Rotwein. »Es sind Jean-Claudes Haltung und Danielles Lage, die Edouard veranlasst haben, über den Einfluss der Banken nachzudenken. Und er würde niemals infrage stellen, wie seine Bank Kredite vergibt, wäre Jean-Claude nicht so überzeugt aufgetreten.«

»Das tut er nur wegen Jean-Claude?«

»Du solltest sehr stolz auf deinen Mann sein, weil er so mutig für seine Überzeugung eintritt.«

Hélène trank von ihrem Wein. Im Vergleich hierzu nahm sich ihre Sorge um die Treue ihres Mannes nichtig aus.

»Die Bank ist Edouards Leben, nicht wahr?«

»Ja, trotzdem darf er sich nicht blind stellen, was Hitlers Vorgehen betrifft.« Marie wurde merklich unruhig. »Und auch wenn er es nicht glaubt, fürchte ich, dass unsere Schutzmaßnahmen nicht gegen Hitler standhalten werden.«

Ein kalter Schauer lief Hélène über den Leib. *Hitler in Frankreich?* Sie griff nach ihrem Wein.

Marie redete weiter: »Meine Kinder sind im katholischen Glauben erzogen worden, auf Geheiß meines Mannes. Es war eine Bedingung für unsere Heirat, und ich war verliebt.« Sie blies langsam Luft aus. »Doch dem jüdischen Gesetz zufolge sind meine Kinder – und Hitlers Gesetz nach auch deine Liliana – zum Teil jüdisch. Nach Nazi-Gesetzen würden uns damit sämtliche Rechte genommen. Das weißt du, Hélène.«

Hélène rutschte ängstlich auf ihrem Stuhl hin und her. Liliana, die ihr aus den Armen gerissen würde? *Ausgeschlossen, wir sind hier in Frankreich!* Jedenfalls wollte sie das glauben. »Und was sollen wir tun?«

Marie senkte ihre Stimme zu einem eindringlichen Flüstern. »Wir müssen Frankreich verlassen. Denk an eure Tochter. Sieh dir die arme Danielle und Max an, ihren Sohn Nicky und Max' Mutter Sofia. Tragisch! Deshalb musst du Jean-Claude bewegen, das Land zu verlassen, denn auf mich hört er nicht. Das ist der Grund, weshalb ich heute mit dir sprechen wollte.«

Hélène schwirrte der Kopf. Sie hatte die Tage gezählt, bis ihr Mann seinen Abschluss an der Medizinischen Hochschule machte. Frankreich jetzt zu verlassen, schien unvorstellbar.

»Edouard hat alte Freunde in Montreal«, sagte Marie. »Bei ihnen können wir bleiben, bis wir eine Wohnung gefunden haben. Wir könnten nach Edouards Geburtstag reisen. Danielle will nicht ohne Nicky weg, aber sie müsste bald zurück sein.«

»Ich kann mir nicht vorstellen, in Kanada zu leben«, sagte Hélène, doch dann dachte sie an Danielles katastrophales Schicksal.

»Du musst an Liliana und deinen Mann denken. Dein Vater könnte auch mit uns kommen.«

Nach dem Mittagessen gingen sie zurück zu Hélènes Wohnung. Die Vögel zwitscherten, die Sonne schien, doch Hélène war voller Angst. *Montreal … ist es wirklich so weit gekommen?*

Vor Hélènes Haus drehte Marie sich zu ihrer Schwiegertochter und fasste sie bei den Händen. »Denk über das nach, was ich gesagt habe. Jean-Claude fühlt sich Frankreich verpflichtet und wird nicht fortgehen wollen, aber er muss dich und seine Tochter schützen. Bring ihn dazu, mit uns zu kommen, Hélène. Du kannst das!«

Marie griff in ihre Handtasche, nahm einige Francs heraus und drückte sie Hélène in die Hand. »Sag Jean-Claude, er soll dich dieses Wochenende zum Essen ausführen. Trinkt eine Flasche Wein, und dann redest du mit ihm. Du musst darauf bestehen.«

»Ich versuche es«, antwortete Hélène kopfschüttelnd. »Aber er studiert so viel.«

»Hierfür hat er Zeit ... seine politischen Interessen beschäftigen ihn sehr, nicht wahr?«

Hélène wandte das Gesicht ab. »Ich glaube, es ist eine andere Frau.«

»Mein liebes Kind, Jean-Claude hat nur Augen für dich!« Marie neigte den Kopf zur Seite. »Hast du gedacht, er wäre dir untreu?«

Hélène konnte nur stumm bejahen, denn ihr brach das Herz.

»Oh nein, glaub mir, Hélène, seine Leidenschaft gilt nicht einer anderen Frau.«

Maries Stimme klang belegt.

Für einen Moment nahm Maries Gesicht einen seltsamen Ausdruck an, wie Hélène bemerkte: eine Mischung aus Stolz und Kummer. Dann legte sie beide Hände auf Hélènes Schultern und küsste sie auf die Wangen.

»Aber Marie, du zitterst ja«, sagte Hélène erschrocken.

Marie wich zurück und sah sie an. »Das ist nur der kühle Wind.«

Nachdem Marie sich verabschiedet hatte, dachte sie an Danielle. *Jean-Claude muss ihr helfen.* Aber wusste Hélène es?

Marie ging zur Place Vendôme. Von der schweren Grippe war sie nach wie vor kurzatmig, und sie presste eine Hand auf ihre Brust. Der Gedanke, eines ihrer Kinder zu verlieren, war ihr unerträglich. Die Tragödie des kleinen Nicky und Max' Tod waren schon schrecklich genug. Marie war nicht sicher, ob sie aushalten könnte, was ihre Tochter durchmachte. *Aber Danielle ist stark.* In vielerlei Hinsicht war sie stärker als Marie.

Meine Kinder bewegen sich auf gefährlichen Pfaden. Als Mutter hatte sie sich ganz ihren Kindern verschrieben, und es gab nichts, was sie nicht für sie tun würde. Jetzt musste sie Danielle dasselbe Privileg an Verantwortung erlauben und ihre eigenen mütterlichen Ängste hintanstellen.

Lieber Gott, segne meine Kinder in ihren Unternehmungen!

Könnte sie mit Danielle tauschen, sie würde es. Marie seufzte und nickte dem Portier zu, als sie das Ritz betrat.

Dunkel gekleidet und die Mütze tief in die Stirn gezogen, eilte Jean-Claude leise durch die finstere Gasse und blickte sich verstohlen nach hinten um. Heute Abend sollte er von einem seiner wichtigsten Aufträge erfahren. Der Mond warf unheimliche Schatten auf das Kopfsteinpflaster. Von oben ertönte ein scharfer Knall, und instinktiv drängte Jean-Claude sich dicht an die raue Backsteinmauer. War das eine Tür oder ein Schuss gewesen? Sein Herz pochte, als er lauschend wartete.

Nach einem Moment, als er sich vergewissert hatte, dass er nicht entdeckt worden war, schlüpfte er in einen schattigen Hauseingang, klopfte zweimal, machte eine Pause und klopfte erneut zweimal. Die Tür öffnete sich.

Ein Mann mit einem sehr runden Brustkorb begrüßte ihn. »Wir fangen gerade an.«

Jean-Claude nickte der kleinen Gruppe in dem dämmrigen Raum zu, nahm seine Mütze ab und hockte sich auf eine Holzkiste am Tisch. Aufmerksam hörte er zu, während ihr Anführer begann, einen komplizierten Plan an der Tafel zu skizzieren.

»Wenn wir den Geldfluss in Hitlers Staatskassen behindern können«, sagte der Mann, »hätte es Soldausfälle, sinkende Moral, Munitionsknappheit und schließlich das Ende seiner Vormärsche zur Folge. Ratten fliehen ein sinkendes Schiff.« Der Mann fuhr fort, die Einzelheiten der Operation zu erläutern.

»Dies sind die Aufgaben«, verkündete er und hielt drei Umschläge in die Höhe. »Irgendwelche Freiwilligen?«

Eine schlanke blonde Frau hob ihre Hand. »Für welche Ziele?«

»Wien, Berlin«, zählte er auf und legte eine dramatische Pause ein, »und Paris.«

Die Frau flüsterte ihrem Begleiter zu. »Wir übernehmen Wien.«

»Gut. Die drei Operationen müssen unbedingt exakt gleichzeitig durchgeführt werden. Berlin?«

Drei Männer wechselten Blicke und hoben ihre Hände.

»Paris?«

Jean-Claude sah eine rothaarige Frau an, die ihm gegenübersaß und zu ihm blickte.

»Wir übernehmen Paris«, sagte sie und nickte Jean-Claude zu.

Der Anführer sah ihn an. »Jean-Claude?«

»*Oui,* Paris«, antwortete Jean-Claude mit einem Nicken zu seiner Partnerin. »Mit Yvette.«

Der Anführer wandte sich an die Teams. »Teilt euch in

Gruppen auf und klärt die Details.« Er legte jedem einen Umschlag hin.

Jean-Claude sah wieder zu Yvette Baudin. Sie war achtundzwanzig Jahre alt, hatte kurzes, hennarotes Haar, einen drallen Körper und einen eisernen Willen. Eine attraktive Frau, wenn auch kaum Jean-Claudes Typ. Er griff über den Tisch und nahm eine Zigarette aus ihrer Schachtel.

Yvette grinste. »Ich dachte, du rauchst nicht, Doktor.«

»Tu ich auch nicht.« Er riss den Umschlag auf. Nachdem er die Zigarette zur Hälfte geraucht hatte, drückte er sie aus. Dann warf er Yvette das Blatt zu, stand auf und schritt in dem Keller auf und ab, während sie las.

Als sie aufsah, stand ihr der Mund offen. »Dieser Mann arbeitet in der Bank deines Vaters. Kennst du Louis LeBlanc?«

»Er gehört zum Vorstand.« Jean-Claude stemmte beide Hände auf den Tisch und lehnte sich vor. »Und er ist seit dreißig Jahren der beste Freund meines Vaters.«

Yvette zuckte mit einer Schulter. »Ich habe kein Problem damit, aber kannst du das?«

»Wer wäre besser geeignet als ich?« Jean-Claude ballte eine Faust und schlug sie in seine Hand. Er dachte an die desaströse Lage von Danielle und Tausenden, nein, *Millionen* anderen Unschuldigen. Sein Bauch krampfte sich zusammen, doch seine Augen zuckten nicht einmal. »LeBlanc ist ein Nazi-Sympathisant. Einer von den Übelsten«, sagte er voller Verachtung. »Natürlich kann ich das.«

Er war weniger sicher als er klang, doch er durfte sich seine Skrupel nicht anmerken lassen. Das taten sie hier nicht.

Yvette und er vereinbarten einen Zeitplan und besprachen, wo die Bombe platziert werden sollte.

Jean-Claude rieb sich das Kinn. »Letzten Sommer hat Hitlers Schweizer Spion, Didier Steiger, der ebenfalls im Bankvorstand ist, LeBlanc einen neuen Bentley geschenkt. Mit dem fährt LeBlanc gern zum Mittagessen in den Club, um anzugeben.«

Yvette schüttelte eine Zigarette aus ihrer Schachtel, strich ein Streichholz an und zündete sie an. »Und wie können wir die Bombe anbringen?«

Jean-Claude überlegte. »Wir müssen in die Garage der Bank gelangen. Ich könnte mich als Mechaniker ausgeben, der eine Notfallreparatur vornimmt.«

»Was zum Beispiel?« Yvette blies Rauch nach oben zur Decke. »Ein platter Reifen?«

»Genau. Du kannst den Wächter ablenken, solange ich mich um das andere kümmere, und dann machst du ihn auf den Platten aufmerksam. Er wird LeBlanc rufen, der seine Sekretärin sofort bei der Werkstatt anrufen lässt, damit sie den Reifen wechseln.«

»Könnte er dich wiedererkennen?«

Das wäre durchaus möglich. »Ich werde mich verkleiden.«

»Hoffentlich gut.« Yvette beugte sich vor und tippte Asche von ihrer Zigarettenspitze. »Ich sorge für ein Durcheinander, das die Sekretärin und den Parkplatzwächter ablenkt. Dann hast du Zeit.«

»*Bon.* LeBlanc wird egal sein, wer seinen Reifen wechselt, solange es erledigt wird.« Während er sprach, überkam ihn Furcht. Er sah hinab auf seine Hände mit den langen, schmalen Fingern. Ruhige, sichere Chirurgenhände waren ideal für die heikle Arbeit mit Sprengstoffen.

Und dennoch begannen sie zu zittern, als er an den Auftrag dachte.

12

Ein Pilz wuchert auf dem Kontinent und infiziert ihn im Innersten. Das Kernholz verfärbt sich dunkel wie Oud-Holz und beginnt zu riechen. Es gibt kein Gegenmittel. – db

19. Mai 1940
Polen

Stille senkte sich über das Eisenbahnabteil, als sie durch die verwüstete Landschaft des besetzten Polens fuhren. Verschwommene Bilder rauschten am Fenster vorbei, während Danielles Zug seinem Zielort entgegenbrauste. Ihre verworrene Reise hatte sie vom vornehm höflichen Frankreich durch die neutrale Schweiz ins besetzte Österreich und die Tschechoslowakei geführt.

Unterwegs hatte sie mehrere Straßensperren problemlos passiert, auch wenn ihr Puls jedes Mal raste. Bei jeder Kontrolle ihrer Papiere klopfte ihr Herz so laut, dass sie sicher war, es würde sie verraten. Doch bisher hielten die Dokumente von Jean-Claude den Prüfungen stand. Jeweils hinterher sprach Danielle ein stummes Dankgebet, denn ihr war bewusst, welches Schicksal sie erwartete, sollte ihre Tarnung auffliegen.

Wie Jean-Claude vorausgesagt hatte, waren die Soldaten bei der Überprüfung ihrer Papiere voller Hochachtung vor ihr. Ein paar versuchten, sie in ein Gespräch zu verwickeln, doch Danielle winkte ab und gab vor, heiser zu sein.

Wer nicht mit ihr sprach, war die Frau, die ihr jetzt in dem Abteil gegenübersaß. Danielle schätzte sie auf ungefähr vierzig Jahre; ihr pechschwarzes Haar war zu einem strengen Knoten gebunden, und hinter ihren dicken Brillengläsern blitzten blaue Augen. Neben der Frau lag ein dicker, selbst gestrickter Wollschal. Andere Passagiere stiegen ein und wieder aus, doch diese Frau blieb und sprach mit niemandem. Sie hatte ein aufgeschlagenes Buch auf dem Schoß, aber Danielle ertappte sie immer wieder dabei, wie sie zu ihr sah.

Verfolgte die Frau sie? Und wenn ja, war sie eine Kameradin oder eine Nazi-Informantin?

Danielle drückte die Finger an die kalte Fensterscheibe. Schmutzige Gesichter linsten aus dem Gebüsch, als sie an Geisterdörfern mit ausgebrannten Häusern und dem säuerlichen Rauchgestank in der Luft vorbeifuhren. Danielle war in einer anderen, dem Wahnsinn verfallenen Welt gelandet.

Polen war ihre Wahlheimat gewesen, weshalb Danielle die allgegenwärtige Trauer der Menschen hier mitempfand. Sie senkte die Augen, und während sie es tat, bemerkte sie abermals, dass die andere Frau sie beäugte.

»Was für eine hübsche Blume Sie an Ihrem Hut tragen«, sagte die Frau auf Deutsch.

»Danke«, antwortete Danielle leise. Die Worte ihres Bruders gingen ihr durch den Kopf: *Sag nicht mehr, als du unbedingt musst.*

Die schwarzhaarige Frau wollte noch etwas sagen, als die Abteiltür aufging und ein Mann mit einem sperrigen Gepäckstück hereinkam.

Danielle schnupperte, als sie ein ungewöhnliches Aroma wahrnahm. Sie erkannte es auf Anhieb und blickte den

Mann erschrocken an. Die Essenz von Oud-Holz war im Mittleren Osten und in Indien üblich, wurde hier jedoch selten verwandt. Nur ein einziger Mann trug sie hier, und das war Heinrich, der den Duft von ihr hatte. Sie strich mit den Händen über das glatte braune Leder des Kosmetikkoffers und zog ihn näher zu sich.

Einzig das Rattern der Metallräder im Stakkato-Rhythmus auf den Schienen hielt die ohrenbetäubende Stille im Zaum.

Danielle starrte aus dem Fenster, während ihre Gedanken um ihren Sohn kreisten. Sie versuchte sich vorzustellen, wie Nicky jetzt aussehen mochte. Zuletzt hatte sie ihn vor ihrer New-York-Reise gesehen. Sicher war er mittlerweile größer und wohl auch dünner. Sie zählte die Monate, und ihr Mund wurde trocken. *Wir haben beinahe ein Jahr unseres gemeinsamen Lebens verloren.*

Der Rhythmus des Zuges wurde langsamer. Sie hielt den Atem an, als ihre Papiere vor der Ankunft am nächsten Bahnhof kontrolliert wurden.

Auf dem Bahnsteig wartete eine kleine Menschentraube. Danielle hängte sich ihren Kosmetikkoffer über den Arm, nahm ihre Taschen auf und wartete, während die dunkelhaarige Frau ihren Strickschal aufhob und ging.

Vor dem Aussteigen fühlte sie, ob die gelbe Rose fest an ihrem Hut saß, und richtete ihren Schal. Die Menge bewegte sich im Schneckentempo, gebremst von einer schwangeren Frau mit vier kleinen Kindern. Nervös blickte Danielle nach draußen.

Dann stieg sie aus dem Zug. *War Max hier gewesen, hatte dieselben Schritte gemacht wie ich jetzt?* Sie erschauderte, was nicht allein an diesem Gedanken lag, sondern auch an der feuchtkalten Luft. Ängstlich musterte sie die Gesichter um sich herum und zögerte, ehe sie sich auf den Weg ins Bahnhofsgebäude machte.

Jemand zupfte von hinten an ihrem Jackenärmel. Danielle hätte fast einen Satz in die Luft gemacht. »Verzeihung, Fräulein.«

Sie drehte sich um. *War das ihr Kontakt?* Der junge Mann fragte: »Brauchen Sie einen Wagen?«

Sie wartete, dass er die vereinbarte Parole sagte.

Doch die kam nicht.

Wieder sah Danielle sich um. Die kleine Menschenmenge löste sich auf. *Vielleicht sagt er den Code erst, wenn ich in dem Wagen sitze.*

Sie überlegte schnell. »Können Sie mich zum Hotel bringen?«

Er nahm ihre Tasche auf, führte sie nach draußen zu seinem Wagen, lud die Tasche in den Kofferraum und drehte sich zu ihr. »Welches Hotel?«

Hierauf raste Danielles Herz so schnell, dass sie fürchtete, es könnte explodieren. *Er sollte doch wissen, wo er mich hinbringen muss. Hier stimmt etwas nicht!* Ein fast unbeherrschbarer Fluchtinstinkt bemächtigte sich ihrer, als ihr auffiel, dass ganz in der Nähe ein deutscher Soldat stand. *Was mache ich jetzt? Dieser Mann ist nicht mein Fahrer.*

»Welches Hotel, Fräulein?« Er wurde ungeduldig, und nun sah der Soldat zu ihnen.

Danielle tupfte sich den Schweiß von der Oberlippe. Als sie den Mund aufmachte, um zu antworten, hörte sie Laufschritte hinter sich. »Frau Werner, Frau Werner!«

Werner. Das bin ich.

Eine Frau kam von hinten angelaufen, und Danielle erstarrte.

Die Frau legte eine Hand auf ihre Schulter und drehte sie zu sich. Es war die Schwarzhaarige aus dem Zug. Ihre stechenden blauen Augen starrten Danielle an.

»Frau Werner, fast hätten wir Sie verpasst.« Die Frau lächelte gekünstelt und zeigte zu einem kleineren, kräftigen Mann hinter sich. »Dies ist mein Fahrer.«

Schweißperlen rannen Danielle in den Nacken, als sie wartete, dass die Frau den vereinbarten Satz sagte. Doch das tat sie nicht. *Was mache ich jetzt?* Ihr Herz hämmerte so sehr, dass sie sicher war, es wäre durch ihre Jacke zu sehen.

Dann sah sie aus dem Augenwinkel, wie ein anderer Soldat in ihre Richtung kam. Er blieb vor ihr stehen.

»Ihr Pass«, forderte er.

Sie reichte ihn ihm. *Atme!*

»Frau Werner?«

»Ja«, sagte Danielle und blickte ihm direkt ins Gesicht.

»Sie bleiben hier.« Er kehrte um und ging auf eine Gruppe von Soldaten zu. Sie prüften Danielles Pass und unterhielten sich mehrere Minuten lang.

Ich kann nicht weg, sonst erschießen sie mich.

Die Frau und die anderen beiden Männer standen regungslos da, alle Augen auf Danielle fixiert. Sie umfasste den Griff ihres Kosmetikkoffers fester.

Der Soldat kam wieder zu ihnen, wobei seine Metallabsätze laut auf den Asphalt schlugen. Er klopfte mit ihrem Pass auf seine Handfläche.

Danielle wagte kaum noch zu atmen.

Vor ihr blieb er stehen und reichte ihr das Papier mit einer ruckartigen Bewegung. »Richten Sie Ihrem Mann bitte unsere besten Grüße aus, Frau Werner.«

Unfähig, einen Ton herauszubringen, nickte Danielle höflich.

Der Mann schlug die Hacken zusammen, drehte sich um und ging.

Vor Erleichterung bekam Danielle weiche Knie und tupfte sich den Schweiß vom Gesicht.

Der andere Mann hinter der Frau aus dem Zug trat vor. Nachdem er Danielle einen kurzen verschwörerischen Blick zugeworfen hatte, verneigte er sich und zog seine Mütze tiefer ins Gesicht. »Wenn ich mir die Bemerkung erlauben darf«, sagte er rasch, »die Blume an Ihrem Hut ist sehr hübsch. Sie hat dieselbe Farbe wie die Narzissen in meinem Garten.«

Danielle wollte am liebsten aufschreien und ihm um den Hals fallen. Sie tat nichts von beidem, sondern wahrte mit aller Kraft ihre Haltung. Zu der Frau sagte sie: »Danke, dass Sie mich abholen«, ehe sie sich zu dem ersten Fahrer umwandte. »Ich werde Ihre Dienste doch nicht benötigen.«

Der andere Fahrer holte ihre Tasche und führte sie zu seinem Wagen. Die Frau aus dem Zug hakte sich bei ihr ein, sodass sie Arm in Arm gingen. »Es freut mich sehr, Sie zu sehen«, sagte sie und flüsterte: »Wenn Sie im Wagen sind, lassen Sie die Tür offen und schieben mir unauffällig Ihren Kosmetikkoffer auf den Arm, unter meinem Schal. Es darf niemand bemerken.«

Danielle stieg hinten in den Wagen, und die Frau beugte sich zu ihr, um Danielle auf die Wange zu küssen, wobei ihr

Schal über ihrer beider Arme rutschte. Danielle übergab der Frau den Koffer, ohne dass es jemand sehen konnte.

»Auf Wiedersehen«, verabschiedete die Frau sich strahlend.

Danielle sank auf die abgewetzte Rückbank des rostigen Wagens. Der Fahrer hob ihre Tasche in den Kofferraum, warf die Klappe zu und setzte sich hinters Steuer.

Sie fuhren eine halbe Ewigkeit, bevor er etwas sagte: »Ich muss den Wagen anhalten. Etwas am Motor klingt nicht gut.« Er bog in einen Feldweg ein, stieg aus, klappte die Motorhaube auf und blickte sich um. Dann kam er zu ihrer Seite des Wagens. Er presste einen Finger auf seine Lippen und bedeutete ihr, ihm zu folgen. Sie gehorchte ihm stumm und folgte ihm vor das Auto, wo er sich wieder über den Motor beugte.

»Sie erkennen mich nicht, stimmt's?« Er hatte von Deutsch zu Polnisch gewechselt, und nun schob er seine Mütze nach hinten. »Ich habe Sie mit dem blonden Haar zuerst auch nicht erkannt.«

»Oscar? Nein, Sie sind ja so viel dünner!« Oscar hatte gelegentlich kleinere Arbeiten für sie erledigt.

»Zu Ihren Diensten.«

Danielle wollte ihn umarmen, doch er hielt sie davon ab, indem er eine Hand hob. »Nein, man weiß nie, wer einen gerade beobachtet.« Er bedeutete ihr, sich ebenfalls über den Motor zu beugen. »Ich wusste nicht, dass Sie es waren, bis wir Sie am Bahnhof entdeckten.«

»Werden Sie mir helfen, Nicky und Sofia zu finden?«

»Ist das mein Auftrag?« Er lehnte sich schwer gegen den Wagen. »Sie müssen wissen, dass Sofia uns alle gerettet hat.

Gleich nach der Invasion hat Jacob uns geholt, Irma, die Kinder und mich, in Sofias Wagen. Sofia weigerte sich, zu fliehen, ehe wir da waren. Eine Zeit lang haben wir uns versteckt, und dann schnappten die Nazis uns.«

»Oh nein!« Danielle musste sich am Wagen abstützen.

»Mit Sofias Schmuck erkauften wir uns die Flucht. Wir blieben eine Weile lang zusammen, dann ging ich vor, um zu sehen, was uns erwartet. Sofia ging es schlecht, und Nicky und die anderen Kinder waren erschöpft. Wir wurden getrennt, und ich sah keinen von ihnen wieder.«

Oscar schaute sich nervös um. »Wir sollten weiterfahren, sonst machen wir uns verdächtig. Und im Wagen dürfen wir nicht reden. Zwar suche ich ihn jeden Morgen nach Abhörgeräten ab, aber man kann nie sicher sein.«

Sie fuhren über den Schotterweg zum Hotel. Bei ihrer Ankunft blickte Danielle sich in der karg möblierten Eingangshalle um. Der Hotelbesitzer erklärte ihr, dass das Hotel nach dem Einmarsch geplündert worden war.

In der Nacht schlief Danielle unruhig, war aber am nächsten Morgen bereit, als Oscar sie abholen kam.

Auf Danielles Beharren hin fuhren sie zu dem Dorf, in dem ihre Familie gelebt hatte. Was sie auf dem Weg dorthin sah, brach ihr das Herz. Die hübschen Dörfer waren zerstört, nur noch Haufen von Schutt und Asche, in denen sich Ratten tummelten. Müde, traurige Menschen standen nach Essen und Medikamenten an, denn beides war längst knapp geworden.

Als sie den Hügelkamm zu ihrem Dorf überquerten, stellte Danielle entsetzt fest, dass auf ihrer Glas- und Kristallfabrik die Nazi-Flagge wehte. Soldaten bewachten das Eisentor.

»Hier bauen sie jetzt Windschutzscheiben«, sagte Oscar, der seine Worte sehr sorgfältig wählte. Danielle wagte nicht zu antworten. Ebenso wenig konnte sie sprechen, als sie am Anwesen der Familie – ihrem Zuhause – vorbeikamen, wo zahlreiche Armeefahrzeuge auf dem zertrampelten Rasen parkten und Soldaten rauchend an der prächtigen Haustür standen. Das grobschlächtige Lachen einer Frau drang aus dem Fenster von Danielles Schlafzimmer.

Sie senkte den Kopf. Stille Tränen brannten hinter ihren Lidern und rollten über ihre Wangen. Um nicht laut zu schluchzen, drückte sie eine Hand auf ihren Mund, konnte allerdings nichts gegen das Beben ihres Körpers tun.

Als Oscar zum Tanken anhielt, hörten sie einige Soldaten über den neuen britischen Premierminister spotten, Winston Churchill. »Wir werden uns niemals ergeben«, hatte Churchill gesagt. Danielle schirmte ihr Gesicht ab, nahm sich jedoch fest vor, Churchills Worten mit neuer Entschlossenheit zu folgen.

13

Mittels Dampfdestillation gewinnt man aus den weißen Sternenblüten der Sevilla-Bitterorange ein leuchtend grünes Extrakt – Néroli. (Das Flüssigextrakt fängt die subtil würzige Orangenblüte ein.) Benannt ist es nach der Herzogin von Nerola, und es ist von jeher beliebt bei den Handschuhmachern von Grasse, die ihre feinsten Handschuhe mit Néroli bedufteten, um den Restgeruch nach Tierurin zu übertönen, in dem das Leder gebeizt wurde. Ach, könnte Néroli doch nur den Gestank töten, der heute über das Land weht! – db

22. Mai 1940
Paris, Frankreich

Jean-Claude rutschte unter LeBlancs blitzblanken Bentley und nahm die Mütze und die Brille ab, die er zur Tarnung trug. Dann holte er das Päckchen hervor, das er unter seinem Hemd versteckt hatte. Mit zusammengebissenen Zähnen begann er, die Sprengladung am Unterboden des Wagens zu befestigen.

Geschafft. Er sah auf seine Uhr. *Genau nach Zeitplan.* Er rutschte wieder unter dem Wagen hervor, zog sich die Mütze tief ins Gesicht und blickte sich um. *Sehr gut,* dachte er. Nirgends eine Spur vom Wagen seines Vaters. Seine Mutter, Hélène und Liliana hatten vor, seinen Vater heute Mittag zu einem Geburtstagsessen auszuführen. *Inzwischen müssen sie im Restaurant sein.* Sein Vater aß immer um Punkt zwölf Uhr.

Und Jean-Claude wollte, dass er nicht einmal in der Nähe der Bank war, wenn es passierte.

Seine Arbeit war erledigt, Jean-Claude stand auf und winkte dem Parkplatzwächter zu, der zurückwinkte. Dann eilte Jean-Claude fort.

Er war auf dem Weg ins Café, um Yvette zu treffen, als er bemerkte, dass er die Brille nicht wieder aufgesetzt hatte. *War er erkannt worden?*

Marie saß vor dem Spiegel in ihrer Hotelsuite, bürstete sich das platinblonde Haar und wickelte es zu einem Chignon auf. Sie steckte sich dezente Perlenohrringe an, die Edouard ihr geschenkt hatte, und tupfte den Kristallstopfen ihres Parfüms an ihren Hals, worauf der süße Duft von ersten Frühlingsblumen, Néroli und Orangenblüte aufstieg.

Als sie ihre weiße Leinenjacke anzog, dachte sie an ihre kleine Enkelin, die bei dem Kindermädchen des Hotels war. Auch wenn die junge Frau vertrauenswürdig war, wollte Marie sie nicht zu lange allein lassen. Sie legte gerade einen bedruckten Seidenschal an, da läutete das Telefon.

»Hallo?« Sie hörte zu. »Keine Sorge, Hélène, Edouard wird sicher Verständnis haben, auch wenn er es schade finden wird, seine Enkelin nicht zu sehen. Vierzig Minuten? Hetze dich nicht, meine Liebe. Wie wäre es mit einer Stunde?«

Sie rief in Edouards Büro an. »Liliana hat Fieber«, erklärte sie der Sekretärin. »Eine von Hélènes Nachbarinnen bleibt bei dem Kind, aber Hélène verspätet sich. Sagen Sie Edouard, dass wir um eins statt um zwölf essen.«

Marie nutzte die zusätzliche Zeit, um zu Fuß zur Bank zu gehen. Edouard hatte morgens wie immer den Wagen genommen. Auf dem Weg dachte sie an Edouards jüngste Entscheidung. »Danielles Situation hat mir einiges vor Augen geführt«, hatte er gestern Abend beim Dinner gesagt. Selbst Jean-Claude hatte sich versöhnlich gezeigt und war auf Maries Drängen erschienen – sozusagen um Frieden zu schließen.

»Ich habe beschlossen, in den Ruhestand zu gehen«, hatte Edouard verkündet. Der Teilhabervertrag, den er vor Jahren unterzeichnete, sah bestimmte Einschränkungen für Teilhaber vor, die frühzeitig in den Ruhestand gingen. Ihre einzige Geldanlage war nun ihr Heim, doch wie sie erst jetzt erfahren hatte, war es von Edouard während der Wirtschaftskrise beliehen worden.

Endlich hatte Edouard das Richtige getan, dennoch war Jean-Claude außer sich gewesen und hatte seinem Vater Feigheit vorgeworfen. Was Edouard auch tat, Jean-Claude war es nie genug. Er verstand einfach nicht, wie viel Courage es seinen Vater kostete, seine Arbeit aufzugeben.

Obgleich es schwieriger würde, in ihrem Alter von vorn anzufangen, war Marie froh, dass Edouard bereit war, Frankreich zu verlassen. Würden Jean-Claude und Hélène mit ihnen kommen? Und Philippe? Wieder kehrten Maries Gedanken zu Danielle zurück, und sie sprach ein stummes Gebet, dass ihre Tochter bald wohlbehalten mit Nicky und Sofia zurückkehren möge.

Marie erreichte die Bank. »*Bonjour*«, rief sie den Mitarbeitern in der marmorgefliesten Eingangshalle zu und ging direkt zu Edouards Büro. »Herzlichen Glückwunsch zum Geburtstag, mein Lieber.«

Edouard strahlte, als er sie sah. Sie stellte ihre Handtasche auf seinem Schreibtisch ab und umarmte ihn, als er sie küsste. »Du siehst heute wunderschön aus. Weiß steht dir gut.«

Marie lächelte über das Kompliment. Ihr strenger Mann machte ihr nur selten Komplimente, weshalb sie jedes Mal freudig überrascht war. »Ist Hélène schon da?«

»Nein, noch nicht.« Er zuckte mit den Schultern. »Heute geht nichts nach Plan. Morgens ist mir schon der Motor auf dem Weg hierher heißgelaufen, sodass ich den Wagen in der Werkstatt lassen musste. Wir nehmen ein Taxi zum Restaurant, und ich dachte mir, dass ich den Rest des Nachmittags mit meiner schönen Frau verbringe.«

Louis LeBlanc, ein penibler, arroganter Mann, erschien auf dem Korridor. »Wie nett, dich zu sehen, Marie. Wie ich höre, führst du Edouard zum Essen aus.«

Marie begrüßte den alten Freund und Geschäftspartner ihres Mannes. »Bist du sicher, dass du meinen Mann heute nicht mehr brauchst?«

»Ja, auch wenn wir ihn in Zukunft sehr vermissen werden.«

»Danke«, murmelte sie. Marie wusste, dass Edouards Kündigung für einige Verstimmung gesorgt hatte. Sie wandte sich zu ihrem Mann. »Hélène sollte bald hier sein. Wir könnten ein Taxi rufen und unten auf sie warten.«

»Unsinn«, sagte LeBlanc. »Kommt mit mir in den Club. Ich hatte heute Morgen einen platten Reifen, aber der Parkwächter sagte mir, dass er gerade von einem Mechaniker aus der Werkstatt gewechselt wird. Der Wagen sollte also bereit sein, bis Hélène kommt.«

»Macht es wirklich keine Umstände?«

»Ganz und gar nicht«, winkte LeBlanc ab. »Außerdem werdet ihr meinen neuen Bentley um einiges komfortabler finden als ein Taxi.«

Edouard nickte höflich. »Und hier ist auch schon Hélène.«

Seine Schwiegertochter kam angelaufen. »Entschuldigt meine Verspätung.«

»Nur die Ruhe«, sagte Marie. »Solche Dinge passieren mit Kindern … und Autos. Monsieur LeBlanc hat angeboten, uns in seinem neuen Wagen zum Essen zu fahren. Ist das nicht reizend?«

Sie gingen zu dem Bentley. Die beiden Männer setzten sich nach vorn und sprachen über Geschäftliches, während Marie und Hélène hinten Platz nahmen. Doch kurz bevor LeBlanc den Motor anließ, bemerkte Marie, dass sie ihre Handtasche in Edouards Büro vergessen hatte.

Yvette saß in einem dunklen Café, eine Hand um eine Kaffeetasse geschlungen und in der anderen eine Zigarette. Sie blickte auf, als Jean-Claude hereinkam. »Wie ist es gegangen?«

»Alles reibungslos. Jetzt warten wir.«

»Zigarette?«

»Ja, gern.« Jean-Claude nahm eine Zigarette, zündete sie mit einem Streichholz an und inhalierte den Rauch tief, um seine flatternden Nerven zu beruhigen. Ein Kellner schenkte Kaffee in eine Tasse und stellte sie Jean-Claude hin.

Yvette tupfte sich einige Schweißperlen von der Stirn und zog an ihrer Zigarette.

Sie warteten.

Jean-Claude trank seinen Kaffee. Er dachte an die unvermeidliche Trauer seines Vaters um den Freund und Teilhaber. An LeBlancs Familie wollte er nicht denken und stellte sich stattdessen das Leid vor, das LeBlanc durch sein Handeln Millionen Unschuldigen zugefügt hatte. Wenigstens hatte sein Vater beschlossen, sich aus dem Geschäft zurückzuziehen.

Wie vieles sein Vater damit aufgab: seinen Beruf, sein Einkommen und wahrscheinlich auch sein Heim. *Vielleicht war ich zu hart zu ihm.* Er trank von seinem Kaffee und nahm sich vor, mit seinem Vater zu sprechen und sich für sein harsches Urteil zu entschuldigen.

Die Minuten krochen dahin, und das Ticken ihrer Uhren kam Jean-Claude donnernd laut vor. Rauch kräuselte sich um ihren Tisch. Jean-Claude senkte den Blick zu seinen schmutzigen Händen. *Heilende Hände, die töten. Operateurshände, ruhig und sicher, wie gemacht zum Platzieren von Bomben.* Sein Vater hatte ihn des Terrorismus beschuldigt. War er zu etwas geworden, das er verachtete?

Yvette griff über den Tisch nach seiner Hand. »Wir alle erfahren Gerechtigkeit.«

»Gerechtigkeit …«, begann er.

Auf einmal wurden sie von einem Ruck wie einem Erdbeben durchgeschüttelt. Der Krach der Explosion zerriss die Luft und brachte die Fensterscheiben zum Beben. Sogar der Kaffee in seiner Tasse vibrierte, und Jean-Claude und Yvette starrten einander an.

»Gott vergebe uns«, flüsterte Jean-Claude und hielt sich am Tisch fest.

14

Von einem schweren Stiefel zertretener Thymian, die abgeknickte Blüte einer welken Blume, der saure Gestank von Rauch – dies ist das Parfüm der Zerstörung. Der frevlerische Duft der Vernichtung durchwirkt die Luft gleich einem billigen Parfüm. Was sind dies für Aromen? – db

15. Juni 1940
Polen

Heute ist es so weit. Danielle bemühte sich, ruhig zu erscheinen, als sie mit Oscar in den Wagen stieg. Auf der Fahrt dachte sie über ihren neuen Plan nach. Ihr lief die Zeit davon, und sie hatte bereits alle Spuren und alle Möglichkeiten ausgeschöpft, bis auf eine. Heinrich. Endlich hatte sie erfahren, wo sie Max' Cousin finden könnte, der jetzt zur SS gehörte. Vor wenigen Tagen hatte sie gehört, dass Heinrich bei einem Fest auf dem alten Czapenski-Anwesen sein würde. Daraufhin hatte sie herausgefunden, dass eine Café-Besitzerin dort für das Essen sorgen sollte und die Frau dringend Hilfe suchte. Zum Glück hatte sie Danielle sofort für das Fest eingestellt. Heute war ihr erster Arbeitstag, und Danielle hoffte, abends Heinrich zur Rede stellen zu können.

Oscar schaltete das Radio im Wagen an, um die Morgennachrichten zu hören. »*Wir können voller Stolz verkünden, dass Frankreich nun zu unserem wachsenden Reich gehört, mit Paris als dem Kronjuwel.*«

»Nein!«, schrie Danielle. *Frankreich besetzt? Das durfte nicht wahr sein!*

Oscar fuhr herum und klatschte seine Hand auf Danielles Mund. »Noch ein Triumph für das Dritte Reich!«, rief er begeistert aus.

Entsetzt erinnerte Danielle sich wieder, dass sie abgehört werden könnten. Sie sank gegen die Rückenlehne ihres Sitzes und wurde panisch. Nicht Paris. *Nicht schon wieder. Ihre Familie! Ihr Baby!* Letzte Woche hatte sie geweint, als sie hörte, dass 340.000 französische und englische Soldaten von der Royal Navy und anderen Schiffen vom Strand in Dünkirchen aus evakuiert wurden, um den vorrückenden Nazis zu entkommen. Sofort hatte sie an Jon gedacht. Wer er dort? Und dann dachte sie an ihre Familie in Paris und bekam schreckliche Angst.

Sie atmete zittrig ein. »Das sind sehr gute Neuigkeiten, Fahrer«, sagte sie, auch wenn sie fast an ihren Worten erstickte.

Oscar hielt am Ende der Straße nahe dem Café an. »Da wären wir«, sagt er und schüttelte stirnrunzelnd den Kopf. Ihm gefiel Danielles Plan nicht, doch was konnte sie sonst tun?

Danielle ging zu dem Café, und gegen Mittag fand sie sich bis zu den Ellbogen in heißem Seifenwasser wieder, umgeben von Bergen schmierigen, essensverkrusteten Geschirrs. *Wie soll ich Heinrich ansprechen?* Er hasste sie, aber er war ihre einzige Hoffnung. Vielleicht würde er sich verplappern, irgendeinen Hinweis ausplaudern, der sie zu Nicky führte. Sie musste es versuchen.

Danielle zog ihre Servieruniform an, wie es die Café-Besitzerin wünschte, und belud auf deren Anweisung hin einen Kastenwagen mit Lammbraten, Gemüse, goldenen Obstkuchen, frisch gebackenen Broten und Servierplatten.

Sie passierten das bewachte Tor zum einst prächtigen Anwesen und fuhren den Kiesweg hinauf. Das Land war ungepflegt; Unkraut schwankte im Wind, und die Blumenbeete waren von Militärstiefeln zertrampelt worden. Wie in Danielles früherem Zuhause, wimmelte es auch hier von Soldaten, die Befehle brüllten.

Am Hintereingang nahm sie der Butler in Empfang. »Na endlich, meine Hübsche, schnell«, rief er und gab Danielle einen Klaps auf den Hintern. Sie bedachte ihn mit einem frostigen Blick und senkte ihren Kopf mit der weißen Haube. Bis sie mit ihrer Arbeit fertig war, waren ihr schwarzes Kleid und die weiße Schürze klamm von Schweiß.

Sobald das Essen begann, postierte Danielle sich am Spülbecken, die Hände ins Seifenwasser getaucht. Ein junger Bediensteter des Anwesens kam mit einem Stapel schmutziger Porzellanteller zur Tür herein. Als Danielle sich umdrehte, um ihm die Ladung abzunehmen, erspähte sie Heinrich durch die offene Tür.

Danielle stockte der Atem, dennoch nahm sie rasch jedes Detail wahr. *Wie ähnlich er Max sieht.* Sie durfte gar nicht daran denken, was Max durchgemacht hatte. Heinrich hatte die klassischen gemeißelten Züge der Familie, allerdings wirkten sie bei ihm kantig und arrogant, wohingegen Max etwas Aristokratisches gehabt hatte. Mit seiner hellen Haut, der muskulösen Gestalt und blond und blauäugig wie er war, hatte Heinrich stets den deutschen Zweig der Familie vorgezogen.

Sie konnte ihn mit einem höhergestellten Offizier sprechen hören, der mit Heinrichs Bericht zufrieden schien.

Das Dinner zog sich hin, während Danielle Töpfe und Teller spülte.

Wie kann ich ihn allein erwischen?

Sie blickte sich in der Küche um, und ihr Blick fiel auf den Sekretär des Butlers. Im Vorbeigehen steckte sie sich einen Notizblock und einen Stift in ihre Schürzentasche. Dann eilte sie zum Waschraum der Bediensteten und schrieb hastig eine Nachricht.

Als sie wieder herauskam, gab sie die Nachricht einem Diener. »Eine der Damen gab mir dies hier für einen der Herren. Bringen Sie ihm den Zettel bitte«, sagte sie und zeigte auf Heinrich. Nach dem Dinner lief sie nach draußen.

Heinrich wartete auf der dunklen Veranda, drehte sich erwartungsvoll um, als er ihre Schritte hörte, und war eindeutig enttäuscht, nur ein Dienstmädchen kommen zu sehen.

»Wer zum Teufel bist du?« Ein Strahl Mondlicht traf auf ihr Gesicht, worauf sich seine Augen verengten und blassblau wurden. »Was machst *du* denn hier?«

»Ich freue mich auch, dich wiederzusehen«, antwortete sie. »Ich habe eine Nachricht für dich.«

Ein widerliches Grinsen umspielte seine dünnen Lippen. »Bist du den weiten Weg gekommen, um mir zu erzählen, dass Max tot ist?«

»Ich *weiß*, dass er auf dem Weg zu einem Treffen mit dir war. Hast du ihn erschossen?«

»Er hatte verdient, was er bekommen hat. Unsere Familie stand bestens da, bis er dich geheiratet hat.«

»Dass du mich nicht magst, Heinrich, hatte ich schon immer vermutet.« Sie straffte ihre Schultern. »Doch dein Mangel an Reue, was Max betrifft, schockiert mich.«

»Max war ein Narr«, murmelte er. »Er hätte es weit besser treffen können, statt dich zu nehmen.«

Sie ignorierte seine abfällige Bemerkung. »Max war ein ehrbarer Mann. Er starb als Held.«

»Er konnte nicht einmal sein eigenes Kind retten!«, erwiderte Heinrich mit blitzenden Augen. »Hat nicht mal seinen teuren kleinen Nicky gefunden.«

Hass flammte in Danielle auf. Sie trat einen Schritt vor und klatschte ihm die Hand ins Gesicht, genoss sogar das Brennen. »Wo sind Nicky und Sofia?«

Heinrichs Miene verzerrte sich zu einem anzüglichen Grinsen. »Wüssten wir das nicht beide gern?« Er zog eine Zigarettenschachtel aus seiner Tasche.

Danielle schlug sie ihm aus der Hand, sodass die Zigaretten im hohen Bogen wegflogen. »Wo sind sie?«, fragte sie und packte seine Hand. *Zur Hölle mit ihm.* Ihre Nägel bohrten sich in seine Haut, dass sie blutete.

»Du machst mir keine Angst.« Er wies mit dem Daumen zur Tür. »Du bist ein bisschen in der Unterzahl. Außerdem sind Nicky und Sofia *tot.*«

Seine Worte rauschten in ihren Ohren. »D-das glaube ich nicht.« Sie starrte ihn an, aber er zuckte nicht einmal mit der Wimper. »Das kann nicht sein.«

Blanker Hass trat auf Heinrichs Züge, und seine Augen schimmerten morbide zufrieden.

Nein, es kann nicht sein. Sie sah, wie er die Fäuste ballte und lockerte, wie er es immer tat, wenn er log. »Woher willst du wissen, dass sie tot sind?«

Wieder erschien sein abscheuliches Grinsen. »Ich habe sie getötet, Danielle. *Ich habe es getan,* habe sie beide erschossen.« Er hielt sich die Hand zur Waffe gebogen an die Schläfe. »Und du bist die Nächste.«

Als er auf sie zukam, geriet Danielle in solch eine Rage, dass sie eine Faust machte und sie ihm so fest ins Gesicht rammte, wie sie konnte.

Er schwankte, fing ihren Arm ab, verdrehte ihn und warf sie zu Boden. Sie fiel mit einem dumpfen Aufprall hin und schürfte sich die Hand an den rauen Holzbohlen auf. Schnell rollte sie sich herum. Ihre Hände brannten und bluteten. Heinrich hockte sich rittlings auf sie und drückte seinen Unterarm auf ihre Kehle. Während sie nach Luft rang, wurde sein Gesicht zu einer grausamen Fratze. Nur noch Sekunden, dann wäre sie tot.

Panisch versuchte sie, ihn von sich stoßen, aber sein Gewicht hielt sie am Boden. Sie sah, dass er es genoss, wie sie hilflos mit den Armen wedelte, als er noch fester zudrückte. »Adieu, Danielle«, flüsterte er ihr ins Ohr und fing an zu lachen. »Jetzt bist du dran, zu sterben.«

Der Schmerz steigerte sich, sie bekam keine Luft mehr, und ihr Sichtfeld verdunkelte sich.

Das ist es, dachte sie, *eine letzte Chance.*

Sie befreite ihre Hand, bewegte sie an seiner Brust nach oben und raffte all ihre Kraft zusammen, um ihm die Handfläche von unten gegen die Nase zu rammen.

Er brüllte auf, stürzte nach hinten, und Blut spritzte aus seiner Nase. Würgend und keuchend rollte Danielle sich auf die Seite zog das Knie an und landete einen direkten Tritt in sein Gemächt.

Heinrich stieß einen Schwall Schimpfwörter aus, während Danielle sich unter ihm herauswand, aufsprang und losrannte.

»Ich bring dich um, du französische Judenschlampe! Du bist tot, hast du mich gehört? TOT!«

Während sie vor ihm floh, hörte sie ihn schreien und wusste, dass er sich vor Schmerzen wand.

»Nur zu, lauf, aber mir entkommst du nicht. *Ich finde dich, egal wo du bist.*«

Danielle rannte zur Rückseite des Hauses. Dort öffnete die Café-Besitzerin die Tür. »Mein Gott, Mädchen, was ist passiert?«

Ehe sie etwas sagen konnte, erschien der Butler hinter der Frau. »Er wird sie umbringen, und es kommen noch mehr von denen.«

Danielle packte ihn beim Kragen. »Verstecken Sie mich«, rief sie heiser.

Ohne zu zögern, zeigte der Butler auf eine Tür. »In den Keller«, sagte er. »Ich sage denen, wir haben Sie weglaufen gesehen. Sie werden uns glauben. Wir kennen Sie nicht und haben keinen Grund, Sie zu schützen.«

Danielle floh nach unten und versteckte sich in der modrigen Dunkelheit. Ihr Herz klopfte wie verrückt.

Obwohl es in ihrer Kehle brannte, bemühte sie sich, nicht zu husten, während sie nach den Geräuschen von oben horchte. *Werden mich die Bediensteten verraten?*

Schließlich war nur noch das normale Klappern von Geschirr und Bestecken zu hören. Danielle krümmte sich in einer Ecke hinter einem Kistenstapel zusammen, der nach Zwiebeln und Knoblauch roch, wickelte die blutigen Hände in ihre Schürze und wartete.

Irgendwann ging die Tür oben einen Spalt weit auf, und ein Lichtkegel erhellte den Keller. Der Butler kam die Treppe heruntergeschlichen und rief leise nach ihr.

»Hier drüben«, brachte Danielle mühsam heraus.

Er eilte zu ihr, kniete sich vor sie und hielt ihr ein Glas Wasser an die Lippen. »Sie sind fort.«

Vorsichtig trank Danielle; jeder Schluck erforderte größte Anstrengung. Dann half ihr der Butler nach oben.

Der Wagen der Café-Besitzerin stand vor der Hintertür. Dort hielt das Küchenpersonal Ausschau und schirmte Danielle ab, als der Butler sie hinten in den Wagen hob.

»Warum helfen Sie mir?«, fragte Danielle.

»Die Nazis haben meinen Vater umgebracht«, antwortete der Butler.

»Die haben meine Tochter vergewaltigt«, sagte die Café-Besitzerin. Noch mehr ernste Gesichter nickten. Jeder hatte seine Geschichte, wurde Danielle bewusst. Sie war nicht allein.

Sie blickte von einem zum anderen, allesamt Kämpfer, allesamt Überlebende. »Warum bleiben Sie?«

»Dies ist immer noch unser Zuhause«, lautete die simple Antwort.

Der Butler zog ihr eine Decke über den Kopf. Danielle hörte den Motor anspringen, gefolgt vom Knirschen des Kieses unter den Rädern. Und dann dachte sie: *Ist es das hier, was Nicky und Sofia aushalten mussten?*

Sie machte sich ganz klein unter der Decke und betete, dass die Wachen den Wagen nicht durchsuchen würden.

15

In der griechischen Mythologie fällt der Göttin Iris die Aufgabe zu, Nachrichten an die Götter mit dem Regenbogen zu beschleunigen. Ihre Blüte trägt kein Parfüm, doch eine Dampf-Destillation der Wurzel – auch Rhizom genannt – ergibt eine kostbare Essenz, die nach Kerzenwachs riecht, jedoch im Parfüm eine pudrige Note erzeugt, silbrig grün, veilchenähnlich – ein wahrer Schatz für den Parfümeur. Wie sehr wünsche ich mir, ich könnte die Göttin bitten, meine Nachricht an meine Lieben zu überbringen. – db

8. Juli 1940
Paris, Frankreich

Die Stimme hinter ihr war nur ein leises Flüstern. »Pardon, Madame von Hoffman?«

Vor Schreck wäre Danielle beinahe zusammengezuckt, hatte aber in Polen gelernt, ihre Reaktionen zu beherrschen. Für die Rückreise nach Frankreich hatte sie Wochen gebraucht. Immer wieder musste sie Umwege machen, weil viele der Grenzübergänge geschlossen waren. Das Netz der Untergrundkämpfer führte sie meist zu Fuß über mondbeschienene Pfade.

Nun hatte sie eben die große Place Vendôme in Paris betreten. Deutsche Soldaten bewachten den Eingang zum Hôtel Ritz, wo die Besatzer residierten. Waren ihre Eltern noch da? Ihr Herz schlug schneller. Sie drehte sich um, ohne eine Miene zu verziehen. Sogleich erkannte sie die Uniform des Hotelpersonals.

»Ich hole jemanden, der Ihnen hilft«, sagte der dunkelhaarige Mann. »Warten Sie hier.« Dann verschwand er im Hotel.

Danielle beobachtete, wie Nazis ins Hotel und heraus schlenderten, viele mit deutschen Frauen, einige aber auch mit jungen Französinnen, die extravagant gekleidet waren.

Danielle versuchte, gelassen auszusehen. Das Ritz war in Beschlag genommen worden und nun unter deutscher Herrschaft, so wie viele andere große Hotels in Paris, einschließlich des George V, Le Meurice, des Lutetia und des Crillon. Einzig das Ritz gestattete nach wie vor Zivilisten, dort zu wohnen, allerdings nur mit Erlaubnis des Luftwaffenkommandanten Hermann Göring.

Paris war ein Chaos aus Angst, Verwirrung und bewaffneten Soldaten, doch zumindest waren der Stadt Luftangriffe erspart geblieben, anders als in Polen, das durch die Fliegerbomben in Schutt und Asche gelegt wurde. Danielle betete, dass ihre Eltern in Sicherheit waren.

Sie bemerkte eine elegante Frau in einem maßgeschneiderten Kostüm, mit mehreren Perlenreihen um den Hals und einem sehr modischen schwarzen Hut auf dem Kopf. Es war Mademoiselle Chanel, auch bekannt als »Coco«, die Modeschöpferin, die im Ritz wohnte, weil es nahe ihrem Atelier war, das jetzt geschlossen hatte. Sie war Danielle so nahe, dass sie ihr Parfüm riechen konnte: No. 5.

Danielle hielt den Atem an. Marie kannte Mademoiselle Chanel recht gut. *Kann ich sie ansprechen?* Sie wandte das Gesicht ab und beschloss, dass sie lieber wartete, wie ihr gesagt wurde. Als Mademoiselle Chanel an ihr vorbei war, sah Danielle, wie sie von einem deutschen Offizier mit einem Kuss begrüßt wurde.

Ein anderer Mann kam dicht an Danielle vorbei, den Hut tief in die Stirn gezogen. »Folgen Sie mir«, sagte er und nickte kaum merklich dem Ritz-Angestellten zu. »Wir haben auf Sie gewartet«, fügte er hinzu, und sein Akzent klang nach einem Adligen.

Er eilte in eine Seitengasse neben einer Brasserie, wo Danielle ihn einholte.

»Wer sind Sie, und wo sind meine Eltern?«

Anstatt ihr zu antworten, zückte der Mann eine Handvoll Briefe, von denen der oberste an ihren Bruder adressiert war. »Die Concierge, eine Freundin meiner Eltern, konnte die hier für Sie aufbewahren.«

»Wo sind sie?«, fragte sie hörbar ängstlich.

Abermals wich er ihrer Frage aus und zeigte zu einem Lieferwagen, der mit laufendem Motor am Ende der Gasse stand. »Steigen Sie in den Wagen. Sie müssen zur Wohnung Ihres Bruders.«

Danielle stieg ein. Sie war ein bisschen erleichtert, aber nicht frei von Sorge. Der junge Mann hinter dem Lenkrad nickte ihr ernst zu. »Wir sollten lieber nicht reden«, murmelte er.

Danielle sah auf die Briefe. Einer war von Abigail, zwei waren von Jon, und alle waren eingegangen, bevor Paris besetzt wurde. Jons erster Brief klang zuversichtlich, doch in dem zweiten schrieb er, wie er enge Freunde sterben sah. *Was kann man sagen, um ihr Leid zu lindern?*, schrieb er. Danielle fühlte mit ihm. Abigail schrieb in ihrem Brief, dass sie wieder in Los Angeles wäre, und sie berichtete von ihrer Wohltätigkeitsarbeit. Danielle war froh, dass Abigail tat, was sie konnte; Danielle hatte die Zerstörung mit eigenen Augen gesehen und wusste, wie viel Hilfe gebraucht wurde. *Vielleicht kommt einige davon Nicky zugute.*

Während sie fuhren, hörte sie deutsche Rufe von der Straße draußen.

Wie befremdlich, das in Paris zu hören. Angst durchfuhr sie. Aber noch war Paris unversehrt.

Sie rieb sich die Schläfen, schloss die Augen und war dankbar, dem Trost ihrer Eltern und Jean-Claudes so nahe zu sein, so sehr sie auch fürchtete, was das angesichts der besetzten Stadt bedeutete. Danielle konnte es nicht erwarten, Jasmin in den Armen zu halten; sie sehnte sich so sehr nach ihr. Als Nicky geboren wurde, war Danielle gleichermaßen begeistert wie nervös gewesen, Mutter zu sein. Einmal hatte sie ihre Mutter gefragt, was sein Schreien bedeutete. »Wie kann ich wissen, was er will? Wie kann ich wissen, ob er nicht krank ist?«

»Eine Mutter spürt das«, hatte Marie ihr versichert. »Manchmal wird er einfach übellaunig sein, aber wenn wirklich etwas nicht stimmt, erkennst du es.«

Als sie klein waren, hatten Danielle und Jean-Claude immer gedacht, ihre Mutter hätte einen sechsten Sinn und könnte sogar ihre Gedanken lesen. Nachdem Nicky geboren war, begriff Danielle es allmählich.

War es mütterliche Intuition oder ihre Gabe? Sie wusste es nicht. Jedenfalls flammte eine klare Gewissheit in ihr auf, erhellte ihren Geist.

Nicky lebt.

Ungeachtet dessen, was Heinrich gesagt hatte, wusste sie, dass es stimmte, genauso wie sie wusste, dass Sofia tot war. *Aber wie kann ich ihn jetzt noch finden?* Sie überlegte angestrengt. *Jean-Claude oder Philippe werden Rat wissen.*

Bei ihrem Bruder angekommen, rannte sie die Treppe hinauf zu seiner Wohnung, ungeduldig, Jasmin zu sehen, mit Jean-Claude zu sprechen und ihre Familie wiederzuhaben. Die Tür schwang auf, und eine Nachbarin begrüßte sie. Sie war eine spanische Kinderfrau namens Christina, die oft auf Liliana aufpasste, wenn Jean-Claude und Hélène ausgingen.

»Danielle? Aber Ihr Haar ist ja so hell, dass ich Sie beinahe nicht erkannt hätte«, sagte sie und umarmte Danielle.

Beim Blick über Christinas Schulter sah Danielle, dass die Wohnung vor Blumen überquoll. *Vielleicht eine besondere Feier?* »Wo sind denn alle?«

Christina hielt eine Hand vor ihren Mund und starrte Danielle mit großen Augen an.

»Wo ist Jasmin?«, fragte Danielle.

Christina zögerte. »In Lilianas Zimmer.«

Danielle eilte hinein, um Jasmin zu sehen, die in Lilianas alter Wiege schlief. Sie war unendlich erleichtert. *Meinem Baby geht es gut.* Behutsam strich sie Jasmin über das seidige Haar und küsste ihre Wange. Sie roch nach süßer Milch. Ihr kleines Mädchen würde den Vater nie kennenlernen. Aber sie *würde* ihren Bruder kennen, schwor Danielle.

Auf Zehenspitzen ging sie wieder hinaus und an der kleinen Küche vorbei. Überall standen Blumengestecke. *Alles wirkt so seltsam,* dachte sie. *Oder liegt es an mir?*

Christina kam zu ihr aufs Sofa und stellte zwei geschliffene Kristallgläser und eine Flasche Sherry auf den Couchtisch.

»Ich dachte, Sie möchten vielleicht etwas trinken«, sagte sie und schenkte ihnen ein. Sie war noch in ihrer Schwesternuniform.

Danielle blickte an ihrem braunen Wollkostüm hinab, das von der langen Reise schmutzig war. Sie zog die Jacke aus und schob die Blusenärmel nach oben. »Was sollen die vielen Blumen, Christina? Hier sind so viele Iris, dass es aussieht, als wäre jemand ...« Danielle verstummte. *Gestorben,* lag ihr auf der Zunge. *Die Iris ist eine Begräbnisblume.* »Haben Maman und Papa eine Party gegeben?«

Christina verschüttete etwas von ihrem Sherry, als sie das Glas an die Lippen hob. »Haben Sie in Grasse nicht mein Telegramm bekommen?«

»Nein, das muss ich verpasst haben.« Danielle schluckte und hoffte, Christina würde ihr nichts anmerken. Außerhalb der Familie wusste niemand, wo sie gewesen war. »Was ist los?«

»*Dios mio.* Es ist Ihre Familie«, begann sie und nahm Danielles Hand. Ruhig und mitfühlend erklärte sie, dass es einen Unfall gegeben hatte, eine Autoexplosion, an dem Tag, als Marie und Hélène ihren Vater zum Geburtstagsessen abholten.

Danielle hörte zu, und ihr war, als würde sie sich selbst durch einen Nebel in einem entsetzlichen Schauspiel beobachten. Die Blumen überwältigten sie mit ihrem fauligen Mitleidsgestank.

Christina leerte ihr Glas. »Die Polizei glaubt, dass die Bombe für den Geschäftspartner Ihres Vaters bestimmt war, Monsieur LeBlanc, einem angeblichen Nazi-Sympathisanten.«

Danielle hielt sich an der Sofalehne fest.

»Ihr Vater und Hélène waren sofort tot.«

Danielle rang nach Luft. *Nein,* schrie sie im Geiste. »Und meine Mutter?«

»Sie hat überlebt, *gracias a Dios.* Es war ein Wunder; sie war eben aus dem Wagen ausgestiegen, als die Bombe detonierte. Sie ist im Schlafzimmer und ruht sich aus, allerdings ist sie nicht ganz bei uns. Der Schock war zu viel für sie.«

Das Zimmer drehte sich, schloss Danielle ein, während ihr Verstand unter dem Schwall an Emotionen aufzugeben drohte. *Wo sollte das alles hinführen?*

Danielle presste das Sherry-Glas mit zitternder Hand an ihre Lippen.

»Es tut mir so leid, Danielle, aber da ist noch mehr«, sagte Christina. »Als Ihre Mutter im Krankenhaus lag, bat ich darum, ihr als Schwester zugeteilt zu werden. Am Tag nach dem Unfall kam Jean-Claude mit Liliana und Jasmin ins Krankenhaus. Er wirkte halb von Sinnen. Nachdem er mit Ihrer Mutter gesprochen hatte, bat er mich, für die Mädchen zu sorgen, weil er Dringendes zu erledigen hätte.«

Christina schüttelte zusehends verzweifelt den Kopf. »Jean-Claude kehrte in die Wohnung zurück und ließ eine Nachricht da, dass wir uns um Marie und die Mädchen kümmern sollten, bis Sie wieder hier sind. Er erzählte uns, Sie wären zu krank, um zu reisen, doch sollten Sie bis Ende des Monats nicht hier sein, müsste ich Ihrem Onkel Philippe telegrafieren.«

»Oh nein.« Danielle vergrub das Gesicht in den Händen. »Wo ist Jean-Claude?«

Christina rang die Hände. »Es tut mir so leid, Ihnen das

sagen zu müssen! Wir fanden ihn im Keller. Er hatte sich eine Kugel in den Kopf geschossen.«

»Selbstmord?« Es auszusprechen fühlte sich befremdlich an.

»Er hat einen Brief für Sie hinterlassen«, ergänzte Christina und zeigte auf einen Stapel Umschläge auf der Étagère. »Und er hat alles für die Begräbnisse arrangiert, bevor er sich das Leben nahm. Es ist noch ein Brief dabei, auf dem ›Dringend‹ steht. Er wurde kürzlich von einem Boten für Sie abgegeben.«

Danielle kämpfte mit dem Drang, aufzuschreien, Jasmin zu schnappen und aus der Wohnung zu fliehen. Sie musste klar denken! »Meine arme *Maman.* Ich wünschte, ich wäre hier gewesen.«

»Erstaunlicherweise waren ihre Verletzungen nur geringfügig.« Christina tupfte sich die Augen. »Sie bekommt ein Beruhigungsmittel, doch ich fürchte, ihr Verstand sperrt sich gegen das Geschehene. Sie scheint die Tragödie nicht an sich heranzulassen. Gewöhnlich ist sie sehr still, nur manchmal plaudert sie munter von Ihnen und Jean-Claude oder der neuen Einrichtung der Wohnung. Und immer wieder fragt sie nach ihrer Handtasche. Bei Patienten mit einem schweren Nervenzusammenbruch lässt sich schwer voraussagen, wie sie sich entwickeln.«

Danielle hatte Mühe, alles zu begreifen. *Wie konnte das sein?* Sie blinzelte ihre Tränen weg. Erst Max, dann Nicky und Sofia; nun ihr Vater, Jean-Claude und Hélène. *Malheur ne vient jamais seul.* Ein Unglück kommt selten allein.

Nachdem Christina gegangen war, riss Danielle den Brief mit dem Vermerk »Dringend« auf.

Sie kennen mich nicht, aber ich war eine Freundin Ihres Bruders. Falls Sie F.W. sehen, sagen Sie ihr, jemand in Paris sucht nach ihr. Sie muss unverzüglich die Stadt verlassen. Der Brief war nur mit einem Buchstaben unterzeichnet: *Y.*

F.W., Frau Werner. Die kleinen Härchen in Danielles Nacken stellten sich auf. Also waren ihr die Nazis auf den Fersen.

Sie ließ den Brief auf ihren Schoß sinken und öffnete den Umschlag, auf den Jean-Claude hastig ihren Namen gekritzelt hatte.

Meine liebe Schwester, begann er. *Vergib mir, denn ich kann nicht mit dem leben, was ich getan habe. Ich war verantwortlich für diesen entsetzlichen Unfall. Philippe wird dir alles erklären. Bitte sorg für Liliana und sag ihr, dass ich sie immer lieben werde. Möge Gott dich schützen, Jean-Claude.*

Seine Worte ergaben keinen Sinn. Wie konnte er verantwortlich sein? Danielle wischte sich die Augen, während in ihrem Kopf ein heilloses Durcheinander herrschte.

Eines zumindest wusste sie sicher: Die Nazis hatten ihre Spur aufgenommen. Dank Heinrich, ohne Frage. Sie betete, dass Oscar verschont worden war.

Nicht nur sie war in Gefahr, sondern auch ihre Familie. *Wir müssen sofort weg.* Nur, wo sollten sie hin? Ihr Herz pochte vor Angst.

Angestrengt überlegte sie. *Philippe.* Wenn sie sich beeilten, könnten sie den letzten Zug erwischen. Doch würde man sie auf den Zug lassen?

Danielle sah aus dem Fenster. Unten auf der Straße standen hagere, junge deutsche Soldaten in ihren grünen Uniformen mit Gewehren. Die *haricots verts,* nannten die Franzosen sie abfällig – die grünen Bohnen. *Warten sie auf uns?* Danielle zog die Vorhänge zu.

Sie lief zu ihrer Mutter und Liliana. Das Haar ihrer Mutter, das stets so adrett frisiert war, lag zerzaust auf dem Kissen; ihr Teint war gräulich verfärbt, ihr Gesicht eingefallen und faltig. Danielle seufzte; sie erkannte sie kaum wieder.

In dem Moment regte Liliana sich. Auf leisen Sohlen kam die elfengleiche Sechsjährige zu Danielle gehuscht. Marie rührte sich nicht.

Liliana umklammerte Danielle fest. »Maman und Papa sind weggegangen. Du verlässt uns doch nicht, oder?«, fragte Liliana. Ihre strahlend grünen Bretancourt-Augen waren weit aufgerissen und verzweifelt.

»Niemals«, flüsterte Danielle und strich der Kleinen über das blonde Haar. Sie kämpfte mit ihren Tränen, als sie Liliana auf die Stirn küsste. »Wir verreisen nach Grasse und besuchen Onkel Philippe. Kannst du mir mit meiner Mutter und Jasmin helfen? Du musst jetzt ein großes Mädchen sein. Schaffst du das?«

Blass und ernst nickte Liliana.

»Gut. Ich dachte, wir fahren gleich heute Abend.« Danielle entdeckte den Schmuckkasten ihrer Mutter auf der Garderobe und schüttete den Inhalt in ihre Handtasche, einschließlich ihres Eheringes und Max' Feuerzeug, das sie bei ihrer Mutter gelassen hatte. Anschließend packte sie das Nötigste für sie alle in einen kleinen Ranzen. Als sie fertig war, weckte sie Jasmin und ihre Mutter. Sie waren erschöpft, sträubten sich aber nicht.

Als Danielle die Haustür öffnen wollte, bemerkte sie eine Notiz, die mit einer Reißzwecke befestigt war. *Geht zum*

Hintereingang. Mit Jasmin auf dem Arm scheuchte sie Liliana und Marie die Treppe hinunter, wo der junge Mann mit dem Lieferwagen im Dunkeln auf sie wartete.

»Wir nehmen den Zug«, sagte Danielle.

»Geht nicht. Aber ich habe eine Genehmigung für Lieferung von und nach Paris.« Er hob den falschen Boden hinten im Wagen hoch und bedeutete ihnen, sich in die Vertiefung darunter zu legen, die aus frischem Pinienholz gebaut und mit altem, verwittertem Holz abgedeckt war. Marie und Liliana kletterten als Erste hinein, dann quetschte sich Danielle mit Jasmin zwischen sie.

Sollte dies ihr fahrender Sarg sein? Zum Glück war Marie vollkommen apathisch. Liliana neben ihr weinte sehr leise. Jasmin saugte eine Weile an Danielles Brust, bevor sie einschlief. Würde sie ruhig bleiben?

Der Wagen rumpelte über so holprige Straßen, dass sich Splitter in Danielles Rücken bohrten. Als sie langsamer wurden, hielt Danielle den Atem an und hörte, wie Liliana ebenfalls nicht mehr atmete. Der Wagen stoppte, und draußen knirschten schwere Stiefel auf Kies. Jemand klopfte an die hinteren Türen des Lieferwagens und befahl: »Aufmachen!«

Die Türen wurden entriegelt und schwangen auf. Danielle legte eine Hand auf Jasmins Mund. Lichtstrahlen drangen durch die Ritzen in den Brettern, Stiefel trampelten über sie hinweg, und mit jedem Schritt erbebte der Wagen. Neben Danielle zitterte Liliana von Kopf bis Fuß, während Danielle betete und Lichter durch ihren Kerker zuckten. Schweiß rann Danielle durchs Haar.

Und dann war es vorbei, die Stiefel landeten wieder im

Kies, und die Türen wurden geschlossen. Kurz darauf sprang der Motor wieder an. Liliana schluchzte still, und Danielle atmete auf und murmelte beruhigend auf sie ein.

Früh am nächsten Morgen fand Danielle ihren Onkel an seinem Küchentisch vor, wo er Kaffee trank.

»Ich habe dich letzte Nacht an deinem Kurzwellenradio gehört«, sagte sie und schenkte sich ebenfalls eine Tasse Kaffee ein.

»Danielle, wir müssen reden. Ich habe die Hebamme angerufen, die Jasmin entbunden hat, und sie ist bereit, eine Weile nach den Mädchen und Marie zu sehen. Lass uns die Pferde satteln und ausreiten. Ich habe deine alten Reitsachen noch hier. Bist du bereit?«

Sie trank von ihrem Kaffee. »Ist es nicht zu gefährlich?«

»Vorerst haben die Nazis nicht vor, Südfrankreich zu besetzen.«

Der Sommerhimmel war kristallblau, allerdings spürte Danielle einen unangenehmen Wind. Sie ritten an Rosen- und Lavendelfeldern vorbei, deren Aromen mit der Brise in alle Richtungen getragen wurden.

Auf einem Hügel oberhalb von Bellerose brachte Philippe seinen alten braunen Wallach zum Stehen. »Machen wir hier Halt.«

Danielle ließ ihren Apfelschimmel in einen langsamen Trott wechseln und schließlich stehen. Sie erzählte Philippe von Heinrich und dessen Drohungen. »Ich glaube nicht, dass Sofia überlebt hat, Philippe, aber ich *weiß*, dass Nicky noch lebt.«

Philippes wache grüne Augen sahen sie interessiert an. »Sagen dir das deine Ahnungen?«

Sie nickte. »Vielleicht glaubst du mir nicht, aber …«

»Doch, ich glaube dir. Du hattest diese Gabe immer schon.«

»Ich muss ihn finden! Ich muss zurück.«

Er kratzte sich am Kinn. »Ich werde mich bei meinen Kontakten erkundigen.«

Danielle streichelte nachdenklich die Mähne ihres Pferdes. »Jean-Claude hinterließ mir einen Brief, in dem er sagte, dass du mir etwas erzählen würdest.«

Er räusperte sich. »Es geht um den Unfall.«

»Was gibt es da noch zu sagen?« Danielles Worte schmeckten bitter auf ihrer Zunge. »Nichts kann sie zurückholen.«

»Dein Bruder legte die Bombe.«

Danielle öffnete den Mund, doch es wollte kein Ton herauskommen. *War ihr Onkel verrückt geworden?* »Das ist absurd!«

»Du sollst wissen, was geschehen ist und warum Jean-Claude sich das Leben nahm.«

»Ist das denn überhaupt noch von Bedeutung?«

»Eines Tages wird es das für Liliana sein, und du musst ihr sagen, dass ihre Eltern für eine gute Sache gestorben sind.« Er berührte Danielles Schulter. »Ich teile deinen Schmerz … ihr Blut klebt auch an meinen Händen. Doch wenn ich die Courage besitze, damit zu leben, musst du die Kraft aufbringen, es dir anzuhören und zu versuchen, es zu verstehen.«

Danielle hielt ihr Pferd ruhig. »Red weiter.«

»Er rettete viele Leben, bevor sein letzter Auftrag tragisch schiefging. Yvette, seine Partnerin, erzählte mir, dass Marie, Edouard und Hélène nicht in dem Wagen sitzen sollten.« Seine Augen glänzten feucht. »Jean-Claude konnte nicht mit dem Wissen leben, was er seiner geliebten Frau und seinen Eltern angetan hatte.«

»Warum erzählst du mir das jetzt, Philippe?«

»Weil Yvette dir kondolieren möchte.« Er wies auf eine Frau mit kurzem, hennarotem Haar, die ihnen entgegenkam. »Sie schickte gestern Nachricht.«

»Sie sind Yvette?«, fragte Danielle schroff.

Die Frau nickte. »Ich wollte Ihnen sagen, wie leid es mir tut. Ihr Bruder und ich haben oft zusammengearbeitet, und er hätte niemals Ihre Familie in Gefahr gebracht. Er war ein Mann mit strengen Prinzipien.« Sie legte eine Hand auf ihr Herz. »Wir alle vermissen ihn. Und ich wollte Sie wissen lassen, sollten Sie je wieder Hilfe brauchen, bin ich hier.«

»Yvette hatte dir die Reisedokumente für Polen beschafft«, sagte Philippe. »Und deine Fahrt hierher arrangiert.«

»Kommen Sie näher.« Danielle nahm einen sanfteren Ton an und streckte eine Hand nach unten zu Yvette aus. »Dann haben Sie mir bereits geholfen. Danke für die Warnung. Ich danke Ihnen wirklich sehr.«

»Und ich danke Ihnen, dass Sie den kleinen Koffer übergeben haben«, erwiderte Yvette. »Dank Ihnen konnte eine wichtige Agentin fliehen, die hinter die feindlichen Linien geraten war.«

»Yvette ist eine mutige Kämpferin«, sagte Philippe. »Aber wir brauchen ständig mehr Leute, mehr Geld, mehr Waffen.« Er sah Danielle an. »Diesen Krieg müssen wir alle kämpfen, jeder auf seine Weise. Mein Platz ist hier. Fürs Erste werden wir die Vichy-Verwaltung ertragen. Wir helfen den Leuten, via Cannes, Marseille und Toulon zu flüchten.

Irgendwann werden wir ihre Kräfte erschöpft haben und unser Land zurückerobern.«

Yvette sagte leise: »Wir haben uns unserer Freiheit verpflichtet, genau wie Ihr Bruder.«

»Na, jetzt ist er ja frei, nicht?« Danielle biss sich auf die Zunge. »Verzeihung, das sollte nicht so klingen. Erst mein Mann, dann meine Familie. Und meine Mutter ... ich fürchte, sie ist auch nicht mehr lange in dieser Welt.« Ihre Stimme verlor sich, und sie blickte stirnrunzelnd zu den Blumenreihen, die sich unter ihnen bis zum Horizont erstreckten.

Philippe nahm seine Brille ab und wischte sich mit dem Ärmel über die Augen. »Sie werden nicht aufhören, nach dir zu suchen, Danielle.«

»Aber ich muss immer noch Nicky finden.«

»Du musst eine Wahl treffen.«

»Ihre Mutter und die Kinder sind nicht sicher«, ergänzte Yvette. »Ebenso wenig wie du, Philippe.«

Er zuckte mit den Schultern. »Ich kann auf mich selbst aufpassen. Wir könnten euch verstecken, Danielle, aber wäre das ein Leben für Marie oder die kleinen Mädchen? Und es gibt keine Garantie, dass sie überleben. Ihr solltet Frankreich verlassen.«

»Wir können Ihnen bei der Flucht helfen«, sagte Yvette.

Danielle senkte den Kopf, halb von Sinnen vor Angst. *Sie retten oder Nicky?* Sie glaubte Heinrich nicht, dass konnte sie schlicht nicht. In ihrem Herzen wusste sie, dass er log. Sie *wusste,* dass Nicky lebte. *Aber solch eine Wahl treffen, oh Gott, wie kann ich das?*

»Du musst dich jetzt entscheiden«, sagte Philippe.

Heftig blinzelnd neigte sie den Kopf nach hinten und blickte hinauf in den endlosen Himmel, der ihr doch keine Antworten geben würde.

»Wir werden helfen, Nicky zu finden«, sagte Philippe ruhig und nickte Yvette zu.

Danielle blickte die beiden an, sah die stille Courage in ihren Augen, in ihren ernsten Mienen. »Dann gehen wir fort«, sagte Danielle und spürte, wie es ihr die Seele zerriss. Energisch wischte sie sich die Tränen aus den Wimpern und richtete sich im Sattel gerade auf.

»Du bist eine tapfere Frau«, sagte Philippe, und Yvette stimmte ihm wortlos zu.

»Ich habe die Zerstörung in Polen gesehen«, sagte Danielle. Sie schöpfte Kraft aus der starken Haltung der beiden. »Ich werde nicht zulassen, dass Hitlers rassistische Schergen die Familie terrorisieren, die mir noch geblieben ist.«

Nachdem Yvette gegangen war, kehrten Philippe und Danielle zurück nach Hause. Auf dem Ritt teilten sie ihre Trauer um die geliebten Menschen. Danielle gestand: »Der Klang von Max' Stimme in meinem Kopf wird zunehmend leiser. Wie hast du es nach dem Tod deiner Frau geschafft?«

Philippe ließ sein Pferd langsamer gehen. »Ich habe lange Zeit getrauert, bis ich entschloss, dass meine Frau im Geiste immer noch bei mir war. Jetzt fühle ich ihre Gegenwart mit den ersten Strahlen der Morgensonne und im letzten Licht jedes Mondes. Ihre Liebe lebt in jedem Tropfen Parfüm, das ich mische, und sie ist immer in meinem Herzen.«

Aber Danielle fühlte sich innerlich wund, als wäre ihr das Herz ausgehöhlt worden. »Papa, Jean-Claude, Hélène …«, sagte sie stockend.

Ihr Onkel räusperte sich und rang merklich mit den Worten. »Sie starben in der Verwirklichung ihrer Träume und Ideale. Sie starben für die Freiheit, die Gleichheit. Sie starben, damit andere leben können.«

»Glaubst du das wirklich?«

Er verzog das Gesicht. »Das Böse tötete sie, Danielle. Aber glaube du meinen anderen Worten.«

Tränen benetzten Danielles Wangen, und sie rieb sie mit der Hand fort. »Ich wünschte, ich hätte mich verabschieden können.«

»Sie werden auf ewig in deinem Herzen sein. Und wenn deine Gedanken überlaufen, sprich mit ihnen. Du bist nie allein.«

Zwei Tage später dachte Danielle an Philippes Worte, als sie an der Reling eines Schiffes stand, das von Lissabon aus nach New York fuhr, Liliana an der Hand und Jasmin auf dem Arm. Der Meeresgeruch füllte ihre Nase. Marie saß hinter ihnen und wiegte sich mit einem leeren Gesichtsausdruck, eine Decke um ihre Schultern geschlungen.

Die See wogte unter einem grauen, unruhigen Himmel, als das große Schiff ablegte. Der Wind heulte und peitschte Danielles Haar durch, während salziger Nebel auf ihre Stirn sprühte. Sie bemühte sich, ihre Angst vor der Überfahrt zu zügeln.

Danielle weinte um die Liebe und das Leben, die sie verloren hatten. Sie dachte an Max und Jon und ihre wirren Gefühle, sprach ein Gebet für Nicky und dankte dem Herrn für Philippes Versprechen, bei der Suche nach Nicky zu helfen. Dann erinnerte sie sich wieder an Heinrichs abscheuliche Verbrechen und seine Drohungen. *Haben wir es geschafft, ihm zu entkommen?*, fragte sie sich.

Jasmin strampelte, und Danielle drückte sie fester an sich. *Mein Onkel und Yvette lobten den Mut meiner Entscheidung, doch im Grunde schäme ich mich, denn ich bin nicht mutig. Ich trage lediglich die Verantwortung für meine Familie.*

Sie dachte an alle, die sie verloren hatte. Sie waren Kriegsopfer, jeder von ihnen. Sie sah zu ihrer Mutter und den Mädchen. *Vor allem die Lebenden.*

16

Stanislas-Jean, Chevalier de Boufflers, schrieb einst: »Freude ist eine Blume, die welkt; Erinnern ist das bleibende Parfüm.« Wie kann es sein, dass unsere Freude so flüchtig wie eine Blume ist? – db

12. August 1940
Los Angeles, Kalifornien

Danielle stand mitten in einer kargen Einzimmerwohnung im Zentrum von Los Angeles. Der Geruch von ranzigem Fett und menschlichen Exkrementen hing in der Luft. Sie rümpfte die Nase. Frittiertes und Windeln, ordnete sie im Geiste die Aromen zu. Doch der Preis für das Zimmer stimmte.

Heute Morgen hatte sie französische Francs gegen US-Dollar getauscht. Philippe hatte ihr alles Geld gegeben, das er entbehren konnte, und sie hatte den Schmuck ihrer Mutter, doch das alles würde nicht lange reichen. Sie wandte sich zum Vermieter des Wohnhauses »Bradley Arms« um. »Das wird gehen.«

Der Vermieter kaute auf einer billig riechenden Zigarette und hielt ihr eine fleischige Hand hin. »Bar«, sagte er laut. »In echtem Geld, amerikanischem. Das grüne Zeug.«

Hält er mich für eine Närrin, weil ich einen Akzent habe? Sie öffnete ihre Börse, zählte die Scheine ab und reichte sie ihm.

Er zog die buschigen Brauen hoch, kratzte sich durch das Unterhemd am Bauch und zählte das Geld laut nach. »Die Miete ist wöchentlich fällig, im Voraus.« Wieder wurde er lauter. »Wenn Sie mehr als einen Tag verspätet sind, fliegen Sie raus. Verstanden?«

»Sehr gut sogar.« *Und glaubt er, ich könnte Englisch nur verstehen, wenn es sehr laut gesprochen wird?* Sie hielt ihm ihre handschuhverhüllte Hand hin. »Den Schlüssel bitte.«

Er angelte in seiner Hosentasche und holte zwei schmierige Schlüssel hervor. Mit einem ekligen Grinsen reichte er ihr einen. »Den anderen behalte ich.«

Danielle rümpfte die Nase. *Denk dran, das Schloss auszutauschen.* Sie ließ den Schlüssel in ihre Börse fallen und den Riegel einschnappen.

Der Vermieter schlurfte davon.

Hinter ihm verriegelte Danielle die Tür. Dann nahm sie ihre schwarze Baskenmütze ab, zog die weißen Baumwollhandschuhe aus und krempelte die Ärmel ihrer schwarzweiß karierten Bluse hoch. »Gründliches Putzen und Lüften ist alles, dann wird es schon«, sagte sie sich, auch wenn sie ihre Zweifel hatte.

Mit einiger Kraft bekam sie ein verbogenes Fenster aufgestemmt. Die Geräusche und Gerüche von der belebten Straße zwei Stockwerke tiefer wehten herein. Es war eine Kakofonie fremder Sprachen: manche asiatisch, manche osteuropäisch. Die scharfen Duftnoten erkannte Danielle als die vorherrschenden Gewürze in indischen und mexikanischen Speisen. Im Wind bauschten sich die ausgeblichenen karierten Vorhänge.

Sie hatte diese kleine Wohnung gewählt, weil sie dort alle

unterkommen konnten. Eigentlich war es nicht einmal eine Wohnung, eher ein großer einzelner Raum. Und das spärliche Mobiliar bot gerade mal das Nötigste – einen Tisch, drei durchgelegene Betten und vier wacklige Stühle. Ein Waschbecken und ein alter Eisschrank bildeten die Küchenecke. Danielle fand eine verrostete Dose mit Seifenpulver und Lappen in einem Schrank. Ihre Mutter und die Mädchen waren bei Abigail. *Ich muss hier sauber machen, bevor sie es sehen.*

Als Erstes nahm sie sich das Waschbecken vor und schrubbte es, bis das zerkratzte Porzellan wieder einen akzeptablen Weißton angenommen hatte. Dann stellte sie einen Tisch in die Küchenecke, an dem sie die Mahlzeiten zubereiten und mit den anderen essen würde.

Während sie allein arbeitete, fest entschlossen, allen Schmutz zu beseitigen, dachte sie an ihre düstere Lage. Auch wenn Abigails Wohnung komfortabel war, hatte Danielle dort kaum schlafen können. Sie durften nicht bei Abigail bleiben, denn deren Bungalow war einfach nicht groß genug, und Danielle wollte sich der Freundin nicht länger aufdrängen, als unbedingt nötig.

Sie dachte an die letzten paar Wochen, und die Ungeheuerlichkeit der Ereignisse überwältigte sie wieder. *Ich fürchte, dass ich vor meiner Mutter und den Mädchen nicht mehr lange die Tapfere mimen kann, und dabei sind sie vollkommen abhängig von mir. Ich habe keine Familie hier, an die ich mich wenden kann, keinen Vater, keinen Ehemann, keinen Bruder.*

Die Gefühle, die sie sich so zu unterdrücken bemüht hatte, holten sie letztlich ein. Es gab Tage, an denen wollte sie sterben. Manchmal träumte sie, dass der Wind sie forttrug zu einem friedlichen Wildblumenfeld, wo die Sonne ihr Gesicht wärmte.

Tränen liefen ihr übers Gesicht, als sie auf Händen und Knien hockte und den Fußboden wie eine Besessene von jedem Fitzelchen Dreck befreite. *Warum wurde ich verschont? Damit ich noch mehr Herzschmerz erleide, sogar den Verlust meines Sohnes? Damit, falls mein Kummer noch nicht genug ist, ich mehr erleben kann?*

Schluchzend sank sie auf den Boden, zog die Knie an ihre Brust und bebte am ganzen Leib. *Aber ich muss leben, und sei es nur, um Liliana und Jasmin ein besseres Leben zu ermöglichen, in dem sie niemals den Schmerz erfahren, den ich ertragen musste. Meine Mutter ist zwar physisch bei uns, doch ihr Geist ist es nicht. Bin ich egoistisch, dass ich sie mir zurückwünsche? Dass ich von ihr verlange, sie möge den erbarmungslosen Schmerz empfinden, der mein Innerstes verdunkelt? Oder soll ich sie in ihrem Gefängnis der Unschuld lassen? Ich weiß es nicht, und ich habe niemanden, der mich auf diesem entsetzlichen Weg führt. Einzig Philippe versteht meinen Verlust.*

Sie lag auf dem Boden, bis Schatten durchs Fenster hineinfielen. Schließlich waren ihre Emotionen erschöpft. Sie stand auf und betrachtete ihr Werk mit grimmiger Entschlossenheit. *Und jetzt sind wir in Armut gefangen. Gütiger Gott, wie soll ich das bewältigen?*

»Da wären wir.« Danielle stieg vor dem Bradley-Arms-Gebäude aus Abigails Packard. Mit Jasmin auf den Armen und Liliana und Marie hinter sich, machte sie sich tapfer auf den Weg die Treppe hinauf. Von gestern fühlten sich ihr Gesicht und die Augen noch geschwollen an; heute, vor der Familie, durfte sie sich ihre Gefühle nicht anmerken lassen.

Abigail stand der Mund offen vor Entsetzen, als sie hinauf zu der abblätternden, schmutzig weißen Fassade blickte. Ein Radio plärrte aus einem offenen Fenster. »Das kann nicht dein Ernst sein, Danielle!«

Danielle wurde rot, als sie sich verlegen umdrehte. »Es ist das, was wir uns leisten können.«

»Du lieber Himmel, hätte ich gewusst …«

»Wir kommen zurecht, Abigail.« Danielle griff nach der Haustür und ging hinein. »Unser Zimmer ist im ersten Stock.« Der Teppichboden war fadenscheinig, das Treppengeländer wacklig, und an den Wänden waren überall schmutzige Handabdrücke. Danielle erschauderte. »Liliana, fass hier nichts an.«

Abigail griff sich ein Bündel Leinenwäsche, das sie mitgebracht hatte, und folgte ihnen.

Oben öffnete Danielle die Tür zu ihrem Zimmer. »Das ist unser neues Zuhause.«

Liliana schnupperte an der Luft und verzog das Gesicht. »Was ist das für ein Gestank?«

Danielle stieß das Fenster auf. »Den haben wir bald draußen.«

Abigail blickte sich um. »Danielle, wo ist Marie?«

»*Mon Dieu!*« Danielle eilte an ihr vorbei ins Treppenhaus, Jasmin immer noch auf dem Arm. Bereits während der Überfahrt hatte Marie angefangen, desorientiert umherzulaufen. Nun entdeckte Danielle sie am Ende des Korridors. »Maman, hier entlang, dies ist unser Zimmer.«

Marie wandte sich langsam um und starrte Danielle mit

leerem Blick an, bevor sie sich von ihr zurückführen ließ. »So, jetzt setz dich und ruh dich aus.«

Abigail legte ihr Bündel hin und nahm Danielle sichtlich unglücklich das Baby ab. »Gib mir Jasmin und kümmere dich um deine Mutter, Danielle. Ich wünschte, du würdest dir von mir helfen lassen. Jon hat mir strikte Anweisung gegeben, dass ich für euer Wohlergehen sorgen soll. Und dies hier …«

»Abigail, ich möchte nicht darüber diskutieren.« Und sie wollte nichts von Jon hören. Ihre Gefühle für ihn belasteten sie sehr, solange sie noch um Max und nun ihre Familie trauerte. Danielle wurde das Herz schwer. Sie hatte Abigail angefahren, die doch bloß zu helfen versuchte. Aber nach den letzten Tagen in Abigails elegantem, jedoch kleinem Haus in Beverly Hills wusste sie, dass sie ihnen eine andere Unterkunft suchen musste. »Verzeih mir, Abigail.«

»Du hast eine lange Reise hinter dir. Über den Atlantik, dann mit dem Zug quer durchs Land, und alles mit der Familie, die du umsorgen musst. Ich weiß, dass es nicht leicht war. Falls du Geld brauchst, kann ich dir jederzeit helfen.«

»Danke, ich schaffe es schon.« Sobald sie es ausgesprochen hatte, bereute Danielle es und bekam ein schlechtes Gewissen.

Abigail hatte recht, die Reise war anstrengend gewesen. *Doch ich habe keine Zeit, mich auszuruhen.* Ihre Mittel schwanden rasch. Über den Tisch hinweg berührte sie Abigails Hand. »Vielleicht kannst du mir helfen, eine Arbeit zu finden.«

Abigail strahlte. »Ja, vielleicht kann ich das wirklich!«

Am nächsten Morgen wachte Danielle mit den ersten

Sonnenstrahlen auf. Sie wusch sich und zog ein braunes Tweedkostüm an, das sie second-hand in London bekommen hatte. Sie bedauerte, dass sie keines der hübschen Kleider ihrer Mutter von Lanvin und Lucien Lelong mitgenommen hatte, aber sie waren zu überstürzt aus Paris geflohen. Und Danielle war froh, dass sie es überhaupt fort geschafft hatten. Hier war ihre Familie sicher; in Amerika konnte ihnen Heinrich nichts tun. Sie sah in den alten Spiegel. *Oder doch?* Seine Drohung hallte ihr durch den Kopf. Sie dachte an die Widerstandskämpfer in Europa. Hatten die Nazis ein ähnliches Netzwerk hier?

Sie trug ein frisches Blumenparfüm auf ihren Hals und ihre Handgelenke auf, das sie bei Philippe entworfen und mit auf die Flucht genommen hatte. *Geißblatt und Freesie mit einem Hauch Bergamotte.* Dann beeilte sie sich, ihre Familie für den Tag vorzubereiten.

Sie machte das Frühstück, und Liliana ging ihr zur Hand. Das kleine Mädchen hatte sich während der mühsamen Reise als ruhige, fähige Helferin entpuppt.

»Achte darauf, dass deine *Grand-mère* die Wohnung nicht verlässt, Liliana.« Danielle sah zu ihrer Mutter, die vage lächelte. Sie gab Liliana einen Zettel. »Hier ist unsere Adresse und die Telefonnummer, unter der ich zu erreichen sein werde. Ich möchte, dass du diesen Zettel immer bei dir hast.«

Es klopfte an der Tür, und Danielle öffnete einer zierlichen Mexikanerin in einem bunt bestickten Baumwollkleid. Danielle fiel sofort auf, wie schön die Stickereien gearbeitet waren. Das dunkle, glänzende Haar der Frau war zu einem festen Knoten gebunden, und ein köstliches Aroma von gerösteten Paprikas und Mais umgab sie wie eine exotische kulinarische Aura. »Ich bin hoffentlich nicht zu spät«, sagte die Frau lächelnd. »Ich musste noch meine Kinder in die Schule schicken.«

»Sie sind ganz pünktlich, Anna.« Danielle hatte sie gestern kennengelernt und auf Anhieb gemocht. Anna hatte eingewilligt, auf Danielles Mutter und die Mädchen aufzupassen, solange sie aus dem Haus war. *Schließlich ist Maman nicht in der Verfassung, allein gelassen zu werden,* dachte Danielle betrübt.

Als sie gehen wollte, rief Marie: »Gehst du jetzt mit Jean-Claude in die Schule, Danielle?«

Danielle warf Liliana einen Blick zu, bevor sie antwortete: »Ich bin bald wieder zurück. Du darfst heute nicht ausgehen. Blieb hier bei Anna und ruh dich aus.«

Eine halbe Stunde später stieg Danielle vor einer exklusiven Boutique aus dem Bus. Das Geschäft gehörte einer Freundin von Abigail. Nervös öffnete Danielle die elegante Glastür.

Abigail hatte erwähnt, dass Clara früher mal in Paris gelebt hatte. *Das sieht man,* dachte Danielle. Das Geschäft war eine exakte Kopie der feinen Pariser Boutiquen, angefangen bei den Savonnerie-Läufern und Kristallkronleuchtern bis hin zu dem Louis-XV-Empfangstresen mit den edlen Intarsien. Extravagante Kleider und kostbare Accessoires waren hier wie Kunstwerke ausgestellt.

Clara erschien oben an einer geschwungenen Treppe. »*Bonjour.*«

Danielle sah sie an und war für einen Moment sprachlos.

Clara war groß und braun gebrannt. Ihr platinblondes Haar

war auf einer Seite tief in die Stirn gekämmt und fiel ihr in sanften Wellen bis zu den Schultern. Bei jedem ihrer Schritte klimperten ihre goldenen Armreife, und Ohrringe mit länglichen Amethyst-Anhängern funkelten an ihrem Hals. »Sie müssen Danielle sein«, sagte sie und kam die Treppe hinunter.

Unsicher sah Danielle zum Spiegel. Ihr Tweedkostüm war hoffnungslos unmodern; in ihrem blondgefärbten Haar zeigten sich rotbraune Ansätze, und ihr ungeschminktes Gesicht war erschreckend blass.

Danielle straffte die Schultern. Clara stieg die letzte Stufe hinunter und reichte ihr lächelnd eine manikürte Hand.

»*Bonjour*«, sagte Danielle und schüttelte ihre Hand.

Zunächst sprachen sie Französisch, dann Englisch. »Ihr Englisch ist sehr schön«, sagte Clara. »Abigail erzählte mir, dass Sie Parfümeurin sind, aber denken Sie, dass Sie Kleidung und Accessoires verkaufen können?«

»Ich bin recht vertraut mit Stoffen und Schnitten, und ich habe schon meine eigenen Kleider entworfen und genäht – allerdings nicht das, was ich heute trage«, erklärte Danielle verlegen.

Clara neigte den Kopf. »Wie ich von Abigail erfuhr, sind Sie frisch immigriert.«

Danielle nickte und fuhr fort: »Mode ist, wie Parfüm, mehr als ein Luxus. Sie spiegelt eine Frau oder das, was eine Frau zu sein anstrebt.«

»Gut formuliert.« Clara lächelte und erläuterte ihr die Arbeitszeiten, was zu tun wäre und wie viel sie ihr bezahlen wollte. »Sie sind eingestellt, doch zuerst müssen Sie zu meiner Chefschneiderin Esmeralda. Sie wird etwas Geeigneteres für Sie zum Anziehen finden.«

Danielle spürte, wie ihre Wangen glühten. »Aber ich habe kein Geld für neue Kleider.«

Clara winkte ihre Sorge fort. »Das erwarte ich auch nicht von Ihnen. Folgen Sie mir.« Sie machte Danielle mit Esmeralda bekannt und sprach kurz auf Spanisch mit der kräftigen Mexikanerin, ehe sie sich wieder zu Danielle wandte. »Seien Sie morgen früh um neun Uhr hier.«

Nachdem Clara gegangen war, brachte Esmeralda drei Kleider, die Danielle anprobieren sollte. Eines war ein elegantes schwarzes Etuikleid aus Seide, die anderen beiden waren aus einem wollenen Kreppstoff, eines in Königsblau, das andere in Smaragdgrün.

Esmeralda legte eine Hand auf Danielles Schulter, und ein Lächeln trat auf ihr faltiges Gesicht. »Clara weiß, dass Kundinnen einer stilsicheren Verkäuferin vertrauen. Diese Kleider wurden getragen, bevor sie zurückgegeben wurden, und nun können wir sie nicht mehr verkaufen. Also können Sie sie ebenso gut tragen. Suchen Sie sich auch einige Schuhe aus.«

Danielle bedankte sich. Sie verließ die Boutique mit einer Mischung aus Erleichterung und Freude.

Am darauffolgenden Morgen zog sie das blaue Kreppkleid an, und nachdem Anna erschienen war, eilte sie zur Boutique, denn sie konnte es nicht erwarten, mit ihrer Arbeit zu beginnen.

Clara schloss die Tür auf. »Sie sind früh, das gefällt mir. Ah ja, das ist eine hübsche Farbe für Sie.« Sie tippte sich ans Kinn. »Nun brauchen Sie noch Accessoires.« Sie nahm einen der ausgestellten Schals, eine Kette mit Zuchtperlen und ein Paar Perlenohrstecker. »Ihr Teint ist einzigartig.« Sie drapierte den Schal um Danielles Hals. »Sie müssen ihn betonen.«

»Der ist reizend, Clara. Aber wie wäre es hiermit?« Danielle drehte sich zum Spiegel und arrangierte den Schal so, dass die Perlen in seinen Falten lagen.

»Viel besser! Sie haben ein gutes Auge.«

»Vielen Dank für alles, Clara.«

Clara hielt eine Hand in Höhe. »Danken Sie mir bloß nicht!« Sie strich sich ihr platinblondes Haar über die Schulter. »Ich habe ein Geschäft zu führen, und mit diesem Akzent werden Sie meine Kunden so bezaubern, dass sie unanständige Summen für Kleidung und Schmuck ausgeben. Nun, fangen wir an.«

Danielle achtete sehr darauf, wie Clara mit den Kundinnen umging. Gegen Mittag hatte Danielle schon die ersten Sachen verkauft.

Am Nachmittag zeigte Clara ihr das Kundenbuch und erklärte zu jedem Namen, was sie bisher gekauft, welche Größen und welche Vorlieben sie hatten. Clara führte auch ein Album mit Fotos und Zeitungsartikeln aus den Klatschspalten. »Prägen Sie sich die Gesichter ein, und begrüßen Sie jede Kundin mit Namen.« Zum Kundenkreis gehörten etablierte Familien aus Los Angeles, wohlhabende Europäer und Lateinamerikaner sowie mehrere Filmstars.

Nach Ladenschluss bat Clara sie ins Büro. »Sie haben einen exzellenten Sinn für Stil, und Sie beherrschen den Umgang mit den Kundinnen.« Sie betrachtete Danielle über den Rand ihrer Bernsteinbrille hinweg. »Aber Sie brauchen eine hübsche Frisur. Was in Gottes Namen stimmt mit Ihrer Haarfarbe nicht?«

Danielle errötete. »Sie wächst aus. Ich hatte mein Haar gefärbt.«

»Warum denn nur? Ach, egal.« Clara schrieb eine Nummer auf einen Zettel. »Rufen Sie jetzt gleich Mr Robertos Salon an. Und danken Sie mir nicht wieder. Mrs Groves hat auf Ihren Rat hin ein Vermögen ausgegeben.«

»Sie müssen Danielle Bretancourt sein«, sagte die junge Dame am Empfangstresen und musterte Danielles Haar. »Madame Clara hat uns schon Ihr, ähm, Problem geschildert.«

Danielle blickte sich in dem Salon in Beverly Hills mit seinen vornehmen modernen Diwanen, den frischen Lilien und den schnörkeligen Spiegeln um. Zwei modisch herausgeputzte Frauen unterhielten sich in einer Ecke, elegante Lederhandtaschen an den Armen und Plateau-Pumps mit offener Spitze an den Füßen.

»Schätzchen!« Ein Mann in einem makellosen weißen Leinenanzug mit weinrotem Einstecktuch und passendem Plastron kam auf sie zu, die Arme weit ausgebreitet. Das schwarze wellige Haar von Mr Roberto fiel mit lässiger Präzision über seine gebräunten Schläfen. Doch sein Lächeln erstarb, als er ihr Haar sah.

Mr Roberto schnalzte tadelnd mit der Zunge, während er an Danielles Haar zupfte. »Können Sie es wieder hinbekommen?«, fragte sie.

»Schätzchen, ich bin ja nicht umsonst der Haarstylist der Stars.«

Mit einem Händeklatschen rief er seine Assistentin herbei, und Danielle wurde nach hinten geführt.

»Marie ist wieder aus der Wohnung gelaufen«, sagte Anna zu Danielle, als sie nach Hause kam. »Sie sagt, dass sie in ihr Schlafzimmer geht, und dann wandert sie durch den Flur. Es ist schwierig, sie aufzuhalten, wenn ich gerade Jasmins Windel wechsle oder sie füttere.«

»Mir ist klar, dass wir ein Problem haben«, sagte Danielle und stellte eine Einkaufstasche mit frischer Milch, Butter und Eiern auf den Tisch. Dieses Haus war kein Ort für Marie, und erst recht nicht geeignet, ihre Mädchen großzuziehen. Könnte sie doch nur genug Geld für ein kleines Heim in einer guten Gegend verdienen, wo die Mädchen sicher spielen konnten! Und eine Schwester bezahlen, die sich um Marie kümmerte. Ein Heim mit einem eigenen Zimmer für jedes Mädchen. *Und auch eines für Nicky.*

»Ich bringe noch einen zusätzlichen Riegel an der Tür an«, sagte Danielle. Während Anna ging, zog Danielle ihre Handschuhe aus und nahm den schicken schwarzen Hut ab, den sie sich aus einigen Filz- und Netzstoffresten und einer antiken Brosche gemacht hatte. Zwei von Claras Kundinnen hatten nach genau so einem Hut verlangt. Danielle strich sich das Haar glatt. Glücklicherweise war es Mr Roberto gelungen, ihre alte Farbe wiederherzustellen. Jetzt hatte sie eine neue amerikanische Frisur mit Seitenscheitel und ihre Naturlocken auf Schulterlänge gekürzt.

Danielle stillte Jasmin rasch, wickelte sie frisch und servierte anschließend aufgewärmte Gemüsesuppe, die sie am Wochenende vorgekocht hatte, sowie Brot zum Abendessen. Liliana und Marie aßen gierig.

Unterdessen löffelte Danielle gedankenverloren ihre Suppe. Vor einigen Tagen hatte sie Anna gegenüber erwähnt, dass sie in Polen gelebt hatten. »Dann müssen Sie unbedingt mal in das polnische Restaurant hier in der Nähe«, hatte Anna gesagt und ihr den Weg beschrieben.

»Es ist so ein schöner Abend«, sagte Danielle. »Lasst uns nach dem Essen einen Spaziergang machen.«

Der Abend war lau mit einer zarten Brise, die in den Palmenblättern hoch über den Straßen wisperte, und der Duft von sonnenwarmem Gras lag in der Luft. »Das macht Spaß«, sagte Liliana, die Maries Hand hielt. Danielle hatte Liliana die Aufgabe übertragen, auf Marie zu achten – ein winziges blondes Mädchen, das seine Großmutter den Gehweg entlang führte. Danielle hatte die schlafende Jasmin an ihre Schulter gelehnt.

Sie kamen zu dem kleinen Restaurant, auf dessen Fenster »Poslaniec's Fine Polish Food« stand.

Als sie hineingingen, entdeckte Danielle einen großen Mann mit einer langen Schürze über einem schlichten Hemd und einer Hose. »Sind Sie der Besitzer?«

Er verneigte sich schwungvoll. »Zu Ihren Diensten. Sie klingen französisch.«

»*Oui,* aber ich habe bis letztes Jahr in Polen gelebt. Genau genommen war ich gerade erst dort.«

Seine Augen leuchteten auf. »Kommen Sie, setzen Sie sich. Wir müssen uns unterhalten!« Liliana bekam große Augen, als an einem der Nachbartische Desserts serviert wurden. »Möchten Sie etwas essen?«, fragte der Mann sofort.

»Nein, danke, wir haben schon unser Abendessen gehabt«, antwortete Danielle. »Haben Sie Angehörige oder Bekannte, die noch in Polen sind?«

Der Mann nickte ernst, dann lächelte er Liliana zu.

»Möchtest du eine Nachspeise? Aufs Haus, wie man hier sagt.« Als Marie ihn verwundert ansah, erklärte Danielle ihr rasch, was es bedeutete. Liliana kicherte und blickte nach oben, als erwartete sie, dass ein Kuchen an der Decke erschien. »Also, ich habe eine Menge Fragen.«

Danielle hatte ebenfalls einige Fragen. Ein Kellner brachte ihnen Kaffee und eine warme Schokoladenbiskuitrolle, die der Besitzer schnitt und verteilte, während sie sich unterhielten.

»Mein Sohn ist noch dort«, erzählte Danielle und erklärte ihm ihre Geschichte. »Ich habe ein Foto von ihm, und vielleicht kennen Sie jemanden, der ihn gesehen hat. Ich kann es hier bei Ihnen lassen.«

Der Wirt schüttelte den Kopf. »Es tut mir sehr leid, das zu hören. Ich hänge das Bild am Anschlagbrett auf, wo die Leute ihre Nachrichten an Freunde und Verwandte anbringen, die eventuell hergekommen sind. Haben Sie bei der Botschaft vorgesprochen?«

»Ja, habe ich.« Sie sprachen weiter, und Danielle schilderte ihm, was sie in Polen gesehen hatte; der Restaurantbesitzer erzählte ihr von anderen Polen in der Nachbarschaft.

Am nächsten Tag fand sie über den Hilfsdienst der Kirche noch weitere polnische Immigranten. Einige von ihnen arbeiteten in Restaurants oder boten Flickarbeiten an. Ihnen allen zeigte sie Nickys Foto, erzählte ihnen ihre Geschichte und fragte, ob sie ihn gesehen hätten. Keiner von ihnen hatte, trotzdem ließ Danielle ihre Adresse und die Telefonnummer der Boutique da. Sie schrieb an Philippe, aber es gab keine Neuigkeiten. Trotzdem klammerte sie sich an ihre Überzeugung, dass ihr Sohn lebte.

Ihr erster wöchentlicher Gehaltsscheck erlaubte keine großen Sprünge, und ihr wurde bewusst, dass sie so niemals auskämen. Ihre kleine Familie brauchte vieles – Essen, Kleidung, ärztliche Behandlungen, Fahrgeld. Danielle hatte solche Hoffnung in ihr neues Leben in Amerika gesteckt, doch nun wurde sie zusehends verzweifelter.

Eines Abends, nachdem Danielle eine Kartoffelsuppe zum Abendessen gekocht, Liliana und Jasmin gewaschen und alle ins Bett gebracht hatte, nahm sie Stift und Papier und holte ein kleines farbiges Fläschchen mit einem Parfüm hervor, an dem sie in Philippes Labor gearbeitet hatte; es war eines von einer Handvoll, die sie hastig eingesteckt hatte, bevor sie Grasse verließ. Dann trat sie hinaus auf die Vorderveranda des Hauses und hockte sich auf die knarzenden Holzstufen unter dem matten Außenlicht. Gedankenversunken blickte sie hinauf zum sternenklaren Himmel.

Sie hatte eine Idee.

Danielle kaute am Bleistiftende. Wenn Philippe ihr einiges an Aroma-Materialien schickte, könnte sie wieder anfangen, Parfüms zu mischen.

Sie hielt das Fläschchen ins Licht. Dies war Chimère, das Parfüm, an dem sie in Grasse gearbeitet hatte. Es war noch nicht ganz so, wie sie es sich vorstellte, doch es könnte ein Meisterwerk sein … gelänge es ihr nur, die Magie wieder einzufangen.

Danielle hatte noch nie ein Geschäft gegründet. *Aber wenn andere es können, kann ich es auch.*

Sie erinnerte sich, wie ihre Mutter früher Kunden beraten hatte, ihnen Flakonformen, Farbkombinationen und sogar Namen vorschlug. »Unsere Kunden schätzen unsere Erfahrung«, hatte Marie einst gesagt. »Sie kennen sich mit Mode und Verkauf aus, aber wir sind mit dem Parfümgeschäft vertraut.«

Danielle müsste die Verpackung, das Erscheinungsbild und einen überzeugenden Geschäftsplan entwerfen. Obwohl sie sich mit diesen Dingen nie zuvor beschäftigt hatte, war sie doch oft dabei gewesen, wenn ihre Mutter und ihr Onkel mit Kunden zusammensaßen.

Wo fange ich an? Sie beschloss, es quasi von hinten aufzuziehen und zunächst die Zahl der Flaschen festzulegen, von denen sie glaubte, sie verkaufen zu können. Sie runzelte die Stirn. Sicher wäre Clara einverstanden, sie in der Boutique zu verkaufen.

Als Nächstes schätzte Danielle, welche Materialien und wie viel Zeit sie brauchte, um die erste Charge zu verkaufen. Sie berechnete die Kosten für die Herstellung mit den Zutaten von Philippe; allerdings dürfte der Handel unter der Vichy-Regierung erschwert sein, folglich müsste sie sich bald neue Bezugsquellen suchen. Den Rest der Herstellung und Abfüllung könnte sie hier in Amerika erledigen, aber sie würde Flakons brauchen. Die wunderschönen Flakons, die Max gefertigt hatte, fielen ihr wieder ein, zusammen mit anderen Erinnerungen.

Er würde wollen, dass ich stark bin. Sie atmete zittrig ein. *Wo war ich?* Flakons. Ihr kamen die Leute in den Sinn, mit denen Max sich in New York getroffen hatte, und sie notierte sich, sie anzurufen. Dann runzelte sie die Stirn, weil sie an das Geld dachte, das sie brauchen würde und nicht besaß. *Aber ich finde eine Lösung.*

Während sie arbeitete, zirpten die Grillen ihr Abendlied. Die Nachtluft wurde kühl, und Danielle zog ihren Pullover fester um sich, ohne der späten Stunde gewahr zu sein. Sie beugte sich über ihren Notizblock. Sobald sie ihre Kosten, den Einkauf und den Gewinn aus dem Verkauf berechnet hatte, wandte sie sich dem kreativen Aspekt des Projekts, dem Flakondesign und der Verpackung zu.

Danielle nahm das unfertige Parfüm auf, das sie Chimère genannt hatte. Sie öffnete das Fläschchen und atmete tief ein. Eine frische, belebende Mélange aus italienischer Bergamotte, Mandarine und Himbeere im Anfangsakkord füllte ihre Nase mit den unbeschwerten Düften des Frühlings. Der Duft rief Bilder herauf von den Gärten in Bellerose, von Picknickkörben voller Sommerfrüchte an sonnigen Mittelmeerstränden, von Sommern an der Riviera, Partys auf Segeljachten und dem Kasino in Monte Carlo. Das schlichte kleine Fläschchen barg die Essenz jenes glücklichen Lebens früherer Tage.

Wieder inhalierte Danielle, schloss die Augen und ließ ihre Gedanken zu den Assoziationen abschweifen, die der Duft auslöste. Ein Kribbeln erfüllte sie, als sie sich ein luxuriöses Leben in exotischen Lokalen, mysteriöse Liebende, Sandstrände, glitzernde Partys, elegante Roben und kostbaren Schmuck vorstellte.

Und mittendrin üppige Sträuße schönster Blumen, verlockend und romantisch, intensive Aromen von reinem, unschuldig weißem Jasmin und schwerer Tuberose sowie dem berauschenden, sinnlichen Aroma der Rose. Verführerische Gewürze – Nelke mit Moschus und Patschuli – abgemildert von Sandelholz und Vanille, machen den Duft elegant und leidenschaftlich wie einen Liebhaber bei Nacht.

Und dann endlich ging ihr auf, was fehlte: Ein starker, gefälliger Kern, eine warme Ambra-Mischung, um jene tiefe Verbindung zur Seele herzustellen. *Liebe.*

In ihrer Fantasie konnte sie es riechen, spürte, wie es ihr eine wohlige Gelassenheit bescherte und ihre Augen feucht werden ließ.

Dies war Chimère.

Die Augen noch geschlossen, atmete sie den magischen Duft ein und entglitt weiter in ihre Traumwelt, in der ihre Kreativität und ihre Fantasie eins wurden mit dem provokativen Aroma.

Sie benetzte ihre Lippen. Vor ihrem geistigen Auge sah sie leuchtende Farben, hörte eine Symphonie dem Höhepunkt entgegeneilen, sah die Farben der Musik und Formen Gestalt annehmen. Zuerst war da Max, dann Jon.

Zitternd öffnete sie die Augen. Wie in Trance nahm Danielle ihren Stift auf und begann, sich Notizen zu machen, um die Formel zu vollenden. Sie skizzierte, was sie gesehen, gefühlt und erinnert hatte, ließ den Stift von ihrem Herzen führen, als sie die fließenden, grazilen Umrisse des Flakons zeichnete, den sie vor sich gesehen hatte, zusammen mit Fantasien von ihrem Parfüm. Goldbrokat, Seidenbeutel, exquisite Flakons.

Schließlich, der Mond stand schon hoch am Mitternachtshimmel, lehnte sie sich zufrieden zurück und betrachtete ihre Entwürfe. Chimère nahm Form an. Es war wunderschön, nur woher bekam sie das Geld?

Sie blickte zu ihrem Ehering, dem fast makellosen Diamant- und Smaragdring, der einst Sofias Mutter gehörte. Danielle hatte Max versprochen, ihn niemals zu verkaufen. Sie streckte die Hand vor sich aus. *Wie er selbst im Mondlicht funkelt.* Trauer und Schuldgefühle nagten an ihr, und sie bekam einen Kloß im Hals. *Habe ich die Kraft, das zu tun, was ich muss?*

17

Tief im Modergeruch der Verzweiflung erblüht das Parfüm der Hoffnung. – db

28. August 1940
London, England

Sobald Jons Zug in den Bahnhof einrollte, sah er seinen Vater. Nathan Newell-Greys sehnige Gestalt überragte die Menge. Jon hievte seine Tasche hoch und verzog das Gesicht vor Schmerz von seiner noch frischen Schulterverletzung. Wie so viele andere tapfere Männer, hatte er sich voller Hoffnung und patriotischem Stolz zu Englands Streitkräften gemeldet, um dann die grausame Wirklichkeit des Krieges aus nächster Nähe zu erleben. Er war für achtundvierzig Stunden von der Pflicht entbunden worden, was kaum reichen dürfte, die Wunden an seiner Seele zu kurieren. Er stieg aus dem Zug.

»Guten Tag, Vater, Mutter«, begrüßte Jon seine Eltern und umarmte sie.

Nathan runzelte die Stirn. »Wie geht es deiner Schulter?«

»Nicht allzu schlecht. Die wird wieder.«

»Wir sind so froh, dass du zu Hause bist«, sagte seine Mutter. »Alle freuen sich darauf, dich zu sehen. Heute Nachmittag werden einige Leute vorbeikommen, vor allem Victoria kann es nicht erwarten.«

»Eigentlich hatte ich auf ein wenig Ruhe gehofft.« Jon

war erschöpft und ungewöhnlich ruhig. Die Evakuierung von Dünkirchen hatte ihn bis an seine Grenzen gefordert, und damit war es noch nicht vorbei.

Sie stiegen in den Wagen und fuhren nach Hause. Obgleich Jon am liebsten jede Gesellschaft meiden würde, konnte er Victoria einfach nichts abschlagen – trotz ihres sehr stürmischen Naturells. Ihre Eltern waren eng befreundet, und er hatte schöne Kindheitserinnerungen an Wochenenden auf dem Lande und gemeinsame Ausritte. Sie waren einige Male zusammen ausgegangen, doch nach seiner Rückkehr aus Grasse und bevor er sich zum Militär meldete, hatte er Victoria gesagt, sie solle nicht auf ihn warten und wäre frei, sich mit anderen Männern zu verabreden. Seit er Danielle wiedergesehen hatte, wusste er, dass er Victoria nie heiraten könnte.

Die muntere Stimme seiner Mutter unterbrach seine Gedanken. »Was meinst du, Jon? Wird heute Abend eine Verlobung bekannt gegeben? Viele Paare heiraten jetzt.«

Jon lehnte sich vor. »Entschuldige, was hast du gesagt?«

»Hörst du mir überhaupt nicht zu? Ich sagte, es wäre der ideale Zeitpunkt, eure Verlobung bekannt zu geben.« Sie atmete aus. »Warum verweigerst du uns Enkelkinder?«

»Harriett, lass ihn«, sagte sein Vater. »Siehst du nicht, dass er abgekämpft ist?«

Die Worte seiner Mutter erschreckten Jon, trafen jedoch ins Schwarze. Es stimmte, dass ihm die Aufgabe zufiel, die Familienlinie fortzusetzen. An Abigails dreizehntem Geburtstag hatten sie einen Ausritt unternommen, bei dem sein Pferd ihres schnitt. Dass sie den Unfall überlebte, war ein Wunder gewesen, doch ihre Verletzungen hatten zur

Folge, dass sie unfruchtbar wurde. Als die Ärzte es ihr sagten, hatte sie bitterlich geweint. Sie liebte Kinder, dachte nun aber nicht einmal mehr im Traum an eine Heirat. Was Jons Schuld war. Und die war mit den Jahren keineswegs verblasst, sondern eher drückender geworden.

Seine Pflicht gegenüber den Eltern war drängender denn je. Und seine Mutter gab die Hoffnung nicht auf, dass er Victoria heiraten würde.

Victoria war charmant, nur fragte er sich, ob sie jemals die Würde, Eleganz und Entschlossenheit entwickeln würde, die er an Danielle so sehr bewunderte. Zudem konnte er sich nicht vorstellen, jetzt, mitten im Krieg zu heiraten.

Als sie zu Hause ankamen, entschuldigte Jon sich, um sich frisch zu machen.

Oben riss er sich das Hemd herunter und holte ein frisches aus seinem Schrank. Heirat. Enkelkinder. Nichts würde seine Eltern glücklicher machen. Ihm waren die Vorteile einer Vermählung mit Victoria durchaus klar, vor allem in Anbetracht Abigails Verfassung. Er war es seiner Familie schuldig.

Doch er bekam Danielle nicht aus seinem Kopf. Würde sie in London leben, könnten sie seinen Heimaturlaub zusammen verbringen. War das ein irrsinniger Gedanke? Beinahe hätte er es in seinem letzten Brief an sie erwähnt, und dann hatte sie ihm von ihrem Besuch in Polen geschrieben und erzählt, dass sie neuerdings in Los Angeles lebte. Wenigstens war sie in Abigails Nähe.

Aber sie fehlt mir so sehr!

Im Spiegel entdeckte er mehr Grau in seinem dunkelbraunen Haar und neue Falten auf seiner gebräunten Stirn.

Sein Blick wirkte so viel älter, dass er sich selbst beinahe fremd vorkam. Victoria und seine Familie würden nie begreifen, welche Schrecken er gesehen hatte. Danielle schon, denn sie hatte alles mit eigenen Augen gesehen.

Er ging nach unten und entdeckte seine Eltern im Wohnzimmer, wo sie mit Victoria am Kamin standen.

Victoria stürmte auf ihn zu, dass ihr blondes Haar aufwehte. »Willkommen daheim, Jon, mein Liebling.« Sie schlang die Arme um ihn.

»Victoria, was für eine Überraschung!« Er umarmte sie freundlich. Trotz seiner Bedenken musste er zugeben, dass ihre silbrig-ätherische Erscheinung verblüffend war. Ihre Augen waren vom schimmernden Blau der sonnenbeschienenen See, ihre Figur ohne Frage fantastisch.

»Harriett, lassen wir sie einen Moment allein.« Nathan verließ den Raum, und Harriett folgte ihm widerwillig, wobei sie sich halb den Hals verrenkte, um irgendwas zu hören.

Victoria senkte die Lider und blickte durch ihre Wimpern zu Jon auf. »Ich habe auf dich gewartet. Aber ich kann nicht ewig warten, wie du sicher verstehst.«

Sanft berührte er ihre Wange. »Wir haben das doch schon besprochen, Victoria. Ich bin nicht bereit, zu heiraten. Du solltest wirklich nicht auf mich warten, denn dieser Krieg kann noch Jahre dauern, und vielleicht komme ich nicht zurück.«

»Ich weiß, dass du gesagt hast, ich könnte mich mit anderen verabreden.« Victoria schmollte. »Aber ich möchte nur mit dir zusammen sein.«

Er schüttelte den Kopf. »Wir kennen uns schon lange, doch die Zeiten haben sich verändert. *Ich* habe mich verändert.«

»Das ist bloß Kriegsgerede, Jon. Ich gebe dich nicht auf.«

»Du solltest es aber, Victoria.«

»Warum?« Sie sah ihn misstrauisch an. »Gibt es eine andere?«

Jon hob die Schultern und senkte sie wieder. Wie konnte er das weniger schmerzhaft machen? »Genau genommen ist da …«

»Ah, ich wusste es doch! Oh, wie konntest du nur?«, rief sie empört aus, und ihre Augen blitzten. Bevor er sie aufhalten konnte, drehte sie sich um, stürmte aus dem Haus und knallte die Tür hinter sich zu.

Seine Mutter erschien in der Tür. »Gütiger Himmel, was ist passiert?«

Jon breitete die Arme halb aus. »Ich habe ihr die Wahrheit gesagt.«

Harriett wirkte eindeutig verstimmt. »Ich weiß nicht, was zwischen euch beiden vorgefallen ist, aber, um Gottes willen, wir sind im Krieg! Es könnte alles Erdenkliche geschehen.«

John legte einen Arm um seine Mutter. So wenig sie es sich anmerken lassen wollte, wusste er, dass sie Angst hatte. Jon küsste sie auf die Wange. »Ich wünsche mir nichts mehr, als dass du eines Tages deine Enkelkinder verwöhnen und mit ihnen angeben kannst, doch ich bin noch nicht bereit zu heiraten. Und wenn ich es bin, möchte ich für meine Kinder da sein, nicht in einem Krieg kämpfen.«

Am nächsten Morgen machte Jon sich auf den Weg zu Libby, der er versprochen hatte, sie zu besuchen, bevor er wieder fortmusste.

Die Nachmittagssonne warf ein goldenes Licht über die

Stadt und wärmte seine schmerzende Schulter. Es war die gleiche Tageszeit, das gleiche Licht wie an jenem Tag, als er sein erstes Kriegsopfer gesehen hatte: einen alten Freund, der in seinen Armen starb, nachdem ihm die breite Brust von einer Mörsergranate aufgerissen worden war. Getränkt von seinem Blut, hatte Jon sich vollkommen hilflos gefühlt, als sein Freund seine letzten Worte hervorwürgte. *Sag meiner Familie, ich liebe sie.*

Vor dem Krieg hatte er so vieles für selbstverständlich genommen – die Familie, die Freunde, die Liebe. Nachdem er miterlebt hatte, wie schnell man die verlieren konnte, die einem am nächsten waren, schätzte er seine Freundschaften noch höher.

Mit raschen Schritten ging er zum Haus der Leibowitz'.

Libby begrüßte ihn mit einer herzlichen Umarmung. »Bin ich froh, dich zu sehen!«

In der Diele kamen sie an einer Kristallvase mit großen gelben Rosen vorbei, deren Blüten einen kleinen lachsfarbenen Kern hatten und nach außen einen cremegelben Ton mit einem zarten Hauch von Pfirsich annahmen. Libby zeigte zu den Blumen. »Meine Rosen wurden bei der diesjährigen Schau als die Besten gewählt«, verkündete sie. Ihr berauschender Duft durchströmte die Diele und erinnerte Jon an seinen Besuch in Grasse – an Danielle.

Danielle. Die Einsamkeit quälte ihn.

»Wie nett, dass du mich besuchst«, sagte Libby, als sie sich setzten. Sie bedeutete Hadley, ihnen Tee zu bringen. »Erzähl mir, wie es dir geht, ehrlich.«

»Es ist hart«, gestand Jon. »Ich nehme an, dass dieser Krieg länger dauert, als wir zunächst dachten.«

»Wir müssen durchhalten.« Ihre Miene verdunkelte sich, und sie blickte hinab auf ihre im Schoß gefalteten Hände. »Meine Schwester starb, als sie in Holland einmarschierten. Man karrte sie weg wie Vieh und tötete sie.«

Jon ergriff ihre kleinen Hände und streichelte sie sanft. »Ja, Mutter hatte es mir geschrieben. Es tut mir so leid, Tante Libby. Was kann ich für dich tun?«

»Dein Besuch genügt vollkommen«, sagte sie. »Aber du bist nicht lange hier, also lass uns über anderes reden. Wie geht es Abigail?«

»Sie ist mit ihrer Arbeit für das Rote Kreuz in Los Angeles beschäftigt. Und sie hat eine neue Wohlfahrtsorganisation mitgegründet, die sich der Kriegswaisen annimmt.«

»Gut für sie. Deine Mutter muss stolz sein. Und gewiss auch glücklich, dich zu sehen.«

»Ich weiß, dass sie nur das Beste für mich will, doch ich sollte dir wohl etwas erzählen.« Dann berichtete er ihr von Harriett und Victoria.

»Deine Mutter meinte es gut, dennoch hat sie eine Grenze übertreten.« Libby zögerte. »Victoria ist ein nettes Mädchen. Ihr kennt euch schon viele Jahre, weil sich eure Familien sehr nahestehen.«

Wieder meldete sich Jons schlechtes Gewissen. Wie gut kannte er Danielle wirklich? Und wie würde er heute für Victoria empfinden, wäre er Danielle nie begegnet?

Libby fuhr fort: »Es geht mich zwar nichts an, aber du verzeihst mir hoffentlich, wenn ich sage, dass ich mir euch zwei nie als Paar vorstellen konnte. Sie ist so … lebhaft. Doch der Druck von deiner Familie dürfte enorm sein.« Libby neigte den Kopf. »Nach all diesen Jahren liebe ich meinen Mann heute mehr als an dem Tag, als wir uns kennenlernten. Wenn du die Richtige triffst, wirst du es merken. Hör auf dein Herz.« Sie strich über Jons Fingerknöchel. »Bei der Entscheidung über den Rest deines Lebens musst du denselben Mut beweisen wie auf dem Schlachtfeld.«

Er wurde still und dachte an seine Pflicht gegenüber der Familie. Eines Tages hoffte er, einen Sohn zu haben, der nach ihm weiterführte, was Jons Vater aufgebaut hatte. Sein Gewissen ließ ihm keine Ruhe. Er war stets ein pflichtbewusster Sohn gewesen, und er war ein Ehrenmann.

Hatte seine Mutter letztlich doch recht?

Libby betrachtete ihn einen Moment, bevor sie ihnen Tee einschenkte. »Es wäre unfair, Victoria zu heiraten, wenn du eine andere liebst.« Ein Lächeln huschte über Libbys Züge. »Was ist mit Danielle?«

Bin ich so leicht zu durchschauen? Danielle war all das, was Victoria nicht war. »Ich weiß nicht, der Zeitpunkt ist vollkommen falsch. Und ich bin nicht sicher, ob es je einen richtigen geben wird.«

»Sie hatte mir einen Brief geschrieben. Danielle ist eine Frau von beachtlichem Charakter. Sie klang recht belastet, aber entschlossen.«

»Max war ein guter Mann. Sie haben einander geliebt. Für Danielle ist es unermesslich traurig, ihn und den Großteil ihrer Familie verloren zu haben. Wie kann jemand so viel Verlust überstehen?« Er rieb sich nachdenklich das Kinn. »Wie könnte ich ihr je helfen, den Schmerz zu verwinden, den sie durchgemacht hat?«

Libby trank von ihrem Tee und überlegte. »Ich war am Boden zerstört, als ich meine Eltern im Großen Krieg verlor.

Ich dachte, dass ich mich davon niemals erhole. Die Schuld des Überlebenden nennt man es. Aber das Leben geht weiter, und ich lernte, dankbar für das zu sein, was andere verloren hatten. Und nun meine Schwester …« Sie schüttelte den Kopf, stellte ihre Tasse ab und nahm wieder Jons Hand. »Das Leben ist kurz, Jon. Mit der Zeit wird Danielle ihren Kummer überwinden. Sie hat einen starken Lebenswillen, und der Krieg kann nicht ewig dauern.«

»Trotzdem trennt uns ein Ozean. Ich weiß nicht, wie ich ausdrücken soll, was ich empfinde. Ist es wirklich Liebe oder nur diese wahnsinnige Zeit?« Er fühlte sich furchtbar hilflos.

»Hast du ihr gesagt, was du fühlst?«

»Nein, aber ich denke, sie weiß es.« Er dachte an ihre Umarmung, an den Kuss. Obwohl er sie nur für einen Moment in seinen Armen hielt, hatte er es in Gedanken Tausende Male nachgespielt, als er in seiner Koje lag.

»Sei ehrlich zu ihr.« Libby lächelte.

Nachdem er sie auf die Wange geküsst und versprochen hatte, ihr zu schreiben, blieb er auf der Treppe vor dem Haus stehen und dachte nach. Die Zukunft der Familie hing an ihm, und sie wog schwer auf seinem Gewissen.

Aber eine Frau heiraten, die er nicht liebte, damit die Familie zufrieden war? Die Ehe war für immer, und das einzige »Für immer«, das er wollte, war mit Danielle.

Er musste sie sehen. *Nur wie?*

18

John Dryden schrieb einst: »Die lieblichsten Essenzen finden sich immer in den kleinsten Gläsern.« Parfüm: der winzigste Tropfen rührt das härteste Herz. – db

28. September 1940
Los Angeles, Kalifornien

Danielle wartete in Claras Büro auf sie. Sie hatte die Nacht hindurch an den exquisiten Beuteln für ihr Parfüm gearbeitet, hier einen Faden abgeschnitten, dort eine Schleife gerichtet. Alles musste perfekt sein.

Philippe hatte ihr Materialien aus Grasse geschickt, und nach zahllosen Versuchen, das vollkommene Rezept für Chimère zu schaffen, hatte sie es endlich entdeckt. Sie fühlte, dass es ihr Meisterwerk war. Vielleicht lag es an ihrer maßlosen Sehnsucht nach Nicky, an ihrer unsterblichen Liebe zu Max, ihrer Verzweiflung ob der familiären Tragödie oder ihrer wachsenden Zuneigung zu Jon – Gefühlen, die sie nicht ganz verstand, aber auch nicht mehr leugnen konnte. Die Kraft, die sie aus ihren Emotionen zog, hatte einen Duft von unvergleichlicher Schönheit inspiriert.

Nun saß sie hier, überlegte, was sie sagen sollte, und war nervös, wie Clara reagieren würde.

Clara kam ins Büro gerauscht. In ihrem leuchtend pinken Kostüm und mit dem offenen, platinblonden Haar sah sie atemberaubend aus. Sie streifte ihre Handschuhe ab und warf sie auf den Schreibtisch mit den Intarsien. »Was ist das?«, fragte sie schroff und wies zu den Parfümflakons, die neben ihrem Entwurf für eine Rede standen, die sie bald halten sollte.

Danielle entging nicht, dass Clara gereizt war. »Es ist mein neues Parfüm«, begann sie. »Es heißt Chimère, das bedeutet …«

»Ich habe heute keine Zeit, mir irgendwas anzusehen. Die Modenschau fängt in einer Stunde an, und wir haben über hundert Gäste und Pressevertreter, die herkommen. Sogar Lou Silverman, der Studiochef, will persönlich erscheinen, um sich Kostüme für den neuen Film mit Erica Evans anzusehen.«

»Stimmt. Deshalb dachte ich, dass heute der ideale Tag wäre, um es vorzustellen. Ihre besten Kunden werden alle hier sein.« Daniella hatte die ganze Nacht Kristallflakons abgefüllt und bei Dämmerlicht goldene Brokatbeutel genäht, während ihre Familie schlief.

»Wir haben das bereits besprochen. Ich verkaufe hier kein Parfüm.«

»Aber Clara …«

Clara lüpfte eine sorgsam gezupfte Braue. »Ich bin sehr spät dran, Danielle.« Sie warf ihre flachen Schuhe ab. »Wo sind jetzt meine Plateau-Pumps? Und wo steckt Esmeralda?«

Sie kehrte mit besagten Schuhen und einem Schal in Fuchsia und Violett aus dem Wandschrank zurück. »Esmeralda, ich brauche dich!«, kreischte sie.

Danielle nagte an ihrer Unterlippe. *Heute ist der ideale Tag!* »Ich kann es im Foyer aufstellen und nach der Schau vorführen.«

Clara sah sie finster an. »Danielle, ich habe alle Hände voll zu tun. Ich muss wissen, ob meine Modelle fertig sind, der Champagner auf Eis liegt und die Pagen und Fotografen hier sind. Ich habe keine Zeit, über Ihr Parfüm zu reden!« Sie rief wieder: »Esmeralda, wo bist du?«

»Alles ist bereit. Hier, möchten Sie es nicht wenigstens mal versuchen?« Danielle nahm einen Kristallflakon auf und drückte auf den kleinen Balg mit der goldenen Troddel, um etwas in die Luft zu sprühen.

Clara stemmte die Hände in die Hüften, dass ihre silbernen Armreife klimperten. »Amerikanische Frauen haben noch keinen Sinn für Parfüm. Sie verwöhnen sich nicht so wie Französinnen und warten ab, bis ihre Männer oder Liebhaber ihnen einen Duft schenken. Ich hatte es schon einmal probiert und nichts verkauft. Wir sind hier nicht in Paris.«

Esmeralda erschien in der Tür.

»Wo in aller Welt warst du?«, fauchte Clara sie an. »Ach, egal, hier, flick den Saum. Ich bin versehentlich draufgetreten, als ich den Rock morgens anzog.«

Danielle blieb hartnäckig. »Aber wenn Sie einen guten Gewinn machen könnten …«

»Danielle, ich habe zu tun! Und Sie ebenfalls«, ergänzte sie mit einem strengen Blick.

Unglücklich sammelte Danielle ihre Flakons ein und verließ das Büro. Sie hatte so viel Zeit auf die Vorbereitung verwandt, und sie brauchte das Geld dringend für ihre Familie. *Wie kann ich Clara überzeugen?*

Ihr kamen der Parfümeur François Coty und dessen kreatives Marketing vor gut zehn Jahren in den Sinn. Als sie die geschwungene Treppe hinunterging, fiel ihr Blick auf den Marmorboden im Foyer.

Sie dachte an ihren kleinen roten Lederkoffer, den Max in der Kabine von der Kommode gestoßen hatte, bevor das Schiff unterging. *Wie der Duft den Raum erfüllte.* Natürlich war es ein Risiko, und sie könnte ihre Stellung verlieren, aber um ihrer Familie willen musste sie es wagen.

Während die anderen Verkäuferinnen mit der Modenschau beschäftigt waren, baute sie einen runden Tisch vorn am Eingang auf und arrangierte ihre Kristallflakons und Brokatbeutel darauf.

Dann trat sie zurück, um ihr Werk zu begutachten, bevor sie nach draußen blickte. Durch das Facettenglas der Tür entdeckte sie Cameron Murphy und Abigail Newell-Grey und hinter ihnen eine Frau mit einem extravaganten, breitkrempigen Hut: Hedda Hopper, die Klatschkolumnistin von Hollywood. *Dies ist meine Chance.*

Nervös holte sie Luft, blickte sich um, ob auch niemand hinsah, und nahm eine der Parfümflaschen auf. Clara würde furchtbar böse sein, dennoch ließ Danielle das Fläschchen nach einem kurzen Zögern auf den Boden fallen.

Sogleich explodierte der reichhaltige Duft von Chimère.

Cameron hielt Abigail und Hedda Hopper die Tür auf. Als er Danielle sah, funkelten seine dunklen Augen. »Ah, die schöne Danielle! Es ist lange her, seit wir uns in London sahen.« Seine tiefe, volltönende Stimme deutete weit mehr an, als Danielle erinnerte. Aber das machte Cameron eben zu einem international berühmten Sänger, sagte Danielle sich, diese Stimme und sein Charme.

Abigail begrüßte Danielle mit Wangenküssen. »Danielle,

Liebes, du siehst entzückend aus.« Sie bedachte Cameron mit einem tadelnden Blick. »Achte gar nicht auf ihn, denn er ist heute in ganz besonderer Form. Ich möchte dich gerne mit Hedda Hopper bekannt machen. Darf ich vorstellen, Danielle von Hoffman.«

»Danielle Bretancourt, bitte.« Danielle schüttelte Heddas Hand. In dem gegenwärtigen politischen Klima benutzte sie Max' deutschen Familiennamen nicht mehr.

Hedda schnupperte und strahlte übers ganze Gesicht. »Was ist das für ein fantastischer Duft?«

Danielle konnte sich kaum beherrschen. »Oh, das tut mir schrecklich leid, aber ich habe einen Parfümflakon fallen gelassen. Seien Sie bitte vorsichtig, wo Sie hintreten.«

Hedda hielt Danielles Hand fest. »Aber was ist das? Ich erkenne es überhaupt nicht.«

»Nein?« Danielle lächelte und wedelte mit ihrer schmalen Hand. »Nun, sicherlich nicht. Es wird exklusiv von Clara verkauft.« Danielle konnte Abigail hinter Hedda schmunzeln sehen. »Das Parfüm heißt Chimère, *Madame.*«

»Chimère? Wie wundervoll Sie es aussprechen.« Nun erst ließ Hedda ihre Hand los. »Sie sind Französin, nicht wahr?«

»*Mais oui.*« Danielle nahm einen Flakon auf und sprühte etwas von dem Parfüm auf Heddas bereitwillig ausgestrecktes Handgelenk.

Abigail neigte sich vor und flüsterte Hedda zu: »Zufällig weiß ich, dass es einer von Lana Turners Lieblingsdüften ist.«

»Und von Ginger Rogers«, fügte Cameron mit einem Augenzwinkern hinzu. Er bückte sich, um eine Kristallscherbe aufzuheben. Danielle wollte sie ihm abnehmen, und er griff mit der anderen Hand nach ihrem Unterarm. Während er sprach, sah er ihr in die Augen, und seine rauchige Stimme machte jedes Wort samten: »Dies ist ein Duft, zu dem man sich lieben sollte.«

Hedda schwenkte ihr Handgelenk vor ihrem Gesicht. »Ein Duft, zu dem man sich lieben sollte«, wiederholte sie verzückt und klimperte mit den Wimpern. »Und woher wollen Sie das wissen, Cameron?«

Cameron zog Danielle näher zu sich und legte einen Arm um sie. »Ich kenne die Schöpferin, Hedda. Und ich weiß, wozu diese Frau fähig ist.«

Danielle lächelte ihn scheu an. »Ach ja?« Elegant befreite sie sich von ihm.

Hedda warf Abigail einen wissenden Blick zu. »Ich schätze, keiner kann ein Aphrodisiakum so verlässlich beurteilen wie Cameron Murphy«, sagte sie, blickte Cameron recht lange bewundernd an und wandte sich wieder zu Danielle. »Ich nehme einen Flakon davon, und ich möchte Sie nach der Modenschau sprechen. Ich will alles über Sie wissen, meine Liebe.« Dann winkte sie einem distinguierten Herrn zu, der in einem edlen Anzug aus der Savile Row hereinkam. »Ah, da ist ja Louis Silverman! Lou, Schätzchen!« Sie segelte davon und ließ eine Duftwolke hinter sich.

Danielle atmete erleichtert auf, und Abigail stupste sie in die Rippen. »Ich nehme an, das ist deine Erfindung, Danielle?«

»Stimmt.«

»Es ist umwerfend!« Abigail knuffte Cameron spielerisch in den Arm. »Und du … was für ein Spruch! *Ein Duft, zu dem man sich lieben muss.* Ich sehe schon Heddas Kolumne morgen vor mir.«

Cameron zuckte mit den Schultern. »Warum nicht? So geht dieses Spiel nun einmal, Abby.«

»Und welches Spiel spielst du, Cam?«

Er sah Danielle an. »Kein Spiel, nur ein Dinner. Wie sieht es aus, Danielle? Sind Sie heute Abend frei?«

»Nein, bin ich nicht, sofern Hedda Hopper über mein Parfüm schreiben will.« Ihr schwirrte der Kopf, und das war nicht Cameron Murphys Avancen geschuldet. Danielle machte im Geiste bereits eine Liste, was sie zu tun hatte. *Ich muss mehr Flakons kaufen, mehr Beutel nähen, mich um die Kinder und meine Mutter kümmern, Lebensmittel einkaufen, das Abendessen bereiten, Wäsche waschen und an Philippe schreiben, was mit Nicky ist.* Ihre Liste war endlos. Obwohl sie schon erschöpft war, lächelte sie zufrieden vor sich hin, als sie an Hedda und Cameron und deren Reaktion dachte.

Sobald die anderen weitergegangen waren, beseitigte sie die restlichen Scherben, während der magische Duft in der Luft blieb und immer mehr Leute zu ihrem Tisch zog.

Die Modenschau begann pünktlich. Clara begrüßte ihre Gäste – ganz besonders die Berühmtheiten unter ihnen, einschließlich Katherine Hepburn und Marlene Dietrich. Danielle kannte die meisten von ihnen, hatte ihnen schon hübsche Ensembles zusammengestellt. Sie hatte Clara außerdem geholfen, neue Looks für den Laufsteg zu entwerfen, und konnte es nicht erwarten zu hören, wie ihre Arbeit ankam.

Clara gab dem Jazzquartett ein Zeichen, und eine launige, provokante Melodie sorgte für die richtige Stimmung. Danielle stand in einer Ecke, von wo aus sie die Modelle sehen und die Reaktion des Publikums beobachten konnte. Nervös zwirbelte sie eine Haarsträhne von sich auf.

Das erste Modell erschien in einem lässigen, asymmetrisch gemusterten Cashmere-Pullover und einer Wolltuchhose, die Herrenschnitten nachempfunden war. Sie hatte einen Filzhut ein wenig schräg in die Stirn gezogen und rubinrot geschminkte Lippen. Eine Pilotenbrille vervollständigte den modernen Look. Es war gewagt, denn die meisten Frauen trugen Röcke oder Kleider, aber Danielle hatte vorgeschlagen, dass sie mit einem unkonventionellen Ensemble eröffneten. Nun sah sie die Hepburn und die Dietrich ehrlich begeistert applaudieren und Notizen in ihren Programmen machen.

Die Modelle schritten über den Laufsteg und führten Mode von lässiger Sportbekleidung bis hin zu eleganten Mittagskostümen vor. Die Abendmode in ihren sensationellen Regenbogenfarben wurde mit brandendem Applaus begrüßt, der beim Finale ein Crescendo erreichte: ein glamouröses Abendkleid aus schimmerndem Gold-Lamé mit Nackenträger, dazu glitzernde weite Armreife und Plateau-Pumps. Danielle hatte diese Kombination allein ausgewählt und zusammengestellt.

Die Modenschau war ein voller Erfolg, und Danielle hatte einiges dazugelernt. Sie wusste, welche Stile den meisten Applaus ernteten, am meisten fotografiert und notiert wurden.

Zudem hatte sie am Ende der Schau eine Warteliste für ihr neues Parfüm. »Und ich habe persönlich gehört, wie Cameron Murphy sagte, zu diesem Duft müsste man sich lieben«, hörte sie Hedda sagen. Danielle war regelrecht beschwingt.

Lou Silverman, der Chef der Silverman Studios, setzte seinen Namen ebenfalls auf die Liste. »Hedda erzählte mir, Sie hätten einen Flakon fallen gelassen, bevor sie kam.«

»Ein Versehen«, murmelte Danielle.

»Ein brillantes Versehen.« Lous sah sie mit klugen Augen an. »In Ihnen hat Clara eine Goldmine.«

Als er gegangen war, rechnete Danielle im Kopf nach und war zufrieden mit den Zahlen. Aber sie wusste, dass Clara außer sich wäre und sie immer noch feuern könnte.

Die Menge löste sich allmählich auf, und Cameron näherte sich Lou. »Mr Silverman, dürfte ich Sie kurz sprechen?«

Lou drehte sich um. »Cameron! Was haben Sie auf dem Herzen?«

»Es geht um diesen Film, den Sie mit Erica planen. Hat Conrad zufällig erwähnt, dass ich an der Rolle des Jack interessiert wäre?«

»Ja, Ihr Agent hat mich angerufen, und ich denke darüber nach. Natürlich müssten Sie für die Rolle vorsprechen.«

»Ich habe seit Jahren nicht mehr vorgesprochen!« Camerons Wangenmuskeln zuckten.

Lou sah ihn streng an. »Wir drehen nach einem engen Zeitplan, Cameron, und jede Verzögerung kostet Geld.«

»Sicher, das weiß ich.« Cameron blickte zu Boden. »Hören Sie, das bei dem letzten Film tut mir leid. Es kommt nicht wieder vor.«

»Nein, wird es nicht.«

»Sie müssen verstehen, dass Erica und ich in einer schwierigen Phase waren. Ich fühlte mich schrecklich wegen allem. Aber inzwischen habe ich das Trinken gedrosselt, Mr Silverman, und Erica und ich kommen gut miteinander aus.« Er hielt inne, und sein Atem ging schneller. »Sie ließ mich das Drehbuch lesen und regte an, dass ich mich für die Rolle des Jack bewerbe. Da sind ein paar tolle Songs drin, von denen ich weiß, dass ich sie für Sie zu großen Schlagern machen kann.«

Lou senkte die Stimme. »Hören Sie, Cameron, ich habe keine Ahnung, was Erica in Ihnen sieht, aber sie ist mein größter Star. Ich lasse Sie nur für die Rolle vorsprechen, um Erica glücklich zu machen. Aber wenn ich Ihnen einen Rat geben darf, ordnen Sie Ihr Privatleben und polieren Sie Ihr angekratztes Image wieder auf. Meine Empfehlung wäre, dass Sie heiraten und zur Ruhe kommen.«

Hedda Hopper kam an ihnen vorbei. »Na, sieh mal einer an, wer hier plaudert«, gurrte sie. »Habe ich Sie zufällig das H-Wort sagen hören, Lou? Wer heiratet? Jemand, den ich kenne?« Sie drehte sich zu Cameron und sah kurz zu Danielle. »Tja, wenn mir keiner etwas verrät, muss ich wohl die Augen offen halten.« Mit einem dramatischen Kopfschwenken, bei dem ihr großer Hut einen ausladenden Bogen beschrieb, rauschte sie von dannen.

Lou folgte Heddas Blick. »Was für ein interessanter Gedanke, Cameron. Eine beeindruckende Dame, muss ich sagen, recht außerordentlich.«

Cameron stand der Mund offen. »Hedda Hopper?«

»Ich spreche von Danielle Bretancourt.« Er zog eine Braue hoch. »Nicht Ihr Typ, was? Ein Jammer. Solch eine Frau würden Sie brauchen – klug, fleißig, salonfähig. Eine gute Frau, die Sie vor Schwierigkeiten bewahren würde. Sie wäre ein veritables Glück für Sie, Cameron.«

»Aber, aber«, sagte Cameron, blickte Danielle nach und fiel in seinen irischen Akzent zurück, »vergessen Sie nicht, dass ich den Dusel der Iren habe!«

Später am selben Abend stieg Danielle aus dem Bus. Als sie im Dunkeln nach Hause ging, hatte sie das Gefühl, sie würde beobachtet. Es war nicht das erste Mal, und wieder kam es ihr vor, als könnte sie noch den Geruch des Todes wahrnehmen.

In der Zeitung hatte sie gelesen, dass die Nazis Spione nach Amerika geschleust hatten, und Heinrichs Worte hallten ihr durch den Kopf. *Du bist tot. Ich finde dich ...* Sie ging schneller.

Der Tag war ein großer Triumph gewesen. Clara hatte sie nicht gefeuert, und ihre Gewinne würden ihr erlauben, Zeichnungen nach ihrem Foto von Nicky fertigen zu lassen, die sie an die Hilfsorganisationen in London schicken konnte. In ihrem Haus blieb sie unten vor den Briefkästen stehen. In ihrem lag ein Brief mit einer Londoner Marke. Prompt fühlte sie sich besser. Der Brief war von Jon. Sie sah die Treppe hinauf. Ihre Familie könnte noch einige Minuten länger mit Anna aushalten.

Danielle rannte nach oben, ging in ihre kleine Wohnung und setzte sich an den Küchentisch. Dort zog sie das dünne Blatt aus dem Umschlag, das vom 31. August datiert war, beinahe einen Monat her, und begann zu lesen.

Meine liebste Danielle, begann der Brief. *Heute war die See rau, und jetzt ist die Nacht so dunkel, dass man nicht einmal erkennen kann, wo das Meer aufhört und der Himmel beginnt.*

Immerfort bin ich im Geiste bei dir, kann nicht aufhören, an dich zu denken.

Du sollst wissen, dass es mir zutiefst widerstrebte, Grasse zu verlassen. Und ich muss dir etwas gestehen.

Bevor wir uns in England trennten, bat Max mich, für dich zu sorgen, sollte er nicht von seinem Auftrag zurückkehren. Das Schwerste, was ich jemals tun musste, war, dir die Nachricht von seinem Tod zu überbringen. Wie habe ich es gehasst, dir wehzutun; lieber hätte ich die Kugel selbst eingesteckt. Du sollst wissen, dass ich immer für dich da sein werde, ganz gleich, wie steinig unsere Wege sein mögen.

Seit wir uns begegnet sind, wollte ich dich in die Arme nehmen und nie wieder loslassen. Aber du warst eine verheiratete Frau, und ich hatte große Achtung vor dir und Max. Was für ein herausragender Mann er war! Ich frage mich oft, ob ich es in deinen Augen mit ihm aufnehmen kann. Hat er geahnt, was ich für dich empfinde? Vielleicht wusste er, dass es nichts gäbe, was ich nicht für dich tun würde. Falls ja, hoffe ich, es beruhigt ihn zu wissen – wo immer er jetzt sein mag –, dass ich immer für dich sorgen möchte.

Jeden Abend, wenn ich meine Augen schließe, spiele ich in Gedanken unsere letzten Momente in Grasse durch. Ich kann den süßen Duft deiner Haut riechen, dein seidiges Haar an meinen Händen fühlen, deine Lippen auf meinen schmecken, deinen Atem auf meiner Haut spüren und deine letzten geflüsterten Worte hören. Ich wusste, dass du um Max trauertest, doch ich wollte dich trösten und dir zeigen, dass du immer noch geliebt wirst. Ich hoffe, du hieltst mein Handeln nicht für unangemessen, Danielle, aber ich konnte meine Gefühle für dich nicht mehr verbergen.

Ich wünschte, dieser Krieg wäre vorbei und ich könnte dieses Schiff Kurs auf Amerika nehmen lassen, um dich zu sehen. Leider kann ich es nicht, weil ich eine Pflicht zu erfüllen habe, und Gott allein weiß, wann dieser Krieg endet.

Ich habe viel nachgedacht. Bist du gewillt, nach London zu kommen? Ich weiß, dass meine Eltern dich und deine Familie mit offenen Armen aufnehmen würden, und wir könnten uns sehen, wenn ich Heimaturlaub habe. Bitte, überlege es dir, Danielle. Ich liebe dich. Lass mich wissen, wann du kommen kannst. Ich werde dann alles arrangieren.

In Liebe, Jon

Langsam faltete Danielle seinen Brief zusammen. Ihre Hände zitterten. *Wie oft habe auch ich jene gemeinsamen Tage in Grasse in Gedanken nachgespielt?* Sie benetzte ihre Lippen, berührte sie und schloss die Augen. *Wie oft habe ich seinen Kuss geschmeckt, mir den Duft seiner Haut ins Gedächtnis gerufen?*

Sie sah wieder auf das Datum und überlegte. Die Nazis hatten kurz nach diesem Brief mit ihren entsetzlichen Bombardierungen Londons begonnen. Nicky lebte noch, irgendwo, das wusste sie. Ihre Familie lebte sich gut in Los Angeles an, und hier waren sie sicher.

Wann wäre London wieder sicher? Und wie würde ihre Familie dann darüber denken, nach England zu übersiedeln?

19

Charismatisch, anziehend, berauschend – das ist das rätselhafte Parfüm des Erfolgs. Und was ist dieses feine Elixier? Zutrauen. Dasselbe gilt für die Kunst des Parfümeurs. – db

7. Oktober 1940
Los Angeles, Kalifornien

Die Silverman Motion Picture Studios erstreckten sich über anderthalb Quadratkilometer mitten im County von Los Angeles. Das Studio an der nördlichen Grenze lag auf einem Hügelkamm, von dem aus Abigail bis zum Meer blicken konnte. Auf der anderen Seite, unterhalb von Hancock Park und Boyle Heights, lag Downtown-Los-Angeles und blinkten die Lichter unter einem feinen Dunst von Meeresnebel. Dieser Ausblick am Abend galt als einer schönsten in der ganzen Stadt.

Abigail stand an dem bis zum Boden reichenden Fenster, berührte zart mit den Fingerspitzen das kühle Glas, während Louis V. Silverman sein Telefonat beendete. Beim Warten strich sie unsicher über das mahagonibraune Samtkostüm, von dem Danielle behauptete, dass es perfekt für dieses Treffen war – war es auch, ebenso wie das neue Parfüm von Danielle, das Abigail heute aufgelegt hatte.

Sie sah sich in dem geräumigen Büro um. Bei ihrem Spendeneinwerben für das Rote Kreuz hatte sie viele namhafte Leute in Hollywood kennengelernt, aber Lou Silverman war mit Abstand der interessanteste Studioboss. Er blieb stets auf Distanz vom Hollywood-Klüngel, spendete enorme Summen für die medizinische Forschung, hielt fast ein Dutzend Patente und veröffentlichte Gedichte unter einem Pseudonym. Abigail lächelte vor sich hin.

Er war ein wahrer Renaissance-Vertreter.

Sie hatte unzählige Stars und Manager aus dem Filmgeschäft getroffen, hatte feurig argumentiert, bezirzt und gehandelt, ja, sogar um Geld gebettelt, das so dringend gebraucht wurde, um das Leid in den hintersten Winkeln der Welt zu lindern. Und sie war stolz auf ihren Erfolg, denn sie tat alles aus Leidenschaft. Zudem konnten die wenigsten Menschen ihre wohldurchdachten Bitten abschlagen. Lou Silverman hingegen ließ sich nicht herumkriegen; er war einer der klügsten und angesehensten Männer in Hollywood.

Verstohlen sah sie zu ihm. Mit seinem graumelierten Haar, der gegerbten Bronzehaut und den leuchtend blauen Augen war er zweifellos gut aussehend. Und er war schon überaus großzügig gewesen und hatte bei Abigails Frühlingsgala im Beverly Hills Hotel die stolze Summe von fünfzigtausend Dollar für das Rote Kreuz gespendet. Trotzdem war Abigail nervös. Lou Silverman war der größte von allen großen Fischen.

»Danke, Erica«, sagte er ins Telefon. »Lass uns später noch mal über den neuen Film reden. Du bist ideal für das Projekt, und ich weiß, dass du begeistert sein wirst. Aber überleg dir das mit der Rolle für Cameron gut, ja? *Ciao,* Schätzchen.« Er legte den Hörer ab, stand auf und kam zu Abigail.

Sie trat einen kleinen Schritt zur Seite, weil seine Nähe so überwältigend war. Er verströmte ein leichtes Aroma von edler Zigarre und Bay-Rum-Rasierwasser.

Nun drehte er sich zu ihr. »Also, wo waren wir?«

»Was für eine Aussicht!«, begann Abigail. »Bei diesem Anblick fällt es schwer, sich das Leid in anderen Teilen dieser Welt vorzustellen.«

Er schüttelte den Kopf. »Wer es schon mal gesehen hat, wird es nie vergessen, egal wie prachtvoll die Aussicht ist ... Ah, es ist Cocktail-Zeit«, wechselte er das Thema. »Was nehmen Sie?«

»Danke, ich trenne stets Geschäft und Vergnügen«, antwortete Abigail.

»Schade.« Er neigte den Kopf. »Nun gut, kommen wir zum Geschäftlichen.«

Eine Lampe warf einen Schatten über sein Gesicht und betonte die starken Wangenknochen. Lou Silverman war in den frühen Fünfzigern und besaß eine Würde und Eleganz, die in Hollywood rar waren.

Abigail wusste, dass sie Überbleibsel aus seiner Kindheit waren, die er zum größten Teil am russischen Zarenhof verbrachte, wo sein Vater als Diplomat in Diensten der Romanows gestanden hatte – vor der Revolution.

Abigail setzte sich ehrfürchtig auf den Stuhl vor seinem imposanten Schreibtisch und zitterte innerlich wie ein Schulmädchen. »Es geht um die vertriebenen und verwaisten Kinder aus Europa. Wenn sie diesen Krieg überleben und eine reelle Chance haben sollen, müssen wir sie retten.«

Er hörte zu und sah sie an. »Erzählen Sie mir mehr.«

»Ich habe meine eigene Hilfsorganisation gegründet, Operation Orphan Rescue«, erklärte Abigail. Sie hatte schon für unzählige gute Zwecke geworben, doch dieses Projekt lag ihr wirklich am Herzen. Sie konnte keine eigenen Kinder bekommen, deshalb betrachtete sie diese armen Waisen als ihre Verantwortung. Am liebsten würde sie alle selbst aufnehmen, was natürlich nicht ging, und so wollte sie wenigstens liebevolle Familien für sie finden.

»Also, das ist die Geschichte«, schloss sie. Hatte sie nichts vergessen? Sie stockte. »Sie haben doch Kinder, nicht wahr?«

»Eines Tages werde ich mit jemand Besonderem eine Familie gründen«, antwortete Lou und sah sie an. »So edelmütig Ihre Idee auch klingt, habe ich bisher nichts von einem langfristigen Finanzierungsplan gehört.« Er blieb stehen, die Arme verschränkt. »Gutes Geld werfe ich ungern irgendwelchen Luftschlössern hinterher, Abigail, so attraktiv die Verkäuferin auch sein mag.«

Abigail stand der Mund vor Entsetzen offen, als sie ihren Fehler erkannte. Wie hatte sie den wichtigsten, entscheidendsten Punkt ihrer Argumentation auslassen können? »Ich habe einen Plan …«

»Abigail, ich weise Sie höchst ungern ab, doch unsere Zeit ist um.« Er schritt zur Tür.

Mit zittrigen Knien stand Abigail auf. Sie wollte nicht glauben, dass sie dieses enorm wichtige Gespräch verpatzt hatte. *Wie konnte sie es noch retten?* Hektisch überlegte sie. »Können wir uns bitte noch einmal treffen? Dann zeige ich Ihnen meinen vollständigen Geschäftsplan.«

Er wartete an der Tür, eine Hand am Knauf. »Mein Terminkalender ist sehr voll, Abigail.«

»Haben Sie diese Woche gar nichts mehr frei?«

»Da wäre nur noch der Abend, nachdem ich die täglichen Aufnahmen durchgegangen bin. Und ich möchte wahrlich nicht, dass Sie denken, ich würde mich Ihnen aufdrängen.« Er öffnete die Tür. »Wie wäre es mit einem rein geschäftlichen Treffen bei einem kurzen Dinner?«

Abigail hielt den Atem an. Lou Silverman galt als grandiose Partie, und er bat sie zum Dinner? Ein *Geschäftsessen,* korrigierte sie sich. Abigail verabredete sich so gut wie nie. Welcher Mann wollte schließlich eine Frau, die keine Kinder bekommen konnte?

Gewiss kein Mann wie Lou Silverman. Das hatte er ja eben gesagt.

»Bei mir wäre der nächste Mittwochabend verfügbar. Acht Uhr dreißig. Gladys wird Ihnen alles Nähere sagen.«

Sie folgte Gladys zu ihrem Schreibtisch, wo die Sekretärin in seinen Kalender sah. Dann blickte sie über ihren Brillenrand hinweg zu Abigail. »Es wird folgendermaßen ablaufen. Ein Wagen holt Sie ab und bringt Sie zum Restaurant. Auf diese Weise verirren Sie sich nicht oder vergessen es und lassen ihn warten. Außerdem weiß er selten vor sieben oder acht Uhr, wo er essen will. Zum Glück hat er bei so gut wie jedem Restaurant in der Stadt einen festen Tisch. Wenn ich allerdings Sie wäre«, ergänzte Gladys mit einem freundlichen Lächeln, »würde ich mich für das Chasen's anziehen. Etwas Elegantes. Und bestellen Sie unbedingt den Lobster Newburg oder das Hobo Steak.«

Abigail eilte aus dem Bürogebäude, ganz kribbelig und aufgeregt. Sie sollte mit Lou Silverman essen! Die schönsten Frauen Hollywoods umschwärmten ihn, und mit denen konnte sie niemals mithalten; erst recht konnte sie ihm keine Familie bieten. *Hier geht es ausschließlich um die Waisen.*

Dennoch bekam sie Lou nicht aus dem Kopf.

20

Die kräftigen tiefen Wurzeln oder Rhizome des prächtigen Vetivergrases aus Indien ergeben ein reichhaltiges Öl, destilliert man sie. Vetivergras hat einen leicht grünen, holzig-cremigen Duft, der an feuchte Erde nach einem Regenschauer erinnert. Ein exzellentes, reizvolles Fixativ, weil es sich gut mit Hölzern, Lavendel und Bergamotte vermengt. – db

21. Oktober 1940
Los Angeles, Kalifornien

Fröstelnd in der feuchten Luft, klappte Danielle ihren dünnen Kragen nach oben. Als der Bus durch die Straßen von Downtown fuhr, sah sie den Regentropfen zu, die mit ihren Rinnsalen Muster auf die Scheiben draußen malten.

Das erste Unwetter der Saison war da, peitschte gegen die kalifornischen Strände und schlug auf die Piers ein, die Fingern gleich in die See hinausragten, als wollten sie Schiffe zu sich locken. Danielle hatte sich die morgendliche Verwüstung angesehen, als sie eine Boutique in Venice Beach besuchte, die sie als neue Verkaufsstelle für ihr Parfüm gewonnen hatte.

Der Verkauf war nicht einfach. Sie musste bei vielen Boutiquen vorsprechen und war mit mehr Ablehnungen als Zusagen konfrontiert.

Um vier Uhr nachmittags setzte bereits das Zwielicht ein. Aschgraue Wolken wurden bedrohlich rasch vom Wind vorwärtsgetrieben. Danielle war heiser, ihre Nase verstopft, und ihre Stirn glühte vor Fieber. *Aber ich habe keine Zeit, krank zu werden,* dachte sie.

Sie setzte ihre Suche nach Nicky fort. Bisher hatte sie nichts von Philippes Quellen gehört, doch sie weigerte sich aufzugeben.

Und dann war da noch Jon. Als sie seinen Brief erhielt, der sie einlud, mit ihrer Familie nach London zu kommen, war sie begeistert gewesen, doch bald übernahm ihre Vernunft. Marie ging es nicht besser, die Mädchen waren schon einmal entwurzelt worden, und, schlimmer noch, England stand unter direkter Bedrohung durch die Nazis.

Sie blinzelte ihre Enttäuschung weg. *Und welche Last wir für Jon und seine Familie wären.* Sie erinnerte sich, wie unglaublich es sich angefühlt hatte, in seinen Armen zu sein. Doch sie durfte ihre Familie nicht in Gefahr bringen, egal wie sehr sie Jon liebte. Vielleicht bekamen sie ihre Chance, wenn der Krieg vorbei war.

Der Bus erreichte Boyle Heights, und Danielle raffte ihre Taschen zusammen, bevor sie ausstieg und ihren verbogenen Regenschirm aufspannte. Unglücklich sah sie hinunter zu dem Wasser, das ihr über die Schuhe schwappte, und hoffte, dass sie bis morgen früh wieder trockneten.

Sie eilte durch den Regen und fühlte sich vom Geruch nach nasser Erde und durchweichten Rasenflächen an Vetivergras erinnert. Als sie eine Straße überquerte, rutschte sie mit einem Fuß aus und wäre beinahe hingefallen, hätte ein Mann hinter ihr nicht geistesgegenwärtig ihren Arm gepackt und sie abgefangen. Auf der anderen Seite drehte Danielle sich um, weil sie ihm danken wollte, doch er lief hastig davon. Sie sah nur noch, dass er kräftig gebaut war und ein wenig humpelte.

Etwas an ihm machte ihr Angst. Aber in dieser Gegend gab es viele gebeutelte Existenzen, und die waren nicht zwangsläufig gefährlich. Dennoch war Danielle stets auf der Hut. Sie eilte weiter zum Markt.

In diesem Jahr würde ihr Weihnachtsfest bescheiden ausfallen. Danielle hatte eine kleine Menora für ihre Mutter gekauft, damit sie Hanukkah feiern konnte; es wäre das erste Mal, seit Marie heiratete und ihre religiösen Rituale aufgeben musste. Danielle hoffte, dass es ihr ein wenig Halt geben würde, denn schon als Kind hatte sie oft gespürt, dass Marie ihre Religion fehlte. Und Danielle wollte mehr über die Bräuche des Judentums lernen, wo es doch ein Teil von ihr war.

Außerdem hatte sie vor, einen kleinen Weihnachtsbaum aufzustellen, vor allem für Liliana. Wenn sie bis zum Heiligabend wartete, könnte sie sicher einen günstigen bekommen. Den Christbaumschmuck fertigte sie bereits aus kleinen Stoffresten von ihren Goldbrokatbeuteln. Sie lächelte, als sie daran dachte, wie sehr Liliana sich freuen würde.

Kürzlich hatte Danielle ihre Arbeit in der Boutique aufgegeben, um sich ihrem eigenen Geschäft zu widmen. Clara hatte ihr alles Gute gewünscht und ihr Rat gegeben, wie sie für sich warb. »Verschenk etwas an die Stars, dann kommen die Presse und die Kundinnen angelaufen.« Danielle befolgte ihn emsig, denn sie musste dringend Geld verdienen, um Marie eine richtige Behandlung zu bezahlen.

Auf den Straßen wimmelte es von Menschen, sodass Danielle einige Mühe hatte, sich ihren Weg zu bahnen. Alte

Männer saßen rauchend unter Markisen und unterhielten sich, während sie der Nachmittagsparade von Einkaufenden zusahen. Immer wieder wehten Danielle Fetzen fremder Sprachen zu: melodische mexikanische, asiatische und osteuropäische Dialekte.

Schließlich löste sie sich aus dem Strom von Leuten und betrat den Markt an der Ecke. Drinnen öffnete sie ihre Börse und prüfte den mageren Inhalt. Die Boutiquen würden sie erst nach Weihnachten bezahlen. Danielle presste eine Hand an ihre pochende Schläfe. Ihr Budget war mehr als frugal. Zwar verdiente sie ein wenig besser als bei Clara, doch es reichte immer noch nicht.

Am Metzgerstand blickte sie sehnsüchtig auf die verlockende Auswahl an rosa Lachsfilet, frischem Rind und fleischigem Huhn. Sie konnte sich nur eine kleine Hühnerbrust, halb welkes Gemüse aus der Kiste zum halben Preis und einen beinahe harten Brotlaib von vorgestern leisten. Nachdem sie bezahlt hatte, zählte sie ihr Wechselgeld bis auf den letzten Cent.

Draußen war es mittlerweile ganz dunkel geworden. Die Straßenlaternen gingen flackernd an und verliehen den nassen Straßen einen gelblichen Glanz. Als sie in Richtung ihres Wohnhauses ging, bemerkte Danielle den Mann, der sie vorhin aufgefangen hatte. Sobald sie zu ihm sah, zog er seinen Hut tiefer ins Gesicht und hastete in die andere Richtung.

Niemals würde sie Heinrichs Drohung vergessen, sie zu töten, und oft fragte sie sich, wie sicher sie in Amerika waren. Dieser Mann, wer immer er sein mochte, war ihr gefolgt. *Jetzt weiß er, wo wir wohnen.*

Oder war es Zufall? Sie atmete langsam aus und versuchte, sich zu beruhigen. *Leide ich jetzt an Verfolgungswahn?*

Drinnen im Haus holte sie die Post aus dem Kasten, stopfte sie in ihre Tasche und lief die Treppe hinauf. Eine einzige nackte Glühbirne flackerte in ihrem Korridor und drohte, jeden Moment endgültig auszugehen. Während Danielle nach ihrem Wohnungsschlüssel wühlte, hörte sie den vertrauten Polizeifunk aus einem offenen Fenster am Flurende quäken. Im Hollenbeck-Bezirk gab es reichlich Kriminalität, doch die wachsende Polizeipräsenz machte es in letzter Zeit etwas besser. Danielle öffnete die Tür.

Liliana warf sich ihr zur Begrüßung entgegen.

Danielle stellte ihre Taschen ab und kniete sich hin, um Liliana zu umarmen, erschrak jedoch und umfasste entsetzt den Kopf des Kindes. »Was ist mit deinem Haar passiert?« Lilianas lange blonde Locken waren zu einem zotteligen, knabenhaften Bob gerupft worden.

»Grand-mère hat es mir geschnitten.« Sie riss die grünen Augen weit auf. »Es gefällt dir doch, oder?«

Danielle sah sich die Bescherung genauer an. »Ich habe dich gar nicht wiedererkannt.« Nun umarmte sie Liliana.

Ihre Nachbarin Anna sagte: »Ich hatte mich um das Baby gekümmert. Es tut mir schrecklich leid, aber alles ging so schnell.«

»Ist schon gut, Anna. Gehen Sie jetzt nach Hause, es ist schon spät.« Danielle rief: »Maman, ich bin da!«

»*Oui, oui,* ich komme«, antwortete Marie aus dem Bad.

Danielle stellte ihre Einkäufe auf den Tisch und biss die Zähne zusammen. Dann sah sie nach Jasmin, die in ihrer Korbwiege schlief. Zum Glück wirkten sich ihre desolaten

Umstände nicht weiter auf sie aus. Jasmin plapperte bereits munter, lachte viel und war insgesamt ein Sonnenschein inmitten dieser Tristesse.

»Maman, warum hast du Liliana das Haar abgeschnitten?«

Marie kam aus dem Bad. Ihr graues Haar hing ihr über die Schultern, und sie war noch im Morgenmantel und barfuß. Ihre Augen glänzten fiebrig. Sie lächelte verhalten. »Jean-Claude fing schon an, wie ein Mädchen auszusehen, so lang war sein Haar. Habe ich das nicht hübsch gemacht?«

Danielle verkniff sich einen Tadel. *Was würde es nützen?* Ihre wunderschöne, kompetente Mutter war verloren. »Setz dich hin, Maman.« Sie holte ein Paar Wollsocken aus einer Schublade. »Ziehen wir dir die hier an.«

Mit einem resignierten Seufzen band Danielle sich eine Schürze um und wandte sich ihren abendlichen Pflichten zu. Liliana bot an, das Gemüse zu waschen, und Danielle reichte es ihr lächelnd. »Sieh nur, Maman, wie schön Liliana hilft.«

Marie blickte hinüber zu ihr, als versuchte sie, Danielle einzuordnen. »Sie sind neu hier. Was gibt es zum Dinner?«

»Hühnersuppe.« Danielle füllte einen großen Topf mit Wasser und hob ihn auf die Herdplatte.

»Mit Knoblauch und Zwiebeln, die beste Medizin gegen Erkältung, wie du immer sagtest, als wir Kinder waren. Weißt du noch?«

Danielle nahm Liliana das Gemüse ab und begann, es klein zu schneiden. Ihr fiel die Ermahnung des Arztes wieder ein: *Seien Sie behutsam mit Marie.* »Du kennst mich doch noch, Maman. Ich bin deine Tochter Danielle. Dies hier ist deine Enkelin Liliana, und dort in der Wiege ist mein süßes Baby Jasmin. Du und Anna sorgt so gut für sie, wenn ich bei der Arbeit bin.«

Marie beugte sich hinunter, um Jasmin auf die rosige Wange zu küssen. »Meine kleine Danielle ist solch ein artiges Baby.«

Danielle seufzte wieder. Es brach ihr das Herz, die früher einmal selbstbewusste, zuversichtliche Marie in dieser Verfassung zu sehen. Aber sie gab nicht auf und erklärte zum wer weiß wievielten Mal: »Ich bin deine Danielle, Maman. Ich bin erwachsen. Das Baby ist meine Tochter Jasmin, deine Enkelin. Bald erinnerst du dich wieder.«

Marie berührte ihre Schläfe, und Danielle sah ihr an, dass sie versuchte, die Worte zu begreifen. Dann straffte ihre Mutter die Schultern. »Hühnersuppe mag vielleicht für dich etwas Besonderes sein, aber mein Ehemann ist besseres Essen gewohnt.«

Danielle unterbrach das Gemüseschneiden. *Heute ist es noch schlimmer mit ihr als sonst.* Für gewöhnlich tauchte ihre Mutter schneller aus ihrer Umnachtung auf. Danielles Herz klopfte. *Was ist, wenn Marie für immer in ihrer Welt versinkt?* Sie wischte sich die Hände in der Schürze ab, lief zu ihrer Mutter und führte sie an den Tisch. »Setz dich zu mir. Du hattest einen langen Tag.« Sie suchte nach einem Anflug von Verständigkeit in Maries Zügen, doch da war nichts.

Marie sank auf den Stuhl und blickte sich verwirrt um.

Danielle gab ihr ein Glas Wasser. »Papa isst heute Abend nicht mit uns.«

»Ach nein?« Marie nahm das Glas und trank. Dann blinzelte sie. »Danielle, bist du das?«

»*Oui,* Maman.« Erleichtert umfing Danielle Maries eisige Hand und wärmte sie.

»Da bin ich aber froh. Und Edouard? Wo ist er?«

Danielle zögerte. »Er ist mit Jean-Claude fort.«

Hierauf starrte Marie ins Nichts. »Sind sie zusammen verreist?«

»*Oui,* für eine längere Zeit. Ich mache dir einen heißen Tee, während die Suppe kocht.«

Jasmin in ihrer Korbwiege in der Ecke stieß einen schrillen Schrei aus. Danielle setzte eilig den Kessel auf, bevor sie zu Jasmin ging und sie aus ihrem Korb hob. Mit der Kleinen auf dem Arm kehrte sie in die Kochnische zurück und goss ihrer Mutter mit der freien Hand einen Tee auf. Liliana beobachtete alles mit großen Augen.

Danielle lächelte der blonden kleinen Elfe zu und wuschelte ihr durch das frisch gestutzte Haar. »Ich mag deine Frisur. Damit siehst du älter aus. Ich war nur überrascht, sonst nichts.« Liliana schmiegte sich an sie.

Donner krachte draußen, und Regen klatschte gegen die Fensterscheibe. Danielle dachte an ihre enorme Verantwortung. Einzig ihre Willenskraft und Ausdauer hielten sie noch auf den Beinen.

Das Verhalten ihrer Mutter und deren Unfähigkeit, sich von ihrem Trauma zu erholen, bereiteten ihr zunehmend Sorge. Marie schien in der Zeit vor zwanzig Jahren festzustecken, als sie noch jung verheiratet war und kleine Kinder hatte.

Ein Arzt hatte vorgeschlagen, sie in ein relativ günstiges Heim zu geben, wo Marie besondere Pflege bekommen würde. Doch Danielle hatte es sich angesehen und war entsetzt von dem Schmutz und der Vernachlässigung dort gewesen. Die beste Pflege war eben teuer.

Sie betrachtete ihre Familie. Die Mädchen waren zufrieden, ihre Mutter trank ihren Tee, und die Suppe köchelte auf dem Herd und verströmte ein beruhigendes Aroma. Danielle setzte sich an den Tisch, fütterte Jasmin und legte sie anschließend schlafen.

Dann holte sie die Briefe aus ihrer Tasche. Einer war von ihrem Onkel Philippe und über einen Mittelsmann geschickt worden. Als sie Jons Schrift auf einem der anderen Umschläge erkannte, lächelte Danielle. Seine Briefe trafen bisweilen zu mehreren auf einmal oder in der falschen Reihenfolge ein. Sie würde sich diesen bis morgen aufheben und ihn in Ruhe genießen, wenn sie Zeit hatte.

Danielles Gedanken schweiften zu ihrer finanziellen Situation ab. Das Geld, das sie für ihren Ehering bekam, hatte nicht lange vorgehalten. Sie hatte hart daran gearbeitet, neue Boutiquen als Verkaufsstellen zu gewinnen. Jedes Geschäft brauchte Ware für Weihnachten, doch bezahlen würden sie Danielle erst nach den Feiertagen. Und sie brauchte dringend Geld für Medikamente, Essen, Miete und Materialien.

Wie in aller Welt soll ich es nur schaffen?

Später am Abend wurde Jasmin unruhig, und Danielle stand auf, um nach ihr zu sehen. Nachdem das Baby wieder eingeschlafen war, blickte Danielle aus dem Fenster. Sie konnte die rote Leuchtschrift am Schnapsladen gegenüber blinken sehen. Und durch das beschlagene Ladenfenster sah sie wieder den Mann. Furcht ließ sie frösteln. Einige Minuten lang beobachtete sie ihn. *Dreimal ist kein Zufall.*

Sie griff nach dem Telefon und rief die Polizei an. Man versprach, einen Streifenwagen zu schicken. Danielle stand am Fenster und kämpfte gegen ihre wachsende Panik. Kaum bog der Streifenwagen in die Straße ein, verschwand der Mann.

Eine geschlagene Stunde blieb Danielle am Fenster, doch er kam nicht wieder.

21

Die stattliche Tuberose mag ihren überschwänglichen Duft nicht hergeben, es sei denn mittels Enfleurage, bei der die Blütenblätter zwischen Glas in Öl gedrückt und mit Alkohol gespült werden.

Das sinnliche Charisma der Tuberose zählt zu den teuersten Essenzen des Parfümeurs und steigert das weiße Blumenbouquet, als würden ihm Engelsflügel verliehen. – db

23. Oktober 1940
Los Angeles, Kalifornien

Clara trommelte mit den Fingern auf Danielles Geschäftsplan. Sie nahm ihre Lesebrille mit dem Bernsteingestell ab und legte sie auf den Schreibtisch. »Dein Parfüm verkauft sich gut, und dein Geschäftsplan ist offenbar wohlfundiert.«

»Danke.« Danielles Herz pochte so laut, dass sie sicher war, Clara könnte es hören und durch das dünne schwarze Etuikleid sehen, das viel zu leicht für das herbstliche Wetter war.

»Ich erkenne ein Talent auf Anhieb. Allerdings gibt es einige Zahlen, die ich bedenklich finde. Die Flakons und die Verpackung scheinen mir zu teuer. Kannst du diese Kosten reduzieren?«

»Die Präsentation muss zu dem Inhalt passen«, antwortete Danielle. »Ein edles Parfüm ist eine Kombination aus Kunst und Wissenschaft. Es braucht Monate, manchmal sogar Jahre, um eine Komposition zu entwickeln, die vor Magie funkelt, das Herz erobert und die Fantasie anregt. Glücklicherweise sind die Entwicklungskosten in diesem Fall bereits gedeckt.«

»Schon, es ist wundervoll, aber …«

»Clara, dieses Parfüm besitzt jene Magie, wie dir deine Kundinnen und deine Verkaufszahlen bestätigen.« Danielle saß nervös ganz vorn auf der Stuhlkante. »Die schweren Bleikristallflakons signalisieren Luxus und Qualität. Schönes Design ist ausschlaggebend für den Erfolg.«

Danielle schob ein Blatt Papier über den Schreibtisch und tippte auf eine Zahlenreihe. »Dies ist mein Inventar, hier sind die bisherigen Verkäufe, und das sind meine Bestellungen. Die Zahl ganz unten ist die Summe, die ich brauche, und hier siehst du meinen erwarteten Gewinn.« Sie brauchte jetzt dringend Geld. Ihr Vermieter hatte sie heute Morgen wieder abgefangen und ihr ein Ultimatum gestellt.

Clara setzte ihre Brille wieder auf und beäugte die Zahlen kritisch. »Du könntest zum Opfer deines Erfolgs werden. Falls sich die Verkaufszahlen weiterhin verdoppeln und verdreifachen, musst du mehr in Bestände investieren, aber kannst du das Geld dafür auftreiben?«

»Falls du mir eine Bank empfehlen könntest …«

»Vergiss es.« Clara schüttelte den Kopf, dass ihr platinblondes Haar über ihre Schultern flog. »Du lebst noch nicht lange hier oder hast dich als kreditwürdig erwiesen. Dein schlimmstes Vergehen jedoch ist, dass du eine Frau bist, noch dazu eine unverheiratete.« Sie beugte sich über den Schreibtisch und spielte mit ihrem Füllfederhalter. »Wären die privaten Investoren nicht gewesen, hätte ich niemals mein eigenes Geschäft eröffnen können. Heute, da ich etabliert bin, ist es etwas anderes, doch es hat ewig gedauert, und bei der Bank fragen sie nach wie vor nach einem Mann, der meine Geschäftsdarlehen mitunterschreibt.« Sie verdrehte die Augen. »Was wir brauchen, sind mehr weibliche Bankiers.«

»Deshalb bin ich ja gekommen und bitte dich um Rat.«

Clara lehnte sich zurück. »Eine Geschäftsfrau hat es nicht leicht. Heutzutage dürfen wir wählen, und eines Tages werden wir unsere eigenen Banken haben. Deine beiden Mädchen werden später bessere Chancen haben als wir heute. Bis dahin müssen wir uns an die Spielregeln halten.«

»Ja, nur wessen Regeln?«

Claras Züge verhärteten sich. »Deine eigenen. Spiel immer nach deinen eigenen Regeln, Danielle.« Sie musterte Danielle. »Bist du sicher, dass du dazu bereit bist?«

»Amerikanische Frauen lieben französisches Parfüm und französischen Stil. Ich weiß, dass ich ihnen beides bieten kann. Alles, was ich brauche, ist Kapital.«

»Privates Kapital, das ist es, was du brauchst. Jemanden, der an dich glaubt.« Sie schürzte die Lippen. »Wie stellst du dir den Vertrieb vor?«

Danielle holte tief Luft. »Zunächst über Bullock's Wilshire. Es ist ein modernes Kaufhaus und am Ort. Als Nächstes dann I. Magnin in San Francisco.« Sie wartete Claras Reaktion ab.

Die machte sich Notizen. »Weiter.«

»Ich fahre mit dem Zug zur Ostküste und spreche bei Lord & Taylor in New York und Marshall Field in Chicago vor. In Houston, Texas, wären dann Sakowitz und Neiman

Marcus in Dallas.« *Das reicht,* dachte sie, doch später plante sie, noch Mode und Accessoires in ihr Angebot aufzunehmen. Ihre Vision wuchs mit jedem Tag, ungeachtet der Verzagtheit, mit der sie zu Hause kämpfte.

Ihre Pläne mit Clara zu besprechen, stärkte Danielles Entschlossenheit. *Ich kann das schaffen,* dachte sie und malte sich ein Imperium aus. *Aber ich brauche dieses Geld jetzt.*

Clara tippte mit ihren manikürten Fingernägeln auf dem Schreibtisch und überlegte. »Frauen müssen sich gegenseitig helfen. Ich leihe dir das Geld, das du brauchst.« Sie stand auf und streckte Danielle ihre Hand hin. »Abgemacht?«

Ungemein erleichtert schüttelte Danielle ihre Hand. Sie war begeistert, auch wenn ihr durchaus bewusst war, welches Risiko Clara einging. »Ich werde dich nicht enttäuschen. Vielen Dank«, sagte sie. »Du kannst dir nicht vorstellen, was das für mich bedeutet.«

»Doch, ich glaube, das kann ich.« Clara lächelte. »Ich lasse meinen Anwalt einen Darlehensvertrag aufsetzen. Dein Inventar kann als Sicherheit dienen.« Sie nahm ihre Brille ab und lehnte sich an den Schreibtisch. »Denk daran, dass du Verkaufsvolumen brauchst. Konzentrier dich auf Volumen, Zahlungseingänge und Publicity.« Sie kicherte. »Genau genommen musst du dich auf alles konzentrieren. Ich wünschte, ich könnte dir mehr leihen, aber dies hier wird dich über die Weihnachtstage bringen.«

Danielle seufzte vor Erleichterung. Nun konnte sie die Miete bezahlen. Und eines Tages würde sie ihre Familie aus diesem schäbigen kleinen Zimmer holen. Sie verließ die Boutique, und vor Dankbarkeit ging ihr das Herz über. Wie sie wusste, liebte Clara Tuberosen, also würde sie ihr morgen welche vorbeibringen. Danielle war so glücklich, dass sie den Mann gar nicht bemerkte, der sie von der anderen Straßenseite aus beobachtete.

30. Oktober 1940
Auf der Nordsee

Jon stand an Deck und blickte in die Ferne, wo das Meer in den Horizont überging, so weit weg und unfassbar wie seine Zukunft. Der Mond warf einen milchigen Schimmer auf den Brief in Jons Hand. Von Zeit zu Zeit sah er auf das Blatt, las wieder und dachte an Danielle.

Mein liebster Jon, schrieb sie. *Ich fühle mich geehrt, dass du mir dein Herz entblößt, und ich möchte dich wissen lassen, dass ich deine Gefühle teile. Dir gehört ein ganz besonderer Platz in meinem Herzen.*

Liebe ist eine große Verpflichtung. Hätte ich keine anderen Pflichten, wäre ich schon auf dem Weg nach England. Doch ich habe viele andere Pflichten und trage die Verantwortung für meine Tochter, meine Nichte und meine Mutter. Sie muss ich unbedingt schützen. Jon, wir sind nur knapp dem Nazi-Vormarsch in Frankreich entkommen. Und auch wenn ich weiß, wie stark England ist und dass es sich wohl gegen Deutschland behaupten kann, darf ich meine Familie nicht wieder in Gefahr bringen. Deshalb kann ich dein Angebot nicht annehmen.

Alles, was ich dir geben kann, ist die Liebe in meinem Herzen und meine Gebete für dich.

Enttäuscht zerknüllte Jon den Brief und warf ihn hinaus ins Meer. Sofort bereute er es. *Sie sagt, dass sie mich liebt, und damit sollte ich zufrieden sein.*

Er hatte ihr sein Herz ausgeschüttet, ihr einen ungestümen, unrealistischen Plan vorgeschlagen. *Was hatte ich denn erwartet?* Im Grunde war er froh, dass sie vernünftig genug war, sein Angebot abzulehnen. Auf keinen Fall wollte er sie in Gefahr bringen. Doch das alles machte es nicht einfacher, ihre Entscheidung hinzunehmen.

Jon blinzelte im scharfen Wind. Von Verpflichtungen verstand er eine Menge. *Auch ich habe Pflichten,* dachte er. *Ich bin meinem Land und meiner Familie verpflichtet.*

Wenn Danielle nicht nach England kam, könnte er zu ihr reisen. Er ließ seine Gedanken abschweifen. *Wir könnten heiraten und uns ein Zuhause in Los Angeles einrichten. Dort würde sie auf mich warten, bis der Krieg vorbei ist. Und danach könnte ich von unseren Büros in Long Beach aus arbeiten.*

Aber würde sie überhaupt mehr Kinder wollen? Die nämlich wären unverzichtbar, wollte er seiner Verpflichtung der Familie gegenüber nachkommen. Und was wäre, wenn er den Krieg nicht überlebte? Durfte er riskieren, Danielle wieder zur Witwe zu machen? Hatte sie nicht schon genug gelitten?

Fürs Erste würde er sich an die Erinnerungen klammern – wie er in New York mit ihr tanzte, an die gemeinsame Schiffsreise, an Jasmins Geburt. Er erinnerte sich, wie sich ihre samtige Haut anfühlte, wie unglaublich sie immer duftete – hätte Duft eine Farbe, wäre ihrer wie ein impressionistisches Gemälde. Solch eine zauberhafte Note hatte er noch bei keiner anderen Frau wahrgenommen. Er liebte alles an ihr, angefangen von der Art, wie sie ihn mit ihren leuchtenden Augen ansah, über die Zärtlichkeit, mit der sie ihr Baby hielt, bis hin zu ihrem unerschütterlichen Glauben, dass sie ihren Sohn wiederfinden würde.

Ihre Fähigkeit, im Angesicht der Tragödie so innig zu lieben, verblüffte ihn stets aufs Neue. Er bewunderte, wie sehr sie gekämpft hatte, um Jasmin zur Welt zu bringen. Er staunte, wie liebevoll sie für Liliana und Marie sorgte. Und er empfand größte Hochachtung vor ihrer Courage und ihrer Hartnäckigkeit bei der Suche nach Nicky. Nicht zu vergessen die Klugheit, die aus ihrer Korrespondenz sprach, und ihr natürliches Talent für die Parfümerie. Und dann gelang es ihr immer wieder, ihn zum Lachen zu bringen.

In seinem ganzen Leben war Jon noch keiner solchen Frau begegnet.

In ihren Briefen schrieb sie, dass ihr Geschäft Erfolg hatte, und versicherte ihm, dass es ihr und ihrer Familie gut ging.

Was könnte er ihr da noch bieten?

Plötzlich klatschte ihm kaltes Sprühwasser ins Gesicht, und Jon zuckte zusammen. Als er sich das Wasser abwischte, schmeckte er Salz auf den Lippen. Ihm fielen die Worte seines Vaters ein: *In den Adern von uns Newell-Greys fließt Salzwasser*. Jon wusste, dass er an erster Stelle der Krone, dem Land und der Sache verpflichtet war, für die sie kämpften.

Er spuckte ins Meer, um den Salzgeschmack zu vertreiben.

Dann drehte er sich um und ging nach drinnen. Vor dem Schlafengehen musste er noch einen Brief schreiben.

22

Schönheit offenbart sich in der rückblickenden Prüfung – ob es sich um ein Parfüm, ein Kleid oder das Leben selbst handelt. – db

1. November 1940
Los Angeles, Kalifornien

»Woher wissen Sie, dass der Mann Sie verfolgt? Er könnte schlicht in der Gegend wohnen.«

»Ich weiß es einfach. Ich kann es fühlen.« Danielle verstummte. Trotz des Dämmerlichts im Flur konnte sie dem Polizisten seine Zweifel ansehen. Sein Stift hing über dem Schreibblock in der Luft. »Hat er Ihnen etwas getan?«

»Nein, aber sein Verhalten ist bedrohlich«, sagte sie. »Können Sie ihn nicht verhaften?«

Der Polizist zog die Brauen hoch. »Ma'am, wir können gar nichts tun, solange keine Straftat begangen wurde. Wir werden hier Streife fahren, doch wir brauchen mehr, ehe wir etwas unternehmen können. Seien Sie vorsichtig. Gute Nacht.«

Erschöpft schlug sie die Tür etwas zu fest zu. Es war das zweite Mal, dass die Polizei ihre Sorge als nichtig abgetan hatte. Reagierte sie übertrieben? Nein, ihre Intuition sagte ihr, dass an dem Mann wirklich etwas unheimlich war. *Wie sollte sie für die Sicherheit ihrer Familie sorgen?*

Am nächsten Morgen stand Danielle lange vor Sonnenaufgang auf, weil sie vor lauter Angst nicht schlafen konnte. Als Erstes sah sie aus dem Fenster. Der Mann, der sie beobachtet hatte, war nicht mehr da. *Vielleicht hat die Polizei ihn mitgenommen, um ihn zu befragen.* Auf jeden Fall musste sie Anna warnen, wenn sie herkam, um bei den anderen zu bleiben. Sie durften die Wohnung nicht verlassen und mussten die Tür verriegeln.

Und nun musste Danielle sich beruhigen und einen klaren Kopf bekommen. Heute war ein wichtiger Tag, denn sie sollte ihre Parfüm-Linie bei Bullock's Wilshire vorstellen.

Danielle liebte die Arbeit mit Menschen, doch in einem neuen Geschäft, noch dazu einem Kaufhaus, zu verkaufen, machte sie nervös. Diese Chance hatte sie sich mühsam erkämpft, und sollte sich ihr Parfüm gut verkaufen, würde sie rechtzeitig das Geld haben, um Clara die erste Rate zurückzuzahlen.

Ich muss auch die Modekollektion fertigstellen, an der ich arbeite, dachte sie. Jeden Tag skizzierte Danielle während der Busfahrt aktualisierte Modelle der Kleider, die sie in Europa entworfen und getragen hatte. Marie hatte immer einen wunderbaren Sinn für Stil gehabt; Danielle hatte es geliebt, mit ihr zu den Pariser Couturiers zu den Schauen und den Anproben zu gehen – und für mehrere von ihnen hatte sie auch die Parfüms zu ihren jeweiligen Kollektionen kreiert. Dennoch zog Danielle es von jeher vor, ihre Kleider selbst zu gestalten; sie war stolz darauf, ihre eigenen Kreationen zu tragen.

Jetzt aber sah Danielle, wie sich ein neuer Frauentyp herausbildete – Frauen, die arbeiteten, die ihre Kleider selbst kauften und die weder die Zeit noch das Geld für wahre

Haute Couture hatten. In Claras Boutique hatte Danielle den Kundinnen geholfen, die besten *Prêt-à-porter*-Ensembles für ihren Typ zu finden. Diese Frauen wollten Kleider, die sie direkt mitnehmen und anziehen konnten, und sie gaben große Summen für ihre Garderobe aus. Schauspielerinnen, reiche Erbinnen, Akademikerinnen und Geschäftsfrauen waren ganz erpicht auf den französischen Stil mit seinem subtilen, einzigartigen Glamour. Und durch den Krieg kämpften viele französische Couturiers und Parfümeure ums Überleben oder hatten sogar schon schließen müssen.

Danielle witterte hier eine große Chance.

Sie verkaufte noch mehr vom Schmuck ihrer Mutter, auch wenn sie Schuldgefühle plagten, als sie Maries geliebte Perlenkette mit den passenden Ohrsteckern und das viktorianische Set aus Ohrringen, Halskette, Ring und Armreif weggeben musste, das einst Maries Mutter gehört hatte. Von dem Geld kaufte sie eine Schneiderpuppe und Stoffe und begann, Muster zu entwerfen. Von den Entwürfen über die Muster, den Zuschnitt, das Anpassen und Abstecken bis hin zum Nähen versuchte sie, alles selbst zu machen. Doch bald wurde es schlicht viel zu viel, deshalb heuerte sie Annas älteste Tochter an, die exzellent nähen konnte, damit sie ihr bei der Arbeit half.

Das Mädchen war noch ein Backfisch, aber Danielle brachte ihr bald die feineren Techniken bei, zeigte ihr, wie man einen gewellten Saum machte, Stoffe schräg schnitt und Säume so nähte, dass sie von innen ebenso glatt und fein aussahen wie von außen.

Einen Laden konnte Danielle sich nicht leisten, aber mit

einer Musterkollektion könnte sie Bestellungen von Boutiquen und Privatkundinnen gewinnen. Einige Musterstücke hatte sie Clara gezeigt, und zu Danielles Freude hatte Clara schon eine kleine erste Bestellung aufgegeben.

Heute sollte eine weitere wichtige Geschäftsbeziehung beginnen, also musste sie etwas Stilvolles tragen. Stirnrunzelnd hielt sie ihr schwarzes Etuikleid in die Höhe. Sie hatte es schon so oft getragen, dass es am Ausschnitt ein wenig ausfranste. Mit einem Zungenschnalzen verwarf sie das Kleid.

Stattdessen nahm sie ein halb fertiges von einem Haken und wühlte in ihrem Nähkorb. Sie fädelte einen Faden ein, beugte sich über den ebenholzfarbenen Stoff und zog die Stecknadeln aus der rutschigen Seide, die sie zwischen ihre Lippen klemmte, während sie hastig die letzten Nähte schloss.

»So, das sollte es für heute tun.« Danielle biss das Fadenende ab. Dann schlüpfte sie in das langärmlige Kleid, das in der Taille eingenommen war, richtete die Naht ihrer Strümpfe und drehte sich zum Spiegel. Ein kleines Lächeln trat auf ihre Züge. Die stilvolle Frau, die sie einst in Paris gewesen war, blickte ihr entgegen. *Die richtige Kleidung kann uns verwandeln.*

Nachdem Anna gekommen war, küsste Danielle ihre schlafende Familie zum Abschied. Jasmin krabbelte inzwischen, und Liliana gefiel ihre neue Schule. Aber Marie war nach wie vor ein Schatten ihrer selbst. Und es gab keine Neuigkeiten von Nicky.

Danielle musste noch so vieles tun.

Eine halbe Stunde später stieg sie aus dem Bus, schritt in das Kaufhaus und fuhr mit dem Aufzug in die Chefetage. Den ganzen Vormittag hatte sie Termine mit Einkäufern, Presseagenten, Marketing- und Verkaufsleitern. Sie schilderte ihnen ihre Visionen, ihre Ideen für Parfüms, Konfektionskleidung und Accessoires. Bullock's Wilshire willigte ein, ihre Parfüm-Linie anzubieten, und der Einkäufer machte die Bedingungen recht klar: Sollte sich die Bretancourt-Linie nicht verkaufen, schickten sie die Ware zurück.

Nach den Besprechungen fuhr Danielle zur Kosmetikabteilung im Erdgeschoss und blieb stehen, um die eindrucksvolle Art-déco-Architektur zu bewundern, die hübschen Wandmalereien und die glitzernden Kronleuchter. Nahe dem Eingang saß ein Mann in einem Smoking an einem Flügel und spielte leise. Nervös strich Danielle sich das Haar glatt und bändigte einige widerspenstige Locken.

Dann schritt sie lächelnd auf den ihr zugeteilten Tisch zu, wo ihre Produktlinie vor kunstvoll drapiertem, scharlachrotem Satin präsentiert wurde. *Chimère von Danielle Bretancourt.*

Die Verkäuferinnen begrüßten sie träge und plauderten untereinander weiter, ohne auf Danielles Versuche zu achten, ihre Aufmerksamkeit zu gewinnen. Ihre Stimmung wurde jäh gedämpft. *Was für schwierige Menschen.* Dann erinnerte sie sich an etwas, das Jon einmal zu ihr gesagt hatte: *Wo bleibt deine berühmte französische Courage?* An ihn zu denken, gab ihr Kraft. Sie trat vor den Parfümtresen und stellte sich der Verkaufsleiterin vor.

Mehrere Kunden gingen vorbei und ignorierten sie. Dann näherte sich eine elegante Dame in einem maßgeschneiderten Kostüm und mit einem dunkelblauen Hut.

»*Bonjour, Madame.* Möchten sie vielleicht ein neues französisches Parfüm probieren?«

Die Frau zögerte, schnupperte an dem Parfüm und sprach sich lobend über die Kristallflakons und die Satin-Brokatbeutel aus. Sie sah erst Danielle an und dann wieder zu dem Namen auf dem Schild. Strahlend sagte sie: »Ah, Sie sind Danielle Bretancourt! Ich habe alles über Sie in Hedda Hoppers Kolumne gelesen.«

Danielle unterdrückte ein Lachen, denn sie musste an die Szene in Claras Boutique denken. »Ja, Hedda Hopper mag mein Chimère auch sehr.« Clara hatte recht gehabt, was die Presse betraf. »Auch Louella Parsons trägt es«, ergänzte sie mit einem verschwörerischen Lächeln.

Bei der Erwähnung gleich zweier Klatschköniginnen aus Hollywood horchten die anderen Verkäuferinnen auf.

Die Frau sagte: »Ich habe gehört, dass alle Filmstars es tragen.«

»*Oui, Madame*«, sagte Danielle schüchtern. »Viele von ihnen.« Sie sprühte etwas von dem Parfüm in die Luft, um eine Duftkulisse zu schaffen. Als die Frau bat, es probieren zu dürfen, dachte Danielle rasch nach. Sie wusste noch, wie Marie die Kunst des Parfümtragens vorgeführt hatte. »Gestatten Sie, dass ich Ihnen helfe, das wahre Herz des Parfüms zu entdecken, *Madame?*«

Danielle sprühte etwas von dem Duft auf den Handrücken der Frau und legte ihre Hand auf die Stelle, wobei sie Kraft aus der Verbindung schöpfte. »Die Wärme meiner

Hand enthüllt die wahre Natur des Parfüms. Während es sich auf Ihrer Haut entwickelt, wird es zu Ihrem einzigartigen Duft.«

»Wie faszinierend«, sagte die Frau lächelnd. »Erzählen Sie mir mehr davon.«

Dies ist mein Moment! Mit klopfendem Herzen bemerkte Danielle, dass die anderen Verkäuferinnen ihr gebannt lauschten. »Nun, ein edles Parfüm durchläuft für gewöhnlich drei Phasen, ähnlich den unterschiedlichen Sätzen einer Symphonie, die doch alle Variationen eines Themas sind.«

Danielle hielt weiter die Hand der Frau und wärmte das Parfüm. »Die erste Phase, der Eröffnungsakkord, entspricht dem ersten Dufteindruck frisch aus dem Flakon. Er soll reizen und gewinnen. Im Französischen ist dies die *Note de tête,* die Kopfnote.«

»Das blumige Herz«, fuhr sie fort, »oder die *Note de cœur* entwickelt sich innerhalb weniger Minuten, gefolgt von dem Grundakkord, der *Note de fond.* In Letzterem finden sich die satten, lang anhaltenden ätherischen Öle, zu denen Sandelholz, Patschuli und Vanille gehören, die dem Parfüm bleibende Kraft verleihen. Sie sind superbe Fixative. Natürlich gilt, je feiner die Öle, umso länger hält sich das Parfüm auf der Haut, zumal im echten Parfüm, der konzentriertesten Version des Duftes.« Mit einer eleganten Bewegung zog sie ihre Hand weg. »Versuchen Sie es, *Madame.*«

»Oh, Sie haben recht! Es ist wundervoll!«

Die Verkäuferinnen standen interessiert in der Nähe. Eine von ihnen sagte mit unverhohlenem Sarkasmus: »Das klingt ja, als hätte Parfüm irgendwas mit Musik zu tun, mit diesen ganzen Noten und Akkorden und so. Sind Sie sicher, dass Sie in der richtigen Abteilung sind?« Hierauf brach Gekicher aus.

Danielle drehte sich um. *Endlich habe ich ihre Aufmerksamkeit. Jetzt kann ich ihnen etwas beibringen.* »Wie aufmerksam von Ihnen. Vor Jahren hat ein Meisterparfümeur in Frankreich zur besseren Ordnung der Parfümeurskunst ein System geschaffen, nach dem jede Essenz einer Note zugeordnet wurde, basierend auf einer Klangskala von sechseinhalb Oktaven. Folglich stimmt es, dass Musik und Parfüm miteinander verwandt sind«, endete sie mit einem strahlenden Lächeln.

Zustimmendes Gemurmel hob an. »Sie wissen wirklich, worüber Sie reden«, sagte eine Verkäuferin.

Die Frau vor Danielle öffnete ihre Handtasche. »Chimère ist fürwahr magisch. Ich muss es einfach haben.«

Aufregung lag in der Luft, und Danielle nutzte sie.

»*Merveilleux*«, sagte sie. »Allerdings sollten Sie, um ein exquisites Resultat zu erreichen, unsere parfümierte Seife und das glättende Badeöl bei Ihrer *Toilette* benutzen und Ihre Haut anschließend mit unserem Seidentalkum pudern, bevor Sie am Schluss das Parfüm auflegen – *et voilà,* Sie werden von einer Wolke aus zartem, sinnlichem Duft umgeben sein. Er wird den ganzen Tag und über den Abend anhalten, aber nie, niemals aufdringlich sein. *Mais non,* es wird Ihre subtile Note sein, ganz entsprechend der französischen Tradition. *Très chic.*«

Die Frau atmete wieder ein, und ihre Lider flatterten. »Ich nehme von jedem eines mit. Schreiben Sie es auf mein Kundenkonto.«

Danielle wickelte ihre Einkäufe ein. »*Merci Madame,* ich bin sicher, dass Sie viel Freude damit haben werden.«

Nachdem die Frau gegangen war, wandte Danielle sich zu den anderen Verkäuferinnen um. »Mehr ist nicht dabei«, sagte sie. »Zeigen Sie den Damen, wie Parfüm ihre tiefsten Sehnsüchte berührt, lehren Sie sie, wie man seine Kunst genießt. Bringen Sie ihnen die Magie, die Lebenskunst nahe.«

»Aber wir können nicht so präsentieren wie Sie.«

»Ich erkläre Ihnen, was ich eben getan habe. Vor allem aber müssen Sie Ihre Kundinnen verwöhnen.« Sie lächelte. »Ich glaube an Ihre Fähigkeit, dieses Parfüm zu einem Verkaufsschlager zu machen. Hier«, ergänzte sie und gab jeder eine Broschüre, »dies ist die Geschichte meiner Familie, wie das Haus Bretancourt entstand. Ich habe eine frühe Version von Chimère an meinem Hochzeitstag getragen, und es war das Lieblings-Parfüm meines Mannes.«

Die anderen Frauen tuschelten, und eine fragte: »War er wirklich ein deutscher Adliger?«

Danielle wurde die Kehle eng. »Ja, war er, Gott habe ihn selig. Aber wie Sie, bin ich jetzt Amerikanerin.« Und während sie es aussprach, wurde ihr zum ersten Mal bewusst, dass sie sich tatsächlich wie eine Amerikanerin fühlte. Hier begann sie ein neues Leben, konnte sich beweisen, sich eine Zukunft aufbauen. *Und das werde ich.*

Den Rest des Tages verbrachte sie damit, die Verkäuferinnen kennenzulernen und ihnen beim Verkauf zu helfen. Ihr neu entdeckter Enthusiasmus war erfrischend.

Nach einer Überschlagsrechnung am Abend atmete sie erleichtert auf. Sie hatte ihr Verkaufsziel für heute knapp übertroffen und könnte Clara bezahlen.

»Hierher sind Sie also verschwunden«, sagte eine Männerstimme.

Danielle fuhr herum.

»Vor wem verstecken Sie sich, Mädchen?« Der gut aussehende, dunkelhaarige Mann nahm seine Sonnenbrille ab und grinste sie an. Cameron Murphy sah wahrhaft wie ein berühmter Star aus. Er trug einen Abendanzug, der seine breiten Schultern trefflich zur Geltung brachte, ein Plastron und einen Diamantring am kleinen Finger. Das wellige schwarze Haar war von den Schläfen nach hinten gekämmt, und seine Augen blitzten verführerisch.

»Cameron, was tun Sie hier?« Unsicher strich sie sich übers Haar.

»Ich hatte einige Kleinigkeiten abzuholen. Arbeiten Sie hier?«

»Ich habe heute meine Parfümlinie hier vorgestellt.«

»Ah, gratuliere! Hatten Sie einen guten Tag?«

Danielle schmunzelte. »Ja, dank Ihnen und Hedda Hopper.« Die Klatschkolumnistin hatte sich eine recht gewagte Geschichte über sie und Cameron ausgedacht. Sie stimmte zwar nicht, doch die Leute lasen die Kolumne, und die Werbung half beim Verkauf.

Cameron schnupperte und blickte zu den Kristallflakons auf dem Tresen. »Wissen Sie was? Ich nehme zehn von Ihren größten Flakons. Das Zeug riecht gut, keine Frage. Echte Qualität.«

Sie lachte. »Wirklich, Cameron? Zehn?«

»Denken Sie etwa, ich kenne keine zehn schönen Frauen? Na gut, sehen wir mal.« Er zählte an den Fingern ab. »Vier Schwestern, meine Sekretärin, meine Friseurin, meine Maniküre, ein paar Kellnerinnen, meine Haushälterin und Silvermans Sekretärin Gladys, hoppla, mir gehen die Finger aus. Das macht elf. Geben sie mir noch ein paar extra, ja, machen wir ein Bäckerdutzend draus: dreizehn.«

»Ist das Ihr Ernst?« Danielle staunte.

»Natürlich«, murmelte er. »Bei Ihnen ist es mir besonders ernst.«

Danielle drehte sich begeistert um. »Wer kann Mr Murphy eine Rechnung ausstellen?«

Eine makellos gekleidete, etwas mollige ältere Dame trat entzückt vor. »Ah, das werde ich erledigen, Ma'am.« Sie lächelte vergnügt, und ihre Wangen leuchteten wie rosige Äpfel. »Ich bin Mrs Murphy.«

»Ah, und ich glaub, wir sind vielleicht verwandt, was?«, antwortete Cameron im breiten irischen Dialekt.

In diesem Moment bemerkte Danielle den Mann, der sie beobachtete, hinter einer Vitrine. Als er sie sah, zog er seinen Hut tiefer und wandte sich rasch ab. Ein Angstschauer lief Danielle über den Rücken.

Sie drehte sich wieder zu den Verkäuferinnen um. »Hat jemand mit dem Mann dort hinten gesprochen?«, fragte sie.

Eine der Frauen antwortete: »Ich habe es versucht, aber er war nicht sehr freundlich. Er hat nach Ihnen gefragt. Seltsam, dass er Sie dann nicht angesprochen hat.«

»Hat er seinen Namen genannt?«

Sie schüttelte den Kopf. »Er hatte einen Akzent, nicht wie Ihrer, aber europäisch, glaube ich.«

Cameron sah sie aufrichtig besorgt an. »Welcher Mann ist es, Danielle?«

Sie zeigte hin, und Cameron schritt in die Richtung davon.

Was hat er vor?, dachte sie panisch. Als er Cameron sah, eilte der Mann zur Tür, doch Cameron folgte ihm nach draußen und packte ihn beim Kragen.

Danielle und die anderen Verkäuferinnen liefen zum Ausgang, wo sie Cameron brüllen hörten: »Und wagen Sie sich nie wieder in ihre Nähe, oder Sie kriegen's mit mir zu tun. Haben Sie verstanden?« Cameron stieß ihn grob gegen die Mauer. Der Mann rappelte sich auf und lief weg.

Als Cameron wieder hereingeschlendert kam, applaudierten die Verkäuferinnen. »Hui, das war ja wie in einem Ihrer Filme!«, sagte eine von ihnen.

Cameron legte eine Hand um Danielles Taille. »Fühlen Sie sich jetzt besser?«

»Sie waren großartig«, sagte sie unendlich erleichtert. »Vielen Dank. Er folgt mir schon länger, und die Polizei kann nichts dagegen tun.«

Cameron wirkte wieder besorgt. »Was will er von Ihnen, Mädchen?«

»Es hört sich gewiss verrückt an, aber ich denke, dass der Cousin meines verstorbenen Mannes, Heinrich, ein SS-Offizier, ihn geschickt hat. Er hatte versucht, mich umzubringen, als ich in Polen nach Nicky suchte. Und er hat gedroht, mich aufzuspüren.« Sie musste Luft holen. »Heinrich hat Sofia und Max getötet.«

»Überlassen Sie das mir«, sagte er ernst. »Ich habe Freunde bei der Polizei. Ich mache ein paar Anrufe und sorge dafür, dass heute Abend ein Streifenwagen vor Ihrem Haus steht.«

»Können Sie das? Ich habe immer solche Angst um meine Mutter und die Mädchen.«

»Ich kümmere mich darum.« Er umarmte sie. »Jetzt sollten

Sie sich dringend entspannen. Heute Abend ist eine Party bei Lou Silverman. Wie wäre es, wenn Sie mich dahin begleiten?«

Die Einladung kam überraschend. Zu jeder anderen Zeit hätte Danielle es wohl spaßig gefunden, doch jetzt wollte sie nur zurück zu ihrer Familie. Und sie musste Essen kochen und ihre Buchhaltung erledigen. »Ich kann nicht, Cameron. Ich habe noch zu arbeiten.«

»Sie brauchen mal eine Pause. Kommen Sie schon, keine Arbeit mehr für heute. Wir besorgen chinesisches Essen für Ihre Familie, und dann fahren wir zu Silvermans Party.« Er rückte dichter an sie heran. »Na los, Dani«, flüsterte er. »Sagen Sie Ja. Ich brauche heute Abend eine Begleitung. Und ruinieren Sie bitte nicht meinen Ruf vor all diesen Damen«, ergänzte er mit gespielter Verzweiflung. »Meine Karriere hängt davon ab, ja, ich möchte sagen, mein Leben!«

Sie unterdrückte ein Lächeln. »Sie sind unmöglich. Und mein Name ist Danielle.« Aber wie könnte sie ihm noch widersprechen? Schließlich hatte er eben den Mann vertrieben, der sie verfolgte, *und* ihren ersten Tag bei Bullock's zu einem gigantischen Erfolg gemacht. »Na schön, vorausgesetzt meine Hilfe kann abends bleiben.«

»Hallelujah, Dani!«, rief er, ihrer Korrektur zum Trotz. Inzwischen hatte er eine ganze Schar von Zuschauern angelockt, und abermals applaudierten die Verkäuferinnen seiner Kühnheit. »Schreiben Sie noch einen Flakon für sich auf die Rechnung, Mrs Murphy. Sie sind die Beste, ohne Frage!« Er unterschrieb die Quittung, hakte Danielle unter und führte sie zur Vordertür hinaus, bevor sie es sich anders überlegen konnte.

Draußen lachte Danielle lauthals los, als all die aufgestaute Angst und Sorge von ihr abfiel, und sie bebte vor Adrenalin von Kopf bis Fuß. Sie erinnerte sich nicht, wann sie zuletzt so herzlich gelacht hatte. *War der Mann für immer fort?* Sie wusste es nicht, aber wenigstens war sie heute Abend bei Cameron sicher.

»Hier ist mein Wagen.« Ein Parkwächter fuhr mit einem weißen Rolls-Royce-Cabriolet vor.

»Oh nein, damit können Sie unmöglich in meine Wohngegend fahren.« *Dies war Irrsinn.* Trotzdem war sie froh, nach Hause chauffiert zu werden.

»Keiner sagt Nein zu Cameron Murphy, meine liebe Dani. Wussten Sie das nicht?« Sie stieg ein und bewunderte ihre unerwartete Umgebung. Im Sonnenschein blitzte das Armaturenbrett aus Wurzelholz mit den Chromanzeigen, und die Ledersitze fühlten sich glatt und weich an.

Cameron gab dem Parkwächter ein Trinkgeld und sprang in den Wagen. »Verraten Sie mir, wo ich hinmuss«, sagte er und setzte seine Sonnenbrille auf.

Danielle nannte ihm die Adresse, und Cameron bog auf den Wilshire Boulevard ein. »Ich danke Ihnen für das, was Sie getan haben, Cameron.«

»War mir ein Vergnügen, Dani. Ich bin wirklich froh, dass Sie heute Abend mit mir kommen. Meine Exfrau Erica wird mit ihrem neuen Freund dort sein, und Silverman verlangt, dass ich erscheine, doch ich wollte ungern allein hingehen. Außerdem mag Silverman Sie.« Seine Augen blitzten. »Wissen Sie, wie er Sie nennt?«

»Arme Heimatlose?«

Er lachte. »Nein, eine beeindruckende, außerordentliche Frau, das war es, was er bei Claras Modenschau sagte.«

Insgeheim freute Danielle sich. Und sie war sicher, dass morgen das ganze Kaufhaus von Cameron Murphys Einkauf sprechen würde – und davon, dass sie gemeinsam gegangen waren. Vierzehn Flakons à eine Unze von ihrem besten Parfüm. *Wie reich er sein musste!*

»Sie werden entzückt sein, Dani. Hollywood-Stars, Filmkleider, jede Menge Glitzer.« Er sah zu ihr, und für einen Moment wirkte er verlegen. »Ach, ich bin ein Idiot! Vielleicht haben Sie gar kein …«

»Zufällig besitze ich einige Kleider.« Sie lächelte. »Ich denke, Sie werden nicht enttäuscht sein.«

23

Parfümeure stehen tief in der Schuld der Zibetkatze, des Moschustiers, des Bibers und des Pottwals. Die Ausscheidungen dieser Tiere sind streng und abstoßend, doch in Kombination mit Blumennoten wirken sie durch und durch erotisch. Um erstklassige Fixativeigenschaften zu erreichen, ersetzt die moderne Chemie heute diese uralten Zutaten aus dem Tierreich. – db

1. November 1940
Los Angeles, Kalifornien

Cameron blinzelte aus dem Fenster. »Das ist eine raue Gegend hier. Sind wir bald da?«

»Ja, gleich«, antwortete Danielle ruhig und beobachtete ihn aus dem Augenwinkel. »Ich hatte Sie gewarnt.« Sie zeigte auf das Wohnhaus. »Sie können vor dem Haus parken.«

Er lenkte den Rolls-Royce in eine Lücke vor dem Gebäude. »Entschuldigen Sie, Dani, ich hatte einfach nicht erwartet, dass Sie hier wohnen.«

Sie merkte, wie sie vor Scham rot wurde. »Nun ja«, begann sie und blickte an dem Haus nach oben, »der Preis stimmt.«

Danielle ging voraus die wacklige Treppe hinauf und durch den schmutzigen, miefigen Flur. Ein Kinderschrei hallte durch die Dunkelheit, und die schnarrenden Klänge einer zerkratzten Benny-Goodman-Schallplatte drangen aus einer der anderen Wohnungen. *Ich hätte ihn nicht mit herbringen dürfen.* Danielle blieb vor ihrer Tür stehen und wurde noch beschämter – nicht wegen ihrer Lebensumstände, sondern wegen der Art, wie sie darüber dachte. *Immerhin verdiene ich mein eigenes Geld und sorge für meine Familie.*

»Dies ist Ihre letzte Chance, Cameron. Ich würde es Ihnen nicht verübeln, wenn Sie jetzt gingen. Ja, ich würde es verstehen.« Sie neigte den Kopf und holte ihren Schlüssel aus der Tasche.

»Oh nein, Dani, ich bin hier und bleibe hier.« Er grinste. »Wenn ich ehrlich sein soll, Mädchen, sieht das hier weit passabler aus als mein Elternhaus im stinkenden Armenviertel von Dublin. Ich weiß, dass Sie alles tun, was Sie können. Sie haben Mumm, Dani, echte Courage, und das bewundere ich an Ihnen.«

Danielle hielt ihren Wohnungsschlüssel in die Höhe. »Letzte Warnung. Sie sind im Begriff, meine Familie kennenzulernen.«

Als Danielle die Tür öffnete, bot sich ihr eine solch normale, häusliche Idylle dar, dass sie vor Schreck beinahe aufschrie. Ihre winzige Unterkunft war blitzblank, und Marie stand an der Kochplatte und rührte in etwas, das nach Rindfleischeintopf roch. Die Kinder spielten ruhig in einer Ecke, sauber, zufrieden und mit rosa Schleifen im Haar. Ihre Nachbarin Anna saß auf einem Stuhl und machte ein Nickerchen.

Zum ersten Mal seit ihrer Ankunft in Amerika wirkte Marie normal. Sie hatte sogar Make-up aufgelegt und ihr Haar hochgesteckt.

Danielle fing sich wieder und machte alle bekannt. Marie gab sich freundlich, und die Mädchen waren absolute Engel. Dabei hatten sie alle keine Ahnung, dass Cameron eine Berühmtheit war.

»Ich arrangiere kurz alles wie besprochen, während Sie sich umkleiden«, sagte Cameron zu ihr. Gemeint war der Anruf bei der Polizei. Lächelnd entschuldigte Danielle sich und verschwand hinter dem Paravent, der die Ankleideecke vom Rest des Zimmers trennte.

In der engen, schlecht beleuchteten Nische beäugte Danielle ihre spärliche Garderobe. Sie hatte gelernt, dass ein gut geschnittenes schwarzes Kleid für alle Gelegenheiten zu gebrauchen war. Aber heute Abend brauchte sie etwas Spektakuläres. Auf der Schneiderpuppe hing noch ein Musterkleid für ihre neue Kollektion. Sie nahm es ab und streifte sich den goldenen Satin über, der ihre schmalen Hüften umschmeichelte. Das Kleid stand ihr gut, umspielte ihre Figur, und die Farbe sorgte für eine dramatische Wirkung. Am Halsausschnitt war eine zarte Bronzestickerei, die über das gesamte Schlüsselbein ging, und hinten war es bis zur Taille ausgeschnitten.

Danielle hatte eine ganze Truhe voller Kleider bekommen, als sie für den Besitzer eines Wohlfahrtsladens in der Nähe die Lagerräume putzte. Die gute Stoffqualität hatte sie gereizt, daher hatte sie mehrere der Kleider umgearbeitet. Da ihr Geld knapp wurde, hatte sie auch schon Parfüm gegen mehrere Ballen neuen Stoff aus einer Fabrik in Downtown eingetauscht und experimentierte damit, neue Materialien mit Retro-Akzenten zu versehen.

Danielle strich über das Kleid und zupfte es zurecht. *Könnte Jon mich doch so sehen.*

Dann bürstete sie sich das Haar und steckte es nach hinten. Allen Schmuck hatte sie verkauft, also blieben ihre Ohren, der Hals, die Handgelenke und Finger nackt. Doch dies bewirkte einen Eindruck von eleganter Schlichtheit, und beim Blick in den Spiegel schöpfte Danielle neuen Mut.

»Ich bin bereit«, sagte sie und trat hinter dem Paravent vor.

Im ersten Moment war Cameron sprachlos. »Also, Sie sehen umwerfend aus!«

Danielle küsste ihre Familie zum Abschied und staunte über Maries wundersame Wandlung, auch wenn sie sich mittlerweile daran gewöhnt hatten, dass das Verhalten ihrer Mutter stark schwankte. »Ich komme nicht spät wieder, Maman.«

»Alles bestens, meine Liebe, bei Jean-Claude bist du in guten Händen.« Marie lächelte, und ein kleines Licht funkelte in ihren Augen.

Danielle war gleich wieder enttäuscht. Ihre Mutter hielt Cameron für Jean-Claude.

»Wer ist Jean-Claude?«, fragte Cameron, als sie die Treppe hinuntergingen.

»Mein Bruder«, antwortete Danielle.

Cameron blieb sichtlich verwirrt stehen. »Aber ist er nicht …«

»Tot? Ja.« Danielle musste sich am Geländer festhalten. »Meine Mutter ist ein wenig verwirrt. Deshalb ist Anna da und hilft uns.«

Sie kamen unten an der Treppe an, und Cameron sagte: »Fürs Protokoll, ich finde, Sie leisten Großartiges.« Er küsste sie auf die Stirn, wobei sie sein geschmeidiges, holziges

Aroma von Vetivergras wahrnahm. Danielle erkannte auch Kumarin und das sinnlich animalische Aroma der Zibetkatze. Guerlain, stellte sie gedankenverloren fest. *Jicky.* Einer meiner Lieblingsdüfte. Und er passte gut zu ihm. *Trotzdem ist er nicht Jon,* dachte sie wehmütig.

Er wich zurück. »In diesem Licht sehen Sie meiner Mutter so ähnlich, wie sie auf einer alten Fotografie aussah, die vor ihrer Heirat aufgenommen wurde.« Sein Blick fixierte einen Punkt hinter ihr. »Damals, in der Blüte ihrer Jugend, als ihr Gesicht noch nicht gezeichnet war, bevor die zornigen Hände meines Vaters ihre Wangenknochen und ihre Nase brachen. Lange vor der Nacht, in der er sie totprügelte.« Er blinzelte und schüttelte den Kopf, als wollte er die Erinnerung loswerden. »Ja, da war sie eine Schönheit.«

Betroffen von seiner Geschichte, berührte Danielle sacht sein Gesicht. »Das tut mir sehr leid, Cameron.«

»Gehen wir. Wir sind sowieso schon zu spät.« Als sie losfahren wollten, kam ein Streifenwagen an, und der Polizist winkte Cameron zu.

Unglaublich, dachte sie. *Wie oft hatte ich um Hilfe gebeten?*

Am Westhimmel ging die Sonne unter, und ein orangeroter Glanz leuchtete vom Horizont, als würde der Stadt ein rotes Tuch übergeworfen. Cameron bog vom Beverly Drive nach Norden in eine Gegend voller großer Herrenhäuser. Sie durchfuhren eine palmengesäumte Straße über den Sunset Boulevard und vorbei an der rosa Steinfassade des Beverly Hills Hotels. Die Straße wand sich unterhalb Pickfairs entlang, dem Anwesen von Mary Pickford und Douglas Fairbanks, während sie weiter in die von der Abendsonne beschienenen Hügel fuhren.

Dort, auf einer Anhöhe, von der aus man über die Stadt blickte, stand Lou Silvermans prächtige Villa: ein schimmernd weißer Traum, in rötlichen Glanz gehüllt.

Ein paar schmiedeeiserne Tore schwangen auf, und eine Wache winkte sie herein, nachdem sie Cameron erkannt hatte. Hohe italienische Zypressen ragten rechts und links von der Zufahrt auf, die vor einem ausladenden spanisch-mediterranen Prachtbau endete. Den großen weißen Bau akzentuierten ein rotes Ziegeldach, flamingo-rosa Bougainvillea und königsblaue Bodenfliesen. Der Park um das Haus herum war von zwei Tennisplätzen und mehreren *Cabañas* gesprenkelt.

Auf dem Grün blühten üppige Blumen, und Bäume ließen unter dem Gewicht von Orangen, Limonen und Grapefruit ihre Äste hängen. Danielle atmete den Zitrus-, Lilien- und Geißblattduft ein und fühlte sich an Bellerose erinnert.

Noch nie hatte sie einen solch prachtvollen Besitz in Los Angeles gesehen, so wunderschön gepflegt, so privat und so palastartig. *Eines Tages,* dachte sie, *wohnen wir vielleicht so, Marie und die Mädchen; wir könnten einen Garten haben, und Nicky könnte einen Hund bekommen.* Je härter sie arbeitete, umso größer wurden ihre Visionen. Schließlich war dies Amerika, das Land der unbegrenzten Möglichkeiten.

Sie stiegen aus dem Auto, und unzählige Kameras blendeten sie mit ihren Blitzlichtern. Cameron setzte sein berühmtes Grinsen auf und posierte geübt für die Fotografen. Danielle bemühte sich, ruhig zu bleiben, auch wenn diese Aufmerksamkeit beinahe überwältigend war. *Dies also ist seine Welt.*

Ein formell gekleideter Butler begrüßte sie an der Eingangstür. Von drinnen war ein Orchester zu hören, das lebhafte Big-Band-Musik spielte. Und im Haus wimmelte es von Menschen.

Prompt bereute Danielle ihre Entscheidung, Cameron zu begleiten. Hier waren so viele Leute. Und so viele Aromen drängten sich in ihrer Nase. Rauch, Parfüms, Cocktails, Blumen, Essen. Sie entdeckte Cary Grant ein Stück vor ihnen, und er roch nach Sandelholz. Unweit von der Bar war Ginger Rogers in einer weißen, schräg geschnittenen Satinrobe, die auf ihrer sonnengebräunten Haut schimmerte. Sie unterhielt sich mit Charles Boyer, der in seinem schwarzen Smoking sehr elegant wirkte. Danny Thomas winkte Cameron zu, und Myrna Loy – in einem bordeauxroten, rubinverzierten Kleid mit nur einem Schulterträger – küsste ihn im Vorbeigehen auf die Wange, während ein junges Starlet, das zu viel Shalimar trug, ihm zuzwinkerte. Von der Tanzfläche aus wirbelten Danielle Düfte von Zibetkatze, Moschus und Patschuli in einem sinnlichen Rhythmus entgegen.

»Entspannen Sie sich«, rief Cameron über den Lärm hinweg. »Das hier soll spaßig sein.«

»Ich war schon sehr lange nicht mehr bei Gesellschaften, Cameron, nicht mehr seit … seit Max …« Ihre Stimme verlor sich, und sie fühlte sich ein bisschen schwindlig.

»Oh Gott, Dani, das war mir nicht klar!« Cameron zog sie in eine Nische und drückte sie fest an sich. »Wissen Sie was, wir begrüßen kurz Mr Silverman, und dann gehen wir wieder. Ich muss mich lediglich zeigen.«

Danielle atmete tief durch, um ihre Nerven zu beruhigen. »Nein, schon gut, wir können ruhig bleiben.« Sie lehnte ihren Kopf an seine Schulter. Er fühlte sich stark und sicher an.

So wie Max. Und Jon. Sie vermisste es, mit jemandem zusammen zu sein, dem an ihrem Wohlergehen lag.

»So ist es richtig. Sie wissen ja, was man über nur Arbeit und kein Vergnügen sagt.« Er blickte zur hinteren Tür. »Auf der Terrasse ist es nicht so voll.«

Cameron bugsierte sie nach draußen, wo ein Sternebaldachin über den Hügeln glitzerte. Die dunklen Winkel der Terrasse wurden von silbernen Kronleuchtern erhellt wie eine barocke Theaterkulisse.

Danielle reckte ihre Nase und sog die kühle Nachtluft ein, die von Lavendel und Rosmarin gewürzt war.

»Bleiben Sie hier«, sagte Cameron. »Ich hole uns etwas zu trinken. Ist Champagner okay?«

Danielle nickte. Er war nett. Sobald er gegangen war, sah Danielle Hedda Hopper auf sich zueilen, an deren Hut Pfauenfedern wippten. »Danielle, raten Sie mal, was ich trage!« Sie streckte Danielle ihr Handgelenk entgegen, und ohne eine Antwort abzuwarten, gurrte sie: »Chimère, Schätzchen. Was sonst?«

Danielle war froh, sie zu sehen. »Sie kennen hier gewiss jeden, Hedda, aber ich kenne kaum eine Seele.«

Hedda neigte sich näher zu ihr. »Sehen Sie die Dunkelhaarige neben Lou Silverman? Das ist Erica Evans, Camerons Exfrau.«

Danielle folgte ihrem Blick zu einer schönen Frau in einem engen roten Abendkleid, das ihre üppige Figur betonte. »Sie sieht südamerikanisch aus.«

»Ja, sie ist aus Mexiko.« Hedda zog eine Braue hoch. »Zufällig weiß ich, dass ihre Mutter immer noch als Bedienstete dort arbeitet und anderer Leute Häuser putzt.«

Man tat, was man tun musste, hatte Danielle inzwischen gelernt. »Wie kam es, dass Erica Schauspielerin wurde?«

»Sie ist mit vierzehn von zu Hause weggelaufen, bei San Diego über die Grenze und hat als Nachtclubsängerin angefangen. Dort lernte sie einen Agenten kennen, der ihr Leben veränderte. Aus Juanita Juarez wurde Erica Evans, und nach einer Nasenoperation und zwei Jahren Sprach- und Schauspielunterricht bekam sie ihre erste Filmrolle.«

»Sie muss sehr hart gearbeitet haben.«

Hedda lachte schnaubend. »Auf dem Rücken, würde mancher sagen. Übrigens sollten Sie auf Cameron aufpassen, wenn Erica in der Nähe ist.« Sie küsste Danielle auf die Wange. »Tata, Schätzchen, ich muss los.«

Die Party erreichte ihren Höhepunkt, und Abigail stand neben Lou Silverman, als er die Menge überblickte. Sein größter Star, Erica Evans, war bei ihnen und genoss es, im Mittelpunkt zu stehen.

»Lou, jetzt bitte ich Sie schon seit Wochen um Ihre Hilfe für diese verwaisten Kinder«, sagte Abigail und lenkte ihn von der Partyszene ab.

Lou Silverman lehnte sich an die Galeriebrüstung. »Abigail, Ihre Energie und Leidenschaft sind beachtlich.«

In diesem Moment sprach ein Regisseur ihn an.

Abigail beobachtete Lou. Sie könnte sich einen Mann wie ihn in ihrem Leben vorstellen, wie sie Gesellschaften mit ihm gab, mit ihm durch den Park schlenderte, neben ihm im Bett aufwachte. *Wie wäre das wohl?* Nein, nicht ein Mann *wie* er. Sie liebte es, Lous tiefe Stimme zu hören, beiläufig von seiner Hand gestreift zu werden. Könnte sie ihm doch nur geben, was er sich nach eigener Aussage wirklich wünschte: Kinder, eine Familie. Sie hatte sich bemüht, seine wachsende Anziehungskraft zu leugnen, aber ihr gelang es bestenfalls, ihre Gefühle vor ihm zu verbergen.

Das Leben war schlicht unfair!

Lou richtete die makellose weiße Krawatte und wandte sich wieder Abigail zu. »Also, was sagten Sie?«

Abigail musste ihre Gedanken sortieren. »Sie wissen bereits alles über die besonderen Vorzüge, um mein neues Kinderhilfsprogramm vorzustellen, aber noch haben Sie weder zugesagt noch abgelehnt.«

»Erzählen Sie es mir noch einmal, Abigail. Sie haben meine volle Aufmerksamkeit.«

Abigail redete los, erzählte, dass sie mit Mrs Roosevelt, der First Lady, gesprochen hatte. Sie stellte fest, dass sie aus lauter Nervosität plapperte, aber sie genoss auch Lous ungeteilte Aufmerksamkeit.

Erica unterbrach sie. »Seht nur, da ist Cameron. Wer ist die Frau bei ihm?«, fragte sie, und ihre Eifersucht war unüberhörbar.

Danielle sah, wie Cameron mit zwei Sektflöten zu ihr zurückkam. Er reichte ihr eine und stieß mit ihr an. »Auf die Zukunft. Möge Ihr Morgen so strahlend sein wie Ihre Augen.«

»Merci«, sagte sie und trank. Es war ein guter französischer Champagner.

»Fühlen Sie sich besser?«, fragte Cameron lächelnd.

Danielle nickte. Sie musste zugeben, dass der Champagner schmeckte. Und sie fühlte sich bei Cameron sicher; genau genommen hatte sie sich schon ewig nicht mehr so gefühlt.

»Feiern wir heute Abend Ihren Erfolg, Dani. Ich war von Ihrem Debüt heute mächtig beeindruckt. Und ich werde allen davon erzählen, die ich kenne. Sind Sie bereit, die Runde zu drehen?« Er bot ihr seinen Arm an, und sie hakte sich bei ihm ein.

Danielle lächelte. Cameron hatte recht: Es war ein solch glamouröser Abend, genau das Richtige, um ihre heutigen Errungenschaften zu feiern. Überhaupt war es das erste Mal seit Langem, dass sie etwas zu feiern hatte.

»Ah, Danielle, was für eine nette Überraschung, dich hier zu sehen!« Abigail küsste Danielle auf die Wange.

Sie unterhielten sich kurz, dann sagte Abigail: »Hast du gehört, dass Jon heiraten wird?«

Hatte Danielle richtig gehört? *Nein, das muss ein Irrtum sein,* dachte sie panisch. Sie versuchte, etwas zu sagen, Abigail zu erklären, dass sie sich irren musste, doch als sie den Mund aufmachte, wollte kein Ton herauskommen.

Cameron grinste. »Also hat er das Mädchen endlich gekriegt, was?«

»Jemand muss ja die Familienlinie fortführen.« Ein Schatten huschte über Abigails Züge. »Cameron, du erinnerst dich doch gewiss an Victoria.«

Danielle kämpfte darum, ihre Verzweiflung zu überspielen. »Seltsam«, brachte sie schließlich heraus. »Jon hat sie in seinen Briefen nie erwähnt.« *Wie konnte er das tun, ohne es mir zu erzählen? Ich schrieb ihm, dass ich ihn liebe!* Sie hatte sein Angebot abgelehnt, das gab sie zu, aber sie hatte keine Ahnung gehabt, dass er eine andere bitten würde, ihn zu heiraten. *Andererseits ist er ein Mann, ein sehr gut aussehender Mann, und …*

»Ach ja?«, sagte Abigail. »Er schreibt dir? Nun, ich nehme an, dass er es nicht erwähnt hat. Alle gingen ohnehin seit Jahren davon aus, dass sie irgendwann heiraten würden. Sie waren sich sozusagen versprochen. So halten es unsere Familien in England. Victoria schrieb mir davon, und Mutter sagt, dass alles arrangiert ist.«

»Dann richte ihm bitte meine besten Wünsche aus.« Danielle hoffte, dass sie nicht so unglücklich klang, wie sie sich fühlte. Warum hatte Jon ihr nichts gesagt? Danielle hatte Abigail nichts von ihren Gefühlen für ihn erzählt, weil sie offiziell noch in Trauer war.

Cameron legte seinen Arm um Danielles Schultern. »Ich bin froh, dass Jons Liebesleben geregelt ist. Jetzt begrüß Mr Silverman, Danielle.«

Sie wandte sich zu Lou. »Guten Abend. Was für eine herrliche Party. Vielen Dank für die Einladung.«

Lou nickte ihr höflich zu. »Ich bin froh, Sie beide hier zu haben.« Dann sah er Cameron prüfend an. »Passt du auf dich auf?«

»Ja, Sir, und ich benehme mich anständig, falls du das meinst.«

»Schön. Erica ist nach wie vor ganz Feuer und Flamme für dich.«

Erica mischte sich ein und zog einen sinnlichen Schmollmund. »Willst du den Ehrengast gar nicht begrüßen?«

Cameron lachte. »Natürlich, mein Latino-Mädchen! Du siehst heute Abend umwerfend aus. Aber das tust du ja immer.« Er beugte sich vor, um sie auf die Wange zu küssen.

Im entscheidenden Moment drehte Erica den Kopf leicht, sodass er sie auf den Mund küsste. »Um der alten Zeiten willen, *mi amore*«, sagte sie verführerisch.

»Wie nett, dass ihr euch so gut versteht«, bemerkte Abigail trocken. »Die meisten geschiedenen Paare reden kaum noch miteinander.«

Erica warf ihr einen stechenden Blick zu. »Warum sollte man sich von einer Scheidung eine vollkommen intakte Beziehung ruinieren lassen?«

Cameron hüstelte. »Du bist ja in Höchstform, Erica. Doch wenn ich mich recht entsinne, warst du diejenige, die ihre Sachen packte und ging.«

Erica wischte seine Worte mit ihrer rubingeschmückten Hand weg. »Kleinigkeiten, Kleinigkeiten!« Dann sah sie Danielle an. »Wer ist das Mädchen in dem Goldkleid?«

Cameron stellte sie vor. »Ich traf Danielle heute bei Bullock's Wilshire, wo sie arbeitete.«

»Ah, eine Verkäuferin!« Ericas Augen verengten sich. »Nettes Kleid. Sie sollte sich nächstes Mal auch Schmuck leihen.«

»Funkelnde Augen sind verlockender als glitzernde Steine«, konterte Danielle lächelnd. Sie war gerade von Jon in Grund und Boden getreten worden, da würde sie es nicht auch noch von einer Fremden dulden.

Erica ignorierte die Bemerkung, doch Cameron erstickte ein leises Lachen.

Lou sagte: »Wie ich mich entsinne, Danielle, hatten Sie bei unserer letzten Begegnung gerade Ihre Parfümfirma gegründet. Und jetzt lese ich dauernd von Ihnen in Heddas Kolumne.« Er wandte sich zu Cameron. »Danielle ist eine besondere Frau. Gib gut acht auf sie.«

»Keine Sorge«, sagte Danielle, die noch kochte von Jons Verrat. »Das tut er.«

»Ach wirklich?« Erica warf ihre pechschwarze Mähne über ihre nackte Schulter, und der vollmundige Duft von Joy, überquellend von Jasmin und Rose, strömte Danielle entgegen. »Und wie gut, Cameron?«

»Das reicht, Erica.« Lou ergriff ihren Arm.

Abigail mischte sich ein. »Was für ein wunderschönes Abendkleid, Danielle! Die Farbe passt großartig zu deinem Haar. Wo in aller Welt hast du es gefunden? Bei Clara?«

»Nein, es ist einer meiner neuen Entwürfe.«

»Ich finde es großartig! So etwas habe ich noch nie gesehen. Lass mich mal die Rückseite sehen.«

Danielle vollführte eine elegante halbe Drehung, sodass der fließende Satin an ihren Beinen goldene Wellen schlug, und lächelte ihre Enttäuschung wegen Jon weg. »Wir planen schon die erste Bretancourt-Modenschau bei Clara. Das Hauptaugenmerk gilt der Betonung der natürlichen Figur und der Kombination von neuen Stoffen mit Retro-Akzenten.«

»Erica, du würdest reizend in solch einem Schnitt aussehen«, sagte Cameron.

Daniella stellte sich vor, dass Erica ihr das Kleid lieber in Fetzen vom Leib reißen würde, aber da Lou ihren Arm festhielt, musste sie stattdessen eine freundliche Miene aufsetzen.

»Natürlich, und ich würde gerne kommen«, sagte Erica, und ihre Worte troffen vor Missmut. »Ich freue mich immer, neue *Schneiderinnen* kennenzulernen.«

»Danielle ist weit mehr als eine Schneiderin«, korrigierte

Abigail. »Sie könnte die Nachfolgerin von großen Modeschöpfern wie Chanel oder Patou sein. Man sehe sich nur an, wie erfolgreich ihre Parfümlinie ist.«

»Ich sorge dafür, dass Sie eine Einladung bekommen, Erica. Und Sie sollten auch Ihren Freund mitbringen«, sagte Danielle, »damit er einige Kleider für Sie aussuchen kann. Wo ist er heute Abend?« Erica ignorierte sie, und Danielle sah, dass Cameron ein bisschen rot wurde. *Demnach hat er gelogen, als er sagte, sie wäre mit ihrem neuen Freund hier. Warum?*

Dann fiel Danielle wieder ein, dass Lou bei Claras Modenschau nach Filmkostümen gesehen hatte. »Mr Silverman, ich würde sehr gerne besondere Kleider und Kostüme für Ihr Studio entwerfen«, füllte sie die verlegene Stille.

»Wir haben unsere eigenen Designer, aber wir ordern auch bei den Stars der Modewelt.«

»Ich kann Ihnen versichern, dass meine Entwürfe starwürdig sind. Darf ich Sie vielleicht morgen mal aufsuchen, um die Kostüme für Ericas neuen Film zu besprechen?«

Erica sah aus, als wollte sie Danielle die Augen auskratzen.

Doch Lou grinste verhalten. »Warum nicht? Wir sind ständig auf der Suche nach neuen Talenten.«

»Dann rufe ich Sie gleich morgen früh an«, antwortete Danielle. *Und zur Hölle mit Jon,* dachte sie, obwohl sie furchtbar litt.

Als Lou sie stehen ließ, um sich mit anderen Gästen zu unterhalten, hakte Abigail sich bei Danielle ein. »Komm mit und lass uns ein bisschen reden.« Sie verschwanden in der Menge, sodass Erica und Cameron allein zurückblieben.

Cameron funkelte Erica verärgert an. »Was sollte das eben?«

»Ich weiß nicht, was du meinst«, sagte sie und warf den Kopf in den Nacken.

»Du bist so eine Hexe«, zischte er, packte ihr Handgelenk und drehte es leicht. »*Verkäuferin?* Ich bin froh, dass Danielle nicht schärfer gekontert hat.«

Erica verzog das Gesicht. »Nimm deine Finger von mir, Cameron Murphy. Ich bin nicht deine Frau! Du kannst mich nicht mehr zum Gehorsam prügeln. Lass los. Was sollen die Leute denken?«

Cameron riss an ihrem Handgelenk, sodass sie näher kam. »Sie werden denken, dass wir uns glänzend verstehen.«

»Nicht, wenn ich dich ohrfeige, Mistkerl«, fauchte sie. Ein Lächeln umspielte ihre vollen roten Lippen.

Er ließ sie los und schubste sie weg. »Hör auf mit dem Drama, Erica. Hier wird nicht gedreht.«

Cameron machte auf dem Absatz kehrt und sah Danielle auf sich zukommen.

Mit einem breiten Grinsen schritt er ihr entgegen. »Ich habe genug von der Party«, sagte er und verzog das Gesicht, »und genug von Erica. Verschwinden wir von hier.«

»Ich glaube nicht, dass Erica schon genug von Ihnen hat«, sagte sie leise. »Ich denke, sie liebt Sie immer noch.«

Er antwortete nicht, sondern führte sie zur Tür.

Sie stiegen in den Rolls-Royce, und Cameron fuhr durch das große Tor den Hügel hinunter. Bald allerdings hielt er am Straßenrand und stellte den Motor ab. Unter ihnen glitzerten die Lichter der Stadt, und nach Westen erstreckte sich der Ozean wie schwarzer Samt bis in die Unendlichkeit.

Es war eine stille Nacht, und eine kühle Brise wehte.

Cameron legte einen Arm um Danielle. »Ich möchte, dass Sie Folgendes verstehen, Dani. Erica und ich haben uns sehr geliebt. Aber wir waren wie Hund und Katze. Mein irisches Temperament und ihr südamerikanisches ergaben zusammen eine explosive Mischung. Unsere Ehe war wie ein Preiskampf im Boxen – vollkommen anders als die Beziehung, die Sie und Max hatten.«

»Glauben Sie nicht, unsere Ehe wäre perfekt gewesen. Jede Beziehung erfordert Kompromisse. Darf ich fragen, warum Erica Sie verlassen hat?«

»Sie dürfen, und Erica hatte gute Gründe. In meinen jungen Jahren war ich reichlich wild. Hollywood kann sehr verlockend sein, Dani, aber es ist nicht real. Nicht wie Sie.« Seine Hand lag auf ihrer nackten Haut und recht weit unten auf ihrem Rücken. »Ich habe versucht, mich zu ändern, auch wenn viele Leute es nicht erkennen.«

Danielle blickte verstohlen zu Cameron. Er sah wie ein kleiner Junge aus, der geliebt werden wollte, und für einen flüchtigen Moment wurde ihr die Brust eng, denn sie dachte an Nicky und all die Lieben, die sie verloren hatte. »Haben Sie sich denn verändert, Cameron?«

»Sicher habe ich das! Ich habe meine Lektion gelernt. Ich möchte zur Ruhe kommen, eine Familie haben, eine geregelte Arbeit.«

»Sie und ein Familienmensch?« Sie lachte. »Tut mir leid, aber das kann ich mir einfach nicht vorstellen.«

»Es stimmt aber, Dani. Sicher, ich habe gerne Spaß, und ich denke, das gefällt Ihnen an mir.« Er tippte ihr mit dem Finger an die Nasenspitze. »Ich kann Sie zum Lachen bringen. Aber tief im Innern bin ich ein Mann, der die Liebe einer netten Frau sucht. Und ich würde Sie beschützen; mit mir an Ihrer Seite könnten Sie sich immer sicher fühlen.«

Cameron nahm sie in die Arme. Danielle war sich seiner Hände auf ihrer Haut allzu bewusst. Seine Berührung war sanft, und sie schloss die Augen, genoss die Wärme seines Körpers, die Sicherheit seiner Umarmung und die Wirkung des Champagners.

Sie vermisste es, von einem Mann berührt zu werden. Zwar sehnte sie sich nach Jon, doch nun wusste sie, dass es nie eine Beziehung mit ihm geben würde. Camerons eine Hand bewegte sich, kaum merklich zunächst, streichelte ihren Nacken und glitt ihren Rücken hinab. Danielle erbebte in seinen Armen. *Nur noch einen Moment.* Sie fühlte, wie sich seine Muskeln unter dem Hemd anspannten, als sie ihre Finger auf seinen Rücken drückte.

»Oh, Dani«, raunte er. »Ich sehne mich schon nach dir, seit ich dir zum ersten Mal begegnet bin.«

Obwohl sie versucht war, wich Danielle zurück. »Das sollten wir wirklich nicht.«

Cameron lehnte seinen Kopf an ihre Brust, und sie fühlte, wie schnell sein Herz schlug. Seine Hand streifte ihre Brust, als er wieder aufsah, und sie versteifte sich. »Hab keine Angst, Dani. Ich werde sanft sein.«

Sie entspannte sich wieder, brauchte seine Sicherheit. Und sie verdrängte die Gedanken an Max, an Jon und seine Heirat. Cameron war jetzt für sie da.

»Das ist Vollkommenheit«, murmelte er. »Absolut himmlisch, dich in meinen Armen zu haben. Ich bete dich an.«

Danielle sah ihn an. »Cameron, wir sollten lieber weiterfahren, bevor …«

»Bevor was? Bevor wir beide etwas tun, das wir genießen?« Camerons Lippen streiften ihr Gesicht, und er spannte spürbar die Muskeln an.

Ein warmer Moschusduft stieg von seiner Haut auf, und als Danielle ihn einatmete, reagierte ihr Körper ganz unwillkürlich. Heute Nacht brauchte sie Trost und Zerstreuung – Ablenkung von dem Schock ob Jons Heirat, von einem Jahr Trauer, von der Sorge um Nicky und Marie, mit der sie allmorgendlich aufwachte. Ihre Lippen fanden seine, und sie küssten sich. Zuerst war es ein zurückhaltender Kuss, der jedoch rasch leidenschaftlicher wurde.

Camerons Lippen wanderten von ihrem Mund zu ihrem Hals und zu ihrem Ausschnitt, ehe er den Kopf hob. Er umfing ihr Gesicht mit beiden Händen und blickte ihr in die Augen. »Jetzt gibt es kein Zurück mehr, Dani.«

Danielle wandte den Blick ab. Während sie es tat, drehte Cameron den Zündschlüssel. Und als der Motor aufbrummte, wusste Danielle, dass Cameron sie nicht nach Hause bringen würde, und ihr natürliches Anstandsgefühl meldete sich. *Darf ich das?* Sie sah ihn an und überlegte.

Nach einer kurzen Fahrt zu Camerons Haus in dem flacheren Teil von Beverly Hills führte er Danielle durch eine wuchtige Tür in sein zweistöckiges Haus im Tudor-Stil. In der Diele blieb er stehen, küsste ihre Stirn, ihre Lider, ihre Wangen und schließlich ihren Mund – sanft, neckend und verlockend. Er ließ sich Zeit. »Bist du bereit?«, flüsterte er.

Danielles Herz pochte wild, und sie gab Camerons Berührung nach, als ihrer beider Verlangen aufflammte. *Nur heute Nacht,* beschloss sie. *Keiner muss es erfahren.* In Wahrheit war es Jon, nach dem sie sich sehnte, doch er hatte ihre

Welt in dem Moment zerstört, in dem sie sich wieder der Liebe öffnete. *Wie konnte er das tun?* Schmerz regte sich in ihrer Brust, doch Cameron konnte die Leiden ihrer Seele lindern.

Mit einer geschmeidigen Bewegung hob er sie in seine Arme und trug sie nach oben in sein Schlafzimmer.

24

Die Mohnblume: Eine Blüte ewigen Schlafes, ein Narkotikum für die wunde Seele, ein Gedenken an den gefallenen Soldaten. – db

5. November 1940
Los Angeles, Kalifornien

»Dieses Kleid ist ideal für Erica Evans.« Danielle wirbelte ein leuchtend rotes Kleid herum, und ihre Nerven flatterten genauso wie der Stoff. Das Kleid hatte einen tiefen V-Ausschnitt vorn und einen noch tieferen hinten.

Lou Silverman lehnte sich auf seinem Schreibtischstuhl nach hinten, die Fingerspitzen aneinandergelegt und den Panoramablick auf die Stadt hinter sich. »Wie ich Erica kenne, wird sie den Ausschnitt noch tiefer wollen.« Er schwenkte eine Hand zu dem Kleiderständer, den Danielle hereingerollt hatte. Die Kleider darauf bildeten einen Technicolor-Regenbogen. »Diese Muster sprechen für sich, aber können Sie fristgerecht liefern?«

»Natürlich! Ich habe sehr verlässliche Mitarbeiterinnen.« Danielle schluckte und dachte an Annas Tochter, deren Freundinnen ebenfalls nähen konnten, und dann war da noch Esmeralda, Claras Schneiderin, die versprochen hatte, zu helfen und notfalls auch Freundinnen hinzuzurufen. Danielle hatte Geld aus Claras Darlehen genutzt, um ein zweites Zimmer in ihrem Wohnhaus zu mieten, wo sie Material und Muster lagern konnte und Platz hatte, ihre Parfüm- und Modeprojekte unterzubringen. »Das ist überhaupt kein Problem«, ergänzte sie voller Zuversicht. *Auch wenn es nicht leicht wird.*

Lou rieb sich das Kinn. »Ich brauche Kostüme für *Die spanische Erbin,* Ericas neuen Film. Bisher hat sie noch jeden unserer Modedesigner brüskiert und schließlich vergrault. Trauen Sie sich das zu?«

»Unbedingt. Ich kann sofort anfangen.«

»Ich bewundere Ihren Ehrgeiz, Danielle«, sagte er und grinste. »Kommen Sie morgen früh um neun. Dann lernen Sie den Regisseur und sein Team kennen und besprechen mit ihm, was er sich vorstellt.« Lou stand auf, was bedeuten sollte, dass dieses Gespräch vorbei war. »Brauchen Sie Hilfe mit dem Kleidergestell?«

»Danke«, sagte sie und konnte ihre Aufregung nur mit großer Mühe zügeln. »Ich schaffe das schon.«

Er hielt ihr die Tür auf und neigte den Kopf. »Übrigens, machen Sie eigentlich auch maßgefertigtes Parfüm?«

»Ja, mache ich.«

Ein Lächeln huschte über Lous Gesicht, und seine stahlblauen Augen wirkten gleich sanfter. »Ich würde Abigail gerne überraschen. Haben Sie eine Idee, was ihr gefällt?«

»Sie pflanzt vorzugsweise Rosen und Lilien.« Danielle war nicht bewusst gewesen, dass die Beziehung der beiden so persönlich war. Oder sollte sie das erst werden?

»Ja, die Düfte würden zu ihr passen.«

Nachdem Danielle Lous Büro verlassen hatte, rollte sie ihren Musterständer zum Aufzug und rief sich unten ein Taxi. Sie erinnerte sich, wie sich Lou und Abigail auf der

Party angesehen hatten, und nun, da sie genauer darüber nachdachte, war die gegenseitige Anziehung wirklich offensichtlich gewesen.

Sie freute sich unsagbar über den Auftrag, war jedoch nervös, was die Fertigung anging. Schnelles Wachstum war schwer zu koordinieren, denn Firmen zahlten erst nach Lieferung. Bei Einzelhändlern konnten das sechzig bis neunzig Tage nach dem Verkauf der Ware sein. Sie brauchte schneller mehr Geld, um Material zu bezahlen. Es war ein Teufelskreis. Würde sie jemals auf einen grünen Zweig kommen?

15. November 1940
Los Angeles, Kalifornien

»Liebst du mich?« Cameron lehnte im Türrahmen ihrer Wohnung und strich mit seinen Fingern über Danielles Hals, kitzelte ihre Ohren und tippte ihr auf die Nasenspitze. Sein berühmtes Grinsen, das seine Augen zum Leuchten brachte, büßte im Vergleich zur großen Leinwand nichts ein.

»Das ist furchtbar. Wie kannst du mir das antun?«, sagte Danielle und versuchte, ihn zu tadeln, was ihr gründlich misslang. Lachend sank sie in seine Arme.

Nach ihrem intimen Abend im Anschluss an Lous Party hatte er ihr ein Diamantarmband geschenkt, das sie ihm umgehend zurückgab. Heute kam er mit einem neuen Kleid und passendem Hut für Marie, einem Stoffteddy und Büchern für Liliana und einem neuen Kinderbett für Jasmin.

»Ein Teddy!«, kreischte Liliana begeistert und drückte das Stofftier an sich. »Und Bücher!« Sie sank auf die Knie und strich voller Ehrfurcht über die Einbände, als wären sie aus purem Gold.

Danielle musste nachgeben. Zum ersten Mal seit Monaten sah sie ihre Nichte wahrhaft glücklich. Und sogar Marie lächelte strahlend, als sie ihren neuen Hut vor dem Spiegel aufprobierte. Danielle seufzte. Wie konnte sie ihrer Familie dies hier verweigern?

»Liebe mich«, sagte er, und diesmal war es keine Frage, sondern ein Befehl, untermalt von einer einzelnen roten Rose, die er aus seinem Revers zog.

Danielle nahm sein Angebot an und schnupperte automatisch an der Rose. *Ihn lieben?* Es war schwer, seine Aufmerksamkeit, seine Spontaneität und seinen ansteckenden Enthusiasmus nicht zu mögen – und all die Vorzüge, die das Zusammensein mit einem Star mit sich brachte. Wo sie auch hinkamen, wurde sie bevorzugt behandelt, und Danielle hatte Unmengen Berühmtheiten und Kolumnisten kennengelernt, die ausnahmslos neugierig auf ihr Parfüm und ihre Kollektionen waren.

Er küsste sie innig, und sie verfiel in eine Art Trance, während ihr sehr heiß wurde. Wie lange war es her, seit sie so empfunden hatte? Sie trauerte um Max, sehnte sich nach Jon, doch das Schicksal hatte ihr beide genommen. Cameron war für sie da, hielt sie in seinen Armen, bot sich ihr an und zeigte sich vor allem großzügig gegenüber ihrer Familie.

Sollte sie eine Närrin sein?

»Geh heute Abend mit mir essen«, drängte er sie und legte die Hände an ihre Wangen. »Nächste Woche beginne ich mit der Arbeit an einem neuen Film, und dann werde ich eine Weile lang wenig Zeit haben.«

Danielle küsste ihn auf die Wange. »Ich frage Anna, ob sie rüberkommen kann.«

»Und lange bleiben«, murmelte er ihr verführerisch ins Ohr.

Cameron hatte gerade Danielles Wohnung verlassen und war hellwach, obwohl die Sonne erst in Stunden aufgehen würde. Um die frische Nachtluft auszukosten, hatte er das Verdeck seines Wagens aufgeklappt. Nun lockerte er seinen Kragen und öffnete die oberen Knöpfe seines gestärkten weißen Hemds.

Neonlichter blinkten in der Nacht. Cameron gefiel es, durch das nächtliche Los Angeles zu fahren, wenn die Straßen zur Domäne der Ausreißer, Hehler, Zuhälter und Prostituierten wurden. Eben jener Sorte echter Menschen, mit denen er aufgewachsen war.

In seinem Leben hatte er nur eine einzige Frau geliebt – Erica, die seine unrühmliche Herkunft teilte –, obwohl ihre explosiven Streitereien in Hollywood legendär waren. So ungern er es auch zugab, verliebte er sich nun in Danielle. Und sie eignete sich hervorragend zur Ehefrau, was ihm eine Heidenangst einjagte.

Sicher, er hatte weidlich Erfahrung mit Ehefrauen, allerdings denen anderer Männer. Bei dem Gedanken grinste er. Viele verheiratete Frauen umwarben ihn, doch er zog die Herausforderung vor, treue Gattinnen zu verführen; und je höher ihr gesellschaftlicher Stand, desto besser. Er dachte an Jons Freundin in England. Victoria war adlig, sicher, hatte aber nichts gegen ein wenig Herumtollen gehabt. Bei der Erinnerung an ihre stürmische Affäre musste Cameron lachen. Es hatte ihm mächtigen Spaß gemacht, Jon eins auszuwischen, dem reichen Fatzke, der im Leben alles geschenkt bekam.

Wollte er Danielle deshalb? Er hatte in London durchaus bemerkt, wie Jon sie ansah. Wäre Max nicht gewesen, hätte Jon sie garantiert umworben. Und nun, da Max aus dem Weg war …

Nein, das war es nicht. Obwohl es Cameron Spaß machte, Jon zu schlagen, wo er nur konnte.

Lou Silverman hielt ebenfalls große Stücke auf Danielle. Eine Beziehung mit ihr könnte Camerons Karriereaussichten verbessern. Lou seinerseits hatte ebenfalls ein Auge für gute Frauen, auch wenn Abigail nie Camerons Typ gewesen war. Es käme ihm vor, als würde er mit seiner Schwester schlafen, womit sie in die einzige Kategorie von Frauen fiel, die vor Camerons Verführungskünsten sicher war.

Er war schon mit Hunderten Frauen zusammen gewesen. Und wieso auch nicht? Es war ja nicht so, als hätte ihn eine von denen abgewiesen. Danielle aber trieb ihn in den Wahnsinn. Cameron hielt an einer roten Ampel und trommelte verärgert auf dem Lenkrad, während er wartete.

Danielle hatte leuchtende Augen, für die jede Stummfilmschauspielerin morden würde. Sie sprach mit einem lyrischen Akzent und bewegte dabei so ausdrucksvoll ihre schmalen, anmutigen Hände.

Danielle war schiere Entschlossenheit … und reinste Poesie im Bett. Sie war eine Droge, von der Cameron nicht genug bekommen konnte. Bei ihr erlebte er einen Liebesrausch, und er musste berauscht sein, um sich lebendig zu fühlen. Wüsste sie allerdings, worum es ihm wirklich ging, würde sie nichts mehr mit ihm zu tun haben wollen. Wie Erica. Ihre Abweisung hatte ihn beinahe umgebracht.

Er atmete stumm pfeifend aus. Cameron brauchte einen Drink. Gott stehe ihm bei, er brauchte etwas Stärkeres!

Mit quietschenden Reifen wendete er vor der roten Ampel und brauste nach Downtown.

20. November 1940
Los Angeles, Kalifornien

»Und wo zur Hölle steckt Cameron Murphy?«, brüllte Lou in das Telefon auf seinem Schreibtisch.

»Weiß ich nicht«, antwortete Erica mit zittriger Stimme am anderen Ende. »Aber ich finde ihn.«

»Wir sollten uns hier um zehn am Montagmorgen treffen! Jetzt ist Mittwoch. Falls das ein Beispiel für sein künftiges Verhalten ist, kann ich Cameron in deinem Film nicht gebrauchen!«

»Bitte, Lou, gib mir vierundzwanzig Stunden. Ich finde ihn, und ich schwöre dir, dass er sich so einen Patzer nie wieder leistet. Ich verwettete meine Gage darauf, Lou.«

»Es gefällt mir überhaupt nicht, dass du das tust, Erica. Aber du hast vollkommen recht, dass er sich so etwas nie wieder erlaubt, denn falls doch, ist er erledigt, und das nicht bloß für mich, sondern für alle großen Studios. Ich nehme ihn ohnehin nur aus Gefälligkeit.« Lou machte eine Pause und senkte die Stimme. »Enttäusch mich nicht Erica, sonst wird dein Vertrag als Nächstes zur Diskussion stehen.«

»Sobald die Produktion beginnt«, sagte Erica reumütig,

»sorge ich persönlich dafür, dass Cameron jeden Morgen am Set ist.«

»Tu das. Und jetzt treib ihn auf.«

Erica legte den Hörer auf, nahm ihn wieder ab und wählte eine andere Nummer. Ein Mann meldete sich auf Kantonesisch. »Sammy, hier ist Erica. Ich bin auf der Suche nach Cameron.«

»Nein, Cameron nicht hier, bedaure.«

»Warte, Sammy, leg nicht auf. War er bei dir?«

Mehrere Sekunden blieb es still in der Leitung.

»Okay, war hier. Gestern. Sie zu spät, Miss Erica.«

»Weißt du, wohin er von dir aus gefahren ist?«

»Ich nicht sagen können an Telefon.«

»Dann komme ich zu dir. Und lauf nicht weg«, zischte sie, »sonst erzähle ich der Polizei, was ich weiß.« Wütend knallte sie den Hörer auf die Gabel.

Dann schnappte sie sich ihre Autoschlüssel und sprang in ihren Duesenberg-Sportwagen. Sie raste durch die Stadt und schaffte es in zwanzig Minuten nach Chinatown. Dort hielt sie mit kreischenden Bremsen vor einem baufälligen Haus mit vernagelten Fenstern. Auf ihren hohen Absätzen lief sie zur Rückseite des Hauses und hämmerte an die Tür.

Ein schmächtiger Mann öffnete und verneigte sich vor ihr. Erica stemmte die Hände in die Hüften und sah ihn wütend an. »Wo ist er?«

»Ich es aufschreiben, okay?« Sammy kritzelte eine Adresse auf einen Papierfetzen. »Nicht sagen, dass ich erzählt habe. Sehr schlecht für mich.«

»Schlechtes *Joss,* was?« Erica stürmte davon und fluchte

auf Spanisch vor sich hin. Sie sah auf den Zettel und erkannte die Adresse sofort. Ihre Schultern sackten ein. *Zum Teufel mit dem verfluchten Cameron!*

Weit musste sie nicht fahren. Ihr nächster Halt war ein heruntergekommenes Industriegebiet nahe der Eisenbahn. Sie parkte, pochte fest gegen die Tür und wartete. Keine Reaktion.

Nachdem sie sich umgeblickt hatte, drückte sie die Klinke. Die Tür war nicht verschlossen, und Erica ging hinein.

Drinnen war die Luft eklig süß und qualmvernebelt. Erica schnupperte. Opium. Auf Zehenspitzen schlich sie durch den Korridor, bis sie vor einem fleckigen Vorhang stand. Sie zog ihn beiseite und wartete, dass sich ihre Augen an die Dunkelheit angepassten.

Der säuerliche Gestank menschlichen Abfalls brannte in ihrer Nase. Auch ihre Augen brannten von der stinkenden Mischung aus Rauch und Körpergeruch. Sie blinzelte, wischte sich die Augen, dass ihre Wimperntusche verschmierte, und presste sich ihren weißen Chiffonschal vor Mund und Nase, um nicht würgen zu müssen. An der Wand reihten sich mit Lumpen bedeckte Liegen, doch nur auf einer lag jemand.

Ein tiefes Stöhnen entfuhr den totenblassen Lippen der regungslosen Gestalt. Der Mann trug eine zerknautschte Hose, der Oberkörper war nackt, das Haar schweißverklebt. *Cameron.* Ganz wie in alten Zeiten.

Erica lief hin. »Cameron, steh auf. Wir müssen gehen«, flüsterte sie heiser, rollte ihn herum, und sein Kopf kippte seitlich von der Liege. Erschrocken drückte sie die Finger an seinen Hals, fühlte einen schwachen Puls und stieß einen kleinen Seufzer aus.

Dann hakte sie ihre Arme unter seine Achseln, hievte ihn von der Liege und zog ihn durch den Raum. Erica war eine große Frau mit gut entwickelten Arm- und Schultermuskeln, und sie wusste, wie sie ihre Kraft richtig nutzte. Zudem machte sie dies hier ja nicht zum ersten Mal.

Sie zerrte Cameron durch den Korridor und zur Tür hinaus. Draußen lehnte sie ihn an die Mauer und rannte zu ihrem Duesenberg. Sobald sie den Wagen vor ihm auf dem Gehweg hatte, schob sie Cameron auf den Beifahrersitz und schlug die Tür zu.

Im Rückspiegel konnte sie zwei Männer aus dem Gebäude laufen sehen, die etwas von Geld schrien und ihre Fäuste schwenkten.

Schweiß rann ihr durchs Haar und machte ihre Seidenbluse fleckig. Sie trat das Gaspedal durch.

Eine halbe Stunde später war Erica in ihrer Villa in Bel Air, wo sie ihrem Hausmädchen für den Rest der Woche freigab. Man wusste ja nie, wer gegenüber einem der Klatschblätter plappern würde.

Als ihre Hilfe fort war, zog sie Cameron auf die hintere Veranda und ließ ihn auf eine Gartenliege fallen.

Kaum war er wieder bei Bewusstsein, schrie sie ihn an: »Mach das nie wieder mit mir, oder ich schwöre, ich bringe dich um!«

Mehrere Tage waren vergangen, als Erica in ihrer geräumigen, sonnendurchfluteten Küche saß und ihre Kaffeetasse anstarrte, während Cameron sich oben für seine Besprechung mit Lou Silverman anzog. Erica hatte ihn in den scheußlichen Tagen gedeckt, die es dauerte, bis das Opium wieder aus seinem Körper war. Er mochte die Liebe ihres Lebens sein, doch er schickte sie durch die Hölle.

Dabei konnte es an guten Tag unglaublich spaßig mit Cameron Murphy sein. Wenn er mit ihr ein neues Kleid kaufen ging, beließ er es nicht bei nur einem. Er kaufte ihr gleich ein Dutzend mit passenden Accessoires, überhäufte sie mit seiner Großzügigkeit.

Leute scharten sich um ihn, und seine Extravaganz war sagenumwoben.

Leider waren es seine Indiskretionen nicht minder. Erica trank von ihrem Kaffee. Wegen ihrer fulminanten Auseinandersetzungen waren sie schon aus den edelsten Hotels geworfen worden. Nachdenklich fuhr sie mit dem Daumen über die Narbe an ihrer Wange, wo Cameron sie eines Abends so heftig geboxt hatte, dass der Kieferknochen brach. Sie hatte ihn schreiend zur Rede gestellt und ihm ins Ohr gebissen. Das war an einem Filmset gewesen, und die Produktion hatte die Aufnahmen gestoppt. Natürlich war Lou außer sich gewesen.

Ihrer Maskenbildnerin gelang es immer wieder, die Narben abzudecken, die Cameron auf ihrem Körper hinterließ, doch inzwischen wurde ihre linke Seite möglichst nicht mehr in Nahaufnahme gezeigt.

Cameron war mal ausgelassener, schwindelerregend guter Stimmung, dann wieder stürzte er in ein tiefes schwarzes Loch. Erica hatte in ständiger Furcht gelebt, dass er an einer Überdosis oder bei einem Autounfall sterben würde – oder von einem eifersüchtigen Ehemann erschossen wurde. Am Ende konnte sie einfach nicht mehr.

Drei Jahre war es her, seit sie sich von ihm scheiden ließ, und bis heute träumte sie davon, dass er sich von seinen Dämonen befreien und zu ihr zurückkehren würde.

Als Camerons Manager, Harry Nelson, ihr erzählte, dass Cameron pleite war, hatte sie darauf bestanden, ihm eine Rolle in ihrem neuen Film zu geben. »Er ist nichts als ein betrunkener Barsänger«, hatte Lou gesagt. »Liebst du ihn etwa immer noch so sehr?«

»Selbstverständlich nicht«, log sie mühelos. »Aber er ist perfekt für die Rolle. Außerdem kriegst du ihn zu einem guten Preis.«

Erica blickte wieder in ihre Kaffeetasse und suchte in der schwarzen Tiefe nach Antworten. Was brachte ihn dazu, solche wahnsinnigen Dinge zu tun?

Cameron kam in die Küche und riss sie aus ihren Gedanken.

»Wie sehe ich aus?«, fragte er. Er trug ein cremeweißes Leinenjackett, eine dunkle Sonnenbrille und den Hut ein wenig schräg.

Unweigerlich musste Erica lächeln. »Wie ein Star. Also, vergiss nicht, was ich dir gesagt habe. Und hier«, sie warf ihm ihre Schlüssel zu, »nimm meinen Wagen.«

»Danke, Erica, du hast was gut bei mir.« Beim Grinsen strahlte sein sonnengebräuntes Gesicht, und die weißen Zähne blitzten.

Erica runzelte die Stirn. »Ich habe reichlich gut bei dir.« Sie gab nach und küsste ihn. »Jetzt raus hier, und fahr meinen Wagen nicht zu Schrott.«

»*Hasta luego,* mein Schatz.« Die Fliegentür fiel hinter ihm ins Schloss, und kurz darauf hörte Erica das kehlige Röhren ihres Duesenbergs. Sie seufzte. Wie lange konnte sie, durfte sie noch hoffen?

Lou drückte den Knopf seiner Gegensprechanlage. »Ja, Gladys?«

»Cameron Murphy ist hier.«

»Schicken Sie ihn rein.«

Als Cameron das Büro betrat, machte Lou keinerlei Anstalten, aufzustehen oder ihn zu begrüßen.

Cameron ging zu Lous breitem Schreibtisch, drehte nervös den Hut in seinen Händen und hielt die Augen gesenkt. »Wegen meines Verschwindens letzte Woche, Mr Silverman. Es gab einen Todesfall in der Familie, drüben an der Ostküste. Meine arme alte Tante, Gott hab sie selig.«

Lou wusste, dass Cameron log. Er lehnte sich zurück und betrachtete ihn prüfend. Einen notorischen Lügner witterte er auf eine Meile Entfernung, und Cameron stank förmlich nach Falschheit. »Dir ist bewusst, dass das Studio mit dir ein Risiko eingeht.«

»Verzeihung, Sir, aber ich habe Millionen Fans durch meine Schallplatten und meine Auftritte gewonnen. Das Risiko dürfte wohl gering sein.«

»Sieht man von äußerst kostspieligen Drehverzögerungen ab«, erwiderte Lou streng. »Und du hast keine Platte mehr aufgenommen seit … wie lange? Drei Jahren?«

Cameron ließ den Kopf hängen. »Ich bin dankbar, dass du es mit mir wagen willst. Und ich werde dich nicht enttäuschen.«

»Das will ich nicht hoffen. Du wärst nicht hier, hätte Erica sich nicht so für dich eingesetzt.« Er strich sich das bereits makellose silbergraue Haar glatt. »Verrate mir, wie du dein Leben so in den Griff bekommen willst, dass du unsere

Drehzeiten und deinen Vertrag einhältst. Warum sollte ich das Geld meines Studios auf dich setzen?«

»Nun ja, Sir«, stammelte Cameron. »Ich werde heiraten.«

»Heiraten?« Lou setzte sich auf. Wollte Erica denselben Fehler zweimal machen? Das hoffte er wahrlich nicht, denn sonst würde er wieder einmal einen Star verlieren, noch dazu war sie gerade auf ihrem Höhepunkt.

»Danielle Bretancourt, die Parfümeurin und Modeschöpferin.«

Lou lehnte die Fingerspitzen aneinander und überlegte. Zweifellos würde sie Cameron bei der Stange halten, wenigstens während der Filmaufnahmen. Er erinnerte sich, dass sie ihn nach der Party morgens wie versprochen angerufen hatte. Und ihre Entwürfe waren verblüffend. Nur konnte er sich die beiden nicht zusammen vorstellen. *Aber sind Herzensdinge nicht oft unvorhersehbar?*

»Eine erfreuliche Entwicklung«, sagte Lou. »Und halte die Frau fest.« Abrupt stand er auf, denn für ihn war dieses Gespräch so gut wie beendet. »Wenn das stimmt, was du sagst, bin ich positiv überrascht von deinem Urteilsvermögen. Das heißt, *falls* du Danielle heiratest und *falls* sie es mit dir aushält.«

»Unbedingt, und ich stimme dir vollkommen zu.« Verlegen trat Cameron von einem Fuß auf den anderen.

»Habt ihr schon ein Datum festgelegt? Hochzeiten sind eine großartige Werbung für das Studio.« Lou umfing Camerons Hand mit eisernem Griff. »Enttäusche mich nicht wieder, Junge.«

Nachdem Cameron zur Tür hinaus war, drehte Lou sich

zum Fenster und blickte hinunter auf die Stadt. *Was bringt Frauen dazu, sich zu verlieben?*

Ein verträumtes Lächeln trat auf seine Züge. Er nahm sich vor, Abigail zum Dinner einzuladen.

4. Dezember 1940
Los Angeles, Kalifornien

Die Wintersonne fiel durch das schmutzige Fenster in Danielles Wohnung. Sie presste ihre Finger leicht gegen das Glas und sah zu ihrer Mutter und Liliana unten, die Hand in Hand zum Markt an der Ecke gingen. Maries Geisteszustand hatte sich ein wenig gebessert, auch wenn sie immer noch riesige Hürden zu überwinden hatte.

Danielle war mit ihr bei mehreren Ärzten gewesen. Sie alle waren sich einig, dass Marie vor allem viel Ruhe in einer geordneten Umgebung brauchte und eventuell von den jüngsten Fortschritten in der Psychotherapie und Psychiatrie profitieren könnte.

Die Behandlung wäre teuer, und ganz gleich wie viel Danielle arbeitete, war schlicht nicht genug Geld da. Danielle trommelte mit den Fingern auf dem Glas. Sie wurde zusehends frustrierter.

Eine gewaltige Entscheidung lastete auf ihrem Gemüt.

Auch die Mädchen brauchten einiges: Schule, Kleidung, Essen.

Seit Lous Party ging Danielle häufiger mit Cameron aus, und er hatte ihr seine unsterbliche Liebe erklärt. Abigail war aufgefallen, wie bezaubert er war, und so hatte Danielle der Freundin gestanden, dass sie sich zu ihm hingezogen fühlte.

Danielle gefiel besonders, dass Cameron seinen Beruf sehr ernst nahm. Nach ihrer letzten Verabredung war er einige Tage verschwunden gewesen, und sie hatte sich schon Sorgen gemacht. Doch dann tauchte er wieder auf und versicherte ihr, dass er rund um die Uhr für seine neue Rolle gelernt hatte. Und gestern hatte er ihr einen Antrag gemacht.

Obwohl der Liebesakt zwischen ihnen außerordentlich leidenschaftlich war, musste Danielle bekennen, dass sie ihn nicht so liebte, wie sie Max geliebt hatte – oder Jon. Könnte sie ihn lieben lernen?

Vielleicht bin ich es Mutter und den Mädchen schuldig. Sie verdienen ein besseres Leben. Eines Tages wäre sie imstande, angemessen für sie zu sorgen, nur wann? Nächstes Jahr? Oder bräuchte es noch drei oder gar fünf Jahre? Für Marie wäre es verlorene Zeit. Wie wollte Danielle das vor ihrem Gewissen rechtfertigen?

Die Zeit war ein solch kostbares Geschenk. Sie dachte an Nicky. Cameron besaß die Mittel, ihr bei der Ausweitung der Suche zu helfen. Sicher könnte sie Nicky mit seiner Unterstützung schneller finden.

Auch ihre Sicherheit war ein wichtiges Argument. Obwohl ihr Verfolger verschwunden war, hatte Danielle das ungute Gefühl, dass er wiederkommen würde. Cameron könnte ihr einen gewissen Schutz bieten.

Soll ich ihn heiraten?

Noch eine Frage nagte an Danielle. Sie ging zu ihrem Nachtschrank und holte Jons letzten Brief hervor. Dann hockte sie sich mit angewinkelten Beinen auf ihr Bett und begann zu lesen.

Meine liebe Danielle,

Danke für deinen letzten Brief. Deine Worte halten einen Seemann verlässlich aufrecht.

Dieser Tage haben wir kaum noch einen Moment frei. Die nächtlichen Angriffe auf London dauern an, und inzwischen gehen schon seit beinahe zwei Monaten jede Nacht Bomben auf die Stadt nieder. Überdies scheint Hitler entschlossen, jedes einzelne Schiff der Royal Navy zu versenken. Ich fürchte, dass wir ohne die Unterstützung der Yankees nicht mehr lange durchhalten. Mir blutet das Herz, denke ich an die armen jungen Burschen an der Front.

Letzte Woche erhielt ich einen verstörenden Brief von meiner Schwester. Abigail schrieb, dass du dich recht oft mit Cameron verabredest und ihr so gut wie verlobt seid. Warum hast du nichts davon in deinen Briefen erwähnt? Ich war erschrocken, dass du so bald schon wieder eine Heirat erwägst, noch dazu mit Cameron. Bitte, überlege es dir gut.

Danielle ließ den Brief auf ihren Schoß sinken und dachte nach. Ihre Beziehung zu Cameron hatte sich wirklich sehr rasant entwickelt. Er war ungestüm und gewohnt, seinen Willen zu bekommen; das spiegelte sich in allem, was er tat, von seiner Karriere bis hin zu seiner Leidenschaft für ihren Körper.

Sie hob den Brief wieder hoch.

Abigail schrieb mir auch, dass sie dir von meiner Verlobung mit Victoria erzählt hat. Ich nehme an, die meisten Männer in meiner Position wären glücklich. Es wurde allerdings noch keine Verlobung bekannt gegeben, und ich habe nicht die Ab-

sicht, vor Kriegsende irgendeine endgültige Entscheidung zu treffen. Ich hoffe, du verstehst den Grund für mein Zögern.

Es braucht lange, bis man jemanden wirklich kennt, Danielle. Ich wünschte, ich wäre bei dir, damit wir unsere Erfahrungen austauschen und unsere Freundschaft weiterentwickeln könnten.

Gib der kleinen Jasmin einen Kuss von mir. Ich muss jetzt Schluss machen, denn ich habe gleich Wache.

Gruß,

Jon

Danielle starrte auf den Brief und versuchte, zwischen den Zeilen zu lesen. *Unsere Freundschaft weiterentwickeln.* Sie erinnerte sich an Grasse, wie er ihr durch ihre Trauer um Max und bei Jasmins Geburt geholfen hatte. An sein Angebot, bei seiner Familie in London zu leben. *Er hat mir gesagt, dass er mich liebt, und jetzt schreibt er von Freundschaft?* Eine schwelende Wut regte sich in ihr.

Ich habe ihn falsch eingeschätzt. Sie war nicht die erste Frau, die einen emotional überhitzten Brief von der Front erhielt. Und nachdem er Victoria einen Antrag gemacht hatte, wie Abigail sagte, wollte er Distanz zwischen ihnen. Schließlich hatte Danielle abgelehnt, als er sie bat, nach England zu kommen. Aber sie durfte ihre Familie nicht in Gefahr bringen, nicht für die Liebe zu irgendeinem Mann.

Und die Entscheidung war richtig gewesen, dachte sie und wurde wütender. Die Luftangriffe der Nazis legten London in Trümmer.

Könnte Cameron doch nur mehr wie Jon sein. Sie vermisste die Stärke von Jons Umarmung, die Leidenschaft seines

Kusses. Sie liebte es, *wer* er war – ein integrer, ehrbarer Mann. Sie entsann sich, wie sanft er mit Jasmin gewesen war, wie sehr er Abigail beschützte. Er strahlte eine charismatische Autorität aus, engagierte sich sehr für seine Familie und deren Unternehmen, die Mitarbeiter und die Passagiere. Und Jon verstand Danielles Begeisterung für ihre Arbeit und lobte ihr Talent.

Vor allem stellte er sie nicht infrage, als sie ihm von ihrem festen Glauben erzählte, dass Nicky noch lebte. Er akzeptierte ihr Gefühl einfach als Tatsache.

Doch es war an der Zeit, sich der Wirklichkeit zu stellen, wurde ihr schmerzlich klar. Jon beabsichtigte, Victoria zu heiraten. Wie Abigail erzählte, war das schon seit Jahren geplant.

Sie griff nach einem Stift und dem Briefpapier auf ihrem Nachtschrank. Hastig schrieb sie eine Antwort an Jon, besprühte sie mit ihrem Parfüm, faltete den Brief und versiegelte den Umschlag. Wahrscheinlich war es der letzte, den sie ihm schrieb.

Am nächsten Morgen wartete Danielle in der Haustür unten mit einer Armladung Kleider, weil sie nicht wollte, dass Abigail das Chaos in ihrer Wohnung sah. Sie hoffte, dass ihr die neuen schmalen Silhouetten gefielen. Es hieß, dass Stoffe kriegsbedingt knapp würden, sogar in Amerika, deshalb hatte Danielle ihre Schnitte enger gemacht. Ihre neuen Entwürfe waren allerdings ideal für Abigails athletische Figur.

Als Abigails Wagen vorfuhr, legte Danielle die Kleider vorsichtig auf die Rückbank des Packards. »Ich kann es gar nicht erwarten, dir meine neuesten Arbeiten zu zeigen!«

Abigail lachte. »Und ich bin schon gespannt darauf, sie anzuprobieren. Ich brauche etwas ganz Besonders für dieses VIP-Essen.«

Danielle schwang die Beine in den Wagen. »Wird Lou dabei sein?«

Abigail lächelte. »Anscheinend taucht er überall auf, wo ich bin.«

»Ist das Zufall oder mehr?«

»Nein, mehr kann es auf keinen Fall sein«, sagte Abigail entschieden, doch ihre wehmütige Miene strafte sie Lügen.

Abigail fuhr zu ihrem Haus und bog in die Einfahrt des weißen Bungalows mit dem roten Ziegeldach, vor dem die Palmen im Wind wedelten. Sie öffnete die mit Schnitzereien verzierte Haustür, schlüpfte drinnen aus ihren Plateauschuhen und tapste über die Eichendielen, ungeduldig, mit der Anprobe zu beginnen.

Danielle bemerkte eine Kristallvase mit rosa Rosen und orientalischen Lilien in der Diele. »Wunderschön«, sagte sie, während sie das süße Aroma inhalierte.

»Ja, nicht? Lou hat sie mir geschickt.« Abigail summte vergnügt.

Danielle sah sie fragend an. »Aus einem bestimmten Anlass?«

»Was? Oh, nein, er ist einfach ein Schatz. Und er weiß, dass ich Blumen liebe, ganz besonders diese. Ich glaube, er kann meine Gedanken lesen.«

Danielle erlaubte sich ein verhaltenes Schmunzeln, als sie Abigail ins Schlafzimmer folgte. Sie freute sich immer, wenn ihre Freunde glücklich waren, und das galt erst recht für Abigail, die stets so fürsorglich und hilfsbereit war. Danielle blickte sich im Schlafzimmer um. »Du hast renoviert. Es gefällt mir sehr.«

Englische Hepplewhite-Mahagonimöbel mit schmalen geraden Beinen und dekorativen Einlegearbeiten gaben dem Raum eine klare Struktur; und eine weiße Tagesdecke mit Lochstickerei und Leinenkissen schufen eine entspannte Atmosphäre. Danielle hängte die Kleider über die Rückenlehne eines cremeweißen Chenille-Sofas. Als Erstes hielt sie ein magentafarbenes Kleid in die Höhe, im selben Ton wie die Bougainvillea, die hinter den Glasflügeltüren blühten. »Dies hier ist mein Lieblingskleid für dich.«

»Mm, das königsblaue Kleid ist aber auch zum Dahinschmelzen.«

»Diese Kollektion ist ganz in satten Edelsteintönen gehalten, die wunderbar zu deinem Teint passen. Probier sie an. Ich stecke sie ab, wenn du so weit bist.« Danielle griff in ihre Tasche und holte einen bestickten Beutel hervor. »Und ich habe auch ein neues Parfüm für dich.« Sie tupfte etwas von dem Elixier, das Lou bei ihr bestellt hatte, auf Abigails Handgelenk. Der Duft von Rosen und Lilien stieg auf, und er war perfekt für Abigail.

»Das ist himmlisch«, sagte Abigail, die ihre Hand unter ihrer Nase schwenkte.

»Es ist von Lou.«

Abigail sah sie an, und ein Lächeln breitete sich auf ihrem Gesicht aus. »Na, dann muss ich mich bei ihm bedanken.« Sie nahm mehrere Kleider auf. »Ich bin begeistert von deinen Entwürfen, Danielle. Du wirst eines Tages eine Modekönigin sein.« Abigail begann, den Reißverschluss ihres Kleides aufzuziehen, hielt jedoch gleich inne. »Wie unachtsam von mir, dass ich dir noch gar nichts angeboten habe! Möchtest du Tee oder Kaffee?«

Danielle winkte ab. »Mach dir keine Mühe, ich weiß ja, wo alles ist. Lass mich Kaffee aufbrühen, während du dich umkleidest.«

Als Danielle in der Küche mit den farbenfrohen mexikanischen Fliesen Kaffee bereitete, klingelte das Telefon. Abigail rief: »Kannst du bitte rangehen?«

Danielle nahm den Hörer ab. »Hallo?«

In der Leitung knackste es, dann hörte sie die Stimme der Vermittlung. »Ich habe ein Überseegespräch für Abigail Newell-Grey. Nehmen Sie es an?«

Danielle bejahte, und die tiefe Stimme eines Mannes erklang.

»Bist du das, Abigail? Hier ist Jon. Kannst du mich hören?«

Danielle schnürte es fast die Kehle zu. »Hier ist Danielle.«

Es wurde still in der Leitung, und erst nach einer halben Ewigkeit sagte Jon: »Danielle, mein Gott, wie schön, deine Stimme zu hören!«

»Wo bist du, Jon?«

»Das kann ich nicht genau sagen, aber ich wollte dir erzählen … dass ich vorhabe … in einigen … hallo? Bist du noch da?«

Wieder knackste es in der Leitung, und Danielle konnte kaum etwas verstehen. »Ich höre dich schlecht!«

»Was?«

»Jon, ich … ich sollte dir zu deiner Verlobung gratulieren.« Wieder trat längere Stille ein, als wüsste er nicht, was er antworten sollte.

»Hör zu, ich habe keine … Zeit. Danielle, ich vermisse dich so sehr.«

Sie schloss die Augen. Wie hatte sie sich danach gesehnt, diese Worte zu hören! Doch es war zu spät. Er war verlobt. Sie öffnete die Augen wieder und räusperte sich. »Jon, ich möchte, dass du weißt …«

»Danielle, ich … Angeles, ich möchte mit …«

»Was? Was hast du gesagt?« In der Leitung rauschte es. »Ich hole Abigail.«

»Nein, ich – Danielle!«

»Jon?« Die Leitung war tot. Danielle rüttelte am Telefon. »Vermittlung? Vermittlung? Können Sie das Gespräch zurückholen?«

Jon stand in einem Dorfpostamt in einer kleinen Straße und schrie ins Telefon: »Ich muss dich sehen, Danielle. Hörst du mich? Ich habe gesagt, dass ich dich liebe, und ich *muss* dich sehen. Warte auf mich!«

25

Tabak, bitter im Mund, verschleiert die Wahrheit mit einer Rauchwolke, droht mit Feuer aus seiner verborgenen Glut. Sein Duft verleiht der Parfümkomposition eine unwiderstehliche mysteriöse Note. – db

7. Dezember 1940
Warschauer Getto, Polen

»Wo ist er?«, donnerte die kehlige Stimme.

Nicky konnte sich verstecken – das konnten alle Kinder –, doch diesmal stampften die Stiefel durch die eisige Wohnung und eine Hand packte seinen Knöchel einer Schraubzange gleich, bevor er aus dem Fenster springen konnte. Der Mann riss ihn zurück, egal wie sehr Nicky sich wehrte.

Nicky kniff die Augen zu, allerdings erst, nachdem er den Mann in der Uniform erkannt hatte.

Die Mutter der Familie, bei der er lebte, flehte: »Er ist doch noch ein Kind, bitte, lassen Sie ihn. Er war hungrig, sonst nichts, und es kommt nicht wieder vor, das schwöre ich.« Sie fiel auf die Knie und griff nach Nicky.

Der Uniformierte klatschte ihr seinen Handrücken so fest gegen den Kopf, dass sie schluchzend zur Seite fiel.

Nicky krümmte sich, versuchte, sich noch kleiner zu machen. »Nein, bitte nicht«, wimmerte er.

Der nächste Schlag explodierte an seinem Kopf, raubte

ihm den Atem und jagte einen höllischen Schmerz durch seinen Leib. Alles verschwamm, und das Zimmer drehte sich um ihn. Er schluchzte eine gurgelnde Bitte, aber die zornigen Hände drückten ihm den Hals zu, immer fester, bis es in seinen Ohren pochte und seine Adern zu platzen drohten.

Alles wurde dunkel.

Die Mutter schrie. Scharfe, kalte Finger pressten sich auf sein Handgelenk und seinen Hals. »Aufhören, er ist tot!«, schrie sie.

Die Stiefel krachten auf den Holzdielen, und das Geräusch entfernte sich.

»Schhh, nicht weinen, rühr dich nicht«, flüsterte die Mutter.

Die Wohnungstür fiel mit einem Knall ins Schloss, unter dem alles erbebte.

Heinrich war fort.

9. Dezember 1940
Los Angeles, Kalifornien

Danielle kniete auf dem schwarz-weiß karierten Linoleumboden im Anprobezimmer des Studios und steckte den Saum von Ericas Ballkleid aus elfenbeinfarbenem Duchesse-Satin ab, das Danielle für den neuen Film der Silverman Studios, *Die spanische Erbin,* entworfen hatte.

»Geht das nicht schneller?«, jammerte Erica.

»Nein, geht es nicht.« Danielle lehnte sich auf ihre Fersen zurück. »Lou möchte, dass Sie dieses Kleid zur Premiere tragen, also muss es perfekt sein. Und jetzt stehen Sie still.« Mit flinken Fingern maß sie, zeichnete mit Schneiderkreide vor und steckte ab. »Gehen Sie ein paar Schritte.«

Erica drehte sich so schwungvoll, dass sie Danielle mit dem weiten Bauschrock umwarf und das Aroma von Caron's Tabac Blond in dem warmen Zimmer aufstieg.

Danielle fing sich ab und verzog das Gesicht. Sie würde sich diese Chance nicht von Ericas albernen Sabotageversuchen ruinieren lassen. Sie brauchte diesen Job und das Geld, das er ihr einbrachte.

Die Schauspielerin galt bei allen als schwierig. Nicht umsonst hatte die erste Kostümdesignerin für den Film nach einem von Ericas tyrannischen Anfällen hingeworfen.

»Ich muss das Mieder auslassen, Erica. Haben Sie zugenommen?« Die Schauspielerin hatte strikte Weisung, ihr Gewicht zu halten. Sollte sie zunehmen, müsste Danielle die gesamte Filmgarderobe ändern. Was Erica selbstverständlich nicht kümmerte.

»Ausgeschlossen!« Erica zog ihren Bauch ein. Ihre kurvenreiche Figur hatte sehr wohl die Tendenz, Gewicht anzusetzen.

»Na, Sie werden wohl kaum zehn Pfund zugelegt haben, indem Sie diese Platte Enchilladas bloß ansahen, die Sie gestern zu Mittag bestellten.«

»Wie können Sie …« Erica unterbrach sich. »Was wissen Sie denn schon? Sie sind doch nur ein erbärmliches Klappergestell!«

»Atmen Sie natürlich, Erica. Ich muss das auslassen. Sie quellen oben über.«

Erica lächelte kokett. »Das dürfte Ihnen vollkommen fremd sein, was?«

»Glauben Sie mir, hinten sieht das wenig reizvoll aus.« Sie trennte eine Naht auf und schnupperte. »Tabac Blond ist ein reizender Duft, aber baden Sie da drin?«

Erica grinste spöttisch. Um Danielle zu ärgern, ertränkte sie sich halb in Parfüms der Konkurrenz. »Wieso geben Sie nicht auf, Danielle? Hier in Hollywood haben Sie nichts verloren. Jeder weiß, dass Sie eine Amateurin sind.«

Danielle stand auf und ging um Erica herum, sodass sie vor ihr stand. »Ich werde diese Bemerkung ignorieren, nicht hingegen meine Pflichten.« Sie akzentuierte ihre Worte mit dem Finger. »Lou erwartet, dass Ihre Kleider Ende der Woche fertig sind. Sie mögen Ihre letzte Kostümbildnerin vertrieben haben, aber mich werden Sie nicht los.«

Erica verschränkte die Arme vor der Brust. »Ach nein? Dann legen wir mal die harten Bandagen an, was?« Ihre Lippen formten ein böses Grinsen. »Lou erzählte mir, dass Sie meinen Mann heiraten wollen.«

»Cameron ist nicht mehr Ihr Mann«, erwiderte Danielle, obwohl sie Cameron noch nicht geantwortet hatte.

»Was sieht Cameron nur in Ihnen? Und dann schleppen Sie auch noch diese ganze Familie mit sich herum … Ich habe gehört, dass die ausreicht, einen ganzen Eisenbahnwaggon zu füllen.«

»Halten Sie meine Familie da raus.« Danielle nahm eine Stecknadel auf und stach sie seitlich in Ericas Mieder. *Wie kann sie es wagen!*

»Aua!« Erica sah sie hochmütig an. »Wissen Sie eigentlich, worauf Sie sich einlassen? Oder heiraten Sie Cam bloß, weil er reich und berühmt ist? Falls ja, sollte ich Sie wohl aufklären. Berühmt mag er sein, aber reich ist er längst nicht mehr, Süße.«

»Erica, wir müssen hier arbeiten.« *Ich lasse mich nicht von ihr beleidigen.* »Benehmen wir uns zivilisiert.«

»Okay, wie wäre es dann mit einem freundlichen Rat von der ehemaligen Mrs Murphy an die zukünftige?« Ihre dunklen Augen blitzten. »Cameron ist ein Charmeur, ein Verführer, ein Trinker und ein Verschwender, und das sind seine guten Eigenschaften. Sie werden ihn am Ende genauso hassen, wie sie ihn lieben, und eines Tages setzen Sie ihn vor die Tür oder packen Ihre Sachen, wie ich es getan habe. Das kann ich Ihnen versprechen! Und wenn Sie es tun, wird er wieder zu mir gelaufen kommen. Ich weiß nämlich, wie man seine Wunden leckt.«

Was für eine eifersüchtige Kuh! Aber dann fragte eine kleine Stimme in Danielles Kopf: *Was ist, wenn sie recht hat?* Danielles Gesicht wurde heiß. »Ich glaube Ihnen kein Wort. Sie sind nur neidisch.«

»Auf Sie? Machen Sie sich nicht lächerlich!« Erica kämpfte sich aus dem Kleid und zerriss dabei eine Seitennaht. Sie warf es auf den Boden und stampfte in ihrer Unterwäsche aus dem Raum. Im Gehen griff sie sich ihre Sachen.

Danielle hob das Kleid auf. Sie dachte an Camerons Antrag und Ericas sogenannten Rat. Die Schauspielerin hatte eindeutig einen Hang zur dramatischen Überspitzung, und Danielle wusste, dass Cameron einige kleine Fehler hatte. Wer hatte die nicht? *Er hat mir gesagt, dass er sich ändern will, und ich kann ihm helfen.*

Geübt sammelte Danielle ihre Schere, die Stecknadeln und das Maßband ein. Sie musste für ihre Familie sorgen; Cameron brauchte eine Frau, die ihm Halt gab. *Wir helfen uns gegenseitig. Und eines Tages lieben wir uns vielleicht.* Schließlich war ihre sinnliche Harmonie doch ein Beweis, dass sie sich zueinander hingezogen fühlten und zusammenpassten.

Ich muss praktisch denken. Im Geiste sah sie Jon vor sich, und ihr Herz verkrampfte sich vor Sehnsucht. *Nicky und meine Familie gehen vor.* Und dann, obwohl sich alles in ihr dagegen sträubte, traf sie eine Entscheidung.

Ich werde Cameron Murphy heiraten.

Kurz darauf erschien Cameron in der Tür, den Mund offen vor Staunen. »Erica ist eben quasi nackt an mir vorbeigestürmt. Was hast du mit ihr angestellt?«

Danielle lächelte. »Sie hat von deinem Antrag gehört.«

Cameron hob sie in seine Arme und bedeckte ihr Gesicht mit lauter Küssen. »Sag einfach Ja, Danielle. Ich warte schon zu lange auf eine Frau wie dich.«

Er fühlte sich gut an, auf andere Art als Jon, auch als Max; dennoch reagierte ihr Körper mit Verlangen. »Du hast gewonnen, Cameron. Ich werde deine Frau.«

Cameron strahlte. »Fantastisch! Ich wusste, dass du am Ende Ja sagst, Dani. Wir müssen es sofort Silverman erzählen. Er will eine gigantische Hochzeit für uns. Das Studio bezahlt alles, und dann …«

»Kommt nicht infrage«, fiel Danielle ihm ins Wort. Wie konnte sie bei einer großen Feier Glück vortäuschen, solange Nicky noch vermisst wurde? »Wenn wir es machen, lass es uns schnell erledigen. Der Friedensrichter genügt mir vollends.«

13. Dezember 1940
Im Luftraum über Amerika

Jon tippte der Pilotin auf die Schulter. »Wie lange noch?«, brüllte er über den Lärm der kleinen zweimotorigen Maschine hinweg.

Die Pilotin drehte sich um. Ihr kurzes braunes Haar lugte unter ihrer ledernen Fliegerkappe hervor. »Zwei oder drei Stunden«, rief sie und zeigte auf die langgezogene Schlucht unter ihnen. »Der Grand Canyon ist eine wahre Schönheit, nicht? Früher bin ich diese Strecke für Hughes Aircraft geflogen.«

»Ich bin froh, dass Sie das Gebiet kennen«, antwortete Jon. Er blickte zum endlosen blauen Himmel jenseits der weißen Wattewolken. Er war mit der Royal Air Force von England nach Kanada geflogen, angeblich um die Newell-Grey-Schiffe zu inspizieren, die im Long-Beach-Hafen von Los Angeles lagen, doch in Wahrheit musste er Danielle sehen.

Er erinnerte sich an Libbys Rat bezüglich Danielle. Und auch wenn England im Krieg war, brauchte er sie jetzt. *Womöglich gibt es kein Morgen.*

Als er mit Danielle am Telefon gesprochen hatte, war ihm klar geworden, dass er keine Zeit vergeuden durfte. In dem Moment, in dem er ihre Stimme hörte, wusste er, was zu tun war. Er verstand es, wenn Danielle mit den Mädchen und ihrer Mutter lieber in Los Angeles bleiben wollte, fernab vom Kriegstreiben. Fest stand dennoch, dass er sie liebte, wie er Victoria nie geliebt hatte und nie lieben würde.

Erben waren ihm gleich, auch wo sie lebten, war ihm gleich, überhaupt alles, außer bei Danielle zu sein, so kurz es auch währen mochte. *Hoffentlich denkt sie genauso.* Sie könnten heiraten, bevor er zurückflog.

Er tippte die Pilotin wieder an. »Kann diese Kiste nicht schneller fliegen?«

»Halten Sie bitte hier an«, sagte Jon zu dem Taxifahrer.

Der Fahrer blickte sich verwundert zu ihm um. »Sind Sie sicher?«

Jon nahm Danielles letzten Brief aus seiner Hemdtasche, sah nach der Absenderadresse und wieder aus dem Fenster. Das Wohnhaus gegenüber hatte eine schiefe Veranda, die Fassadenfarbe blätterte ab und in dem Vorgarten war das Gras plattgetreten und voller Steine. »Bradley Arms, das ist es.« Er bezahlte den Taxifahrer und stieg aus. Und dort, auf der anderen Straßenseite war Danielle.

Sein Puls beschleunigte. Danielle stand auf der Veranda und verlagerte ein Paket von einer Hüfte auf die andere, um die Haustür aufzuschließen. Jon rieb sich den Nacken, während er sie beobachtete. Was sollte er sagen? Was würde sie sagen? Was, wenn sie ihn wieder abwies? *Deshalb bin ich ja hier,* ermahnte er sich. Wenn sie ihm erst in die Augen sah, würde sie erkennen, wie aufrichtig er sie liebte, nicht wahr?

Er hielt den Atem an. In dem engen schwarzen Kostüm, das ihre schlanke Taille betonte, ihre schmalen Hüften umspielte und ihre langen Beine zur Geltung brachte, sah sie wunderschön aus. Ihr Haar leuchtete wie poliertes Kupfer in der Sonne Kaliforniens. Sie trug es offen, sodass es ihr in einem dichten Schleier über die Schultern fiel. Wie sehr sehnte Jon sich danach, die Finger in ihr Haar zu tauchen, ihr Gesicht zu berühren, ihre Lippen, ihren Hals, ihre

Schenkel … er musste sie lieben, sonst würde er platzen. *Jetzt ist es nicht mehr lange.*

Die Tür fiel hinter ihr zu. Jon schritt über die Straße, stieg die Verandastufen hinauf und legte seine Hand auf den abgewetzten Knauf, wo eben noch ihre gewesen war; er schien magnetisiert von ihrer Berührung.

Drinnen inhalierte er die zarte Wolke ihres einzigartigen Parfüms. Sie ging in den ersten Stock, wobei sie die Hüften königlich schwang. Er blinzelte im Halbdunkel und schluckte. »Danielle!«

Sie erstarrte oben an der Treppe, bevor sie sich erschrocken umdrehte. »Wer ist da?« Dann erkannte sie ihn. »Jon!« Ihr Paket fiel zu Boden, als sie nach dem wackligen Treppengeländer griff. »*Mon Dieu,* was machst du hier?«

Jon nahm zwei ausgetretene Stufen auf einmal, als er zu ihr nach oben stürmte, riss sie in seine Arme und vergrub das Gesicht in ihrem Haar, atmete genüsslich ein. Er liebte ihr Parfüm und den Duft ihrer warmen Haut. Sie warf die Arme um ihn und lehnte ihr Gesicht an seines, sodass ihr Atem über seine Wange wehte. Als er beide Hände an ihre Wangen legte und sie ansah, war ihr Lächeln voll purer Freude: eine Wohltat für seine verwundete Seele.

»Ich muss träumen«, murmelte sie und klammerte sich an ihn. »Ich kann nicht glauben, dass du es bist.«

»Leibhaftig«, sagte er, drückte sie fester an sich und empfand eine herrliche Wärme. Er fühlte, wie sie sich an ihn schmiegte, genau wie in Grasse. »Ich sagte dir doch am Telefon, dass ich dich sehen muss.« Vom Flug war seine Stimme heiser. Dann merkte er, wie ihre Arme erschlafften und ihre Schultern einsackten.

Sie wich ein wenig zurück, die Augen gesenkt.

»Danielle?« Mit zwei Fingern hob er ihr Kinn an. Ihre Wimpern waren wie Federn auf ihrer glatten Haut. Mit geschlossenen Augen presste er seinen Mund auf ihren.

Wieder wollte sie zurückweichen, doch er hielt sie fest, streichelte ihren Rücken, ihr Haar, ihr Gesicht. Nach und nach schwand ihr Zögern. Sie sank in seine Umarmung, während sie den Kuss vertieften. Als er sie endlich losließ, bemerkte er, dass ihre Wangen tränennass waren.

Sie lehnte ihren Kopf an seine Brust. »Jon, warum bist du hergekommen?«

Ihre Stimme klang seltsam schwach. Er holte tief Luft. »Ich habe dich so sehr vermisst, Danielle«, antwortete er und stockte. »Wie ich am Telefon sagte, habe ich nur einige Tage hier, aber ich … ich dachte …«

»Ich konnte nicht verstehen, dass du das gesagt hast, Jon«, flüsterte sie. »Die Leitung war auf einmal unterbrochen.« Danielle sah mit schimmernden grünen Augen zu ihm auf und wirkte furchtbar unglücklich. »Was hast du dir gedacht, Jon? Was?«

»Nicht gedacht, Danielle. Vielmehr weiß ich, dass wir zusammengehören.« Er blickte sich in dem schäbigen Korridor um und bekam ein schlechtes Gewissen. Warum hatte Abigail ihm nicht erzählt, unter welchen Bedingungen Danielle hier lebte? Er küsste sie wieder, sanfter diesmal. »Ich liebe dich, Danielle. Ich will nicht warten, bis der Krieg vorbei ist. Komm mit mir zurück nach England, heirate mich, lass mich für dich sorgen. Oder bleib in Los Angeles, wo du sicherer bist.« Er sah sich wieder um. »Aber hier gehörst du nicht hin.«

Danielle stöhnte. Verwirrt hob Jon wieder ihr Kinn an. »Was ist?«

Sie hielt ihre linke Hand in die Höhe. Ein Diamantring blitzte im schwachen Licht der einzelnen Glühbirne über ihnen. *Nein, nein, nein …* Jon konnte förmlich das Feuer spüren, das von dem Diamanten abstrahlte, seine Augen blendete und seine Seele versengte.

»Ich habe vor zwei Tagen geheiratet.«

Jon stolperte rückwärts, als wäre er geschlagen worden. Ihm wurde schwindlig. Danielle lehnte sich an das Geländer, ihr blasses Gesicht schmerzverzerrt und zitternd unter ihren stummen Schluchzern.

Sie zu sehen, sie zu fühlen und sie nicht haben zu können … der Schmerz war weit schlimmer, als er es sich jemals hätte vorstellen können.

»In deinem Brief schriebst du, dass du vorhast, Victoria zu heiraten«, sagte sie unter Tränen.

Er rieb sich das Gesicht mit beiden Händen. »*Hast du denn nicht richtig gelesen?* Hast du nicht erkannt, dass ich die Verlobung immer weiter aufschob, deinetwegen, Danielle? *Weil ich dich liebe!*«

»Ich habe ihn richtig gelesen«, entgegnete sie lauter. »Du schriebst, dass du mit mir befreundet sein willst, Jon. Befreundet! Nach allem, was wir durchgemacht haben? Ich konnte es nicht fassen. Ich habe dich geliebt, Jon, wie ich dir sogar offen gestand. Aber jetzt, *c'est fini.*«

»Dann liebst du mich?« Trotz des Hoffnungsschimmers, spannten sich seine Schultern noch mehr an und verkrampften die Muskeln in seinem Nacken.

Sie warf den Kopf in den Nacken und seufzte: »Ja! Ja, ich

liebe dich, Jon. Aber ich bin mit Cameron Murphy verheiratet.«

Zorn wallte in ihm auf. »Wie konntest du so etwas Blödes tun?«

Danielle sah ihn wütend an. »Blöd? Blöd wäre gewesen, auf einen Narren auf einem Schiff zu warten, der sich nicht entscheiden kann!«

Jon warf die Hände in die Höhe. »Ich kann nicht glauben, dass ausgerechnet du Cam geheiratet hast! Weißt du denn nicht, was für ein Mann er ist? Mein Gott, er ist ein Trinker, der mit dem Geld um sich wirft und jede Nacht mit einer anderen schläft.«

»Nein, er hat sich geändert. Cameron ist ein guter Mann. Er ist mir treu und schützt meine Familie und mich.«

»Was ist mit deiner Tochter? Willst du Jasmin von Cameron Murphy großziehen lassen?«

»Das geht dich nichts an«, erwiderte Danielle streng. »Ich habe die beste Entscheidung getroffen, die ich unter den Umständen treffen konnte. Er ist gut zu den Mädchen, bringt Liliana Singen bei.«

»Was, anstatt Abendessen?« Jon knallte vor Wut die Hand gegen die Wand. »Alles, was er ihnen beibringen kann, ist, wie sie sich unter den Tisch trinken!«

»Wie kannst du so von ihm reden? Ich dachte, er wäre dein Freund.«

»Und wer kennte ihn besser als ein Freund? Glaub mir, Danielle, du hast einen riesigen Fehler gemacht.«

»Wie kannst du es wagen, über mich zu urteilen?« Sie trat einen Schritt zurück. »Er will für uns sorgen, uns beschützen. Und wag es ja nicht, mich deshalb zu verurteilen. Du bist mit Victoria verlobt!« Danielle bückte sich und hob das Paket auf, das sie fallen gelassen hatte. Dann richtete sie sich wieder auf und blickte ihn mit eiserner Entschlossenheit an. »Wir haben uns nichts mehr zu sagen.« Sie drehte sich um, ging in ihre Wohnung und knallte die Tür zu.

»Danielle! Danielle!« Jon hämmerte an die Tür, doch sie öffnete nicht. Sie hatte ihn aus ihrem Leben ausgesperrt.

Wütend auf sich selbst, weil er zu lange gewartet und sich nicht früher erklärt hatte, machte Jon kehrt und ging. Sein Herz wog schwer wie ein Stein in seiner Brust.

Wie konnte ich so blöd sein? Eine Zeit lang wanderte er durch die Straßen der Stadt. Wo er war, wusste er nicht und scherte ihn auch nicht. Er war verzweifelt. Noch nie hatte er solch eine Verzweiflung, solch ein intensives Unglück empfunden. *Mein Gott, wie konnte das passieren? Warum?*

Danielle lehnte sich von drinnen an die Tür. Tränen der Wut und Enttäuschung strömten ihr übers Gesicht. Sie sank nach unten, während ihr Herz in tausend Stücke zerbrach. Als sie sich des vollen Ausmaßes ihrer Gefühle bewusst wurde, erkannte sie ihren entsetzlichen Fehler. Sie hatte nie aufgehört, Jon zu lieben.

Oh, was habe ich getan? Warum war Jon nicht deutlicher in seinem Brief? Warum hatte er sie in die Irre geführt? Oder hatte sie zu voreilig geheiratet? Und Cameron – sie konnte nicht glauben, was Jon über ihn gesagt hatte. Cameron brachte sie zum Lachen, er war da, um ihr zu helfen, und er war ein unglaublicher Liebhaber.

Reichte das nicht? Wie konnte Jon es wagen, sie zu kritisieren, nachdem er selbst sie glauben machte, er würde eine andere heiraten?

Danielle wischte sich die Augen und stemmte sich von der Tür ab. Umzugskartons reihten sich an den Wänden. Sie hatte bereits angefangen, ihre spärliche Habe zu packen. Nun biss sie die Zähne zusammen. Sie würde es Jon zeigen. Und Erica. *Gott steh mir bei, ich werde dieser Ehe eine Chance geben.*

26

Die Gardenie ist ein Rätsel. Ihre Blütenblätter sind vom Cremeweiß purer Unschuld, doch ihr Duft ist überaus verführerisch. Wie angemessen, steht die Gardenie doch in der Sprache der Blumen für die Botin heimlicher Liebe. – db

16. Januar 1941
Beverly Hills, Kalifornien

Danielle und Cameron hatten auf dem Standesamt von Beverly Hills geheiratet – sie in einem königsblauen Krepp-Kleid, Cameron in einem weißen Clubblazer aus Wolle. Danach waren sie in seinem Cabriolet weggefahren, der Versammlung von Freunden und Presse winkend. Die darauffolgende Woche war Danielle mit ihrer Familie in sein Haus umgezogen, rechtzeitig zum Weihnachtsfest. Danielle hatte auch eine Hanukkah-Feier für Marie veranstaltet und war froh, dass ihre Familie keine Schwierigkeiten damit hatte, beide Glaubensrichtungen zu würdigen.

Cameron war frühmorgens zu den Silverman Studios gefahren, deshalb stand auch Danielle beizeiten auf, um mit den Vorbereitungen für die Cocktailparty zu beginnen, die sie plante.

Sie bürstete sich das Haar, das sie weich über ihre Schultern fallen ließ, malte ihre Lippen rot und legte einen Hauch Chimère auf. Beim Blick in den Spiegel sah sie die Stelle an ihrer Schulter, wo Cameron sie den Abend zuvor gepackt hatte.

Sie hatten eine Meinungsverschiedenheit gehabt, doch das war nichts, sagte sie sich, und wurde rot vor Scham und Sorge. *Wie konnte das passieren?* Sie waren gerade mal seit sechs Wochen verheiratet. *Wir müssen uns aneinander gewöhnen. So ist Cameron eben, leidenschaftlich in allem, was er tut.*

Die Wahrheit war, dass Cameron unbedingt einen Sohn wollte. Und Danielle hatte sich blankweg geweigert. *Ich kann nicht, nicht bevor Nicky zu Hause ist.*

So verzweifelt sie gewesen war, nachdem sie Jon gesehen hatte, gelang es Danielle sich einzureden, dass sie in ihrer Ehe glücklich war. Cameron begehrte sie nach wie vor, und insgesamt hatte sich das Leben für ihre Familie erheblich verbessert.

Camerons Heim in Beverly Hills war ein klassisches Haus im englischen Stil in der schattigen Allee Maple Drive. Es gab sogar ein Gästehaus hinten auf dem Grundstück – ideal für Marie. Kurz nach Danielles Einzug hatte es einen mysteriösen Einbruch gegeben, bei dem jedoch nichts gestohlen wurde. Auf ihr ängstliches Beharren hin hatte Cameron eine hohe Steinmauer mit Stacheldraht oben rund um das Eckgrundstück bauen lassen. Beverly Hills hatte außerdem eine exzellente Polizei, die gut auf die hier wohnenden Berühmtheiten aufpasste.

Danielle griff über ihre Frisierkommode, um ein Blütenblatt aufzuheben, das von dem Rosenstrauß aus dem Garten abgefallen war. Neben Maries Bungalow hatte Danielle noch mehr Rosensträucher, Jasmin und Gardenien gepflanzt – eine Erinnerung an das Land ihres Onkels in Grasse und Sofias Garten in Polen.

Ihre Gedanken wanderten wieder zu Nicky. Er beherrschte ihre Träume zunehmend häufig. Mit Hilfe von Camerons Anwalt, der ihr neue Informationsquellen nannte, hatte sie noch mehr Leute kontaktiert, die ihr bei der Suche nach Nicky helfen könnten.

Für Marie hatte sie im nahe gelegenen Hospital ein Behandlungsprogramm arrangiert und hoffte, dass sie auch ohne längeren Klinikaufenthalt auf die Therapie ansprechen würde. Tatsächlich zeigten sich bei Marie schon nach wenigen Wochen deutliche Verbesserungen.

Danielle zog einen Satin-Morgenmantel über ihr Nachthemd und zuckte als sie die wunde Schulter bog, um in den Ärmel zu schlüpfen.

Sie ging durch den Flur und sah in die Zimmer, in denen Liliana und Jasmin schliefen. Auf Camerons Drängen hin war Danielle mit den Mädchen einkaufen gewesen, sodass ihre Zimmer voller Spielsachen, Stofftieren und neuen Kleidern waren, um die Entbehrungen wettzumachen, die beide durchmachen mussten. Als Liliana jedoch um einen Stoffaffen bettelte, hatte Danielle ihn ihr streng verboten, weil er sie zu sehr an den Affen erinnerte, den sie für Nicky genäht hatte.

Danielle hatte die Einrichtung passend für ihre junge Familie umgestaltet und alles entfernt, was auf die temperamentvolle Erica hindeutete. »Schick die Rechnungen an Harry Nelson«, hatte Cameron ihr gesagt und erklärt, dass sein Manager all seine Ausgaben regelte.

Obwohl Danielle ihr Arbeitspensum um nichts gedrosselt hatte, verbrachte sie die frühen Morgenstunden damit, den Speiseplan mit der Köchin zu besprechen und der Haushaltshilfe, der Nanny und dem Gärtner Instruktionen zu geben.

Sie hatte Camerons Personal »geerbt«, mit Ausnahme der neuen Nanny, und auch wenn sie alle höflich zu ihr waren, merkte Danielle ihnen an, dass sie sich nicht über die zusätzliche Arbeit freuten. Sie machte sich auf den Weg nach unten in die Küche. Als sie die Vorräte in der Speisekammer sah, stellte sie fest, dass sie eine Einkaufsliste machen musste. Sie öffnete eine Küchenschublade, aus der sie die Köchin schon hatte Block und Stift holen sehen.

Tatsächlich fand sie dort einen Block, aber keinen Stift. Sie wühlte ein bisschen gründlicher und zog die Schublade weiter heraus. Unter einem Tischset entdeckte sie die Ecke einer Aktenmappe.

Sie nahm sie heraus und öffnete sie.

In der Mappe waren Rechnungen für gelieferte Lebensmittel. Auf eine war oben »Überfällig« gestempelt worden. Stirnrunzelnd blätterte Danielle die anderen Rechnungen durch und wurde immer wütender. Jede dieser Rechnungen war längst fällig gewesen.

Die Köchin kam herein. Sie war mollig, hatte ein rundes Gesicht und das Haar zu einem Knoten gebunden. Ihre Wangen waren rot von der Anstrengung des Wegs.

Danielle wedelte mit einem Bündel offener Rechnungen. »Warum sind die nicht bezahlt worden? Sie sind alle längst fällig gewesen, vor sechs und mehr Monaten!«, rief sie aus. »Wissen Cameron und Mr Nelson von denen?«

»Natürlich«, sagte die Köchin beleidigt. »Mr Nelson kümmert sich darum.«

»Bezahlt er sie?«

»Nein, aber ich kann immer noch auf Rechnung einkaufen.«

Danielle kniff den Mund zusammen. »Gibt es noch andere offene Rechnungen?«

Die Köchin wurde puterrot, und Danielle bekam ein flaues Gefühl. »Legen Sie alle offenen Rechnungen auf den Esstisch.«

Dann marschierte sie zum Telefon und wählte die Nummer von Camerons Manager. »Guten Morgen, Harry. Ich muss Sie umgehend sprechen. Können Sie heute Morgen vorbeikommen?«

Harry gähnte. »Schlafen Sie eigentlich nie, Danielle?«

»Wenig, denn es ist reine Zeitverschwendung.« Sie gab der Köchin ein Zeichen. »Wir werden eine Kanne frischen Kaffee bereit haben.«

Danielle zog sich einen schwarzen Pullover und eine Baumwollhose an. Eine Stunde später begrüßte sie Harry.

Sie öffnete die Doppeltüren mit den Ebenholzeinlagen und führte Harry ins Esszimmer, wo lauter Papierstapel auf dem Mahagonitisch lagen. Die Morgensonne fiel ins Zimmer und spiegelte sich in dem Waterford-Kristallkronleuchter.

Danielle tippte auf einen Stapel Quittungen. »Die Köchin sagte mir, dass der Lebensmittelhändler seit über einem Jahr nicht mehr bezahlt wurde. Ist das wahr?«

Harry trank von seinem Kaffee und sah sie verwundert an. »Ist es, aber …«

»Und die hier sind für Reparaturen im Haus, Wäsche und den Milchmann«, unterbrach Danielle und zeigte auf den nächsten Stapel. »Wie kann das sein?«

»Ich dachte, ich warte damit, bis Sie sich eingelebt haben.« Harry zögerte. »Es ist wohl an der Zeit, Ihnen zu sagen, dass Cameron ein bisschen … nun ja, man kann es wohl nicht anders ausdrücken … er ist recht hoch verschuldet.«

»Wie hoch?«

Er räusperte sich.

»Dreihundertfünfzigtausend ungefähr.«

Danielle musste sich an der Tischkante festhalten. *Dreihundertfünfzigtausend Dollar.* Wie konnte er solche Schulden anhäufen? *Das ist doch vollkommen unbegreiflich.* Ihre Wangen glühten vor Wut und Scham.

»Warum hat Cameron mir nichts davon gesagt?«, fragte sie. Und dann fiel ihr wieder ein, dass Jon und Erica sie beide gewarnt hatten. Jetzt bekam sie ein schlechtes Gewissen wegen all des Geldes, das sie für die Umgestaltung ausgegeben hatte. »Was ist mit diesem Haus?«

»Ich halte die Hypothek auf das Haus, und die meisten Schulden hat er bei mir.«

»Warum zahlt er nichts zurück?«, fragte sie. Sie konnte sich nicht vorstellen, wie man so viel Geld schuldig sein und weiter in derart großem Stil leben konnte. Und sie schämte sich dafür, wie sie lebten – mit Champagner, Kaviar, Filet Mignon. Dabei konnten sie nicht einmal den Kaufmann bezahlen!

Harry zuckte mit den Schultern. »Weil er es nicht muss, schätze ich. Hören Sie, ich bin nicht ganz unschuldig. Leute wie ich machen es den Berühmtheiten leicht, nur damit sie ihre Klienten behalten und mit ihnen prahlen können.« Er grinste verlegen. »Cameron hat enormes Potenzial, erst recht mit Ihnen hinter sich. Sie sind eine kluge Geschäftsfrau. Sehen Sie sich doch nur an, was Sie mit dem Bankkredit angefangen haben, den ich Ihnen vermittelte! Selbst wenn er kein Geld verdient, können Sie seine Schulden bezahlen. Das einzige ernste Problem sind die Steuerschulden.«

Danielle sprang auf, hell entsetzt von Camerons unverantwortlichem Verhalten.

Sie blieb stehen und begann zu lachen. Die Ironie bei dem Ganzen war, dass sie, wenn sie ehrlich sein sollte, Cameron teils auch wegen seines Geldes geheiratet hatte. *Und aus Angst.* Cameron war nicht bloß bankrott, er war auch noch so hoch verschuldet, dass es Jahre brauchen würde, all das zurückzuzahlen. Und da sie verheiratet waren, würden die Gläubiger nun auf sie als die Zahlende setzen. *Wie konnte ich das übersehen?* Hysterisch begann sie, gleichzeitig zu lachen und zu weinen.

Harry stand auf und half ihr merklich besorgt zurück an den Tisch. »Setzen Sie sich bitte, Sie sind aufgebracht.«

»Und ob ich das bin!« Sie sank auf den Stuhl, und Tränen liefen ihr über die Wangen.

Harry stand hinter ihr und legte linkisch eine Hand auf ihre Schulter, während Danielles starke Fassade in sich zusammenfiel. »Sie brauchen ein wenig Zeit. Ich komme später wieder«, sagte Harry und verschwand.

Danielle stieg die Treppe hinauf zu ihrem Zimmer und schloss sich dort ein. Max und sie hatten jahrelang gedarbt, um die Fabrik wiederaufzubauen. Die Schulden hatten einer dunklen Wolke gleich über ihren Köpfen gehangen, aber sie hatten alle beglichen. Und jetzt war sie hier, in einer weit schlimmeren Lage denn je.

Arm zu sein war eine Sache, nichts schuldig zu sein und nichts zu besitzen. Doch schlimmer war es, eine Lüge zu leben, unter einem Berg von Schulden zu arbeiten. Wie sollte sie noch erhobenen Hauptes umhergehen können, wenn sie wusste, dass die Kinder des Gärtners keine neuen Schuhe bekamen, weil Danielle und ihre Familie in Saus und Braus lebten, ihm aber den Lohn schuldig blieben?

Ich kann mich diesen Problemen nicht stellen, dachte sie panisch. Eben noch hatte sie geglaubt, dass Hilfe für Nicky und Marie greifbar wäre. Sie schüttelte den Kopf, denn ihr wurde klar, dass ihr ganzes Leben mit Cameron eine einzige Fälschung war – ihre, seine, wo war der Unterschied? *Mein Leben ist eine Lüge.*

Wussten es alle außer ihr?

Von Europa … Max, Nicky, meiner Familie … den Nazis … hierher? Erinnerungen an das torpedierte Schiff, den Geruch der Leichen im Wasser, die verbrannten Häuser in Polen, den Gestank von Alkohol und Oud-Holz von Heinrich, das trocknende Blut an ihren Händen, den Gestank welkender Iris … all die Schrecken brachen in einem Schwall über sie herein. Es war zu viel. Viel zu viel.

Ihre Heirat mit Cameron entpuppte sich als der Tropfen, der das Fass zum Überlaufen brachte. Sie hatte Jon aufgegeben – einen Mann, den sie liebte –, um für ihre verarmte Familie zu sorgen. *Wie kann ich so leben?*

Ihre ganze Existenz krachte über ihr zusammen, und sie war machtlos. Schluchzend warf sie sich auf ihr Bett und wünschte wieder einmal, sie wäre auch gestorben.

Schließlich, als sie keine Tränen mehr hatte, starrte sie stumm an die Decke. Sie könnte Jean-Claudes Lösung folgen … oder andere Wege finden. Dann dachte sie an Jasmin, Liliana und Marie … und an Nicky. Prompt schämte sie sich für ihre Feigheit.

Ich darf sie nicht im Stich lassen!

Cameron kam an dem Abend nicht nach Hause. Auch nicht am nächsten. Danielle vermutete, dass Harry ihm von ihrer Entdeckung erzählt hatte. Als Cameron am dritten Tag anrief, erzählte er, er hätte die Nächte durchgedreht. Sie wusste, dass er log.

Das Wochenende verbrachte sie mit dem Zusammenrechnen der Zahlen und dem panischen Versuch, einen Plan zu machen. Am Sonntagmorgen wählte sie wieder Harrys Nummer. »Ich weiß, dass es mal wieder früh ist, aber ich habe eine Idee«, sagte sie. »Können Sie jetzt herkommen?«

Als Harry ankam, reichte sie ihm eine Handvoll Mahnungen. »Ich bestehe darauf, dass diese hart arbeitenden Menschen sofort bezahlt werden. Ich werde das Geld Ende der Woche haben.«

Sie war fest entschlossen. Entweder brachte sie das Geld auf, oder sie verkaufte einige von Camerons Antiquitäten oder Gemälden – oder die Orientteppiche, die sie gekauft hatte. Ja, das würde sie tun. Leute redeten, und das wollte sie nicht. Nicht, solange sie versuchte, ein anständiges Unternehmen aufzubauen.

Danielle fragte nach einer möglichen Expansion ihrer Bretancourt-Modelinie. »Angesichts all dieser Schulden, wäre da eine weitere Finanzierung überhaupt denkbar?«

»Ich sehe mal, was ich tun kann«, antwortete Harry.

Sie erklärte ihm, dass sie zwei neue Frühlingsdüfte vorstellen wollte, Jour de Bretancourt und Nuit de Bretancourt – einen Duft für tagsüber, einen für abends. Während sie sprach, fühlte sie wieder ein wenig Zuversicht. »So wie man sich umkleidet, sollte man auch den Duft dem Anlass, der Saison und der Tageszeit entsprechend wechseln.«

»Das ist ein faszinierendes Konzept, Danielle. Aber sind amerikanische Frauen dafür offen?«

»Sie werden es sein, wenn ich es ihnen erklärt habe.« Sie zitierte Zahlen, in denen auch ihre neue Fleurs-Linie von einzelnen Blumendüften enthalten war. »Und so viel brauche ich. Sehen Sie, was Sie tun können.«

Harry machte sich eine Notiz. »Das klingt aggressiv, Danielle.«

»Weil wir aggressiv sein müssen, oder? Und jetzt reden wir über Cameron. Er muss wieder arbeiten.«

»Die großen Musikverlage lassen die Finger von ihm. Er hat sie schon zu viel Geld gekostet. Und in dieser Stadt ist man immer nur so gut wie das letzte Projekt, das man hatte. Trotz allem lieben ihn die Fans immer noch.«

Danielle dachte angestrengt nach. »Könnten wir nicht unsere eigene Musikproduktionsfirma gründen?« Zwar hatte sie noch nie Musik verkauft, aber sie hatte gelernt, wie man ein Unternehmen aufbaut.

»Ja, aber es dauert mindestens ein Jahr, bis Cameron genug Material beisammen hat.«

»Zu lange.« Danielle rieb sich die Stirn.

»Es gibt ein neues Stück«, sagte Harry zögerlich. »Er hat es für Erica geschrieben, aber es ist ein Schlager, möchte ich wetten. Sofern es Ihnen nichts ausmacht.«

»Mir ist es egal, solange es sich millionenfach verkauft.« Sie trommelte mit den Fingern auf dem Tisch. Ihr fiel eine wunderbare Sängerin aus dem Studio ein, Pauline d'Amore, für die Danielle ein Kleid entworfen hatte, weil sie in einer

Nachtclubszene im Film auftritt. »Wie wäre es mit Duetten mit anderen berühmten Sängerinnen?«, überlegte sie laut. »Cameron könnte seine alten Stücke wiederaufnehmen. Jeder kennt die Musik, also könnten wir schnell produzieren. Und den Auftakt bildet der neue Song.«

»Das könnte klappen. Nur hat Cameron einen erbärmlichen Ruf.«

»Überlassen Sie das mir.« Sie hatte vor, mit Lou Silverman und jeder Sängerin anzufangen, die er unter Vertrag hatte. »Bereiten Sie bitte die Dokumente für einen Firmeneintrag vor, und zwar auf meinen Namen. Ich will nicht, dass er Zugriff auf das Geld hat.«

Als Harry sie fragend ansah, erklärte sie: »Ich setze mein Geld ein. Ich bezahle seine Schulden, einschließlich der, die er bei Ihnen hat. Er wird einen Vertrag mit der Produktionsfirma haben, aber ich regle das Geschäftliche. Und ich würde Sie gerne in der Firmenleitung haben, Harry.«

»Mit Freuden. Sie sind eine famose Frau, Danielle.«

28. Januar 1941
Beverly Hills, Kalifornien

»Jon ist *verheiratet?*« Die Worte hieben einer Sichel gleich in Danielles Herz.

Abigail stand in einem helltürkisen Kostüm aus Danielles Kollektion vor Danielles Haustür und hielt das zerknüllte Telegramm in der Hand. »Wir waren auch überrascht. Mein Bruder ist manchmal unberechenbar, aber wir hatten keine Ahnung, dass er vorhatte, sich so schnell fest zu binden.«

Danielle nickte mit gesenktem Blick, während ihr Pulsschlag in ihrem Kopf rauschte. Sie dachte an Jons letzten Besuch, und alles kam ihr wie eine Tragödie von Shakespeare vor. *Wie konnte er?* Offensichtlich hatte er Victoria als Reaktion auf die bittere Enttäuschung geheiratet. Aber war diese Ehe nicht ohnehin schon geplant gewesen, lange bevor er und Danielle sich kennenlernten? *Ist es nicht nur richtig so?* Danielle begann zu zittern und musste sich am Türrahmen festhalten. »Ich fürchte, mir geht es nicht so gut, Abigail. Können wir unser Mittagessen vielleicht verschieben? Es tut mir schrecklich leid.«

Danielle schloss die Tür und ging die Treppe hinauf zu ihrem Schlafzimmer, wobei sie sich am Geländer festhalten musste. Drinnen warf sie die taupe-farbene Kostümjacke ab, stürzte sich aufs Bett und prügelte mit den Fäusten auf die Leinenkissen ein.

Sie hatte ihr Glück um des Familienwohls willen aufgegeben. Und dennoch, wenn sie ehrlich sein müsste, würde sie es wohl wieder tun.

Ihr Kopf hämmerte, als sie um die verlorene Liebe trauerte. Sie war wütend auf sich, schrie immer wieder in ihr Kissen, bis sich alles um sie herum drehte und sie vor Erschöpfung einschlief.

27

Die Orchidee, die Königin des Exotischen, ist eine stumme Beobachterin, die nur langsam die Mysterien ihrer Blütenblätter preisgibt. Besäße ich doch auch solche Geduld! – db

1. März 1941
Beverly Hills, Kalifornien

Eine Woche später war Abigail gerade in ihre hohen Satin-Pumps gestiegen, als zweimal fest an die Tür ihres Bungalows in Beverly Hills geklopft wurde. Sie erkannte Lous Zeichen auf Anhieb, öffnete ihm und küsste ihn auf die Wange. Er duftete köstlich nach dem Eau de Cologne »Bay Rum«, und sein makellos gekämmtes Silberhaar leuchtete im Kontrast zu seinem schwarzen Smoking.

»Guten Abend, Abigail. Hm, wunderbares Parfüm! Eines von Danielles?«

»Ja, es ist Joie de Bretancourt. Aber was halten Sie von dem Kleid?«

Sie drehte sich in ihrem marineblauen Bretancourt-Abendkleid. Es war ungewöhnlich schlicht und der perfekte Untergrund für ihre silbernen Südsee-Perlen.

»Atemberaubend«, antwortete Lou. »Der Bürgermeister hätte keine schönere, talentiertere Frau für die Ehrung heute Abend auswählen können. Die Beverly-Hills-Frau des Jahres, also meiner Meinung nach sind Sie die des Jahrhunderts. Sie haben es verdient.«

Seine Zustimmung bedeutete ihr viel. Sie umarmte ihn und ließ ihre Hand ein wenig auf seiner Schulter verharren. »Sie sehen aber auch recht gut aus, wie immer.«

Lou räusperte sich. »Fangen Sie bloß nicht an, Abigail, denn ich denke nicht, dass ich Ihnen heute Abend widerstehen könnte. Sie ahnen nicht einmal, welche Wirkung Sie auf mich haben, was?«

»Ach Sie! Immer machen Sie sich über mich lustig!« Sie lachte, um ihre Gefühle zu überspielen. Nichts täte sie lieber, als seinem Flirt nachzugeben, nur wünschte Lou sich eine Familie. Abigail war bei noch einem Arzt gewesen, doch die Diagnose blieb dieselbe: *Ausgeschlossen.* Und gegen ihren Willen hatte sie sich in Lou verliebt. Sie konnte sich nicht einmal dazu durchringen, ihm zu erzählen, warum sie seinen Avancen nicht nachgab. *Sobald er es weiß, wird er sich einer anderen zuwenden.* Sie nahm ihre Abendtasche auf.

Behutsam drehte Lou ihr Gesicht zu sich. »Ich veralbere Sie nicht, Abigail. Wissen Sie denn nicht, dass Sie mir alles bedeuten?«

Abigail sah ihn an. »Aber ich …«

Weiter kam sie nicht, denn Lou brachte sie mit einem Kuss zum Schweigen. Abigail erwiderte den Kuss, legte die Arme um ihn, und die Mauer, die sie um ihre Gefühle errichtet hatte, stürzte endgültig ein. Sein Kuss war unglaublich: stark, leidenschaftlich, fordernd. Er war alles, was sie sich erträumt hatte.

»Nun«, sagte sie hinterher verlegen. »Wollen wir dann los?«

Lous blaue Augen strahlten vor Bewunderung. »Wir müssen wohl. Dein Publikum wartet.« Mit einem Augenzwinkern bot er ihr seinen Arm an, und sie hakte sich bei ihm ein. Sie stiegen in Lous schwarze Limousine, und Lou legte einen Arm um ihre Schultern.

Abigail fing sich wieder und lächelte scheu zu ihm auf. Ihre Beziehung hatte sich schlagartig gewandelt. Und Abigail beschloss, diesen Moment zu genießen, denn kannte er erst die Wahrheit, wäre alles vorbei. *Ich werde dies als meinen einen vollkommenen Abend im Gedächtnis behalten.*

Als sie zum Haus des Bürgermeisters fuhren, lenkte Abigail ihre Gedanken von Lous sinnlichem Kuss auf ihre Arbeit für die Operation Orphan Rescue, die sie gegründet hatte und für die sie heute Abend geehrt werden sollte. Es war schön, anerkannt zu werden, doch war dies kaum der Grund, weshalb sie diese Organisation ins Leben gerufen hatte. Nach jeder Schlacht blieben verwaiste Kinder zurück.

»Du solltest auch einen Preis bekommen«, sagte sie zu Lou. »Deine Spende und die Dokumentation, die dein Studio über die Kinder aus Europa und Asien gedreht hat … ehrlich, ohne dich hätte ich es nicht geschafft.«

Lou lächelte. »Zu sehen, wie die Kinder liebevolle Familien finden, ist mir Lohn genug.«

»Es ist fantastisch, wie viele Spenden seit dem Film eingehen.« Für Abigail waren die Waisen *ihre* Kinder, nahmen den Platz jener Babys ein, die sie nie bekommen würde.

Die Limousine bog in die Auffahrt in Beverly Hills. Flackernde Lampions beleuchteten den Weg zum Haus im japanischen Stil, dessen Dachkanten sich elegant nach oben bogen. Abigail und Lou schritten an einem Koi-Teich vorbei. Während sie gingen, bemerkte Abigail jemanden im

Schatten hinter den Laternen. *Es wird ein Bediensteter sein,* dachte sie.

Gäste schlenderten umher, und Abigail erkannte einen Freund ihres Vaters, einen Amerikaner, dem eine kleinere Reederei hier gehörte.

»Glückwunsch zu deiner Ehrung, Abigail«, sagte er. »Wie geht es deinem Vater?«

»Er ist ein zäher alter Kämpfer, aber dieser Krieg setzt ihm wirklich zu.«

Der Mann sah sie mitfühlend an. »Es tut mir aufrichtig leid, dass er Schiffe verloren hat.«

»Wir alle haben sie verloren«, sagte Abigail. Die Deutschen hatten zwei Newell-Grey-Schiffe versenkt, die in den Dienst Seiner Majestät gestellt worden waren. Abigail dachte ungern an all die Verwüstung und die Leben, die dieser Krieg forderte.

»Und deine Mutter? Ist Harriett noch in London?«, fragte er.

»Ja, ist sie. Sie weigert sich trotz der Luftangriffe, von der Seite meines Vaters zu weichen.« Abigail und Lou gingen weiter in Richtung Tennisplatz, und sie hielt vor Staunen die Luft an. Ein riesiges Zelt in Form einer Pagode war über dem Platz aufgebaut worden. Auch drinnen war alles im asiatischen Stil gehalten; die Wände waren mit blassgrünem Stoff ausgeschlagen, am Eingang stand eine gigantische goldene Buddhastatue, und auf den Tischen leuchteten bunte Laternen.

»Wie exquisit«, sagte Abigail und blickte sich um. Auf einer Bühne spielte ein Orchester, und Vasen mit exotischen Orchideen und duftendem Jasmin rundeten das Ambiente ab.

Danielle und Cameron erschienen, und Abigail umarmte die beiden. »Bin ich froh, dass ihr hier seid! Und seht nur, da ist Clara.« Die anderen beiden drehten sich um, und alle begrüßten Clara. Abigail ergänzte: »Clara, du siehst großartig aus! Was für ein ideales Kleid für diesen Anlass.«

Clara trug ein rotes Cheongsam und rot lackierte Stäbchen in ihrem platinblonden Haarknoten. »Danielle hat es für mich entworfen. Es ist ein Stück aus ihrer chinesischen Kollektion.«

Abigail wandte sich zu Danielle, die eine Tunika und eine weite Hose im ähnlichen Stil trug, nur smaragdgrün. *Ziemlich gewagt,* dachte Abigail, *in Hosen zu einem offiziellen Anlass zu erscheinen.* Aber wenn eine Frau das tragen konnte, dann Danielle. »Wie es aussieht, führt ihr heute Abend einen neuen Trend ein.«

Danielle lachte. »Es ist gut für das Geschäft. Apropos, erinnerst du dich an Harry Nelson?«

»Ja, und ich freue mich, Sie wiederzusehen«, antwortete Abigail. »Ich gratuliere zu Ihrem Erfolg mit National Music.«

»Der Kopf dahinter ist Danielle«, entgegnete Harry lachend.

»Stimmt, und ich singe bloß«, mischte sich Cameron ein bisschen lallend ein. »Halt die Klappe und sing, höre ich dauernd von den beiden.«

Abigail sah, dass Danielle einen strengen Blick zu Harry warf, der Cameron beim Arm nahm und ihn wegführte.

Wenigstens hat Harry schnell reagiert, dachte Danielle erleichtert. Sie wollte nicht, dass noch mehr Skandalgeschichten an die Presse durchsickerten. *Warum kann er sich nicht ein ein-*

ziges Mal benehmen? Camerons neue Schallplatte sollte in wenigen Wochen auf den Markt kommen, und vor allem wollte Danielle nicht, dass er Abigails besonderen Abend ruinierte.

Das Schlimmste allerdings war, dass der Bürgermeister nach dem Dinner einen kurzen Auftritt von Cameron wünschte. *Heute Abend ist er auf keinen Fall in der Verfassung, auf die Bühne zu gehen.* Dabei müsste er nichts weiter tun, als zu singen und sein berühmtes Lächeln zu zeigen. *Ist das denn zu viel verlangt?*

Als sie sich umblickte, fiel ihr ein Mann auf, der draußen bei den Lampions stand. Sofort stellten sich die kleinen Härchen in ihrem Nacken auf. *Wer ist das?* Der Mann bemerkte ihren Blick und tauchte in die Hecke hinten im Garten. Obwohl sie seit der Hochzeit nicht mehr verfolgt worden war, hatte sie nach wie vor manchmal das Gefühl, beobachtet zu werden. Sie erzählte es Harry. »Wir sollten die Polizei rufen«, sagte sie mit wachsender Sorge.

»Entspann dich, Danielle, das war wahrscheinlich nur ein Fan oder ein Pressefotograf. Immerhin sind hier viele Stars. Sicher gibt es keinen Grund, dich zu sorgen.«

Er hat recht, sagte sie sich. Das alles ist lange her.

Sie wurden von dem glockenhellen Lachen ihrer Mutter abgelenkt. Marie unterhielt sich angeregt mit einigen Freunden. Ihr blondes Haar war hübsch frisiert, und sie trug eines von Danielles eleganten schwarzen Kleidern zu hohen Pumps. Danielle war froh zu sehen, dass ihre Mutter sich wieder amüsierte.

Dank der Therapie von Dr. Genet, einem französischen Arzt, der in Los Angeles ansässig war, hatte Marie enorme

Fortschritte gemacht. Dr. Genet war auf Überlebende von Tragödien spezialisiert, und unter seiner Behandlung war Marie regelrecht aufgeblüht. Selbst ihre Stimme war wieder so melodisch wie früher.

Danielle vergaß keineswegs, dass es Cameron gewesen war, der Maries Behandlung anfänglich überhaupt möglich machte, und zügelte die Wut auf ihren Mann. Bei allen seinen Fehlern war er stets großzügig zu ihr, Marie und den Kindern gewesen. *Wäre Cameron nicht gewesen …* Sie sah wieder zu ihm. Ja, sie schuldete ihm eine Menge. Er hatte ihr Türen geöffnet, und das würde sie niemals vergessen. Allerdings entschuldigte es sein Benehmen nicht. Cameron musste sich dringend professionelle Hilfe holen, denn sie hielt diesen Zustand nicht länger aus.

Abigail kam zu ihr und sah Danielle besorgt an. »Ist mit Cameron alles in Ordnung?«

Danielle nickte. »Er hat schon einiges getrunken, aber Harry kümmert sich um ihn.«

»Cameron hat ein gutes Herz, und er braucht dich jetzt.«

Danielle senkte den Blick. »So einfach ist es nicht, Abigail.«

Schnell wechselte ihre Freundin das Thema. »Hatte ich dir erzählt, dass ich einen Brief von Jon bekommen habe?«

»Nein, aber ich hoffe, dass er und Victoria glücklich sind.« Danielle wollte am liebsten nichts über ihn hören.

»Das bezweifle ich. Als Letztes hörte ich, dass sie Freunde in Acapulco besucht. Egal welcher Ort gerade der letzte Schrei ist, Victoria ist da.«

»Das tut mir ehrlich leid für ihn, Abigail. Kein Wunder, dass du dich vor einer Heirat drückst. Sieht man Jon und

Victoria oder Cameron und mich an, wirst du ja nicht direkt ermuntert.«

»Wir wurden in dem Glauben an eine Märchenheirat erzogen. Aber die entspricht nicht der Realität. Nicht in der heutigen Welt.«

Danielle konnte nicht anders, sie musste fragen: »Und Jon? Wie geht es ihm?«

Abigail rang nach Luft. »Kann ich nicht sagen, nein, ich darf es nicht sagen, Danielle.« Ihre Stimme brach.

Erschrocken fragte Danielle: »Abigail, was ist? Ist mit Jon alles in Ordnung?«

Unsicher blickte Abigail sich um. »Ich musste ihm versprechen, dir nichts zu erzählen. Ach, Danielle, dies ist wirklich weder die Zeit noch der Ort.«

Danielle umklammerte Abigails Arm. »Ist Jon verwundet worden?« Tausend schreckliche Bilder rasten Danielle durch den Kopf.

»Nein, nichts dergleichen.« Abigail seufzte. »Victoria ist schwanger.«

Danielle stockte der Atem. Hatte sie richtig gehört? Andererseits wusste sie doch, dass es unvermeidlich war. Die Familie wollte Erben, die das Unternehmen einst weiterführten. »Ich verstehe nicht, was daran schlimm ist.«

»*Alles!*« Abigail wirkte zusehends unglücklicher. »Sie ist schon viel zu weit. Es ist nicht sein Kind.«

28

Wildblumen, die Waisenkinder der Natur, blühen wo sie wollen – bis der neugierige Gärtner oder der Parfümeur ihre abenteuerlustigen Samen zähmt. – db

26. März 1941
Beverly Hills, Kalifornien

Danielle parkte ihr Delahaye-Automobil vor der schlichten Backsteinkirche. Eine Hand an ihrem Zündschlüssel, hielt sie für einen Moment inne. *Dies könnte der Tag sein,* dachte sie. Der Spielplatz neben der Kirche war leer, als sie zur Seitentür und nach drinnen ging.

Die Kinder des Waisenhauses »Prince of Peace« frühstückten von sechs bis sieben Uhr. Im nächsten Waisenhaus, »Temple Emmanuel«, nur einen Block entfernt, wurde das Frühstück von halb sieben bis halb acht abgehalten. Sie könnte bei beiden Heimen nachfragen, ob neue Jungen bei ihnen angekommen wären, und trotzdem noch um sieben an ihrem Schreibtisch sein. Von den Besuchen bei allen Waisenhäusern in Los Angeles County ließ sich Danielle durch nichts abbringen.

Sie hatte einen Porträtzeichner Kopien von Nickys Foto anfertigen lassen, auf denen er den Jungen um einige Jahre älter machte. Diese Kopien hatte sie auch an Waisenhäuser und Hilfsorganisationen an der Ostküste und in England geschickt. In dem letzten Brief, den sie von Philippe erhalten hatte, schrieb er, dass er das Château schloss und zu den französischen Freiheitskämpfern ging, doch er beteuerte, dass er weiterhin nach Nicky suchte.

Leider war es an diesem Morgen nicht anders als bei ihren vorherigen Besuchen. Danielle kam in den Speisesaal, entdeckte jedoch kein Kind, das Nicky auch bloß entfernt ähnelte. In ihren Träumen aber wurde er beständig lebendiger, und was konnte sie sonst tun? Nach Polen zurückzukehren, war nicht mehr möglich.

Sie stieg wieder in ihren Wagen, legte den Gang ein und fuhr zu ihrem Büro. Danielle genoss es, am frühen Morgen allein zu sein und ohne Unterbrechungen arbeiten zu können. Ihr neues Büro war ihr Kokon, den sie ganz nach ihren Wünschen gestaltet hatte – bevor sie von Camerons Finanzsituation erfuhr.

Die große Kaffeemaschine stand startbereit auf einem roten chinesischen Lacktisch in der Ecke. Danielle schaltete sie ein. Leise vor sich hin summend zupfte sie einige welke Blüten aus dem Wildblumenstrauß auf dem niedrigen Tisch vor dem Brokatsofa, und nachdem sie sich einen Kaffee eingeschenkt hatte, setzte sie sich an ihren Louis-XIV-Schreibtisch.

Sie blickte zur Uhr. Harry und sie hatten heute einen Termin bei ihrem Bankier, und sie musste vorher noch ihre Zahlen zu Ende prüfen.

Ihr Vater brachte früher gelegentlich Arbeit aus der Bank mit nach Hause, und von ihm hatte Danielle gelernt, Bilanzen und Ergebnisrechnungen zu lesen. Bis die Sekretärin und die Mitarbeiter um neun kamen, hätte sie die Aufstellung der Umsatzerwartungen für das nächste Geschäftsjahr von Bretancourt Holdings fertig. Beim Durchsehen der Papiere, machte sie sich Notizen zu einigen Punkten, die sie beim Mittagessen mit Harry besprechen musste.

Harry war ein Vorstandsmitglied von Bretancourt Holdings. Er würde ihre Pläne wieder einmal für aggressiv halten, doch sie ließ sich nicht beirren. Vor allem aber war sie froh über seinen Rat wie auch seine Fähigkeit, mit Camerons zunehmend schwierigeren Phasen umzugehen. Danielle hatte sogar angefangen, zu einem Psychologen zu gehen, um Camerons Stimmungsschwankungen besser zu verstehen.

Sie dachte an die Gala zu Ehren Abigails beim Bürgermeister, als Cameron tatsächlich auf der Bühne umgekippt war. Die Klatschkolumnisten waren außer Rand und Band gewesen, und Danielle war es so peinlich, dass sie die Publicity hinterher als Albtraum empfand.

Ihre Gedanken schweiften ab. Seufzend legte sie ihren Stift hin, zog die Schreibtischschublade auf und nahm den Brief heraus, den Jon ihr geschickt hatte. Neuerdings schrieb er ihr wieder. Sie öffnete den Umschlag. Es war ein kurzer Brief, wie alle, die er ihr dieser Tage schickte, und er erwähnte Victorias Schwangerschaft mit keinem Wort. Trotzdem ging aus den Zeilen deutlich hervor, dass er sehr unglücklich war. Wahrscheinlich würde er Victorias Kind als seines ausgeben. Das wäre schließlich das Anständigste. *Wäre doch nur alles anders!*

Danielle hörte ein Knallen und Schritte auf dem Flur vor ihrer verschlossenen Tür. Sie erstarrte. So früh kam nie jemand her. Der Türknauf wackelte, und Danielles Herz raste. War es der Mann, den sie auf der Party gesehen hatte?

Mit einem Krachen flog die Tür gegen die Wand, und die Bilder erbebten in ihren Aufhängungen. Cameron torkelte herein, seine edle Abendkleidung kraus, das Gesicht rotfleckig und unrasiert. In seinen Augen lag ein dunkler, wilder Ausdruck.

»Wusste ich doch, dass ich dich hier finde«, lallte er. »Sieh dich an!« Mit einer hämischen Geste wies er zu den Papieren auf ihrem Schreibtisch. »Zählst immer dein Geld. Du hörst wohl nie auf, was?«

»Es ist auch dein Lebensunterhalt«, sagte sie spitz.

Cameron grinste. »Wir teilen uns den Reichtum, ja? So sehe ich das aber nicht. Du kontrollierst das Geld. Du hast in dieser Familie die Hosen an. Verdammt, das weiß die ganze Stadt! Du schenkst mir nicht mal einen Sohn, oder, Dani?«

Danielle biss die Zähne zusammen. »Du hast hier nichts verloren. Geh nach Hause und schlaf deinen Rausch aus.«

»Ich habe ein Problem.« Er kam bedrohlich auf sie zugestapft. »Du hast Buck Jones als Aufpasser für mich engagiert, stimmt's?«

»Buck Jones wird deine Tournee organisieren.« Ihre Finger umklammerten die Schreibtischkante. Nach Camerons jüngsten Ausfällen im Vollrausch hatten Harry und sie Buck Jones hinzugeholt, der ein erfahrener Manager war.

»Warum zum Teufel soll ich den brauchen?« Er beugte sich über den Schreibtisch und knallte die Faust auf die Platte, sodass der Inhalt klapperte.

Cameron stank nach Alkohol und Rauch. Danielle stand auf. »Sein Job ist es, die Tournee zu leiten.«

»Die Tournee? Du willst doch, dass er mich überwacht,

gib's zu, Dani.« Sein Gesicht verzerrte sich, und seine blutunterlaufenen Augen traten vor.

»Du hast einen Vertrag zu erfüllen, Cameron.«

»Zur Hölle mit dem Vertrag! Ich bin der Star, und ich sage, er ist draußen!«

Cameron fluchte, griff nach einer Kristallvase auf dem Schreibtisch und schleuderte sie an die Wand. Scherben flogen durch die Luft wie Projektile.

»Hör auf! Der Vorstand hat entschieden, Buck Jones einzustellen«, sagte sie und stemmte die Hände in die Hüften. »Laut deinem Vertrag mit National Music hast du kein Recht, die Entscheidung anzufechten.«

Er fuhr herum und zeigte mit dem Daumen auf seine Brust. »Du denkst, dass *du* das Sagen hast?« Sein Gesicht färbte sich noch dunkler. »Das glaube ich nicht.« Er ballte die Hände zu Fäusten und kam um den Schreibtisch herum.

Danielles Herz raste, als ihr bewusst wurde, dass sie nicht weg konnte. »Wir reden später darüber, wenn du nüchtern bist.«

»Nein, wir sind durch mit Reden!«

Sie versuchte, an ihm vorbei zu fliehen, doch er packte ihre Arme. »Cameron, nicht!« Instinktiv duckte sie sich und wandte den Kopf weg. Ein Schlag explodierte an ihrer Wange. Sie stürzte zu Boden, fing sich mit den Händen ab und schrie auf, als ihr die Glasscherben in die Haut schnitten, während sie über den polierten Holzboden schlitterte. Blitzschnell rollte sie sich auf die Seite. Blut spritzte auf ihre weiße Seidenbluse.

Cameron stürzte sich wieder auf sie.

Danielles Blick fiel auf den silbernen Brieföffner, der vom Schreibtisch gefallen war. Sie trat nach Cameron und wollte den Brieföffner greifen.

Doch Cameron packte ihre Beine und zog sie zu sich. Dann hockte er sich rittlings auf sie, sodass sie unter ihm gefangen war. Seine Augen waren rot und irre, als würde ihr Blut ihn erst recht in Rage bringen.

Danielle versuchte, sich von ihm zu befreien. *Mon Dieu, er bringt mich um!*

Er griff nach ihrem Hals und holte mit der anderen Hand aus, um sie zu schlagen.

Danielle streckte ihre Finger nach dem Brieföffner, ertastete ihn und stach damit nach oben.

Die lange Klinge durchbohrte Camerons Hand. Er brüllte vor Zorn und hielt sich die Hand, aus der Blut quoll.

In diesem Moment kam Harry hereingelaufen. »Mein Gott, was ist hier los?« Harry befreite Danielle mit einer Hand und stieß Cameron mit der anderen weg.

»Ruf die Polizei!«, schrie Harry, der mit aller Kraft Cameron festhielt, doch der betrunkene Star riss sich los und raste aus dem Büro.

»Lass ihn gehen«, rief Danielle. »Er ist vollkommen wahnsinnig.«

Cameron verschwand und hinterließ eine Blutspur auf dem Flur.

Harry holte ein Taschentuch hervor und wischte Camerons Blut von Danielles Gesicht. »Ich rufe die Polizei.«

Danielle sank auf einen Stuhl. Mit zusammengebissenen Zähnen begann sie, die Scherben aus ihren Handflächen zu ziehen.

Nachdem Harry telefoniert hatte, sagte Danielle: »Ich habe mich noch nie so gefreut, dich zu sehen. Was machst du überhaupt um diese Zeit hier?«

»Erica rief mich an. Cameron war bei ihr gewesen und hatte wüst über dich und Buck Jones geschimpft. Sie bekam Angst um dich. Und ich dachte mir, dass er hier aufkreuzen könnte.«

Draußen heulte eine Polizeisirene. Harry und Danielle sahen vom Fenster aus zu, wie Cameron verhaftet wurde. Dann wandte Harry sich wieder zu Danielle und presste sein Taschentuch auf ihre Hände, um die Blutung zu stillen.

»Der Mistkerl verdient dich nicht.« Er nahm das Taschentuch weg und sah sich die Verletzungen an. »Das muss genäht werden. Wir fahren dich lieber ins Krankenhaus.« Er nahm ein Geschirrtuch von der Kaffeemaschine und wickelte es um ihre Hand. »Warum lässt du dich nicht scheiden?«

Zunächst war Danielle still. »Ich habe mit einem Arzt darüber gesprochen, Cameron in eine Klinik einzuweisen, wo man ihm hilft, vom Alkohol und anderem loszukommen. Cameron hat meiner Familie sein Heim und sein Herz geöffnet, als wir nichts hatten. Jetzt braucht er Hilfe. Er ist kein Monstrum, sondern ein Abhängiger. Aber so kann keiner von uns leben.« Sie verzog das Gesicht und drückte auf die tiefsten Wunden an ihren Händen.

Harry nickte. »Wir müssen die Tournee und die neue Schallplatte absagen.«

Danielle sah aus dem Fenster, als sie auf den Krankenhausparkplatz des Cedars of Lebanon einbogen.

»Wann willst du ihn einliefern?«, fragte Harry, während er in eine Parklücke fuhr.

»Bald. Aber selbst wenn er nicht auf Tournee gehen kann, könnte er doch wenigstens noch die Aufnahmen beenden. Meinst du nicht?«

»Nein, ganz und gar nicht. Es aufzuschieben, bringt dich in Gefahr, und wofür? Für ein paar Scheine? Wie viel wärst du tot wert?«

Danielle warf ihm einen Seitenblick zu. »So würdest du nicht reden, wärst du jemals arm gewesen. Sag die Tournee ab, doch ich werde alles tun, was in meiner Macht steht, um diese Schallplatte herauszubringen.«

Nachdem Danielle im Krankenhaus genäht und verbunden worden war, fuhr Harry sie zum Polizeirevier in Beverly Hills, wo man Cameron festhielt.

Der Polizeichef Dave Walsh, ein massiger Mann mit ledrigem Gesicht, winkte sie zu sich ins Büro. Harry hatte Danielles Anwalt, Otto Koenig, angerufen, der sie dort im Nadelstreifenanzug mit bordeauxroter Krawatte erwartete.

Walsh lehnte sich auf seinem Stuhl zurück und betrachtete Danielle durch einen Nebel von Zigarettenqualm. »Wie ich höre, wollen Sie keine Anzeige erstatten.«

»Stimmt.« Danielle saß steif auf ihrem Stuhl die verbundenen Hände in ihrem Schoß überkreuzt. Ihre weiße Seidenbluse war blutbefleckt, und sie wusste, dass ihre eine Gesichtshälfte geschwollen und rot war. »Sie können Cameron in meinen Gewahrsam entlassen.«

»Wir können Ihren Mann wegen versuchten Mordes anklagen.« Walsh hielt eine Plastiktüte mit dem silbernen

Brieföffner in die Höhe, an dem Camerons Blut klebte. »Anscheinend haben Sie in Notwehr gehandelt.«

Seine brutal ehrlichen Worte raubten Danielle den Atem. *Versuchter Mord.* »Können Sie ihn nicht einfach entlassen?« Ihr Nacken kribbelte vor Anspannung. Cameron hatte eine Grenze überschritten, und es würde nicht leichtfallen, diesen Vorfall zu vertuschen. Aber Danielle konnte sich keine negativen Schlagzeilen leisten, nicht so kurz vor Erscheinen seiner neuen Platte. Zudem hatte sie einen Vertrag mit Lou Silverman, die neuen Aufnahmen im nächsten Film mit Erica Evans zu benutzen. *Ein Monat, mehr brauchen wir nicht, um die Aufnahmen fertigzubekommen.*

»Sie haben ausgesagt, dass Ihr Ehemann Sie heute Morgen angegriffen hat«, sagte Walsh mit unerbittlich prüfendem Blick. »Das nächste Mal ist Harry vielleicht nicht in der Nähe, um Sie zu retten.«

Danielle war hin und her gerissen. Falls Cameron seine vertraglichen Pflichten nicht erfüllte, bliebe sie auf Schulden sitzen. Sie hatte ohnedies schon reichlich Geld für Camerons jüngste Eskapaden bezahlt – aus ihrem Privatwie dem Geschäftsvermögen – und viel mehr, als Harry ahnte. *Ohne das Album wird mein Unternehmen bankrottgehen.*

Harry strich sich übers Kinn. »Hören Sie, Walsh«, begann er versöhnlich, »keiner von uns möchte dies hier in den Zeitungen sehen.«

Walsh verengte die stahlgrauen Augen, lehnte sich über seinen Schreibtisch und wies mit dem Finger auf Danielle. »Es wird einen Haufen Publicity geben, wenn Sie in einem Leichensack aus dem Haus gerollt werden. Eines Tages kommen Sie nicht mehr lebend davon, und was wird dann aus Ihrer Familie?«

Danielle blieb eisern. »Keine Anzeige.«

Walsh schüttelte den Kopf. »Na schön. Nebenan sitzt der Bezirksstaatsanwalt. Wir könnten Sie wegen versuchten Mordes anklagen.«

Danielle stieß einen stummen Schrei aus. »Mich?«

Harry sprang auf. »Das ist unerhört!«

Otto Koenig trat vor. »So eine Anklage hätte vor Gericht niemals Bestand. Ich hätte nicht gedacht, dass Sie zu derart windigen Taktiken greifen.«

Harry wandte sich an Danielle. »Er meint es todernst, Danielle. Du musst etwas wegen Cameron unternehmen. Die Aufnahmen sind das hier nicht wert!«

Sie sah auf ihre verbundenen Hände und überlegte fieberhaft. Es war dringend nötig, dass Cameron die Aufnahmen zu Ende brachte. *Und die Publicity!* Die Schlagzeilen allein würden seiner Karriere und National Music beträchtlich schaden. Nicht zu vergessen, dass ihre Geschäftsbeziehung zu Lou Silverman leiden würde. Sie bekam Kopfschmerzen. Bei dem Gedanken an einen Bankrott wurde ihr übel.

Walsh brüllte einen Befehl in seine Gegensprechanlage und drehte sich wieder zu Danielle um. »Wir verhaften Sie, Danielle. Meine Officers sind unterwegs.«

Danielle wurde nervös. Walsh wollte hier eindeutig seine Macht demonstrieren, doch auf ihre Kosten? Wie weit war sie zu gehen bereit, um Cameron und ihre Investitionen zu schützen? Sie durfte ihre Familie nicht noch einer Katastrophe aussetzen. Und Cameron war eine Bedrohung für alles, was ihr lieb und teuer war. Trotzdem verdankte sie ihm auch ihrer aller Leben. *Was soll ich tun?*

Dann hatte sie eine Idee. Vorsichtig stemmte sie sich mit den Ellbogen vom Stuhl hoch und sah Walsh an. »Ich möchte Ihnen einen Deal anbieten.«

»Hier biete ich die Deals an, Danielle.«

Es klopfte an der Tür, und zwei Uniformierte kamen herein.

Otto fuhr herum. »Kommen Sie, Walsh, hören Sie sie wenigstens an, bevor Sie sie festnehmen. Zeigen Sie ein bisschen Respekt vor meiner Mandantin.«

Walsh funkelte den Anwalt wütend an. »Sobald sie Respekt vor den Gesetzen dieses Landes zeigt.«

»Tut sie«, sagte Otto. »Und ebendiese Gesetze billigen ihr auch gewisse Rechte zu.«

»Na gut, lassen Sie hören«, forderte Walsh Danielle auf, obwohl man ihm ansah, wie sehr es ihm widerstrebte.

»Ich habe einen Plan, der alle Betroffenen zufriedenstellen sollte«, begann sie. »Zunächst einmal, keine Anzeige.«

Walsh wollte widersprechen, doch Danielle hielt eine verbundene Hand in die Höhe. »Ich bin bereit, Cameron in ein Sanatorium zu bringen, sofort, und das medizinische Personal dort entscheidet allein darüber, wann er wieder entlassen wird. Andernfalls«, ergänzte sie und streckte den beiden Polizisten ihre Hände entgegen, »dürfen Sie mich jetzt verhaften.«

Walsh zog die Brauen hoch, überlegte und nickte. »Abgemacht.«

»Eine Bedingung hätte ich allerdings«, sagte Danielle und reckte ihr Kinn. »Camerons Musik ist ihm furchtbar wichtig und sicher unverzichtbar für seine Genesung. Als Teil seiner Behandlung muss Cameron gestattet sein, sich in seiner Musik kreativ auszudrücken; selbst wenn das bedeutet, ihn hin und wieder zu Aufnahmen in Harrys Gewahrsam zu übergeben.«

»Das werden Sie mit seinen Ärzten klären müssen«, antwortete Walsh. »Doch so weit es mich betrifft, lassen wir ihn frei, wenn Sie uns eine richterliche Anordnung zur Einweisung ins Sanatorium vorlegen.« Er bedeutete seinen Officers, dass sie gehen konnten.

Otto folgte ihnen. »Ich besorge die Anordnung jetzt gleich.« Damit eilte er aus dem Büro.

29

Der Gärtner lockt die Saat aus der Erde, umhegt ihr zartes Grün wie ihre herrlichen Blüten. Wie fragil, wie flüchtig sind diese Schönheit und Liebe. Einzig der Parfümeur kann sie einfangen und die natürliche Reaktion verlängern. Ach, könnten wir es mit der wahren Liebe doch auch! – db

5. April 1941
Beverly Hills, Kalifornien

Mit schützenden Handschuhen über den frischen Narben an ihren Händen hielt Danielle den Spaten und trieb das Blatt mit ihrer Espadrille in die Erde. Sie machte eine Pause und sah zum Himmel, um sich zu vergewissern, dass die Rosensträucher an dieser Stelle, die sie für das neue Beet ausgewählt hatte, genug Sonne bekamen.

»Ich wollte dich noch sehen, bevor Lou und ich nach San Francisco abreisen«, sagte Abigail. »Und ich wünschte, ich könnte dir helfen«, fügte sie mit einem hilflosen Blick auf ihr weißes Sommerkleid hinzu.

»Ich bin froh, dass du vorbeigekommen bist, doch ich könnte nie gestatten, dass du meine Kreation mit Erde beschmutzt.« Danielle lehnte das Kinn auf den Spatengriff, um zu verschnaufen. »So, wie die Presse mich belagert, komme ich kaum noch vor die Tür. Sie gieren geradezu nach einer Story über Cameron.«

»Das wird sich wieder legen. Nächste Woche gibt es eine

neue Sensationsgeschichte, und dann stürzen sich die Reporter auf die.«

»Das hoffe ich.« Danielle dachte über ihre Möglichkeiten nach, während sie die Rosensträucher einpflanzte. »Ich muss einige Entscheidungen treffen.«

»Für Cameron ist es auch ganz schön hart«, sagte Abigail leise. »Ich habe ihn gestern besucht.«

»Und wie war er?« Danielle kniete sich in ihrer groben Arbeitshose hin, um einen neuen Strauch einzusetzen.

»Charmant wie immer.« Abigail setzte sich auf die schmiedeeiserne Gartenbank. »In welchen Farben blühen deine Rosen?«

»Dunkelrot, Apricot, Lavendel, Rosa und Gelb.« Danielle richtete sich wieder auf, stützte die Hände in die Hüften und begutachtete ihr Werk. »Einige von ihnen haben gemeine Dornen, aber die Blüten sind wunderschön.«

Abigail schaute zu, wie Danielle den Spaten seitlich über die Erde neben dem Weg zog, sodass eine Furche entstand. In die streute sie Samen für weiße Schmucklilien und lila Steinkraut, bedeckte sie mit loser Erde und wässerte alles mit dem Gartenschlauch. Nach Camerons entsetzlichem Benehmen versuchte Danielle, Schönheit und Ruhe zurück in ihr Heim zu bringen.

»Wirst du ihm noch eine Chance geben?«

Danielle atmete langsam aus. »Offenbar ist niemandem klar, wie viele ich ihm bereits gegeben habe. Seine Stimmungen schwanken unberechenbar zwischen Euphorie und Depression. Es war für uns alle anstrengend.«

»Umso besser, dass er jetzt behandelt wird«, sagte Abigail. »Sicher fiel es dir nicht leicht, ihn in ein Sanatorium zu stecken, doch es war richtig.«

»Ich weiß, nur wie kann ich ihm je wieder trauen?« Danielle hielt eine Hand an ihre Stirn. Die Worte des Polizeichefs hatten sie jäh die Wirklichkeit erkennen lassen. »Notorische Untreue ist eine Sache – *versuchter Mord* ist etwas vollkommen anderes.«

Abigail schüttelte den Kopf. »Du darfst dich und deine Familie nicht in Gefahr bringen.«

»Nein, und das werde ich auch auf keinen Fall«, sagte Danielle entschieden. Sie hatte im letzten Jahr genug durchgemacht. »Meine Mutter und Liliana sind schrecklich verstört, und nun gehen wir alle zum Psychiater. Es hilft, aber es löst Camerons psychische Probleme nicht.«

Danielle brachte ihr Gartengerät und die Handschuhe in die Garage und kam zurück. Sie holte tief Luft und betrachtete ihren hübschen, ordentlichen Garten. Durchs Fenster konnte sie ihre Mutter mit den Mädchen in der Küche sitzen sehen, lächelnd und lachend. Dies war das Leben, das sie verdienten, nicht der Schrecken, den Cameron über sie gebracht hatte.

Sie setzte sich zu Abigail auf die Bank. »Wie manche Rosen, wird auch Cameron immer Dornen haben.«

»Das ist wahr. Also ist es vorbei?«, fragte Abigail.

Danielle rieb sich ein wenig Schmutz von den vernarbten Händen. »Ich habe vor, mich direkt nach seiner Entlassung von ihm scheiden zu lassen.«

22. April 1941
Beverly Hills, Kalifornien

»*Merci,* Danielle«, sagte die junge Frau, als Danielle ihr eine Armladung duftender weißer Lilien zu den leuchtend rosa Rosen und den violetten Hortensien legte, die sie bereits ausgesucht hatte. »Du wählst immer meine schönsten Blumen aus.«

Danielle lächelte ihrer Freundin, der Besitzerin von »Flower Pot« in Beverly Hills, zu. »Und du hast immer die schönsten Blumen in der Stadt, Mimi.«

»*Mais oui,* mein Bruder schickte mir auch einige Gardenienpflanzen von seiner Farm. Die sind über und über voller Knospen, wie gemacht für dein Boudoir. Hast du sie gesehen? Sie stehen ganz vorne im Laden.«

Danielle schlenderte zwischen den vielen Schnittblumen, den charmanten Formbüschen und den herrlichen Blumenarrangements hindurch. Die Gerüche hier hoben verlässlich ihre Stimmung. Sie sog die Aromen in sich auf und schloss die Augen, wenn sie sich über eine exotische Blume oder Pflanze beugte, um deren Duft einzuatmen. *Es ist beinahe, als wäre ich in Grasse.*

Danielle rieb die glänzend grünen Blätter einer Gardenie, berührte die feuchte Erde im Topf und ließ die Finger über eine frische weiße Blüte gleiten, die aus der straffen Knospe sprang.

Vielleicht fange ich dieses Aroma ein: kühles Grün kombiniert mit süßer Gardenie, feuchter Erde und warmer Sonne. Es wäre perfekt für diese Jahreszeit. Vielleicht eine neue Linie von garteninspirierten Parfüms …

»Danielle?«

Höre ich jetzt schon Stimmen? Nein, jemand rief ihren Namen. Und nicht bloß irgendjemand, sondern es klang ganz wie … Und dieser Duft … das Patschuli, die Andeutung von Rose … das war Spanish Leather, und der Duft seiner warmen Haut … *oh, mon Dieu!* Sie fühlte eine Hand auf ihrer Schulter, und ein Schauer durchfuhr sie.

»Danielle.«

Langsam drehte sie sich um. Der Blumenladen schien zu verschwinden. Danielle blinzelte und starrte den gut aussehenden Mann mit dem Rosenstrauß in der Hand an. *»Jon?«*

»Das muss Schicksal sein.« Ein erstauntes Lächeln trat auf seine Züge. »Ich hielt hier an, um Blumen für Abigail zu kaufen, und entdecke dich hier.« Er berührte ihre Schulter, fing ihre Hand ein und zog sie zu sich, worauf sich sein köstlicher Duft intensivierte.

»Ich kann es gar nicht glauben! Was führt dich her?« Ihr Herz klopfte wie verrückt, und sie war sicher, dass er es durch ihre Bluse sehen konnte.

»Ich musste nach den Schiffen im Hafen von Long Beach sehen. Es war recht kurzfristig, und da dachte ich, dass ich Abigail überrasche.«

Danielle lachte nervös. »Oh, das hättest du gewiss. Aber sie ist nicht hier. Sie ist mit Lou in San Francisco. Er dreht dort einen Film.«

Jon fuhr sich mit einer Hand durch sein dichtes Haar, sodass er einen leichten Meeresgeruch verströmte. »Tja, wieder mal hätte ich vorher anrufen sollen.«

Er lächelte sie reumütig an, und in den Winkeln seiner warmen Augen kräuselte sich die Haut. Danielle fiel wieder ein, wie sich bei seinem Lächeln der eine Mundwinkel weiter nach oben bog als der andere und das Grübchen an seinem Kinn tiefer wurde. Sein Gesicht war schmaler, aber seine Brust breit, und er wirkte insgesamt muskulöser. *Er ist sogar noch atemberaubender, als ich ihn in Erinnerung habe.*

»Dann ist unsere Begegnung wahrlich Schicksal«, murmelte er. Seine tiefe Baritonstimme war voller Gefühl. »Du siehst verändert aus, Danielle, aufgeblüht, wie diese Blumen. Wie lange ist es her, seit wir uns vor deiner Wohnung sahen?«

Danielles Wangen wurden heiß, und sie benetzte ihre Lippen. *Vor Cameron,* dachte sie erschrocken.

»Warte, ich übernehme die hier.« Jon bezahlte ihre Blumen und nahm das dicke Bündel auf.

»Mein Wagen parkt hinten«, sagte Danielle. »Komm mit.« Als er ihr die Tür aufhielt, sah sie sich über die Schulter um und ertappte ihn dabei, wie er sie musterte. Sie lachte nervös. »Der Delahaye ist meiner.«

Jon ging zu dem Wagen und stieß einen leisen Pfiff aus. »Was für eine Schönheit – der Wagen übrigens auch.« Er sah sie bewundernd an.

»Jon, du bist frech, und ich sollte wütend auf dich sein.« Sie holte die Autoschlüssel hervor.

»Auf mich? Warum?«

»Na, warum nicht? Du tauchst schon wieder auf, ohne vorher Bescheid zu geben.«

»Lass uns keine Zeit an die Vergangenheit vergeuden, Danielle.« Er nahm ihr die Schlüssel ab, schloss die Wagentüren auf und legte die Blumen auf die Rückbank. »Ich hatte weder dich noch sonst jemanden angerufen, weil ich nicht wusste, wie viel Zeit ich haben würde. Wie es aussieht, bleiben mir nur einige Stunden, und ich weiß nicht, wann ich wieder wegfliege.« Ein ernster Blick überschattete seine Miene für einen Moment. Dann ergriff er Danielles Hände. »Aber jetzt bin ich hier, und es ist ein schöner Tag. Können wir ihn ein bisschen gemeinsam genießen?«

Sie lächelte. »Komm mit mir nach Hause. Meine Mutter

und die Mädchen besuchen Freunde in San Diego. Und wo Cameron ist, weißt du ja. Ich schrieb dir davon.«

Er nickte. »Geht es im besser?«

»Er nutzt die Gelegenheit, um an neuen Liedern zu arbeiten, und er freut sich darauf, bald nach Hause zu kommen.« Sie stockte und seufzte. Das war ihre Standardantwort gegenüber der Presse. *Warum sollte ich Jon belügen?* »Genau genommen wurde er aus dem Sanatorium entlassen, um an seinem neuen Album zu arbeiten, doch schon nach wenigen Tagen hatte er einen fürchterlichen Rückfall und ist wieder ins Sanatorium gegangen. Aber reden wir nicht über Cameron.« Sie setzte ihre neue Pilotenbrille auf. »Möchtest du fahren?«

Nach ihrer Wegbeschreibung nahmen sie die lange Strecke nach Hause, sodass Jon den Wagen gebührend Probe fahren konnte. Jon fuhr nach Süden und dann östlich auf dem Wilshire Boulevard, und er genoss es. Der Kriegsdienst ließ ihm kaum Zeit, das Leben auszukosten, erst recht nicht mit einer Frau, die ihn so sehr faszinierte. Wenn er ehrlich war, hatte es nie eine andere gegeben, die es mit Danielle aufnehmen konnte.

Danielle. Dies war nicht die Frau, die er in Frankreich zurückließ, und auch nicht die, die er zuletzt in Los Angeles gesehen hatte. Hatte er geglaubt, sie würde nach allem, was sie durchgemacht hatte, noch dieselbe sein?

Er erinnerte sich an ihre letzte Begegnung, gleich nachdem sie Cameron geheiratet hatte. Konnte er es ihr ernsthaft verübeln? Sie war emotional so verwundet und schmerzlich arm gewesen, als sie in Los Angeles ankam; das wusste er nun, auch wenn ihm zu jener Zeit das Ausmaß ihres Elends nicht bewusst gewesen war. Abigail erzählte ihm, dass Danielle auch noch von einem Mann verfolgt wurde. Als Jon das hörte, hatte er sich schreckliche Vorwürfe gemacht, weil er sich nicht besser um sie kümmerte. Und dann kam Cameron und bot ihr an, sie aus ihrer Not zu befreien. Jon wünschte nur, er wäre derjenige gewesen.

Als er auf den La Cienega Boulevard einbog, sah er zu Danielle. Er konnte kaum glauben, dass sie wirklich neben ihm saß, hier, an diesem herrlich sonnigen Tag. Sogar in ihrer schlichten weißen Bluse und der Baumwollhose wirkte sie eindeutig wie eine unabhängige Frau, die ihr Schicksal selbst in die Hand nahm. Sie war so … Er suchte nach den richtigen Worten. *So kultiviert, so selbstsicher.* Und nach wie vor war diese Elektrizität zwischen ihnen zu spüren.

Sie hob eine schmale Hand, um sich das Haar glatt zu streichen, und dabei bemerkte er mehrere frische Narben.

»Was ist mit deiner Hand passiert?«

»Oh, ich habe meine Handschuhe vergessen.« Danielle zögerte und sah hinab auf ihre Hände. »Das ist von dem letzten Streit mit Cameron.« Sie hob ihre Hände und drehte sie elegant. »Es verheilt schon.«

»Ich wünschte, ich wäre dort gewesen.« Er beobachtete sie aus dem Augenwinkel, während er weiterfuhr. Jede ihrer Bewegungen bezauberte ihn; sie war anmutig, gebildet und elegant wie eh und je. Er bog auf den Sunset Boulevard, der sie im Bogen am Rand von Beverly Hills entlangführte.

»Und, bist du mit meiner Wagenwahl zufrieden?«, fragte sie munter, um das Thema zu wechseln.

»Wie sollte ich nicht?« Er grinste. »Ich fand schon immer,

dass dies eines der fantastischsten Automobile ist, die je gebaut wurden. Ich traf früher mal René Dreyfus, den Rennfahrer, kurz nachdem er das Eine-Million-Francs-Rennen '83 in seinem Delahaye gewonnen hatte.« Jon lachte. »Was für ein großartiger Sieg über die Nazis das war!«

»Der größte Sieg steht noch aus«, sagte sie mit einem wehmütigen Lächeln.

»Ja, tut er, doch zu welchem Preis, bleibt abzuwarten«, stimmte er ihr zu und wurde ernst. »Hast du etwas von Nicky gehört?«

»Nein«, sagte sie und zupfte nervös an einer Haarlocke. »Glaubst du, er lebt noch?«

Jon legte eine Hand an ihre Wange. »Ich vertraue deiner Intuition. Wenn du das Gefühl hast, dass er am Leben ist, dann ist er es.«

Sie lächelte ihn dankbar an. »Bieg hier ab, und wir sind zu Hause.«

Er lenkte den Wagen in die Einfahrt des ummauerten Tudor-Hauses und stellte den Motor aus. Dabei sah er sie an, und sie erwiderte seinen Blick. In diesem Moment war es, als könnten sie tief in den anderen hineinsehen, dorthin, wo sie keine Geheimnisse mehr hatten und all ihre Sehnsüchte offenlagen. Und da wusste Jon, dass sie einander eigentlich nie verlassen hatten.

»Ich bin so froh, dich zu sehen«, flüsterte sie und berührte seine Hand.

Als er seine Finger um ihre bog und sie es ihm gleichtat, durchfuhr ihn eine Welle von Verlangen. »Ich habe so oft daran gedacht, dich anzurufen.« Er küsste ihre Wange, staunte über ihre weiche, glatte Haut und das subtile Parfüm, das von ihrem Haar und ihrem Hals aufstieg. Sie schien verlegen, und Jon wich zurück. »Stellen wir deine Blumen ins Wasser.«

Er stieg aus, hob die Blumen von der Rückbank und folgte ihr zum seitlichen Kücheneingang. Dort stand er so dicht hinter ihr, dass er die Wärme ihrer Haut fühlen konnte. »Bist du hier glücklich, Danielle?«

»Ich habe sehr vieles, für das ich dankbar sein muss.« Drinnen nahm Danielle eine Schere und begann, recht grob die Stiele anzuschneiden. »Meine Familie ist zusammen, mein Geschäft floriert.«

»Das hatte ich nicht gefragt.«

Sie seufzte. »Ich weiß, was du meinst.«

»Wir haben nur wenige Stunden, Danielle.«

»Das ist mir sehr bewusst.« Schnipp-schnapp. Sie warf die Stielenden und die abgerupften Blätter in den Abfalleimer.

Eine Weile beobachtete Jon sie. Ihr lockiges Haar fiel weich auf ihre Schultern, ihr Gesicht war halb von ihm abgewandt.

»Danielle?« Er berührte ihren Arm, und als sie ihn ansah, bemerkte er, dass Tränen in ihren leuchtend grünen Augen glänzten. Es schmerzte ihn, sie so zu sehen.

Doch sie wischte sich die Augen und winkte ab. »Ich bin bloß albern.«

»Nein, bist du nicht. Komm her.« Er nahm sie in die Arme, und sie sank an ihn. *Gott, sie fühlt sich unsagbar gut an!*

»Ich sollte glücklich sein, Jon. Abgesehen von Cameron, bin ich es wirklich, aber ich habe nicht mehr viel Zeit für mich. Tage wie heute sind sehr selten.«

»Du bist immer noch eine Frau, die Gefühle hat.« Er hob ihr Kinn an und sah ihr in die Augen. »Und ich habe immer noch Gefühle für dich, Danielle. Die habe ich schon, seit wir uns zum ersten Mal begegnet sind. Es gab eine Zeit, nachdem Max gestorben war, da hätte ich etwas sagen sollen, dir erzählen, wie ich empfinde, nur dachte ich, es wäre zu früh für dich. Und dann, als ich es tat … was für ein Desaster! Ich habe so viele Fehler bei dir gemacht.«

Sie lachte leise. »Und jetzt ist es zu spät für uns. Wir sind beide verheiratet.«

»Das ändert nichts an unseren Gefühlen füreinander. Ich weiß, was du nicht in deinen Briefen schreibst. Und ich habe immer gewusst, wenn ich dich wiedersehe …«

»Schhh.« Sie wich zurück, doch ihre Hand blieb an seiner Wange. »Lass uns einfach diesen Tag genießen«, sagte sie, als er sich zu ihrer Hand drehte und sie küsste. »Ich habe eine Flasche Champagner im Kühlschrank. Die liegt dort schon lange und wartet auf eine besondere Gelegenheit.«

»Ich hole sie«, sagte er und küsste sie sanft, bevor er sie losließ.

»Und ich hole die Sektgläser.«

Danielle ging ins Wohnzimmer. Sie wusste, was sie für Jon empfand, was sie sich wünschte, aber Wünschen allein änderte nichts. Und doch hatte sie eine Lektion im Leben gelernt, und die war, dass die wenigen freudigen Momente ausgekostet werden mussten. *Was wäre, wenn Jon nicht aus dem Krieg zurückkehrte?* Wie würde sie sich fühlen, sollte sie ihn nie wiedersehen?

Und wie, sollte sie?

Ihr Anwalt hatte die Scheidungspapiere bereits aufgesetzt. Aber Jon war noch verheiratet, und Victoria erwartete ein Kind. *Ich sollte nicht daran denken.*

Sie wählte zwei hohe Sektflöten aus dem Barschrank und ging in die Küche zurück.

Jon hatte den Champagner geöffnet und schenkte ihnen ein. »Auf uns«, sagte er und küsste Danielle.

Nur ein Tag, dachte sie. Das war doch kein Verbrechen, oder?

Er hörte Danielle zu, als sie ihm von Liliana, Jasmin und Maries Genesung erzählte. Sie unterhielten sich über Abigails Arbeit mit den Waisenkindern und Jons Eltern, doch als Danielle ihn nach seinen Kriegserlebnissen fragte, wurde er sehr bedrückt.

»Es ist schlimmer, als ich es mir jemals vorgestellt hatte«, sagte er. »Victoria will nichts davon hören, aber ich weiß, dass du es verstehst. Sie hasst es, dass ich so viel fort bin, nur habe ich meine Befehle. Victoria begreift schlicht nicht, wie es beim Militär zugeht. Oder sie will es nicht.« Er zuckte mit den Schultern. »Na, sie hat viele Freunde, die ihr Gesellschaft leisten.«

»Und das Baby?«

Jon schüttelte den Kopf. »Es ist seltsam, denn man sollte meinen, dass sie froh ist, weil ich ihr uneheliches Kind als mein eigenes annehmen will. Ist sie nicht.«

Danielle strich ein Blütenblatt aus seinem Haar. »Und wie hältst du das aus?«

»Es geht, bedenkt man, dass es ein Marsch durch die Hölle ist.« Sein einer Mundwinkel bog sich nach oben. »Weißt du, fast alles lässt sich wieder aufbauen oder ersetzen, nur nicht das wirklich Wichtige.«

Er legte eine Hand auf sein Herz. »Familie, Freunde, Liebe und Gesundheit. Ich habe Zerstörung und Trauer gesehen, Mut und Heldentum, das Beste im Menschen und das absolut Schlimmste. Seit der Krieg angefangen hat, habe ich dreimal das Leben zurückbekommen. Bin ich abgekämpft? Manchmal fühle ich mich schon jenseits dessen. Aber die Männer und Frauen, mit denen ich zusammenarbeite, zählen zu den besten, die ich je gekannt habe. Wir kämpfen für Freiheit, und wir verdienen uns unsere Siege hart.«

»Was hast du nach dem Krieg vor?«, fragte Danielle.

»Erst einmal muss er gewonnen werden. Danach bin ich mir nicht sicher.« Er sah sie an und lächelte. »Und jetzt will ich mehr von dir hören.«

»Ich möchte dir etwas Besonderes zeigen«, sagte sie und nahm seine Hand. Dann führte sie ihn in den hinteren Teil des Hauses und öffnete die Tür zu einem großen Zimmer. »Hier arbeite ich, wenn mich zu Hause die Ideen überfallen. Ich experimentiere gerne, wenn alle anderen schlafen, denn dann habe ich Zeit, nachzudenken, zu fantasieren und kreativ zu sein.«

Jon blickte in das Zimmer. »Das ist verblüffend!« Drinnen war es ordentlich, doch die Kreativität war nicht zu verkennen. Auf der einen Seite stand eine Parfümorgel mit den vielen Fläschchen auf geordneten Reihen, auf der anderen ein Zeichentisch mit ihren Schnittentwürfen und Stoffmustern. Ein paar bequeme Brokatsessel, ein Stapel Bücher, eine Blumenvase, wunderschön gerahmte impressionistische Gemälde und ein Grammofon rundeten das Bild ab.

Jon schien ehrlich interessiert an allem, was sie machte,

anders als Max oder Cameron. Er hob ein Platinfeuerzeug von ihrem Schreibtisch auf und betrachtete das Art-déco-Design. »Das ist von Max, nicht wahr?«

Sie war gerührt, dass er sich erinnerte. »Ja, ich hatte es für ihn bei Cartier in Paris fertigen lassen. Er durfte nicht riskieren, französische Sachen nach Polen oder Deutschland mitzunehmen.«

Während sie sprachen, öffnete Danielle die Glasflügeltüren zum Garten, wo ein Swimmingpool in der Sonne glitzerte und eine sanfte Brise die Segeltuchvorhänge des Pool-Hauses bauschte.

»Es ist genauso, wie du es in einem deiner Briefe beschrieben hast. So habe ich es mir vorgestellt.« Er blieb vor der Parfümorgel stehen. »Hier also entwirfst du deine Parfüms?«

»Viele jedenfalls. An diesem hier arbeite ich gerade.« Sie nahm ein bräunliches Fläschchen auf, tropfte etwas von dem Inhalt auf einen Streifen Löschpapier und schwenkte das Papier. »Was meinst du?«

Er umfing ihr Handgelenk, führte die Hand mit dem Papierstreifen zu seiner Nase und schloss beim Einatmen die Augen. »Es ist frisch, sehr modern. Riecht wie Kalifornien im Sommer.«

Was für eine gute Nase er hat, dachte sie und war sich seiner Hand an ihrem Unterarm allzu bewusst. »Das sind kalifornische Orangenblüten mit einem frischen Akkord, der den Pazifik nachahmen soll.«

»Und es exakt trifft.« Er nahm ihr den Papierstreifen ab, strich damit über seinen Hals und beugte sich zu ihr, damit sie daran riechen konnte. »Eine großartige Parfümeurin sagte mir mal, dass ein Duft auf der Haut am besten wirkt.«

Sanft küsste er sie auf den Hals. »Weißt du noch, wann du mir das gesagt hast?«

Danielle ließ ihren Kopf in den Nacken fallen, sodass sie ihm ihren Hals entblößte, und genoss die Wärme seiner Berührung. »Das war in Grasse, nach Jasmins Geburt. Wie froh ich war, dich dort zu haben! Ich weiß nicht, was ich ohne dich getan hätte.«

Jon tauchte eine Hand unter ihr Haar im Nacken und streifte ihre Lippen mit seinen. »Erinnerst du dich an unseren ersten Kuss?«

»Wie könnte ich den vergessen?«, murmelte sie und kostete seine Lippen mit ihrer Zunge.

Er nahm die Parfümflasche auf und tropfte sich ein wenig in die Handfläche. Dann knöpfte er ihre Bluse oben auf und presste die Hand zwischen ihre Brüste. Ein kleines Stöhnen entfuhr ihr, als er sich wieder zu ihr neigte, um das Aroma von seiner und ihrer Haut gewärmt zu erleben.

Er öffnete noch einen Knopf und verfolgte das Parfüm auf ihrer Haut mit den Fingern, vorbei an ihrem Spitzen-BH, bis hin zu ihrem festen flachen Bauch, wo er innehielt, um sie mit seinem Mund und seinen Fingerspitzen zu liebkosen.

Dann hörte er auf, legte die Hände an ihre Wangen und sah sie an. Pure Leidenschaft sprach aus seinem Blick, der sie wortlos um Erlaubnis bat fortzufahren.

»Gehen wir nach draußen«, flüsterte sie. *Nicht in das Bett, das ich mit Cameron geteilt habe.* Jon hob sie mühelos in seine Arme. »Zur Cabaña«, fügte sie hinzu und lehnte sich an seine Brust, sodass sie seinen Herzschlag fühlte.

Jon trug sie hinaus zu einem Raum mit Schieferboden

und einem gemauerten Kamin. Dort legte er sie auf eine breite Chaiselongue. Ihr Haar fächerte sich unter ihrem Kopf. Jon stützte sich neben ihr auf einen Ellbogen und betrachtete sie. »Du bist die schönste Frau, die ich je gesehen habe, Danielle. Wir sind einander bestimmt, davon bin ich fest überzeugt.«

»Ja, ich auch, Jon«, murmelte sie, zog ihn näher und knöpfte sein Hemd auf. Er küsste sie wieder, und sie erwiderte seinen Kuss zunächst sanft, dann leidenschaftlicher, als ihrer beider Verlangen in der kühlen Frühlingsbrise aufloderte.

»Ich möchte dich lieben, mehr als alles andere auf der Welt. Du bist mein Herz, meine Seele. Ich liebe dich, Danielle.«

Ein Gedanke brach sich aus ihrem tiefsten Innern Bahn. *Ich liebe diesen Mann … immer schon.* Sie strich mit ihren Händen durch sein Haar, zog ihn noch näher zu sich, doch dann zögerte sie. Zwar wusste sie, was sie wollte, aber durfte sie es?

Seine Lippen glitten sacht über ihre. »Ich hatte Max versprochen, mich um dich zu kümmern. Lässt du mich das tun?«

Jons Worte hingen in der Luft, als sie ihn ansah. »Aber da sind andere …«

»Die in unserer Zukunft keine Rolle spielen.«

Danielle hielt den Atem an. *Wage ich zu hoffen?* »Bis dahin lass uns einfach nur zusammen sein, Jon. Das ist kein Vergehen.«

Die Minuten wurden zu einer Stunde, dann noch einer, und als die Sonne unterging, stand Jon auf, um ein Feuer im

Kamin zu machen. Danielle zündete Kerzen mit Zitronenduft an. Jon holte Champagner, Käse und Obst aus dem Haus, und sie lachten, tranken und aßen, bevor sie sich wieder streichelten und ihre Berührungen genossen.

Schließlich löste der Champagner alle Hemmungen, und Danielle öffnete sich Jon, der nur einen Moment zögerte, bevor er mit einer Leichtigkeit und Natürlichkeit in sie drang, die sie beide anfangs überraschte. Ihre Körper fanden sofort in einen Rhythmus, ihre Düfte vermengten sich, flossen ineinander und bildeten eine Sinnlichkeit, die sämtliche noch verbliebenen Grenzen zwischen ihnen sprengte.

Danielle erlebte Welle um Welle purer Freude, reiner Liebe, erhabener Gefühle.

Später, als sie im flackernden Feuerschein beieinander lagen, war sie schlicht glücklich. *Ich fühle mich wahrhaft, köstlich geliebt.* Dieser Tag war ein Geschenk. Danielle wusste, dass er bald gehen musste, und sie betete für seine Sicherheit. Im Krieg änderten sich Leben von einem Moment zum anderen. Und dann gab es noch Victoria.

Könnte doch nur … Sie bremste sich, weil sie nicht wagte, ihre eine gemeinsame Nacht zu verderben. Sie sollte ihnen genügen. Für immer.

Dann legte Jon eine Decke über sie und küsste ihr Gesicht, ihre Lippen, ihr Haar. Sie musste zwischendurch eingeschlafen sein, denn als sie aufwachte, war er fort.

30

In »Die wiedergefundene Zeit« schrieb Marcel Proust: »Eine Stunde ist nicht bloß eine Stunde; sie ist ein Gefäß von Düften, Klängen, Plänen und Stimmungen.« Jede meiner Stunden ist angefüllt vom frischen Parfüm der Natur. – db

3. Mai 1941
Beverly Hills, Kalifornien

Danielle streifte ihre pflaumenfarbene Jacke und den passenden Hut ab und blickte zu der Post, die durch den Briefschlitz in der Haustür geschoben worden war. Nachdem sie die Umschläge aufgehoben hatte, ging sie in die Küche. Ein besonders großer Umschlag fiel ihr ins Auge. Neugierig riss sie ihn auf und zog einen zusammengefalteten Zeitungsartikel heraus. Eine Sekunde später stieß sie einen stummen Schrei aus.

Der Ausschnitt war ein Foto von ihr, wie sie eine Modenschau bei Bullock's Wilshire moderierte.

Und quer über dem Foto stand in großen roten Lettern »Jude«. Unter dem Wort waren vier Zeilen mit Zahlen. *Zahlen?* Ein Muster wurde deutlich, und Danielle schleuderte den Zeitungsausschnitt von sich, als stünde er in Flammen.

Als sie nach Polen fuhr, um Nicky zu suchen, hatte sie das Wort in roter Farbe auf Ladenfronten und an Häusern gesehen, deren Fenster eingeschlagen und Türen vernagelt gewesen waren. Und sie hatte es nach dem deutschen Einmarsch in Paris wiedergesehen.

Entsetzt presste sie eine Hand auf ihren Mund. *Nicht hier, nicht schon wieder!* Cameron war noch in dem Sanatorium und konnte sie nicht beschützen. Ein kalter Schauer lief Danielle über den Leib. *Der Absender muss es wissen.*

Sie rannte mit klopfendem Herzen nach oben und stürmte in das Kinderzimmer, wo die Mädchen und ihre Nanny erschraken. »Bring sie weg vom Fenster, sofort!«, schrie sie die Nanny an. »Und bleibt zusammen.«

»Was ist denn? Was ist passiert?«

»Tu was ich sage!« Danielle lief wieder nach draußen, blickte sich zu allen Seiten um und rannte zu Maries Bungalow. Ohne zu klopfen, stürzte sie herein. »Maman, komm mit mir, jetzt gleich!« Danielle erklärte es ihr, als sie zum Haus zurückliefen. Drinnen verriegelte sie die Tür hinter ihnen und zog alle Vorhänge zu.

Danielle *wusste,* dass sie jemand beobachtet hatte. Ihr fiel der Mann von der Bürgermeisterparty für Abigail wieder ein. Sie hätte ihr Gefühl nicht ignorieren dürfen; sie hatte schon da gewusst, dass etwas nicht stimmte. Und nun wusste diese Person, wo sie wohnten. Angst lähmte sie halb, aber sie musste klar denken!

Sie nahm das Telefon auf und wählte. »Den Polizeichef, Mr Dave Walsh, bitte.«

Binnen Minuten fuhr ein Streifenwagen vor. Danielle erwartete die Polizisten an der Tür und führte sie in die Küche.

»Vielleicht ist es nur ein hässlicher Scherz«, sagte der eine Polizist.

»Nein, es ist eine *Morddrohung*«, erwiderte sie und wies auf das Foto. »Sehen Sie sich die Zahlen an.« Mittlerweile war sie beinahe hysterisch.

Der Detective rieb sich nachdenklich das Kinn. »Sagen Ihnen die Zahlen etwas?«

»Es sind Geburtstage«, erklärte sie und zeigte auf die Zeilen. »Die ersten drei durchgestrichenen sind die von meinem verstorbenen Mann, seiner Mutter und unserem Sohn. Mein Mann wurde in Polen ermordet, und unser Sohn und meine Schwiegermutter werden vermisst.«

»Das letzte Datum ist nicht durchgestrichen.«

Danielle starrte ihn an.

»Das ist mein Geburtsdatum.«

Der Detective zückte einen Notizblock. »Sie brauchen Polizeischutz. Aber erst mal erzählen Sie mir bitte alles.«

Später am selben Morgen erklang Cameron Murphys volle Baritonstimme mit der Wärme eines angenehm gealterten Kognaks. Die Zeit im Sanatorium hatte ihm gutgetan, und er wusste, dass er so gut wie seit Jahren nicht mehr klang, obwohl immer noch etwas fehlte.

Der junge Toningenieur reckte beide Daumen hinter der Glasscheibe, die sie trennte. Sie alle machten an diesem Samstag Überstunden, um die Aufnahme fertigzubekommen.

»Das ist klasse, Cam«, sagte Harry durchs Mikro. Er saß neben dem Toningenieur am Mischpult. Neben ihm war Danielle, die zustimmend nickte. »Okay, nehmen wir jetzt die dritte Nummer auf.«

»Klar doch, alter Knabe.« Cameron grinste und sang weiter, glitt von einem Liebeslied zum anderen, und die Worte jeder Ballade flossen dahin wie ein träge plätschernder Bach. Er war gut in Form, dennoch fehlte seiner Stimme die alte schwermütige Note. Er beendete einen Song und bedeutete den anderen, dass er einen Schluck Wasser brauchte.

Er musste zugeben, dass ihm seine Behandlung in jeder Hinsicht zugutekam – körperlich, geistig und emotional. Trotzdem war Cameron nicht für ein normales, arbeitsreiches Leben geschaffen. *Nicht wie Danielle,* dachte er und bemitleidete sie. Ihm war bewusst, dass sein Verhalten ihr und den Mädchen extremen Kummer beschert hatte. Dasselbe galt für Erica, Harry und Lou. Im Grunde für jeden Freund, den er jemals gehabt hatte, und es tat ihm aufrichtig leid.

Zugleich fehlte ihm der Kitzel, am Rande des Abgrunds zu leben. Er sehnte sich nach der überzogenen Realität, die ihm Drogen und Alkohol eröffneten, denn die Leidenschaft, die sie in seine Arbeit brachten, war elektrisierend. Nur wie sollte er das jemandem erklären? Und wie konnte er ohne das leben und immer noch großartige Musik komponieren? Die Antwort war simpel: Er konnte nicht. *Nüchternheit ist nicht halb so toll, wie immer behauptet wird.* Aber er hatte einen Plan, wie er alledem entkam. Sein Blick wanderte zu einem Verlängerungskabel; sicher könnte er es unbemerkt einstecken. Das nächste Lied wurde sein Schwanengesang.

Cameron trank sein Wasser aus, gab Harry ein Zeichen und begann mit dem letzten Stück.

Als Danielle bei Harry anrief und ihm von dem schrecklichen Brief erzählte, hatte er darauf bestanden, sie abzuholen und mit zu den letzten Studioaufnahmen zu nehmen. Sie war in solcher Sorge um ihre Familie, dass sie darum gebeten hatte, den ersten verfügbaren Officer zu deren Schutz abzustellen. Sie hatten gewartet, bis die Polizei da war, ehe sie ins Studio fuhren.

Nun saß Danielle in dem schalldichten Raum und hörte zu, wie Cameron sein letztes Stück für heute sang: *Perfumed Letters*, das er im Sanatorium für sie geschrieben hatte. Der Titel bezog sich auf die Briefe, die sie ihm geschrieben hatte, bevor er Besuch bekommen durfte. Es war eine Ballade über unglückliche Liebe.

Sie lauschte seiner Geschichte bis zum dunklen Finale: »*And in my still hands they'll find, yellowed with time, perfumed letters from my love, my love for all time.*« Was für ein wundervolles Arrangement, dachte sie und blinzelte ihre Tränen weg. *Es wird ganz sicher ein großer Hit.*

Dann dachte sie an Jon und all die Briefe, die er ihr geschrieben hatte. *Nur ein herrlicher Tag.* Mehr hatte sie nicht mit ihm gehabt.

Rasch lenkte sie ihre Aufmerksamkeit zurück zu Cameron. Ihr Gewissen plagte sie, denn noch hatte sie ihm nicht gesagt, dass sie die Scheidung wollte. Sie unterstützte ihn, achtete jedoch sehr darauf, ihn nicht auf romantische Weise zu ermutigen. Ihre Ehe war vorbei. Otto Koenig hatte alle Papiere bereit.

Danielle hatte vor, aus dem Haus auszuziehen und es schuldenfrei an Cameron zu überschreiben. Schließlich war es sein Haus gewesen, als sie sich kennenlernten, auch wenn Danielle die Hypothekenschulden mit den Erträgen aus dem Duett-Album beglichen hatte, das ein großer Erfolg gewesen war. »Ich nehme nur mit, was ich persönlich angeschafft und entworfen habe«, hatte sie Otto erklärt.

Sobald alle Dokumente unterzeichnet waren, wollte Danielle zurück nach England, um weiter nach Nicky zu suchen. Täglich kamen Flüchtlingsströme aus Polen und anderen Ländern an. Danielles Kontakte hielten nach Nicky Ausschau, und sie war sicher, dass er dort irgendwo war.

Camerons letzte Töne schwebten magisch im Raum, und alle wurden sehr still. Dann tippte Harry an das Mikrofon. »Das ist ein runder Schluss. Es ist wirklich perfekt, Cam!« Harry blickte auf seine Uhr und legte eine Hand auf Danielles Schulter. »Ich rufe die Polizei an und frage, ob sie schon irgendwelche Spuren haben. Geh nicht ohne mich raus. Ich bin gleich wieder zurück.«

»Danke, Harry.« Ängstlich und erschöpft fuhr sie sich mit einer Hand übers Gesicht.

Während Harry draußen war, beobachtete sie, wie Cameron seine Notenblätter einsammelte. Er steckte sie in einen großen Lederkoffer und bückte sich, um ein Verlängerungskabel aufzuheben.

Er hat beachtliche Fortschritte gemacht, dachte sie schuldbewusst. Die Leute im Sanatorium hatten Danielles ungewöhnliche Bedingungen akzeptiert, was wohl vor allem Camerons Status zu verdanken war. Vor allem aber hatten die Aufnahmen ihm Hoffnung und Zuversicht gegeben, eine *Raison d'être.*

Ein Pfleger kam, um Cameron vom Aufnahmestudio zurück ins Sanatorium zu begleiten. Die Vorschriften verlangten, dass er stets begleitet werden musste; allerdings stimmten die Ärzte und Pfleger zu, dass die Aufnahmen maßgeblich zu Camerons Genesung beitrugen. Anfangs war er durchgängig überwacht worden, weil man ihn für suizidgefährdet hielt, doch sobald er auf die Behandlung ansprach, trat wieder die nette Seite von Cameron zutage, beinahe so charmant und lebenslustig wie eh und je. Danielle hoffte inständig, dass er bald entlassen werden könnte und es diesmal schaffte. Er hatte ein gutes Herz, und sie wünschte ihm nur das Beste.

Cameron steckte den Kopf zur Tür herein. »Hey, Smaragdauge, wie geht es meiner Dani?«

Danielle musste über seinen Spitznamen lächeln. Er hatte sogar ein Lied mit dem Titel *Emerald Eyes* aufgenommen. Sie war überzeugt, dass das Publikum es lieben würde. »Gut«, sagte sie freundlich und stand auf. »Du hast fantastisch geklungen, Cameron.«

Er grinste verwegen. »Ich wollte mich nur verabschieden. Kann ich dich kurz sprechen?«

»Natürlich.« *Er ist ungewöhnlich guter Laune,* dachte sie erfreut. Der Toningenieur entschuldigte sich, ging hinaus und machte die Tür hinter sie zu.

»Das mit dem Drohbrief ist furchtbar, Dani. Ich wünschte, ich wäre da gewesen und hätte mich um den Kerl kümmern können.«

»Das ist nett von dir. Die Polizei bewacht das Haus.«

Cameron stellte seinen Koffer ab, nahm sie in die Arme und drückte sie an sich. »Ich möchte meinem Schatz, meinem besten Mädchen sagen, dass ich es von Herzen liebe.«

Sie versteifte sich in seiner Umarmung und zögerte, ehe sie vorsichtig sagte: »Ich habe dich auch geliebt, Cameron. Auf meine Weise.«

Ein Anflug von Enttäuschung huschte über seine Züge, doch er lächelte. »Sicher, und es tut gut, das aus deinem

Mund zu hören, Dani. Du bist eine wunderschöne Frau, und ich danke dir für alles, was du für mich getan hast. Grüß die Mädchen, Liliana und Jasmin, von mir, und auch deine Mum. Jetzt verstehe ich, was Marie bei ihrer Behandlung durchgemacht hat. Was für eine großartige Frau sie ist.«

»Ich richte es ihnen aus.« *Das ist wieder der alte, gütige Cameron.* Als sein Absturz begann, sein Abstieg in den dunklen Abgrund, waren es die Mädchen gewesen, bei denen er sich nach seinen Ausbrüchen als Erstes mit eingekniffenem Schwanz entschuldigte, sie mit Geschenken und Überraschungen überschüttete, bis Danielle ihm endlich verzieh. Folglich war es kein Wunder, dass die beiden Kleinen ihn vermissten. Wenn er nüchtern war, brachte er jeden Raum mit seinen Scherzen und seinen Albernheiten zum Strahlen; er war zweifellos sehr viel spaßiger als Danielle, auf der beständig ein Berg Verantwortung lastete. Aber seine düstere Seite hatte ihnen allen Angst gemacht.

»Du vergisst mich doch nicht, oder?« Er ließ sie los, hielt aber noch ihre Hände und streichelte sie sanft. »Ich habe dich immer geliebt, Dani, so gut ich konnte. So sehr, wie ich überhaupt jemanden lieben kann.« Seine dunklen Augen sahen sie forschend an. »Das ist dir klar, oder?«

»Ja, ist es.« *Er muss von der Scheidung wissen, oder zumindest etwas vermuten. Dies ist sein Lebewohl.* Reue überkam sie, Bedauern wegen allem, was zwischen ihnen gewesen war, und allem, was so entsetzlich schiefgegangen war. Sie küsste ihn leicht auf die Wange.

Cameron erwiderte mit einem Aufflammen von Leidenschaft, küsste sie auf die Lippen, bevor er sich langsam zurückzog, erst ihre eine, dann die andere Hand freigab. Danach nahm er seinen Koffer auf, öffnete die Tür und drehte sich zu ihr, um ihr ein letztes Lächeln zu schenken – sein berühmtes Lächeln, das auf der Leinwand wie ein Feuerwerk wirkte und Mütter wie Töchter dahinschmelzen ließ. Und dann war er fort.

Schuld nagte an ihr, als sie ihm nachblickte, wie ihn der Pfleger nach draußen führte. *Aber was ich tue, ist für uns beide am besten.* Für ihn hatte sie nie die Gefühle gehegt, die sie für Jon empfand. Und trotzdem war Jon nicht der Grund, weshalb sie sich von Cameron scheiden ließ. Sie tat es zum Schutz ihrer Familie. Die Worte des Polizeichefs hatten sie jäh in die Realität geholt: *Versuchter Mord.* Sie machte sich nichts mehr vor. Cameron hätte sie um ein Haar umgebracht. Das durfte sie nicht noch einmal riskieren.

Harry erschien in der Tür. »Ist alles in Ordnung?«

»Ja.« Sie sah, wie Cameron um eine Ecke verschwand. Eine seltsame Mischung von Sehnsucht und Reue ergriff sie. *Könnte ich ihn doch geliebt haben?*

»Wir können los, wenn du so weit bist«, sagte Harry ruhig. »Ich habe mit der Polizei gesprochen, und sie bewachen weiter dein Haus.«

»Danke, dass du mich mit hergenommen hast. Dann lass uns gehen.« Sie räusperte sich gegen das Brennen in ihrer Kehle. Als sie über den leeren Parkplatz gingen, bemerkte sie einen Mann. Ihr Puls beschleunigte, und dann erkannte sie, dass es nicht der war, den sie zuvor gesehen hatte. Trotzdem war sie dankbar, als Harry den Arm um sie legte.

»Stimmt was nicht?«, fragte er.

Sie versuchte, ihre Nerven zu beruhigen. »Cameron und

ich haben uns eben verabschiedet. Irgendwie glaube ich, dass er von meinen Scheidungsplänen weiß.«

In dem Moment krachte ein Schuss, und ein Teil des Asphalts neben Danielle explodierte. Sie schrie, und Harry schob sie hinter seinen Wagen. Der Mann floh, doch Harry lief ihm nach.

»Harry, nein!« Ängstlich kauerte sich Danielle neben den Reifen und rang nach Luft. *Wo kann ich hin?* Der Parkplatz war eine riesige Freifläche, nirgends ein Winkel, in dem man sich verstecken konnte.

Kurz darauf rief Harry keuchend: »Danielle, alles okay?«

»Ja, ich bin hier.«

»Ich habe ihn verloren, aber bleib hier. Ich versuche es auf der anderen Seite.«

»Harry, die Schlüssel!« Doch er war schon wieder fort.

Danielles sämtliche Sinne waren in Alarmbereitschaft. Sie drehte sich um und sah den Mann hinter sich am Gebäude entlangschleichen. Seine Waffe war auf sie gerichtet.

Geistesgegenwärtig rollte Danielle unter dem Auto hindurch auf die andere Seite. Von da aus beobachtete sie, wie er näher kam. *Das ist ein Profi,* dachte sie und bekam fast keine Luft mehr. Ihre Welt stürzte über ihr ein. Sie erkannte die Bewegungen, die Haltung, den Haarschnitt. *Mon Dieu, er ist ein Nazi!*

Sie presste sich gegen die Radkappe, machte sich so klein wie möglich. Wenn sie weglief, würde er sie erschießen, und er traf garantiert. Harry würde er wahrscheinlich auch niederschießen.

Von der Straße aus hörte sie schrilles Reifenquietschen, gefolgt von einem hallenden Knall, als Metall gegen Metall krachte. Gleichzeitig kam Cameron seitlich um das Gebäude gelaufen, doch seine Schritte wurden vom Lärm des Unfalls verschluckt. Der Pfleger war dicht hinter ihm.

Einen winzigen Augenblick stockte Cameron, als er Danielle neben dem Wagen hocken saß. Panisch bedeutete sie ihm, zurück zu bleiben, und zeigte zur Ecke des Hauses. Der Pfleger duckte sich in eine Türnische, Cameron nicht. Ihre Ängste, der Einbruch, die Verfolgungen, die Drohungen – er wusste alles und hatte ihr stets beigestanden. *Nein, Cameron, lauf weg!*

Von ihrer Warte aus konnte sie beide Seiten des Gebäudes sehen. Cameron ließ seinen Koffer fallen und schlich an der Mauer entlang auf den Angreifer zu. *Tu das nicht!* Danielle sprang auf, um von Cameron abzulenken.

Als sie es tat, hörte sie den Mörder leise lachen. Er bog um die Ecke.

Dort hieb Cameron ihm fest auf die Unterarme, aber der Mann behielt seine Waffe in der Hand, stolperte rückwärts und fiel auf einen Ellbogen, wobei er abfeuerte. Die Kugel prallte an der Hauswand ab.

Danielle schrie und rannte auf sie zu. Vom Boden aus hatte der Mann freie Schusslinie auf sie. Er hob seine Waffe, hielt sie mit beiden Händen und zielte.

Danielle warf sich auf den Boden, doch Cameron stürzte sich auf den Mann, bevor er abdrücken konnte.

»Nein, Cameron, nicht!«, schrie Danielle, als der Schuss donnerte; Cameron fiel auf den Mann und rollte mit einem dumpfen Aufprall von ihm.

Harry kam hinter ihnen angelaufen und trat die Waffe zur Seite. An der Straße hatte wegen des Unfalls ein Streifenwagen gehalten. Auf die Schüsse und Schreie hin kamen zwei Officers herbeigerannt und halfen Harry, den Täter zu überwältigen, bevor sie ihm Handschellen anlegten.

Danielle stürmte verzweifelt zu Cameron und sank neben ihm auf die Knie. Blut pulsierte aus seiner Brust, und sie presste die Hand auf die Wunde, um den Blutfluss zu stoppen. »Was hast du getan? Ich habe dir gesagt, dass du weglaufen sollst!« Sie beugte sich über ihn und küsste ihn auf die Stirn.

Cameron lächelte zu ihr auf. Es war sein träges, charmantes Lächeln, bei dem sich kleine Fältchen in seinen Augenwinkeln bildeten. »Hab ich für dich getan, Dani, mein liebes Mädchen.« Und dann wurden seine Augen glasig, und seine goldene Stimme verstummte für immer.

31

Man bedenke das Zusammenspiel zwischen den einzelnen Düften. Ein Parfüm ist eine Symphonie, die Summe viele Einzelteile, die sich zu einem weit größeren Ganzen verquickt. Und dennoch wurzelt seine Vollkommenheit in der Stärke jedes einzelnen Bestandteils. Der Künstler versteht diese Wirkung intuitiv und wählt nur die besten Zutaten. – db

5. Mai 1941
Polen

Nick schlug die Hand des kleinen Jungen weg. »Iss das nicht.« Die Spinne huschte weg. Der Junge konnte nicht älter als fünf sein.

Bevor sie weitergingen, hatten die älteren Jungen Nick beigebracht, was essbar war und wovon man krank wurde.

Nick schabte eine Handvoll Maden aus dem umgefallenen Baumstamm, zerdrückte sie und wickelte sie in ein Blatt. »Hier, iss das.«

Er drehte sich erschrocken um. Sie hatten Wasser aus einem See getrunken, und ihm fiel wieder ein, dass jemand Angst vor Wasser gehabt hatte – eine Frau –, weil sie nicht schwimmen konnte. Konnte er es?

Erinnerungsfetzen tauchten in seinem Kopf auf; nachdem er im Getto zusammengeschlagen und gewürgt worden war, hatte er einen Teil seiner Erinnerungen verloren. Die Mutter hatte ihm seinen Namen aufgeschrieben: Nicky

Holtzman. Aus irgendeinem Grund kam es ihm nicht ganz richtig vor. Außerdem war er »Nick«, nun, da er älter war.

Nick musterte die Umgebung, um sich zu vergewissern, dass sie allein waren. Dann zog er die schmutzigen Sachen aus und versteckte das Bündel hinter einem kleinen Steinhaufen. Er tunkte den Zeh in das Wasser, das ans Ufer schwappte, bevor er hineinstakste. Er war nicht mehr so stark wie früher, als er noch nicht immerzu ein knurrendes Ziehen in seinem eingefallenen Bauch spürte.

Mit angehaltenem Atem schwenkte er die Arme und paddelte mit den Füßen. Seine Muskeln schienen sich zu erinnern, denn bald glitt er durch das kühle Wasser. Die schwerelose Freiheit erfrischte ihn.

Er tauchte unter die Oberfläche und blickte in eine unbekannte Welt. Hunderte kleiner silbriger Fische schossen pfeilschnell um ihn herum, während größere weiter weg schwebten und die neue Kreatur anglotzten. Nick trieb regungslos im Wasser und überlegte. Die größeren Jungen hatten ihm erzählt, dass japanische Kinder sogar rohen Fisch aßen.

Heute Abend würden sie essen, beschloss er.

9. Mai 1941
Los Angeles, Kalifornien

Abigail saß in ihrem Büro und nahm einen neuen Stapel Akten auf, die Danielle für sie durchgesehen hatte. Es brach einem das Herz, die kurzen Biografien der Kinder zu lesen, ihre Tagebücher voller Angst, Entbehrung und Verlust. Jedes von ihnen war unwillentlich Zeuge von Tod und Zerstörung geworden. Abigail und Danielle hofften immer, dass irgendwo ein Hinweis auf Nicky auftauchte.

Abigail fühlte mit ihrer Freundin. Danielle trauerte um Cameron – das taten sie alle. Sie hatte eine große Summe an Abigails Organisation gespendet, um bei der Finanzierung weiterer Unterkünfte zu helfen. Anscheinend half es ihr, den Schmerz wegen Camerons Tod zu lindern.

Ein Blick auf die Uhr verriet Abigail, dass Lou in einer Stunde zu ihrer Mittagessenverabredung hier sein würde. Sie seufzte. Diese Beziehung lastete auf ihrem Gewissen. Jedes Mal, wenn sie sich vornahm, ihm zu sagen, dass sie nie Kinder bekommen könnte, verließ sie im letzten Moment der Mut.

Nach ihrem ersten Kuss hatte sie es ihm gleich am nächsten Tag sagen wollen. Doch als sie aufwachte, trafen die Blumensträuße erst bei ihr zu Hause, dann in ihrem Büro ein. Er überschüttete sie mit einer Aufmerksamkeit und Leidenschaft, wie sie es noch nie erlebt hatte. Sie wusste, dass sie ihm die Wahrheit sagen musste, auch wenn es bedeutete, sein Herz genauso zu brechen wie ihres.

Abigail wandte sich wieder ihrer Arbeit zu. Vor ihr ragte ein weiterer Stapel schmaler Akten von neuen Kandidaten auf: Kindern, die zur Adoption standen. Sie nahm die erste Akte auf und schnalzte mit der Zunge, nachdem sie den traurigen Inhalt gelesen hatte. Jedes Kind verdiente eine Familie. *Und vielleicht ist Nicky in diesem Stapel.*

Während sie sich durch die Akten arbeitete, notierte sie zu jedem Kind das Alter, das Herkunftsland, die Sprache und die Religion. Sie vermerkte auch, ob ein Kind Geschwister hatte, denn sofern es irgend möglich war, versuchten sie, Brüder und Schwestern nicht voneinander zu trennen. Kürzlich konnten sie sechs Kinder an drei Brüder mit ihren Ehefrauen vermitteln, die alle innerhalb eines Zwei-Meilen-Radius wohnten. Jedes der Paare hatte zwei Kinder adoptiert. Es war ein Wunder, und Abigail hatte vor Rührung geweint, als die Kinder ihre neuen Familien kennenlernten.

Beim Aufschlagen der nächsten Akte machte ihr Herz einen Sprung. *Drillinge.* Acht Jahre alt. Sie waren so gut wie unmöglich zu vermitteln. Abigail brauchte ein weiteres Wunder. Die meisten Adoptiveltern wollten Säuglinge, und kaum jemand würde drei Kinder nehmen. Wahrscheinlich blieben sie im Waisenhaus. Seufzend betrachtete Abigail die Fotos. Ein Mädchen, zwei Jungen – Alexandra, Aaron und Aristotej. Ein Kloß bildete sich in Abigails Kehle.

Wie liebenswert sie aussahen.

Geburtsland: Russland. Abigail musste Lächeln. Lou stammte aus Russland. Beim Mittagessen würde sie die drei erwähnen; vielleicht kannte er eine Familie, die interessiert wäre.

Lou Silverman parkte seinen Wagen vor Abigails Büro. Für einen Moment ließ er seine Hand am Lenkrad und überlegte. Eigentlich war er es gewohnt, Entscheidungen zu treffen, doch eine schob er seit Wochen vor sich her. Und das nicht, weil er unsicher war, sondern weil sie ihm so unsagbar wichtig war, dass er unbedingt den genau passenden Zeitpunkt wählen musste. Er wusste, welche Antwort er sich wünschte, war sich indes alles andere als sicher, ob er die auch erhalten würde. Und nun war er so nervös wie ein Halbwüchsiger.

Lou ging in Abigails Büro. »Wie geht es meiner Lieblingsdame? Bereit zum Mittagessen?«

»Sicher, aber vorher möchte ich dir noch etwas zeigen. Hast du kurz Zeit?« Abigail gab ihm einen Kuss, und ihre samtbraunen Augen blitzten vor Aufregung.

»Für dich habe ich alle Zeit der Welt. Was liegt dir auf dem Herzen?« Er musterte sie entzückt. Sie trug ein enges beiges Kleid, das in der Taille eingenommen war und die schmalen Hüften umspielte. Dazu trug sie beige Plateau-Pumps.

»Ich stehe hier vor einer großen Herausforderung.« Abigail hockte sich auf die Schreibtischecke und schwang ihr schlankes, vom Schwimmen durchtrainiertes Bein, während sie eine Akte aufschlug. »Wir haben russische Drillinge, die untergebracht werden müssen. Sind die nicht bezaubernd? Ich dachte, du kennst vielleicht eine geeignete Familie für sie.«

Lou sah die Fotos an. »Niedliche Kinder«, sagte er. Etwas an ihnen berührte ihn sofort. Und dann kam ihm eine Idee. *Das könnte perfekt sein.* »Tatsächlich glaube ich, dass ich eine wüsste.«

»Lou, das ist ja wunderbar! Sie sind schon hier, in unserem Kinderheim in Downtown. Wir können sie jederzeit besuchen.« Abigail strahlte. »Vielleicht gleich heute. Und du kannst dir ansehen, was sie in dem Heim alles haben, dank dir.«

Lou grinste. »Dann hol mal deinen Mantel, meine Schöne. Ich bin im Cabriolet hier.«

Als Abigail und Lou bei dem Heim ankamen, sahen sie lauter neugierige Gesichter aus den Fenstern mit den karierten Vorhängen lugen. Abigail winkte ihnen lächelnd zu.

»Was für ein Willkommenskomitee.« Lou drehte sich zu Abigail. In Gegenwart ihrer Waisenkinder war sie ein vollkommen anderer Mensch. *Dies ist die Frau, die ich liebe,* dachte er. Hier verschwand das ehrgeizige Spendenwerben hinter einem natürlichen Mutterinstinkt, und Abigail verwöhnte die Kinder und brachte sie zum Lachen. Ja, sie liebte die Kinder wirklich, und die Kinder liebten sie.

»Komm mit«, sagte sie und zog an seiner Hand. »Denk dran, jedes Kind bekommt eine Umarmung. Sie brauchen Zuwendung, müssen das Gefühl haben, sicher und geschätzt zu sein. Und warte, bis du siehst, was deine Studio-Crew vollbracht hat! Die Kinder sind begeistert von ihren neuen Zimmern.«

Die leuchtend rote Tür flog auf, und eine mollige Frau mit rosigen Wangen empfing sie strahlend. »Willkommen!«, rief sie.

»Mrs B.«, erwiderte Abigail und herzte die Frau. Beatrice Bonnecker war eine warmherzige Österreicherin, die einen Universitätsabschluss in Kinderpsychologie hatte und sieben Sprachen fließend sprach, was sie für die Kinder ungemein wertvoll machte. Nichts beruhigte ein verängstigtes Kind in einem fremden Land so verlässlich wie die trauten Klänge seiner Muttersprache.

Mrs B. begrüßte Lou mit einem kräftigen Händeschütteln. »Wir haben Ihnen viel zu zeigen, Mr Lou, ja! Sie werden froh sein wie die Kinder.«

»Mir gefällt es jetzt schon, Mrs B.«, antwortete Lou. »Rot ist eine gute Farbwahl für die Eingangstür. Freundlich und einladend, eine gelungene Spiegelung Ihres Wesens.«

Abigail war bereits auf den Knien und mit den Kindern

beschäftigt. »Hallo, Leon, wie du gewachsen bist! Und Marisa, was für eine hübsche rote Schleife du im Haar hast. Tito, das ist aber ein schicker neuer Haarschnitt; du siehst ja richtig erwachsen aus. Hallo Henry und Maria und Katia. Gerard, warum machst du so ein trauriges Gesicht? Na kommt, lass dich drücken. Ach, ich habe euch alle lieb!« Sie umarmte mehrere Kinder auf einmal.

Liebe und Bewunderung wallten in Lous Brust auf. *Was für eine wunderbare Frau sie ist. Aber wird sie mich wollen?* Er kniete sich ebenfalls hin und plauderte mit einigen Jungen, die auf ihn zukamen.

Als Abigail wieder aufstand, waren lauter kleine Fingerpatscher auf ihrem hellen Kleid, doch das schien sie kein bisschen zu stören. »Wo sind die Drillinge, Mrs B.?«

»Im Malzimmer. Sie sind ganz verrückt nach den Farben.«

»Wir gehen gleich zu ihnen, und ich zeige Lou, was wir aus dem Heim gemacht haben.«

Mrs B. lächelte stolz. »Ihre elegante Freundin, Miss Bretancourt, fand es sehr hübsch.«

Abigail und Lou sahen einander kurz an. »Danielle Bretancourt war hier?«

»Ja, sie kommt oft her. Ich habe gedacht, Sie wissen das. Sie hat mir erzählt, sie hat ihren kleinen Jungen verloren, Nicky. Sie gab mir eine Zeichnung von ihm. Sie hofft, ihn eines Tages wiederzufinden.«

Lou warf Abigail einen besorgten Blick zu und senkte die Stimme zu einem Flüstern. »Ich dachte, er wäre gestorben.«

Abigail antwortete leise: »Eine Mutter gibt nie die Hoffnung auf.«

Mrs B. nickte zustimmend. »Wenn Sie mich jetzt entschuldigen, ich werde in der Küche gebraucht. Essen Sie doch mit uns zu Mittag.«

Auf dem Weg über den Korridor blieben Abigail und Lou an der ersten Tür stehen und sahen in den Raum. Die Sonne fiel in das zitronengelb gestrichene Zimmer, und riesige Schaumstoffwürfel in leuchtendem Rot, Grün und Blau stapelten sich in der Mitte zu einer Pyramide. Dicke blaue Matten zum Turnen waren um die Würfel ausgelegt, und seitlich neben einer Tafel und einem gut gefüllten Bücherregal lagen farblich passende Kissen aufgehäuft.

»Dies hier ist das Spiel- und Lesezimmer«, erklärte Abigail. »Die Kinder lernen durch Vorlesen und Bilder Englisch, und Mrs B. benutzt die Tafel, um neue Wörter und Laute zu illustrieren.«

»Und das haben alles meine Angestellten gemacht?«

»Das und mehr. Folge mir«, sagte sie augenzwinkernd.

Sie gingen durchs Haus und sahen sich ein Zimmer nach dem anderen an. Das weitläufige alte Haus war früher eine heruntergekommene Pension gewesen. Abigail hatte es zu einem guten Preis bekommen, und mit Hilfe von Lous Angestellten und Freiwilligen hatte sie es verwandelt.

Abigail öffnete die Tür zum Malzimmer. Dort saßen drei rothaarige, sommersprossige Achtjährige – zwei Jungen und ein Mädchen – die Kittel trugen und ganz in ihre Kunst vertieft waren. Eine Ehrenamtliche arbeitete mit ihnen. »Probiert mal das Blau«, sagte die Frau, zeigte auf die blaue Farbe und wiederholte, »blau, blau.«

»Blau«, sagten die drei Kinder.

»Sehr gut!« Sie klatschte in die Hände.

»Gut«, wiederholten die Kinder lachend und klatschend, sodass blaue Farbe in alle Richtungen spritzte.

»Oh, Miss Abigail, ich fürchte, jetzt sind Sie auch blau. Das tut mir furchtbar leid.« Die Frau sah kreuzunglücklich aus.

Abigail blickte an sich hinunter. Tatsächlich war ihr helles Wollkleid von feinen blauen Sprenkeln übersät, und Lou hatte blaue Spritzer auf seinem weißen Hemd und der bordeauxroten Krawatte. »Das macht gar nichts«, sagte Abigail grinsend. »Mir gefällt es recht gut, und ich würde behaupten, es hebt unser Image.«

Die Kinder, die zunächst ängstlich gewirkt hatten, begannen zu strahlen.

Abigail erklärte: »Wir sind hergekommen, um Alexandra, Aaron und Aristoteles zu besuchen. Wenn Sie zum Essen gehen möchten, übernehmen wir gerne hier. Ich wollte, dass Mr Silverman sie kennenlernt, denn er ist ebenfalls aus Russland.«

Die Ehrenamtliche ging, und Lou zog sein dunkles Anzugjackett aus, ehe er sich auf einen niedrigen Hocker neben den Kindern setzte. Sie blickten ihn erwartungsvoll an. *Was für bezaubernde Kinder,* dachte er. In seiner Muttersprache sagte er zu ihnen: »Hallo, wie geht es euch?«

Auf den Klang hin rissen sie begeistert die Augen weit auf, und dann plapperten alle drei auf einmal los.

Ihre munteren Stimmen trafen Lou mitten ins Herz. Er lachte und sah zu Abigail auf. »Ich glaube, wir verstehen uns bestens.«

Lou sprach mit ihnen und übersetzte für Abigail. Sie konnte nur wenig Russisch. »Frag sie, ob sie noch andere Geschwister haben.« Die Kinder verneinten.

Den ganzen Nachmittag spielten Lou und Abigail mit den Kindern, und als es Zeit zu gehen wurde, umarmte sie jedes von ihnen zum Abschied. Lou schloss die Tür hinter ihnen und zog sein Jackett wieder an. Als er auf seine Uhr sah, beschleunigte sein Herzschlag. *Das Timing ist ideal.* »Bis zum Abendessen haben wir noch eine Stunde. Wollen wir rauf nach Mulholland fahren? Von dort können wir den Sonnenuntergang ansehen.« Lou klappte das Verdeck seines rubinroten Cabriolets wieder nach unten und half Abigail hinein.

Abigail holte einen Seidenschal aus ihrer Handtasche und band ihn sich ums Haar. Dann wandte sie sich an Lou. »Glaubst du, deine Freunde werden die Drillinge mögen? Wer sind sie eigentlich?«

»Sie sind ein großartiges Paar.«

»Ich würde sie gerne mal kennenlernen.«

Lou legte seinen Arm lässig über die Rückenlehne, und Abigail rückte näher zu ihm. »Was macht der Mann beruflich?«, fragte sie.

Er schmunzelte. »Hat dir schon mal jemand gesagt, dass du zu viele Fragen stellst? Ich sagte, sie könnten interessiert sein, Abigail.« Aber dies war es, was er an ihr liebte: ihren Enthusiasmus, ihre Beharrlichkeit. Er lenkte den Wagen die kurvigen Straßen hinauf. »Sieh dir die Aussicht an.«

Während der Fahrt berührte er ihre Hand. »Lass uns den Sonnenaufgang von hier beobachten«, sagte er und bog an den Straßenrand.

Die Sonne versank über dem Pazifik, färbte den Himmel im Zwielicht kupferrot. Abigail schmiegte sich an Lou.

Er blickte bewundernd zum Aquarellhimmel und war in

Gedanken weit, weit weg. Schließlich griff er in seine Tasche und spielte mit der kleinen Samtschachtel, die er schon so lange mit sich herumtrug. Dies hier hatte er noch nie zuvor gemacht. *Ich bin bereit, aber sie?* »Was für ein Himmel. Ist er nicht fantastisch, Abigail?«

»Wann kann ich sie kennenlernen?«

Es verlief nicht so, wie er es geplant hatte. Sie war nach wie vor in Gedanken bei den Kindern. »Wie wäre es mit heute Abend?«

»Heute Abend?«, rief sie begeistert aus. »Aber, ich sehe schrecklich aus! Hattest du das etwa die ganze Zeit vor?«

Grinsend unterbrach Lou ihren Wortschwall. »Nein, es ist einer von diesen reinen Zufällen, Abigail.«

»Ehrlich, Lou, du hättest mich vorwarnen müssen. Guck dir doch bloß mein Kleid an!«

»Das hat dir vorher nichts ausgemacht, und außerdem siehst du bezaubernd aus. Sie werden es verstehen. Wir haben eine Reservierung für sieben Uhr im Braga's.« Es war ein informelles italienisches Restaurant mit einer lebendigen Atmosphäre. *Vielleicht ist es dort besser, weniger förmlich,* dachte Lou.

»Na dann, worauf warten wir?«, sagte sie. »Ich bin am Verhungern. Fahren wir.«

Lou musste lachen, weil die Situation so absurd war. Der romantische Moment, den er bis ins letzte Detail geplant hatte, war vorbei. *Die Liebe ist selten das, was man erwartet.* Er sah Abigail an. Seine Freunde hatten immer gedacht, dass er sich irgendwann in eines der jungen Starlets aus dem Studio verlieben würde. Doch es war Abigail, die sein Herz erobert hatte. Widerwillig ließ er den Motor an und fuhr los.

In dem Restaurant begrüßte Lou den Oberkellner, der sie zu einem Vierertisch mit einer karierten Decke führte.

Als sie sich hinsetzten, fragte Abigail: »Was hattest du gesagt, was er beruflich macht?«

»Ich hatte gar nichts gesagt.« Tausend Fragen hatte sie, und er konnte kaum ein Wort dazwischen unterbringen. *Das läuft gar nicht gut.* Nervös entschuldigte er sich, um mit dem Koch zu sprechen, einem alten Freund, der Lous Lieblingsgerichte kannte.

Als er wieder an den Tisch kam sagte Abigail: »Ich frage mich, was sie aufhalten mag.« Ein Kellner brachte ihnen eine Flasche Wein und einen Korb mit Brot. Abigail lüpfte die Stoffserviette auf dem Korb und nahm sich ein Grissino.

Dann erstarrte sie. An der knusprigen Knoblauchbrotstange funkelte ein Diamantring.

Lous Augen glänzten, und er ergriff Abigails Hand. »Heirate mich, Abigail«, sagte er. Ihm ging das Herz über vor Leidenschaft, und er küsste sie. *Na endlich!*

Abigail antwortete nicht. Stattdessen wich sie zurück, schlug sich eine Hand vor den Mund und sprang auf, um aus dem Restaurant zu stürmen. *Habe ich sie vollkommen missverstanden?*

Er überlegte einen Moment. *Nein, ich akzeptiere kein Nein, nicht ohne eine gute Begründung!* Lou stand auf und ging zur Tür. Ihm war bewusst, dass alle anderen Gäste ihn anstarrten, aber das kümmerte ihn nicht. *Ich kann sie nicht einfach so gehen lassen.*

Abigail stand schluchzend vor dem Lokal.

Lou nahm sie in die Arme. »Was hat das zu bedeuten?«, fragte er.

»Ich liebe dich, Lou«, schniefte sie. »Ich weiß, du wirst sagen, dass es nichts macht, aber ich weiß, dass es das tut. Ich weiß, was du dir wünschst. Alle Männer wollen das.«

Lou neigte verwirrt den Kopf. »Sprechen wir über Sex?«

Sie sah ihn entgeistert an. »Was? Nein, natürlich nicht! Ich mag Sex!«

Ein Paar ging an ihnen vorbei zum Restaurant, und sah neugierig hinüber. Die Frau knuffte ihren Mann energisch. »Jetzt mach schon die Tür auf!«

Abigail wurde feuerrot. »Oh nein, das meinte ich nicht.«

»Irgendwie hoffe ich, dass du es doch gemeint hast«, sagte Lou seufzend. *Gerade als ich dachte, der Abend könnte nicht schlimmer werden …*

»Na ja, eigentlich schon.« Sie sah ihn an. Tränen hingen in ihren Wimpern. »Es ist ein wunderbares Angebot, Lou, und wäre ich eine normale Frau, würde ich es sofort annehmen.«

»Aber du bist nicht normal, oder?«

Abigail schüttelte den Kopf.

»Sag mir, was nicht stimmt, Liebes.«

»Als ich jung war, bin ich von einem Pferd gestürzt und habe mich schwer verletzt.« Ihre Stimme brach. »Ich kann keine Kinder bekommen, Lou. Da, jetzt weißt du es.« Sie kniff die Augen zu, aus denen Tränen auf ihre Wangen quollen.

»Schhh.« Er strich ihr übers Haar. *Das erklärt eine Menge.* Nun verstand er ihr Mitgefühl mit den Waisenkindern. »Ich liebe dich schon, seit ich dich zum ersten Mal sah«, flüsterte er. »Das wird mich nicht davon abbringen. Du bist es, die ich will, und ich wünsche mir, mein Leben mit dir zu verbringen.«

Er fand ihren Mund und küsste sie, während Abigail weiter weinte.

Schließlich erwiderte sie seinen Kuss und sagte: »Bist du sicher, dass es dir nichts ausmacht, keine Kinder zu haben?«

Lou wischte ihr die Tränen von den Wangen. »Erinnerst du dich an das Paar, das ich erwähnte?«

Sie wollte etwas sagen, doch auf einmal begriff sie, und ein Leuchten ging über ihr Gesicht. »Das sind wir?«

Nun konnte er nicht mehr sprechen. Er umarmte Abigail fester, und sie begann zu lachen. »Wir werden eine wundervolle Familie sein«, sagte sie und hauchte Hunderte Küsse auf sein Gesicht. »Oh, Lou, natürlich heirate ich dich!«

32

Wie seine Liebe, kann man auch ein Parfüm nie vollständig besitzen. Doch auch wenn das Verlangen für Stunden verebben mag, kehrt es immer wieder zurück. – db

12. Mai 1941
San Fernando Valley, Kalifornien

Danielle verließ das Waisenheim im San Fernando Valley und fuhr durch die blühenden Orangen- und Zitronenhaine ringsum. Sie blinzelte in die untergehende Sonne und wünschte, sie wäre früher wieder gefahren, doch sie hatte alle Kinder sehen wollen.

Die schmale Straße über die Santa Monica Mountains nach Beverly Hills war schon bei Tage heikel. Cameron hatte sie immer gewarnt, ja nicht im Dunkeln hier entlang zu fahren.

Armer lieber Cameron. Sie hatte einen Kloß im Hals. Er opferte sein Leben, um sie zu retten. Vor Schuld und Kummer musste sie schluchzen. Ihre Familie war ebenfalls sehr betroffen gewesen. Seither hatte keiner von ihnen mehr viel geschlafen.

Camerons Fans hatten in der Nacht eine Totenwache vor dem Haus abgehalten und Kerzen angezündet. Bei der Beerdigung hatten Tausende draußen vor der kleinen Kapelle gewartet. Seine Singles, *Perfumed Letters* und *Emerald Eyes* standen auf den beiden ersten Plätzen der Hitlisten. Wieder musste Danielle schlucken. Es waren die letzten Lieder, die er für sie geschrieben hatte. Und in seinem Zimmer wurde eine Handvoll parfümierter, längst vergilbter Briefe gefunden, wie Hedda Hopper berichtete. *Vielleicht war es seine Art, mir Abbitte zu leisten.*

Sie war recht erleichtert, dass die Polizei ihren Verfolger gefasst hatte, und sie konnten seine frühere Verbindung zu den Nazis bestätigen. Zudem wurde er bereits in New York wegen Mordes gesucht.

Danielle atmete tief ein und bog in die Coldwater Canyon Road, wo eine Reihe von Haarnadelkurven auf den Pass führte. Der steile Hügel war berüchtigt für gefährliche Erdrutsche und dicht bewachsen mit heimischen Sträuchern, Wandelröschen und violetten Mittagsblumen.

Ihr Delahaye war in der Werkstatt, deshalb fuhr sie Camerons weißen Rolls-Royce. Als sie aus der ersten Kurve kam, erschien vor ihr eine Straßenarbeiter-Crew, die herabgestürzte Findlinge beiseiteräumte. Die Fahrbahn verengte sich auf eine Spur, und Danielle hielt, um einen entgegenkommenden Wagen durchzulassen. Während sie wartete, blickte sie in den Rückspiegel und sah einen Mann in dem Automobil hinter ihr, der seinen Hut tief in die Stirn gezogen hatte. Sogleich wurde ihr unheimlich. *Aber sie haben den Mann gefasst, der mich umbringen wollte!*

Nachdem der andere Wagen vorbei war, fuhr Danielle weiter. Sie bemerkte, dass der Mann hinter ihr gefährlich dicht auffuhr. Warnend tippte sie leicht auf ihre Bremse.

Er verlangsamte nicht, sondern stieß mit seiner vorderen Stoßstange gegen ihre hintere. *Was macht er denn?* Danielle beschleunigte. Er schloss über die gesperrte Fahrbahnseite auf, und von seinen Reifen stob Kies auf, der klackernd gegen Danielles Seitenfenster prasselte.

Ihre Angst nahm zu. *Ist das noch ein Attentäter?* Sie dachte an ihre Familie. *Ich muss nach Hause kommen!*

Sie blickte hinüber und sah eine Waffe, deren Lauf auf sie gerichtet war. *Nein, nicht schon wieder!* Entsetzt drückte Danielle auf das Gaspedal, und der hochmotorisierte Wagen preschte nach vorn. Der andere Wagen tat es ihr gleich, bog vor ihr ein und machte eine Vollbremsung.

Danielle klopfte das Herz in der Kehle, als sie auf die Bremse stampfte und ihren Wagen herumriss, sodass ihr Heck nur knapp einer Kollision mit dem anderen entging. *Dies ist der einzige Weg nach Hause.* Danielle wischte sich mit einer zitternden Hand übers Gesicht und wartete, dass der andere verschwand.

Als sie sicher war, dass er fort war, legte sie den Gang ein und fuhr los. Sie raste vorbei an dem Kamm vom Mullholland Drive und von dort bergab.

Hinter einer besonders engen Haarnadelkurve blendeten auf einmal Scheinwerfer in ihrem Rückspiegel auf, und ein Wagen näherte sich in vollem Tempo von hinten. Hektisch sah Danielle zum steilen Abhang auf ihrer einen und der hohen Felswand auf der anderen Seite. *Er will mich umbringen.* Schweiß rann ihr über die Schläfen.

Kurz entschlossen packte sie das Wurzelholzlenkrad und jagte ihren Wagen um die Kurve, wobei sie beschleunigte. Sie betete, dass ihnen kein Wagen entgegenkäme. Der Mann gab ebenfalls Gas und rammte ihre Stoßstange hinten mit solcher Wucht, dass ihr Kopf nach vorn und wieder zurück geschleudert wurde.

Sie riss das Steuer herum, ihre Reifen quietschten, und sie sah den Wagen hinter sich schlingern, fühlte das enorme Gewicht an ihrer Stoßstange und hörte das Kreischen von Metall, das an der Felswand rieb. Dann sah sie, wie Steinbrocken herunterpolterten. *Mon Dieu,* dachte sie panisch, *die Stoßstangen sind verkeilt.* Vor ihr lag die nächste Kurve, und sie verlor die Kontrolle über ihren Wagen.

Ein Schuss krachte, und ihr hinteres Fenster zerbarst in tausend Scherben, während die Kugel an ihr vorbei ins Armaturenbrett schlug und es zersplitterte.

Panisch kurbelte sie das Lenkrad herum und steuerte in die nächste Kurve. Auf einer Seite gerieten die Reifen in den Kies am Fahrbahnrand.

Danielle wappnete sich und fuhr direkt in die Biegung. Dann stieß sie die Wagentür auf, holte tief Luft und sprang. Sie fiel hart auf den Asphalt, rollte sich herum und schrie, als ihr der Straßenbelag die Haut von den Armen schürfte und der Motor des anderen Wagens direkt neben ihr vorbeiröhrte. Ihr Kopf landete sehr unsanft, und sie kullerte unkontrolliert weiter, bis sie von einem Steinhaufen gebremst wurde.

Metall an Metall kreischte wie Wildtiere in der Nacht, und der entsetzliche Schrei eines Mannes durchschnitt die Dunkelheit. Gleich darauf sprühten ihr Wolken von Staub und Sand in Nase und Mund, während Rücklichter über den Rand der Kurve schlitterten, gefolgt von dem Geräusch zweier Wagen, die den Felsabhang hinunterstürzten.

Mühsam hob Danielle einen Arm und wischte sich die Augen. *Blut.* Dann drehte sich alles und wurde schwarz.

Danielle wusste nicht, wie viel Zeit vergangen war, als sie eine weit entfernte Stimme hörte. »Ma'am, wir bewegen Sie jetzt, auf drei. Eins, zwei, drei!«

Schmerz schoss durch ihren Leib, aber Danielle war zu schwach, um zu schreien. Wieder wurde alles schwarz vor ihren Augen.

Das nächste Mal, dass sie aufwachte, war es blendend hell und verschwommen um sie herum. Ihr ganzer Leib pochte vor Schmerz.

Marie stand von einem Stuhl auf und kam zu ihr geeilt. »Alles wird gut, *ma chère.*« Sie küsste sie auf die Wange. »Ein anderer Fahrer sah dich am Straßenrand. Ach, mein armer Liebling.«

Die Tür flog auf, und ein Mann kam herein, der eine Dienstmarke in die Höhe hielt. »Ich bin der ermittelnde Detective in Ihrem Fall«, sagte er. »Sie haben wirklich Glück gehabt. Es war ein ziemlich riskantes Manöver, aber es hat Ihnen das Leben gerettet.«

»Wer … war das?« Sie berührte ihre Wange und zuckte zusammen, als sie dort eine verbundene Wunde entdeckte.

»Wir haben seine Leiche in dem Mietwagen gefunden«, antwortete er. »Als wir seine Wohnung durchsuchten, stießen wir auf einen Stapel Zeitungsausschnitte von Ihnen, und wir konnten seine Identität feststellen. Noch ein Nazi. Ma'am, wissen Sie, wer von denen Sie unbedingt umbringen will?«

33

Parfüm ist ein Tagebuch der Gefühle, erinnert uns an den Duft des Verlangens, der Furcht, der Trauer und der Freude. Düfte überdauern in unserem Gedächtnis, unvergesslich. – db

20. Mai 1941
Beverly Hills, Kalifornien

Nach ihrer Entlassung aus dem Krankenhaus kehrte Danielle nach Hause zurück, wo sie einige Zeit mit ihrer Familie verbringen wollte. Sie alle standen noch unter dem Schock von Camerons gewaltsamem Tod. Cameron mochte suchtkrank gewesen sein, doch er hatte Liliana und Jasmin angebetet und Marie nach Kräften unterstützt. Ihrer aller Leben war besser, weil sie ihn gekannt hatten, und dafür war Danielle dankbar.

Nachts schlief sie unruhig. Sie träumte von Verfolgern und quietschenden Reifen und schrak immer wieder schweißgebadet und verängstigt aus dem Schlaf. Camerons Mörder war im Gefängnis, ihr Verfolger tot, doch die Vorfälle ließen ihr keine Ruhe. *Waren sie wirklich sicher?*

Ihr Atelier zu Hause erlaubte Danielle, mit ihrem rasant wachsenden Geschäft mitzuhalten, während sie sich erholte. Harry kam täglich vorbei, und Danielle stellte eine erfahrene Frau für den Verkauf ein, die ihr die Aufgabe abnahm, neue Kunden zu gewinnen.

In ihrem Atelier arbeitete Danielle an Parfüms, entwarf Kleider und suchte Stoffe für die Winterkollektion aus. Sie hatte Zeit, über Cameron, ihre stürmische Ehe und deren Auswirkungen auf ihre Familie nachzudenken. Doch sie bereute nichts. Ausgenommen Jon. Und natürlich dachte sie immerfort an Nicky.

Während Danielles Wunden heilten, machte Jasmin, angefeuert von allen, ihre ersten Babyschritte. Das kleine Mädchen schien gänzlich unberührt von den Tragödien, die sich in seinem ersten Lebensjahr ereignet hatten. Seine großen grünen Augen leuchteten vor Wissbegier, und das glucksende Kichern erhellte das Haus wie ein Regenbogen. Mit Jasmin zu spielen und ihre täglichen Fortschritte mitanzusehen, half den anderen über ihre Verluste hinweg.

Eines Tages kam Abigail und brachte ein zauberhaftes Arrangement weißer Orchideen mit. »Genau das habe ich zur Aufheiterung gebraucht!«, rief Danielle aus. Sie stellte das Blumengesteck auf einen runden Tisch neben dem geschwungenen Treppenaufgang. Die weißen Orchideen passten wunderbar zum antiken Kirschholztisch und dem persischen Seidenteppich. »Orchideen sind so elegant, und ihre Blüten halten so lange.«

»Wie fühlst du dich?«, fragte Abigail besorgt.

»Besser. Die Gehirnerschütterung ist überstanden, und die Ärzte sagen, ich werde nur minimale Narben behalten.« Sie senkte die Stimme ein wenig. »Wir alle vermissen Cameron, aber die vielen Zuneigungsbekundungen seiner Fans haben geholfen.«

Jasmin zupfte an ihrem Leinenrock, und Danielle hob sie auf ihre Hüfte. »Jasmin hat drei neue Zähne«, verkündete Danielle und strich ihrer Tochter über die rotblonden Locken.

»Sie liebt Avocados, Grapefruit und die Mandarinen aus dem Garten.«

Abigail gab Jasmin einen Kuss, und dabei bemerkte Danielle, dass ihre Freundin auffallend strahlte. Das lag weder an ihrem pinken Frühlingskleid, noch an dem neuen Strohhut mit den winzigen Rosenknospen. Nein, etwas brachte Abigails Gesicht zum Leuchten. »Wollen wir uns in den Garten setzen? Ich habe frische Limonade da.«

Die Nanny kam, um auf Jasmin und Liliana aufzupassen, während Danielle und Abigail sich mit großen Gläsern kühler Limonade auf die Terrasse setzten. Von den Bäumen im Garten wehte der süße Duft sonnenwarmer Orangenblüten heran, und Danielles neue Rosensträucher waren übervoll mit kleinen weißen Knospen.

»Also, verrätst du mir das Geheimnis hinter deinem seligen Grinsen?«, fragte Danielle.

Abigail machte große Augen. »Ach, Danielle, Lou und ich können es nicht länger für uns behalten. Wir werden heiraten. Und wir werden Eltern!«

»Was? Bist du …«

Abigail lachte. »Oh nein, Schätzchen. Wir adoptieren Drillinge, zwei Jungen und ein Mädchen, hinreißende achtjährige Waisenkinder aus Russland. Und ich möchte, dass du meine Trauzeugin bist.« Abigails Gesicht schimmerte vor Glück.

»Das freut mich sehr«, sagte Danielle und umarmte sie.

»Und würdest du mein Brautkleid entwerfen?« Abigail hielt den Atem an.

»Ich habe sogar schon einige Ideen. Wann soll die Hochzeit sein, oder habt ihr noch kein Datum festgelegt?«

»Doch, am fünften Juli. Ist das genug Zeit für dich? Es ist das einzige Datum, an dem Jon und Victoria herkommen können.«

Jon kommt her. Mit Victoria. Danielles Welt geriet aus den Fugen, und sie konnte nur stumm bejahen. Abigail erzählte aufgeregt, was sie geplant hatten. Danielle hörte zu, konnte jedoch nichts sagen, weil ihre Kehle wie zugeschnürt war. Schmerzlich erinnerte sie sich an seine straffe Haut unter ihren Händen, seinen warmen Atem zwischen ihren Brüsten, seinen Herzschlag an ihrem. *Wie kann ich aufhören, ihn zu lieben?*

29. Juni 1941
Beverly Hills, Kalifornien

Danielle blickte nervös zum Kalender in ihrem Arbeitszimmer. Die letzten Wochen hatte sie fieberhaft an Abigails Brautkleid gearbeitet und ihr auch ein neues Parfüm gestaltet. Sie hatte die *Prêt-à-porter*-Kollektion von The House of Bretancourt für den Herbst nebst den dazugehörigen Düften entworfen, Stoffe und Essenzen geordert und ihre Buchhaltung erledigt.

Aber ganz gleich wie sehr sie sich mit Arbeit ablenkte, rückte das gefürchtete Datum immer näher, und bald würde sie Jon und seiner Frau gegenüberstehen. *Ich werde nett und höflich sein,* nahm sie sich vor und übte in Gedanken schon ihre Reaktionen.

Jon und Victoria, seine Eltern und die Leibowitz' kamen aus England her. Sie reisten mit einem Schiff der Newell-Grey-Linie bis New York, und von dort hatte Lou ihnen Erster-Klasse-Zugplätze nach Los Angeles gebucht.

Doch Jons nahender Besuch war nicht ihre einzige Sorge. Sie prüfte die Telegramm-Texte, die sie an Waisenhäuser, Botschaften und Hilfsorganisationen schicken wollte, bevor sie nach London reiste, was kurz nach der Hochzeit sein würde. Sie hatte gehört, dass Hilfsorganisationen Kinder aus den Kriegsgebieten retteten. Bisher gab es keine Spur von Nicky, trotzdem hatte Danielle das Gefühl, dass sie dort sein sollte.

Liliana kam mit ihren Modeskizzen in Danielles Arbeitszimmer gehüpft. »Wie findest du die hier?«

Danielle sah sich die Zeichnungen an. »Ah, die sind hervorragend!« Liliana war sehr reif für ihr Alter und ein echtes Zeichen- und Maltalent. Hinter ihr watschelte Jasmin herein, und die Nanny lief herbei, um die beiden zu holen. Jasmin war ein kleiner Wirbelwind und dauernd in Bewegung.

Danielle kniete sich hin und umarmte die Kinder. *Meine Familie gesund und glücklich zu sehen, ist das einzig Wichtige,* dachte sie. *Und ihren Bruder zu finden.* »Ich habe euch zwei so lieb! Hoffentlich habt ihr heute ganz viel Spaß.«

Es klopfte an der Haustür. Danielle klappte ihr Dufttagebuch und das Hauptbuch zu und ging zur Tür.

»Hallo, meine Liebe«, sagte Abigail munter. »Ich kann es gar nicht erwarten, mein Hochzeitskleid zu sehen, und ich hoffe, es macht dir nichts aus, dass ich meine *Familie* mitgebracht habe.« Bei ihrem neuen Lieblingswort grinste Abigail von einem Ohr zum anderen.

Liliana hatte sich mit den achtjährigen Drillingen Alexandra, Aaron und Ari angefreundet. Mittlerweile hatte Lou die drei offiziell adoptiert, und Abigail hatte bereits die Rolle ihrer

Mutter übernommen, die sie bald auch vor dem Gesetz wäre.

Lou hatte eine Flasche Champagner dabei. »Wir dachten, wir feiern schon mal ein bisschen.«

»Hm, meine bevorzugte Marke«, sagte Danielle. »Kommt rein.« Sie bat die Köchin, ihnen Gläser und Hors d'œuvres zu bringen.

Marie gesellte sich in dem luftigen Wohnzimmer zu ihnen. Sie war hübsch frisiert und in einem pastellgrünen Kleid, das Danielle exakt für ihre Figur geschneidert hatte. »Ich denke, alle freuen sich auf diese Hochzeitsfeier. Und hoffentlich können wir bald auch das Ende des Krieges feiern.«

»Dem stimme ich voll und ganz zu.« Lou erhob ernst sein Glas. »Auf die tapferen Männer und Frauen an der Front.«

Auch die anderen erhoben ihre Gläser, und Marie räusperte sich, ehe sie sagte: »Und auf jene, die vor uns gegangen sind. Mögen sie schützend über uns wachen.« Dann ergänzte sie mit einem melodischen Lachen: »Und mögen wir nie aufhören, sie zu amüsieren.«

Alle stimmten ein, stießen mit den Sektflöten an und murmelten die Namen derer, an die sie dachten.

»Und auf Nicky«, fügte Marie leise hinzu. Danielle küsste sie auf die Wange.

»Auch ich habe einen Sohn verloren, *ma chère*«, sagte Marie sanft.

»Aber Nicky lebt noch«, flüsterte Danielle. Sie wusste, dass ihre Mutter sie nur trösten wollte. »Ich kann ihn fühlen.« Der mitfühlende Blick Maries sagte alles. *Sie hat die Hoffnung aufgegeben.*

Marie tätschelte ihre Hand und wechselte das Thema: »Ich freue mich darauf, deinen Bruder kennenzulernen, Abigail. Ich habe so viel Gutes über Jon gehört.«

Abigail kicherte. Die Aufregung und der Champagner stiegen ihr eindeutig zu Kopf. »Warte, bis du Victoria siehst«, sagte sie und zog die Brauen hoch. »Ehrlich gesagt erstaunt mich, dass sie mitkommt.«

Lou drückte ihren Arm. »Sicher wirst du seine Frau freundlich aufnehmen, Abigail.«

»Das brauche ich gar nicht. Victoria sorgt selbst dafür, von allen nett aufgenommen zu werden. Vor allem von den Herren.« Den letzten Satz sprach sie nur sehr leise.

Danielle bemerkte, dass Marie sie verstohlen beobachtete. »Ich habe dein Kleid oben, Abigail, und es wäre gut, wenn du es einmal anprobieren könntest.«

Lou grinste. »Das würde ich auch gerne sehen.«

»Nicht vor der Hochzeit!«, sagte Abigail. »Das bringt Unglück.«

1. Juli 1941
Beverly Hills, Kalifornien

Danielle stand vor ihrem Kleiderschrank und überlegte, was sie anziehen sollte. Sie hatte Abigail versprechen müssen, mit zum Bahnhof zu kommen und deren Eltern zu begrüßen. In dem Moment hatte Danielle unmöglich ablehnen können – was vielleicht an dem Champagner lag – und nun bereute sie es.

Sie streifte ihren Morgenmantel ab und zog sich eine leichte schwarze Hose, eine elfenbeinfarbene Seidenbluse und eine Jacke an. Dann legte sie ihr Lieblingsparfüm auf, Chimère, indem sie mit dem Kristallstopfen hinter ihren Ohren entlang, über ihren Hals, ihren Nacken und die Innenseiten ihrer Handgelenke strich. Rasch wickelte sie ihr langes Haar auf und fixierte es mit zwei Perlmuttkämmen. Nachdem sie ihre dezenten Smaragdohrringe, eine zarte Platinkette mit Smaragdanhänger und ein Halstuch in Elfenbein und Smaragdgrün angelegt hatte, war sie bereit. Sie schlüpfte in ihre Pumps und drehte sich vor dem Spiegel. Ihr fielen die Worte ein, mit denen sie ein Journalist beschrieben hatte: *modern und kultiviert.* Dann beugte sie sich näher zum Spiegel und berührte die kleinen Falten in ihren Augenwinkeln. *Und zweifach verwitwet.*

Unten gab Marie der Nanny letzte Anweisungen für die Mädchen. »Fahren wir, Maman«, sagte Danielle mit gekünstelter Begeisterung, um ihre Nervosität zu überspielen.

Sie trafen Abigail, Lou und die Drillinge an der Union Station in der Stadt. Alle waren aufgeregt, als sie durch die Bahnhofshalle mit dem hohen Kuppeldach zum Bahnsteig gingen.

Lange mussten sie nicht warten, denn der Zug fuhr bereits ein. Passagiere standen an den Fenstern, winkten der Menge auf dem Bahnsteig zu, und Leute riefen, als sie Freunde oder Verwandte entdeckten.

Danielle blieb ein wenig zurück. *Ist er hier?*

Der Zug hielt, die Türen öffneten sich, und Passagiere stiegen aus. Danielle presste die Lippen zusammen, während ihr Herz schneller zu schlagen begann. Dort, beim Erste-Klasse-Waggon stand Jon. Sein sonnengeblichenes braunes Haar umrahmte das kantige Gesicht. Er hatte die Haltung eines Offiziers, und seine breite Brust füllte den Anzug aus.

Danielle wurde warm, als sie an ihren letzten gemeinsamen Tag dachte. Niemals würde sie jene gestohlenen Stunden bereuen. *Sie sind alles, was ich je von ihm haben werde,* dachte sie und sehnte sich nach seiner Berührung.

Dann fiel ihr Blick auf die Frau an seiner Seite. Victoria. Blond und gertenschlank stand sie ein bisschen auf Abstand zu Jon. Danielle bemühte sich, nicht eifersüchtig zu sein, aber das gelang ihr nicht.

Victoria war eine schöne Frau. *Sie trägt ein Kostüm aus der neuesten Mainbocher-Kollektion,* stellte Danielle fest, denn sie erkannte die Arbeit des amerikanischen Modeschöpfers auf Anhieb. Und ihr entging ebenso wenig, dass Victorias Mitte merklich gerundet war.

Wie konnte sie Jon so schlecht behandeln?

Jon blickte sich suchend auf dem Bahnsteig um. *Wo ist sie?*

»Mir ist heiß«, jammerte Victoria. »Können sie sich nicht beeilen?«

»Hab Geduld, und denk an dein Versprechen.« Jon betrachtete seine Frau streng. »Ich lasse nicht zu, dass Abigails Hochzeit durch Klatsch ruiniert wird.«

Victoria schnippte einen Fussel von ihrem Kragen. »Glaub mir, ich bin froh, wenn das alles vorbei ist und du endlich die Papiere unterschreibst.«

Er seufzte. »Mein Anwalt wird sie dir gleich nach unserer Rückkehr zustellen.«

Sie lächelte triumphierend.

Jon hatte vorgehabt, sich nicht von Victoria den Tag verderben zu lassen, doch sie machte es ihm nicht leicht. Er freute sich für seine Schwester und konnte es nicht erwarten, ihren Verlobten und die Kinder kennenzulernen. Doch zuerst hatte er etwas furchtbar Wichtiges zu regeln.

»Jeder hier ist so ungezogen zu mir!« Victoria schmollte, und ihre großen blauen Augen blickten vorwurfsvoll.

Warum sie schmollte, war ihm ein Rätsel. Sicher hatte ihre Laune mit dem heimlichen Anruf ihres verheirateten Geliebten zu tun, den Jon zufällig mithörte, bevor sie London verließen. Wenigstens hatte die Frau des Kerls endlich in die Scheidung eingewilligt. Unterdessen versuchte Victoria allen Ernstes, Jon die Schuld für ihren Fehler zu geben, indem sie behauptete, sie hätte mit dem Mann geschlafen, weil Jon sie unnötig lange hingehalten hätte. Und deshalb wäre es auch ihr gutes Recht gewesen, ihn trotzdem zu heiraten.

Jon zuckte mit den Schultern. Es war vorbei. Die Geschichte kümmerte ihn nicht mehr, und er hatte es endgültig aufgegeben, Victoria beschwichtigen zu wollen.

Die einzige Frau, die ich will, ist hier in Los Angeles.

Er runzelte die Stirn. Unwillentlich musste er an jenen entsetzlichen Tag vor Danielles Wohnung denken … doch hätte sie Cameron nicht geheiratet, wäre er sicher nie mit Victoria vor den Altar getreten.

Er blickte sich wieder auf dem Bahnsteig um. *Wo ist sie, der mein Herz gehört?* Den gemeinsamen Nachmittag und Abend hatte er in Gedanken so oft nachgespielt, dass sich ihm jedes ihrer Worte, jede Bewegung und ihr unglaublicher Duft fest eingeprägt hatten.

Ungeduldig fuhr er sich mit der Hand durchs Haar. *Wo zum Teufel ist sie?*

Und empfand sie immer noch so für ihn?

Abigail drehte sich um. Ihr Gesicht war gerötet vor Aufregung. »Sieh mal, wer da ist!«

Danielle wappnete sich. Dies war der Moment, vor dem sie sich gefürchtet hatte.

»Meine Eltern, gleich dort, siehst du? Und die Leibowitz'.« Abigail zeigte hin und winkte. »Und da, gleich da vorn, siehst du? Jon und Victoria.«

Danielle hob ihre Hand, nickte ihren guten alten Freunden, dem Ehepaar Leibowitz, zu und dann Harriett und Nathan Newell-Grey, Abigails Eltern. Allerdings achtete sie darauf, Jon nicht anzusehen.

Abigail, Lou und die rothaarigen Drillinge wurden von allen umarmt. Danielle sah, wie Jon und Victoria sie begrüßten, und beobachtete, wie Victoria allein wegging, was Jon kaum zu bemerken schien. *Interessant.* Danielle fragte sich, weshalb sie gestritten hatten. Und sie konnte nichts gegen den Hoffnungsschimmer tun, der in ihr aufschien.

Danielle begrüßte Abigails Eltern warmherzig. Die beiden waren ausgesprochen freundlich zu Max und ihr gewesen. Als sie Libby umarmte, weckte der zarte Floris-Lavendel-Duft Erinnerungen an London. Sie stellte ihr Marie vor, und bald plauderten die beiden Frauen wie alte Freundinnen.

Danielle erschrak, als sie eine Hand auf ihrer Schulter fühlte. Ohne sich umzudrehen spürte sie, wie die Hand sie leicht drückte. Sie atmete tief ein, konnte die Note seiner unglaublichen Haut ausmachen – moschusartig und maskulin. Sein natürlicher Duft wurde durch eine ledrige Komposition angereichert, sinnliches Patschuli und ein wenig Rose. Diesen Duft würde sie neu mischen und für ihn verfeinern. Sie schloss die Augen, und in Gedanken war sie wieder in seinen Armen, tanzte mit ihm in New York.

»Hallo, meine Schöne.«

Danielle holte tief Luft und wandte sich um. Im nächsten Moment blickte sie in Jons braune Augen. *Ich habe mich geirrt … Ich habe nie aufgehört, diesen Mann zu lieben.* Sie hatte Mühe, einen Ton herauszubringen. »Hallo, Jon.«

Zunächst standen sie sich verlegen schweigend gegenüber. Ihre Familien unterhielten sich untereinander und sprachen mit den Kindern. Währenddessen verharrte Jons Hand an Danielles Wange, als er sie von ihrer Schulter nahm, und sie musste daran denken, wie diese Hände sie gestreichelt hatten.

»Ich bin froh, dass du hier bist«, sagte er leise.

»Abigail wollte es.« Danielle wurde rot, überwältigt von ihren Gefühlen.

Jon musterte sie. »Es tut sehr gut, dich zu sehen. Du siehst fantastisch aus, Danielle.«

»Du auch.« Sie wandte den Blick ab und ermahnte ihr Herz, ruhiger zu schlagen.

Jon strich ihr eine Locke aus der Stirn. »Meine liebste Danielle«, raunte er. »Wir müssen reden. Wie wäre es heute Abend, nach dem Dinner?«

Sie schüttelte den Kopf. »Ich kann nicht«, flüsterte sie.

»Ich muss dich sehen!«, drängte er mit gesenkter Stimme. »Du weißt, dass wir reden müssen.«

Wieder schüttelte sie den Kopf. »Es wäre falsch, unsere … Freundschaft fortzusetzen. Es ist vorbei.« *So, jetzt habe ich es gesagt,* dachte sie, und ihr war, als würde ein Teil ihrer Seele welken und sterben.

Jon neigte den Kopf zu ihr, sodass sein Atem warm über ihre Wange wehte. »Es ist nicht vorbei, Danielle«, sagte er. Seine Stimme war sanft, aber entschlossen. »Was wir haben, wird nie vorbei sein.«

34

In kalten italienischen Winternächten bildet sich ein roter Fluss in den Adern der süßen Orange und färbt ihr Fleisch. Durch Kaltpressung wird das süchtig machende Öl freigesetzt: würzig warmer Balsam. Er verträgt sich bestens mit Weihrauch, Zeder und Nelke. Und er entführt meine Gedanken nach Italien. – db

2. Juli 1941
Beverly Hills, Kalifornien

Der nächste Morgen brach frisch und klar an. Ein strahlend blauer Himmel versprach einen perfekten Sommertag in Südkalifornien, obwohl der Wetterbericht Regen angekündigt hatte.

Danielle streckte sich gähnend vor dem Fenster. Gedanken an Jon hatten sie die halbe Nacht wach gehalten. *Aber Jon ist verheiratet … ob glücklich oder nicht spielt keine Rolle. Es ist vorbei.*

Sie zwang sich, nicht mehr an Jon zu denken. Heute hatte sie eine Menge vor.

Sie wollte mit Marie und den Mädchen zu Bullock's Wilshire fahren und einkaufen. Und sie plante ein Treffen mit dem Chefeinkäufer des Kaufhauses, der für ihre Parfüm- und *Prêt-à-porter*-Linien zuständig war.

Abigail und Lou würden nach dem Unabhängigkeitstag heiraten. Obwohl Lou darüber scherzte, konnte er es nicht erwarten, seine Unabhängigkeit gegen Abigail und die Kinder einzutauschen. Es war das erste Mal, dass Danielle den amerikanischen Feiertag miterlebte, und für sie barg er eine ganz eigene Bedeutung.

Nach der Hochzeit wollte sie nach London reisen, wo sie Termine bei den Botschaften, den Waisenhäusern und den Hilfsorganisation gemacht hatte, um weiter nach Nicky zu forschen.

Sie badete rasch und zog sich ein enges schwarzes Kostüm mit weißen Paspelierungen an, an dessen Revers sie eine rote Seidenrose steckte. Anschließend trug sie ein neues Parfüm auf, das sie für den Sommer komponiert hatte – d'Orange Sanguine, eine würzige Mischung aus Blutorange und Zedernholz. Dann lief sie nach unten zu ihrer Mutter und den Mädchen.

Danielle reichte ihrer Mutter ein kleines rotbraunes Fläschchen. »Ich habe an dich gedacht, als ich ein Parfüm für meine Sommer-Kollektion entworfen habe, Maman. Es heißt La Violette und ist frisch und pudrig, passend für den Sommer. Vor allem musste ich an unsere Ferien in Italien vor einigen Jahren denken, als ich es gemischt habe.«

Marie nahm den Stopfen heraus und schnupperte mit geschlossenen Augen. »*Oh la la,* herrlich feminin. Ich rieche da einen Hauch Basilikum, *n'est-ce pas?*« Sie tippte sich etwas auf die Handgelenke und den Hals.

»Ich bitte auch!«, sagte Liliana und streckte ihrer Großmutter den dünnen Unterarm hin.

Marie lachte. »*Naturellement!*« Sie tupfte Liliana einen einzelnen Tropfen auf das Handgelenk, worauf die Kleine ihren Arm vor dem Gesicht schwenkte und den Duft mit einem glücklichen Lächeln inhalierte. Jasmin klatschte in die Hände und quiekte vor Vergnügen.

»Die nächste Parfümeurgeneration«, bemerkte Marie und küsste ihre Enkelin.

Danielle holte Libby am Eingang des Beverly Hills Hotels am Sunset Boulevard ab, wo die Hochzeitsgäste untergebracht waren, und fuhr von dort weiter zu Bullock's Wilshire, wo sie unter der *Porte-Cochère* hielt. Pagen in feiner Livree halfen Libby, Marie und den Mädchen aus dem Wagen. Drinnen gingen sie als Erstes zur Schuhabteilung, wo sie mehrere Paar Schuhe kauften. Als sie nach einer ganzen Weile mit dem Aufzug nach oben zur Cafeteria im Oasenstil fuhren, waren sie alle erschöpft, aber zufrieden.

Danielle genoss es, Geschichten mit Libby auszutauschen, und Liliana bekam ihren ersten englischen Tee mit dünnen Gurkensandwiches, knusprigen Scones mit Devonshire-Cream und Erdbeermarmelade und aromatischem Earl Grey und Darjeeling. Libby beteuerte, der Tee wäre beinahe so gut wie in London.

Danielle ließ die anderen am Tisch zurück, während sie sich mit den Einkäufern traf. Sie zeigten ihr den Entwurf für den Parfümeriestand, an dem die neuen Parfüms Bretancourt ausgestellt werden sollten. Als Nächstes gingen sie zum Salon für Abendkleider, wo Danielle die nächste Modenschau mit den Verkäufern besprach.

Als sie in die Cafeteria zurückkam, hielt sie den Atem an. Jon saß bei den anderen am Tisch. *Das kann ich nicht,* dachte sie panisch. Sie wollte schon umdrehen und gehen, als Libby sie entdeckte und nach ihr rief.

Jon sah Danielle an, als sie sich hinsetzte. Dann wandte er sich wieder Jasmin und Liliana zu und fragte ihre Nichte, was sie eingekauft hatte und wie ihr Kalifornien gefiel. Danielle staunte, wie unbefangen und natürlich er mit den Mädchen sprach. Und die beiden schienen ihn zu mögen, was Danielle ein wenig entspannte.

»Was wolltest du hier einkaufen, Jon?«, fragte Libby.

»Ich brauchte einen neuen Anzug für Abigails Hochzeit.«

»Tja, ich würde sagen, du hast genau an den richtigen Stellen zugelegt. Was für Muskeln!« Libby drückte seinen Oberarm.

Liliana spannte ihre Muskeln an, und die beiden Mädchen kicherten.

»Recht lebhaft, nicht wahr?«, sagte Jon mit einem Augenzwinkern zu Danielle.

»Wie die Mutter«, bestätigte Marie lächelnd. »Du hattest schon als kleines Mädchen deinen eigenen Kopf. Und immerzu hattest du große Ideen, schon damals.« Sie wandte sich zu Jon. »Ich bin so stolz auf meine Tochter. Sie ist hier in Amerika zu einem richtigen Trendsetter geworden.«

»Ja, das ist sie.« Jon lehnte sich zurück, überkreuzte die langen Beine und lächelte. »Ich habe deine neuen Abendkleider hier gesehen. Umwerfend.«

»Kaufst du für deine Frau ein?« Kaum hatte sie die Worte ausgesprochen, bedauerte Danielle sie schon. *Warum frage ich so etwas?*

»Nein, Abigail sagte mir, ich müsste mir deine Arbeiten ansehen«, antwortete Jon gelassen und blickte auf seine Uhr. »Oh, jetzt muss ich mich beeilen und meinen Anzug abholen.« Nach kurzem Zögern sah er Danielle direkt an.

»Ich hätte allerdings gerne den Rat einer Frau bei den Accessoires. Würde es dir etwas ausmachen, mich zu begleiten?«

Libby sagte schnell: »Eine hervorragende Idee! Wir nehmen ein Taxi zurück, Danielle. Es macht Ihnen doch nichts aus, Marie, oder?«

»Überhaupt nicht«, antwortete Marie. »Die Mädchen und ich kommen schon zurecht.«

Danielle machte die Vorstellung nervös, allein mit Jon zu sein.

Zwar wollte sie im Grunde nichts lieber als das, aber ihr Verstand warnte sie.

Sie begleitete ihn zur Herrenabteilung, wo sie ihm seine Kleidung für die Hochzeit zusammenstellten. Jon hatte auch noch andere Anzüge ausgesucht, und Danielle lachte, als er besonders alberne Hemd-Krawatten-Kombinationen ausprobierte. »Das ist doch nicht dein Ernst!«, sagte sie ein wenig entspannter. Sie strich sich das Haar nach hinten und lächelte ihn an.

»Bleib so! Genauso hast du ausgesehen, als wir uns zufällig im Blumenladen trafen. Das ist das Bild, das ich immer von dir vor Augen habe.«

Sie schüttelte den Kopf, und ihr Lächeln schwand.

»Danielle, es tut mir leid, wenn ich etwas Falsches gesagt habe. Aber du musst zugeben, dass uns heute das Schicksal zusammengeführt hat.«

»Das Schicksal? Ehrlich?«

Er fuhr sich mit der Hand durch sein dichtes Haar. »Na ja, Libby könnte erwähnt haben, dass sie heute mit euch hier ist.«

Als sie aus dem Kaufhaus traten, bewahrheitete sich der Wetterbericht doch noch. Es regnete. Bis sie beim Beverly Hills Hotel ankamen, hatte sich der Regen sogar zu einem krachenden Sommergewitter gesteigert. Die Wassermassen verwandelten den Sunset Boulevard in eine gefährliche Rutschbahn.

Danielle sah mit einem wehmütigen Lächeln an der rosa Fassade hinauf.

»Vielleicht gibt es noch Platz in der Herberge.«

Sie liefen mit Jons Einkäufen durch den Regen und lachten, als sie beinahe Claudette Colbert umrannten, eine von Danielles Lieblingsschauspielerinnen und Kundinnen.

»Wie wäre es mit Dinner?«, schlug Jon Danielle vor.

»Hier? Was ist mit Victoria?«

»Sie hat sich in ihrer Suite verbarrikadiert«, antwortete er achselzuckend. »Ich hörte, dass die Polo Lounge hier sehr gut sein soll.«

»Ist sie. Aber erst muss ich meine Mutter anrufen und mich erkundigen, ob zu Hause alles in Ordnung ist.«

Als Danielle von der Lobby aus anrief, versicherte Marie ihr, dass bei ihnen alles bestens wäre. »Ich gebe den Mädchen einen Kuss von dir«, sagte sie und ergänzte energisch, »und ich bleibe nicht auf, bis du zurück bist.«

Minuten später wurden Danielle und Jon in die elegante Polo Lounge geführt, die ganz in Pink und Grün gehalten war, und setzten sich in eine halbrunde Nische, umgeben von Berühmtheiten, Topfpflanzen und Polo-Zubehör. Jon bestellte eine Flasche Chassagne Montrachet, einer seiner bevorzugten Weißweine. Während sie aßen und sich unterhielten, konnte Danielle sich nur schwerlich mit dem Gedanken anfreunden, dass dies alles war, was sie jemals zusammen haben könnten. Aber so war es, und sie musste ehrlich zu ihm sein. *Ganz gleich, wie sehr es wehtut.*

Als Jon auf Neuanfänge anstoßen wollte, wurde Danielle rot und stellte ihr Glas ab. »Ich muss gestehen, dass ich Angst vor deinem Besuch hatte. Jetzt jedoch wird mir klar, dass ich eigentlich fürchtete, dieses Glück zu empfinden und zu wissen, dass es nie sein darf.«

Jon wirkte entsetzt. »Das kannst du nicht ernst meinen. Wir gehören zusammen!«

»Aber wir sind es nicht. Du bist verheiratet, Jon.« Sie senkte den Blick, denn ihr brach das Herz. »Du musst mich in Ruhe lassen.«

Jon fügte seine Finger in ihre und sagte: »Ich habe dir etwas Wichtiges zu erzählen.«

Danielle blickte mit tränenglänzenden Augen zu ihm auf. *Was konnte er schon sagen, das irgendetwas änderte?*

»Victoria und ich haben eine Vereinbarung. Sie bat mich um die Scheidung, und ich habe unter der Bedingung zugestimmt, dass wir es erst nach Abigails Hochzeit bekannt geben. Ich will nicht, dass der Klatsch und Tratsch meiner Schwester den Tag ruiniert.«

Danielle brauchte einen Moment, ehe sie begriff, was er sagte. *Er wird frei sein,* dachte sie, wagte aber kaum zu hoffen. »Was hat Victoria vor?«

»Sie will den Vater ihres Kindes heiraten. Seine Frau hat in die Scheidung eingewilligt. Es wird ein ziemlicher Skandal in London, so viel ist sicher.« Er küsste Danielle und blickte ihr in die Augen. »Ich möchte mit dir zusammen sein, Danielle. Und ich meinte es ehrlich, als ich sagte, dass ich dir helfen will, Nicky zu finden. Ich vertraue deinem Gefühl nach wie vor.«

Dies waren die Worte, nach denen sie sich gesehnt, die sie jedoch nie für möglich gehalten hatte. Sie hatte wesentliche Momente ihres Lebens mit Jon geteilt – Max' Tod, Jasmins Geburt, ihre Suche nach Nicky, ihre geheimsten Leidenschaften. Könnten sie sich ein gemeinsames Leben aufbauen?

Jon wischte ihr eine Träne von der Wange. »Wirst du darüber nachdenken?«

Nach dem Dinner schüttete es draußen immer noch. Jon zog seinen Zimmerschlüssel aus der Tasche. »Gib mir einige Minuten«, sagte er, und seine Stimme war rau vor Verlangen. »Ich kann dich nicht gehen lassen. Noch nicht.«

Sobald sie die Tür seiner Suite hinter sich geschlossen hatten, lagen sie sich in den Armen, tranken den berauschenden Duft des anderen. Und kaum fanden sich ihre Lippen, war es um Danielles Entschlossenheit geschehen. Ihre Handtasche fiel zu Boden.

»Von diesem Moment träume ich schon so lange«, flüsterte er.

»Ich auch, mein Liebling.«

Jon hob ihr Kinn an und umfing ihr Gesicht mit seinen großen Händen. »Die Nacht gehört uns«, sagte er mit belegter Stimme, hob sie hoch und trug sie zu seinem Bett.

Danielle hatte nur einen Gedanken: *Wir sind einander bestimmt.* Langsam und genüsslich entkleideten sie sich gegenseitig, erforschten die größten Wonnen ihrer Körper. Danielle streichelte Jons Brust, seinen Rücken, seine Schenkel, prägte sich das Gefühl seiner Haut auf ihrer ein, malte die Narben von seinen Verwundungen nach. Sie küsste jede einzelne von ihnen, und er stöhnte.

Nach dem Liebesakt strich Jon ihr das feuchte Haar aus der Stirn und küsste sie sanft. »Verlass mich nie, Danielle.«

»Nie«, murmelte sie. Ihr eiserner Wille war unter seinen Händen einfach dahingeschmolzen.

Immer wieder schworen sie einander unsterbliche Liebe, bis schließlich das erste Tageslicht durchs Fenster fiel und Jon erschöpft einschlief.

Leise zog Danielle sich an und fuhr nach Hause. Doch als sie in ihrem Schlafzimmer war, beschlichen sie Zweifel. Es gab so viele Hindernisse, die sich nicht mit einer Nacht voller Sinnlichkeit überwinden ließen.

Sie dachte an seine und ihre Familie, an den Krieg, der in der Welt wütete. Sie wären getrennt, bis der Krieg vorbei war – falls Jon ihn überlebte. Waren diese Probleme unüberbrückbar? War ihr gemeinsames Glück zu viel verlangt?

Würde ihr Herz wieder gebrochen?

Sie vergrub das Gesicht in den Händen. *Was habe ich nur getan?*

35

Eine unabhängige Frau wählt ihr Parfüm selbst aus – Düfte, die ihren Stil, ihre Persönlichkeit und ihre Ambitionen akzentuieren. – db

4. Juli 1941
Beverly Hills, Kalifornien

Bis zum nächsten Morgen hatte sich das Sommergewitter nach Osten verzogen. Es war solch ein klarer Abend, dass Danielle mit ihrer Familie und allen Hochzeitsgästen – bis auf Victoria – zu einem Freiluftkonzert in die Hollywood Bowl fuhr, einem konkaven Amphitheater auf dem Hügel.

Die Los Angeles Philharmonics spielten amerikanische Lieder, und Danielle und Jon waren begeistert. Liliana und Jasmin schauten voller Ehrfurcht dem Feuerwerk über der Bühne zu, während Jons Mutter Harriett sich den Hals verrenkte, um all die Hollywood-Stars zu sehen: Charlie Chaplin, Edward G. Robinson und Igor Strawinsky saßen in einer Loge, Jeanette MacDonald und Deanna Durbin in einer anderen.

Nach dem Konzert baten einige Reporter Danielle, Lou und Abigail, für Fotos zu posieren, und löcherten sie mit Fragen: »Wo ist die Hochzeit? Wer trägt Ihre Entwürfe? Gibt es neue Düfte? Wo verbringen Sie die Flitterwochen?«

»Da gewöhnst du dich noch dran«, sagte Lou zu Abigail. Sie lachten und teilten den Presseleuten einige Einzelheiten über die Hochzeit mit. Danielle ergänzte, dass sie bald nach London reisen wollte, und bat alle um Unterstützung für den Krieg in Europa.

Früh am nächsten Abend stand Abigail vollkommen still, während Danielle die zwanzig Perlmuttknöpfe hinten an ihrem Brautkleid schloss. »Das ist ein Traum, von dem ich nicht dachte, dass er jemals wahr würde, Danielle.«

Aus dem unteren Stockwerk in Danielles Haus klang Lachen nach oben. Kerzen brannten in den Fenstern, quasi als Leuchtzeichen für die Gäste, die nach und nach eintrafen.

»So, jetzt dreh dich um«, sagte Danielle, »lass mich mal sehen, wie es vorn fällt.«

Abigail machte eine Drehung vor dem Spiegel und strahlte. »Es ist absolut atemberaubend!«, hauchte sie.

»Du bist eine wunderschöne Braut.« Danielle freute sich für ihre Freundin. »Und dieser Entwurf gehört ganz allein dir. Keine sonst würde diesem Schnitt gerecht werden.«

Danielle hatte das elegante Kleid extra schlicht gestaltet, um Abigails schlanke Figur zu betonen. Das elfenbeinfarbene Satinkleid war schulterfrei, hatte ein geschmackvolles Dekolleté, ein enges Miederteil und war in der Taille mit winzigen Plisseefalten eingenommen. Es war der perfekte Rahmen für den edwardianischen Familienschmuck, den sie trug, wertvolle Stücke aus Diamanten und Perlen, die Harriett aus London mitgebracht hatte. Als Abigail sich drehte, glitt die kunstvoll drapierte Schleppe hinten leise raschelnd über den Boden.

Danielle hob den zarten Schleier über Abigails elegant frisiertes Haar und befestigte ihn mit zwei antiken Haarnadeln.

»Vergiss dein Parfüm nicht.« Sie nahm einen Kristallflakon mit einem Duft auf, den sie eigens für Abigails Hochzeit kreiert hatte.

Als sie das Parfüm auf Abigails langen Hals strich, versetzte das süße Blumenaroma von Jasmin, Lilie und Orangenblüten Danielle zurück nach Grasse. Erinnerungen verschleierten ihre Sicht.

Dann betrachtete sie Abigail. »Du siehst fantastisch aus.«

Abigails Augen begannen zu glänzen, und eilig zückte Danielle ein Spitzentaschentuch, um erst Abigail die Augen zu tupfen und dann sich selbst. »Schluss damit, dies ist ein freudiger Anlass!«

Es klopfte an der Tür, und Abigails Vater kam herein. Ein Lächeln erstrahlte auf seinem Gesicht. »Meine liebe Tochter, wie wunderschön du aussiehst!«

Abigail lächelte. »Sind alle Gäste da?«

Nathan Newell-Grey nickte. »Alle da und vollständig. Bist du bereit?«

»Bin ich. Danielle, geh du voran.« Abigail umarmte Danielle, bevor sie sich zu ihrem Vater drehte, der ihr beide Hände entgegenstreckte.

Danielle blickte von oben über das Treppengeländer. Der berauschende Duft von weißen Lilien und Tuberosen parfümierte die Luft und erinnerte sie an ihre eigene Hochzeit mit Max. Sie blinzelte angestrengt. Heute war Abigail dran, Glück zu erleben.

In einer Ecke des Wohnzimmers spielte ein Pianist; Kerzen sorgten für eine gedämpfte Beleuchtung, und frische grüne Girlanden verzierten den Treppenaufgang. Sechs Stuhlreihen waren für die intime Feier aufgestellt worden.

Eine sanfte Abendbrise trug den Geruch der Orangenblüten im Garten durch die offenen Glastüren herein.

Danielle stieg die Treppe hinunter, und ihr langes smaragdgrünes Kleid glitt hinter ihr über die Stufen. Als sie an den Gästen vorbeiging, nickte sie den Newell-Greys und den Drillingen zu. Hinter ihnen saßen die Leibowitz', Marie mit den Mädchen und einige weitere enge Freunde. Victoria saß in der zweiten Reihe und blickte betont gelangweilt vor sich hin.

Lou stand neben dem Pfarrer. Jon, sein Trauzeuge, wartete bei ihm. Danielle, die Trauzeugin, stellte sich ihm gegenüber hin. Sie nickte auch ihm zu, achtete allerdings darauf, ihn nicht zu lange ansehen, auch wenn sie das Knistern in der Luft so deutlich spürte, dass es die anderen gleichfalls bemerken dürften. Einen Moment später hatte Abigail ihren großen Auftritt am Arm ihres Vaters, und ein zustimmendes Murmeln ging durch den Raum.

Während Abigail ihren Platz neben Lou einnahm, fühlte Danielle, dass Jons Blick auf sie gerichtet war.

Im Anschluss an einen schlichten Austausch der Treueschwüre sagte der Pfarrer: »Sie dürfen die Braut jetzt küssen.«

»Endlich.«

Lous strahlend blaue Augen blitzten, als er Abigails Schleier anhob und sie sich küssten. Fröhlicher Jubel und Glückwünsche füllten den Raum.

Nach der Zeremonie gesellte Danielle sich zu ihrer Familie. »Ich glaube, ich habe noch nie eine schönere Hochzeit gesehen«, sagte sie zu Marie, »oder zwei Menschen, die besser zueinander passen.«

Marie lächelte.

»*L'amour.* Man sieht sie immer in ihren Augen.«

Nachdem die Fotos gemacht waren, gingen alle nach draußen in den Garten, wo in weißes Leinen gehüllte Tische aufgestellt und mit Kristall und Silber gedeckt waren. Nur Victoria rief sich ein Taxi und verschwand vor dem Dinner.

Als Danielle ihr nachblickte, sah Marie sie an. »Das Leben ist kurz, mein Liebes«, sagte sie leise. »Victoria ist fort, und Jon und du solltet nicht leiden.«

Danielle wollte widersprechen, aber Marie legte eine Hand auf den Arm ihrer Tochter. »Du bist hoffentlich weise genug, deinem Herzen zu folgen.«

»Mein Liebling«, murmelte Jon, als er die Tür zu seiner Hotelsuite öffnete. »Ich dachte nicht, dass du heute Abend kommen würdest. Es ist schon so spät.«

»Wie konnte ich nicht kommen?« Sie sank in seine Umarmung. »Du bist zu einer Gewohnheit geworden, mit der ich nicht brechen kann. Und wir haben nicht mehr viel Zeit zusammen.«

Jon drückte Danielle an sich, wanderte mit den Händen über ihren Körper, streichelte jede Kurve, küsste ihre nackte Schulter, ihren Hals, ihre Wange.

Sie neigte den Kopf nach hinten, und ihre Lippen begegneten sich zu einem tiefen, wundervollen Kuss.

In einem Randbezirk von Los Angeles saß ein schlanker, kampferprobter Mann in einem billigen Pensionszimmer, wo er Zeitungen vor sich auf dem Bett ausgebreitet hatte. Methodisch schärfte er seine Schere, schnitt einen Artikel aus und legte ihn zu der kleinen Sammlung in seinem Notizbuch. Jeder neutrale Beobachter würde vermuten, dass er sich brennend für Mode und Parfüms interessierte.

Seine Männer in Amerika hatten ihn schrecklich enttäuscht. Er würde nicht versagen, so viel war sicher.

36

Wie fängt man das Prickeln von Champagner in einem Parfüm ein? Das Geheimnis ist die Fantasie. – db

7. Juli 1941
Beverly Hills, Kalifornien

Jon lenkte Danielles Delahaye auf den Santa Monica Boulevard. Sie hatten den Vormittag mit Mitarbeitern von Hilfsorganisationen verbracht, die aus Europa zurückgekehrt waren. Immer noch gab es keine neuen Spuren zu Nicky. Ihre Suche nach einem kleinen Jungen mutete geradezu nichtig an, bedachte man das Ausmaß der Katastrophe. »Du bist der Einzige, der mir wirklich glaubt«, sagte Danielle zu Jon.

»Deine Mutter und Abigail unterstützen dich.«

»Ja, sie unterstützen mich, aber sie glauben eigentlich nicht mehr, dass Nicky je lebend gefunden wird. Meine Mutter hat sogar schon vorgeschlagen, dass wir eine Trauerfeier für Nicky abhalten.« Sie schüttelte den Kopf. »Ich weiß, dass sie es nur gut meint, und sie denkt, dass es mir endlich Ruhe und einen Abschluss gibt, aber, Jon, ich *weiß*, dass er lebt. Ich kann es fühlen, und ich bin nicht verrückt.«

»Das würde ich auch keine Sekunde lang denken«, sagte er und nahm sie in den Arm.

Danielle war entsetzt gewesen, als Jon ihr erzählte, wie sehr Europa seit ihrem Fortgang verwüstet wurde. Es war eine Sache, darüber in den Zeitungen zu lesen, eine völlig andere hingegen, es mit eigenen Augen zu sehen. Die Luftangriffe über England hatten nachgelassen, als Hitler sich mehr auf den Osten konzentrierte, aber Zehntausende Leben waren verloren, Häuser und Geschäfte zerstört in London, Liverpool, Birmingham, Plymouth, Southampton und anderen Städten. Die Zahl der Todesopfer in Europa insgesamt lag weit, weit höher, und der Krieg war noch lange nicht vorbei.

»Nicky zu finden, mag hoffnungslos erscheinen, Jon, aber ich kann nichts gegen mein Gefühl tun.«

Er drückte sie an sich. »Wir suchen weiter«, sagte er mit belegter Stimme.

Als sie sich einer Kirche näherten, bat Danielle ihn anzuhalten. »Lass uns hineingehen.«

Sie betraten die Kirche und knieten sich vor eine Bank bei den Opferkerzen. Danielle holte das Platinfeuerzeug aus ihrer Handtasche, das Max gehört hatte. Sie zündete es an, hielt es an eine Kerzenflamme und sagte die Namen aller Familienangehörigen auf, die ihr genommen wurden. »Und für Nicky«, sagte sie. »Ich glaube immer noch.«

»Für Nicky«, stimmte Jon ein.

Später am Abend, nachdem sie den Nachmittag mit ihren Familien verbracht hatten, öffneten Danielle und Jon die Tür seiner Suite, wo ein knisterndes Feuer im Kamin brannte und Champagner, Kaviar und Räucherlachs bereitstanden. Jon zog Danielle an sich. »Ich dachte, das könntest du nach dem langen Tag vertragen.«

»Du kannst meine Gedanken lesen.« Danielle küsste ihn. *Er ist ein ganz besonderer Mann. Was habe ich für ein Glück.*

»Für uns alle wird es ein neues Leben geben«, sagte er ernst. »Nicky ist da draußen, Danielle. Meine Glaube wird, so wie deiner, mit jedem Tag stärker.«

»Wir finden ihn gemeinsam.«

Jons Augenwinkel kräuselten sich, und ein träges Lächeln umspielte seine Lippen, als er auf den Champagner zeigte. »Feiern wir heute Nacht unsere Zukunft.«

»Veuve Cliquot, meine Lieblingsmarke«, sagte sie. »Benannt nach der französischen Witwe Cliquot.«

»So wie du übernahm sie das Ruder des Familienunternehmens und lenkte es auf einen erfolgreichen Kurs.«

Danielle sah ihn an. *Deshalb liebe ich diesen Mann.* Nur wenige Menschen verstanden diese Seite von ihr. »Ich schätze Männer, die sich in der Geschichte auskennen, besonders der von den historisch raren weiblichen Unternehmern.«

»Und ich bewundere Frauen, die Geschichte schreiben.« Er legte einen Finger unter ihr Kinn und küsste sie. »Weißt du, dass du die einzige Frau bist, die ich jemals wirklich geliebt habe?« Er umfing ihr Gesicht mit den Händen und küsste sie wieder leidenschaftlich.

Sie setzten sich auf das Sofa vor dem Kamin, und Jon schenkte die blassgoldene Flüssigkeit in zwei Kristallflöten.

»Auf den Anfang des Rests unseres Lebens«, sagte er und reichte ihr eine Sektflöte. »Und darauf, dass wir Nicky finden.«

»*Salut,* mein Liebling, und danke.« Sie stieß mit ihm an. »Auf die besten Jahre unseres Lebens.«

Abermals küsste er sie, wich zurück und schob eine Hand

in seine Tasche. »Ich habe etwas gefunden, das du anscheinend verlegt hattest. Schließ die Augen.«

Danielle tat es und fragte sich, was er meinen könnte. Dann hörte sie ein Klicken.

»Jetzt darfst du die Augen wieder aufmachen.«

In seiner Hand funkelte ein leuchtender Smaragd so intensiv und vertraut, dass Danielle der Atem stockte. Sprachlos presste sie sich eine Hand auf den Mund. *Wie kann das sein?*

Jon nahm ihre rechte Hand und steckte ihr den Ring an. »Abigail hat mir erzählt, dass du deinen Ehering verkauft hast, um dein Geschäft zu finanzieren. Von Max weiß ich, dass der Ring früher seiner Mutter gehörte und seit Jahrzehnten in ihrer Familie war. Ich dachte, du würdest ihn vielleicht gerne wieder tragen, ihr zu Ehren.«

»Ich kann es kaum glauben.« Tränen stiegen ihr in die Augen, und sie musste blinzeln, als sie ehrfürchtig den Ring berührte. Sofia hatte ihn einst getragen, mit ihm ihrem Mann Liebe und Treue geschworen, so wie Danielle es bei Max tat. Und das Geld, das er ihr einbrachte, hatte nicht nur ihrer Familie durch eine entsetzliche Zeit geholfen, sondern ihr Unternehmen möglich gemacht. So schmerzlich die Geschichte des Ringes auch war, gab es Danielle einen gewissen Trost, ihn wiederzuhaben. »Wie hast du ihn gefunden?«

»Das war nicht ganz so einfach. Ich rief einen Juwelier hier in Los Angeles an, den ich kenne, und erzählte ihm, dass ich nach einem großen viktorianischen Smaragdring suche, der kürzlich verkauft wurde. Und ich schickte ihm eine Fotografie von dir mit dem Ring auf unserer ersten gemeinsamen Schiffsreise. Es dauerte einige Zeit, aber er konnte den Ring ausfindig machen. Als ich herkam, habe ich ihn mit dem Foto verglichen und zurückgekauft.«

Tränen der Rührung schwammen in Danielles Augen. »Jon, das ist fantastisch«, sagte sie schluchzend. »Ich bin überwältigt und kann dir gar nicht genug danken. Der Ring ist das Einzige, was ich noch von Sofia habe, abgesehen von meinen Erinnerungen.« Sie strich über den herrlichen Smaragd und dachte an Sofia und Max. *Und Nicky.* Dann sah sie zu Jon auf und küsste ihn.

Er erwiderte ihren Kuss. »Da ist noch etwas.«

Er holte ein kleines Schmucketui aus Wildleder hervor und nahm einen filigran gearbeiteten Ring heraus, an dem kleine Diamanten einen atemberaubend schönen großen Diamanten einrahmten. Dann nahm er ihre linke Hand. »Und dies ist ein Symbol unseres gemeinsamen Lebens. Würdest du den Ring als meine Frau tragen?«

Ein Schluchzer entfuhr ihr. Sie zögerte, denn ihr war bewusst, was diese Bitte bedeutete. Sie dachte an die Tragödien, die sie erlebt hatten, an die Missverständnisse. Hatten sie eine Chance auf Glück?

Jon sah sie erwartungsvoll an. Der flackernde Feuerschein tanzte über seine Züge, und ein Flehen lag in seinen Augen.

»Das werde ich«, antwortete sie feierlich und schlang die Arme um ihn.

»Endlich ist es offiziell!« Nun schob er den Ring auf ihren Finger, und seine Wangen röteten sich vor Verlangen. Er hob Danielle hoch und trug sie zum Bett, wo sie sich bis in die frühen Morgenstunden liebten.

Als das erste Tageslicht ins Zimmer fiel, schmiegte Danielle sich in Jons Armbeuge, sodass sich ihr Haar auf seiner Brust fächerte, und wünschte, die Nacht würde nie enden.

Jon strich ihr übers Haar, und sie streichelte sein Kinngrübchen. »Das fand ich übrigens immer schon sehr verführerisch«, murmelte sie.

»Nein, du bist die Verführerische«, entgegnete er und küsste sie auf die Stirn, die Nase und das Kinn. »Aber lass uns ernst sein.« Er stützte sich halb auf. »Wir müssen warten, bis meine Scheidung rechtskräftig ist, dann können wir heiraten. Du könntest nach London kommen, doch mir wäre es lieber, wenn du hierbleibst, wo du sicherer bist.«

Die Wirklichkeit versetzte Danielles Glück einen herben Dämpfer. Könnte sie die Mädchen und ihre Mutter der Gefahr aussetzen? *Nein, nie wieder.* Wäre sie kinderlos, wäre sie sofort an seiner Seite gewesen – oder so nahe, wie sie es sein konnte.

Sie nagte nachdenklich an ihrer Unterlippe. Sie könnten sich einander versprechen, aber wann wären sie je zusammen? Danielle dachte an ihre Vorfahren, an die vielen Generationen, die für ihre Prinzipien oder für den Frieden gekämpft hatten. Heute war es an ihnen, den Kampf auszufechten, und es waren überzeugte Menschen wie Jon, die den Krieg gewinnen und der Welt wieder Frieden bringen würden. Deshalb musste sie seinen Dienst unterstützen und ebenfalls tun, was sie konnte.

»Ich bleibe hier«, sagte sie. »Und für die Zukunft denken wir uns etwas aus.«

Doch sie hatte gelernt, dass es im Leben keine Garantien gab, dass sie nicht auf Rosen gebettet würde.

37

Sandelholz gehört fest zur Parfümeurspalette, undurchdringlich für Termiten und über dreißig Jahre gereift. Es ist ein exzellentes Fixativ, ein Anker – stabil, kräftig und ruhig. Diese wichtigen Eigenschaften sind auch bei Menschen wünschenswert. – db

8. Juli 1941
Los Angeles, Kalifornien

Jons Urlaub war beinahe vorbei. Heute Morgen war er mit seinem Vater in Long Beach Harbor und sah nach den Schiffen dort, die für militärische Zwecke umgerüstet werden könnten. Wie er vom Hotelmanager erfuhr, hatte Victoria bereits ausgecheckt und war nach Acapulco gereist. Sie hatte sich nicht einmal verabschiedet.

Für den Abend hatte Danielle alle zum Essen zu sich eingeladen. Den Tag über musste sie arbeiten.

»Es ist wundervoll, Sie hier bei uns zu haben, Madame Bretancourt«, sagte die Marketingleiterin von Bullock's Wilshire. »Kommen Sie mit. Fangen wir mit dem neuen Ballsaal an.«

»Es freut mich sehr, dass Sie meine neuen Abendkleider bei Ihrer Modenschau zeigen wollen«, antwortete Danielle. Die Modenschau war eine Spendenveranstaltung für Abigails Wohltätigkeitsorganisation. Danielle und zwei andere Modedesigner sollten bei der Veranstaltung im Beverly Hills Hotel sprechen.

»Die Damen bestanden darauf«, sagte die Frau. »Sie lieben die Kleider, die Sie für Filmstars entwerfen. Und ich liebe dieses dunkelrote Seidenkleid, das Sie tragen. Es steht Ihnen wunderbar. Ihr eigener Entwurf, nehme ich an?«

Danielle nickte lächelnd, beinahe demütig. Sie hatte hart gearbeitet und war schlicht froh, dass ihre Arbeit so begeistert angenommen wurde. Die Modenschau war für den nächsten Tag geplant, aber Danielle wollte sich ansehen, wie ihre Kleider und Parfüms präsentiert wurden. Bullock's Wilshire hatte sich bereit erklärt, ihre gesamte Kollektion zu nehmen, und die Veranstaltung wurde schon seit Wochen in den Zeitungen angekündigt.

Sie gingen durch den Bereich hinter der Bühne, wo Danielle die eindrucksvolle Auswahl an Kleidern betrachtete, die morgen vorgeführt werden sollten. »Es scheint alles in bester Ordnung zu sein«, sagte sie, während sie einige Kleider auf den gepolsterten Bügeln richtete.

Sie kehrten zurück in den Ballsaal, der im italienischen Renaissancestil gehalten war. Danielle fand, dass der toskanische Stein und der weiße Carraramarmor den perfekten Hintergrund für ihre Mode boten.

»Und hier ist Ihr Parfüm. Wir sind noch beim Aufbau«, erklärte die Frau und stieg über ein Kabel. »Passen Sie auf die Kabel auf.« Sie betätigte einen Lichtschalter und wies auf eine Gruppe von Tischen, auf denen roter Samt drapiert war, und vergoldeten Stühlen. Danielles Produkte waren kunstvoll um mehrere große Kristallflakons arrangiert, die sie eigens für diesen Anlass gefertigt hatte. »Das sind die edelsten Flakons, die ich je gesehen habe«, ergänzte die Frau und strich bewundernd über das Kristall.

In jedem der Flakons war eines von Danielles neuen Parfüms, und sie würden nach der Modenschau für den guten Zweck versteigert werden. Bei der Gestaltung hatte sie sich von Max' früheren Flakonentwürfen inspirieren lassen. In gewisser Weise ehrte sie so sein Andenken. Sie seufzte, als sie daran dachte, dass sie ihn das letzte Mal in England gesehen hatte. *Als er sich auf die Suche nach unserem Sohn machte.*

Eine Hilfskraft unterbrach sie. »Verzeihung, Ma'am, Sie haben einen dringenden Anruf.«

»Gehen Sie ruhig«, sagte Danielle. »Ich warte hier.«

»Tut mir leid. Macht es Ihnen wirklich nichts aus? Sicher ist es mal wieder ein Notfall in letzter Minute.« Die Frau und ihre Hilfskraft eilten davon, sodass Danielle allein in dem halb erleuchteten Raum zurückblieb.

Sie inspizierte den Laufsteg, über den die Modelle schreiten sollten, und versuchte, die Zahl der aufgereihten Stühle zu schätzen. *Eine recht große Veranstaltung,* dachte sie zufrieden.

Als sie sich vorbeugte, um die Flakons zu richten, bemerkte sie einige Flecken auf dem edlen Kristall. Sie stellte ihre Tasche ab, öffnete sie und zog ein Poliertuch heraus, das speziell zum Entfernen von Fingerabdrücken gedacht war.

Leise summend begann Danielle, die großen Flakons zu polieren, auf dass sie makellos funkelten. Schließlich trat sie einen Schritt zurück, um ihr Werk zu begutachten, als sie einen ungewöhnlichen Duft wahrnahm. *Es riecht wie … Oud-Holz.*

Sie erstarrte einen Moment, dann griff sie wieder in die Tasche, als wollte sie das Poliertuch wechseln. Anschließend kniete sie sich hin, um einen Fleck unten an einer Flasche wegzureiben, wobei sie aufmerksam auf die Spiegelungen in dem Kristall achtete. *Was soll ich tun?*, dachte sie panisch.

Eine große, kräftige Gestalt erschien hinter ihr. Vor lauter Angst wagte Danielle kaum zu atmen.

Dann hörte sie das Klicken einer Waffe, die entsichert wurde, und das kehlige Lachen eines Mannes jagte ihr eisige Schauer über den Rücken. »Endlich«, sagte er, »sehen wir uns wieder.«

Heinrich. Danielles Herz pochte viel zu schnell. Sie sah über die Schulter zu ihm.

Er grinste schaurig, und Danielle bemerkte eine entstellende Narbe, die über seine eine Gesichtshälfte verlief.

»Was willst du, Heinrich?«

Wieder lachte er. »Dreh dich um, damit ich dich sehen kann.«

Langsam gehorchte sie ihm und steckte das Tuch mitsamt seinem Inhalt in ihre Tasche.

»Sieh mal einer an, wie schick du bist! Es ist praktisch, dass die Zeitungen gerne über deine Großtaten berichten.« Er zog ein Bündel Artikel aus seiner Jackentasche, zerknüllte sie und ließ sie auf den Boden fallen. »So war es leichter, dich zu finden.«

»Du hattest die Männer geschickt, um mich zu töten, stimmt's?«

Heinrichs Lächeln erstarb. »Du bist eine solche Plage.«

Sie sah den Hass in seinen Augen, als er auf sie zukam, die Waffe auf ihren Kopf gerichtet. Danielle atmete durch die Nase ein und versuchte, ihre Angst zu zügeln. Gleichzeitig begann sie zu schwitzen. »Eine Waffe? Ich hätte dich für origineller gehalten, Heinrich.«

Wieder lachte er. »Die war gut genug für Max und für Sofia.«

Sie wartete. *Er sagt nichts von Nicky.* »Warum überhaupt die Mühe meinetwegen?«

Sein Gesicht wurde zu einer hässlichen Fratze. »An dem Tag, an dem du in unsere Familie gekommen bist, hast du sie zerstört. Und als du nach Polen zurückgekehrt bist, aufgetaucht und einfach wieder verschwunden, hast du meinen Aufstieg in der Partei ruiniert. Ich hatte eine große Zukunft vor mir, und dann bist du aufgekreuzt!« Er berührte die Narbe in seinem Gesicht. »Egal wie viele von deiner Sorte ich umgebracht habe, *du* musst trotzdem noch bezahlen.«

Heinrich zielte mit geübter Präzision.

Danielle warf sich auf den Boden, und die Kugel pfiff über sie hinweg und krachte in den Stuhl hinter ihr.

Heinrich kam näher. »Du wirst sterben, so wie Max und Sofia«, knurrte er und machte noch einen Schritt auf sie zu.

Seine Stiefelspitze verfing sich in einem Kabel, sodass er stolperte. Während er sich abzufangen versuchte, war er für einen Sekundenbruchteil abgelenkt. Den nutzte Danielle, sprang auf und hieb mit einem großen Kristallflakon nach ihm. Heinrich wollte der Flasche ausweichen, doch sie knallte ihm gegen die Stirn, und der Duft von Chimère explodierte im Raum. Das Parfüm tränkte Heinrichs Haar und Kleidung, und Kristallscherben schnitten ihm in die Haut.

Fluchend zielte er wieder. Blitzschnell schleuderte Danielle einen zweiten Parfümflakon nach der Waffe, und beides fiel klappernd und klirrend zu Boden, worauf ein intensives Blutorangenaroma freigesetzt wurde.

»Du *Schlampe!*«, brüllte er und stürzte sich zur Seite nach der Waffe.

Danielle riss den Stopfen eines anderen Riesenflakons ab und warf den Flakon nach Heinrich, der nun vollends getränkt wurde. Die bernsteinfarbene Flüssigkeit bildete eine Pfütze um ihn, und Sandelholzdämpfe stiegen von ihm auf. Er krabbelte nach der Waffe und rollte sich herum, um zu zielen.

Gleichzeitig zog Danielle Max' Feuerzeug aus der Tasche, klickte es an und warf es nach Heinrich.

Sofort entzündete sich der Alkohol im Parfüm, und Flammen züngelten auf Heinrichs Kleidung, an seinem Haar und auf seiner Haut. Seine Schmerzensschreie hallten in dem großen Saal.

Angewidert betrachtete Danielle, wie das Feuer auf ihm tanzte, und der Gestank von verbranntem Haar und Fleisch war entsetzlich. Sie hielt sich die Nase zu, wich zurück und drehte sich weg von dem schrecklichen Bild. Hinter ihr krachte ein Schuss, und die Kugel prallte an einem Rohr über Danielle ab. Sie schrie auf.

Jemand packte ihre Schulter. »Sind Sie unverletzt?«

Entgeistert drehte sie sich zu dem Polizisten um. »Ich glaube ja.«

Ein anderer Officer hatte Heinrich die Waffe aus der Hand getreten und stampfte die Flammen mit seinen Stiefeln aus. Heinrich hielt sich eine geschwärzte Hand an die Brust, stieß einen fürchterlichen Wimmerlaut aus und verstummte.

Danielle stand draußen und sah zu, wie Heinrichs bedeckter Körper aus dem Ballsaal gebracht wurde. Sie atmete durch ein Taschentuch, das sie sich vor Mund und Nase gepresst hatte.

Ein weißer Wagen hielt mit quietschenden Reifen vor dem Beverly Hills Hotel. Die Marketingleiterin hatte Jon hergerufen. Er sprang hinten aus dem Auto und kam zu Danielle gelaufen. »Oh Gott, Danielle, ich bin so froh, dass es dir gut geht«, sagte er und nahm sie in die Arme.

In der Sicherheit seiner Umarmung begann sie zu schluchzen und ließ alle aufgestaute Anspannung heraus. Dann blickte sie ängstlich zu ihm auf. »Wo ist Maman?«

»Sie ist bei den Mädchen. Alle sind sicher. Die Polizei ist bei euch zu Hause.« Er wischte die Tränen von ihren Wangen und drückte ihr unzählige Küsse aufs Gesicht. »Was ist passiert, Liebes?«

»Es war entsetzlich. Er wollte mich umbringen.« Sie erzählte ihm von Heinrich, und während sie sprach, durchlebte sie alles noch einmal, sodass sie immer wieder ins Stocken geriet. Der Gestank von verbranntem Fleisch hing in ihrer Kleidung. *Ich brauche ein Bad,* dachte sie. Sie wollte sich unbedingt Heinrich und seinen Hass herunterwaschen.

Erschöpft von den Fragen der Polizei, lehnte sie den Kopf an Jons Brust, und er strich ihr übers Haar, als er sie in ihrem Wagen nach Hause fuhr.

»Er hat Nicky nicht getötet«, sagte sie.

»Woher weißt du das?«

»Weil er es gestanden hat, nein, er hat richtig *angegeben* damit, dass er Max und Sofia umbrachte. Aber er sagte nichts von Nicky. Ich weiß, dass er noch lebt. Irgendwo muss er sein.«

Jon küsste sie aufs Haar. »Wir suchen weiter nach Nicky, versprochen. Nichts wird uns davon abhalten.«

Am nächsten Morgen saß Jon am Schreibtisch in seiner Suite und trommelte mit den Fingern. Er telefonierte mit Pan American Airways. »Ja, zwei Tickets, so früh wie möglich. Southampton? Ja, vielen Dank.«

Er legte auf und wandte sich zu Danielle. »Ich hoffe, du hast keine Angst vorm Fliegen. Wir müssen einige Maschinen nehmen, aber immerhin kommen wir so schnell nach London, wie es irgend geht.«

38

Der Philosoph Jean-Jacques Rousseau schrieb einst: »Der Geruchssinn ist der Sinn der Fantasie.« Wie sehr hält mich meine Fantasie am Leben, ruft mir zum Trost Düfte aus der Vergangenheit wach, wann immer meine Seele keinen Frieden findet. – db

18. Juli 1941
Southampton, England

Nick stieg mit den anderen Kindern an der Pier aus dem Bus und hievte den Rucksack auf seine knochige Schulter. In diesem Jahr wurde er neun, doch er war groß für sein Alter, und geistig kam er sich fast erwachsen vor.

Tatsächlich wusste Nick schon eine Menge: welche Beeren man essen konnte und von welchen man krank wurde, von welchen Blättern man teuflisches Hautjucken bekam und wie man Fallen für Eichhörnchen und Kaninchen baute. Er hatte gelernt, wie man Essen, Werkzeug oder Zigaretten gegen anderes eintauschte, und er konnte sich in mehreren Sprachen verständigen. Notfalls konnte er sich sogar unsichtbar machen.

Vor allem aber wusste er, wie man Dinge regelte. Nick war ein geborener Anführer, weshalb die anderen Kinder zu ihm aufsahen.

Eines jedoch wusste Nick nicht. Er vergewisserte sich, dass niemand ihn beobachtete, bevor er seinen wertvollsten

Besitz aus der Tasche nahm. Er zog eine alte Fotografie aus einem schmutzigen Umschlag und berührte das Gesicht der Frau, deren Haar so hübsch aufgesteckt war. Der Mann neben ihr schien sehr verliebt in sie. Außerdem war noch eine ältere Frau auf dem Bild, die steif dastand, aber freundlich aussah. Nick drehte das Bild um, doch die Rückseite war leer.

Nick hatte keine Ahnung, wer er eigentlich war.

Nach der Prügelei im Warschauer Getto, vor seiner Flucht, hatte er vieles vergessen. Ab und zu kehrten einzelne Erinnerungen zurück, doch nie genug.

Diese Leute, waren sie seine Familie? Oder die Familie eines anderen Kindes? Falls er zu ihnen gehörte, warum hatten sie ihn noch nicht gefunden?

Die Nonnen hatten ihm gesagt, dass die Fotografie in seiner Tasche gewesen war, als er ausgehungert und mit blutigen Füßen im Kloster ankam. Sie hatten sie für ihn aufbewahrt.

Er wusste, dass sein Name Nick war. Und sein Familienname hatte auf einem Fetzen Papier gestanden. Doch mehr wusste er nicht. *Wer bin ich?*

Die Nonnen hatten versucht, seine Familie zu finden. Am Ende war er erst bei einer Familie versteckt worden, dann bei einer anderen, ehe er wieder floh. Eine Gruppe katholischer Widerstandskämpfer erbarmte sich seiner und kratzte genug Geld zusammen, um ihn rauszuschmuggeln und fortzuschicken in ein besseres Leben. Das Waisenhaus in London war freundlicher gewesen, doch beinahe jede Nacht erschütterten Bomben die Stadt.

Nun war er auf dem Weg nach Australien. Er hatte von

den unvorstellbaren Weiten gehört, der riesigen Sonne und den Kängurus, die ihre Jungen in einem Beutel trugen, damit sie nicht verloren gingen.

Wer hatte ihn verloren?

Er hatte eine vage Vorstellung, keine richtige Erinnerung, sondern mehr ein Gefühl. Das Gefühl, in den Armen gehalten und geküsst zu werden – geliebt zu werden. Mit einem Tritt stob er kleine Kiesel vom Boden auf.

Es war ein unglaubliches Gefühl, das er niemals vergessen würde.

Einige der anderen Kinder waren von ihren Eltern geholt oder zu entfernten Verwandten geschickt worden. Manche der Kleinen hatten Fremde adoptiert. Nick wartete, doch niemand kam, um ihn zu holen.

Er wusste, dass es an der Zeit war, sein Leben in die Hand zu nehmen. Er blickte sich um und sah, wie die Kinder aus dem Waisenhaus eine Reihe bildeten. Nick hielt sich beobachtend zurück.

Australien. Die Nonnen hatten ihm erzählt, dass es dort viele Möglichkeiten für Jungen wie ihn gab, die bereit waren, hart zu arbeiten. *Für jemanden ohne Familie,* hatten sie eigentlich gemeint. *Wie wird es sich anfühlen, frei zu sein?*

Er sollte wirklich hingehen, doch etwas hielt ihn zurück.

»Stimmt es, dass ihr morgen nach Australien reist?«

Erschrocken drehte Nick sich um. Er mochte es nicht, wenn sich Leute an ihn heranschlichen, und er war so tief in Gedanken gewesen, dass er die Frau nicht einmal kommen gehört hatte.

»Ja«, antwortete er.

»Das ist ja aufregend! Du hast wirklich Glück, Junge.«

»Kann sein.« War er erst weg, wäre er auf sich gestellt. Dann könnte ihn keiner mehr finden. Bei dem Gedanken wurde ihm die Brust eng.

»Mein Name ist Irina«, sagte die Frau und streckte ihm ihre Hand hin.

Nick schüttelte sie. »Nick Holtzman.«

»In Australien kannst du zur Schule gehen und ein Handwerk lernen. Das Waisenhaus dort ist am Meer. Kannst du schwimmen?«

»Ein bisschen.« Im letzten Jahr hatte er ein Netz gefunden, es ausgebessert und gelernt, in den See zu tauchen und Fische zu fangen. In dem Sommer hatten die Kinder gut gegessen.

»Was hast du da?«, fragte die Frau und zeigte auf die Fotografie. »Darf ich mal sehen?«

Achselzuckend gab er ihr das Bild.

»Ist das deine Familie?«, fragte Irina leise.

Ist sie? »Ich glaube ja.«

»Deine Mutter ist sehr hübsch.« Irina betrachtete die Schwarz-Weiß-Aufnahme. »Und du hast ihre Augen.«

Nicks Herz schlug schneller. »Ehrlich?«

»Oh ja, diese Augen würde ich jederzeit wiedererkennen.« Sie gab ihm das Bild zurück. »Es ist schön, dass du die Aufnahme hast. Die ist ein wahrer Schatz.«

Nick lächelte ein bisschen verlegen, steckte die Fotografie wieder in den Umschlag und achtete darauf, sie ja nicht zu verknicken.

»Möchtest du dich jetzt zur Gruppe stellen?«

Nick zuckte wieder mit den Schultern und stellte sich in die Reihe der anderen Kinder.

18. Juli 1941
London, England

»Ja, richtig, Nicolas von Hoffman.« Danielle umklammerte das Telefon und wartete auf eine Antwort. »Können Sie bitte noch mal nachsehen?«, fragte sie. Nach einem Moment sah sie zu Jon und schüttelte den Kopf. Dann legte sie den Hörer auf. Libby hatte ihnen gesagt, dass sie Irina anrufen sollten, eine Frau aus Polen, die einer Widerstandsgruppe angehörte.

Danielle vergrub das Gesicht in den Händen, und Jon massierte ihr sanft die verspannten Schultern. Anscheinend war alles vergebens. Trotzdem würde Danielle nicht aufgeben, bis sie Nicky gefunden hatte. *Oder ich die Wahrheit erfahre.*

Seit ihrer Ankunft in London spürte sie ihn noch deutlicher. Und sie hatte das Gefühl, dass es eilte. »Ich muss Libbys Freundin besuchen.«

»Das ist eine ziemlich weite Fahrt, Danielle. Kannst du nicht wieder anrufen?«

»Nein, ich muss diese Irina persönlich sprechen.« Warum, konnte sie selbst nicht erklären.

Jon blickte sie eine Weile stumm an und nickte schließlich. »Ich kenne diesen Blick, meine Liebe.« Er sah auf seine Uhr. »Wir könnten morgen fahren oder jetzt gleich und in einem Gasthof übernachten. Dann wären wir morgen früh bei ihr.«

»Jetzt?«, sagte Danielle. »Ich hole meine Tasche.«

19. Juli 1941
Southampton, England

Am nächsten Tag kam Irina in ihr Büro bei der Kinderhilfsorganisation. Sie war gebürtige Polin, allerdings mit einem Engländer verheiratet, und vor dem Krieg war sie Sozialarbeiterin bei der katholischen Kirche in Warschau gewesen. Nach der Besetzung hatte sie sich dem Widerstand angeschlossen und geholfen, Kinder außer Landes zu schmuggeln.

Es war erschütternd, wie viele vertriebene Kinder der Krieg hervorgebracht hatte! Und Irinas Aufgabe bestand darin, ihnen zu helfen, Waisenheime oder Familien zu finden, egal wo. Sie setzte sich an ihren Schreibtisch und schlug ihren Terminkalender auf. Wie es aussah, hatte sie einen langen Tag vor sich.

Sie ging zur Tür und rief ihrer Assistentin zu, sie möge ihr eine bestimmte Akte bringen.

Die junge Frau kam bereits auf ihr Büro zu. »Hier ist ein Paar aus London, das eigens hergekommen ist, um Sie zu sehen. Es ist eine Mrs Bretancourt, und sie sagt, dass sie gestern mit Ihnen telefoniert hat.«

Während ihre Assistentin nach der Akte suchen ging, blickte Irina hinüber zu Danielle, die regungslos und mit geschlossenen Augen dasaß. Ihre Lippen bewegten sich kaum merklich, als würde sie beten.

Als Irinas Assistentin mit der Akte zurückkehrte, sagte Irina: »Sag ihnen, dass ich sie so bald wie möglich empfange.«

Beim Warten wurde Danielle beständig ängstlicher.

»Ist alles in Ordnung, Liebling?« Jon legte einen Arm um sie. »Aber du zitterst ja! Ist dir kalt?«

»Nein, ich bin nur nervös.«

Im nächsten Moment bat Irina sie in ihr Büro. Als sie die beiden begrüßte, bemerkte Danielle, dass die Frau sie seltsam ansah. Sie tauschten Höflichkeiten aus, und dann begann Danielle: »Wie ich schon am Telefon sagte, suchen wir nach meinem Sohn. Gestern sagten Sie, dass Sie nichts wüssten, doch ich hatte das Gefühl, dass ich trotzdem herkommen sollte.« Sie griff in ihre Tasche. »1939 war mein Sohn sechs Jahre alt. Ich habe einen Künstler in Los Angeles eine Zeichnung machen lassen, wie er jetzt aussehen könnte.«

Irina nahm die Zeichnung. »Etwas an Ihnen kommt mir bekannt vor, Danielle.« Sie neigte den Kopf zur Seite. »Sie haben sehr auffällige Augen.« Dann sah sie die Zeichnung mit zusammengezogenen Brauen an. »Was sagten Sie, wie er heißt?«

»Nicolas von Hoffman.«

»Könnte es auch Holtzman sein?«

Danielle und Jon wechselten einen Blick. »Denkbar ist alles«, antwortete Jon.

Irina sah wieder Danielle an. »Hat er Ihre Augen?«

Als Danielle einen stummen Schrei ausstieß, sagte Irina: »Sie müssen umgehend runter zum Hafen. Dort legt heute Morgen ein Schiff nach Australien ab, und Sie müssen sich beeilen. Ich habe gestern einen Jungen gesehen, der mir eine alte Fotografie zeigte.« Sie stockte. »Auf dem Bild war eine Frau, von der ich schwören würde, dass Sie es waren.«

Danielle und Jon rasten zum Hafen. Ein Ozeanriese ragte an der Pier auf, dessen Gangway bereits eingezogen wurde.

Als Jon ihr aus dem Wagen half, fiel sein Blick auf Danielles Schuhe. »Kannst du auf den Absätzen laufen?«

Kurzerhand riss sie die Schuhe von ihren Füßen, und sie beide rannten zu dem großen Schiff.

»Stopp!«, brüllte Jon und winkte wild. »Ich muss den Captain sprechen!«

»Warten Sie!«, schrie Danielle. »Es ist jemand an Bord, den wir sehen müssen.«

»Da hätten Sie früher kommen müssen. Wir legen ab, Befehl vom Captain«, rief ein Seemann zurück.

Eine Reihe von Kindern stand an der Reling und beobachtete fasziniert, wie das riesige Schiff ablegte.

»Nein, halt!«, schrie Danielle. »Ich suche nach meinem Sohn. Mein Sohn ist an Bord!« Sie schwenkte beide Arme. *Was kann ich tun?* Dann brüllte sie: »Nicky, Nicky! Nicolas von Hoffman, Nicolas von Hoffman!«

Jon stimmte ein. »Stoppt das Schiff!«, rief er, und dann: »Nick, Nick Holtzman, deine Mutter ist hier!«

Die Kinder begannen, auf sie zu zeigen und aufgeregt zu reden, doch das Schiff entfernte sich weiter von der Pier. Danielle sank auf die Knie, und Tränen verschleierten ihr die Sicht. Verzweifelt schrie sie wieder: »Nicky, Nicolas von Hoffman!«

An Bord des Schiffes hörte Nick den Trubel und stellte sich zu den anderen Kindern an die Reling. »Was ist los?« Er schirmte die Augen mit einer Hand vor der Sonne ab und sah einen Mann und eine Frau, die riefen. Er lehnte sich vor, um sie besser zu erkennen.

»Nicky, Nicky!«

Eine alte Erinnerung regte sich. *Die Frau … ich kenne die-*

sen Akzent. Der ist französisch. Er kletterte auf die Reling und winkte zaghaft.

Danielle sah den winkenden Jungen. »Jon, das ist er! Ich *weiß* es.« Sie stand auf und lief bis zum Rand der Pier. »Nicky, ich bin es, deine Mutter!«

Diese Stimme … ihm kam vertraut vor, wie sie sprach, und dann erkannte er sie. *Es ist die Frau von meiner Fotografie!*

Ein Crewmitglied hinter ihm beobachtete das Ganze.

»Maman?«, sagte er zögerlich, und dann, als die Frau anfing, auf und ab zu hüpfen, rief er laut: »Maman!« und winkte hektisch.

»Nicky!«, schrie sie und umklammerte Jons Arm. »Wie bringen wir sie zum Umkehren?«

Der Junge verschwand von der Reling, und Danielle rief wieder seinen Namen. Als er nicht mehr erschien, sank sie erneut auf die Knie und schluchzte hilflos. Jon kniete sich zu ihr und nahm sie in die Arme. Das Schiff entfernte sich weiter, sodass Danielle kaum noch Gesichter erkennen konnte. »Warum kommen sie nicht zurück?«

»Wir können ihnen eine Nachricht funken. Und wir versuchen, sie einzuholen und an Bord zu gehen; notfalls folgen wir ihnen nach Australien. Wir finden ihn, versprochen.«

Untröstlich schluchzte sie Nickys Namen wieder und wieder, und der Kummer zerriss ihr das Herz. *Wir waren so nahe … so nahe …*

Jon sah wieder zu dem Schiff, wo ein Crewmitglied wild gestikulierte. »Warte mal. Mein Gott, ich glaube, sie kommen zurück!«

Sie beobachteten stumm, wie das Schiff wieder näher kam. Es schien ewig zu dauern.

Schließlich wurde die Gangway heruntergelassen.

Danielle schlug das Herz im Hals, als der Captain mit einem Jungen hinuntergelaufen kam.

»Maman, du bist gekommen!« Nick warf die Arme um sie, und Freudentränen liefen ihm übers Gesicht.

»Oh Nicky, du bist es!«, rief Danielle überglücklich, vergrub die Nase in seinem Haar und sog seinen Duft ein. Ihre Wangen glänzten feucht. *Du bist es wirklich,* dachte sie und murmelte ein Dankgebet. *Endlich! Wie lange habe ich gewartet, wie viele Tränen habe ich vergossen!*

Der Captain reichte Jon eine Fotografie. »Er hat mir das hier gezeigt.«

Jon sah hin und nickte. »Danielle, das bist du mit Max«, sagte er staunend. »Hier, sieh nur.«

Bei dem Anblick kehrten viele Erinnerungen zurück. »Und das ist Sofia.«

Nicky holte tief Luft. »Ist das mein Vater auf dem Bild?«

Danielle sah ihn traurig an. »Ja, mein lieber Junge, das sind dein Vater und seine Mutter. Da warst du noch ganz klein.«

»Sind sie auch hier?«, fragte er hoffnungsvoll.

»Nein, es tut mir leid«, sagte sie mit brüchiger Stimme. »Aber ich verspreche dir, dass du nie wieder allein sein wirst.«

Epilog

Parfüm ist die Essenz der Schönheit, das Herzstück der Illusion, die Seele des Verlangens. Es ist meine Vergangenheit, meine Gegenwart, meine Zukunft. – db

10. Mai 1946
Grasse, Frankreich

Danielle stand am Schlafzimmerfenster und blickte über die Blumenfelder, deren Farben mit dem schwindenden Mondlicht klarer wurden. Der süße Duft vermengte sich mit der kühlen Morgenluft. Danielles Nase kribbelte, als sie das frische Aroma taufeuchten Grases mit der Wärme ihrer Liebesnacht verglich, und ihr kam die Idee zu einem neuen Parfüm.

Jon stand hinter ihr, hatte die Arme um sie geschlungen und liebkoste ihren Hals. *Dies ist der vollkommene Moment,* dachte sie, lehnte den Kopf an seine Brust und atmete den Frühlingsgeruch von Grasse ein. *Wie viele Jahre habe ich hierauf gewartet.*

Nachdem Danielle nach Amerika gegangen war, hatte Philippe Bellerose und das Château der Bretancourt-Familie geschlossen, um für die französische Freiheit zu kämpfen. Voller Tatendrang hatte er Unterstützer in Afrika gewonnen und bei der Befreiung von Paris mitgekämpft.

Es war ein Jahr her, seit der Krieg mit einem Sieg der Alliierten endete. Jon war in England geblieben, wo er beim

Transport Tausender Soldaten half, von denen ein Großteil nach Amerika zurück wollte. Nach dem Dienst für sein Land hatte sein Vater ihn gebeten, bei der Neuausrüstung der Newell-Grey-Schiffe mitzuwirken, die für Militärzwecke abgestellt worden waren.

Wie begeistert war Danielle gewesen, als sie die Bilder von französischen Panzern sah, die durch den Triumphbogen in Paris fuhren. Charles de Gaulle hatte die Résistance-Kämpfer in die französischen Truppen integriert, damit sie gemeinsam gegen die deutschen Besatzer antreten konnten. Die Freien Französischen Streitkräfte und die Vierte Infanterie der Vereinigten Staaten waren zu ihnen gestoßen, und nun war Danielles geliebtes Heimatland wieder frei. Danielle war auch unendlich dankbar, dass Philippe und Yvette die Befreiung überlebt hatten.

Dies ist unsere Heimkehr nach Bellerose, dachte sie, und ihr Herz ging über vor widersprüchlichen Gefühlen: Da war Dankbarkeit für jene, die den Krieg überlebten, und Trauer um alle, die es nicht hatten. Sie strich mit der Hand über Jons Hals, streichelte seine Haut und atmete den Duft ein, in den sie sich in dem Moment verliebt hatte, in dem sie ihm zum ersten Mal begegnet war. Und jetzt brach endlich ein neues Kapitel in ihrem Leben an. Jahrelang hatten sie hierauf gewartet und nie gewusst, ob es wahr werden sollte.

Danielle hatte ihre Familie nach Frankreich zurückgebracht. Vor zwei Wochen waren sie angekommen und hatten Jon und Philippe in Paris getroffen, um den ersten Siegestag zu feiern. Von dort reisten sie weiter nach Grasse, wo sie Philippe halfen, Bellerose wieder zu eröffnen und die erste Ernte seit Kriegsende vorzubereiten.

Danielle und Jon würden nach dem Sommer mit Marie und den Kindern nach Los Angeles zurückkehren, doch fürs Erste wäre Bellerose ihr Refugium.

Wie groß die nächste Generation geworden war – Liliana und Nick, wie er lieber genannt werden wollte, waren zwölf Jahre alt und Jasmin gerade sechs geworden. Danielle und Philippe führten sie in die Kunst der Parfümerie ein. Jasmin zeigte bereits eine Naturbegabung für das Erkennen von Aromen, während Liliana nichts mehr liebte, als ihre eigenen Kleider zu entwerfen und zu schneidern. Nick strahlte eine natürliche, vertrauenerweckende Autorität aus. Er hörte Jon und Philippe gerne stundenlang zu, wenn sie über ihre Kriegserlebnisse sprachen. Zwischen Danielle und Nick war ein ganz besonderes Band, das nie wieder zerrissen würde.

Jon küsste sie auf den Hals. »Zurück an die harte Arbeit heute, meine Liebste?«, fragte er halb im Scherz.

»Was denkst du wohl?«, antwortete sie und streckte sich. »Du führst die Truppe an, ich füttere sie.« Danielle und Marie hatten die Küche geputzt und mit Vorräten bestückt und alles für die baldige Feier vorbereitet. Unterdessen hatten Jon und Philippe das Anwesen in Ordnung gebracht, Schutt entfernt, gegraben und gepflanzt, zerbrochene Fenster erneuert und sonstige Reparaturen vorgenommen. Staub, Ungeziefer und Unkraut von über fünf Jahren mussten entfernt werden.

»Mit Abigail hast du mehr Hilfe«, sagte Jon. Er küsste ihre nackte Schulter, bevor er widerwillig seine Arbeitshose und ein altes Hemd anzog. Dann strich er mit beiden Händen über Danielles bloßen Rücken. »Ich könnte den ganzen Tag mit dir hier bleiben, nur wir beide.«

»Bald, mein Liebling«, sagte sie und schmiegte sich an ihn. Doch vorher war Arbeit zu erledigen: der Wiederaufbau des Unternehmens, der Wirtschaft, des Landes. Die Neugestaltung von Leben. Viele würden nicht mehr wie vorher sein. Millionen Menschen waren gestorben oder verschwunden, und die Verbliebenen bauten wieder auf, was sie irgend konnten.

»Ich koche dir schon mal Kaffee«, sagte Jon augenzwinkernd und warf ihr ein Baumwollkleid zu, ehe er das Schlafzimmer verließ. Auf dem Weg nach unten klopfte er an eine andere Tür. »Nick-o, Zeit zum Aufstehen.«

Mehrere Nachbarn halfen ihnen bei den größeren Arbeiten, und Jon, Philippe und Nick unterstützten sie im Gegenzug bei ihren Aufbauarbeiten. Oft kamen sie alle zusammen, brachten Essen mit, und gemeinsam feierten sie draußen auf der Terrasse unter einem Baldachin aus weißen Kletterrosen, von wo aus sie zu den Lichtern des Dorfes sahen. Zu ihrer aller Entzücken war Philippes Weinkeller unversehrt geblieben, und die staubigen Flaschen mit Wein und Kognak waren erstaunlich gut gealtert.

Danielle knöpfte ihr Kleid zu, bürstete sich das Haar und steckte es nach hinten. Dann legte sie einen Hauch frischen Zitronenverbene-Duft auf – ein schlichtes Rezept aus ihrem alten Dufttagebuch. Sie lächelte; Liliana und Jasmin hatten ihr geholfen, es zu mischen.

Auch für die Kinder war es das erste Mal seit Jahren, dass sie in Frankreich waren.

Keiner von ihnen erinnerte sich noch an die buttrigen Croissants, die sanften Hügel oder die von süß duftenden Blumenfeldern aromatisierten Mittelmeerabende.

»Hast du hier gelernt, Parfüm zu machen?«, hatte Liliana mit großen Augen gefragt, als sie das Labor wiedereröffneten. Danielle fand ihre alten Notizbücher wieder, die angefüllt waren mit Formeln, Versuchen und Erfolgen, und sie teilte sie mit den Kindern. Sie gab ihnen sogar jedem ein leeres Moleskin-Büchlein, in dem sie ihre Proben, Eindrücke und Gedanken notieren konnten.

Das wichtigste Ereignis jedoch sollte am kommenden Wochenende stattfinden.

Die Gäste trafen bereits ein: Harriett und Nathan Newell-Grey mit Libby und Herb Leibowitz aus London, Yvette Baudin aus Paris, Abigail und Lou mit Alexandra, Aaron und Ari aus Los Angeles, sowie Clara und Harry, die im letzten Jahr geheiratet hatten. Auch andere Freunde aus England und Frankreich wurden erwartet. Bald würde es Essen, Tanz und Vergnügen bis spät in die Nacht geben. Bellerose erblühte wieder, voller Lachen und Leben, genau wie Danielle es aus ihrer Kindheit erinnerte.

Und morgen Nachmittag würden Danielle und Jon auf Bellerose heiraten.

Danielle trug ein schlichtes, schräg geschnittenes Kleid aus sehr blassrosa Seide – ihr eigener Entwurf. In ihr aufgestecktes rotbraunes Haar waren weiße Rosen und Jasminblüten eingeflochten, und als Hochzeitsbouquet hatte sie die Blumen von Bellerose gewählt: Mimosen, Rosen, Jasmin, Veilchen und Orangenblüten.

Jon stand vor ihr. Goldene Sprenkel leuchteten in seinen samtbraunen Augen, und Danielle atmete genüsslich seinen herrlichen Duft ein. Sie liebte es, wie seine persönliche Note sich mit dem Parfüm vermischte, das sie eigens für diesen Tag für ihn kreiert hatte – Blutorangen- und Orangeblüten, Patschuli, Sandelholz, Zimt und Nelke. Außerdem hatte sie eine salzige Komponente hinzugegeben, um die Frische des Meeres anzudeuten.

Ihre Familie, die Kinder und die Freunde waren um sie versammelt, um ihre lang ersehnte Vermählung mitzufeiern.

Danielle hob das Gesicht in die laue Brise, die das Aroma von Orangenblüten herbeiwehte. Jon strich ihr das Haar aus der Stirn. »Woran denkst du, meine wunderschöne Frau?«

Sie lächelte, und sie nahmen sich bei den Händen. »Daran, dass ich diesen Moment für immer festhalten möchte.«

Anmerkungen der Autorin

Kapitel 1: Bei der Radioansprache des Premierministers handelt es sich um eine Niederschrift von Premierminister Chamberlains Ansprache. Den vollständigen Wortlaut der britischen Kriegserklärung vom 3. September 1939 findet man im Internet.

Die Parfüms: Das fiktive Parfüm Chimère basiert auf einem Duft, den Marvel Fields seinerzeit für Mane USA eigens für mich entwarf. Es hieß »Fabulous by Jan Moran® Beverly Hills« und wurde in Boutiquen verkauft. Heute gibt es davon nur noch meinen privaten Vorrat.

Andere Parfüms gehen auf eine Linie klassischer Parfümkunst zurück, die ich entwickelt habe. Das Joie de Bretancourt, Jour die Bretancourt und Nuit de Bretancourt sind rein fiktiv.

Wünschen Sie weitere Informationen, kontaktieren Sie mich unter www.janmoran.com.

RAY MÜLLER

Tote Hose

Buch

Kommissar Anton Maria Biersack von der Münchner Mordkommission blickt nervös seiner Mittagspause entgegen. Um sein Liebesleben zu reaktivieren, hat der 53-Jährige sich auf ein Blind Date eingelassen. Doch kaum ist seine Verabredung eingetroffen, erhält er einen Anruf aus dem Kommissariat: Aus dem Starnberger See wurde eine Leiche geborgen. Ein Schwarzer in Lederhose, mitten im Winter, bei Schneesturm.

Die Mordermittlungen halten für Biersack eine Überraschung nach der anderen bereit, vor allem als kurz darauf ein prominenter Schönheitschirurg erschossen wird und der Fall eine unerwartete Wendung nimmt. Von der Münchner Schickeria bis hin zur Tochter des Polizeipräsidenten und sogar zur Mafia – immer mehr Menschen scheinen ihre Finger im Spiel zu haben. Und dann ist da noch die neue Kollegin, die nicht nur jung und hübsch, sondern auch klug und scharfsinnig ist. Der Kommissar hat alle Hände voll zu tun und ist schon bald vor allem um eine Erkenntnis reicher: Nichts ist, wie es scheint…

Autor

Ray Müller, geboren 1948, studierte Anglistik, Romanistik und Film in München, London und Montpellier. Er produziert Dokumentarfilme, schreibt Drehbücher und arbeitet als Regisseur. Seine Arbeit wurde mit zahlreichen internationalen Preisen ausgezeichnet.

Ray Müller

Tote Hose

Kriminalroman

blanvalet

MIX
Papier aus verantwortungsvollen Quellen
FSC® C014496
FSC
www.fsc.org

Verlagsgruppe Random House FSC® N001967
Das FSC®-zertifizierte Papier *Holmen Book Cream* für dieses Buch
liefert Holmen Paper, Hallstavik, Schweden.

1. Auflage
Taschenbuchausgabe Oktober 2014
bei Blanvalet, einem Unternehmen der
Verlagsgruppe Random House GmbH, München

Umschlaggestaltung: © Johannes Wiebel | punchdesign,
unter Verwendung von Motiven von Shutterstock.com
AF · Herstellung: sam
Satz: Uhl + Massopust, Aalen
Druck und Bindung: GGP Media GmbH, Pößneck
Printed in Germany
ISBN: 978-3-442-38313-9

www.blanvalet.de

»Ich weiß ehrlich nicht, was die Leute meinen, wenn sie von der Freiheit des menschlichen Willens sprechen.«

Albert Einstein

1

Hauptkommissar Anton Maria Biersack hatte Angst. Das kam in seinem Leben nicht oft vor, aber er war jetzt in einer Situation, die in seinem Leben auch noch nicht oft vorgekommen war, genauer gesagt nie.

Die Rahmenbedingungen waren nicht ungewöhnlich, er saß in einem Café in der Schellingstraße. Ungewöhnlich war eher die innere Spannung, die sich von Minute zu Minute verdichtete und in seinem Magen einen merkwürdigen Druck erzeugte. Abi, wie die Kollegen seinen Namen freundschaftlich verkürzten, mochte diesen Druck nicht. Er hatte sich auf etwas eingelassen, worin er keinerlei Erfahrung hatte, und er fragte sich langsam, ob das alles nicht eine dumme Idee war.

Blind Date – das klang ja auch nur auf Englisch geheimnisvoll.

Natürlich war Waldfee, wie sie sich im Internet nannte, am Telefon sehr nett gewesen. Auch dass sie kein Foto in ihr Profil gestellt hatte, fand er sympathisch, das klang nach einer selbstbewussten Frau, die sich nicht öffentlich zur Schau stellen wollte. Die den Mut hatte, Dinge anders zu machen als die meisten Kandidatinnen, die sich auf den Webseiten der Kontaktbörse *Parship* tummelten.

Sich beim ersten Treffen zum Lunch zu verabreden – Mittagessen klang ihm zu sehr nach Kantine – ging auf einen Rat seines Kollegen Herbert zurück, der ihn zu dieser Aktion überredet hatte und der bei der Partnersuche im Cyberspace auf einschlägige Erfahrungen zurückblicken konnte.

»Wenn sie greislich ist, kannst immer schnell gehen. Hast halt nur eine kurze Mittagspause, die Arbeit ruft und so. Doch abends hockst du fest, da kannst nicht aus. Und glaub mir, ein Dinner mit einer Greislichen ist die reinste Folter. Da kannst' nur noch einen Herzinfarkt simulieren.«

Immer wenn die Tür zur Straße aufging, klopfte dem Hauptkommissar das Herz bis zum Hals. War sie es, oder war sie es nicht? Als eben die korpulente Matrone mit dem giftgrünen Ledermantel und den zwei Aldi-Tüten durch die Drehtür kam und sich so verdächtig umgesehen hatte, hatte er sich spontan hinter der Zeitung versteckt. Zum Glück suchte die Dame nur eine Toilette. Er überlegte, wie er sich im schlimmsten Fall verhalten würde. Die Frauen seines *Worst-Case*-Szenarios sahen entweder aus wie eine Mischung aus Doris Day und einer betagten buddhistischen Nonne, oder sie hatten diese kumpelhafte Unbekümmertheit mancher TV-Moderatorinnen, deren sinnloses Geplappere man im wirklichen Leben wohl nur durch Mord im Affekt abstellen konnte. Und die Vollschlanken, die gingen gar nicht. Obwohl er sich dabei immer etwas schämte, denn so ein Vorurteil grenzte natürlich an ästhetischen Rassismus. Aber er konnte nicht anders, damit mussten er und die Dicken leben. Wieder drehte sich die Glastür. Eine grazile Schönheit betrat den Raum. Der Kommissar legte die Zeitung weg und richtete sich auf.

Das könnte sie sein, blond, schlank, mit einem hautengen Pulli und einer Jeans, die ihre langen Beine betonte und den lässig-lasziven Gang dazu. All das vielleicht ein wenig zu elegant für seine Gehaltsgruppe, doch so emanzipiert, wie Waldfee war, würde sie über solche Nuancen hinwegsehen. Zielstrebig ging die Dame auf den Kommissar zu und winkte. Dieser erhob sich und setzte sein charmantestes Lächeln auf. Vor Aufregung hatte er feuchte Hände, die er schnell an der Tischdecke abwischte.

Eine unnötige Maßnahme, denn je näher die schöne Unbekannte kam, desto mehr schien sie durch ihn hindurchzulächeln. Der Kommissar drehte sich um. Das Lächeln galt dem smarten jungen Mann am hinteren Tisch, der jetzt seinen Laptop zuklappte und die Dame heftig umarmte.

Der Kommissar setzte sich wieder. Er sah auf die Uhr, seine Fee war bereits acht Minuten zu spät. Die meisten Tische im Café waren inzwischen besetzt. Viele Studenten, einige Rentner und dazwischen ein paar blasse Büromenschen im dunklen Businessanzug, wohl aus den umliegenden Banken und Versicherungen. Ein etwas verwahrloster Typ mit Jeanshemd, Hornbrille und Vollbart tippte in die Tastatur seines Computers und schaufelte dabei Tagliatelle mit Lachsstreifen in sich hinein. Immer wieder tropfte Sauce auf die Tasten, die er mit dem Zeigefinger wegwischte und diesen dann, ohne hinzusehen, ableckte.

Zwei ältere Damen, die rechts von ihm saßen, löffelten ihr Risotto an Mousse von Roten Beten, während ihr weißer Pudel unterm Tisch nach Speiseresten schnüffelte. Der Kommissar stand auf und ging zur Toilette. Nicht weil er musste, sondern weil er einen Blick in den Spiegel werfen wollte. Als »kerniger Typ« hatte er sich beschrieben, sportlich und tatkräftig, »gereift im Spannungsfeld des Lebens«, optimistisch – das war gelogen – und genussfreudig, also irgendwie zwischen Epikur und Dionysos. Diesen Tipp hatte er von Herbert. Frauen liebten Poesie und Bildung sowie kulinarische und erotische Kompetenz, die man anfangs allerdings diskret zu vermitteln habe.

Als er im Waschraum der Herrentoilette stand, überkamen ihn Zweifel. Irgendwie verlieh die preiswerte Fielmann-Brille seinem rundlichen Gesicht und dem großen Kopf mit den schütteren Haaren einen biederen Ausdruck.

Kein hartgesottener Ermittler der Mordkommission, eher ein Erdkundelehrer aus Passau. Nur die kleine Narbe am Kinn, Spur einer Verhaftung, bei der ein Verdächtiger plötzlich mit dem Messer auf ihn losgegangen war, konnte als kleines Indiz eines nicht ganz so biederen Berufs durchgehen. Das bewegte und manchmal auch aufregende Leben, das er führte, sah man ihm nicht an. Irgendwie war das ungerecht.

Natürlich hatte er sich heute etwas zurechtgemacht, blauer Blazer, weißes Hemd, ein lila Schal, der ihm etwas schwul vorkam, aber die Farbe war ja »in«. Dazu eine Jeans, die am Bauch so eng war, dass er am Tisch den oberen Knopf locker machte, um wenigstens einigermaßen sitzen zu können. Doch das half alles nichts. Anton Maria Biersack sah aus wie der Beamte, der er war. 53 Jahre alt, gut in Form, aber eben nicht mehr jung. Bald schon ein Auslaufmodell.

Er wusch sich das Gesicht. Dabei tropfte Wasser auf seine Hose, ausgerechnet in den Schritt. Das musste er mit der Zeitung abdecken. Und wenn schon. Auf Kleinigkeiten kam es nicht an. Mehr sein als scheinen, da war er sich mit der Telefonfee gleich einig gewesen. Das ganze Lifestyle-Getue schien ihr genauso zuwider zu sein wie ihm. Gott sei Dank.

Er zog den Hemdkragen etwas auseinander, damit seine Brusthaare sichtbar wurden, kämmte die wenigen Haare, die ihm blieben, kühn nach hinten und verließ den Raum.

Als er wieder zurück an seinen Tisch ging, wäre er fast über die Hundeleine gestolpert, denn der Pudel der beiden alten Damen ging nun unter seinem Tisch auf Nahrungssuche. Mit dem rechten Fuß schob er das Tier beiseite. Es bellte erschrocken und lief mit eingezogenem Schwanz zurück zu den Damen, die ihm, dem Rohling, sogleich missbilligende Blicke zuwarfen.

Der Kommissar sah wieder auf die Uhr. Schon 13 Minuten zu spät. Wie lange würde er warten? Welche Zeitspanne war angemessen, welche hingegen verletzte die männliche Würde und konnte nicht hingenommen werden?

Er hatte keine Ahnung. Dafür hatte er langsam Hunger. Der Kommissar, der gerne kochte, wenn ihm dafür Zeit blieb, was nicht allzu oft der Fall war, studierte die Speisekarte. Vielleicht sollte er schon etwas bestellen, denn wenn die Dame gar nicht käme, hätte er wenigstens gegessen Er entschied sich für Mozzarella mit Rucola und Serranoschinken, denn dazu passte ein Glas Rotwein. Mittags trank er normalerweise nie, doch das war kein normaler Tag. Außerdem hatte er das Gefühl, dass das seiner Psyche jetzt nicht schaden konnte. Überhaupt wunderte er sich, was so alles in ihm vorging.

Er, der in seinem Leben eine Menge Leichen gesehen, Sterbende in den Armen gehalten, Eltern von Ermordeten getröstet hatte und zweimal sogar auf Angreifer schießen musste, hatte plötzlich einen flatternden Puls. Weil er mit einer Frau Mittag essen sollte.

Ein Kratzen am Schuh des linken Fußes irritierte ihn. Er sah nach unten, der Pudel war zurück und zerrte mit den Zähnen an seinen Schuhbändern. Der Kommissar griff nach seinem Wasserglas, das noch halb voll war und beugte sich unter den Tisch. Grimmig schüttete er die Flüssigkeit über das Tier. Der Hund zuckte zusammen und rannte winselnd davon. Er stellte das Glas auf den Boden und schnürte sich den Schuh zu. In diesem Augenblick ertönte über ihm eine Stimme.

»Das ist der Anton, stimmt's?«

Der Kommissar fuhr hoch, sein Kopf schrammte gegen die Tischkante. Ein kurzer Schmerz zuckte durch seine Schläfen, dann richtete er sich auf. Vor ihm stand eine große, hagere Frau von etwa 45 Jahren, mit langen, lockigen Haaren, in die sie frische Blüten gesteckt hatte. »Ich bin Hildegard, die Waldfee.« Die Stimme war etwas schrill. Ihr Gesicht, das trotz der Falten fast kindlich wirkte, strahlte.

»Woher wissen Sie, dass ich …?«

Die Dame zeigte auf die grüne Baseballmütze, die auf dem Stuhl hing und die sie als Erkennungszeichen vereinbart hatten. »Ach so.« Er versuchte ein Lächeln. Sie nahm die Mütze hoch und las die Aufschrift »San Francisco«.

»Wie schön, ich reise ja auch so gerne.« Das Lächeln des Kommissars verschwand. »Hat mir ein Kollege mitgebracht«, murmelte er und sah sich sein Gegenüber genauer an. Hildegard trug einen bunten, etwas ausgeleierten Strickpullover, über dem eine dicke Kette baumelte. Sie hatte einen afrikanischen Einkaufskorb aus dem Dritte-Welt-Laden dabei, gefüllt mit Obst und Gemüse. Ganz oben lag eine rote Rose. Sie stellte den Korb auf den Stuhl, nahm die Blume und überreichte sie dem Kommissar. »Für dich, Anton.«

Ihm blieb nichts anderes übrig, als das stachelige Ding zu nehmen, auch wenn er nicht wusste, was er damit machen sollte. »Später darfst du mir ja welche schenken.« Der Kommissar bemerkte, dass die Gäste an den umliegenden Tischen die Szene mit Interesse verfolgten. Er, der seit Jahrzehnten nicht mehr errötet war, wurde rot.

Hildegard beugte sich vor und musterte sein Gesicht.

»Mein Gott, du blutest ja.«

Bevor er reagieren konnte, hatte sie ein etwas altmodisches Stofftaschentuch aus einem Lederbeutel geholt und tupfte damit seine Schläfe ab. Nun erwachte der Kommissar aus seiner Erstarrung. »Lass das. Das ist doch nichts.« Er warf die Rose auf den Tisch, packte die Hand mit dem Tuch und zog sie sanft, aber unnachgiebig zur Seite. Dann wusste er nicht mehr weiter. Hildegard anscheinend auch nicht, denn für einen Augenblick war es still.

Nun bellte der Pudel.

»Setz dich doch«, flüsterte der Kommissar. Doch dann spürte er, dass noch etwas fehlte. »Und – guten Tag übrigens.« Etwas hilflos streckte er seine Hand aus, welche Hildegard mit beiden Händen drückte. Dabei sah sie ihm in die Augen.

»Ich freu mich ja so.« Der Kommissar senkte den Blick. An den Fingern ihrer Hände steckten indische Ringe. Er setzte sich, denn das war die beste Methode, seine Hand wieder frei zu bekommen. Hildegard nahm ebenfalls Platz, sie überragte ihn deutlich. Im nächsten Augenblick legte sie die linke Hand auf seinen rechten Unterarm und schloss die Augen.

»Ich wusste es. Du strahlst gutes Karma aus.«

Um sich aus ihrem Griff zu lösen, griff er nach der Speisekarte und reichte sie weiter.

»Ich hab schon bestellt, such dir was aus«, hörte er sich sagen und wunderte sich, wie leicht ihm das von den Lippen kam. Sie schob die Karte von sich und beugte sich nah zu ihm, etwas zu nah.

»Such du mir doch was aus«, flüsterte sie ihm ins Ohr. »Aber keine Tiere.« Dann, mit Blick auf das Weinglas, etwas schärfer: »Und natürlich keinen Alkohol.«

Der Kommissar nickte.

»Haben die Mango-Lassi?«

Er wusste nicht, was ein Mango-Lassi war, und es war ihm auch egal. Seine Hände waren wieder feucht, auf seiner Stirn perlte Schweiß, obwohl es im Raum kühl war. Um Zeit zu gewinnen, gab er vor, die Karte zu studieren.

Er hätte mit Herbert einen Notruf vereinbaren sollen, zur Sicherheit, so nach zehn Minuten. Eine Art *Rescuecall*, wie ihn Prostituierte mit ihrem Zuhälter vereinbaren, bevor sie in fremde Wohnungen fahren.

Hildegard rückte näher. Ihr Atem hatte einen eigenartigen Geruch, den er aber nicht definieren konnte, denn er wurde von indischen Essenzen überlagert. Die kannte er zwar auch nicht, stellte sie sich aber giftgrün oder zumindest in exotischen Farben vor. Er warf einen Blick unter den Tisch. Ihre schlanken Füße steckten in lila Wollsocken, die in Wanderschuhen steckten. Hildegard legte die Hände auf den Tisch.

»Ich finde, du siehst nett aus. Ganz so, wie ich mir dich vorgestellt habe, nach unseren Mails. Und den langen Telefonaten. Da warst du ja schon richtig romantisch.« Beim letzten Satz wurde ihre Stimme so laut, dass sich die Köpfe der Business-Gäste neugierig hoben, sogar der bärtige Computerfreak blickte kurz von seinem Monitor auf. Der

Kommissar stutzte. Er war sich ganz sicher, nicht romantisch gewesen zu sein.

Das war keine seiner herausragenden Eigenschaften, obwohl Herbert ihn immer darauf hingewiesen hatte, dass dies bei Paarungsversuchen die halbe Miete sei. Vielleicht verwechselte sie ihn. Angeblich nahmen in der Schnupperphase – vielleicht auch noch danach – Frauen in der Partnerbörse gerne Kontakt zu mehreren Anwärtern zugleich auf. Und umgekehrt natürlich ebenfalls.

Den Kommissar schauderte es. Die Idee, an einem Wochenende mehrere solcher *Blind Dates* abarbeiten zu müssen, erschien ihm wie eine Einladung ins Fegefeuer.

»Darf ich dich etwas fragen?«, unterbrach ihre Stimme seine Überlegungen.

»Nur zu.« Er sah sie nicht an, sondern fixierte weiterhin die Karte, ohne wirklich darin zu lesen.

»Jetzt mal ganz ehrlich.« Diese Einleitung hätte ihn warnen sollen. »Wie findest du mich? Entspreche ich deinen Erwartungen, wenigstens ein bisschen?«

Der Kommissar spürte, dass er wieder rot wurde. Er drehte sich zu ihr. Augen, die ihn erwartungsvoll anstrahlten, Hände, die nervös mit den Ringen spielten, ein Mund, der ein verwundbares Lächeln wagte.

Da er keine Worte fand, sagte er nichts. Doch insgeheim fragte er sich, ob er sich jemals so elend gefühlt hatte wie in diesem Augenblick.

Dann geschah das, womit er nicht mehr gerechnet hatte. Sein Telefon läutete. Einer Feder gleich, die aus der Halterung schnellt, sprang er auf und entfernte sich ein paar Schritte vom Tisch. Dabei suchte er so hastig nach dem Gerät in der Tasche seines Sakkos, dass er sich verhedderte.

Noch bevor er das Telefon ans Ohr drücken konnte, vernahm er die rettende Stimme. »Hallo, Chef, ich will ja jetzt nicht stören.« Hier machte sein Kollege Herbert eine Pause, um seiner Verantwortung als Mitwisser nachzukommen. »Wirklich nicht.«

»Du störst nicht, verdammt noch mal«, zischte der Kommissar ins Mikrofon und wanderte Richtung Garderobe.

»Es tut mir leid. Aber da ist ein Toter. Im Starnberger See. Taucher haben die Leiche eben geborgen.«

»Danke. Bin schon unterwegs.« Er nahm seinen Mantel vom Haken und lief zurück zum Tisch.

»Ich muss weg, sofort. Die haben jemanden gefunden.« Anton bemühte sich, seine Erleichterung zu verbergen, was ihm nicht ganz gelang. Hildegard starrte ihn mit großen Augen an, ihr Blick eine Mischung aus Enttäuschung und Faszination.

»Eine Leiche? Tot?«

»Das sind Leichen eigentlich immer«, flüsterte er und legte diskret einen Geldschein auf den Tisch. Hildegard öffnete den Mund, um etwas zu sagen, doch es war zu spät. Der Kommissar war bereits an der Tür, winkte noch einmal kurz und stürzte hinaus auf die Straße. Es regnete, doch das bemerkte er nicht.

Nach ein paar Schritten blieb er stehen und atmete tief durch. Er kam sich vor wie ein zum Tode Verurteilter, bei dessen Hinrichtung im letzten Moment das Beil der Guillotine geklemmt hatte. Am liebsten hätte er seinen Kollegen umarmt, obwohl ihm dieser alles eingebrockt hatte. Oder die rettende Leiche, aber das wäre zu viel des Guten und gegen die Vorschrift.

2

Nach der dritten roten Ampel auf der Fürstenrieder Straße, wo man grundsätzlich nur auf rote Ampeln traf, klemmte er das Blaulicht aufs Dach und fuhr zügig auf der linken Spur Richtung Autobahn. Es regnete stärker.

Während der Scheibenwischer monoton seine Spuren über die Windschutzscheibe zog, dachte Kommissar Anton noch einmal an die »blinde« Verabredung, der er jetzt glücklich entronnen war. Natürlich hätte er gerne wieder ein weibliches Wesen an seiner Seite gehabt oder wenigstens im Bett. Seit sich seine Frau für einen anderen entschieden hatte und die gemeinsame Tochter bei ihrem Freund in Dänemark lebte, hatte er viele einsame Nächte verbracht. Zu viele.

Auch wenn die unregelmäßigen Arbeitszeiten ihn manchmal vor dem Trübsinn bewahrten, ganz verdrängen konnten sie ihn nicht. Und dass Petra gerade auf einen Investmentbanker reingefallen war, empfand er als persönliche Kränkung. Es war wie ein schlechter Witz, und deshalb hatte er niemandem die Wahrheit erzählt. Er sprach nur von einem Geschäftsmann, der viel unterwegs war. Dass der Typ das Hundertfache von ihm verdiente, musste ja nicht jeder wissen. Abgesehen davon, wie kam ein Mann, der jede junge Frau haben konnte, ausgerechnet auf eine Frau wie sie?

Schon dass sie sich überhaupt begegnet waren, war einer

dieser unmöglichen Zufälle gewesen. Schließlich spielte Petra nicht Golf, flog nicht erster Klasse, wobei sie überhaupt selten flog, und zum Flughafen fuhr sie an diesem Tag nur, um die Tochter abzuholen, die aus Kopenhagen kam.

Die Maschine war verspätet, deshalb ging sie ins Bistro, um bei einem Cappuccino die Zeit abzusitzen. Der Typ, dessen Abflug ebenfalls verspätet war, hatte die gleiche Idee. Warum hatte er sich nicht in die Businesslounge verkrochen, wo er hingehörte?

Zugegeben, Petra sah mit ihren 38 Jahren noch verdammt attraktiv aus. Schließlich konnte sie sich jetzt, wo die Tochter aus dem Haus war, ihrem Körper ungestört widmen: Yoga, Pilates, Qi-Gong, Nordic Walking. Manchmal auch Bauchtanz oder Tango. Klar, sie war fit. Und frech, jedenfalls manchmal, und wenn sie frech war, war sie sehr sexy. Vielleicht war sie ja dem Banker gegenüber frech gewesen. Der war das bestimmt nicht gewohnt, solche Typen waren das Reden wahrscheinlich gar nicht gewohnt, sie starrten ja den ganzen Tag auf ihre Zahlenreihen im Computer. Ein Cyber-Autist eben. Was hatte ihr an so einem Gestörten überhaupt gefallen? Zugegeben, Anton hatte Petra in letzter Zeit etwas vernachlässigt. Wenn man pingelig war. Aber in einer guten Ehe war man das nicht. Ob sich der reiche Autist besser um sie kümmerte?

Er hatte kaum mehr Kontakt mit ihr. Sie lebte mit diesem Mann jetzt *offshore,* in Guernsey. Bisher hatte Anton gar nicht gewusst, dass es eine Insel mit einem solchen Namen überhaupt gab.

Seitdem lag ihm Herbert mit seiner virtuellen Kontaktbörse in den Ohren, als ob er eine Aktie wäre. Und seine

Tochter auch. »Du bist doch noch rüstig.« Das hatte er als Beleidigung empfunden. Rüstig waren Achtzigjährige, aber nicht Männer, die fast noch im Zenit standen. Und noch etwas hatte sie gesagt.

»Papa, du bist zwar nicht George Clooney, aber innen drin, wo's keiner sieht, da bist du lieb. Und sogar attraktiv.«

Sogar! Und: *Wo's keiner sieht!* Das hatte ihn, den hartgesottenen Kriminaler, irgendwie traumatisiert. Wie sollte er je wieder einer Frau gegenübertreten, wenn seine Werte unsichtbar waren? Vor allem – *was* war denn dann sichtbar? War er erotisch eine No-Name-Packung, die man nimmt, wenn man nichts Besseres mehr kriegen kann?

Er stellte den Scheibenwischer eine Stufe höher und versuchte, sich aus seinem gedanklichen Labyrinth zu befreien. Die Leiche wurde zwischen Ambach und Ammerland gefunden, also an der ruhigen Ostseite des Sees, dem privilegierten Ufer, wo alte Villen aus der Gründerzeit neben den immer zahlreicheren, aber selten geschmackvollen Prachtbauten der Neureichen standen.

Als er in Münsing links abbog, begann es zu schneien. Er fragte sich, wer bei diesem Sauwetter auf die Idee kommen konnte, im See zu tauchen. Wahrscheinlich war es der deutsche Prinzipienkult. Samstag ist Tauchen angesagt, ob bei Sonne oder Schnee, bei einem Taifun oder Erdbeben, das war egal.

Sobald er den Wagen der Kollegen und den des Notarztes auf der Uferstraße sah, parkte er seinen zwischen den Bäumen. Herbert wartete inmitten einer Gruppe von Tauchern, die unbeholfen in ihren Anzügen herumstanden. Das Schneetreiben hatte zugenommen. Im dichten

Flockenwirbel waren frierende Leute im Neoprenanzug ein bizarrer Anblick.

Herbert löste sich aus der Gruppe und kam Anton entgegen. Er schüttelte betrübt den Kopf: »Wirklich Chef, das wollte ich nicht. Gerade beim ersten Gespräch, wo man sich erst einfühlen muss.«

Der Kommissar unterbrach ihn: »Kein Wort mehr darüber.«

Herbert zeigte sich sichtlich betroffen und nickte mitfühlend: »Verstehe, sie war greislich.«

»Geht dich das was an?« Der Kommissar musterte den Kollegen scharf. »Also, wo ist sie?« Dieser verstand nicht sofort. »Die Leiche«, knurrte sein Chef ungeduldig.

Kriminalhauptmeister Herbert Knorr zeigte wortlos auf einen Körper, der neben dem Notarztwagen unter einer Decke am Boden lag. Anton kniete sich nieder und zog das Tuch zurück. Vor ihm lag ein großer, kräftiger Mann, das Gesicht vom Wasser aufgedunsen. Die Augen waren weit geöffnet und starrten ins Leere, das nasse karierte Hemd klebte am Oberkörper. Doch was den Kommissar wirklich überraschte: *Der Tote war ein Schwarzer.* Und er trug eine kurze Lederhose.

»Ein bayerischer Neger«, murmelte Herbert.

Es schneite jetzt so heftig, dass das schwarze Gesicht des Toten langsam weiß wurde.

»Sonst noch was Auffälliges?«, murmelte der Kommissar, dem der lakonische Humor seines Kollegen manchmal auf die Nerven ging. Außerdem begann er zu frieren, denn er hatte seinen Mantel im Auto gelassen.

Der Kollege wuchtete den Toten auf den Bauch. Dann wies er mit dem Finger auf eine Wunde am Hinterkopf.

»Der war wahrscheinlich schon vorher tot.« Nun drehte er den Toten wieder um. »Die Leiche war mit Gewichten beschwert, aber eins hat sich gelöst. Deshalb trieb der Körper unter Wasser dahin.«

»Und wer hat ihn gefunden?«

Herbert zeigte auf ein blondes Mädchen in der Gruppe der Taucher, das zitternd dastand, ob noch vor Schreck oder wegen der Kälte, war nicht ersichtlich. Wahrscheinlich beides. Der Kommissar ging zu ihr.

»Erzählen Sie mir bitte noch einmal, was Sie gesehen haben. Aber nur kurz, denn Sie müssen sich dringend umziehen, sonst werden Sie krank.«

Das Mädchen, das bereits blaue Lippen hatte und zu husten begann, wiederholte, was es bereits zu Protokoll gegeben hatte. Dass die Leiche in etwa fünfzehn Metern Tiefe plötzlich aufgetaucht war und dicht an ihrer Taucherbrille vorbei im Wasser dahintrieb. Zuerst hatte sie das für eine Halluzination gehalten.

»Es war ja sowieso schon so dunkel, und dann kommt da dieses seltsame Etwas, das du erst gar nicht als Mensch erkennst, weil es doch auch schwarz ist. Und dann kam der Schock. Und du kannst ja nicht schreien. Und dann war die Luft weg und dann …«

Ein kräftiger blonder Mann trat vor und unterbrach den Redefluss.

»Claudia hielt den Atem an. In Panik. Kann man verstehen, darf man als Taucher aber nicht. Dann wollte sie ihre Weste aufblasen, um schnell hochzukommen, soll man auch nicht. Da verwechselte sie auch noch die Knöpfe und sackte nach unten. Deshalb hielt sie sich an den Füßen des Toten fest.«

»Sind Sie der Tauchlehrer?«, fragte der Kommissar.

»Richtig. Bernd Stammer.«

Er streckte die Hand aus, was der Kommissar in diesem Moment nicht unbedingt angebracht fand. Die Augenzeugin setzte ihren Bericht fort.

»Den anzufassen, mein Gott, das war so schrecklich, da war's dann ganz aus. Ich hab mein Mundstück verloren, hab nix mehr gesehen und wär dann fast selber dran gewesen.«

Der Tauchlehrer hob beschwichtigend die Hand.

»Na ja. Standardsituation. Ich war natürlich gleich da. *Buddy-Breathing* und dann langsam auftauchen. Üben wir ja dauernd.«

Der Kommissar fror jetzt erbärmlich. Die Selbstsicherheit seines Gegenübers ging ihm auf die Nerven. »Eine Standardsituation? Ich muss gestehen, für mich nicht. Auch wenn mir Tote sozusagen berufsmäßig nahestehen.«

Er trat einen Schritt vor und legte dem Mädchen beruhigend die Hand auf die Schulter. »Ich glaube, das haben Sie ganz gut gemacht. Jetzt ziehen Sie sich endlich was Warmes an. Mein Kollege wird später noch einmal auf Sie zukommen.«

Den Tauchlehrer wollte er ignorieren, doch nachdem er sich ein paar Schritte entfernt hatte, kehrte er noch einmal um.

»Sagen Sie mal, warum tut man sich das an, Tauchen im Schneetreiben?«

Der Angesprochene sah ihn überrascht an.

»Das Wetter spielt doch keine Rolle, im Wasser gibt's kein Wetter mehr.«

»Und was sieht man dann?«

»Nichts.«

Der Kommissar versuchte sich das Nichts vorzustellen, es gelang ihm nicht.

»Das heißt, wir haben natürlich Lampen, aber in diesem See gibt es sowieso nichts zu sehen.« Der Tauchlehrer lächelte. »Außer Steine.«

Wie aufregend, dachte der Kommissar und wischte sich mit der Hand den Schnee vom Kopf, der sich dort angesammelt hatte.

»Und warum taucht man dann überhaupt?«

»Weil es ein geiles Gefühl ist. Unter dir – die schwarze Unendlichkeit. Und du schwebst da drüber, schwerelos. Wie die Astronauten im Weltraum.«

Als wäre ihm sein Enthusiasmus nun doch peinlich, fügte er noch schnell hinzu.

»Und außerdem ist heute Samstag. Unser Tauchtag.«

»Das ganze Jahr über?«

»Natürlich.«

Ein leises Lächeln erschien auf dem Gesicht des Kommissars.

»Ich verstehe.«

Anton ging zurück zu seinem Wagen. Er hatte es geahnt, deutsche Gründlichkeit. Beim Sport verstand der Mensch in diesem Land keinen Spaß. Radfahrer, die einfach radelten, wie es Anton seit seiner Kindheit getan hatte, gab es nicht mehr. Heute keuchten sie in knallbunten Trikots an ihm vorbei und brüllten erbost beim ersten Hindernis, wozu natürlich auch jeder normale Radler zählte. Selbst die ergrautesten Rentner sahen aus, als seien sie gesponserte Profis und die Tour de France ihre nächste Pflichtübung.

Als der Kommissar im Wagen saß und den Motor anlassen wollte, tauchte Herberts Gesicht am Seitenfenster auf. Seine Gesten machten deutlich, dass er noch etwas Wichtiges mitzuteilen hatte. Anton ließ die Scheibe herunter.

»Und?«, fragte sein Kollege leise. Der Kommissar runzelte die Stirn, denn schon wirbelten Schneeflocken ins Innere des Wagens. »Was – und?«

Herbert zwinkerte vieldeutig: »Hat's geprickelt? Wenigstens ein bisschen?«

Die Scheibe surrte hoch und durchschnitt den bösen Blick, den Herbert erntete. Der Kommissar fuhr los.

3

Am Ende der Uferstraße blieb Anton stehen und sah hinaus auf den See. Der starke Westwind ließ dunkle Wellen mit kleinen weißen Schaumkronen ans Ufer rollen. Der Himmel war grau und düster, das Wasser fast schwarz. Nur die Schneeflocken tanzten, weiße Flecken zwischen kahlen Bäumen. Die Gegend wirkte entrückt und verloren, sie hätte irgendwo sein können, auch in Lappland oder Sibirien.

Wer den See vom Sommer her kannte, wenn Badegäste jede freie Fläche zuparkten und wie Ameisen über die wenigen, frei zugänglichen Ufer herfielen, musste sich jetzt fremd vorkommen. Der Kommissar stieg aus. Für einen Augenblick wollte er die seltsame Stimmung erleben, die heute über dem See lag. Kaum hatte er die Tür geöffnet, fuhr ihm der eiskalte Wind ins Gesicht. Unerbittlich bog der Sturm die kahlen Bäume, übertönte fast das dumpfe Klatschen der Wellen, die sich am Ufer brachen. Und an den Holzstegen, die verloren hinaus ins Wasser ragten. Ein monotones Geräusch, einziges Lebenszeichen in einer grauen kalten Welt. Jedenfalls kam es dem Kommissar so vor. Wasser, das sich bewegte, erschien ihm manchmal wie ein lebendiges Wesen. Jedenfalls lebendiger als der Tote, den sie eben geborgen hatten.

Ein einsamer Jogger mit Anorak und Mütze kam auf ihn zu. Der Kommissar stieg wieder ein und fuhr weiter.

Als er an dem Läufer vorbeikam, sah ihn dieser grimmig an. Fremde waren hier nicht erwünscht. Der Mann wollte die Kälte und Einsamkeit für sich. Anton spürte, in diesem durch den eisigen Winter von der Außenwelt abgeschlossenen Paradies war er nicht willkommen.

Das war er leider oft. Sein Beruf ließ ihm keine Wahl, auch wenn er das manchmal gerne vermieden hätte.

Während er durch den Wald nach Holzhausen fuhr, kreisten seine Gedanken um den neuen Fall. Was veranlasst einen Mörder, eine Leiche im See zu versenken? Das war umständlich, man brauchte ein Boot, das Risiko, gesehen zu werden, war hoch. Es gab bequemere Methoden, einen Toten verschwinden zu lassen. Und originellere. Er erinnerte sich noch gut an die zwei Männer, die vor einigen Jahren einen Bankdirektor entführt hatten.

Sie hatten den Mann gefesselt und geknebelt, aber so unglücklich, dass er dabei erstickt war. Und was taten sie mit der Leiche? Sie fuhren nachts auf das Gelände eines großen Gebrauchtwagenhändlers und entsorgten den Mann im Kofferraum eines der herumstehenden Wagen. Aber sie wählten nicht irgendein Modell, sondern einen ausrangierten Leichenwagen, der dort seit Monaten stand. Das gefiel dem Kommissar, er sah darin eine kleine ironische Geste, fast surreal. So etwas kam bei Verbrechern nicht oft vor. Während damals eine Großfahndung lief, lag der Tote drei Wochen in seinem Versteck. Erst als das Auto schließlich doch verkauft werden sollte und sich ein Interessent den Wagen ansah, wurde die Leiche entdeckt. Da es Hochsommer war, konnte der Bankdirektor nur noch schwer identifiziert werden.

Dummerweise hatten die Entführer übersehen, dass die

Zufahrt zum Gelände mit einer Lichtschranke gesichert war und eine verborgene Kamera jedes Fahrzeug fotografierte. Dennoch hatten sie nur einen der Verbrecher geschnappt. Aber der wollte nicht reden.

Als der Kommissar zur Autobahnauffahrt hochfuhr, lag dort bereits so viel Schnee, dass der Wagen kurz ins Rutschen kam. Er bemerkte, dass er fror, schon lange funktionierte die Heizung in seinem alten Peugeot nicht mehr richtig. Meist war er im Dienstwagen unterwegs, aber heute war Samstag, und er hatte freigehabt. Doch nun war er froh, einen neuen Fall zu haben. So brauchte er nicht mehr länger an die Begegnung mit Hildegard zu denken, die ihm vielleicht sonst noch im Magen gelegen hätte. Dafür beschäftigte ihn jetzt eine Leiche.

Ein Schwarzer im Schnee, in kurzen Lederhosen, ein seltsames Bild. Obwohl er es nicht wissen konnte, war der Kommissar davon überzeugt, dass man das Opfer nicht in dieser Kleidung ermordet hatte. Die Hose hatte also etwas zu bedeuten, aber was? Ihm war klar, dass er am Anfang einer aufreibenden Ermittlung stand. Wer eine Leiche im See versenkte und ihr vorher eine Lederhose anzog, war kein Täter mit den üblichen Motiven. Hier steckte etwas anderes dahinter, und für einen Augenblick fragte sich Anton, ob Hildegard nicht das kleinere Übel gewesen wäre.

Da sich Herbert um den Papierkram kümmern würde und der Bericht des Pathologen nicht vor Montag zu erwarten war, fuhr er nach Hause. Der Kommissar wohnte in der Au, nahe am Isarufer, wo er früher immer mit dem Hund spazieren gegangen war. Als die Tochter klein gewesen war, hatten sie sich einen Cockerspaniel angeschafft, in den sich Anton gegen seinen Willen verliebt hatte.

Es war immer wieder rührend zu sehen, wie unmittelbar ein Hund Freude äußern konnte. Die Palette an Reaktionen war vielfältig. Sie ging vom diskreten Schwanzwedeln, bei dem der Kopf zwar regungslos zwischen den Pfoten ruhte, die Augen aber jede Bewegung des Herrn verfolgten, bis hin zur stürmischen Begrüßung, bei der der Hund vor Freude winselnd an ihm hochsprang, mit den Vorderfüßen seine Oberschenkel umklammerte und versuchte, seine Hände abzulecken, während der buschige Schwanz aufgeregt hin und her wirbelte.

Das Wochenende hatte schon begonnen, deshalb fand Anton Biersack einen akzeptablen Parkplatz. Er klemmte eine alte Zeitung vor die Windschutzscheibe, so würde er morgen kein Eis abkratzen müssen, und ging ins Haus. Um sich aufzuwärmen, nahm er nicht den Lift, sondern lief über die Holztreppe hoch in den vierten Stock.

Als er auf die Haustür zuging, zuckte er zusammen.

Auf dem Fußabstreifer lag – eine rote Rose.

Wie Hildegard ins Haus gekommen war, wusste er nicht, aber er wusste, jetzt brauchte er einen Drink. In Romanen trinken Detektive, wenn sie wieder einmal etwas Schreckliches entdeckt hatten, er aber brauchte den Whisky wegen einer Rose. Bedenklich, dachte er und sperrte auf.

War er vielleicht etwas neurotisch? Bisher war ihm das nicht aufgefallen, hatte er doch jeden Vorwurf dieser Art bisher weit von sich gewiesen. Vor allem wenn er von seiner Frau kam. Dass ihn jetzt solche Gedanken heimsuchten, ärgerte ihn, deshalb wollte er die Rose in den Mülleimer werfen. Doch nach zwei Schritten blieb er stehen. Nein, einer Neurose, so er denn wirklich eine hätte, würde er ins Auge sehen. Einer Neu-Rose? Eigenartig, Wortspiele waren seine Sache nicht, doch vielleicht war er heute besonders sensibilisiert.

Er nahm ein Weißbierglas aus dem Abwasch, füllte es mit Wasser und steckte die Blume hinein. Wäre doch noch schöner, wenn er diesen Anblick nicht aushalten würde.

Mit einem Lächeln stellte er die Rose auf den Küchentisch. Sie war ja im Grunde ein Kompliment. Eine Frau, die er kühl abserviert hatte, hinterließ ihm einen liebevollen Gruß. Ihm, dem Kriminalbeamten mit dem Charme eines Erdkundelehrers.

Er holte eine Flasche *Glenmorangie* aus dem Schrank, den Drink für die Härtefälle des Lebens. Heute hatte er den Whisky ganz sicher verdient.

Dann schaltete er den Computer an. Sieben E-Mails – von der Waldfee.

Er löschte sie alle und trank sein Glas in einem Zug leer. Dann sah er, dass der Anrufbeantworter blinkte. Spontan wollte er auch diese Nachrichten löschen, doch das ging nicht, es hätte ja ein dienstlicher Anruf darunter sein können. Mit dem Finger auf der Löschtaste lauschte er vorsichtig den Meldungen. Als die erste weibliche Stimme ertönte, drückte er sofort die Taste, doch es war seine Tochter. Zu spät. Dann kam Hildegard, zweimal, sie sagte nichts.

Doch *wie* sie das tat, zeigte ihm, das konnte nur sie sein. Der Kommissar musste lächeln. Eine so unqualifizierte Behauptung hätte er sich im Dienst nicht leisten können.

Abends im Bett lag er noch lange wach. Nicht nur wegen des neuen Falls, sondern auch wegen des akuten Neuroseverdachts, den er sich anscheinend gerade einredete. Je länger er über den heutigen Tag nachdachte, desto stärker spürte er einen Druck im Bauch, der sich nach schlechtem Gewissen anfühlte. Wenn es um Frauen ging, stellte sich dieses öfter ein. Er überlegte, was er falsch gemacht hatte. War er zu abweisend gewesen? Das wäre ungerecht gewesen. Hatte sich Hildegard nicht auch auf das Rendezvous gefreut?

Bestimmt hatte sie zu Hause länger überlegt, was sie anziehen sollte, um für ihn attraktiv zu sein? Hatte sie sich die Blüten extra für ihn ins Haar gesteckt? Möglich. War sie nicht sehr offen und ehrlich gewesen, viel mutiger als er? Hatte sie sich nicht wirklich um ihn bemüht, bis zuletzt?

Und das, obwohl er alles andere als nett zu ihr gewesen war. Gut, vielleicht war sie nicht verwöhnt, es sollte ja in der Tat schreckliche Männer geben. Dennoch, war es fair gewesen, all ihre Bemühungen einfach vom Tisch zu wischen? War das ein würdiger Abgang für den »sanften Panther«, wie er sich im Netz genannt hatte?

Der Kommissar wälzte sich aus dem Bett. Erstaunt über sich selbst, ging er ins Nebenzimmer, wo der Computer stand. Er fuhr das E-Mail-Programm hoch und fing an zu tippen.

... habe mich gefreut, dich zu treffen. Du hast mich wirklich überrascht.

Das war nicht gelogen.

Für die Blume vor der Tür und deine Nachrichten danke ich dir.

War das gelogen? Er wusste es nicht und hatte auch keine Lust, darüber nachzudenken.

Leider wird mich der neue Fall so in Beschlag nehmen, dass ich keine freie Minute mehr haben werde. Du solltest dich also lieber um einen anderen Kandidaten kümmern, der dich sicher auch eher verdient als ich. Alles Gute! Anton

Das Wort »Kandidaten« gefiel ihm nicht, doch als er es ändern wollte, merkte er, seine rechte Hand hatte den Text schon abgeschickt. Auch gut.

Er fühlte sich besser. Auch wenn ihm durchaus klar war, wem er es verdankte, dass er sich so unverbindlich aus der Affäre ziehen konnte – einer Leiche in Lederhosen. Als der Bildschirm wieder erloschen war, trank er noch ein Glas Single Malt. Dann ging er ins Bett. Vielleicht würden ihn nach diesem merkwürdigen Tag seltsame Träume heimsuchen. Doch es kamen keine.

4

Am Sonntag schlief er länger als sonst. Als er aufwachte, schneite es nicht mehr. Der Himmel war grau, alles andere trübe. Eigentlich konnte man so etwas gar nicht Wetter nennen.

Seine rechte Hand lag auf seinem nackten Bauch. Dieser fühlte sich durchaus noch flach an. Doch Anton machte sich keine Illusionen. Er wusste, das lag nur daran, dass er auf dem Rücken lag und sich alles gut verteilen konnte. Um diese Vermutung zu überprüfen, legte er sich auf die Seite. Wie erwartet nahm da sein Bauch an Volumen zu. Im Stehen war es leider ebenso. Überraschend war das nicht. Seit er Knieprobleme hatte und deshalb keine Skitouren mehr machen und auch nicht mehr joggen konnte, hatte er nur noch selten Gelegenheit, etwas für Körper und Kondition zu tun.

Anfangs war das kein Problem, denn wenn er sich nicht anstrengte, merkte er auch nicht, wie anstrengend es geworden war, sich anzustrengen.

Anton stand auf. Warum er sich in solchen Überlegungen verirrt hatte, wusste er nicht. Als er im Bad vor dem Spiegel stand, fiel es ihm wieder ein. Es war der Bauch. Genauer der Ansatz oder die Möglichkeit eines Bauchs. Doch warum kam er auf das heikle Thema gerade jetzt? Im nächsten Augenblick wusste er es. Hildegard. Das Café. Sein diskreter Versuch, am Tisch den oberen Knopf der Jeans zu öffnen. Da hatte er zum ersten Mal festgestellt, sein Körper war dabei, sich auf eine Weise zu verändern, die ihm nicht zustand. Schon gar nicht, wenn Frauen das mitbekamen.

Nein, Anton war nicht eitel. Das konnte jeder anhand seiner Garderobe überprüfen, von der die meisten Stücke für einen Undercover-Einsatz am Bau bei Schwarzarbeitern geeignet waren, auch wenn ein solcher nicht zu den Aufgaben eines Hauptkommissars gehörte.

Aber allein vor dem Spiegel, so wie jetzt, war die Lage ernst. Das hatte mit Eitelkeit nichts zu tun, eher mit Fairness. Denn diesen ästhetischen Anspruch erwartete er von einer Frau ja auch. *Body & Soul* sozusagen. Und da die Seele unsichtbar war, blieben die Blicke am Körper hängen. Fazit: Er musste etwas tun. Aber vielleicht nicht sofort.

Der Kommissar drehte sich um und warf einen Blick auf die schmutzige Wäsche, die vor der Waschmaschine lag. Männer ohne Frauen verwildern, hatte ihn Herbert gewarnt. Durchaus möglich. Hätte sich mit der Waldfee etwas ergeben, hätte er natürlich aufgeräumt. Und geputzt. Unordentlich war Anton nicht, jedenfalls nicht in seinen Augen. Er unterschied nur streng zwischen wichtig und unwichtig.

Die Lebenszeit eines Menschen war schließlich begrenzt. Wie viele Wochen und Monate man im Laufe seines Lebens im Stau, auf der Toilette oder in Warteschlangen vor den Kassen der Supermärkte verbrachte, hatte er neulich in der Zeitung gelesen. Die genauen Zahlen wusste er nicht mehr, aber sie hatten ihn schockiert. Deshalb die Hierarchie der Notwendigkeiten. Anton putzte nur noch, wenn er vorher seine Brille aufgesetzt hatte, denn ohne diese verblassten Anlass und Motivation auf geheimnisvolle, aber nicht unangenehme Weise.

Während er seinen Gedanken nachhing, hatte er vergessen, dass in der Leichenhalle ein ermordeter Schwarzer lag, dessen Seele ihn jetzt vielleicht beobachtete. Weil er der einzige Mensch war, der ihr Genugtuung verschaffen konnte. Das würde den Toten zwar nicht wieder lebendig machen, aber es würde Anton dem nie erreichbaren Ziel näher bringen, für das er seinen Beruf gewählt hatte. Wenigstens ein kleines Stück. Einem Ziel, das er in einem Wort zusammenfassen konnte: Gerechtigkeit.

Er begann sich anzuziehen und wählte eine ältere Cordhose. An der abgeschabten Gürtelmarkierung konnte er erkennen, dass sein Volumen in den letzten Jahren um zwei Löcher zugenommen hatte. Sollte er nicht doch ins Fitnessstudio gehen? Nur einmal, als kritischer Selbstversuch. Allerdings hatte er sich über Kollegen immer lustig gemacht, wenn diese von neuen Trimm-dich-Oasen schwärmten. Schon rein philosophisch konnte er solchen Bemühungen nichts abgewinnen.

Zielte nicht die ganze technologische Entwicklung des Menschen darauf ab, ihm schwere Arbeiten abzunehmen? Diese wurden zunehmend an Maschinen delegiert. Und jetzt, wo es nichts mehr gab, bei dem man sich anstrengen konnte, zahlten die Leute dafür, sich wieder quälen zu dürfen. War das nicht pervers?

Würde man einem Schwarzen im Kongo oder einem Indio im Amazonas erzählen, weiße Männer würden viel Geld ausgeben, um schwere Dinge heben zu dürfen, der Mann würde wohl nur den Kopf schütteln. Was auch der Kommissar bei solchen Gesprächen gerne tat.

Allerdings, manchmal gab ihm das Schicksal einen Wink. In unmittelbarer Nähe seiner Wohnung hatte letzte Woche ein neues Studio eröffnet: *The Body Factory.* Der plakative Prospekt im Briefkasten war nicht zu übersehen.

Fit for Life! Work out/chill out – for body&soul.

Bio-Wellness-Bereich, Öko-Sauna, Aroma-Massagen, Anti-Aging-Programm

Ayurveda Coaching, Power Meditation.

Was man eben so alles braucht, um sich wohlzufühlen. Darunter waren Fotos von sehr schlanken Mädchen an stählernen Maschinen und von gut aussehenden Typen, die Gewichte stemmten und aussahen, als wären sie Models für exklusive Herrenunterwäsche. Was ein *Group-Fitness-Kurs* war, konnte sich Anton ja noch vorstellen, aber die Auswahl von 99 Varianten, die dort angeboten wurden, überstieg die Grenzen seiner Fantasie. Das *Cardio-Kino auf Plasmaschirmen* natürlich auch. Andererseits musste er sich davor hüten, den Anschluss an den Zeitgeist zu verlieren. Was immer das war. Schon rein berufsmäßig. Vielleicht sollte er einfach mal hingehen, inkognito sozusagen.

Den Gutschein für das »Probetraining« hatte er noch nicht weggeworfen, vielleicht auch das kein Zufall.

Und jetzt? Es war Sonntag, 10.30 Uhr. Der Kühlschrank war leer. Irgendwohin zum *Brunchen?* Warum nicht? In die angesagten Cafés kamen viele Frauen, allerdings selten allein. Eher mit emanzipierten Freundinnen, denen sie ihr Leid mit Männern klagen konnten oder mit denen sie einfach so demonstrativ gut drauf waren, dass Anton depressiv wurde. Außerdem waren die nicht seine Altersklasse. Die ging am Sonntag in die Pinakothek und abends ins Theater. Oder zum Konzert in den Herkulessaal. Das war nicht seine Welt. Nicht dass er es nicht versucht hätte. Doch klassische Musik langweilte ihn, da konnte er nichts dafür. Eine Bildungslücke, zu der er stand.

Gegen Kunst hatte er nichts, solange es keine pompösen alten Gemälde waren und er sie nicht allzu lange betrachten musste. Und nicht zu oft. Insgeheim bewunderte er Künstler sogar, denn anscheinend stiegen diese aus der auf Leistung und Profit getrimmten Gesellschaft einfach aus. Oder gar nicht erst ein. Die machten da nicht mit, malten, was sie wollten, und ob es Geld brachte oder nicht, war ihnen egal. Jedenfalls sah es so aus.

Der Kommissar ging ins Wohnzimmer und nahm den Bademantel, die losen Blätter der Zeitung und drei einzelne Socken vom Sofa. Warum Socken immer wieder in der Waschmaschine verschwanden und einer dann als Single übrig blieb, konnte er sich nicht erklären. Inzwischen hatte er eine ganze Schublade voll einzelner Socken, die sich auch bei größter Toleranz nicht kombinieren ließen.

Er schaltete den Fernseher ein. Er blieb bei einem Sender hängen. Wieder eine der üblichen Expertenrunden. Diesmal waren sich alle schnell einig. Kernenergie war gefährlich. Das hatten sie als Experten ja schon immer gesagt. Sonst war meistens die eine Hälfte der Leute dafür, die andere dagegen. Solche Runden wurden mit Kalkül auf Konfliktpotenzial zusammengesetzt. Das brachte Quote. Wie schlechte Nachrichten oder Katastrophen.

Er schaltete ab und schob eine CD in die Stereoanlage. Anton liebte Jazz, auf diesem Gebiet kannte er sich aus, wusste aber auch, dass er mit dieser Liebe ziemlich allein war. Petra hatte sie geduldet, doch die meisten Kollegen im Büro wussten nicht einmal, wer Stan Getz war, und Charlie Parker hielten die Jüngeren für den Erfinder des Anoraks.

Ob Hildegard ein Herz für Jazz gehabt hätte? Dass diese Frage jetzt in seinem Gehirn auftauchte, verunsicherte ihn. Wohl kaum, wahrscheinlich schwärmte sie für Eso-Musik, diese wabernden Klangwolken, die nie aufhören wollten.

Er drückte auf den Startknopf. Leise begann das Saxofon von Jan Garbarek die ersten Töne zu suchen. Anton lehnte sich zurück und schloss die Augen. Es würde ein ruhiger Sonntag werden.

5

Am nächsten Morgen regnete es nicht mehr. Wie immer fuhr der Kommissar mit der U-Bahn ins Büro, und wie immer machte er sich ein Vergnügen daraus, die Titelseiten der Boulevardblätter zu studieren, welche die Menschen neben ihm lasen oder versuchten zu lesen, wenn es voll war. Die Schlagzeilen liebte er besonders.

Störfälle im sensiblen Organismus des *FC Bayern* waren immer ein Thema, vor allem die Seelenzustände der Gladiatoren auf dem Platz, hinter dem Platz oder im heiligen Gral des Präsidiums. Und natürlich Gewalt und Sex, was den Hang zum Voyeurismus besser bediente. Sex in jeder Variante war immer eine detaillierte Meldung wert. Vor allem wenn ein prominenter Friseur oder Zahnarzt involviert war, die in der Münchner Society stets in ausreichender Zahl zur Verfügung standen.

Auch Denkversuche oder Bierzeltsprüche regionaler Politiker waren beliebt. Ebenso die Auflistung der endlosen Baustellen, der jährliche Biergartentest, die jährliche Wahl der schönsten Münchnerin und andere Großereignisse. Und natürlich sein Ressort, das Verbrechen. Da München eine relativ friedliche Stadt war, kam Mord in den Schlagzeilen eher selten vor, dann aber umso drastischer.

An diesem Montag langweilten ihn die Überschriften. Es ging um irgendeine Prinzenhochzeit. Er holte seinen Kalender hervor und sah die Woche nach Terminen durch. Es waren nur zwei. Eine Vorsorgeuntersuchung und eine TÜV-Inspektion bei Peugeot. Gedanklich fügte er noch den unverbindlichen Besuch der Fitness-Oase hinzu.

Als der Kommissar das Büro betrat, saß Herbert an seinem Schreibtisch und las die *Abendzeitung*, Sektion Fußball. »Jetzt geht's dahin«, meinte er vergnügt, als er seinen Chef erblickte. »Womit?«, knurrte Anton, der sich wunderte, warum sein Gegenüber nicht anständig guten Morgen sagen konnte wie andere auch.

»Mit dem Trainer. Den Saustall schaut sich der Hoeneß nicht mehr lang an.«

Anton war kein Fußballfan, auch wenn er bei großen Spielen nicht ungern zusah, vor allem wegen der aufgeregten Wichtigkeit, die im Fernsehen dann alle ausstrahlten. Er musterte seinen Kollegen, der weiterhin ungerührt seinen Artikel las. Im Grunde mochte er diesen langen, dürren Kerl, der ihn mit seinem Lockenkopf und den schlaksigen Bewegungen an ein großes Kind erinnerte. Eines, das auch in schwierigen Momenten ganz unbekümmert blieb. Seine Art, die Dinge grundsätzlich ohne Vorurteile zu sehen, war in der Arbeit von Vorteil. Außerdem konnte Herbert Knorr, wenn er wollte, einen gerissenen Charme an den Tag legen, der ihm bei Ermittlungen manchmal Türen öffnete, die dem Kommissar verschlossen blieben.

»Und? Gibt's auch andere Dinge, die dich interessieren?«, fragte er den Kollegen und wusste, dass darin eine gehörige Portion Ironie lag, denn Herbert interessierte sich sozusagen für alles. Zwar hatte er sein Philosophiestudium abgebrochen – angeblich war er lieber mit Menschen als mit deren Gedanken zusammen –, doch er las ständig die abstrusesten Zeitschriften und war in allen möglichen Onlineforen. Dort korrespondierte er mit Leuten aus der ganzen Welt. Fußball war für ihn nur eine Nebensache, die er gerne zur Hauptsache machte, um seinen Chef zu ärgern. Das Gleiche tat er mit seinem ausgeprägten Dialekt, den er aber jederzeit unterdrücken konnte, wenn es angebracht war. Zum Beispiel bei Verabredungen mit Cyberdamen.

Daran schien er sich jetzt zu erinnern, denn er sah den Kommissar prüfend an. »Schönheit ist relativ. Und sie vergeht.«

»Redest du von dir?« Der Kommissar ahnte, worauf Herbert hinauswollte.

»Die Frau von Sokrates soll auch hässlich gewesen sein.«

»Wieso – auch?«

»Ich dachte nur, weil du so schweigsam bist. In Bezug auf die Waldfee.«

Wie zum Teufel konnte er diesen Namen kennen?

»Sie hat heute früh hier angerufen. Sie wünscht dir alles Gute.«

Der Kommissar erschrak, was Herbert nicht entging.

»Keine Angst. Sie wird sich nicht wieder melden.«

»Hat sie das auch gesagt?«

»Nicht direkt.«

»Wie dann?«

»Ich hab's ihr nahegelegt.«

Er machte eine Pause, damit sein Chef diese Initiative auch würdigen konnte.

»Ich muss dir doch den Rücken freihalten«, ergänzte er dann. »Ich meine bei der Arbeit.« Der Kommissar warf einen Blick auf den Fußballbericht, den Herbert immer noch zu studieren schien. »Welcher Arbeit?«

Jetzt erst legte sein Kollege die Zeitung weg. »Ich war

schon beim Pathologen. Der kam heute früher, weil er wieder Streit zu Hause hatte.«

Der Kommissar, der versuchte, sich vom Privatleben der Kollegen fernzuhalten, schwieg und sah zum Fenster hinaus. Eben hatte sich eine Krähe auf den kahlen Baum gesetzt.

»Und?«

»Es gibt da ein paar Merkwürdigkeiten.«

Der Kommissar drehte sich um.

»Du meinst abgesehen von der Lederhose?«

»Genau. Er hat nämlich eine Wunde am Rücken. Und an der Hand keine Fingerabdrücke.«

»Was soll das heißen?«

»Dass man die Haut seiner Fingerkuppen weggeätzt hat, damit keine Abdrücke mehr sichtbar sind.«

Das waren keine guten Nachrichten. Wer sich solche Mühe machte, war ein Profi. Nun würde es schwer werden, den Toten zu identifizieren. Die Leiche war in einem Zustand gewesen, dass ein Foto von dem Toten nicht unbedingt weiterhelfen würde. Mit der wirklichen Person hatte das wenig zu tun.

»Und die Zähne?«

»Den Gebissabdruck hab ich. Aber ob wir ihn damit identifizieren können, ist fraglich. Wenn er hier nicht beim Zahnarzt war, hilft uns das kaum. Wer weiß, wo der herkommt.«

»Stimmt. Afrika ist groß«, murmelte der Kommissar und wusste im gleichen Moment, dass das keine besonders scharfsinnige Bemerkung gewesen war.

»Amerika auch.« Herbert öffnete das Fenster und starrte hinaus, als stünde gegenüber die Freiheitsstatue. Natürlich, der Mann konnte genauso gut Amerikaner sein. Der Kommissar ärgerte sich, dass er darauf nicht selbst gekommen war.

Er ging zur Kaffeemaschine und drückte auf den Knopf mit der Aufschrift *Cappuccino*.

Oder Franzose. Als Anton mit seiner Frau einmal in Paris war, waren sie in der Metro an der verkehrten Haltestelle ausgestiegen und in einem Viertel gelandet, in dem anscheinend nur Afrikaner lebten. Sie hatten dort keinen einzigen Weißen gesehen.

»Das lässt uns viele Optionen«, sagte er leise. »Zu viele.« Erst jetzt bemerkte er, dass kein Kaffee aus der Maschine kam, sondern oben eine rote Lampe blinkte. Keine Milch. Verständlich, es war Montag.

Der Kommissar ging zurück an den Schreibtisch. »Todesursache?«

»Wasser in der Lunge. Vielleicht hat er noch gelebt. Aber mitbekommen hat er nicht mehr viel. Er müsste wegen des Schlags auf den Hinterkopf bewusstlos gewesen sein.«

»Wann?«

»Vor etwa zehn Tagen.«

Einen Augenblick war Stille. Nur die Kaffeemaschine tropfte monoton vor sich hin.

Der Kommissar registrierte, dass das Telefon bisher noch nicht geläutet hatte. In Kriminalfilmen läutet es immer, wenn die Beamten das Zimmer betreten oder nicht mehr weiterwissen. Diesen Gefallen tat ihm das Schicksal nie.

»Der Pressebericht?«

»Ist bis Mittag fertig.«

Damit wären dann auch die Schlagzeilen für die U-Bahn-Fahrt morgen früh geklärt.

»Hier sind die Fotos. Aber du solltest selbst mit Claussen sprechen.« Herbert holte einen Stoß Aufnahmen aus einem Umschlag und breitete sie auf dem Schreibtisch aus. Der Kommissar beugte sich vor.

Die Nahaufnahme der nackten Leiche zeigte eine deutliche Narbe am Rücken.

»Was ist das?«

»Eine frische Operationswunde.«

Also keine normale Verletzung. Ungewöhnlich.

»Was wurde operiert?«

»Man hat die Niere entfernt.«

Das würde ihm der Pathologe noch genauer erklären.

»Papiere, Schlüssel?«

»Keine. Aber das.«

Herbert schob ihm eine durchsichtige Folie hin, in dem die Quittung einer Tankstelle steckte. Der Name war verblichen, aber ein Wort konnte man gerade noch lesen: *Innsbruck*. Lebte der Mann in Österreich? Dann hätte man ihn problemlos hierherschaffen können. Doch wozu? Seen gab es dort auch.

Der Kommissar suchte aus den Fotos eines aus, auf dem das Gesicht des Toten einigermaßen zu erkennen war. »Das geben wir an die Presse. Vielleicht bringt es doch was.«

Herbert nickte. Er steckte die restlichen Bilder wieder in den Umschlag, bemerkte aber, dass er eines vergessen hatte. »Da ist noch was.«

Er schob dem Kommissar ein einzelnes Foto hinüber. Es zeigte die linke Hand des Toten. An einem der Finger war ein schmaler Ring, eine Art Verlobungsring oder Ehering.

»Warum liegt der nicht hier?«

»Ging nicht mehr ab. Die Hand war zu aufgequollen.«

Der Kommissar blickte zum Fenster hinaus. Die Krähe, die er vorher gesehen hatte, war weg.

Den Gang in die Leichenhalle hätte er sich gerne erspart. Der Geruch von Ammoniak ging ihm auf den Magen. Er konnte nicht verstehen, wie Dr. Claussen es ein Leben lang an diesem Ort ausgehalten hatte. Zwar faszinierte ihn die sachlich effiziente Art, mit der dieser kurz vor der Pension stehende Pathologe mit Leichenteilen hantierte, andererseits irritierte ihn der Ort an sich. Kaltes Licht, ein leerer Raum, in dem Schritte hallten und Worte an kahlen Kacheln abzuprallen schienen.

In der Mitte dann ein nackter Körper, serviert wie auf einem Tablett. Nichts erinnerte mehr an das Leben, das dieser Mann geführt hatte, nichts an die Ängste, Freuden und Leiden, die er durchgemacht hatte. Hier lag nur noch der Rest eines Menschen, den man nach der Obduktion wieder notdürftig zusammengenäht hatte.

Eine Leiche war ein Haufen totes Gewebe, in dem die chemischen Auflösungsprozesse kurzfristig gestoppt wurden. Zwar war dieser Tote der erste Schwarze, den der Kommissar in diesem Zustand sah, doch es machte keinen Unterschied. Heute war der Anblick sogar noch unerträglicher, denn die Leiche hatte lange im Wasser gelegen. Der Kommissar trat näher, auch wenn er sich dazu überwinden musste. Herbert hatte recht gehabt, den Ring konnte man nicht mehr abziehen.

»Ihr habt doch die Fotos. Hast' doch noch Fragen?«, murmelte Claussen, der müde aussah. Der Kommissar nahm eine Hand des Toten und sah sich den Daumen und den Zeigefinger an. Die Haut war verschrumpelt.

»Feuer oder Säure?«

»Feuer.«

»Wie war das mit der Niere?«

»Man hat ihm eine der beiden entfernt. Etwa eine Woche vor seinem Tod.«

»Vielleicht hatte er Krebs?«

Der Pathologe sah den Kommissar verwundert an.

»In dem Alter? Wohl kaum.«

Stimmt, der Mann war höchstens dreißig.

»Organentnahme?«

»Könnte gut sein. So ein Teil ist ja was wert heutzutage.«

»In einer Klinik?«

»Sieht so aus. Professionelle Arbeit. Sauberer Schnitt. Später allerdings leicht entzündet.«

»Ist das normal?«

»Nein. Hätte man behandeln können, hat man aber nicht.«

Der Kommissar überlegte einen Augenblick. Man hatte den Mann also nicht ermordet, um ihm die Niere zu entnehmen. Warum aber tötet man einen Menschen, der frisch operiert war? Man hatte ja das Organ bereits, das man wollte. Das ergab alles keinen Sinn. Er zeigte auf den Ring an der Hand des Toten.

»Den brauch ich.«

»Dann muss ich den Finger abtrennen.«

»Nicht zu ändern.«

Der Kommissar war froh, dass er bald wieder gehen konnte.

»Ich schicke ihn dir«, sagte der Pathologe, dessen blasses Gesicht heute noch trauriger aussah als sonst.

»Aber nur den Ring, nicht den Finger«, betonte der Kommissar. Dann legte er dem Arzt die Hand auf die Schulter, eine Geste, die ihn selbst überraschte.

»Dann alles Gute noch!«

Dr. Claussen schwieg einen Moment, als müsse er über diese Worte erst nachdenken. »Wozu?«

Anton, der schon auf dem Weg zur Tür war, blieb noch einmal stehen.

»Bald hast du's doch geschafft. Keine Leichen mehr, kein Gestank, keine lästigen Fragen von uns. Freust du dich denn nicht?«

Der Blick des Pathologen wanderte zu der Neonröhre an der Decke hoch, deren Licht in unregelmäßigen Abständen flackerte.

»Ich weiß nicht. Vielleicht werde ich einsam sein.«

»Ohne Leichen?«

Der Kommissar kam noch einmal zurück und sah den kleinen Mann freundlich an, der heute älter wirkte, als er war.

»Weißt du, was einige dieser Leute vielleicht gedacht haben, in den letzten Momenten, als sie noch am Leben waren?«

Der Pathologe antwortete nicht.

»Wenn ich aus dieser Situation jemals wieder rauskomme, schmeiß ich alles hin und fange noch einmal von vorn an.«

Der Kommissar machte eine Pause und warf einen letzten Blick auf den Toten.

»Zu spät. Sie hatten keine Gelegenheit mehr. Der da auch nicht.«

Der Pathologe öffnete den Mund, als wollte er etwas sagen, schwieg dann aber.

Der Kommissar legte ihm die Hand auf die Schulter. »Du aber hast sie.«

Nach diesen Worten drehte er sich um und ging zur Tür.

Dabei fragte er sich, ob er den letzten Satz zu Claussen oder zu sich selbst gesagt hatte.

Kurze Zeit später ging er mit Herbert in die Kantine. Allein mied er diesen Ort. Die plumpe Vertraulichkeit, die sich unter dem Zwang der Mittagspause unter den Kollegen schnell herstellte, war ihm zuwider. Sie hatte etwas Verkrampftes, weil man Hierarchien nie ganz ignorieren konnte. Dann das ständige »Mahlzeit«, das einem jeder ins Gesicht warf. Eine stumpfsinnige Floskel, die den ohnehin schlichten Ort noch trostloser machte.

Das Essen war so schlecht nicht, aber schon die Tatsache, dass man sich anstellen musste, ging ihm jedes Mal auf die Nerven.

Wie ein Bittsteller musste man seinen Teller hinhalten, auf den dann jemand teilnahmslos einen Löffel Bohneneintopf mit Einlage, Spaghetti Bolognese oder eine Gabel, mal mit einem Schnitzel nach Wiener Art, mal mit einem Holzfällersteak, fallen ließ. Außer man ging gleich an die Salatbar, wo man sich Grünes und Rohkost selbst holen konnte.

Natürlich war es in allen großen Betrieben ähnlich, aber das half nichts. Anton fühlte sich unwohl. Nur wenn er mit Herbert hinging, hielt er es aus. Meist verhinderte die Anwesenheit des Kollegen, dass sich jemand zu ihnen setzte. Zusammen verbreiteten sie den Anschein, in wichtige dienstliche Angelegenheiten verwickelt zu sein.

Das lag auch daran, dass sie sehr leise sprachen. Dies wiederum kam nicht von ungefähr, denn gerne berichtete Herbert von seiner jeweils letzten Charmeoffensive. War diese erfolgreich gewesen, schilderte er detailliert die erotischen Kunstgriffe, die sich beim zwanglosen Beischlaf sozusagen ganz von selbst ergaben. Ein so komplexes Paarungsverhalten konnte der Kommissar nicht nachvollziehen. Er war etwas direkter auf diesem Gebiet. Komplizierte Vorspeisen waren nicht seine Art, wenn er hungrig war, wollte er essen. Damit war er bisher nicht schlecht gefahren. Außer dass er seine Frau verloren hatte.

Aber nicht deshalb.

»Warum zieht ein Schwarzer im Winter eine Lederhose an?«, fragte der Kommissar.

»Vielleicht hat er in der Schwulenszene gejobbt«, meinte Herbert.

Jetzt hob der Kommissar den Kopf.

»An welche Art von Tätigkeit denkst du?«

»Na ja, so ein Striptease auf der Bühne. Lederhosen haben doch ein großes Hosentürl, und das kann da ganz praktisch sein.«

Der Kommissar brauchte eine Sekunde, um diesen Vorgang bildlich nachzuvollziehen.

»Schwarze Haut kommt in diesen Kreisen immer gut«, fuhr Herbert fort, als würde er über das Marketing einer Duftlinie sprechen.

»Du scheinst dich ja auszukennen.«

»Ich nicht, aber mein Nachbar. Man muss sich ja informieren als Polizist.«

Eine Weile sagten sie nichts.

»Wir könnten ja mal recherchieren«, meinte Herbert schließlich.

»In Schwulenkneipen?«

»Wenn's sein muss.«

Dazu hatte der Kommissar wenig Lust. Andererseits, sein Kollege hatte nicht unrecht. Doch vielleicht würden sie ja rechtzeitig Informationen bekommen, die einen solchen

Einsatz erübrigten. Ein paar Minuten aßen sie schweigend. »Du warst bei der Waldfee wahrscheinlich wieder zu diskret«, sagte Herbert nach einer Weile.

»Kein Wort mehr zu diesem Thema«, knurrte der Kommissar, während er lustlos vor sich hinkaute. »Weißt du, ich glaube, ich werde langsam zu alt für solche Gespräche«, fügte er hinzu.

»Alter ist eine Zahl im Pass. Existiert im Leben nicht«, murmelte sein Kollege. »Weißt du, wann du wirklich alt bist?«

Herbert sah sein Gegenüber erwartungsvoll an, doch es kam keine Antwort. Dann beugte er sich vor und flüsterte.

»Wenn du beim Cunnilingus das Gebiss verlierst.«

Bevor der Kommissar sich diese Situation genauer vorstellen konnte, tauchte hinter seinem Kollegen eine korpulente Frau auf. Paula Hase, die Sekretärin vom Betrugsdezernat. Es war nicht auszuschließen, dass sie die letzte Bemerkung noch mitbekommen hatte.

»Mahlzeit«, sagte sie laut und deutlich.

Pause, routiniertes Lächeln.

»Ist bei euch noch was frei? Zwei Männer allein, das geht doch nicht.«

Der Kommissar nickte zustimmend. Was blieb ihm auch anderes übrig?

Deshalb hasste er Kantinen.

Nach dem Essen gingen sie ein Paar Schritte spazieren. Der Weg zwischen Ettstraße und Theatinerkirche war ihre Standardstrecke, wobei sich der Kommissar manchmal dazu überreden ließ, im *Tambosi* oder im *Literaturhaus* noch einen Kaffee zu trinken. Vor allem wenn da Frauen saßen, die Herbert inspirierten oder von denen er meinte, er würde sie inspirieren. Was bisher allerdings noch nicht vorgekommen war. Letztlich war es eine Art Running Gag zwischen ihnen, bei dem Anton gutmütig mitspielte, weil er den oft drögen Arbeitstag auflockerte. Für einen kurzen Augenblick fühlte er sich dann, als hätte er einen anderen Beruf. Schriftsteller zum Beispiel.

Da könnte er seiner Fantasie, die meist in Sachzwängen steckte und sich im mühsamen Zusammensetzen von Puzzleteilen erschöpfte, freien Lauf lassen. Wäre er dazu imstande? Wer immer nur analysiert, was andere getan haben, ist vielleicht nicht mehr fähig, selbst etwas zu tun. Etwas Kreatives. Obwohl der Kommissar die Lösung eines komplizierten Falls durchaus als kreativen Akt ansah.

Es fing wieder an zu regnen. Also würden sie heute nicht draußen sitzen können, was in München viele taten, sobald das Thermometer über null zeigte und Decken zur Verfügung standen. Umso besser, sie mussten sich in Ruhe auf ihren Fall konzentrieren. Sie hatten einen Toten, den sie nicht identifizieren konnten, von dem sie nicht einmal wussten, woher er kam. Die Information über die Organentnahme war zwar wichtig, würde ihnen aber vorläufig nicht viel helfen. Sie konnten nicht einmal feststellen, ob er im Ausland operiert und nachträglich nach Deutschland geschafft worden war oder ob man ihn hier operiert und dann getötet hatte.

Gemeinsam überlegten sie, was zu tun war. Befragung von Krankenhäusern anhand des Fotos. War er hier Patient gewesen? Auflistung der Transplantations-Chirurgen in Bayern. Dann Einwohnermeldeamt, Passregistratur und andere Stellen, an denen ein Fotoabgleich möglich war.

Kooperation mit den Kollegen in Österreich, besonders Innsbruck. Besuch der Tankstelle dort. Vielleicht eine Suchmeldung im Fernsehen.

Dann der See. Wer hatte Boote, welche waren im Winter einsatzbereit? Mögliche Augenzeugen. Wer wohnte direkt am See, wer hatte vor etwa zehn Tagen auf dem Wasser ein Boot gesehen? Im Winter musste das doch auffallen.

»Vielleicht war er Musiker. Spielte Volksmusik, Tuba oder so was«, sagte Herbert unvermittelt.

»Als Schwarzer?«

Herbert sah aus, als würde er diese Möglichkeit tatsächlich in Erwägung ziehen.

»Warum nicht? Im Hofbräuhaus haben die oft keinen einzigen Deutschen in der Band, einen Bayern schon gar nicht. Alles Ausländer.«

Der Kommissar war erstaunt, galt dieser Ort doch bei Touristen aus aller Welt immer noch als Hochburg bayerischer Tradition. Und den Biergarten im ruhigen Innenhof mochte er auch.

»Wegen der Kohle. Es sparen doch heute alle«, fuhr Herbert fort. »Es gab in Schwabing doch auch mal diesen Japaner, der sogar ins Fernsehen kam, weil er jodeln konnte. Der ist doch auch immer in kurzen Lederhosen herumgelaufen.«

»Im Winter?«, fragte der Kommissar. Er bekam keine Antwort.

Vor der Theatinerkirche saß ein Bettler. Herbert gab ihm einen Euro.

»Der hat einen idealen Standort hier«, sagte der Kommissar. »Gehört bestimmt zur rumänischen Mafia.«

»Ist trotzdem ein Scheißjob.«

Eine Weile gingen sie schweigend nebeneinander. Dann blieb Herbert plötzlich stehen.

»Vielleicht haben wir das Wichtigste vergessen.«

Der Kommissar hob den Blick.

»Und das wäre?«

»Die Asylantenheime.«

Keine dumme Idee. Sogar eine sehr gute. Asylanten waren ein leichtes Opfer. Die würden vielleicht in diesen ominösen Kneipen jobben, sicher auch als Go-go-Boy, wenn es Geld dafür gab.

Doch warum sollte man einen Menschen ermorden, der nichts hatte und niemanden kannte?

Zügig gingen sie weiter.

6

Als sie zurückkamen, lag auf dem Schreibtisch des Kommissars der Ring aus der Pathologie. Er holte ihn aus der Plastiktüte und sah ihn genauer an. Ein billiges Teil, wie man ihn in jedem Kaufhaus fand. Er trat ans Fenster und hielt ihn ins Licht.

Auf der Innenseite waren zwei Buchstaben eingraviert: *R&A.*

Damit hatte er einen ersten Anhaltspunkt. Mit einem dieser beiden Buchstaben begann der Vorname des Opfers. Viel war das nicht, aber bei jeder Ermittlung gab es einen ersten Schritt. Dieser könnte ihm helfen, die Identität des Toten festzustellen. Aber sie würde ihn nicht auf die Spur des Mörders führen.

Er rief Herbert an. Dieser war unterwegs, um die Krankenhäuser zu überprüfen, zwei weitere Kollegen hatten die anderen Aufgaben übernommen, die sie besprochen hatten. Anton war froh, die mühsamen und langwierigen Ermittlungen vor Ort nicht mehr selbst durchführen zu müssen. So hatte er den Kopf frei, und der Fall konnte in ihm arbeiten. Das klang so, als müsse er nichts tun, und alles klärte sich von selbst. Leider war das ein Trugschluss.

Nach langem Klingeln meldete sich Herbert endlich: »Ja?«

Der Kommissar verstand nicht, warum Leute, die jünger waren als er, sich nicht mit ihrem Namen melden konnten.

Andererseits hatte er längst akzeptiert, dass man diese Generationen in vielen Dingen nicht verstehen konnte. Und das war gut so, denn er hatte seine Eltern auch nicht verstanden.

»Weißt du, wo die Neue steckt?«

»Kenn ich noch nicht. Soll aber unten bei der Sitte sein.«

»Und wie heißt sie gleich wieder?«

»Muschi.«

Der Kommissar stöhnte. Irgendwann würde man Herbert wegen sexueller Belästigung zum Personalchef zitieren.

»Sag mal, wie alt bist du eigentlich?«, murmelte er ungehalten.

»Ihr Name ist Veronika Muschner.«

»Danke.«

Anton legte auf und wählte eine andere Nummer. Die Neue kam frisch von der Bereitschaftspolizei, wo sie ihre Ausbildung beendet hatte. Jetzt durchlief sie ein paar Wochen alle Abteilungen, das hieß, jeder Referatsleiter konnte sie einsetzen, wenn er Bedarf hatte. Es klingelte, dann hob jemand ab.

»Hallo, Robert. Diese Frau Muschner, braucht ihr die noch?«

»Nein, die bleibt nur bei uns, weil wir so nett sind.«

»Wie ist sie?«

»Zu schön.«

Der Kommissar kam ins Stocken. Er kannte die Frau nicht, denn als sie den Kollegen vorgestellt wurde, war er krank gewesen.

»Und sonst?«

»Die wird noch.«

»Könnt ihr sie mal hochschicken?«

»Klar.«

»Danke.«

Er legte auf. Das konnte ja heiter werden. Herbert und eine attraktive Kollegin. Und er? An sich hatte er gar nicht gedacht. Als wäre er immun gegen Versuchungen. Im Dienst war er das tatsächlich. Aber manchmal fragte er sich, ob sich das nicht schon auf sein ganzes Leben bezog.

Kurz darauf klopfte es. Anton ging zur Tür und öffnete. »Kommen Sie doch einfach rein«, wollte er sagen. Doch er sagte nichts. Vor ihm stand eine schlanke Frau mit langen rötlichen Haaren, die wilde Locken warfen. Sie trug eine hautenge Jeans und einen schwarzen Pulli, der ihre Brüste unübersehbar zur Geltung brachte. Die Kollegin war noch sehr jung.

Und sie roch nach Lavendel. Das gefiel dem Kommissar. Es erinnerte ihn an einen Urlaub in Südfrankreich, wo seine Frau unbedingt nach Grasse fahren wollte, um den Ort zu sehen, in dem *Das Parfüm* entstanden war, damals ihr Lieblingsroman.

»Guten Tag. Ich bin Veronika Muschner.«

Sie lächelte verlegen, die Pause, in der er sie angestarrt hatte, war eindeutig zu lange gewesen. Der Kommissar reichte ihr die Hand.

»Biersack.«

Isoliert klang sein Name ziemlich lächerlich. Daran hatte er sich zwar längst gewöhnt, doch heute störte es ihn.

»Kommen Sie doch einfach rein«, sagte er, doch es klang nicht so cool, wie es hätte klingen sollen. Sie gingen ins Büro.

»Setzen Sie sich.« Sie setzte sich.

»Sie wissen, dies ist die Mordkommission?«

»Steht ja an der Tür.«

Da hatte sie recht.

»Außerdem gab es ja das Briefing.«

Stimmt. Wieder eines dieser überflüssigen Modewörter, die ihm auf die Nerven gingen. »Wir haben einen neuen Fall. Eine Leiche im See. Bisher wissen wir nichts, wir fangen gerade an.«

Veronika hörte schweigend zu. Sie war tatsächlich verdammt hübsch. Obwohl sie nicht klein war, wirkte sie so zerbrechlich, dass Anton fast schon väterliche Gefühle in sich hochkommen sah. Besser solche als andere. Er spürte, dass er wieder etwas sagen musste, und griff nach einem Aktenordner.

»Hier der Bericht.«

Dann öffnete er eine Schublade und reichte ihr den Umschlag mit den Bildern vom Tatort.

»Und das sind die Fotos. Aber die bleiben hier, klar?«

Sie nickte und sah ihn lächelnd an.

»Ich auch?«

Für einen Moment brachte ihn die Frage aus dem Konzept.

»Nein.«

Sie sollte am besten gleich losgehen und anfangen. Doch gleich war nicht sofort.

»Das heißt, ja, wir brauchen etwas Unterstützung.«

»Gerne. Dafür bin ich doch da.«

Aufmerksam wie eine Studentin saß sie auf ihrem Stuhl, den braunen Umschlag und das Protokoll hatte sie auf die Knie gelegt. Dennoch, irgendetwas an ihr war sperrig, dachte Anton. Etwas störte den verführerischen Charme, den sie ausstrahlte. Er wusste nicht, was es war, aber dass es so war, erleichterte ihn.

»Freut mich«, sagte er, jetzt deutlich entspannter. »Fühlen Sie sich hier wie zu Hause. Auch wenn es da sicher gemütlicher ist.«

Sie lehnte sich etwas zurück und streckte die Füße aus. Jetzt wusste Anton, was es war. Sie trug Cowboystiefel. Die passten nun gar nicht zu ihrer sanften, sinnlichen Ausstrahlung. Er griff nach der Plastiktüte mit dem Ring. »Bisher ist dies das Einzige, was wir haben. Er steckte an einem Finger der Leiche. Innen ist eine Gravur.«

Er reichte ihr die Tüte. Sie nahm den Ring heraus und sah ihn an.

»A und R. – Anton und Renate?« Ihr Blick verriet keine Ironie. Als hätte sie seine Irritation gespürt, fügte Veronika schnell hinzu: »Adam und Rosemarie?«

Der Kommissar setzte sich wieder. »Oder umgekehrt.«

Sie überlegte, aber nur eine Sekunde.

»Annabelle und Richard? Amelie und Robert?«

Eins war klar, begriffsstutzig war sie nicht.

»Der Tote ist ein Schwarzer«, klärte er sie auf.

Sie runzelte die Stirn. »Ein Afrikaner?«

»Schwarze gibt es auch in anderen Ländern«, sagte Anton und kam sich etwas gönnerhaft dabei vor. Veronika überlegte einen Augenblick.

»Und jetzt wollen Sie, dass ich in die Kaufhäuser gehe und frage, ob sich jemand an die Person erinnert, die diesen Ring gravieren ließ?«

Der Kommissar war beeindruckt, ließ sich aber nichts anmerken.

»Genau das wollte ich Ihnen vorschlagen.«

»Okay, kein Problem.« Sie stand auf. »Jetzt gleich?«

»Wenn Sie sich den Bericht durchgesehen haben.« Er zeigte auf Herberts Schreibtisch. »Setzen Sie sich dahin. Der Kollege ist unterwegs.«

Veronika stand auf, blieb aber noch einen Augenblick stehen.

»Bitte verstehen Sie das jetzt nicht falsch«, begann sie und war zum ersten Mal etwas unsicher.

»Was?«, fragte der Kommissar.

Sie schien einen Moment zu zögern, fuhr dann aber entschlossen fort.

»Ich habe einen festen Freund. Er ist beim Fernsehen. Vielleicht werden wir heiraten.«

Warum sagte sie das jetzt? Der Kommissar wusste nicht, was er sagen sollte, es war ja keine Frage.

»Schön für Sie«, murmelte er schließlich und wollte sich über seine Akten beugen. Doch diese hatte Veronika.

»Danke«, sagte sie und setzte sich an den Schreibtisch gegenüber.

»Lassen Sie sich Zeit. Ich muss noch einmal in die Pathologie.«

Der Kommissar ging zur Tür. »Sie kommen zurecht?«

»Klar.«

Sie studierte die anzüglichen Kringel, die Herbert auf seine Schreibunterlage gemalt hatte. »Dann bis später.«

Er ging hinaus.

Als der Kommissar im Gang stand, wusste er nicht mehr, was er hier wollte. Und in der Pathologie hatte er nichts mehr verloren. Irritiert fragte er sich, warum er gelogen hatte.

Minuten später saß er in der leeren Kantine und trank einen Kaffee, der ihm wie immer nicht schmeckte. Gerne hätte er gewusst, ob Veronika die deutliche Ansage, die sie eben in den Raum gestellt hatte, nur bei ihm vorgebracht hatte oder ob sie das in jeder Abteilung gleich von Anfang an klarstellte. Im Grunde keine schlechte Idee. Anscheinend hatte sie in Anton nicht nur den Chef, sondern auch den Mann gesehen. Trotz der Fielmann-Brille. Er wusste nicht, ob er sich darüber freuen sollte.

Vielleicht war es ein Indiz dafür, dass sich seine allzu lange Enthaltsamkeit in winzigen Details äußerte, die er selbst gar nicht mitbekam. War sein Blick zu aufdringlich gewesen? Welchen Eindruck hatte er auf sie gemacht?

Er beschloss, morgen einen Pullover anzuziehen. Dieser würde den Bauchansatz über dem Gürtel diskret verdecken.

Als er zurück ins Büro kam, war sie weg. Nur ein Hauch von Lavendel hing noch über dem Platz, an dem sie gesessen hatte.

Er setzte sich an den Computer und rief *Google Earth* auf. Virtuell flog er die Uferlinie des Sees entlang, früher hätte er dafür einen Hubschrauber gebraucht. Es gab weniger frei zugängliche Stellen, als er vermutet hatte. Allerdings war unwahrscheinlich, dass jemand im Winter nachts mit einer Leiche in den See hinauswatete, um sie zu entsorgen. Das Boot mit einem Anhänger zum See zu fahren wäre zu umständlich und zu auffällig gewesen, jedenfalls im Januar.

Also hatten die Täter ein bereits vorhandenes Boot benutzt. Aber welches?

Als er sich die Ufer auf beiden Seiten genauer ansah, fiel ihm auf, wie viele Bootshütten es gab. Zwar waren einige nicht mehr in Betrieb und wurden im Sommer an Feriengäste vermietet, aber es blieben noch genug übrig, in denen Boote gelagert wurden. Und dann gab es natürlich die vielen kleinen Häfen und die teuren Marinas in Bernried und Starnberg.

Er griff zum Telefon, legte den Hörer aber wieder beiseite. Um die Identität des Toten festzustellen, hatten sie nur ein blasses Foto.

Und den Anfangsbuchstaben seines Vornamens. Aber auch da gab es zwei Varianten, war es der erste oder der zweite Buchstabe auf dem Ring?

Doch etwas mussten sie zuerst klären: Kam der Mann aus Afrika oder Amerika oder vielleicht aus einem ganz anderen Land? Von dieser Information hing alles andere ab. War er ein Jazzmusiker aus Chicago, ein Geschäftsmann aus Paris oder ein radikaler Islamist aus Nigeria? Ein Politiker aus Liberia, der untertauchen wollte? Vielleicht war die Nierenoperation ja medizinisch notwendig gewesen.

Das konnten sie schnell herausfinden, falls der Mann in Deutschland operiert worden war. In jedem dieser Fälle wäre das Netz, das sie auswerfen müssten, ein völlig anderes. Aber noch wussten sie nichts, und ein Netz gab es auch nicht.

Da er dennoch etwas tun musste, griff er jetzt wieder zum Telefon.

7

Um 18.30 Uhr fuhr er endlich nach Hause. Wie immer bekam er in der U-Bahn keinen Platz. Er war müde, das ewige Telefonieren hatte ihn erschöpft, zumal man bei vielen Nummern mehrmals anrufen musste. Entweder es war besetzt, oder man redete mit einem Anrufbeantworter. Immerhin, vom Landratsamt in Starnberg hatte er einiges erfahren. Am See gab es etwa 1700 Segelboote, 250 Motorboote und über 900 Elektroboote. Beim Wasserwirtschaftsamt teilte man ihm mit, dass es 35 Berufsfischer gab, davon hatte jeder einen Außenborder, um die Netze zu kontrollieren. Allerdings war jetzt für die Renken noch Schonzeit. Auch die Schleppfischerei für Hechte war noch verboten, sodass in letzter Zeit wohl kaum Boote auf den See hinausgefahren waren, zumal das Wetter in den letzten Wochen alles andere als einladend gewesen war.

Motorboote waren laut und würden auffallen. Aber es gab auch Elektroboote. In der Nähe der Rambecker Werft bei Starnberg konnte man elegante, schnelle Mahagonijachten mieten. Besitzer der am Wasser gelegenen Häuser hatten oft kleinere Boote, die mit Autobatterien liefen. Also geräuschlos. Außerdem hatte jedes größere Segelschiff einen »Flautenschieber«.

Dieses Wort, das er bisher nicht gekannt hatte, gefiel ihm, es erinnerte ihn an kleine Gauner in alten italienischen Schwarz-Weiß-Filmen. Schieber waren eher sympathisch, keine harten Typen. Vielleicht gab es sie deshalb nicht mehr.

Auch Hilfsmotoren waren sehr leise. Im Grunde konnte also jeder, der so ein Boot hatte, nachts unbemerkt auf dem See herumfahren, wenn er keine Segel setzte. Allerdings lagen im Winter viele Schiffe nicht mehr in der Marina, sondern im Trockendock oder wurden auf Wiesen eingelagert.

Die verbliebenen Boote und ihre Besitzer ausfindig zu machen müsste möglich sein. Eine passende Aufgabe für Veronika. Die konnte dann auch gleich das Ufer abfahren, um zu kontrollieren, wo die kleinen Nussschalen lagen, mit denen Bootsbesitzer zu den Schiffen hinausruderten, die an Bojen verankert waren.

Auch das war eine Möglichkeit. Und Ruderboote natürlich. Da würde das Mädchen einiges zu tun haben.

Die U-Bahn fuhr fast lautlos. Der Kommissar stand zwischen einer dicken Frau, die schwitzte, und einem dünnen Mann, der hustete. Als er den Kopf wegdrehte, um nicht ständig Bazillen einzuatmen, starrte er in das Gesicht eines Mannes, der einen verwilderten Bart trug. Vielleicht kam er aus dem Kaukasus. Doch die Augen unter der Brille sahen so traurig aus, dass er vielleicht doch nur ein Langzeitarbeitsloser aus Sendling war.

Eine Dame mit riesigen Einkaufstüten erhob sich und ging zur Tür. Der Kommissar nahm ihren Platz ein. Nun konnte er wieder in Ruhe seinen Gedanken nachgehen. Erstaunlich, was er heute Nachmittag so alles erfahren hatte über einen See, den er bisher nur vom Baden kannte. Er wusste allerdings, dass es hier schon mehrere Todesfälle gegeben hatte und zahlreiche Vermisste. Erst kürzlich im Herbst wieder. Zwei ältere Herren hatten auf dem Steg des Tutzinger Nordbads kräftig getrunken, Bier, Wein und mehrere Obstler. Dann waren sie auf ihr Segelboot gestiegen, das sie ein paar Meter weiter angebunden hatten, und losgefahren. Mitten in der Nacht, bei kräftigem Wind. Man sah sie nie wieder.

Auch ihre Leichen wurden nicht gefunden, trotz der aufwendigen Suchaktion.

An manchen Stellen war der See über hundert Meter tief. So gesehen war es tatsächlich ein erstaunlicher Zufall, dass die Taucher die Leiche des Schwarzen überhaupt entdeckt hatten. Im Winter!

Schon damals hatte er sich nach der Strömung des Sees erkundigt, die, wie bei allen größeren Wasserflächen, vom Wind bestimmt wurde. Doch die Information hatte nichts gebracht, sie würde auch diesmal nichts bringen. Da sie den genauen Todeszeitpunkt nicht kannten, hatte es wenig Sinn, die Windrichtung zu rekonstruieren.

Der Kommissar ging zur Tür. Die Haltestalle, an der er aussteigen musste, näherte sich. Als er auf der Rolltreppe stand, wurde ihm wieder bewusst, was ihn nie wirklich losgelassen hatte. In all seinen Überlegungen gab es eine Frage, die im Hintergrund immer präsent war: Warum zieht jemand im Winter kurze Lederhosen an?

Auf dem Weg nach Hause schneite es wieder. Allerdings nur lockere Flockenwirbel, die bald wieder weg sein würden. Anton überlegte, was er zum Fitness anziehen sollte. Er hatte nur seine alte Jogginghose, die ausgeleiert war und ihm, seit er den Bauchansatz hatte, immer wieder von der Hüfte rutschte. Als Oberteil würde ein altes T-Shirt genügen. Nach einer Weile bemerkte er, dass er stehen geblieben war. Vor einem Brillengeschäft. Eigenartig. Weil er nun schon einmal dastand, sah er sich die Modelle im Schaufenster auch an.

Die meisten waren Sonnenbrillen. Seit diese nicht mehr zum Schutz der Augen dienten, sondern Lifestyle-Accessoires waren, konnten sich die Designer austoben. Ihm genügte sein altes *Ray-Ban*-Modell, das er sich vor fünfzehn Jahren geleistet hatte und das er, sehr zu seinem Erstaunen, bisher noch nicht verloren hatte. Es war zeitlos, während normale Brillenrahmen, wie er feststellte, der Mode unterworfen waren.

Noch vor Kurzem gab es runde und ovale Modelle, jetzt nur noch kantige, meist rechteckige, die dem Träger, leider auch Frauen, ein strenges Profil verliehen. Es waren keine unauffälligen Brillen, sondern sollten dem Käufer das Image eines selbstbewussten Individualisten geben. Natürlich eine Illusion, doch nach diesem Muster funktionierte die ganze Modebranche. Ein Designer schuf eine neue Kollektion, die Konsumenten folgten ihm blind wie Schafe und kamen sich dabei auch noch originell vor. Obwohl sie nur den Geschmack eines anderen übernahmen. Wenn ein Modemacher Lust hatte, konnte er sich über jedes ästhetische Kriterium hinwegsetzen. Wie bei Cargohosen oder den Luxusjeans mit Löchern. Doch gegen das Diktat der Mode hatte sich Anton schon immer gesträubt, diesen kleinen Hang zum Anarchismus gönnte er sich.

Noch immer stand er da und überlegte. Eckige Brillen würden bei seinem eher runden Kopf merkwürdig aussehen. Als er sich bewegte, fiel ihm auf, dass sich im Schaufenster seine Silhouette spiegelte. Was er sah, war banal. Ein Büromensch, der nach Hause ging. Wie so viele, die eine Aktentasche unterm Arm hatten. Das war ungerecht, zumal er schon länger mit einem Lederrucksack unterwegs war. An schönen Tagen ging er gerne noch etwas spazieren, und darin ließen sich die kleinen Einkäufe, die er unterwegs machte, gut verstauen. Er drehte sich zur Seite, um sich und den Rucksack im Profil zu betrachten. Nein, auch sein *city bag* verlieh ihm nicht wirklich ein dynamisches Flair. Er betrat den Laden.

Da viele Leute im Geschäft waren, musste Anton warten. Schließlich kam eine Frau mittleren Alters auf ihn zu. »Marianne« sagte das Namensschild an ihrem grauen Kostüm. Sie trug eine Brille mit breiten roten Bügeln, einer blauen Fassung und schmalen Gläsern. Ein auffallendes Modell, das ihr nicht stand.

»Kann ich Ihnen helfen?«

Der Kommissar zeigte auf seine alte Brille.

»Ich suche etwas Neues. Moderner, zeitgemäßer.«

»Was haben Sie sich denn vorgestellt?«, fragte die Frau und musterte ihn skeptisch. Wenn er das wüsste. Anton ließ seinen Blick über die lange Reihe von Modellen wandern, die an den Leuchtkästen hingen. Sie sahen alle ähnlich aus, die meisten waren eckig, was er nicht mochte.

War der Tote vielleicht Brillenträger gewesen?, ging es ihm durch den Kopf. Dann wäre das Foto, das sie hatten, noch unrealistischer. Aber wie könnte er das herausfinden?

»Und? Welche darf ich Ihnen bringen?«, fragte Marianne. Auch auf diese Frage hatte der Kommissar keine Antwort.

Es dauerte vierzig Minuten. Er probierte einundzwanzig Fassungen. Mit einer sah er aus wie sein Schwager, der Steuerberater und Alkoholiker war. Mit einer anderen wie der allwissende Experte einer Talkshow, mit einer dritten wirkte er wie ein Zuhälter auf Entzug. Es war mühsam. Anton wusste selbst nicht, warum er sich das antat.

Was die Sache weiter verkomplizierte, war, dass er dem Urteil von Marianne nicht wirklich vertraute. Wer das eigene Gesicht mit einer hässlichen Brille verunstaltete, verlor in seinen Augen die Kompetenz zur Fachberatung. Jedes Mal, wenn er ein Modell ablehnte, redete sie von seiner eigenwilligen Kopfform. Das konnte er nicht nachvollziehen. Schließlich war er hier, weil er so normal aussah und markanter wirken wollte. Als er die Verkäuferin bat, ihm das genauer zu erklären, bekam er keine Antwort. Zur Strafe blieb er, bis der Laden zumachte.

Während er die Treppe zu seiner Wohnung emporstieg, wunderte er sich, warum das Aussuchen der Brille so anstrengend war. Vielleicht weil er prinzipiell nicht konsumfreudig war. Außer in Weinboutiquen. Kaufhäuser hatte er noch nie gemocht, weil er das Einkaufen an sich nicht mochte. Er kannte auch keinen Mann, der jemals das Wort *shoppen* benutzt hätte. Und schon gar nicht als Ausdruck einer lustvollen Beschäftigung.

Am meisten hasste er es, Hosen oder Schuhe anzuprobieren, wobei er sich nicht sicher war, ob es der lästige Akt des An- und Ausziehens war, der ihn nervös machte, oder die Qual der Entscheidung, die er angesichts ähnlicher, aber nicht gleicher Modelle treffen musste. Bei den Brillen war er demselben Dilemma ausgesetzt.

Am Ende hatten ihn drei Damen zugleich betreut. Gegen das teuerste Modell konnte er sich verteidigen, nicht aber gegen das getönte Glas. Dieses würde ihm, wie ihm eine der Verkäuferinnen zuflüsterte, doch gerade den *Look* verleihen, der Herren in Führungspositionen auszeichnet. Er gab nach. Vielleicht war es ja eine Investition in die Zukunft.

Als er den Rucksack vor seiner Haustür abstellte und aufsperren wollte, läutete sein Telefon. Es war Herbert, er hatte die Krankenhäuser überprüft.

»Keine registrierte Nierenoperation in den letzten drei Wochen. Jedenfalls nicht an einem Schwarzen.«

»Danke.«

»Die Neue, wie ist sie?«, fragte Herbert und konnte den lauernden Unterton in seiner Stimme nicht verbergen.

»Ganz okay. Hast du sie schon mal gesehen?«

»Nein, lohnt es sich?«

Der Kommissar zögerte, der Begegnung seines Kollegen mit der Assistentin sah er mit gemischten Gefühlen entgegen.

»Die könnte ganz gut zu uns passen.«

»Dann is' sie greislich, gib's zu?«

»Ich glaube, wir haben jetzt andere Probleme. Bis morgen.« Er legte auf.

Im Wohnzimmer warf er den Rucksack auf das Sofa und nahm das asiatische Glasnudelgericht heraus, das er beim *Asia-Shop* mitgenommen hatte. Als er den Kühlschrank öffnete, stellte er fest, er hatte keinen Weißwein kalt gestellt. Das passierte selten. Da Rotwein zu diesem Gericht nicht passte, wollte er sich ein Weißbier einschenken. Doch in dem einzigen Glas, das er hatte, steckte die Rose der Waldfee. Unschlüssig stand er mit der Flasche in der Hand im Raum, dann holte er sich einen alten Bierkrug, kühlte ihn unter dem laufenden Wasserstrahl und schenkte ein. Zur Strafe schäumte es so, dass ein Teil der Flüssigkeit auf den Boden tropfte.

Er wollte abschalten, doch das gelang ihm nicht. Schon nach dem ersten Schluck drehte sich in seinem Kopf die übliche Gedankenspirale: Also keine registrierte Operation. Vielleicht war der Mann frisch operiert eingereist. Dann hätte er schon etwas sehr Dringendes hier erledigen müssen. War er zu einem unaufschiebbaren Business-Meeting gekommen, oder ging es um illegale Geschäfte? Wohl eher Letzteres, denn warum sollte man einen Reisenden sonst ermorden? Allerdings, möglich war alles. Offene alte Rechnungen, ein Eifersuchtsdrama, politische Intrigen, Konkurrenz unter Ausländern.

Als er ausgetrunken hatte, fiel ihm ein, dass er heute ins Fitnessstudio gehen wollte.

Doch jetzt, nach dem Weißbier, war sein Elan erschlafft.

Er ließ heißes Wasser in die Badewanne laufen und schüttete eine Packung *Verwöhnbadesalz* mit *Wildrose und Sandelholz* hinein. Das hatte er sich gegönnt, als er nach dem anstrengenden Brillenkauf in einer Drogerie noch eine Tube Rasierschaum geholt hatte. Schließlich war er »Nassrasierer«. Das Wort hatte er von Herbert. Dieser wollte unbedingt, dass es Anton in sein *Parship*-Profil einbrachte. Frauen würden es lieben, dieses maskuline Hantieren mit dem scharfen Messer, das aber nur eine dünne Rasierklinge war, den herben Geruch des Rasierwassers, das Handtuch über den nackten Schultern des Mannes.

Jedenfalls hätte diese Kombination mehr Sexappeal als das monotone Surren eines Rasierapparats. Vor allem wenn dabei auch ein Rasierpinsel zum Einsatz kam. Hier konnte Anton zuerst nicht folgen. Er verteilte den Schaum stets mit dem Finger auf der Haut, alles andere war ihm zu umständlich. Dass man mit einem Rasierer auch gewisse Körperteile einer Frau von störendem Haar befreien konnte, wie ihn Herbert dann aufklärte, und dabei besagter Rasierpinsel eine äußerst anregende Rolle spielen konnte, war ihm bisher entgangen. Vielleicht war in seinem Beruf für solche Fantasien kein Platz.

Während die roten Kristalle sich im Wasser auflösten, warf er einen Blick auf die Packung. Zur *Wildrose* kam noch als Zusatz *Jojobaöl.* Da er weder wusste, was das eine noch das andere war, ließ er sich vorsichtig ins Wasser gleiten. Es roch nach nichts. Als sein Körper langsam untertauchte, fiel ihm wieder die Leiche ein. Auch der Körper des Schwarzen war langsam ins Wasser geglitten, allerdings in eiskaltes. Und ob er davon noch etwas mitbekommen hatte, war ungewiss.

Manchmal wunderte sich Anton, wie er, als ungeduldiger Mensch, in diesem Beruf zurechtkam. Manche Ermittlungen liefen über Jahre.

Erst neulich hatte eine Soko von Kollegen in Norddeutschland den Mord an zwei Kindern aufgeklärt. Zehn Jahre waren sie hinter dem Täter her gewesen. Am Ende war es, wie so oft, der freundliche Nachbar gewesen. In seinem Fall gab es diesen nicht, doch umso mehr hoffte er, das Rätsel bald lösen zu können. Die ersten achtundvierzig Stunden waren entscheidend.

Gab es bis dahin keine Spur, wurde es schwierig. Also musste morgen etwas passieren.

Am nächsten Morgen in der U-Bahn starrte ihm von allen Zeitungen das Foto des Schwarzen entgegen. *Wer ist dieser Mann?* Vielleicht würde sich ja durch Zufall etwas ergeben. Der Kommissar liebte Zufälle. Er kannte einen Fall, der so haarsträubend war, dass es kein Drehbuchautor gewagt hätte, die Szene in einem Film unterzubringen: Banküberfall in der Schleißheimer Straße. Zwei Täter im Schalterraum, ein Komplize im Fluchtauto vor der Bank. Dieser hatte sogar einen Parkschein gelöst. Zur gleichen Zeit fährt ein Streifenwagen die Straße entlang, es knallt, der BMW hat einen platten Reifen, was so gut wie nie passiert. Der Kollege lässt den Wagen ausrollen. Er kommt genau neben dem Fluchtwagen zum Stehen und versperrt diesem die Ausfahrt. Der Polizist will gerade den Reifen wechseln, als die beiden Räuber mit vollen Taschen aus der Bank stürzen. Sie sehen den Polizeiwagen, denken, man habe sie verpfiffen, und flüchten zu Fuß. Sie kamen nur hundert Meter weit.

Viele der angeblich perfekten Verbrechen der Kriminalgeschichte waren genial geplant, scheiterten aber an einem dummen Zufall, den niemand einkalkulieren konnte. Dies gab dem Kommissar Mut, wenn er mal wieder glaubte, die Ermittlungen würden im Sand verlaufen.

Als er den Gang entlang zum Büro ging, sah er, dass das Foto des Toten auch am schwarzen Brett hing. Es hing inzwischen in jeder Amtsstube, an jedem Grenzübergang. Die Kollegen vom LKA waren dabei, einen Fotoabgleich mit dem Zentralcomputer der Grenzpolizei zu machen, der auch die anderen EU-Länder einbezog. Das hatte Herbert gestern Abend noch auf den Weg gebracht.

Die Tür zu seinem Büro war offen. Veronika Muschner war bereits da und telefonierte. »Danke, das war's. Am besten als SMS. Ich ruf dann zurück.«

Sie legte auf und sah Anton freundlich an. »Guten Morgen, Herr Biersack.«

Er verzog das Gesicht, nur selten redete ihn jemand mit seinem Familiennamen an. Als hätte sie seine Gedanken gelesen, fügte sie lächelnd hinzu.

»Oder ist Ihnen Kommissar lieber, Herr Kommissar?«

»Wie Sie wollen. Aber es klingt etwas sachlicher, meinen Sie nicht?«

»Natürlich. Und weil wir gerade bei der Sache sind: Die großen Kaufhäuser bin ich durch. Niemand erinnert sich, diese Gravur in Auftrag gegeben zu haben.«

Der Kommissar nickte, als hätte er nichts anderes erwartet. Was allerdings nicht stimmte.

»Jetzt gibt es natürlich noch die Uhrengeschäfte, Juweliere«, fuhr sie fort.

»Und die Kaufhäuser auf dem Land«, sagte Anton.

»Uferlos«, meinte Veronika. Da hatte sie recht. »Vielleicht sollten Sie ein Foto des Rings in der Tagesschau veröffentlichen?«

Der Kommissar zögerte. Seit der dummen Geschichte mit der Geiselnahme stand er mit der Presse auf Kriegsfuß. Aber daran wollte er jetzt nicht denken.

Veronika lehnte sich zurück. Das Jeanshemd saß straff über dem Busen. Der schwarze Gürtel mit den silbernen Nieten war ihm etwas zu modisch und die enge schwarze Hose auch. Dabei konnte er sich gut vorstellen, wie es wäre, wenn sie das alles nicht anhätte. Anton senkte den Kopf. Solche Fantasien durfte er sich nicht erlauben, im Dienst schon gar nicht. Das war unprofessionell.

»Ist was?« Sie hatte sich vorgebeugt und den Kopf auf die Hände gestützt.

Er schüttelte den Kopf. Dass man ihm seine geheimen Gedanken auch noch ansah, ärgerte ihn erst recht.

»Was ist mit diesem Zettel der Tankstelle aus Innsbruck? Soll ich dem mal nachgehen?«

Der Kommissar ging zum Fenster. Draußen regnete es.

»Müssen wir. Aber wollen Sie bei dem Wetter wirklich da hinfahren?«

»Warum nicht?« Da hatte sie recht.

»Ihr Kollege, der Herr Knorr, ist ja noch anderweitig beschäftigt, nehme ich an.«

»Er wird wohl noch beim LKA sein.«

Veronika ging zur Tür.

»Sind Sie bei der Fahrbereitschaft schon eingetragen?«, fragte er. »Sonst mach ich das für Sie.«

»Wird nicht nötig sein.« Sie ging hinaus, bevor er fragen konnte, was sie damit gemeint hatte.

Er öffnete das Fenster, die trockene Luft der Heizung war ihm unangenehm. Dann wählte er die Nummer der Spurensicherung und fragte nach dem, was ihm das ganze Wochenende im Kopf herumgegangen war.

»Und die Lederhose? Habt ihr was gefunden? Etikett, Hersteller, Logo des Geschäfts?«

»Nichts. Alles abgetrennt. Ist ein altes Teil, kann man bei jedem Trödler kaufen.«

»Danke.« Er legte auf und schloss das Fenster.

Dann holte er die Karten des Seeufers hervor, die er sich gestern noch von Google heruntergeladen und ausgedruckt hatte. Alle allein stehenden Bootshütten waren schon markiert. Wo stand ein Elektroboot? Oder ein anderes schwimmfähiges Element? Vielleicht hatten sie die Leiche ja einfach auf ein Surfbrett gelegt und in den See hinausgeschoben. Aber wie wurde der Tote dann ins Wasser gelassen? Von einem zweiten Brett aus?

Er wusste, nichts war unmöglich, und das machte seinen Beruf so schwierig. Der Kommissar liebte es, im Lauf der Ermittlungen Dinge und Verdächtige zu eliminieren. So wurde der Kreis immer kleiner, bis nur noch eine Person übrig blieb.

Aber bis jetzt hatten sie noch nicht einmal einen Kreis.

Fünf Minuten später war Veronika zurück. »Das mit dem Zettel aus Innsbruck läuft.«

Er sah sie erstaunt an. »Und wie?«

»Per Mail.« Sie zog ihr iPhone hervor. »Das war keine Tankstelle, sondern ein Lagerhaus. Also habe ich den Zettel fotografiert und dann als E-Mail hingeschickt. So ist er größer als das Original, man kann ihn besser lesen.« Der Kommissar war beeindruckt, hoffte aber insgeheim, dass ihm das nicht mehr allzu oft passieren würde. Schließlich war er hier der Chef und musste die guten Ideen haben. Vor allem gegenüber einer Anfängerin.

»Später ruf ich in Innsbruck noch einmal an. Wenn sie sich an den Kunden erinnern, fahr ich hin. Wir könnten natürlich auch erst mal das Foto des Toten mailen.«

»Tun Sie das. Und dann brauche ich die Adressen und Telefonnummern der Leute, die diese Bootshäuser haben.« Er reichte ihr die markierten Karten.

»Die mit grünem Kreis können Sie auch gleich recherchieren. Das sind Häuser mit Seeblick. Vielleicht hat da einer was beobachtet. Oder gehört.«

Veronika betrachtete die Pläne. Es waren viele Kreise.

»Wie soll ich vorgehen? Was denken Sie?«

Der Kommissar war sich nicht sicher, ob sie ihn testen wollte oder ob das jetzt eine kalkulierte Geste war, um die Hierarchie wiederherzustellen.

»Was schlagen Sie denn vor?«

»Ich fahre mit den Karten raus zu den Gemeinden und lass die Infos gleich darauf eintragen.«

Die Idee hätte von ihm sein können.

»Genau das tun Sie bitte. Bis später.«

Fast hätte er noch zufrieden genickt, doch das wäre des Guten zu viel gewesen.

8

Jetzt konnte er nur noch warten. Aber genau das ging ihm auf die Nerven. Er holte die Fotos des Toten aus dem Ordner und betrachtete diese noch einmal.

Ein gut aussehender Mann, soweit man das beim Zustand der Leiche beurteilen konnte. Die Großaufnahmen der Hände sah er sich länger an. Die Kuppen von Daumen und Zeigefinger waren für einen Fingerabdruck nicht mehr zu gebrauchen. Man hatte sie bewusst verstümmelt. Wenn jemand von einer Person die Identität auslöschen wollte, musste diese eine gewisse Bedeutung haben. Zumindest für eine andere Person im unmittelbaren Umfeld. Oder das Wissen um die Identität würde eine Gefahr für den Täter darstellen. Also kein mittelloser Flüchtling, der in der Schwulenszene jobbte. Es gab aber auch noch eine banalere Erklärung. Man wollte nur die Ermittlungen erschweren, routinemäßig. Ein Trick, der leider funktionierte.

Als Herbert durch die Tür kam, wurde der Kommissar in seinen Überlegungen unterbrochen. »Das mit dem Fotoabgleich dauert noch etwas beim LKA. Die melden sich.« Er ließ sich in seinen Stuhl fallen. »Weißt du was, Abi?«

Anton schwieg, denn darauf gab es keine Antwort.

»Du kennst doch die dubiosen Briefe aus Afrika?«

»Die mit den gebunkerten Millionen? Aus Nigeria?«

Der Kommissar erinnerte sich, dass bis vor Kurzem einige Leute Briefe aus Afrika erhalten hatten, in denen ihnen eine unbekannte Person vorschlug, Geld zu überweisen. Viel Geld.

Der Absender müsse im Auftrag seines Vaters, eines in Ungnade gefallenen Generals oder Ministers, einige Millionen Dollar ins Ausland schaffen und frage höflich an, ob er dafür das Konto des Deutschen nützen dürfe. Dies war der Köder.

Im nächsten Brief sollte man dann im Voraus die Bankgebühren für den Transfer überweisen, bei der hohen Summe stets einige Tausend Euro. Besonders gerissene Betrüger luden die Angesprochenen sogar ein, ins Land zu kommen. So könnten sie sich persönlich von der Seriosität des Angebots überzeugen.

Die Gutgläubigen, die tatsächlich nach Nigeria fuhren, wurden mit einer großen Limousine abgeholt und im besten Hotel untergebracht. Dann folgten diverse Gespräche mit angeblichen Ministern. Dabei entstanden natürlich Kosten, zusätzlich zur Bankgebühr.

Oft nahm man ihnen unter dem Vorwand, die Angelegenheiten schnell regeln zu wollen, die Pässe weg. Nun waren die Besucher auch noch erpressbar. Das Hotel mussten sie ohnehin selbst bezahlen, die ganze Reise ebenfalls. Einige hatten bei dieser Aktion eine Menge Geld verloren.

Die Polizei war machtlos. Solange es hier im Land zu keiner Straftat kam, konnte sie nicht eingreifen. Wer freiwillig Geld ins Ausland überwies, war selbst schuld.

»Das wäre doch möglich, oder?«, fuhr Herbert fort. »Einer kommt her, um Geld einzufordern. Damit zahlt er die teure Operation. Aber das Opfer hat die Nase voll und rächt sich.«

Der Kommissar dachte nach. Möglich, aber nicht wahrscheinlich. Natürlich waren die Geschädigten erbittert, und mancher hätte sich wohl auch gerne gerächt. Aber erschlägt man deshalb einen Menschen? Außerdem wussten sie ja nicht einmal, ob der Tote aus Nigeria stammte. Und die Lederhose würde das auch nicht erklären.

»Noch nicht«, gab Herbert zu.

»Aber ich weiß, wie viel Geld manche Leute bei dem Spiel verloren haben. Und wie sauer die jetzt sind.«

Spekulationen, die sie nicht weiterbrachten. Aber *was* könnte sie weiterbringen?

Solange das Opfer nicht identifiziert war, gab es kein Umfeld, keine möglichen Verdächtigen, kein Motiv, nichts. Und die Spurensicherung würde bei einer Leiche, die lange im Wasser gelegen hatte, auch nichts bringen.

Deshalb war Mord auf See eine beliebte Methode, ungeliebte Personen aus dem Weg zu schaffen. Diese fiel über Bord, am besten nachts, bei Sternenhimmel. Alle Rettungsversuche wären leider vergebens gewesen. Man war untröstlich, die Versicherung misstrauisch, aber letztlich hilflos. Wie die Polizei. Wie er in diesem Augenblick. Was könnte er jetzt noch tun? Der Kommissar hasste diese Phase der Ermittlung, in der er nur warten konnte. Bis das BKA anrief, bis aus der Bevölkerung jemand auf die Suchmeldung reagierte, bis ein Zufall etwas ins Rollen brachte. Eine winzige Spur wäre immer noch besser als die Warteschleife, in der sie jetzt ihre Zeit vertrödelten.

Er lehnte sich zurück und schloss die Augen. Im Zimmer war es ganz ruhig. Nur von draußen kam das leise Rauschen des Verkehrs, gegenüber klickte die Tastatur des Computers. »Gibt's was Neues von den Asylantenheimen?«, fragte er. Das Geräusch der Tasten verstummte.

»Nichts. Keiner fehlt.« Herbert schwieg einen Augenblick. »Das heißt, es fehlt eigentlich immer einer. Aber es scheint keinen Vermissten zu geben.«

Der Kommissar öffnete die Augen wieder.

»Geht's auch genauer?«

»Die gehen da nicht gerne hin. Bleiben oft tagelang fort, hängen woanders rum. Kein Wunder, wenn man sieht, wie die untergebracht sind.«

Der Kommissar war froh, das nicht allzu genau zu wissen. Das Elend anderer Leute machte ihn depressiv. Weil er nichts tun konnte. Oft genug wurde er in seinem Beruf mit sozialen Verhältnissen konfrontiert, die ihn schockierten und für ein reiches Land wie dieses wirklich eine Schande waren. Doch ebenso schlimm waren die Abgründe der menschlichen Natur. Alkoholiker, die die Frau verprügeln, von der sie leben, Jugendliche, die andere totprügeln, weil sie Langeweile haben, Mütter, die ihre kleinen Kinder misshandeln, weil sie das Schreien nicht mehr ertragen.

Er hatte so viel Schlechtes gesehen, so viel Ungerechtes, dass er manchmal in Versuchung kam, an der Welt zu verzweifeln.

Vor allem wenn er dann in der Zeitung auch noch von all den anderen Gräueltaten las, von *Abu Ghraib*, dem Foltergefängnis im Irak, von amerikanischen Soldaten, die willkürlich auf Zivilisten schossen, von Jugendlichen, die in ihrer Schule ein Blutbad anrichteten, von Perversen, die sich jahrelang Sexsklaven im Keller hielten – die Liste war endlos. Ganz abgesehen von den Kriegen, die es überall auf der Welt gab.

Wie konnte es sein, dass Deutschland beim Waffenexport weltweit an dritter Stelle stand? Es produziert Waffen, die eingesetzt werden, um andere Menschen zu töten. Warum regte sich darüber niemand auf? Er wusste es nicht, und das deprimierte ihn. Anscheinend waren die Fähigkeiten des Menschen zum Guten ebenso stark ausgeprägt wie die zum Schlechten. Deshalb war ihm eine Frage, die er früher einmal irgendwo gelesen hatte, nie mehr aus dem Kopf gegangen: Wie viele Symphonien von Beethoven bräuchte es, um die Gräueltaten von Auschwitz aufzuwiegen? Eine absurde Überlegung, dennoch brachte sie das, worüber er so oft nachdachte, auf den Punkt.

Herbert, der immer noch auf den Monitor starrte, unterbrach seine Grübeleien.

»Vor Italien ist wieder ein Flüchtlingsboot gekentert. Fast zweihundert Tote. Im Sturm ertrunken.« Er schüttelte resigniert den Kopf. »Gott sei Dank, werden jetzt einige Politiker sagen.«

Der Kommissar sagte nichts.

Herbert tippte wieder auf seiner Tastatur, hielt aber nach kurzer Zeit inne. Die Art, wie ihn sein Chef beobachtete, irritierte ihn. Er wusste, dass sich der Kommissar nicht wohlfühlte, und er wusste auch, dass das nicht der Augenblick war, andere Themen ins Gespräch zu bringen, schon gar nicht gewisse Themen.

»Ich geh mal eine rauchen«, sagte er und stand auf.

Der Kommissar nickte und sah ihm nach, wie er den Raum verließ. Manchmal wäre er selbst gerne Raucher gewesen. Man hatte dann immer den Vorwand, sich kurz zu verabschieden, um sich frische Luft zu gönnen, was ja nicht ungesund war. Abgesehen vom Tabak.

Er ging zur Kaffeemaschine. Sie blinkte noch immer, also weiterhin keine Milch.

Er setzte sich wieder. Zweihundert Tote. Elend ertrunken, mit Blick auf die rettende Küste. Das war sie aber nur aus der Sicht der Sterbenden. Nicht aus der derer, denen diese Küste gehörte. Für diese waren die Ertrinkenden nur lästiges Strandgut. Zwar stand im Grundgesetz, die Würde des Menschen ist unantastbar. Doch in solchen Situationen vergaß das reiche Europa die eigenen Gesetze. Diese galten dann nur für die eigenen Bürger, denn nur die waren tatsächlich Menschen. Sie hatten einen Pass oder wenigstens eine Aufenthaltsgenehmigung, waren also behördlich erfasst. Ohne Stempel keine Identität. Und keine Existenz.

Damit war der Kommissar wieder dort, wo er nicht sein wollte, bei seinem Fall.

Er stand auf und ging hinüber zum Schreibtisch des Kollegen. Wenn sie nichts tun konnten außer warten, drückte er ein Auge zu, wenn der jüngere Kollege wieder im Internet unterwegs war. Denn von seinen Kenntnissen, auch auf den abstrusesten Gebieten, hatte er schon öfter profitiert. Der Monitor war noch an.

Der Kommissar beugte sich vor. Sein Blick fiel auf das leuchtende Foto einer fernen Galaxis. Darunter ein Text in knallig roten Buchstaben:

Abschied vom Urknall?
Eine neue Theorie des Universums.

War das jetzt wichtig? Draußen ertönte die Sirene eines Notarztwagens. Die Gleichzeitigkeit der Dinge: Während er hier hinaus ins Weltall blickte, starb vielleicht ein paar Häuser weiter jemand an Herzinfarkt, ertranken an fremden Küsten Menschen, wurden andere irgendwo erschossen, woanders welche gezeugt. In diesem Augenblick machte vielleicht ein Banker mit einem Mausklick Millionen, verhungerten oder ertranken Kinder in Bangladesch, stieg irgendwo ein Mensch auf den Gipfel eines Berges. Oder wurde von einer Lawine begraben. Und Anton stand im Büro mit dem Gefühl, die Zeit wäre stehen geblieben, um ihn zu ärgern.

Er rief seine Tochter an. Wie so oft landete er beim Anrufbeantworter. Er hinterließ keine Nachricht.

Sandra war politisch sehr engagiert, oft genug hatte sie ihm sein Desinteresse vorgeworfen. Leider wusste sie nicht, wie es in Behörden zuging. Dort bestimmten Sachzwänge die Spielregeln. Ein komisches Wort, dachte der Kommissar. Wer nötigt da wen? Anscheinend zwingt die Sache den Menschen zu einer Handlung. Wie war das möglich? Konnte eine Sachlage, also etwas Abstraktes, aktiv werden? Die Sirene des Notarztwagens entfernte sich wieder. Oder war es ein anderer Wagen gewesen? Wenn Herbert zurückkam, müssten sie etwas tun. Er war der Kommissar, er musste den nächsten Schritt vorgeben. Aber welchen?

Wahrscheinlich steckten Politiker oft in solchen Situationen. Herbert war Mitglied bei den Grünen, früher hatten sie darüber heftig diskutiert, doch inzwischen fand Anton, dass er eigentlich recht hatte. Nicht nur wegen der Atomkatastrophe in Japan. Vielleicht würde er sogar selbst beim nächsten Mal so wählen. Aus Prinzip. Aber welches – Hoffnung oder Verzweiflung?

Der Regen hatte aufgehört, aber die Scheiben am Fenster waren noch beschlagen. Diese Veronika hätte sich auch mal melden können. Dann ging die Tür auf, Herbert kam zurück.

»Bevor du dich weiter um den Urknall kümmerst, könntest du vielleicht mal beim LKA anrufen, wie lange das noch dauert?«

»Der Bergmann meldet sich. Hat er versprochen. Verlass dich drauf, du kennst ihn doch.« Herbert wusste, die Aufforderung entsprang der Ungeduld des Kommissars und keiner tatsächlichen Notwendigkeit. »Außerdem ist das mit dem Urknall wirklich aufregend. Bei der Theorie ist ja vieles noch ungeklärt.«

Das war dem Kommissar bisher entgangen.

»Was denn? Aber bitte nur kurz.«

»Also, du weißt ja, mit dem Urknall ist alles entstanden.«

Der Kommissar nickte, noch konnte er folgen.

»Das heißt, entstanden sind erst mal der Raum und die Zeit.«

»Logisch«, murmelte der Kommissar, obwohl er sich da nicht sicher war.

»Die beiden gehören ja zusammen. Seit Einstein spricht man von der Raum-Zeit, wie du weißt. Klar?«

Wieder nickte der Kommissar, nicht weil ihm das so klar war, sondern weil er einen längeren Exkurs in die Relativitätstheorie vermeiden wollte.

»Wenn die Raum-Zeit mit dem Urknall erst entstanden ist, wo und wann hat sich dieser dann ereignet?«

Der Kommissar versuchte, sich das vorzustellen. Ohne Zeit und Raum gab es tatsächlich keinen Ort und keinen Zeitpunkt, an dem sich etwas ereignen konnte. Ein faszinierender Gedanke.

»Über eins sind sich die Physiker einig«, fuhr Herbert fort. »Der Urknall muss nach den uns bekannten physikalischen Gesetzen abgelaufen sein. Wenn durch dieses Ereignis aber alles erst entstanden ist, wie kann es dann vorher schon Gesetze gegeben haben?«

Nun stand er auf und holte zum philosophisch entscheidenden Schlag aus.

»Und damit kommen wir zu einer höchst interessanten Frage: Woher kommen die Naturgesetze überhaupt? Wer hat sie gemacht? Oder sind sie von selbst entstanden, ohne Zeit und Raum? Im Nichts?«

Herbert hielt inne, aber nur einen Augenblick, der zu kurz war für den Kommissar, um das Gesagte verdauen zu können.

»War also zuerst der Geist da? Und dann kam die Materie?«

Für einen Moment dachte der Kommissar, sein Gegenüber würde tatsächlich eine Antwort von ihm erwarten. »Vor allem, was ist das, der Geist?«

Es wurde still. Die Worte standen unsichtbar im Raum, auch wenn das schlichte Büro der kosmischen Dimension der Frage nicht gerecht wurde. Das galt auch für den Kommissar. Zwar spürte Anton, dass sein Kollege etwas Bedeutendes gesagt hatte. Zugleich war er froh, kein Physiker zu sein. Trotz aller Schwierigkeiten waren die Probleme mit einer Leiche doch überschaubarer als die des Universums.

In diesem Augenblick läutete das Telefon. Es war Bergmann vom LKA.

»Ich glaube, wir haben was. Es kam da eine Meldung von den Franzosen, aus Paris.«

»Und?«

»Unser Rechner macht gerade Probleme. Ich melde mich wieder. Vielleicht erst nach dem Mittagessen.«

»Danke.« Also wieder warten.

Fünf Minuten später läutete es noch einmal. Ungeduldig hob der Kommissar ab. Es war nicht das LKA, sondern Veronika.

»Ich komme gut voran, werde abends wieder da sein.

Soll ich auf dem Rückweg noch schnell die Juweliere checken, in Starnberg oder Wolfratshausen?«

»Wenn Sie möchten, gerne. Aber Sie haben den Ring doch gar nicht dabei.«

»Aber mein Telefon.«

»Ja und?«

»Den hab ich doch längst fotografiert.«

»Dann bis später.«

Der Kommissar stand auf. Er hatte Lust, spazieren zu gehen, allein. Und er wollte irgendwo etwas essen. Aber nicht in der Kantine.

»Ich geh mal kurz weg. Falls der Bergmann anruft, stell ihn aufs Handy um.«

Herbert, der wieder im Netz unterwegs war, nickte.

»Und kümmere dich bitte darum.«

Der Kommissar zeigte auf die blinkende Kaffeemaschine und ging hinaus.

9

Als er im Freien war, blies ein kalter Wind. Der Himmel war grau, aber es würde nicht mehr schneien. Zügig ging er die kleine Straße hinter dem *Bayerischen Hof* entlang bis vor zum *Literaturhaus.* Der mächtige vierstöckige Bau gefiel ihm, auch wenn er nicht wusste, wie man mit Literatur ein so großes Haus füllen konnte. Die Veranstaltungen fanden doch nur im obersten Stock statt, manchmal in der Bibliothek. Was also war sonst noch in diesem Gebäude?

Im Erdgeschoss das Restaurant. Es hieß *Oskar Maria Graf,* auch wenn sich der Autor hier nicht einmal den Senf zur Weißwurst hätte leisten können.

Der Kommissar ging die Stufen zum Eingang hoch, um einen Cappuccino zu trinken. Im Bereich Bar und Café waren nur wenige Leute, das Restaurant war noch geschlossen. Eine Bedienung stellte die Getränkekarten auf die Tische. An der langen Theke stand ein einzelner älterer Herr und las die *Süddeutsche Zeitung*.

An zwei Tischen saßen Frauen, allein. Die eine, schwarzhaarig und etwas älter, schrieb in ein ledergebundenes Heft. Auf dem Bistrotisch vor ihr stand ein Glas Prosecco, daneben lag eines dieser smarten Telefone, die mehr können, als Menschen wie Anton brauchten. Vielleicht eine Anwältin. Am Fenster saß eine etwas jüngere Blonde, ebenfalls elegant gekleidet. Vor ihr lag ein Croissant, das sie nicht angerührt hatte. Jetzt nahm sie den Teebeutel aus dem Glas. Dann lehnte sie sich zurück und starrte ins Leere. Die Frau war durchaus attraktiv, aber ihr unbeteiligter Blick raubte ihr den Charme. Ganz hinten saß noch ein Mann mit dichten Locken, er trug einen schwarzen Rollkragenpulli und Jeans. Seine Finger tippten auf der Tastatur seines Laptops. Vielleicht ein Schriftsteller? Hier im Literaturhaus? Der Gedanke amüsierte den Kommissar. Das Klischee des Autors, der im Café diskret seine Bestseller verfasst und nebenbei schöne Frauen als Musen akquiriert, war zwar schön, aber falsch. Das galt auch für die Vorstellung, die viele über seinen Beruf hatten. Das Sammeln und Auswerten winziger Details war mühsam und zeitraubend, spannende Verfolgungsjagden wie im Fernsehen gab es fast nie, darauf konnte er auch gerne verzichten. In seinem Job war das Gegenteil gefragt, Geduld.

Er sah zu, wie das Herz aus Schaum, das ihm die freundliche Bedienung auf den Kaffee gezaubert hatte, sich wieder auflöste. Insgeheim hoffte er, dass dies bei seinem aktuellen Fall ebenso laufen würde. Vielleicht löste er sich ganz von selbst.

Der Kommissar trank aus und ging zur Tür. Er bemerkte, dass ihm der Blick der Blonden folgte. Aber Frauen, die so tun, als seien sie unnahbar, interessierten ihn nicht.

Er blieb stehen und holte sein Handy hervor. Kein Anruf, keine Nachricht vom LKA. Als er hinausgehen wollte, kam ein eleganter Schwarzer zur Tür herein. Grauer Anzug, Kamelhaarmantel, getönte Brille. Er hatte eine *Herald Tribune* unter den Arm geklemmt und trug eine teure Aktentasche. Fast wären sie zusammengeprallt.

»Sorry«, murmelte der Mann und lächelte den Kommissar freundlich an.

War der Tote eine Persönlichkeit gewesen wie diese? Vielleicht ein Diplomat? Dann hätte sein Fall eine politische Dimension. Keine guten Aussichten.

Er ging hinaus. Der Wind pfiff jetzt so sehr, dass er in die geschützte Passage der Fünf Höfe einbog. Die Architektur gefiel ihm nicht besonders, zu kalt, zu viel Beton. Im Sommer, wenn die langen Kletterpflanzen an den Wänden herabhingen, war es erträglich. Mit schnellen Schritten ging er an den teuren Markenboutiquen vorbei und kam gegenüber der Theatinerpassage wieder auf die Straße. Es waren nicht viele Leute unterwegs. Zügig überquerte er den Platz vor der Feldherrnhalle.

Obwohl er schon so lange in München lebte, hatte er keine Ahnung, wen die Büsten und Statuen darstellten. Es interessierte ihn auch nicht. In der Geschichtsschreibung wurden immer nur die Generäle und genialen Schlachtenführer erwähnt. Von den Heerscharen, die sie in den Tod führten, war nie die Rede. Fast immer waren Kriege die Spiele der Mächtigen, für die ganze Armeen von Namenlosen geopfert wurden.

Obwohl das Wetter düster war, genoss der Kommissar den Spaziergang, denn diesen Luxus konnte er sich im Dienst nur selten leisten. Meist machte er Überstunden, die er nicht bezahlt bekam. Deshalb hatte er jetzt auch kein schlechtes Gewissen, zumal ihm in diesen stillen Momenten oft hilfreiche Ideen für die Ermittlungen kamen.

Eigentlich wollte er noch bis zum Hofgarten gehen, doch es war zu kalt. Oft wunderte er sich, wie Menschen aus heißen Ländern es hier aushielten. Die zierlichen Thaimädchen, die Händchen haltend neben oft älteren deutschen Männern einhertrippelten und sich in ihren Anoraks versteckten. Bereuten sie ihre Entscheidung, dem Fremden ins ferne Paradies gefolgt zu sein, das sich für viele als kaltes, unfreundliches Niemandsland entpuppte?

Und der Tote im See? Hätte er gewusst, was ihn hier erwartet, wäre er vielleicht in seinem Dorf in Afrika geblieben. Oder in seinem kleinen Laden in Paris.

Der Kommissar spürte, wie ihm der Rücken wehtat, außerdem blies unter den kahlen Bäumen der Wind noch stärker als auf der Straße. Er kehrte um.

Nun würde er einfach etwas früher essen, vielleicht Weißwürste im *Franziskaner.* Oder im *Andechser,* da waren sie größer.

Als er zur Oper ging, kam er vor der Residenz an den beiden Bronzelöwen vorbei, denen Touristen gerne die Hände auf die Schnauze legten, weil es Glück bringen sollte. Vor den Mäulern, die an den entsprechenden Stellen die Farbe verloren hatten und hell glänzten, blieb er stehen. Falls sich sein Fall nicht von selbst löste, und das war zu erwarten, konnte auch er etwas Glück brauchen. Da er keine Touristen imitieren wollte, streckte er nicht die Hand aus, sondern nur den Zeigefinger und berührte kurz die Nasenspitze des Löwen. Das musste reichen.

Sein Blick fiel auf einen Pfeil. Er zeigte zum Eingang der *Pfälzer Weinstuben,* der in der Toreinfahrt verborgen war. Schon lange war er nicht mehr hier gewesen. Er stieg die Steinstufen hoch und öffnete die schwere Holztür.

Das Innere des weitläufigen Saals hatte sich nicht verändert. Mächtige Säulen unter dem Gewölbe, einfache längliche Holztische. Der Raum sah aus wie eine Bierhalle, doch hier trank man offene Weine aus der Pfalz. Noch waren nicht viele Tische besetzt. Eine kleine Gruppe japanischer Touristen, ein paar Rentner, einer mit Hund, die die

Abendzeitung lasen, und zwei alte Damen, die vor einem Glas Glühwein saßen und sich offensichtlich wärmten.

Er setzte sich an einen leeren Tisch und studierte die Karte. Bodenständige Gerichte, nicht allzu teuer. Die Weine waren nummeriert, er würde den Einser nehmen, den billigsten. Dieser hatte nicht allzu viel Alkohol.

Und dazu *Saure Zipfel.* Als Kind hatte er nicht gewusst, dass es sich dabei um eine Wurstspezialität handelte. Damals hatte ihn das Wort aus anderen Gründen fasziniert. Er erinnerte sich, wie ihm seine Mutter einmal mitten auf der Straße eine Ohrfeige gegeben hatte. Nur weil er das Wort »Zipfel« benutzt hatte, das er kurz vorher zum ersten Mal in der Schule gehört hatte. Damals hatte der Penis eines kleinen Jungen namenlos zu sein, es durfte ihn eigentlich gar nicht geben.

Als die füllige Bedienung zu ihm kam, zeigte sein Finger in der Karte auf »Saure Zipfel mit Kraut«. Doch er sagte »Fleischpflanzl mit Sauerkraut«. Eigenartig. Etwas in seinem Inneren hatte ihm buchstäblich das Wort im Mund umgedreht. War er neurotisch? Seine Frau hatte ihm das öfter vorgeworfen. Aber nicht wegen irgendwelcher Zipfel.

Anton stand auf und ging zur Toilette. Am Eingang saß eine schwarze Frau, etwa 35 Jahre alt. Sie trug einen weißen Kittel und hatte einen Teller vor sich, in dem ein paar Münzen lagen.

»Guten Tag!«, sagte sie laut und deutlich, als wollte sie ihn an ihre Existenz und die damit verbundene Verpflichtung erinnern. Er wich ihrem Blick aus und drückte sich vorbei. Als er vor dem Becken stand und sich erleichterte, fiel ihm auf, dass ihn der neue Fall den ganzen Tag über verfolgte. Eine Schwarze.

Natürlich arbeiteten auf vielen Toiletten Afrikanerinnen, aber jetzt diese, gerade hier? Er musste zugeben, dass ihm Klofrauen eigentlich unangenehm waren. Nicht weil er Schwarze nicht mochte, sondern weil es ihm lästig war, nach Münzen suchen zu müssen. Und wenn er schon welche hatte, wie viele sollte man auf den Teller legen? 20 Cent? Etwas wenig. 50 Cent? Diese Münze brauchte er für die Parkuhr. 1 Euro? Nein, das war zu viel. Warum eigentlich? Ob er einen Euro mehr oder weniger in der Tasche hatte, würde er gar nicht merken. Jeden Tag im Keller vor der Toilette zu sitzen und auf Almosen zu warten war ein elender Job. Noch dazu in diesem eisigen Winter, wo es in Afrika jetzt sonnig und heiß war.

Normalerweise legte er beim Hinausgehen schnell 20 oder 30 Cent auf den Teller, ohne die dort sitzende Frau eines Blicks zu würdigen. Das war ihm unangenehm. Warum?

Wieder fiel ihm auf, dass er sich heute Fragen stellte, die ihm sonst nie in den Sinn kamen. War daran die Leiche des Schwarzen schuld? Oder hatte nur seine Neurose zugenommen?

Er öffnete die Geldbörse und fand ein paar einzelne Cents sowie eine Zwei-Euro-Münze. Was jetzt? Inzwischen hatte der Kommissar die Nase voll von seinen Gefühlsanwandlungen. Neurosen konnte er sich in seinem Job nicht erlauben. Zügig ging er zum Ausgang, blieb dann aber doch vor der schwarzen Frau stehen.

»Woher kommen Sie?«, fragte er freundlich.

Überrascht sah ihn die Schwarze an. Als Mensch wahrgenommen zu werden schien ihr nicht oft zu passieren.

»Aus Ghana.«

»Wären Sie bei diesem Wetter nicht lieber zu Hause?«

Sie lachte. »Lieber kalt als Hunger.«

Er legte die Zwei-Euro-Münze auf den Teller.

»Schönen Tag noch.«

»Danke«.

Die Frau lächelte ihn an, ihr Blick sagte alles.

Der Kommissar kam zurück in den Saal und setzte sich wieder an den Tisch. Die kurze Begegnung hatte ihm gutgetan. Auch der Wein war schon da. Er probierte ihn. Der würde ihm keine Probleme bereiten. Dann legte er das Handy auf den Tisch. Doch der Empfang war schlecht, vermutlich wegen der dicken Mauern. Wenn das LKA anrief, würde er das vielleicht nicht hören. Er stand auf und ging zur Tür. Auch dort zeigte das Display nur schwachen Empfang. Auf der Straße war es besser, aber das half nichts, denn er hatte sein Gericht schon bestellt.

Am anderen Ende des Tischs ließen sich gerade zwei Frauen nieder. Ihre Einkaufstüten trugen die Logos von Luxusmarken aus der Maximilianstraße. Die Uhren auch. Der Kommissar setzte sich und nickte diskret. Die Damen, offensichtlich aus der besseren Gesellschaft, nickten zurück, allerdings so verhalten, dass es vielleicht gar kein Nicken war.

Die etwas verblichenen Schönheiten, deren Falten wegen der intensiven Solarbräune noch deutlicher zu sehen waren, redeten ununterbrochen. Es ging um die Adresse irgendeines Friseurs, den man noch nicht kannte, um einen neuen Bungalow in Florida, um ein verregnetes Wochenende in Kitzbühel und um andere Belanglosigkeiten. Was taten die hier?, dachte er. Warum saßen die nicht im *Brenners* hinter der Oper oder im *Luitpold-Café* an der Brienner Straße? Er wollte doch seine Ruhe haben.

Während er noch überlegte, kam die Antwort. Zwar sprachen sie leise, aber nicht leise genug.

»Weißt', Lydia, ich sag's ganz offen«, sagte die eine. »Manchmal brauch ich was ganz Bodenständiges. Einfach so. Wo auch mal ganz einfache Leut' sitzen.«

Sie warf einen kurzen Blick auf den Kommissar, um ihre Worte zu unterstreichen.

»Genau«, stimmte ihr die andere zu. »Wo dich keiner kennt und du nicht jemandem über den Weg läufst, den du heut' aber schon gar nicht sehen willst.«

»Weil er dir letzte Nacht schon genug auf die Nerven gegangen ist.«

Sie kicherten anzüglich.

Die Bedienung kam mit dem Essen. »Mögen Sie Zipfel nicht?«, fragte sie, da sie sich anscheinend an die widersprüchliche Bestellung des Kommissars erinnerte.

»Eigentlich schon«, murmelte dieser. Wieder sahen die Damen kurz zu ihm herüber. Die Bedienung verschwand, wie so oft konnte sie die Logik mancher Gäste nicht nachvollziehen.

»Guten Appetit«, sagte die Frau mit der Cartier-Uhr am anderen Ende des Tischs.

»Danke«, murmelte der Kommissar, der sich an die Kantine erinnert fühlte.

Eine der Damen stellte eine Einkaufstüte mit der Aufschrift *»Africa House« – Hohenzollernstraße* auf die Bank. Der Kommissar erinnerte sich, dass er dort einmal mit dem Fahrrad vorbeigefahren war, wusste aber nicht, ob es eine Galerie war oder eine Boutique. Dann läutete sein Telefon.

Er sprang auf, lief zur Tür, aber der Anrufer hatte schon wieder aufgelegt. Unruhig ging er zurück und wollte essen.

Kaum hatte er dann den ersten Bissen im Mund, läutete es wieder. Diesmal sah er zuerst auf das Display. Dazu musste er die Brille aufsetzen, das dauerte, deshalb läutete es länger. Es war seine Mutter. Die konnte er später zurückrufen. Er legte auf.

Die Frau mit der Cartier-Uhr beugte sich vor. »Es wäre äußerst charmant, wenn Sie nicht dauernd telefonieren würden.«

»Ich habe noch kein einziges Mal telefoniert. Wenn es läutet, kann ich das nicht ändern.«

»Ausschalten«, befahl die Blonde mit der breiten Goldkette. »So wichtig wird's ja wohl nicht sein.«

»Wie gut, dass Sie das beurteilen können«, erwiderte der Kommissar.

Als er auf seinem Teller die kleinen, etwas verschrumpelten Hackfleischstücke liegen sah, kam ihm der tröstliche Gedanke, dass die beiden Damen in absehbarer Zeit damit eine gewisse Ähnlichkeit haben würden. Er begann zu essen, es schmeckte ihm.

Nachdem er das Sauerkraut probiert und gerade ein Stück Fleisch aufgespießt hatte, klingelte es wieder. Er nahm das Telefon und lief zur Tür. Diesmal war es der Kollege Bergmann, endlich. »Die Rechner laufen wieder. Ich schicke es dir rüber.«

»Was denn?«

»Ein Foto. Und die Infos dazu. In Paris ist einer eingereist, aus Nigeria. Könnte er sein. Vielleicht, das Bild eurer Leiche war ja nicht besonders scharf.«

»Danke, ich schau es mir gleich an.«

Der Kommissar ging zurück ins Lokal. Er schob sich noch schnell ein Stück Pflanzerl in den Mund, nahm einen großen Schluck Wein und griff nach seinem Mantel.

Die beiden Damen spitzten die grell geschminkten Lippen und schüttelten missbilligend den Kopf. Im gleichen Moment kam die Bedienung und servierte ihnen das bestellte Gericht, Schlachtschüssel für zwei Personen.

»Mahlzeit«, sagte der Kommissar und ging. Auf dem Weg zum Ausgang konnte er zahlen. Dann war er endlich auf der Straße. Zügig lief er in Richtung Dom. Der eiskalte Wind blies ihm ins Gesicht, aber das spürte er jetzt nicht mehr.

10

Als er ins Büro kam, beugte sich Herbert über die Kaffeemaschine. Das Seitenteil hatte er bereits abgenommen, jetzt spähte er ins Innere des Geräts.

»Das mit dem Ding hier ist so einfach nicht.« Er blickte hoch. »Warst aber schnell beim Essen. Hat's nicht geschmeckt heute?«

Der Kommissar setzte sich, ohne den Mantel auszuziehen.

»Das LKA hat uns was geschickt.«

Herbert ließ den Schraubenschlüssel los, der in die Maschine fiel. Mit zwei Schritten war er da und sah zu, wie der Kommissar die Mails aufrief. Wie versprochen hatte ihnen Bergmann die Rückmeldung der französischen Polizei weitergeleitet:

Oyibo Makele, 37 Jahre, aus Lagos, kam am 3. Februar in Paris Roissy an. Geschäftsmann. War schon öfter da. Keine weiteren Informationen.

Der Anhang enthielt das Passfoto von Mister Makele. Mit seiner großen Brille sah er ziemlich seriös aus. Andererseits, wer ein Visum benötigt, präsentiert sich natürlich entsprechend. Der Kommissar nahm das Foto des Toten und hielt es neben das Bild auf dem Monitor. Es gab tatsächlich eine gewisse Ähnlichkeit, vor allem wenn man sich die Brille dazu vorstellte. Mehr aber auch nicht. Aber das war alles, was sie hatten. Wenigstens war damit die abendliche Recherche unter schwulen Go-go-Boys überflüssig geworden.

»Ein Geschäftsmann?«, fragte Herbert leise. »Drogen, Waffen?«

Der Kommissar, der das Gleiche gedacht hatte, hob die Augenbrauen.

»Hast du Vorurteile?«

Herbert runzelte die Stirn und ging zurück zur Kaffeemaschine. Mit den Zeigefingern versuchte er, den Schraubenzieher aus der Maschine zu holen.

»Die Geschichte mit den Briefen, vielleicht ist da ja was dran«, sagte der Kommissar, der wusste, wie empfindlich sein Kollege sein konnte. Nur keine Reaktion.

»Ich meine, wir sollten der Sache nachgehen. Gibt es Leute, die in letzter Zeit geschädigt wurden? Vielleicht war das aber auch nur ein harmloser Geschäftsmann. Afrikanische Kunst, Mode, was auch immer. Es soll ja bekannte Designer dort geben.«

Das hatte Anton neulich im Magazin der *Süddeutschen Zeitung* gelesen. Er freute sich immer, etwas ins Gespräch zu bringen, das Herbert vielleicht nicht wusste. Dieser blickte hoch.

»Mehrere. Zum Beispiel die Frau Sy im Senegal. Hat ein Modeimperium gegründet, kann nicht mal lesen oder schreiben.«

Der Kommissar stöhnte. Wieder keine Chance.

»Sag mal, willst du nicht mal ins Fernsehen? In diesen Ratespielen könntest du dir dein mageres Gehalt doch leicht aufbessern.«

Herbert zuckte mit den Achseln, fummelte aber weiterhin im Inneren der Maschine herum. »Ich hab ein gutes Gedächtnis. Sorry, muss ein Geburtsfehler sein.«

Der Kommissar beugte sich wieder über das Foto aus Frankreich.

»Also los jetzt. Wir müssen die Familie kontaktieren, vielleicht seinen Zahnarzt, wenn er einen hatte. Und natürlich nach dem Anlass der Reise fragen. War er krank? Wollte er sich in Europa operieren lassen? Hatte er einen Grund, nach München zu kommen? Hatte er Feinde hier, vielleicht einen Konkurrenten?«

Herbert holte den Schraubenzieher aus der Maschine und ging wieder an seinen Platz. »Etwas stimmt aber nicht.«

»Und was?«

»Oyibo Makele – O. M.«

Leider hatte er recht. Zu den Initialen des Rings passte das nicht.

»Vielleicht stammt der von der Familie der Frau. Oder die Buchstaben beziehen sich auf Kosenamen. Was weiß ich, was Spatzl auf Nigerianisch heißt?«

Herbert hob den Kopf. »Hast du deine Frau Spatzl genannt?«

Der Kommissar ignorierte die Bemerkung und wählte die Nummer des LKA. »Danke für das Foto«, sagte er zu Bergmann. »Es sieht unserem Toten ziemlich ähnlich. Sag mal, hat der Mann Vorstrafen? Weiß man irgendwas über ihn?«

»Nein. Er hatte mal eine Schwester in Liverpool. Die ist aber gestorben.«

»Eine Straftat?«

»Nein, ein Unfall.«

»Weiß die Familie, dass er tot ist?«

»Keine Ahnung. Von uns nicht.«

Der Kommissar legte auf. Bei dem Wort Unfall wurde er immer misstrauisch. Eine Person absichtlich zu überfahren und dann zu verschwinden war eine elegante Möglichkeit, jemanden aus dem Weg zu räumen. Gelegentlich hatte er selbst schon darüber nachgedacht, wie er einen Mord begehen würde. Nur so zur Übung. Abgesehen von Schiffen schien ihm eine Straße der beste Tatort zu sein. Wenn man das gut plante und schnell war, am besten mit einem kurz zuvor gestohlenen Auto, das man dann irgendwo stehen lassen konnte, war das eine ziemlich einfache Sache. Nur wusste man nie, ob das Opfer auch wirklich tot war.

»Kannst du mal in der französischen Botschaft in Lagos anrufen?«, sagte er zu Herbert. »Die ihm das Visum ausgestellt haben, müssen ja seine Adresse kennen.«

»Ich kann kein Französisch.«

Anton sah, wie sein Gegenüber ins Internet ging, wahrscheinlich um die Telefonnummer herauszubekommen. »Außerdem reden die dort Englisch. Das war eine britische Kolonie.«

»Dann schreib eben an die englische Botschaft.«

Woher soll ich wissen, welches Land in Afrika von welcher Kolonialmacht ausgebeutet wurde?, dachte der Kommissar. Er war ausreichend damit beschäftigt, sich um die Motive der in Deutschland zu kurz Gekommenen zu kümmern, wenn sie mit dem Gesetz in Konflikt kamen. Doch erstaunlicherweise waren es selten die Armen, die aus Verzweiflung Straftaten verübten, sondern normale Bürger, die sich von Emotionen hinreißen ließen. Oder kalt ihren Vorteil ausnutzen wollten.

Die Reichen, die nur daran dachten, noch reicher zu werden, beschränkten sich auf Steuerhinterziehung oder Wirtschaftskriminalität, was nicht sein Ressort war. Dennoch wunderte er sich oft, mit welcher Apathie die Armen den provozierenden Reichtum der Eliten hinnahmen, vor allem in anderen Ländern, in denen das Gefälle noch extremer war. Erst neulich hatte er in der Zeitung gelesen, dass über fünfzig Prozent der Finanzkraft des ganzen Planeten in den Händen von nur 350 Familien lagen. Jeder nahm das klaglos hin. Und in Afrika war es sicher nicht besser.

Aber warum wollte jemand in Bayern Herrn Makele aus Nigeria ermorden? Der Kommissar nahm sich vor, an dem Tag, an dem er diese Frage beantworten konnte, die beste Flasche aus seinem Keller zu öffnen.

Er überlegte. Was könnte er jetzt noch tun? In diesem Augenblick fielen ihm die zwei Damen in den Pfälzer Weinstuben wieder ein. Und die Einkaufstüte aus der afrikanischen Galerie. Zufall oder Intuition? Das Interessante an seinem Beruf war, dass man das nie genau wissen konnte. Und doch wurden dadurch immer wieder kleine Teile in dem mühsamen Puzzle gefunden, das die Ermittlung in einem Mordfall jedes Mal wieder war.

Kurz darauf stand er vor dem Schaufenster mit dem Schriftzug *Africa House.* Es war geschmackvoll dekoriert. Dämonische Masken, kunstvoll geschnitzte Stühle, Nackenstützen aus Elfenbein, große Halsketten aus Holz oder Silber, manche mit Muscheln bestückt. Dazu Armreifen aus Kupfer und Messingringe, die mit Elefantenhaar umwickelt waren. Auf zwei Kleiderständern hingen schwere Umhänge, raffiniert geschnitten und mit einem ungewöhnlichen Muster.

Er öffnete die Tür und ging hinein. Eine große, etwas ältere Dame, die noch sehr gut aussah, kam auf ihn zu. Sie trug ein afrikanisches Kleid, dessen Schnitt und Farben europäische Eleganz ausstrahlten und das ihr ausgezeichnet stand. Der Kommissar hob die Augenbrauen.

»Aus der Sy-Kollektion?« Manchmal kam das Wissen seines Kollegen auch ihm zugute. Die Frau lachte.

»Nein, das ist aus Äthiopien, etwas völlig anderes.«

»Keine Sorge, ich verstehe davon eigentlich nichts«, gab er zu. Dann stellte er sich vor und zog das Foto aus der Tasche.

»Ist Ihnen zufällig dieser Mann bekannt? Er kommt aus Nigeria.«

Sie betrachtete das Bild genau, schüttelte aber den Kopf. »Ich kenne ihn nicht. Aber vielleicht mein Mann.«

Sie drehte sich um und öffnete eine Tür, die nach hinten führte.

»Ngugi, kommst mal einen Augenblick?«

Als sie den erstaunten Blick des Kommissars bemerkte, fügte sie lächelnd hinzu:

»Er ist Nigerianer.«

Wieder einer dieser Zufälle. Da fiel dem Kommissar ein, dass er noch etwas anderes ansprechen könnte. Auch wenn ihm das gegenüber der freundlichen Dame etwas unangenehm wäre.

»Die ominösen Briefe, in denen man Leute sucht, um ihnen aus Afrika hohe Summen auf ihr deutsches Konto zu überweisen. Kennen Sie die?«

Die Dame nickte.

»Warum kommen die immer aus Nigeria?«

Sie lachte, war also keineswegs pikiert.

»Weil die Nigerianer besonders clever sind. Das wird Ihnen jeder Afrikaner bestätigen.«

»Mit Verlaub, ist es clever, wenn man Leute betrügen will?«

Bei diesem Satz tauchte aus dem hinteren Raum ein großer, schlanker Schwarzer auf, der deutlich jünger war. Er trug eine randlose Brille, die ihm einen intellektuellen Anstrich verlieh. In dem hellblauen Oxfordhemd und dem schwarzen Cordsakko war er eine elegante und attraktive Erscheinung. Der Mann hatte anscheinend den letzten Satz noch gehört, denn jetzt lachte auch er.

»Wenn Ihnen jemand aus Afrika, den Sie nicht kennen, zehn Millionen Dollar überweisen will und Sie darauf reinfallen, wer ist dann der Kluge und wer der Dumme?« Kein schlechtes Argument. Unter diesem Aspekt hatte der Kommissar die Sache noch nie betrachtet.

»Verstehen Sie mich recht, ich billige das nicht«, fügte der Schwarze hinzu. »Ich wundere mich nur, wie gierig manche Leute sind, hier in diesem reichen Land. Und wie dumm.«

In diesem Punkt konnte ihm der Kommissar nicht widersprechen. Dann kam er auf sein Anliegen zurück. Der Mann hielt das Foto hoch und studierte es eine Weile.

»Das könnte der Bruder von Osuba sein. Ich weiß nicht mehr, wie er hieß.«

»Oyibo Makele?«, fragte der Kommissar.

»Möglich. Habe ihn mal in Paris getroffen. Ein verschlossener Mensch, jedenfalls für einen Afrikaner.«

»Was für einer Beschäftigung ging er nach?«

»Weiß ich nicht. Er schien gute Beziehungen zu haben. Zur Industrie und zu ein paar Politikern.«

»Zur Waffenindustrie?«

»Möglich.«

»War er krank? Hatte er ein spezifisches Leiden?«

»Nein, wieso?«

»Wir ermitteln noch«, sagte der Kommissar ausweichend.

»Wissen Sie, ob er mal in der letzten Zeit in München war?«

»Nein, er hätte uns bestimmt angerufen. Im Ausland halten die Schwarzen zusammen. Ganz anders als zu Hause.«

Der Afrikaner lächelte ihn freundlich an. Der Kommissar ließ seinen Blick durch den geschmackvoll dekorierten Raum schweifen. Sein Blick fiel auf eine kleine Statue, die mit Nägeln gespickt war.

»Was ist das?«

»Eine Art Fetisch oder Totem. Zauberer benutzen das, um einen Fluch über eine Person zu verhängen.«

»Glauben Sie daran?«

Der Mann lachte und hob die Figur hoch.

»Nein. Aber es gibt viele, die das tun. Angeblich funktioniert es. Jedenfalls würde ich mich unwohl fühlen, wenn ich wüsste, jemand setzt so einen Zauber gegen mich ein.«

Der Afrikaner gab dem Kommissar die Figur. Sie war einfach geschnitzt. Ein längliches dämonisches Gesicht, überdimensioniert für die kleine Figur, ein dicker Bauch mit einem Baströckchen. An einem der verrosteten Nägel, die in der Statue steckten, hing ein Preisschild: 600 Euro.

War im Fall Makele schwarze Magie im Spiel? Ein abwegiger Gedanke, dachte der Kommissar, aber ausschließen durfte er nichts.

»Würde man einen Zauberer töten, um seiner Rache zu entgehen?«

»Ist der Fluch ausgesprochen, ist es wohl zu spät. Aber genau weiß ich das nicht. Ich bin Ingenieur und kein Experte für schwarze Magie.«

Die Frau trat einen Schritt vor.

»Neulich ist uns übrigens so ein Fetisch gestohlen worden.«

»Wann?«

»Vor etwa zwei Wochen?«

»Hier aus dem Laden?«

»Genau. Ich stand dahinten und telefonierte, da kam ein Typ rein, ein Schwarzer mit Anorak.«

»Ein Schwarzer?«, unterbrach sie der Kommissar.

»Ja, es kommen ja öfter welche, die irgendwas verkaufen wollen, was sie geerbt oder von zu Hause mitgebracht haben. Meistens nur Schrott.«

»Und dann?«

»Als ich telefonierte, stand er da und wartete. Ich musste kurz nach hinten, weil ich meinen Terminkalender brauchte. Als ich zurückkam, war er weg. Und die Figur auch.«

»Wie sah er aus?«

»Kann ich nicht sagen. Es war sehr kalt an dem Tag, und da hatte er sich richtig vermummt. Machen ja viele, die das Wetter hier nicht gewohnt sind. Mütze bis zu den Augen herabgezogen, einen roten Schal bis über Mund, Hände in den Taschen.«

Der Kommissar stellte die Statue weg, die er immer noch in der Hand hatte, und holte noch einmal das Foto hervor.

»Hätte es der Mann auf dem Foto sein können?«

Die Frau warf noch mal einen kurzen Blick auf das Bild. »Eine Brille hatte er nicht. Aber sonst? Ich kann es wirklich nicht sagen. Vom Gesicht war ja fast nichts zu sehen, und es ging alles so schnell. Außerdem hatte ich meine Lesebrille auf.«

»Vielen Dank.«

Der Kommissar steckte das Foto wieder in die Tasche. Er wollte gehen, doch dann fiel ihm noch etwas ein.

»Sagen Sie mir bitte, ist es in Afrika üblich, sich in einen Ehering Namen eingravieren zu lassen? Oder wenigstens die Anfangsbuchstaben?«

Der Schwarze lachte. »Nein, das ist eine typisch europäische Tradition. Wir Afrikaner sind nicht romantisch. Wir leben unsere Gefühle.«

Der Mann sah seine Frau liebevoll an und legte ihr den Arm um die Schultern. Ein gutes Paar, dachte der Kommissar, trotz des Altersunterschieds. Und der unterschiedlichen Hautfarbe. Er verabschiedete sich. Als er hinaus auf die Straße trat, ging ihm der letzte Satz des Afrikaners durch den Kopf. Darüber würde er noch nachdenken.

11

Er nahm die U-Bahn und fuhr zurück ins Büro. Viel hatte sein Besuch nicht gebracht. Dass Makele im Laden eines Bekannten eine Figur gestohlen hatte, war äußerst unwahrscheinlich. Wer also war der Mann im Anorak? Hatte dieser Diebstahl mit dem Fall zu tun? Etwas jedenfalls wusste er jetzt. Makele war liiert gewesen, nicht mit einer Schwarzen, sondern mit einer Europäerin. Nur diese konnte auf die Idee mit der Gravur gekommen sein. Die Frau müsste doch sein Verschwinden bemerkt haben. Wenn sie nicht in Lagos lebte. Vermutlich tat sie das, denn der Verdächtige hatte keine ständige Aufenthaltsgenehmigung, sondern nur ein Einreisevisum. Oder sie hatten sich längst getrennt. Zu viele Optionen, wie immer. Paris war weit weg, Afrika erst recht. Sie hatten jetzt zwar ein identifiziertes Opfer, aber immer noch keinerlei Hinweise auf den Täter. Oder auf ein Motiv. Was hatte dieser Makele in München gewollt?

Der elegante Afrikaner aus der Boutique war überzeugt, der Besucher hätte sich bestimmt bei ihm gemeldet. Das aber hatte er nicht getan. War das ein Zeichen, dass niemand wissen sollte, dass er in der Stadt war? Vielleicht doch ein Drogengeschäft? Oder eine diskrete Besprechung mit der Waffenindustrie?

Als der Kommissar das Büro betrat, beendete Herbert ein Telefongespräch.

»Danke, für den Augenblick reicht uns das.«

»Was Neues?«

»In letzter Zeit keine Anzeigen wegen verdächtiger Briefe aus Afrika. Dafür gibt es jetzt welche aus China.«

»Chinesen kopieren doch nur, was funktioniert«, sagte Anton. Selbst wenn es zu keiner Anzeige mehr gekommen war, ausschließen konnte man diese Möglichkeit nicht. Nicht jeder Geschädigte ging zur Polizei. Und Menschen, über denen ein Fluch lag, schon gar nicht.

Vielleicht stand tatsächlich Makele hinter solchen Briefen, die an verschiedene Adressen in Europa verschickt wurden. Er könnte dem Opfer gegenüber als seriöser Geschäftsmann aufgetreten sein, der in der Angelegenheit diskret vermitteln würde. Der Kommissar hängte seinen Mantel auf. »In einer afrikanischen Galerie hat vor zwei Wochen ein Schwarzer eine Fetisch-Figur gestohlen.«

»Geht uns das was an?«

»Ich weiß es nicht. Das ist leider das Einzige, was ich weiß, und das gefällt mir nicht.«

»Dem Sokrates hat's schon gefallen.«

»Was?«

»Dass er nichts wusste. Der war sogar stolz drauf.«

Der Kommissar stöhnte. »Kannst du deine Konversation heute ausnahmsweise auf dienstliche Themen beschränken?«

Herbert blickte auf einen Zettel, auf dem er Notizen gemacht hatte. Seine Stimme nahm den sachlichen Tonfall eines Nachrichtensprechers an.

»Erstens: In den zentralen Krankenhäusern von Paris gab es im Zeitraum vom 2.–10. Februar genug Nierenoperationen, zwei davon an Frauen aus dem Senegal. Das haben wir herausbekommen. Da Makele weder eine Frau ist noch aus dem Senegal stammt, hilft uns das nichts. Die Krankenhäuser außerhalb von Paris werden noch überprüft. Zweitens: Dieser Makele ist der französischen Botschaft in Lagos gut bekannt. Er scheint Beziehungen zu haben, denn sein Visum wird immer problemlos verlängert, was nicht üblich ist. Drittens: Frau Muschner hat angerufen wegen des Lagerhauses in Innsbruck. Die haben sich gemeldet, das Stück Papier war durch das Wasser so aufgeweicht, dass kein Datum mehr zu lesen war. Jedenfalls erinnert sich niemand an eine Lederhose und an einen Afrikaner auch nicht.«

Der Kommissar stand auf und ging ans Fenster. Ein Sonnenstrahl durchbrach die Wolkendecke und tauchte die beiden Türme der Frauenkirche in ein kaltes Licht.

»Dann war das wohl ein alter Zettel, der schon lange in der Hose steckte.«

»Jedenfalls länger, als wir ermitteln, Chef.«

War da ein Hauch von Ironie in seiner Stimme?

Der Kommissar drehte sich wieder um.

»Sag mal, du hast doch gute Kontakte zum Rauschgiftdezernat? Die haben doch immer ein paar V-Leute im Milieu?«

»Nehm ich an.«

»Kannst du da mal das Foto von Makele herumgehen lassen? Vielleicht war er tatsächlich wegen Drogen oder anderer obskurer Geschäfte hier.«

Herbert nickte und ging schweigend hinaus.

Der Kommissar musste schmunzeln. Er wusste, wie sensibel sein Kollege war. Andererseits war er manchmal nicht in Stimmung für dessen Eigenheiten.

Natürlich musste der Kollege auch seine ertragen, aber das war in jedem Dienstverhältnis so. Und welcher Chef hätte die erotischen Anwandlungen eines Untergebenen so geduldig hingenommen wie er?

Kurz darauf ging die Tür ging wieder auf. Doch diesmal erschien nicht Herbert, sondern Veronika. Ihr Gesicht war von der Kälte draußen gerötet. Aber sie strahlte wie immer.

»Schön war's. Und interessant.«

Dem Kommissar kam es vor, als schwebte ein Engel herein, doch das lag wohl an seiner mürrischen Stimmung, die nun auf angenehme Weise durchbrochen wurde.

»Es ist immer noch sehr kalt draußen«, fuhr sie fort. »Am See minus acht Grad. Südlich von Ambach friert das Wasser am Rand schon zu.«

Sie zog Mütze und Jacke aus und breitete die Karte des Sees auf dem Schreibtisch des Kommissars aus. Neben jedem der Kreise, die er aufgemalt hatte, standen jetzt ein Name und eine Telefonnummer.

»Gute Arbeit«, sagte der Kommissar. Jetzt, da sie dicht neben ihm stand, nahm er das Lavendelparfüm noch stärker wahr. Da ihre Haare genau bis zu ihren Brüsten reichten, schienen die Locken, wenn sie sich bewegte, diese jedes Mal zu streicheln.

»Die Uhrengeschäfte und Juweliere hab ich auch durch. Starnberg, Tutzing, Wolfratshausen. Nichts. Kein Schwarzer und auch keine Gravierung in der letzten Zeit.«

Sie setzte sich auf Herberts Schreibtisch.

»Und hier? Gibt's was Neues?«

Der Kommissar fasste das wenige Neue zusammen.

Als er fertig war, überlegte sie kurz. »Das mit dem Fetisch find ich aufregend«, sagte sie.

»Hat aber mit unserem Fall wahrscheinlich nichts zu tun«, erwiderte der Kommissar.

»Ich glaube schon.«

»Warum?«

»Herr Biersack, Sie verstehen doch was von Frauen, oder?«

Der Kommissar nickte, auch wenn er sich fragte, ob das nicht eine Lüge war.

»Dann wissen Sie auch, dass die weibliche Intuition der männlichen weit überlegen ist, oder?«

»Wird vor Gericht als Beweis aber nicht anerkannt«, entgegnete der Kommissar etwas unwirsch. Eine Diskussion über solche Themen war das Letzte, wonach ihm der Sinn stand.

Deshalb war Anton Biersack froh, als die Tür aufging und Herbert zurückkam. Kaum hatte dieser die junge Frau an seinem Arbeitsplatz entdeckt, blieb er wie angewurzelt stehen. Veronika reagierte ähnlich. Sie presste die Lippen zusammen, ihre Augen blickten Herbert herausfordernd an.

»Du?«, zischte sie.

Herbert suchte nach Worten, was nicht oft vorkam. Jedenfalls nicht in Gegenwart des Kommissars.

»Was machst du auf meinem Schreibtisch?«, fragte er schließlich.

»Kommissar Biersack hat mich gebeten, hier Platz zu nehmen, solange niemand da ist.«

»Jetzt ist der Niemand aber wieder da.«

Veronika sprang auf. »Bitte, ist noch warm.«

Die Luft im Raum erschien dem Kommissar plötzlich so schwer, dass er sich unwohl fühlte.

»Moment mal, ihr kennt euch?«, fragte er, denn er hatte das Gefühl, etwas klären zu müssen, was anscheinend nur ihm unklar war.

»Kennen kann man nicht sagen«, antwortete Veronika spitz.

»Stimmt, das wäre vielleicht zu intim«, ergänzte Herbert und erntete unverzüglich einen bösen Blick. Jetzt hatte der Kommissar genug.

»Frau Muschner, können Sie uns bitte kurz allein lassen?«

»Mit Vergnügen.« Mit wehenden Locken lief sie hinaus.

Herbert ließ sich auf seinen Stuhl fallen und starrte auf einen seiner Kugelschreiber.

»Und?«, fragte der Kommissar.

»Was und?«

»Hör mal, wir haben hier einen komplizierten Fall zu lösen, da hab ich keine Zeit für irgendwelche Spielchen. Was war zwischen euch?«

»Nichts. Wir haben uns nur ein einziges Mal gesehen.«

»Und?«

»Na ja, das ist nicht optimal gelaufen.«

»Nur gesehen?«

Erst jetzt blickte Herbert auf und sah den Kommissar an.

»Ich schwör's, Abi, ich hab sie nicht angefasst.«

»Warum ist sie dann so sauer?«

Herbert sagte, was Menschen in Bayern sagen, wenn es nichts zu sagen gibt.

»Ja mei.«

Dann machte er eine längere Pause, als bräuchte der Kommissar Zeit, diese Aussage zu verdauen.

»Frauen sind halt so. Die sind, wie sie sind. Ist nicht unsere Schuld.«

Der Kommissar sah ein, dass der Satz zwar eine gewisse Berechtigung hatte, in dieser Situation aber nicht zielführend war. Er zeigte zur Tür. »Du gehst jetzt raus.« Der Angesprochene stand auf.

»Und die Muschner schickst du mir rein.«

Wortlos verließ Herbert den Raum. Der Kommissar wartete. Es dauerte eine Weile, bis Veronika erschien. Sie war wieder gefasst, und nichts deutete darauf hin, dass eben etwas vorgefallen war.

»Frau Muschner,« begann der Kommissar, der nicht wusste, wie er beginnen sollte.

»Sie machen einen guten Job. Ich würde Sie gerne im Team behalten. Aber Spannungen zwischen Mitarbeitern belasten die Atmosphäre und behindern unsere Arbeit. Das will ich nicht. Und das können wir uns auch nicht leisten. Also, was war da los?«

»Ich hatte mit Freundinnen gewettet. Und verloren.«

»Wie soll ich das verstehen?«

»Es ging um ein Speeddating.«

Am Gesicht des Kommissars erkannte sie, dass diese Erklärung für ihn keine war.

»Man sitzt einer Reihe von Männern gegenüber und hat fünf Minuten Zeit, mit jedem zu reden, dann rückt man weiter.«

»Und da war auch Kriminalhauptmeister Herbert Knorr dabei?«

»Was heißt dabei? Auf die Nerven ist er mir gegangen. Dummerweise habe ich mich dann noch zu einem Drink überreden lassen.«

»War das so schlimm?«

»Eher peinlich. Kriminalhauptmeister Knorr hat eine gewisse Art, einem verbal zu nahe zu treten. Der wird schon mit Wörtern intim, wenn man noch nicht mal beim Du ist.«

Sie überlegte, für einen kurzen Augenblick wirkte sie ratlos.

»Ich weiß nicht, ob ich mich da richtig ausdrücke.«

»Doch. Ich versteh Sie sogar sehr gut.«

Diesen Satz hatte der Kommissar aus tiefster Überzeugung gesagt. Er machte eine Pause, um ihn wirken zu lassen.

»Darf ich Ihnen einen Vorschlag machen?«, sagte er schließlich.

Sie nickte.

»Wollen Sie weiterhin mit uns arbeiten?«

Sie nickte wieder.

»Wir alle haben unsere Schwächen. Herbert ist ein guter Ermittler und ziemlich intelligent. So intelligent, dass er ab jetzt seine Schwächen im Griff haben wird. Wenigstens solange Sie im Raum sind. Ist das ein Angebot?«

Er reichte ihr die Hand, ihr Mund zauberte ein Lächeln.

»Danke, Herr Kommissar. Ich würde sagen, wir lösen den Fall jetzt einfach.«

Der Kommissar musste schmunzeln.

»Genau das werden wir tun. Aber sagen Sie mir bitte vorher noch eins – wie?«

Er war ein bisschen neidisch auf die Unbekümmertheit dieses Mädchens, das ihm, wie er unwillkürlich feststellte, sein Alter bewusst machte. Da Veronika noch nach einer Antwort suchte, zeigte er auf den leeren Stuhl von Herbert.

»Aber erst, wenn dieser Mensch wieder auf seinem Platz ist. Auch Herr Knorr soll von der weiblichen Intuition profitieren. Holen Sie ihn bitte rein.«

Froh über diese Unterbrechung, ging sie zur Tür.

»Und bringen Sie uns bitte einen Kaffee mit. Aus der Kantine, die da ist immer noch kaputt.«

Er zeigte auf die Maschine in der Ecke. Der Engel schwebte aus dem Raum.

Kurz darauf kam Herbert ins Zimmer. Stumm setzte er sich auf seinen Platz.

»Sie wird bald heiraten«, sagte der Kommissar beiläufig. Herbert schwieg.

»Muss ich sonst noch was klarstellen?«, fuhr der Kommissar fort.

Sein Kollege schüttelte den Kopf.

»Nur Dienstliches. Und müssen tust du gar nichts«, murmelte er nach einer kleinen Pause.

Eine Weile saßen sie sich stumm gegenüber. Dann läutete das Telefon. Keiner von beiden reagierte. Erst auf einen Wink des Kommissars griff Herbert nach dem Hörer. Schon nach den ersten Sekunden veränderte sich sein Gesichtsausdruck.

»In der Possartstraße? In Bogenhausen? Nummer 2? Wir kommen.«

Er legte das Telefon weg und stand auf.

»Was gibt's?«

Der Kommissar ahnte Schlimmes.

»Noch eine Leiche.«

Anton verzog das Gesicht. Manchmal, aber nicht immer, konnte er sich auf seine Intuition verlassen.

12

Sie fuhren mit Blaulicht und Sirene. Zuerst sprachen sie nicht. Zwei Mordfälle in einer Woche gab es in München fast nie. Und im ersten waren sie bisher kaum vorangekommen. Statistisch gesehen kam es in der Stadt zu weniger als einem Mord pro Monat und jetzt das. Ungewöhnlich.

»Erschossen, einfach so?«, fragte der Kommissar nach längerem Schweigen.

»Anscheinend. Während der Sprechstunde. Mitten in der Praxis.«

Ein Arzt, auch das noch. Sie würden in ein sensibles Milieu eindringen und auf Empfindlichkeiten stoßen, gerade im Nobelviertel Bogenhausen.

Dem Kommissar fiel ein, dass sie vergessen hatten, Veronika einen Zettel hinzulegen. Das tat ihm leid. Das Mädchen würde mit dem Kaffee in einem leeren Büro stehen. Es schneite wieder. Auf dem Rondell um den Friedensengel gerieten sie in einen Stau, wegen einer der üblichen Baustellen. Herbert jagte den Wagen über den Fußgängerweg und überfuhr zwei rote Ampeln. »Er ist doch schon tot«, sagte der Kommissar. Als Antwort bog Herbert mit quietschenden Reifen in die Ismaninger Straße ein, in der er gleich darauf eine Straßenbahn links überholte.

»Du vielleicht nicht, aber ich würde meine Pension gerne noch erleben«, murmelte der Kommissar, der sich plötzlich alt fühlte, zum zweiten Mal in kurzer Zeit.

Minuten später kamen sie an. Der Notarzt war da, sonst noch niemand. Die Praxis von Rüdiger von Scharnhorst lag im ersten Stock einer Villa. Die Tür dort war nur angelehnt. Im Gang kam ihnen eine attraktive schwarzhaarige Dame im weißen Kittel entgegen. Sie hatte gerötete Augen.

»Biersack, Mordkommission«, sagte der Kommissar, »und mein Kollege Knorr.«

Die Frau nickte und wischte sich eine Träne aus den Augen.

»Entschuldigen Sie, das sind die Nerven …«

Sie versuchte ein Lächeln.

»Monica Slovica, Assistentin von Dr. Scharnhorst. Bitte, hier durch.«

Sie zeigte auf eine gläserne Tür am anderen Ende des Gangs.

»Gehen Sie nur allein. Ich kann das nicht mehr sehen.«

Sie gingen weiter. An den Wänden hingen signierte Fotografien von Münchner Prominenten. Nach einer Glastür kamen sie zur Rezeption, einer runden Theke aus mattem Glas und Stahl. Auf einem kleinen Schild stand *Angela Mangold.*

Einer der beiden Notärzte kümmerte sich um das Mädchen.

»Die steht noch unter Schock«, sagte er und sah kurz hoch. Dann zeigte er auf eine große Tür hinter dem Wartezimmer.

»Der Arzt liegt dort hinten. Ihm konnten wir nicht mehr helfen. Mein Kollege kümmert sich um die Patientin.«

Während sie weitergingen, warf der Kommissar einen Blick ins Wartezimmer. Wie die anderen Räume strahlte es den coolen Chic von Lifestylemagazinen aus. Herbert öffnete die Tür zum Behandlungsraum und blieb überrascht stehen. Gedämpfte, aber raffinierte Beleuchtung, alles andere aus blauem Glas und Stahl. Die Ausstattung erinnerte den Kommissar eher an die Bar eines Luxushotels als an eine medizinische Praxis. Wenn da nicht am Boden der Tote gelegen hätte.

Ein seltsam verkrümmter Körper in grünem Kittel, neben der Brust hatte sich ein Blutfleck auf dem Parkettboden ausgebreitet. Vor einer metallenen Liege in der Mitte des Raums stand der zweite Notarzt. Er versuchte, eine bewusstlose Frau mit grauen Haaren zu beatmen. Sie hatte ein Sauerstoffgerät über dem Gesicht. Der Arzt hob den Kopf.

»Sie wird wieder zu sich kommen. War wohl gerade unterm Messer, als es passiert ist.«

Der Kommissar beugte sich über den Toten.

Ein etwa fünfzig Jahre alter Mann, groß, schlank, gut aussehend. Seine randlose Brille mit goldenen Bügeln hing ihm schief über der Nase. Auf der linken Brustseite war eine größere Wunde. Da er auf der Seite lag, war das Blut über den Kittel auf den Boden gelaufen. Herbert tastete die Wunde ab.

»Zwei Einschüsse. Einer davon wahrscheinlich ins Herz.«

Der Kommissar richtete sich wieder auf und wandte sich an den Notarzt.

»Wie meinen Sie das, unterm Messer?«

Der Arzt zeigte auf ein medizinisches Gerät, das neben dem Behandlungstisch stand. Aus diesem führte ein längeres Kabel, an dem ein Gerät hing, das an einen Bohrer beim Zahnarzt erinnerte.

»Der Laser«, sagte der Arzt. Der Kommissar hob das frei schwingende Instrument hoch. Aus der Nähe betrachtet, sah es aus wie ein futuristischer Kugelschreiber.

»Sie haben nichts angefasst hier?«, fragte der Kommissar und wechselte einen Blick mit Herbert, der die Leiche fotografierte.

»Nichts, was wir nicht anfassen mussten.« Der Arzt beugte sich wieder über die Frau, die immer noch regungslos auf der Bahre lag. Sie war etwa achtzig Jahre alt, ein strenges Gesicht voller Falten. Sie trug eine Goldkette, an der ein Opal funkelte.

»Und wer kann uns jetzt sagen, was passiert ist?«, fragte der Kommissar.

»Am besten die mit dem Kittel. Seine Assistentin war wohl dabei. Bisher konnte sie aber kaum sprechen.«

Der Kommissar ging hinaus. Das Mädchen an der Rezeption bekam jetzt eine Beruhigungsspritze.

»Wann ist sie wieder ansprechbar?«, fragte der Kommissar.

»Gleich, geben Sie ihr noch ein paar Minuten«, sagte der Arzt.

Der Kommissar ging durch die Glastür nach vorn. Die Assistentin saß auf einem Ledersofa in der Kaffeeküche. Mit einem nassen Taschentuch versuchte sie, Blutflecken von ihrem Kittel abzuwischen.

»Frau Slovica, sind Sie in der Lage, mir zu erzählen, was geschehen ist?«

Sie hob den Kopf. »Natürlich.«

Zehn Minuten später saßen der Kommissar und Herbert in den schwarzen Sesseln des Warteraums. Keiner sagte etwas. Die Spurensicherung musste jeden Augenblick da sein. Die beiden Männer gingen ihren Gedanken nach. Was sich hier vor einer knappen Stunde abgespielt hatte, war so unwahrscheinlich, dass sie es kaum glauben konnten: Eine

Frau kommt in die Praxis und will den Arzt sprechen. Man gibt ihr zu verstehen, dass er beschäftigt sei, sie möge warten und das Anmeldeformular ausfüllen. Nicht nötig, entgegnet sie und setzt sich kurz hin.

Dann springt sie auf und will wissen, wo denn der Doktor sei. Er behandle eine Patientin, sagt Angela Mangold und zeigt zum anderen Ende des Gangs. Die Unbekannte läuft vor und reißt die Tür zum Behandlungszimmer auf. Zwei Schüsse fallen. Die Frau kommt zurück, geht mit der Pistole in der Hand zur Eingangstür und verlässt die Praxis. Und das ohne Eile.

So weit der Bericht des Mädchens am Empfang.

In den Augen von Monica Slovica, die im Behandlungszimmer war, geschah alles viel schneller. Dr. von Scharnhorst bereitet den Eingriff bei Gräfin Buchlohe vor und justiert den Laser. Plötzlich geht die Tür auf. Eine Frau steht im Raum, zieht eine Pistole und feuert zweimal. Der Arzt bricht zusammen, sie läuft wieder hinaus. Das Ganze dauert nur einen Augenblick. Dann ist alles vorbei.

Die Assistentin bekommt von der Unbekannten nichts weiter mit, sie muss sich sofort um den verletzten Chef kümmern. Das Kreischen der Gräfin, die hilflos auf dem Operationstisch liegt, nimmt sie in der Aufregung nicht wahr. Als sie später zu ihr läuft, ist diese bereits ohnmächtig.

Da alles so schnell ging, konnte Frau Slovica die Frau auch kaum beschreiben. Das Einzige, an das sie sich erinnerte, war, dass sie nicht so richtig wie eine Frau aussah, von der Kleidung her eher wie ein Mann. Nur die langen blonden Haare seien ihr aufgefallen.

Das Mädchen an der Rezeption hatte etwas mehr beobachtet, aber viel war es auch nicht. Groß und kräftig sei sie gewesen und in einem sportlichen Outfit. Solche Patientinnen hätten sie normalerweise nicht, deshalb sei ihr das gleich aufgefallen. Jeans, dunkle Daunenjacke, roter Schal, Strickmütze, große Sonnenbrille. Wenn nicht die langen blonden Haare gewesen wären, die Person hätte auch ein Mann sein können. Vom Gesicht war wenig zu sehen.

»Dass ausgerechnet uns das passieren muss«, sagte Herbert. »Eine Frau, die auch ein Mann sein könnte. Erhöht die Quote der Verdächtigen um hundert Prozent.«

Die Assistentin, die diese Bemerkung mitgehört hatte, schüttelte den Kopf.

»Vom Aussehen her schon. Aber nicht vom Gang, von der Art, sich zu bewegen. Also ich glaube, ein Mann geht so nicht.«

Der Kommissar war froh, das zu hören. Auch wenn es kein stichhaltiger Beweis war, Frauen können ihre eigene Spezies meist besser beurteilen als Männer. Eine Frau soll ja auch im Bruchteil einer Sekunde erkennen können, ob in einem Saal mit hundert Menschen eine Konkurrentin das gleiche Kleid trägt.

Die Glastür ging auf. Doch es waren nicht die Kollegen der Spurensicherung, auf die sie warteten, sondern es war Veronika. Sie hatte einen Motorradhelm auf, den sie jetzt abnahm. Mit einer schwungvollen Kopfbewegung schüttelte sie ihre Locken und ging auf die Kollegen zu.

»Wie kommen Sie denn hierher?«, fragte der Kommissar.

»Mit der Vespa. Den Kaffee konnte ich leider nicht mitnehmen.«

»Sie haben also mit der Einsatzleitung telefoniert?« Sie nickte.

Der Kommissar wandte sich an seinen Kollegen.

»Zeig ihr, was los war.«

Herbert stand auf, er sah müde aus. Mit einer Hand zeigte er auf das Ende des Gangs.

»Dort hinten. Ich hoffe, du hast gute Nerven.« Er ging voraus, sie folgte ihm.

Wieder sah der Kommissar auf die Uhr. Jetzt müssten die Kollegen doch endlich da sein. Dann fiel ihm der Stau am Friedensengel wieder ein. Er ging vor zur Rezeption. Der Notarzt packte seinen Koffer zusammen, Angela Mangold saß mit geschlossenen Augen da, als würde in ihrem Kopf das Geschehen noch einmal ablaufen.

»Darf ich Sie noch etwas fragen?«

Sie öffnete die Augen und nickte.

»Geht's besser?«

»Na ja. Irgendwie schon, jetzt nach der Spritze.«

Der Kommissar nahm einen Stuhl und setzte sich neben sie.

»Wie war es denn hier so? Ich meine das Betriebsklima, die Kollegen, der Chef?«

Sie schwieg. Der Kommissar wartete.

»War die Praxis von Dr. von Scharnhorst ein guter Arbeitsplatz?«

Schweigen. Endlich fing sie an zu sprechen.

»Es war okay. Die Bezahlung und so.«

»Und sonst?«

Sie öffnete die Augen.

»Die Patienten? Mein Gott, die haben alle so viel Geld, die sehen einen doch gar nicht. Für die bin ich Luft.«

»Und Ihr Chef?« Sie zuckte die Achseln.

»Der konnte gut mit den alten Zicken. Er bezirzte sie mit seinem Charme. Hielt sich sowieso für unwiderstehlich.«

»Sprechen Sie aus Erfahrung?«, fragte Herbert, der hinzugekommen war.

»Ich? Für den war ich doch auch nur eine Nummer«, sagte sie und konnte die Bitterkeit in ihrer Stimme nicht verbergen.

»Wie dürfen wir das verstehen?«, fragte Herbert. Das Mädchen wurde rot.

Der Kommissar warf ihm einen scharfen Blick zu.

»Nein, nicht so, wie Sie meinen. Der hatte genügend andere.«

Für eine Weile sagte niemand etwas.

»Gab es Leute, die ihn nicht mochten?«, fuhr der Kommissar schließlich fort.

Sie schüttelte den Kopf.

»Woher soll ich das wissen? Der redete doch nur mit mir, wenn es um einen Termin ging. Oder die Abrechnung.«

»Vielen Dank. Wir sprechen uns später noch.«

Der Kommissar stand auf und ging zum Fenster. Als Herbert kam, sah er ihn grimmig an.

»Kennst du so etwas wie Takt oder Feingefühl?«

»Jetzt wissen wir wenigstens, was Sache ist. Der Typ war ein Ekel, hatte sicher Affären, aber keine mit ihr.«

Der Kommissar schwieg.

»Das hättest du sie ja sowieso irgendwann fragen müssen.«

»Müssen?«

»Klar. Mögliche Motive: Feinde, Eifersucht, Rache. Das Übliche.«

»Dann kannst du ja gleich noch die Assistentin nach ihrem Intimleben fragen. Wo ist die eigentlich?«

Herbert zeigte auf den Raum hinter der Glastür.

»Bleib hier, ich mach das«, sagte der Kommissar und ging los. Nach ein paar Schritten blieb er stehen.

»Wo ist übrigens Frau Muschner?«

»Sie macht Fotos. Mit ihrem Handy. Es ist ja ihre erste Leiche.«

Monica Slovica war immer noch in der Kaffeeküche. Sie hatte eine Espressotasse unter die Maschine geschoben und wartete. Am Fenster neben ihr stand eine elegante Glasvitrine mit Orchideen.

»Wollen Sie auch Kaffee?«, fragte sie, als sie den Kommissar erblickte.

»Gerne. Cappuccino, wenn's geht.«

Sie nahm eine zweite Tasse und drückte auf den entsprechenden Knopf. Der Kommissar setzte sich. Kurz darauf brachte sie ihm seine Tasse. Sie war bis zum Rand gefüllt, doch die Frau setzte sie ab, ohne etwas zu verschütten.

»Danke, sehr freundlich.« Er zeigte auf die volle Tasse. »Das hätte ich nicht geschafft. Sie scheinen gute Nerven zu haben.«

»Ich hätte sowieso bald gekündigt.«

Der Kommissar wollte nachfragen, schwieg aber. Manche Menschen sprechen eher, wenn man sie nicht dazu auffordert. Doch sie sagte nichts mehr.

»Wie lief der Laden denn so?«, fragte er schließlich. »Auf welches Fach war Ihr Chef denn spezialisiert?«

»Früher waren wir eine dermatologische Praxis. Lief gut. Dann stieg er um auf Wellness, Anti-Aging, Schönheits-OPs. Lief natürlich noch besser. Er war ja schließlich Chirurg.«

Bei diesem Satz tauchte Herbert in der Tür auf. Er zeigte auf die Kaffeemaschine.

»Kann ich vielleicht auch? Espresso, doppelt?«

Die Assistentin holte eine weitere Tasse.

»Warum wollten Sie dann weg?«, fragte der Kommissar.

»Wissen Sie, mich interessiert die Medizin. Doch ältere Frauen, die sich aufspritzen lassen, interessieren mich nicht. Genauso wenig wie irgendwelche Lustgreise, die unbedingt dreißig Jahre jünger sein wollen. Und Araber, die Frauen wie Dreck behandeln, schon gar nicht.«

»Araber?«

»Wir hatten auch Patienten aus den Golfstaaten. Irgendwelche Scheichs. Kamen mit eigenem Flugzeug. Manchmal holten sie ihn auch ab.«

»Warum das?«

»Dann sollte er da unten vor Ort arbeiten. Keine Ahnung. Er war immer mal wieder weg.«

Jetzt kam Veronika kam durch die Glastür, sie hatte ihr Handy in der Hand.

»Für Sie auch?«, fragte die Assistentin und zeigte auf die Kaffeetassen.

Veronika schüttelte den Kopf und beugte sich zu den Orchideen.

»Die sind ja großartig. So viele, muss ja ein Vermögen gekostet haben. Wissen Sie, wie die heißen?«

»Nein, darum kümmert sich der Gärtner.«

Für einen Augenblick wurde es still, die Männer hielten schweigend ihre Tasse in der Hand, Veronika fotografierte die Orchideen.

»Muss das sein?« Der Kommissar verzog das Gesicht.

»Nein.« Sie steckte das Telefon weg.

Draußen im Gang schoben die Notärzte auf einer Bahre die Gräfin vorbei.

Der Kommissar war in Gedanken versunken. Herbert beugte sich zu Frau Slovica.

»Hatte er Familie?«

»Er ist verheiratet. Die Tochter studiert in Amerika.«

»Weiß seine Frau schon Bescheid?«

Sie schüttelte den Kopf.

»Lassen Sie nur, das machen wir.«

»Schade«, flüsterte die Assistentin.

Der Kommissar hob den Kopf und sah sie verwundert an. Niemand überbringt gern schlechte Nachrichten. Sie bemerkte sein Erstaunen und senkte den Blick.

»Frau Scharnhorst ist eine unangenehme Person. Wollte mir dauernd eine Affäre mit ihrem Mann andichten. Wenn sie hier auftauchte, ging sie allen auf die Nerven. Ihm auch.«

Da würde eine unangenehme Begegnung auf ihn zukommen, vielleicht sollte er Herbert vorschicken, dachte der Kommissar.

»Hatte Dr. Scharnhorst Feinde?«

»Keine Ahnung. Würde mich nicht wundern bei dem Lebensstil.«

»Wie meinen Sie das?«, fragte Herbert.

»Na ja, irgendjemandem steigt man immer auf die Füße.«

»Ist er auch mal auf Ihre getreten?«

»Nicht öfter als üblich in diesem Beruf.« Sie zögerte einen Moment: »Und damit Sie das nicht fragen müssen: Wir hatten keine intime Beziehung.«

»Wollten wir gar nicht wissen«, sagte Herbert.

Der Kommissar erhob sich und stellte seine Tasse ab.

»Danke, Frau Slovica. Mein Kollege wird später Ihre beiden Aussagen zu Protokoll nehmen. Aber das können wir auch auf dem Revier machen.«

Das Handy von Veronika machte klick. Der Kommissar

warf ihr einen irritierten Blick zu. Hatte sie in dieser Situation nichts Besseres zu tun als SMS zu schreiben?

Veronika bemerkte das nicht. Konzentriert blickte sie auf das Display und tippte ein paarmal auf eines der Symbole. Dann hielt sie dem Kommissar das Gerät unter die Nase. »Das ist sie. Kann man natürlich nicht viel erkennen, aber immerhin.«

»Wer?«

»Die Mörderin.«

Für einen Augenblick dachte der Kommissar, er hätte sich verhört. Verblüfft starrte er auf den kleinen Bildschirm. Viel war nicht zu sehen, ein paar Menschen standen vor dem Eingang einer U-Bahnstation.

»Sie können näher ran.« Veronika nahm ihm das Gerät aus der Hand und zog den Finger kurz über den Monitor. Jetzt sah er, was sie meinte: Die große blonde Frau im Schatten des Eingangs. Sie lief die Treppe zur U-Bahn hinunter.

»Woher haben Sie das?«

»Die Angela da draußen, die ist noch schnell ans Fenster gelaufen und hat ein Foto gemacht, mit ihrem Telefon. Eben hat sie mir das Bild rübergeschickt. Ich dachte, wir sollten es haben.«

Der Kommissar war so perplex, dass er einen Augenblick nach Worten suchen musste.

»Danke. Sie überraschen mich.«

»Dazu bin ich doch da«, lachte sie.

Er reichte das Gerät an Herbert weiter. Fasziniert starrte dieser auf das kleine Bild. »Respekt, Frau Kollegin.«

Sie warf ihm einen ironischen Blick zu. Herbert gab ihr das iPhone zurück.

»Das Foto lass ich euch später ausdrucken«, versprach sie und lächelte dem Kommissar zu.

»Gute Idee«, sagte Anton und ging hinaus auf den Gang. Natürlich hatte auch er vorgehabt, das Mädchen an der Rezeption noch genauer zu befragen. Doch er hatte damit warten wollen, bis es ihr besser ging. Unter Gleichaltrigen war man anscheinend ungezwungener. Angela – den Vornamen hatte er sich gar nicht gemerkt. Vielleicht ein Fehler.

Er ging zum Fenster und sah auf die Straße hinunter. Der Eingang zur U-Bahn am Prinzregentenplatz war keine hundert Meter entfernt. Er konnte es immer noch nicht glauben. Da kommt jemand mit öffentlichen Verkehrsmitteln, geht in eine Praxis, schießt den Arzt nieder und spaziert wieder hinaus, als wäre nichts passiert. Am helllichten Tag. Um dann mit der U-Bahn wieder nach Hause zu fahren.

Das war so verrückt, dass es ihm Angst machte. Menschen, die so etwas tun, waren völlig unberechenbar. Das erschwerte seine Aufgabe. Ein Ermittler konnte nichts anderes tun, als zu versuchen, Handlungen und Motive des Täters nachzuvollziehen, seine Spuren und Kreise zu berechnen. Wer so vorging, hielt sich an keine Logik, und so gab es auch nichts zu berechnen.

Der Kommissar drehte sich wieder um. Veronika stand am Empfang und setzte den Helm auf, den sie auf der Theke abgestellt hatte. »Ich fahr dann wieder.«

Er nickte ihr freundlich zu. »Bis später.«

Sie ging hinaus, die Eingangstür der Praxis fiel zu.

»Die macht mich fertig«, sagte Herbert.

»Schadet nicht. Sieh es als charmante Herausforderung.« Durchs Fenster beobachteten sie, wie das Mädchen aus dem Haus kam, auf ihre Vespa stieg und davonfuhr.

»Wie hat sie reagiert? Bei der Leiche«, fragte der Kommissar.

»Gar nicht.«

»Das heißt?«

»Na ja, sie hat sich alles genau angesehen, dann hat sie noch ein paar Fotos gemacht, das war's.«

»Gesagt hat sie nichts?«

»Nur dass sie so was schon oft im Fernsehen gesehen hätte. Da würde es dramatischer rüberkommen.«

Der Kommissar schwieg. Unten fuhr jetzt der VW-Bus der Spurensicherung vor. Endlich. Er ging hinüber zur Rezeption, Angela telefonierte. Als er näher kam, legte sie auf.

»Wann wäre denn hier der nächste Termin?«

»Ich habe eben alle abgesagt.«

»Das mit dem Foto war großartig. Wie konnten Sie so schnell reagieren?«

»Keine Ahnung. Ich war wie in Trance. Als wenn ich eine andere wäre. Der Schock kam erst nachher.«

Ihre Hände zitterten eigenartig. Sieht unnatürlich aus, dachte der Kommissar, aber das konnte auch von der Spritze kommen. Er stützte sich auf der Glasplatte auf und sah dem Mädchen in die Augen.

»Angela, ich muss Sie noch auf etwas hinweisen. Es ist wichtig, versuchen Sie bitte, sich genau zu erinnern.«

Sie nickte.

»Jetzt kommen gleich Kollegen von uns, die suchen den Tatort nach Spuren ab. Bitte erzählen Sie denen genau, was die Frau gemacht hat, auf welchem Stuhl sie gesessen hat, was sie vielleicht angefasst hat. Das könnte alles von Relevanz für uns sein.«

»Sie hatte Handschuhe an.«

Das war keine gute Nachricht.

»Trotzdem. Jedes Detail ist wichtig.«

»Natürlich. DNA und so.«

Der Kommissar nickte. »Genau. Also bemühen Sie sich bitte.«

Er drehte sich um, die Kollegen mit den Koffern kamen gerade durch die Glastür.

Kurz darauf verließ der Kommissar mit Herbert den Tatort.

Während sie durch den Garten zum Eingangstor gingen, quälte ihn ein eigenartiger Gedanke, der sich aber nicht zu erkennen gab. Er kannte dieses Gefühl. Irgendetwas, eine winzige Kleinigkeit war ihm merkwürdig vorgekommen, aber er wusste nicht, was es war. Zwar hatte das Gedächtnis etwas gespeichert, es erinnerte ihn sogar daran, zugleich verwehrte es ihm aber den Zugriff auf die Information. Das beunruhigte ihn.

Er blickte hoch zum Himmel. Dunkle Wolken lagen über der Stadt. Es sah aus, als würde es bald wieder schneien.

Als sie durch die Gartentür auf die Straße gingen, hielt vor ihnen ein SLK-Cabrio. Eine große Frau in einem silbergrauen Pelzmantel stieg aus. Der Kommissar blieb stehen. Nein, das konnte nicht sein.

»Was ist denn?«, rief ihm Herbert zu, der ein paar Schritte weitergegangen war.

Der Kommissar reagierte nicht, er beobachtete die Frau. Er hatte sich nicht getäuscht, es war eine der beiden Damen, die in den Pfälzer Weinstuben an seinem Tisch gesessen hatten. Ausgerechnet die, die ihn aufgefordert hatte, das Handy auszumachen. Sie richtete den Zündschlüssel auf den Wagen, mit einem Surren rasteten die Schlösser ein. Dann kam sie auf ihn zu.

»Frau von Scharnhorst?«

Sie stutzte, schien ihn aber nicht wiederzuerkennen.

»Was wollen Sie?«

»Sie sollten da jetzt nicht reingehen«, sagte der Kommissar und versperrte ihr den Weg. Jetzt schien sie sich an ihn zu erinnern.

»Sie wollen mir sagen, was ich tun soll? Sie?«

Die letzte Silbe des Satzes betonte sie auf eine Art, dass der Kommissar seine für solche Fälle vorgeschriebene Zurückhaltung vergaß.

»Sie würden jetzt nur stören.«

Die Dame blieb stehen und versuchte zu verarbeiten, was sie eben gehört hatte.

»Ihr Mann ist eben erschossen worden.«

Es dauerte eine Sekunde, bis sie reagierte. Dann lief der Schock wie eine Welle durch ihren Körper. Sie schien zu schwanken, für einen Augenblick dachte der Kommissar, er müsse sie stützen, sonst würde sie fallen.

Doch inzwischen war Herbert zurückgekommen und hielt sie an den Schultern fest.

»Ich bin übrigens Hauptkommissar Biersack«, murmelte der Kommissar.

Sie reagierte nicht. Doch schon in der nächsten Sekunde straffte sich ihr Körper wieder. Mit einem Ruck befreite sie sich aus dem Griff der fremden Hände und stieß den Kommissar beiseite. Dann lief sie mit festen Schritten auf das Haus zu. Der Kommissar war froh, nicht mehr am Tatort zu sein. Die Kollegen beneidete er nicht.

Es begann zu schneien. Herbert sah, wie sein Chef etwas verloren inmitten der einzelnen Flocken stand. Er schmunzelte.

»Ich weiß, was jetzt gleich kommt«, sagte er.

Der Kommissar sah ihn schweigend an.

»Ich soll noch mal rein und mit ihr einen Termin fürs Verhör vereinbaren.«

»Und ich gehe inzwischen mal kurz um den Block.«

Anton schob die Hände in die Taschen seines Mantels und marschierte los.

Schon nach kurzer Zeit begann er an den Füßen zu frieren, bei dem Wetter hätte er andere Schuhe anziehen sollen. Der Kommissar beschleunigte seinen Schritt. Die Sache gefiel ihm nicht. Nun war es nicht so, dass es Morde gab, die ihm gefallen hätten. Aber dieser war wie eine Szene aus einem schlechten Drehbuch eines schlechten Fernsehfilms. Jedes Klischee wurde bedient. Reicher Chefarzt wird in seiner edlen Villa in Grünwald oder Starnberg ermordet. Bei den Ermittlungen stellt sich heraus, er ist ein mieser Kerl, die Tatverdächtige vielleicht seine Ehefrau, die betrogen wurde, oder die Tochter, die enterbt werden sollte. Oder der missratene Sohn, der den verhassten Vater aus dem Weg schaffen wollte.

Nur dass bei diesem Fall die Wirklichkeit noch unglaubwürdiger war. Die Idee, dass eine Frau einfach so vor allen Zeugen in eine Praxis kommt und einen Arzt mit zwei Schüssen erledigt, hätte man im Film verworfen.

Glaubt uns keiner, hätte man gesagt.

Zwei Schneeflocken setzten sich auf seiner Brille fest. Anton nahm sie ab und wischte mit dem Taschentuch über das Glas. Und genau in diesem Augenblick war der Gedanke da, der sich vorher so hartnäckig versteckt hatte. Die Frau mit der Perücke hatte einen *roten Schal* getragen. War davon nicht erst kürzlich die Rede gewesen?

13

Nach zehn Minuten war der Kommissar wieder beim Wagen und fuhr mit Herbert ins Büro zurück.

»Und, wie hat sie es aufgenommen?«, fragte der Kommissar.

»Man hat ihr nicht viel angemerkt. Entweder hat sie sich so im Griff…«, er zögerte.

»Oder?«

»Sie hat es schon gewusst.«

»Wann können wir mit ihr reden?«

»Morgen Vormittag. Bei ihr zu Hause.«

»Und wo ist das?«

»Am Starnberger See.«

Der Kommissar warf ihm einen kurzen Blick zu, sagte aber nichts.

»In Feldafing.«

Also am Westufer. Ein paar Minuten fuhren sie, ohne zu sprechen.

Herbert drehte den Kopf zur Seite, sein Beifahrer sah immer noch zum Fenster hinaus.

»Ist das nicht seltsam?«, fragte er.

Der Kommissar überlegte. Eben hatte er an Hildegard denken müssen. An die Hartnäckigkeit der Waldfee. Warum gerade jetzt?

»Im Leben ist vieles seltsam«, sagte er. »Meist gibt es dafür keine Erklärung. Jedenfalls keine, die wir kennen.«

Herbert machte den Scheibenwischer an, es schneite heftiger.

Als sie ins Büro kamen, lag auf dem Schreibtisch bereits ein großformatiges Foto der Täterin. Viel war nicht zu erkennen, aber mehr hatten sie nicht.

Veronika stand neben der Kaffeemaschine. »Die geht jetzt wieder.«

Herbert drückte auf einen der Knöpfe. Im Inneren des Geräts ertönten Mahlgeräusche.

»Ich habe genau so eine zu Hause«, sagte sie, als sie sein Erstaunen bemerkte. Er grinste und begann das Foto der unbekannten Täterin zu studieren. »Sieht aus wie eine Verkleidung. Das könnte jeder sein. Auch ein Mann.«

»Die Assistentin schloss diese Möglichkeit aus«, warf der Kommissar ein.

Herbert wandte sich an Veronika. »Aber nur intuitiv. Was meinst du?«

»Ich weiß es nicht. Wenn ich sie gesehen hätte, aber so?« Der Kommissar stand auf und setzte sich auf die Schreibtischplatte.

»Eine Frau – und ich geh jetzt mal davon aus, dass es sich um eine solche handelt –, eine Frau also, die so etwas Verrücktes tut, ist verzweifelt. Sie handelt im Affekt. Kaltblütige Morde sehen anders aus. Wer emotional völlig durch den Wind ist, schießt blind, er will einfach, dass das, was vor ihm ist, verschwindet oder getötet wird. Er würde willkürlich abdrücken, vielleicht sogar feuern, bis das Magazin leer ist. Also warum nur zwei Schüsse?«

»Wahrscheinlich sah sie, dass der Arzt erledigt war. Opfer tödlich getroffen«, sagte Herbert.

»Das kann man nie wissen«, widersprach der Kommissar. »So etwas spielt sich doch in Sekunden ab. Da denkst du nicht mehr kühl und überlegst.«

Die beiden schwiegen einen Augenblick.

»Außer man ist ein professioneller Killer«, sagte Veronika so ruhig, als würde sie vom Wetter reden.

»Guter Einwand«, gab der Kommissar zu. »Doch bedenken Sie, würde ein Profi das Risiko eingehen, Zeugen zu haben und auch noch fotografiert zu werden?«

»Und sich so eine lächerliche Maskerade antun?«, ergänzte Herbert, der schon bei ihrer Bemerkung den Kopf geschüttelt hatte.

»Tut mir leid«, sagte sie leise.

»Wieso? Wir denken hier alle laut.« Der Kommissar nickte ihr freundlich zu. »Manchmal kommt was dabei raus, manchmal nicht.«

Veronika hat sich verändert, dachte er. Seit sie am Tatort bei der Leiche gewesen war, trat sie zurückhaltender auf. Wie er es von Anfang an von einer jungen Kollegin erwartet hatte. Zugleich bedauerte er die Veränderung. Sie reduzierte die Spannung im Team und damit vielleicht auch die Kreativität.

»Aber vorher weiß man das eben nicht«, sagte Herbert, lehnte sich zurück und stellte die Füße auf den Stuhl. »Brainstorming würde ein Coach dazu sagen. Für unser Gehalt würde der aber nicht arbeiten. Ich sehe das ohnehin anders.«

Er hob die Hände, als wollte er sich entschuldigen, nun auch noch einen Gedanken beizusteuern.

»Und wie?«, fragte der Kommissar.

»Wenn die Unbekannte verkleidet war, um sich zu tarnen, könnte es tatsächlich ein Mann gewesen sein. Das erschwert unsere Aufgabe beträchtlich. Oder es war eine

Geliebte des Arztes, die sich rächen wollte. Hier wäre der Kreis der Verdächtigen überschaubar.«

Er machte eine Pause, um das nun kommende Fazit seiner Rede zu unterstreichen.

»Theoretisch könnte es sogar die Slovica gewesen sein.«

»Die Assistentin?«, entfuhr es Veronika.

Der Kommissar wusste, dass sein Kollege die abstrusesten Gedanken haben konnte. Mitunter war das hilfreich, denn das Gehirn von Verbrechern funktionierte nicht immer wie das anderer Menschen. Doch diesmal schien er mit seiner gewagten Theorie nur die junge Kollegin beeindrucken zu wollen.

Herbert sah in die überraschten Gesichter und genoss seinen Auftritt. »Nehmen wir einfach mal an, das Ganze war ein Ablenkungsmanöver.«

Er nahm einen Kugelschreiber und benutzte ihn als imaginären Zeigestift.

»Was ich meine, ist Folgendes: Frau Slovica ist mit dem Chef im Behandlungsraum. Kaum kommt ihre Komplizin ins Zimmer, schießt sie auf den Arzt. Nach den Schüssen geht die andere Frau seelenruhig wieder hinaus, sie ist ja nicht die Täterin.«

»Das alles vor den Augen einer Patientin?«, fragte der Kommissar.

»Die hatte doch eine Augenbinde. Wegen des Lasers.«

»Und die Pistole?«

»Hatte die Slovica in der Tasche. Oder im Zimmer versteckt. Oder die Komplizin brachte sie mit. Klar ist doch, dass beide Frauen, die an der Rezeption und die Slovica, den arroganten Typen nicht mochten.«

Der Kommissar blickte zu Veronika, die skeptisch aussah, was er ihr nicht verdenken konnte.

»Ist das nicht etwas an den Haaren herbeigezogen?«, fragte sie leise.

»Vielleicht, vielleicht nicht«, sagte Herbert, der keineswegs irritiert schien.

»Logisch nicht auszuschließen, psychologisch unglaubwürdig«, sagte der Kommissar und wandte sich wieder an Veronika.

»Glauben Sie, dass eine Frau so kaltblütig handeln könnte und dafür auch noch eine Komplizin finden würde? Würden sich die beiden Frauen, die Sie ja kennengelernt haben, so etwas ausdenken?«

»Nein«, sagte sie bestimmt. »Aber es heißt doch immer, man darf nichts ausschließen, bis man die Wahrheit kennt?«

Der Kommissar stimmte ihr zu.

»Richtig. Und was würde das bedeuten?«, fragte er dann. Sie suchte nach einer Antwort, fand aber keine.

»Untersuchung des Kittels«, erklärte er. »Jede Waffe hinterlässt mikroskopische Spuren an dem, der sie abfeuert.«

»Soll ich das veranlassen?«, fragte Herbert, der selbst überrascht zu sein schien, dass seine Theorie auf gewisse Resonanz gestoßen war.

Der Kommissar nickte. Zwar glaubte er nicht an diese wilde Spekulation, aber ein Versuch konnte nicht schaden. Wahrscheinlich kamen sie ohnehin zu spät. Wahrscheinlich hatte die Assistentin den blutbefleckten Kittel schon in die Waschmaschine gesteckt. Oder weggeworfen. Wenn überhaupt, hätten sie eine solche Untersuchung schon am Tatort in die Wege leiten sollen. Aber da war niemand auf diese ausgefallene Idee gekommen.

Auch der Kommissar nicht. Ihm fielen zuerst die normalen Reaktionen der Menschen ein. Vielleicht weil er selbst so normal war. Langweilig normal. Warum aber war die Waldfee dann so hartnäckig gewesen?

Der Kommissar sah auf die Uhr. Das Ergebnis der Spurensicherung würde er heute nicht mehr erfahren. Auch die Analyse der Computerdateien aus der Praxis würde noch dauern. Also konnte er die Presseerklärung erst morgen verfassen, wenn mehr Informationen vorlagen. Allerdings war er sich nicht sicher, ob die Frau des Opfers nicht schon längst ihre privaten Kanäle genutzt hatte, um das Drama angemessen zu präsentieren. Oder sie schwieg, weil sie etwas zu verbergen hatte.

»Sie können nach Hause gehen«, sagte er zu Veronika. »Wir beide sind auch gleich weg.«

Sie nahm ihren Helm und verabschiedete sich.

»Und du? Hast du noch einen Termin?«, fragte Herbert, während er in seine Jacke schlüpfte. Der Kommissar verzog das Gesicht. Sein Gegenüber lächelte auf so zweideutige Weise, dass er unschlüssig war, wie er das auffassen sollte.

»Liegt dir unser smarter Arzt im Magen?«

»Beide. Es gibt ja auch noch Herrn Makele«, murmelte der Kommissar und ging hinaus.

Eine halbe Stunde später bog er in die Hohenzollernstraße ein. Die Wolkendecke war lockerer geworden, an einigen Stellen kam die Sonne hervor.

Vor dem *Africa House* blieb er eine Weile stehen und betrachtete die exotischen Statuen und Objekte im Schaufenster. Sie waren so effektvoll präsentiert, dass er sich nicht sicher war, ob das eine Galerie oder ein Laden war. Er öffnete die Tür, die Besitzerin, die ihn durch das Fenster beobachtet hatte, kam ihm entgegen.

»Besuchen Sie uns heute dienstlich oder als Kunde?«

»Das weiß ich noch nicht.«

Der Kommissar ging hinein und sah sich um. Fremdartige Figuren und Masken mit dämonischen Gesichtern. Würde er dafür Geld ausgeben?

Die freundliche Dame interpretierte seinen Blick anders. Sie ging hinüber zu dem Kleiderständer mit den Modeartikeln und streifte mit der Hand über die verschiedenen Modelle.

»Vielleicht etwas für Ihre Frau? Sind alles Unikate. Unsere Kunden schätzen das.«

»Ich lebe allein«, sagte der Kommissar. Für einen Augenblick schämte er sich für diesen Satz, was ihn überraschte. Vielleicht weil diese elegante Frau mit ihrem klugen Afrikaner das Idealbild einer Beziehung verkörperte, die er so nie gekannt hatte. Als ob alle glücklichen Paare gut aussehend wären. Wieder einmal ärgerte er sich über die eigenen Klischeevorstellungen.

Er holte das Foto der flüchtigen Täterin hervor.

»Noch ein Bild des großen Unbekannten?«, fragte die Besitzerin.

»Nein, aber schauen Sie bitte, ob Ihnen etwas auffällt.«

Sie studierte das Foto eine Weile und schüttelte den Kopf. »Auf was soll ich denn achten?«

»Auf die blonde Frau mit dem roten Schal.«

»Was ist mit ihr?«

»Sie steht unter Mordverdacht. Aber darum geht es nicht.«

»Sondern?«

»Die Kleidung. Haben Sie mir nicht erzählt, der Mann, der den Fetisch gestohlen hat, trug einen Anorak und einen roten Schal?«

»Richtig. Der sah so ähnlich aus. Der Typ hatte sogar dieselbe schwarze Strickmütze.«

»Würden Sie also sagen, diese Person war genauso angezogen?«

»Möglich. Ich sah ihn ja nur ganz kurz. Aber er könnte es sein. Ich meine, ohne die langen Haare.«

»Ohne die Perücke?«

Sie nickte. »Hilft Ihnen das weiter?«

»Vielleicht«, sagte der Kommissar und verabschiedete sich.

Natürlich war die Vorstellung ziemlich unsinnig, dass der Dieb und die Frau auf dem Bild identisch sein könnten. Die Angestellten des Arztes würden einen Afrikaner nicht mit einer weißen Frau verwechseln. Aber dass die Unbekannte die gleiche Kleidung trug, war seltsam. Zwar gab es solche Anoraks, wie auch die Mütze und den Schal, in allen Kaufhäusern. Doch dass zwei Personen genau die gleiche Kombination wählten, war ungewöhnlich. Und dass beide seinen Weg kreuzten. Das war wirklich bemerkenswert.

14

Der Kommissar machte sich auf den Weg nach Hause. Eigentlich hatte er an diesem Abend das Probetraining im Fitnessstudio vorgesehen, doch nach den Ereignissen des Tages war ihm nicht nach Selbstkasteiung. Deshalb ging er nicht direkt zur U-Bahn, sondern in die Lebensmittelabteilung vom Kaufhof. Hier fühlte er sich wohl, so wie Frauen in Schuhgeschäften. Wein kaufte er dort allerdings nicht. Den bestellte er meist bei seinem Lieblingshändler, denn auf dem Gebiet kannte er sich aus. Während seiner Ausbildung hatte Anton jeden Samstag in einem Weinladen in der Nordendstraße ausgeholfen.

Dadurch hatte er sich ein solides önologisches Wissen erarbeitet und ertrunken, zumal die meisten seiner Freunde in Kneipen nur Bier bestellten und nicht viel von Wein verstanden. In den Ferien hatte er dann zweimal bei der Weinernte in Südfrankreich mitgearbeitet und war dort mit der guten französischen Küche vertraut geworden, die seine kulinarischen Vorlieben bis heute prägte.

Er kaufte sich ein Entrecôte, dazu Spinat und seinen Lieblingskäse, einen *Pont l'Évêque.*

Die U-Bahn war um diese Zeit voll wie immer. Eingezwängt stand er zwischen den Fahrgästen. Dennoch öffnete er kurz die Tüte mit dem Käse, um zu riechen. Großartig, dieser Duft. Nur schade, dass Rohmilchkäse so teuer war. Er musterte die Gesichter der Personen, die neben ihm standen. Wenige wirkten fröhlich. Am Morgen war das nicht anders. Darüber machte er sich oft Gedanken. Uns geht es doch eigentlich gut, aber anscheinend waren die Bürger dieses Landes nicht glücklich. Wenigstens nicht die, die mit öffentlichen Verkehrsmitteln fuhren. Ob der clevere Doktor von Scharnhorst das jemals getan hatte?

Egal, selbst wenn er glücklich gewesen war, jetzt war er tot. Und was tat die unbekannte blonde Frau in diesem Augenblick? Fuhr sie gerade auch in einer U-Bahn? Unwillkürlich sah er sich um. Kein roter Schal.

War das jetzt wieder neurotisch? Er merkte, dass er über sich selbst nicht oft nachdachte.

Eigentlich hätte er noch ein Stück Roquefort mitnehmen sollen. Der hätte den Spinatsalat wunderbar ergänzt, vor allem wenn er noch ein paar Walnüsse dazugemischt hätte. Doch daran hatte er nicht gedacht.

Ein Schwarzer im Trainingsanzug stieg ein. Baseballmütze, Knopf im Ohr. Die Rapmusik des MP3-Players dröhnte durch das ganze Abteil. Würde ein Typ wie Makele U-Bahn fahren? Wahrscheinlich nicht. Ausländer kamen mit dem komplizierten System der Streifenkarten nicht zurecht, und das Risiko einer Kontrolle konnte einer, der in dunkle Geschäfte verwickelt war, nicht eingehen. Was hatte der Nigerianer getan, dass man ihn beseitigen musste?

War einer der ominösen Briefe bei einem Kriminellen gelandet? Oder einem Rechtsradikalen, für den jeder Afrikaner eine Provokation war? Ging es um Waffengeschäfte, bei denen ihn ein Konkurrent loswerden wollte? Der Kommissar fühlte, dass seine Stimmung sich verschlechtern würde, wenn er noch länger darüber nachdachte, wie wenig er bisher erreicht hatte. Und wie lästig der neue Fall werden würde. Ausgerechnet ein Modearzt, prominentes Mitglied der Münchner Bussi-Gesellschaft. Die war ihm so fremd wie pasteurisierter Käse aus der Fabrik.

Ein Platz wurde frei. Er setzte sich und nahm seine Tüten auf den Schoß. Gegenüber saß eine schwarze Frau mit zwei Kindern. Sie zappelten aufgeregt zwischen den Sitzen hin und her. Die Mutter lachte und zog sie jedes Mal wieder zu sich, doch es half nicht viel. Da die hübschen kleinen Gesichter so viel Freude ausstrahlten, war ihnen auch niemand böse, außer einem mürrischen Rentner, der immer, wenn sie an ihm vorbeisausten, ängstlich seine Aldi-Tüte festhielt.

Ob auch diese Afrikanerin den ganzen Tag im Keller vor irgendwelchen Toiletten saß? Als hätte sie seine Gedanken erraten, lächelte sie ihn an. In diesem Augenblick stieg ihm eines der Kinder auf den Fuß, schnell packte sie es an der Hand und zog es weg. »Entschuldigung.«

Der Kommissar lächelte zurück, dabei bemerkte er, dass ihm das nicht leichtfiel. Vielleicht lächelte er zu wenig. Nun hatte ein Chef der Mordkommission schon vom Beruf her wenig zu lachen, aber war das der Grund? Er dachte nach. Vielleicht sah sein Gesicht genauso trostlos aus wie das der anderen Fahrgäste. Er beugte sich vor und sah ins Fenster, das in dem dunklen Tunnel zum Spiegel wurde. Da sah er einen müden älteren Büroangestellten. War dieser unglücklich?

Auf diese Frage fand er keine eindeutige Antwort, deshalb war er froh, als seine Haltestelle kam. Er nickte der Schwarzen noch einmal freundlich zu und ging hinaus.

Eine Traube von Menschen drängte sich in den Zugang zur Rolltreppe. Gott sei Dank hatte er keine schweren Weinflaschen dabei. Auch das war einer der Gründe, warum er sich sein Kontingent vom Fachhändler liefern ließ. Und er liebte es, zu Hause in den entsprechenden Katalogen zu blättern. Die hymnischen Beschreibungen der einzelnen Weingüter und ihrer Produkte amüsierten ihn. Auch wenn er die kunstvoll formulierten Elogen, mit denen sich die Autoren nicht nur am Wein, sondern auch an den eigenen Wortkreationen begeisterten, oft nicht nachvollziehen konnte. Dennoch erfuhr er oft Interessantes, nicht nur über neue Weine, wiederentdeckte historische Reben, sondern auch über die Produzenten. Sie nannte man heute »Kultwinzer«, da normale Weinbauern nicht mehr verkaufsfördernd waren.

Der Gedanke an einen gemütlichen kulinarischen Abend zu Hause tat ihm gut. Das Muskeltraining im Fitnessstudio würde er auf einen anderen Tag verschieben. Er trat hinaus ins Freie. Es war dunkel, vor den Straßenlampen tanzten einzelne Schneeflocken. Er senkte den Kopf und schritt zügig voran.

Seine Frau hatte nie verstanden, dass er nach anstrengenden Ermittlungen ein gutes Essen genießen konnte. Sie war überzeugt, dass ihm die dramatischen Ereignisse des Tages abends immer noch durch den Kopf gingen und er deshalb weiter seinen Gedanken nachgehen müsse, sozusagen weiterzugrübeln hätte, weil ja so vieles noch im Dunkeln lag.

Der Kommissar sah das anders. Er wollte sich nicht ablenken, er wollte abschalten, auch wenn ihm das nicht immer gelang. Er wusste, das Gehirn arbeitet nach eigenen Gesetzen. Ein Gedanke kam unvermittelt, oft wenn man ihn nicht erwartete. Darauf hatte er keinen Einfluss. In jedem Kopf sind Milliarden von Nervenzellen aktiv. Und die machten meistens, was sie wollten.

Ein Gedanke war nichts anderes als ein biochemisches Signal, das hatte ihm Herbert kürzlich erläutert. Konnte er mit seinem Willen ein solches auslösen? Konnte er nicht. Ein Gedanke kam, wenn es ihm passte, und nicht, wenn der Kommissar es wollte. Deshalb fand er das Abschalten hilfreich. So konnten sich seine Synapsen – auch ein Wort, das er von Herbert hatte – in Ruhe neu ordnen und ihn zu einem späteren Zeitpunkt mit Einfällen überraschen. Vielleicht.

Er begann zu frieren. Mit zwei ungelösten Mordfällen in seinem Kopf durfte es heute eine bessere Flasche sein. Aus Spanien oder Italien? Frankreich oder Südafrika? Sein kleiner Weinkeller war der einzige Luxus, den er sich leistete.

Da Anton Hunger hatte, machte er sich zu Hause gleich an die Arbeit. Nachdem er das Entrecôte in die heiße Pfanne gelegt hatte, wählte er einen Rioja Riserva von *Murietta,* der den Speiseplan zu seiner Zufriedenheit ergänzte. Dennoch fühlte er sich unwohl. Aber wieso? Er versuchte wahrzunehmen, was in diesem Augenblick geschah, hier und jetzt. Zuerst fiel ihm auf, wie still es in der Wohnung war. Dadurch gewann jedes Geräusch, das er machte, an Bedeutung. Der dumpfe Knall des Weinkorkens, das metallene Kratzen der Gabel, das Knirschen des Messers auf dem Porzellan. Sogar das eigene Kauen konnte er hören. Und natürlich das bedächtige Schlürfen seines ausgesuchten Weines.

Erstaunlich, wie Stille erst durch Geräusche präsent wird. Zum Käse legte er Musik auf, Keith Jarrett, das *Dresdner Concert.* Nach einigen Minuten machte ihn das nervös, die Musik war unruhiger als in anderen Jarrett-Einspielungen. Er machte die Anlage wieder aus und legte sich auf die Couch. Wieder war es ruhig, soweit es in einer Münchner Wohnung ruhig sein konnte. Er hatte das Glück, in einem Hinterhaus zu wohnen, so hörte er den Straßenlärm kaum. Dafür hörte er jetzt die leere Wohnung, jedenfalls bildete er sich das ein.

Nach einigen Minuten wusste er auch, warum. Er nahm sich selbst im Raum nicht wahr. Nun wurde ihm klar, was ihn bedrückte. Er war einsam.

15

Am nächsten Tag kam die Sonne durch. Die Leute hatten dünnere Mäntel an, einige fuhren mit ihren Cabrios offen durch die Stadt, und in den Cafés wurden die Stühle ins Freie gestellt. Der Kommissar fühlte sich besser, auch wenn er schlecht geschlafen hatte.

Im Büro war er an diesem Morgen der Erste. Sobald er bei Dr. Claussen gewesen war, würde er zum See fahren müssen, um Frau Scharnhorst zu befragen. Dieses Gespräch lag ihm im Magen. Doch vielleicht sollte er es als Übung sehen. Seine Tochter, die seit Jahren Yoga machte, hatte ihm das immer geraten. Schwierigen Situationen darf man nicht ausweichen, man muss sie akzeptieren und aus ihnen lernen. Sie würden ja nicht umsonst auftauchen. Möglich. Bei der Trennung von seiner Frau hatte er Gelegenheit gehabt, ihren Rat zu testen.

Es hatte nicht wirklich funktioniert, aber vielleicht war das eine Übung für Fortgeschrittene gewesen. Ob nun ausgerechnet Frau Scharnhorst für Anfänger geeignet war, musste sich noch herausstellen.

Hinter ihm ging die Tür auf. »Guten Morgen«, sagte Herbert und warf seine Lederjacke aufs Sofa.

»Mörder im Doppelpack. Das stinkt nach Beförderung.«

»Oder peinlichen Erklärungen. Falls wir nicht weiterkommen«, entgegnete der Kommissar, der aus Erfahrung sprach. »Gehen wir runter?«

Herbert nickte und hielt ihm die Tür auf.

»Bist du gewappnet für die Amazone nachher?«

Der Kommissar runzelte die Stirn, antwortete aber nicht. Auf dem Gang kam ihnen Veronika entgegen. Sie war außer Atem.

»Tut mir leid. Ich war noch beim Zahnarzt.«

»Kein Problem«, sagte der Kommissar. »Unsere Leiche ist noch länger tot.«

Er gab ihr ein Zeichen mitzukommen.

»Wohin gehen wir?«, fragte sie.

»In die Pathologie«, antwortete Herbert. »Wird dir gefallen. Sehr ruhig und absolut stressfrei.«

Minuten später standen sie im grellen Licht der Neonröhre. Dr. Claussen zog das Tuch von der Leiche. Wie immer roch es penetrant nach Chemikalien. Wie immer lag der Körper des Toten nackt auf der Bahre. Die Brust war geöffnet, zwei Stützen hielten die Rippen hoch. Veronika wandte sich ab und presste ihre Hand auf den Mund.

»Klarer Fall«, sagte Dr. Claussen. »Eine Kugel ging durch den Solarplexus und trat am Rücken wieder aus, die andere traf direkt ins Herz. Noch Fragen?«

Herbert beugte sich zu Veronika und tippte ihr auf die Schulter.

»Alles okay?«

»Ja, es ist nur… die Spritze, vom Zahnarzt. Und dann der Geruch hier.«

Sie hielt sich ein Taschentuch unter die Nase und wandte sich ab. Dr. Claussen reichte ihr eine Tube.

»Nehmen Sie das und schmieren Sie es unter die Nase.«

»Was ist das?«

»Pfefferminzgel. Haben wir früher auch genommen.«

Veronika folgte seinem Rat und ging zurück zur Bahre.

»Schauen Sie sich das ruhig genau an. Deshalb machen wir diesen Job«, sagte der Kommissar. Zögernd trat sie noch näher an die Leiche heran.

»Wer so etwas tut, muss weg«, flüsterte Herbert.

»Er meint, vor Gericht«, ergänzte Dr. Claussen, der das Mädchen interessiert musterte. »Neu hier?«

Veronika nickte.

»Kann man sich an so etwas gewöhnen?«, fragte sie ihn. Der Pathologe überlegte einen Augenblick.

»Ja. Aber das will man eigentlich nicht.«

Er suchte nach Worten. »Das wäre unmenschlich.«

»Danke.« Sie nahm das Tuch vom Mund und sah ihn an. »Danke, dass Sie das gesagt haben.«

Dem Kommissar fiel auf, dass sie ihr Handy diesmal nicht dabeihatte.

»Heute kein Foto?«

Sie schüttelte den Kopf und ging zur Tür. Er sah ihr nach. Der Anblick des Toten hatte sie offensichtlich erschüttert. Kein Wunder, zwei Leichen an zwei aufeinanderfolgenden Tagen, das war schwer zu verdauen.

Auf dem Weg zum Aufzug holte Herbert sie ein.

»Denk dir nichts. Eine Leiche am frühen Morgen ist kein Vergnügen. Für uns auch nicht. Für niemanden.«

Sie blieben stehen, bis der Kommissar nachgekommen war. Veronika sah ihn ernst an.

»Ich hatte immer Zweifel, ob ich diesen Job machen will«, sagte sie ruhig. »Jetzt nicht mehr.«

Dann ging sie weiter.

Bevor sie nach Feldafing zur Villa des Arztes fuhren, warf der Kommissar einen Blick auf die Karte des Sees, die er sich ausgedruckt hatte. Das Anwesen war mit einem Kreis versehen, es lag also direkt am Wasser. Und es hatte ein Bootshaus. Wieder einer dieser merkwürdigen Zufälle.

Kurz darauf war er mit Herbert auf der Autobahn. Veronika hatte er in die Praxis von Scharnhorst geschickt, um noch einmal mit den beiden Angestellten zu sprechen. Mit ihrer direkten Art konnte sie vielleicht noch etwas erfahren.

Diesmal war wenig Verkehr. Sie sprachen nicht. Der Kommissar hatte immer noch den nackten Körper auf der Bahre vor Augen. Der zweite innerhalb weniger Tage. »Rein physikalisch gibt es übrigens den Tod gar nicht«, sagte Herbert unvermittelt.

»Dann war die Leiche heute früh also keine?«, murmelte der Kommissar.

»So nicht. Du musst das anders sehen. Auf dem atomaren Level.«

Der Gesichtsausdruck seines Chefs zeigte ihm, dass er weiter ausholen musste.

»Alles, was es gibt, besteht aus Atomen, klar?«

Der Kommissar nickte, auch wenn er sich mit dieser Frage bisher nicht näher befasst hatte.

»Wir beide und jeder andere auch, wir sind nur Atome.« Da das keine Frage war, schwieg der Kommissar.

»Und ein Atom, das stirbt nicht. Das lebt immer.«

»Es lebt? Wie denn?«

»Es existiert einfach weiter, weil es schon immer existiert hat. Die Elektronen schwirren weiter um den Kern, und das Atom bleibt, wie es ist.«

Der Kommissar betrachtete seine Hand, als könnte er auf ihr die tanzenden Elementarteilchen beobachten.

»Und nach dem Tod?«

»Wenn du stirbst, bleiben deine Atome erhalten. Die, die vorher dich und deinen Körper gebildet haben, bilden jetzt vielleicht einen Stein, einen Frosch oder einen Baum. So gesehen, stirbt nichts.«

Das Bild mit dem Frosch gefiel dem Kommissar nicht. Dennoch fand er den Gedanken tröstlich, auch wenn er nicht wusste, warum.

16

Das Haus des Arztes lag gleich hinter dem Golfplatz von Feldafing. Sie verpassten die Einfahrt zweimal, denn sie lag am Ende einer kleinen Privatstraße ohne Schild.

»Sehr diskret«, murmelte Herbert, als er schließlich zwischen den von Efeu bewachsenen Mauern zu einem schmiedeeisernen Einfahrtstor kam.

Wieder kein Schild. Sie klingelten. Über ihren Köpfen surrte eine Videokamera. Aus der Gegensprechanlage kam ein Schnarren, dann die Stimme einer jungen Frau mit Akzent. »Wen darf ich melden?«

»Mordkommission.« Der Kommissar sprach etwas zu laut, er mochte diese anonymen Lautsprecher nicht.

»Ich verstehe nicht«, sagte die Stimme.

»Polizei – Policía«, rief Herbert, der den spanischen Akzent erkannt hatte.

Sie warteten. Dann ging das Tor auf.

Der Wagen rollte auf ein parkähnliches Grundstück, das sich bis zum See erstreckte. In der Mitte stand eine Villa aus der Gründerzeit, etwas pompös, aber stilvoll. Zwei mächtige Säulen stützten eine Terrasse, von der man einen Seeblick hatte. Auf dem Kiesweg parkte ein Geländewagen.

»So was kann man nur erben«, sagte Herbert und machte den Motor aus.

»Oder du verkaufst den Leuten die Illusion ewiger Jugend.«

Sie stiegen aus. Ein Hausmädchen aus Lateinamerika öffnete die Tür.

»Frau Doktor erwartet Sie. Im Salon.«

Die Besucher folgten ihr. Frau Doktor war nicht allein. In dem blauen Ledersessel neben ihr saß ein schlanker Herr mit einem spitzen Gesicht, das den Kommissar an einen Vogel erinnerte, auch wenn er nicht wusste, an welchen.

Die Frau des Hauses stand auf und zeigte auf ihren Begleiter.

»Unser Anwalt, Dr. Brandt.«

Der Mann erhob sich und reichte dem Kommissar wortlos seine Karte. Dieser steckte sie ebenso wortlos ein und wandte sich an die Witwe.

»Wir wollten Sie eigentlich unter vier Augen sprechen.«

»Das tun Sie doch«, entgegnete der Anwalt. Er zeigte auf seine Mandantin und auf sich. Der Kommissar warf einen Blick in den Raum. Im Gegensatz zur Praxis in der Stadt herrschte hier gediegene Eleganz.

»Haben Sie einen Stuhl?«, fragte Herbert, der neben zwei Thonetstühlen stand.

»Nehmen Sie Platz«, sagte die Frau. Das Hausmädchen stand noch an der Tür und wartete.

»Rosa, ein Mineralwasser für die Herren.«

»Ich hätte lieber einen Kaffee«, widersprach Herbert.

»Also einen Caffè Latte für den Herrn.«

Das Mädchen verschwand.

»Kann ich Ihnen jetzt ein paar Fragen stellen?«, sagte der Kommissar.

»Deswegen sind Sie doch hier«, antwortete die Witwe.

Sie fuhr sich mit der Hand über die Stirn und strich die Haare aus dem Gesicht. Jetzt sah der Kommissar deutlich ihre geliftete Haut.

»Wie lange waren Sie mit Dr. von Scharnhorst verheiratet?«

»Achtzehn Jahre.«

»War es eine gute Ehe?«

»Meinen Sie, ob er andere Frauen hatte? Natürlich.«

In ihrer Stimme war keinerlei Emotion.

»War Ihr Mann in Schwierigkeiten?«

»Nicht wenn er Viagra nahm.«

Ihr Gesichtsausdruck war undurchdringlich.

»Ich meine, hatte er Probleme in beruflicher oder finanzieller Hinsicht?«

»Sollten Sie aus unerfindlichen Gründen diesen Eindruck gewonnen haben, so ist er falsch.«

Der Kommissar überlegte, warum sich eine Frau, deren Mann ermordet wurde, so verhielt. Und warum der Anwalt?

»Hatte er Feinde?«

»Möglich. Auf seinem Gebiet war er der Beste. Und der Erfolgreichste. Das mögen viele Leute nicht.«

»Kein hinreichendes Motiv für Mord«, sagte Herbert.

»Aber jemand hatte offensichtlich eines«, erwiderte der Anwalt.

»Und dieser Jemand war eine Frau«, sagte der Kommissar.

Die Witwe zuckte die Achseln. »Finden Sie es heraus. Das ist Ihre Aufgabe, nicht meine.«

Frau von Scharnhorst hob die Hand und winkte dem Mädchen, das mit einem Tablett an der Tür wartete. Der Kommissar bekam eine kleine Flasche Pellegrino, Herbert ein Glas Caffè Latte.

»Spielen Sie Golf?«, fragte der Kommissar, um das Gespräch wieder in Gang zu bringen.

»Im Winter nur in Florida.«

Natürlich, wo sonst. Höchstens auf Teneriffa, aber das war zu normal. Herbert wollte einen Schluck trinken, doch der Kaffee war noch zu heiß. Er stellte ihn ab und zeigte auf den Park vor dem Fenster.

»Ich wusste nicht, dass man als Arzt, selbst wenn es gut läuft, so gut verdienen kann«, sagte er und durchbrach damit die Stille, die sich kurz eingestellt hatte.

Die Witwe musterte ihn wie einen Hund, der unbefugt bellt. »Ich nehme an, Sie wissen vieles nicht. Mein Mann hatte nicht nur am Operationstisch eine sichere Hand, sondern auch an der Börse.«

»Wobei dies bei Ihren Ermittlungen unerheblich sein dürfte«, fügte der Anwalt hinzu.

»Das müssen Sie schon mir überlassen.«

Die Stimme des Kommissars hatte ihre Verbindlichkeit verloren. Er gewann zunehmend den Eindruck, dass außer ihm niemand an der Aufklärung des Falls interessiert war.

»Die Assistentin Ihres Mannes erzählte uns, dass er auch Patienten aus dem Nahen Osten hatte.«

»Ist das verboten?«, fragte der Anwalt.

»Es kamen Leute aus der ganzen Welt«, erklärte sie. »Er war eine Kapazität.«

»Daran zweifle ich nicht.« Der Kommissar stand auf. »Aber jetzt ist er tot.«

Über dem Klavier hing ein gerahmtes Foto: Scharnhorst auf dem Golfplatz, vor etwa zwanzig Jahren. Er sah verdammt gut aus, dachte der Kommissar. Gesund, reich und schön – das Credo der Schickeria. Doch wenigstens von gesund konnte jetzt keine Rede mehr sein.

»Übrigens hat mein Mann mit Ihrem Chef Golf gespielt.« Der Kommissar drehte sich um.

»Soviel ich weiß, spielt der Polizeipräsident nicht Golf.«

»Aber der Innenminister.«

Natürlich, wer sonst. Der Kommissar antwortete nicht und ging zum rückwärtigen Fenster, durch das man den See sah. Ein schwaches Licht ließ das Wasser am Ufer glänzen, der Ostwind trieb kleine Schaumkronen auf das Ufer zu. Dort stand ein kleines Bootshaus. Daneben ging ein Holzsteg aufs Wasser hinaus. Es sah alt aus, wie das Herrschaftsgebäude, doch das war teuer renoviert worden.

»Können wir uns ein bisschen umsehen?«, fragte Herbert, der ahnte, was seinem Chef im Kopf herumging.

»Nein«, sagte der Anwalt.

Der Kommissar fuhr herum. »Ist das Ihr Haus?«

Frau von Scharnhorst erhob sich und ging auf ihn zu.

»Damit wir uns nicht falsch verstehen, Herr Hauptkommissar. Mein Mann und ich waren ein gutes Team. Geschäftlich. Finden Sie die Verrückte, die ihn erschossen hat, und lassen Sie mich in Frieden. Ich wünsche keinen Skandal.«

»Warum dürfen wir uns Ihr schönes Anwesen dann nicht ansehen?«, fragte Herbert.

»Weil Sie keine Befugnis haben.« Der Anwalt war sitzen geblieben, sprach aber weiter. »Außerdem gingen wir davon aus, dass Dr. von Scharnhorst das Opfer eines Mörders ist. Gegen den sollen Sie ermitteln, nicht gegen uns.«

Der Kommissar hatte für heute genug.

»Wir kommen wieder.« Er ging zur Tür, ohne sich zu verabschieden.

Herbert ließ seine Tasse stehen und folgte ihm, drehte sich dann aber noch einmal um.

»Bleiben Sie bitte im Land«, sagte er.

»Mit welcher Begründung?«

»Einer muss uns ja aufmachen, wenn wir wiederkommen.«

Er lächelte freundlich, schlug die Tür hinter sich zu und ging ebenfalls hinaus.

Die Sonne war wieder weg, der Himmel grau wie immer.

Als sie wegfuhren, gab Herbert zu viel Gas, die Hinterräder schleuderten Kieselsteine gegen die Tür. Dort stand Rosa und sah ihnen nach.

An der Einfahrt zur Hauptstraße mussten sie warten. Ein Spiegel gegenüber zeigte an, wann die Strecke frei war. Herberts Fuß spielte nervös mit dem Gaspedal.

»Komm erst mal runter«, sagte der Kommissar, der den impulsiven Fahrstil seines Kollegen kannte.

»Ich?«, protestierte dieser. »Wenn hier etwas blank liegt, dann doch deine Nerven.« Da lag er nicht ganz falsch.

»Warum benimmt sich jemand so?«, fragte der Kommissar. »Warum macht sich jemand absichtlich verdächtig?«

Herbert fuhr los.

»Weil er sich zu sicher fühlt. Weil er gerne auf anderen Menschen rumtrampelt, aus Prinzip.«

»Oder weil er tatsächlich unschuldig ist. Und es sich deshalb leisten kann.«

Dem Kommissar fiel auf, dass der Anwalt in diesem Punkt recht gehabt hatte. Sie waren im Haus des Opfers, nicht des Täters gewesen. Doch das Verhalten der Frau hatte ihn so provoziert, dass er unwillkürlich die Seiten gewechselt hatte.

Und er sah keine Veranlassung, das zu ändern.

In Starnberg bog Herbert rechts ab und fuhr Richtung S-Bahnhof.

»Ich brauch jetzt noch einen richtigen Kaffee.«

Gute Idee, dachte der Kommissar. Auch ein Croissant konnte nicht schaden. Kurz darauf standen sie an der Theke eines italienischen Stehimbisses. Eine Weile blickte jeder schweigend auf den Zucker, der sich in der schwarzen Flüssigkeit auflöste.

»Was denkst du?«, fragte Herbert schließlich. »Eine verlassene Geliebte, die sich rächen wollte?«

»Könnte sein«, sagte der Kommissar und tunkte das Hörnchen in den Kaffee.

»Gefällt mir aber nicht.«

»Wieso?«

»Zu offensichtlich.«

»Vielleicht ging's um Geld. Vielleicht hat er jemanden reingelegt.«

Geld war immer ein Motiv. Aber das Opfer hatte genug. »Vielleicht hat er einen Kunstfehler gemacht. An der falschen Person«, sagte Herbert.

Kein schlechter Gedanke. Aber ein wirklich einflussreicher Patient hätte andere Mittel gehabt, sich zu rächen. Mord im Affekt war für solche Leute keine Option. Wenn es eine kaltblütig geplante Tat gewesen wäre, hätte man andere Motive vermuten können. Vielleicht sogar politische, schließlich war das Opfer gesellschaftlich gut vernetzt und saß sicher in diversen Gremien. Aber eine so plumpe, impulsive Tötung passte dazu nicht.

Andererseits, es waren nur zwei Schüsse. Das irritierte den Kommissar noch immer.

Herbert legte den Löffel weg und zeigte auf das Fenster. »Schau mal.«

Draußen hielt der Geländewagen des Anwalts. Das Hausmädchen stieg aus, der Wagen fuhr weiter. Rosa hatte eine Einkaufstasche in der Hand und ging auf die Bahnhofsstraße zu.

»Soll ich?«, fragte Herbert.

Der Kommissar nickte. Er sah zu, wie sein Kollege hinausging und dem Mädchen hinterherlief, das erschrocken stehen blieb.

Mehr konnte er nicht sehen. Doch kurz darauf kamen sie zusammen zurück. Anscheinend hatte Herbert wieder sein charmantes Lächeln aktiviert, das der Kommissar gut kannte und das erstaunlich erfolgreich sein konnte. Vielleicht hatte ihm auch die Tatsache geholfen, dass er im Urlaub oft nach Fuerteventura fuhr und etwas Spanisch konnte. Jedenfalls kam er nach einer knappen Minute mit dem Mädchen zur Tür herein.

»Rosa kommt aus Quito, in Ecuador«, erklärte er, als würde ihn das tatsächlich begeistern. »Schönes Land«.

Sie nickte scheu, schien sich aber über das Kompliment zu freuen.

»Stimmt. Wegen der vielen Vulkane«, sagte der Kommissar, der wusste, dass sein Kollege keine Ahnung von Ecuador hatte. Er hingegen hatte kürzlich auf Arte eine Dokumentation über Vulkane gesehen. Herbert warf ihm einen überraschten Blick zu, dann setzte er seine Charmeoffensive fort.

»Kaffee, Kuchen, Apfelstrudel, Weißwürste?«

Sein Eifer hing wohl damit zusammen, dass das Mädchen mit dem runden Gesicht und den langen schwarzen Haaren durchaus attraktiv war, dachte der Kommissar. Exotisch auf jeden Fall. Sie wählte einen Espresso.

»Danke, dass Sie mitgekommen sind«, sagte der Kommissar. »Wie war denn der Doktor so?«

Rosa zögerte, als würde sie nach einem passenden Wort suchen.

»Muy simpático«, sagte sie dann leise. »Wenn nicht, ich wäre schon lange weg.«

Das konnte der Kommissar nachvollziehen.

»Seine Frau ist etwas schwierig, nicht wahr?«

»Duro es, muy duro.«

»Ein harter Typ«, übersetzte Herbert, aber das hatte der Kommissar auch so verstanden.

»Hatten die viel Besuch?«

»Es gab oft Partys. Im Sommer. Mit Zelt und Musik. Mucha gente.«

Sie trank einen Schluck Espresso.

»Und im Winter?«

»No. Nur manchmal. Dann kommen sie, los carros grandes.«

»Die dicken Limousinen«, flüsterte Herbert. »Araber?«

Sie nickte. »Otros también.« Also auch andere.

»Kamen sie zu den Partys?«

»No, no. Muy serios fuen«, sagte sie entschieden.

»Was machten sie dann dort?«

Sie wich seinem Blick aus.

»Weiß nicht. Tenía que irme.«

»Sie musste dann immer weg.«

Der Kommissar reichte ihr die Hand. »Muchas gracias, Rosa. Danke.«

Er hatte mehr erfahren als in der Villa. Mehr, als er erhofft hatte. Sie drehte sich um und ging hinaus.

Der Kommissar sah ihr nach. Was wollten die Männer in den Limousinen in Scharnhorsts Haus? Waren es Patienten, oder kamen sie aus einem anderen Grund? Er trank seinen Kaffee aus und ging zum WC. Unterwegs suchte er nach Münzen für die Toilettenfrau, doch diesmal war keine da.

Als er zurück ins Lokal gehen wollte, blieb der Kommissar wie angewurzelt stehen. Am Eingang, keine fünf Meter entfernt, kam gerade eine Frau durch die Tür – Hildegard, die Waldfee. Der Kommissar spürte, wie sich sein Puls schlagartig beschleunigte. Sie sah sich kurz um, setzte sich an einen der freien Tische und studierte die Speisekarte. Diesmal hatte sie keine Blumen im Haar und sah ganz normal aus, abgesehen von dem indischen Schmuck, der nicht zu übersehen war. Was tun? Er hatte keine Chance, unbemerkt an ihr vorbeizukommen.

Schon spürte er, wie er feuchte Hände bekam. Herbert würde die unvermeidliche Begrüßungsszene mit größtem Interesse verfolgen. Und ihm dann später einen längeren Vortrag halten über den Umgang mit verstrahlten Hippiefrauen. »Verstrahlt« war sein Lieblingswort, wenn es um esoterisch angehauchte Damen ging, die nicht mehr ganz jung waren.

Der Kommissar lief zurück zur Toilette. Vielleicht gab es einen Hinterausgang. Das, was man Fluchtweg nennen würde. Dann könnte er Herbert auf dem Handy anrufen, und sie würden sich am Wagen treffen. Natürlich wäre er auch da in Erklärungsnot, aber besser, als ihm die Waldfee sozusagen auf dem Tablett zu präsentieren, war es allemal.

Sekunden später kam er zurück. Kein Hinterausgang. Also blieb ihm keine Wahl. Mit gesenktem Blick ging er los, hatte aber die Waldfee stets im Auge. Doch gerade als er an ihr vorbeimusste, legte sie die Speisekarte weg und hob den Kopf. Sie erkannte ihn sofort.

Nichts passierte. Hildegard winkte unauffällig mit der

rechten Hand, lächelte kurz, dann ließ sie die Hand wieder sinken. Er nickte ihr zu und ging zügig weiter. Die Begegnung verlief so diskret, dass Herbert davon nichts mitbekam.

Kaum hatte der Kommissar seinen Platz erreicht, holte er tief Luft. Er wischte die feuchten Hände mit der Serviette ab, legte einen Fünf-Euro-Schein auf den Tisch und verließ das Lokal.

Es schneite wieder. Zügig ging Anton Biersack vor zum Wagen. Hildegard hatte ihn verblüfft. So ruhig, wie sie geblieben war. Die Frau hatte sich völlig anders verhalten als erwartet. Dafür war er ihr dankbar. Aber das konnte er ihr nicht sagen.

Herbert lief ihm nach, er hatte die Autoschlüssel.

»Sag mal, musste das sein? Ich hatte doch mein Sandwich noch gar nicht bekommen.«

»Ja, das musste sein.«

Herbert wartete auf eine Erklärung, die nicht kam. Er schüttelte den Kopf.

Schließlich sperrte er den Wagen auf, sie stiegen ein.

»Is was?«, fragte er seinen Chef, der mit düsterer Miene dasaß.

»Nein. Fahr los.«

Herbert kannte den Kommissar gut genug, um zu wissen, wenn er dieses Gesicht machte, waren Fragen zwecklos. Wortlos startete er den Motor.

17

Im Büro wartete eine Menge Arbeit auf sie. Die Kollegen hatten inzwischen die Daten des Computers und des Mobiltelefons von Scharnhorst ausgewertet. Veronika war aus der Praxis zurück und die Gräfin im Krankenhaus wieder zu sich gekommen. Der Kommissar entschied sich, zuerst zu der alten Dame zu fahren, Veronika konnte ihm unterwegs berichten. Herbert sollte die Computerdaten analysieren, das lag ihm mehr als seinem Chef.

Der Kommissar nahm den alten Passat, er fand ihn gemütlicher als den dunkelblauen BMW, den Herbert gerne fuhr. Außerdem passte das Auto besser zu ihm. Fahrer der bayerischen Marke waren angeblich dynamisch, erfolgreich und permanent mobil, da fühlte er sich nicht angesprochen. Er reiste kaum, nur im Urlaub fuhr er gerne in die Steiermark oder ins Languedoc wegen der Weine. Hauptkommissar wurde man nach einer gewissen Anzahl von Dienstjahren oft sowieso, und jemanden als dynamisch zu bezeichnen, der einen Besuch im Fitnessstudio nur aus profilästhetischen Gründen in Erwägung zog, war unsinnig.

Als er losfuhr, berichtete er Veronika von den Ermittlungen am See. Was das Mädchen aus Ecuador erzählt hatte, faszinierte auch sie.

»Die Scheichs kommen doch nur im Sommer nach Deutschland«, wandte sie ein, »wenn es im eigenen Land zu heiß ist.«

»Anscheinend gibt es wichtige Angelegenheiten, die nicht warten können.«

Der Kommissar wusste, diese Antwort klang so banal, wie sie war. Er überholte einen Fahrradkurier, der erstaunlich schnell war.

»Was ist wichtig für Leute, die alles haben? Und die jeden einfliegen lassen können, den sie brauchen?«

Gute Frage. Dummerweise hatte er keine Antwort.

»Vielleicht muss manchmal eine der Haremsdamen geliftet werden, oder ein Prinz lässt sich verschönern. Auch Männer haben ein Ideal von sich, sagt man wenigstens. Hauptkommissar Knorr ganz sicher.«

»Und warum fahren sie dann ins Privathaus des Arztes und nicht in die Praxis?«

Noch eine gute Frage.

Es regnete wieder. Der Verkehr war zäh, fast jede Ampel rot. Wie immer. Er machte die Scheibenwischer an. Vielleicht war heute ein guter Tag für das Fitnessstudio. Vielleicht war das besser, als sich zu Hause wieder der Leere auszusetzen.

»Jetzt erzählen Sie mal«, sagte der Kommissar, als er am *Schumann's* vorbeifuhr und rechts in die Prinzregentenstraße abbog. »Wie war's in der Praxis?«

»Na ja, das sind zwei toughe Frauen. Ich meine, diese Slovica war schon wieder völlig gefasst, als ob nichts gewesen wäre. Und Sie haben recht gehabt, den blutigen Kittel hat sie weggeworfen.«

»War ja auch nur eine verrückte Idee.«

Eine Weile sagten sie nichts. Der Kommissar musste sich in eine Schlange einfädeln, der Verkehr wurde stockend. Wieder eine Baustelle.

»Sie kommt übrigens aus der Ukraine, ihr Vater war beim Militär«, fuhr Veronika fort. »Außerdem hat sie sich beklagt, dass sie die Buchhaltung nicht abschließen könne, solange der Computer weg ist.«

»Und die andere?«

»Angela war früher an einer Theaterakademie. Sie wollte Schauspielerin werden. Das war ihr als Beruf dann aber doch zu riskant.«

Der plötzliche Spurwechsel eines vorausfahrenden Fahrzeugs unterbrach die Gedanken des Kommissars. Er musste bremsen.

»Idiot«, murmelte er und versuchte, den Worten seiner Beifahrerin wieder zu folgen.

»Angela war übrigens auch wieder gut drauf. Aber sie war ja auch nicht wirklich dabei, als es passiert ist.«

Veronika machte eine kurze Pause, als würde sie sich noch einmal vorstellen, wie alles abgelaufen war.

»Junge Leute stecken so etwas anscheinend schnell weg«, sagte der Kommissar. Er sah Veronika an und fragte: »Wäre das bei Ihnen auch so?«

Sie überlegte einen Augenblick und schüttelte dann den Kopf.

»Keine Ahnung. Ich habe mit vierzehn nur Horror-Movies gesehen. Die ganz harten Sachen, Kettensägen-Massaker und so.«

Der Kommissar musterte sie erstaunt.

»Sind Sie dafür nicht viel zu zart? Ich meine seelisch«, fügte er schnell hinzu, als er ihren ironischen Blick spürte.

»Ich fand's geil. Und jetzt kann ich kein Blut mehr sehen.«

Merkwürdig. Der Kommissar dachte darüber nach, kam aber nicht weiter.

»Wahrscheinlich wollen Kinder Extreme ausloten, außerdem nehmen sie solche Sachen wahrscheinlich nicht ernst.«

»Doch, sonst macht es ja keinen Spaß. Ist doch beim Sex dasselbe.«

Der Kommissar zuckte zusammen, zugleich hoffte er, dass sie es nur so gesagt hatte. Irgendwie schien ihm diese Bemerkung nicht zu einem Engel zu passen. Natürlich wollte er keineswegs als spießig gelten. Seiner Meinung nach war er es auch nicht. Auch dieser Gedanke ärgerte ihn. Was war nur mit ihm los?

Er musste aufpassen, dass er die Distanz zu dem Mädchen nicht verlor. Sie war nicht seine Tochter, geschweige denn etwas anderes. Veronika war Polizistin, also eine Kollegin. Wenn auch eine verdammt gut aussehende.

»Scharnhorst war übrigens total abergläubisch«, sagte sie unvermittelt und riss ihn aus seinen Überlegungen.

»Haben Ihnen das die beiden Frauen erzählt?«

»Ja, sie haben sich darüber lustig gemacht. An jedem 13. wurde die Praxis geschlossen. Es hätte ja was schiefgehen können.«

»Ist manchmal was schiefgegangen?«

»Danach habe ich leider nicht gefragt, hätte ich aber machen können.«

»Wenn Sie wüssten, was ich alles vergesse«, sagte er milde.

Das entsprach der Wahrheit. Mehr, als es ihm lieb war.

Die Klinik war klein, aber luxuriös. Die Gräfin lag auf der Privatstation. Sie war bester Laune, allerdings hatte man ihr noch nicht gesagt, was passiert war. Angeblich wollte der Arzt die alte Dame noch schonen. Deshalb stellte sich auch der Kommissar nicht als Kriminalbeamter vor, sondern als Patient. Er sei an diesem Tag auch in der Praxis gewesen und wolle wissen, wie es der gnädigen Frau ginge. Sie musste ja neulich vor seinen Augen vom Notarzt abtransportiert werden.

»Ja, ich weiß auch nicht, was mit mir los war. Vielleicht habe ich die Narkose nicht vertragen.«

»Es war nur eine kleine örtliche Betäubung«, warf Veronika ein.

»Ja, das macht der Rüdiger fabelhaft.«

Sie griff nach dem Haltegurt über dem Bett und richtete sich auf.

»Was ist denn eigentlich passiert?«

»Das wollten wir ja Sie fragen. Bevor Sie ohnmächtig wurden, was haben Sie denn da noch mitbekommen?«

»Na, mit einer Binde über den Augen bekommen Sie nicht viel mit, Fräulein. Außerdem höre ich nicht mehr gut.«

Sie ließ sich zurück ins Kissen sinken.

»An was erinnern Sie sich denn überhaupt?«

»Irgendeine Tür ging auf, da war ein weißer Kittel, dann krachte etwas, dann war wieder der weiße Kittel. Und dann habe ich geträumt, denn plötzlich hörte ich Schüsse. Und dann hatte ich schon das schreckliche Ding auf dem Mund, dieses …«

»Sauerstoffgerät«, half ihr Veronika.

»Genau, und dann wurde ich ohnmächtig. Der Teufel weiß, warum.«

Sie machte eine Pause.

»Mehr kann ich Ihnen nicht sagen.«

Sie schwieg eine Weile, dann betrachtete sie den Besucher genauer.

»Warum gingen denn Sie zu Rüdiger? Wegen der Falten?«

Meinte sie das ernst? Der Kommissar senkte den Blick. Sah er bereits so alt aus, dass selbst eine Greisin ihn als reparaturbedürftig ansah? Sogar ohne Brille?

Veronika, der seine Irritation nicht entgangen war, kam ihm zu Hilfe.

»Wir sind von der Versicherung. Wir wollten Rüdiger eine neue Police anbieten.«

»Sehr aufmerksam. Er ist ja so reizend, man muss sich um ihn kümmern. Das tun Sie doch, oder?«

»Wir versuchen es«, sagte der Kommissar, der langsam Zweifel hatte, ob das, was er da tat, dienstlich noch korrekt war.

Als sie wieder im Flur standen und zum Ausgang gingen, blieb Veronika nach ein paar Schritten stehen. »Sie hat also nur den weißen Kittel von Frau Slovica gesehen?«

»Natürlich. Die assistierte bei den Spritzen. Und nach den Schüssen musste sie sich um den Verletzten kümmern. Mit dem Tuch auf dem Gesicht hat die Alte sowieso nur verwischte, kurze Bilder sehen können, wenn überhaupt.«

»Unser Besuch hat also nichts gebracht?«

»Das ist leider oft so«, sagte der Kommissar und warf einen Blick auf die Glaswand, an der sie vorbeigingen. Seine Falten konnte er nicht überprüfen, aber die Wölbung oberhalb des Gürtels war deutlich sichtbar. Peinlich. Sein Entschluss für das Probetraining nach Dienstschluss stand nun endgültig fest.

Sie fuhren zurück. Die ersten Minuten schwiegen sie. Der monotone Rhythmus des Scheibenwischers übertönte die Verkehrsgeräusche.

»Kann ich das Radio anmachen?«, fragte Veronika.

Der Kommissar nickte, obwohl er ahnte, dass er das bereuen würde. Veronika pendelte zwischen *Antenne Bayern* und anderen Popsendern. Er versuchte, sich nichts anmerken zu lassen. Nach kurzer Zeit schaltete sie um auf *Bayern Klassik.* »Ich glaube, das ist eher für Ihre Generation«, sagte sie.

Es war ein Oboenkonzert.

Der Kommissar machte das Radio aus.

»Die Idee mit der Versicherung vorhin, das war clever«, sagte er nach einer Weile.

»Darf man als Polizist lügen?«, fragte sie.

Die Frage hatte er sich noch nie gestellt.

»Kommt darauf an.«

Natürlich durfte man das nicht, aber es hing tatsächlich von der Situation ab. Was stand auf dem Spiel? Was könnte man mit einer Lüge erreichen, welches Unheil verhindern? Herbert hätte dazu einen abendfüllenden Vortrag gehalten. Das alles sagte er nicht. Wieder durchbrach nur das gleichmäßige Geräusch des Scheibenwischers die Stille.

»Was macht eigentlich Ihr Verlobter?«, fragte er nach einer Weile, um das Schweigen zu beenden.

»Es gibt keinen.«

Der Kommissar sah sie überrascht an.

»Ich habe Sie belogen«, sagte sie leise. »Zweimal.«

»Wo noch?«

»Das mit dem Speeddating, das war keine Wette. Ich ging freiwillig hin.«

Es dauerte einen Moment, bis der Kommissar begriff, was das bedeutete. Das Mädchen an seiner Seite war Single. Aber nicht freiwillig.

»Warum haben Sie gelogen?«

»Können Sie sich das nicht denken?«

»Nein.«

Sie lachte über seine Naivität. »Ich wollte meine Ruhe haben.«

War da ein Hauch von Bitterkeit in ihrer Stimme?

»Und haben Sie die?«

Veronika antwortete nicht. Der Kommissar spürte, sie war einsam wie er. Aber für Engel mit gebrochenen Flügeln konnte er nichts tun.

18

Als sie das Büro betraten, warteten auf dem Schreibtisch des Kommissars zwei neue Ordner auf ihn. »Die Auswertungen der Computer«, erklärte Herbert. »Nichts Auffälliges auf der Festplatte. Patientenlisten, Abrechnungen, Lieferungen, das Übliche. Er hatte exquisite Kunden. Liest sich wie das *Who's who* der Bundesrepublik. Und ein paar Exoten gibt es natürlich auch.«

»Zufällig auch einen Makele?«, fragte der Kommissar, der selbst nicht wusste, warum ihm das jetzt einfiel.

»Glaubst du, der wäre mir entgangen?« Herbert machte eine kurze Pause. »Er scheint übrigens hier gewesen zu sein.«

»In München?«

»Unsere Leute waren doch mit dem Foto unterwegs, im Milieu.«

»Mit dem Foto unserer Leiche oder dem Passbild aus Frankreich?«

»Dem Passfoto. Das war schärfer.«

»Und?«

»Einer will ihn am Bahnhof gesehen haben. Aber nur kurz.«

»Wann?«

»Vor etwa zwei Wochen. Also kurz vor seinem Tod.«

Das passte. Endlich ein kleiner Erfolg.

»Setz dich mit der Familie in Verbindung. Wir müssen wissen, was er hier wollte.«

»Soll ich nach Lagos fahren?«

Der Kommissar reagierte nicht. Sein Kollege wusste genau, dass niemand diese Reise genehmigen würde. Ein toter Schwarzer, den niemand kannte und der nicht in Deutschland wohnte? Das war den meisten Leuten egal. Wenn er die Ermittlungen später einstellen musste, würde ihm das niemand vorwerfen. Der Kommissar sah das anders.

Einen Mord in seinem Revier betrachtete er als persönliche Herausforderung, und so wurde jeder Fall zu einem Duell zwischen ihm und dem Täter.

»Die Spurensicherung in der Praxis hat nicht viel gebracht«, unterbrach Herbert seine Gedanken. »Sie haben ein künstliches Haar auf dem Stuhl gefunden. Und ein paar Stoffpartikel der Hose. Das war's. Die Frau hatte ja Handschuhe an.«

Immerhin. Würden sie die Besitzerin der Hose finden oder der Perücke, wäre das ein Indizienbeweis. Herbert zeigte auf den zweiten Ordner. Er enthielt Blätter mit Zahlenreihen und Namen dahinter.

»Wenn du je Geheimnummern von Prominenten haben wolltest, hier sind sie. Damit könnte man ganz schön Kohle machen.«

Veronika kam näher und warf einen Blick auf die Liste.

»Behandeln Sie das vertraulich, wir haben Schweigepflicht wie ein Arzt«, erklärte ihr der Kommissar.

»Auf seinem Telefon sind übrigens noch andere Nummern. In der Rubrik ›privat‹«, sagte Herbert. »Leider alle PIN-geschützt.«

»Und deshalb besonders interessant.«

»Darf ich das Handy mal haben?«, fragte Veronika.

Herbert holte die Plastiktüte mit dem Gerät aus dem

Schrank. Veronika wickelte das Telefon aus, dann schaltete sie es ein.

Herbert ging ans Fenster, wie es der Kommissar normalerweise tat, und blickte hinaus. Keine Krähe. Einen Augenblick war es still, nur das Klicken des Telefons war zu hören, auf dem Veronika herumtippte.

»Ich wusste gar nicht, dass du manchmal in Tracht herumläufst«, sagte Herbert unvermittelt und sah seinen Chef von der Seite an.

»Ich? Wieso?« Der Kommissar legte seine Stirn in Falten.

»Als ich unten in der Abteilung II war, da hing hinter dem Schreibtisch vom Georg ein Foto. Und da bist du auch drauf, in der kurzen Lederhose.«

Veronika unterbrach ihre Tätigkeit und sah den Kommissar neugierig an. Dieser verzog das Gesicht, als hätte er einen miserablen Wein im Mund, was ihm allerdings nicht oft passierte.

»Das Bild ist uralt. Wir waren damals zusammen auf der Wies'n. Die ganze Abteilung. Mit unseren Frauen. Das war, bevor du hier aufgetaucht bist.«

Herbert grinste.

»Macht doch nichts. Siehst ja knackig aus auf dem Foto.«

»Das würde ich auch gerne sehen«, sagte Veronika.

Der Kommissar stöhnte, sah sich aber zu einer weiteren Erklärung gezwungen. »Meine Frau war aus Hamburg. Ich wollte ihr halt den Gefallen tun.«

Mit einer hilflosen Geste versuchte er, seine Unschuld gegenüber dem delikaten Vorwurf zu unterstreichen.

»Wenn die aus dem Norden hierherkommen, sind das die Ersten, die sich zum Oktoberfest verkleiden. Ohne Tracht geht da nichts.«

Sein Gesichtsausdruck machte Herbert unmissverständlich klar, dass er sich mit dieser Geschichte keine Pluspunkte erworben hatte.

Dann war es still.

Herbert wechselte das Thema.

»Du sollst übrigens nach oben.« Er zeigte mit dem Finger zur Decke, ein Code für das Büro des Chefs, des Polizeipräsidenten.

»Jetzt gleich?«

»Keine Ahnung. Außerdem ist in einer Stunde Pressekonferenz.«

Der Kommissar sprang auf und schlug mit der Hand auf den Tisch.

»Warum sagst du das jetzt erst?«

»Ich hatte dir doch eine SMS geschickt.«

Wahrscheinlich gerade dann, als die laute Musik im Wagen lief, dachte der Kommissar. Er überlegte. Es war halb eins. Die Sache mit dem Durchsuchungsbeschluss konnte er gerade noch schaffen. Er ging zur Tür.

»Was machen Sie jetzt?«, fragte Veronika, die wieder mit dem Telefon des Toten beschäftigt war.

»Ich geh rüber zum Staatsanwalt. Wegen der Scharnhorst-Villa.«

»Viel Glück«, sagte Herbert und winkte.

Das konnte der Kommissar brauchen. Mit dem jungen Staatsanwalt, der seit Kurzem für solche Fälle zuständig war, hatte er Probleme. Dieser Mann war adrett, ehrgeizig, besserwisserisch. Und natürlich in der CSU. Deshalb auch der penetrant bayerische Look. Wie einer aus der Trachtenabteilung von Lodenfrey, dachte der Kommissar, als er im Lift stand. Oder wie ein Investmentbanker. Noch schlimmer.

Natürlich musste er warten. Der Herr sei am Telefon,

sagte die Sekretärin. Das war der Herr ziemlich lange. Der Kommissar wurde ungeduldig. Wiederholt sah er auf die Uhr, doch die Dame im Vorzimmer blieb unbeeindruckt. Sie hatte das schwarze Einheitskostüm an, das Frauen in Konzernen auf Chefetagen tragen, hatte sich also ihrem Vorgesetzten gut angepasst. Damit war sie modisch ihrer Position um Jahre voraus.

Und natürlich trug sie eine der strengen Brillen, die jetzt angesagt waren. Durch die eckigen Gläser musterte sie den Kommissar, als sei er das Exemplar einer unbekannten Gattung. Zugegeben, seine Erscheinung war heute stilistisch eher reduziert. Er hatte ein graues Cordsakko an und die alte Jeans, die ihm, wenn er stand, vorn am Bauch oft herunterrutschte. Doch jetzt stand er nicht, er saß.

Ein Piepsen ertönte. »Herr Brandhorst wird Ihnen gleich zur Verfügung stehen«, sagte die Sekretärin und lächelte ihn an. Ohne ersichtlichen Grund wartete sie einen Augenblick, dann stand sie auf und öffnete ihm die Tür. Staatsanwalt Brandhorst, heute im eleganten Outfit des Bankers, erhob sich nicht, um ihn zu begrüßen. Er blieb an seinem Schreibtisch sitzen, den Körper zur Seite gewandt, das linke Bein ruhte auf dem Stuhl gegenüber. Es war bis hoch zum Schenkel eingegipst, an der Wand lehnten Krücken.

»Kitzbühel, die Streif«, sagte er und zeigte auf das Bein. »Die ganze Piste total vereist. Hätte man sperren müssen. Vielleicht erstatte ich Anzeige.«

Dazu fiel dem Kommissar nichts ein.

Das nun folgende Gespräch verlief wie erwartet. Schlecht. Vielleicht auch deshalb, weil dem Staatsanwalt nicht gefiel, dass ihn andere Leute so hilflos sahen.

»Sie sind doch ein alter Hase«, sagte er gleich zu Beginn, als wisse er, dass der Kommissar diesen Spruch hasste.

»Dann ist Ihnen doch auch klar, dass wir äußerst diskret vorgehen müssen. Einen Durchsuchungsbeschluss für die Wohnung des Opfers? Was denken Sie sich eigentlich? Sie haben doch den Tatort gesehen. Der Mann war eine äußerst prominente Figur unserer Gesellschaft. Wir können nicht in seinen Privatangelegenheiten schnüffeln. Seine Witwe verdient Respekt, ganz abgesehen von den Beziehungen, die sie hat.«

So ging es ein paar Minuten. Schließlich landete er beim gleichen Argument wie der Anwalt heute Morgen. Der Kommissar solle nicht gegen das Opfer ermitteln, sondern gegen den Täter.

»Sie wollen mich nicht verstehen, Herr Brandhorst. Das ist schade, aber nicht zu ändern.«

Er erhob sich und ging zur Tür. »Das gilt übrigens auch für Ihren Fuß.«

Dann ging er hinaus. Die Sekretärin zog gerade das Rot ihrer Lippen nach, doch der Kommissar beachtete sie nicht.

Als er im Gang stand, sah er auf die Uhr. Noch vierzig Minuten bis zur Pressekonferenz. Das konnte reichen. Es war klüger, mit dem Polizeipräsidenten vorher zu sprechen als nachher. Man konnte nie wissen. Er ging zum Lift.

Während er wartete, fiel ihm der Nigerianer wieder ein. Was hatte Makele in München gewollt? Was hatte er getan, dass er es mit dem Leben bezahlen musste? Waffen, Drogen, Mädchenhandel? Sie mussten endlich mehr über den Mann herausfinden, aber wie? Wieso hatte sich kein Hotel gemeldet, als die Suche nach dem Toten über die Medien bekannt gegeben wurde? Oder einer seiner Geschäftspartner? Hatte er nur mit Leuten verkehrt, die die Öffentlichkeit scheuten?

Der Lift kam, er stieg ein. Den Polizeipräsidenten kannte der Kommissar schon lange. Es gab wenige Konflikte zwischen ihnen. Einerseits, weil Anton ein guter Ermittler war und die Mordkommission eine Aufklärungsquote von fast hundert Prozent vorweisen konnte, womit München gut dastand. Andererseits, weil er sich gegenüber den Medien zurückhielt. Das schätzte der Präsident, denn diese Kontakte wollte er selbst pflegen.

Dazu kam, dass der Kommissar kein Interesse an Hierarchien hatte. Er wusste sehr wohl, dass in großen Unternehmen, und dazu gehörten Ministerien und Polizeiapparate, selten die Fähigsten nach oben kamen, sondern die mit Ellbogen und Beziehungen. Für übertriebenen Respekt gab es also keinen Grund. Deshalb bemühte er sich auch nie, bei Feiern am Tisch des Präsidenten zu sitzen, was diesem entgegenkam. So konnte er bei anderen Leuten sitzen und seine Kompetenz zur Schau stellen.

Dieses Mal musste der Kommissar nicht warten. Der große Mann mit dem gepflegten Vollbart, der schon an einigen Stellen weiß wurde, begrüßte ihn mit ernster Miene.

»Sie wissen ja, um was es in der PK heute geht. Heikle Sache. Ich will keinen Skandal.«

»Ich auch nicht. Allerdings wäre ich Ihnen dankbar, wenn Sie solche Termine mit mir absprechen würden«, sagte der Kommissar und ließ sich in den angebotenen Ledersessel fallen.

»Ich hatte einen Anruf vom Ministerium. Der Fall muss schnellstens für die Presse aufbereitet werden, bevor es Gerüchte gibt. Klar und kompetent. Schließlich kannte ich Rüdiger persönlich.«

»Wollen Sie das machen?«, fragte der Kommissar und

bemühte sich, sachlich zu klingen. »Ich gebe Ihnen gerne die wenigen Fakten, die wir bisher haben.«

»Kommt nicht infrage. Vielleicht später, wenn wir den Täter haben. Aber jetzt keinesfalls.«

Der Präsident beugte sich vor und stützte das Kinn auf die zusammengepressten Hände, eine Geste, die der Kommissar schon in vielen Filmen gesehen hatte, aber in der Realität selten.

»Was wissen wir?«

»Noch nichts.«

»Und was werden Sie sagen?«

»Sieht aus wie Mord im Affekt. Nichts Geplantes.«

»Frauengeschichten?«

»Möglich.«

»Spielen Sie das runter. Wenn die Presse das wittert, ist der Teufel los.«

Einige Sekunden herrschte Schweigen.

»Sie haben noch einen anderen Fall. Der Tote im See. Wie steht's damit?«

»Wir wissen jetzt, wer der Mann war.«

Der Präsident stand auf und ging ans Fenster. Dies kam dem Kommissar bekannt vor. Auch er tat das gerne, wenn ihm nichts mehr einfiel.

»Konzentrieren Sie sich auf den Arzt.«

Am Fenster standen zwei Orchideen. Wie in der Praxis. Doch die zarten Blüten passten nicht in den kühlen Raum, in dem sonst nichts Persönliches stand.

»Schöne Blumen«, sagte der Kommissar.

»Hat mir meine Tochter mitgebracht. Schon vor einiger Zeit. Fürs Büro. Sie fand, dieser Raum sei ziemlich langweilig.«

»Wie heißt Ihre Tochter?«, fragte der Kommissar, der

dieser Aussage, obwohl sie korrekt war, kaum zustimmen konnte. Der Präsident drehte sich um.

»Aurelia. Sie will Kunstgeschichte studieren.«

Er machte eine Pause, als müsste er sich überwinden weiterzusprechen.

»Sie hat gerade eine schwierige Zeit hinter sich. Therapie und so, Sie wissen schon. Vielleicht ist sie zu sensibel. Und zu impulsiv.«

Für einen Augenblick verlor sein Gesicht die kühle Unverbindlichkeit.

»Und deshalb die Blumen?«, fragte der Kommissar.

Der Präsident richtete sich auf, seine Stimme nahm wieder einen dienstlichen Tonfall an, als wäre ihm die Wendung des Gesprächs unangenehm gewesen.

»Biersack, ich rechne mit Ihnen. Keinen Skandal. Wenn Sie Hilfe brauchen, ich bin jederzeit für Sie da.«

Diese Floskeln kannte der Kommissar.

»Auch jetzt?«

Der Präsident hob die Augenbrauen.

»Jetzt ist doch gleich Pressekonferenz.«

»Es ist nur ein Anruf.«

»Bei wem?«

»Bei Staatsanwalt Brandhorst.«

19

Kurz darauf stand der Kommissar wieder im Lift. Morgen würde er den Durchsuchungsbeschluss haben. Einfach war es nicht gewesen. Nach einer längeren Diskussion musste er sogar damit drohen, den Fall abzugeben, um sich besser auf den Toten im See konzentrieren zu können. Schließlich war der zuerst da gewesen. Das wiederum wollte der Präsident auf keinen Fall.

Als er zurück ins Büro kam, standen seine beiden Kollegen neben dem Drucker, der in Betrieb war.

»Die Nummern aus der geheimen Liste«, sagte Herbert stolz, als wäre das sein Verdienst. »Veronika hat das Telefon geknackt.«

»Intuition?«, fragte der Kommissar, dem das Mädchen langsam unheimlich wurde.

Sie zuckte die Achseln.

»Ich hatte mal einen Freund, der war im Chaos-Club.«

Der Blick des Kommissars zeigte ihr, dass diese Information für ihn keine war.

»Da treffen sich Computerfreaks. Hacker, Programmierer, Visionäre. Und natürlich eine Menge Spinner. Aber clever sind sie.«

Der Kommissar setzte sich.

»Danke. Damit haben Sie uns viel Zeit gespart.«

Herbert legte ihm den Ausdruck einer Mail auf den Tisch.

»Das ballistische Ergebnis. Eine Kugel steckte in der Wand, die andere war noch im Körper. Heckler & Koch P7,9 mm.«

»Die gleiche Waffe, die wir auch haben?«, fragte Veronika erstaunt.

Der Kommissar nickte. Wieder einer dieser Zufälle.

»Und was schließen wir daraus?«

»Nicht viel. Es ist eine sehr beliebte Pistole, auch unter Kriminellen. Die früheren Modelle wie die Walther PPK sind Sammlerstücke.«

Er sah auf die Uhr und erschrak.

»Mein Gott, die Pressekonferenz.«

Hastig griff er nach dem Zettel, den er vorbereitet hatte, und lief zur Tür.

In diesem Augenblick läutete das Telefon. Herbert hob ab. Was er hörte, verschlug ihm die Sprache.

Der Kommissar, der schon ihm Gang war, blieb stehen. »Wer zum Teufel ist das?«

Herbert hielt ihm den Hörer hin.

»Unsere Wasserleiche«.

Zehn Minuten später hastete der Kommissar durch den Gang. Er würde zu spät kommen, das war nicht gut. Noch immer schlug sein Puls vor Erregung über das Gespräch, das er eben geführt hatte. Es war tatsächlich Makele gewesen, aus London. Die englische Polizei hatte ihm nahegelegt, sich zu melden. Das tat er, aber nur widerwillig. Dass der Typ unverschämt arrogant war, hatte der Kommissar trotz seiner bescheidenen Englischkenntnisse verstanden. Ob er tatsächlich noch am Leben sei, hatte Anton zuerst gefragt, was natürlich eine dumme Frage war. Aber in der Aufregung verständlich.

I am very much alive, Sir. What do you want? Der Kommissar hatte kaum Zeit gehabt, sein Anliegen zu erklären, da kam schon der nächste Spruch. *Is this an official interrogation?* Noch während der Kommissar nach Worten suchte, kam bereits der Satz, gegen den er schon immer allergisch war.

I will not speak without a lawyer, Sir. Auch dieses dämliche »Sir« ging ihm auf die Nerven. Was bildete der Mann sich ein? Der Kommissar fühlte sich provoziert. Ganz bestimmt hatte der Nigerianer Dreck am Stecken. Aber er war lebendig und in einem anderen Land, also ging es ihn nichts an.

Sekunden nachdem er aufgelegt hatte, stellte der Kommissar fest, dass er einen Fehler gemacht hatte. Wie konnte er wissen, ob der Mann am Telefon wirklich Makele war? Peinlich. Jetzt musste er Herbert beauftragen, die Nummer zurückverfolgen zu lassen. Und die englischen Kollegen zu bitten, die Identität des Anrufers anhand des Passes zu überprüfen. Falls das ein angemeldetes Telefon war. Er war wütend, leider über sich selbst.

In dieser Stimmung bahnte er sich einen Weg durch die wartenden Journalisten auf dem Gang und betrat den überfüllten Presseraum. Im Nachhinein war das gut so, denn so aggressiv hatten die Medienvertreter den Hauptkommissar noch nie gesehen. Deshalb hielten sich die Fragen in Grenzen. Der Präsident war zufrieden. Der Kommissar nicht, denn was die Leiche im See betraf, stand er jetzt wieder am Nullpunkt.

Nach der Pressekonferenz ging der Kommissar hinaus ins Freie. Der Reporter einer Tageszeitung, mit der er schon lange auf Kriegsfuß stand, verfolgte ihn.

»Herr Biersack, irgendwas müssen Sie doch wissen. Ich brauch eine kleine Info. Das ist doch eine megageile Story. Denken Sie sich doch was aus, exklusiv, nur für uns.«

Der Kommissar drehte sich um, der Dicke mit der großen Kamera, der immer leicht schwitzte, ging ihm schon lange auf die Nerven.

»Erstens darf ich nichts sagen. Und wenn ich was wüsste, wären Sie der Letzte, dem ich es verraten würde.« Seine Stimme hatte einen aggressiven Ton, der ihn selbst überraschte. Er ließ den Mann stehen und ging über den Innenhof.

Es regnete leicht, doch er musste sich bewegen. Dieses Gefühl hatte er öfter. Er gab ihm nach, weil er hoffte, dass sich dabei auch im Geflecht seiner Synapsen etwas bewegen würde. Eine Idee konnte man nicht bewusst erzeugen. Aber man konnte dem Gehirn eine Chance geben, die erhaltenen Informationen neu zu ordnen, indem man es für eine Weile in Ruhe ließ.

Eigentlich sollte er gar nicht denken, aber das war unmöglich. Also wenigstens an etwas anderes denken. Das aber war nicht leicht, wenn einem zwei ungelöste Fälle im Kopf herumgingen. Doch der Kommissar wusste aus Erfahrung, dass man nichts erzwingen konnte. Seit ihm Herbert einiges über Gehirnforschung erzählt hatte, wusste er auch, warum. Der Mensch denkt nicht, er wird gedacht. Von der unendlich komplexen Biomasse, die er Gehirn nennt. Ein Ich, wie es jeder in sich fühlt, gibt es angeblich nicht. Dieses sei nur ein weiterer Gedanke.

Als er kurz darauf mit seiner Tochter telefoniert hatte, die sich schon länger mit Meditation beschäftigte, erfuhr er, dass die Buddhisten das schon lange behaupten. »Das Ich ist eine Illusion.« Der Kommissar versuchte, sich das vorzustellen. Wenn das so war, wer ging dann in diesem Augenblick hier im Regen? Da er keine Antwort wusste, beschleunigte er seinen Schritt. Er spürte, wenn er sich solchen Überlegungen weiter hingab, würde er sich in seinen Denkspiralen verirren.

Er sah auf die Uhr. Es war fast fünfzehn Uhr, und er hatte noch nichts gegessen. Gegenüber vom Kaufhof gab es einen japanischen Schnellimbiss. Um die Zeit würde es dort nicht mehr so voll sein. Zwar war ihm schnelles Essen zuwider, aber hier bekam man Qualität, ohne warten zu müssen. Er bestellte *Ramen* mit Bambussprossen und Garnelen, dazu grünen Tee. Das machte er selten, dann aber mit Vergnügen.

Er mochte japanische Nudelsuppen, die man mit unterschiedlichen Zutaten bestellen konnte. Manchmal nahm er auch Sushi, vor allem wegen des *Wasabi,* des scharfen grünen Meerrettichs. Doch heute war ihm ein warmes Gericht lieber.

Am Tisch neben ihm saßen zwei schwarze Amerikaner mit Jacken der »Ohio University«. Was wollten ihm diese Zufälle immer wieder sagen? War der Tote ein Student gewesen? Aber dann hätte ihn irgendjemand kennen müssen. Und er wäre registriert gewesen.

Doch dann fiel ihm eine Möglichkeit ein, an die er bisher nicht gedacht hatte. *Ein illegaler Flüchtling.* So wie sie auf den Booten in Italien ankamen. So einer wäre nirgends registriert. Und die Leute, die solche armen Schweine illegal beschäftigten, würden sich nicht melden. Resultat: Der Tote hatte nicht existiert. Einer der Fälle, die nie aufgeklärt werden.

Der Kommissar brachte seinen Teller zurück. Zwar war

er auf einen neuen Gedanken gekommen, aber auf keinen, der ihm gefiel.

Er verließ das Imbisslokal und ging hinaus in den Regen. Am überdachten Eingang einer Boutique blieb er stehen und kaufte sich eine Tüte gebrannte Mandeln. Wie immer erinnerte ihn der Geruch an die Zeit, als er klein war und mit seinen Eltern aufs Oktoberfest ging. Da sie wenig Geld hatten, durfte er nicht wie andere Kinder mit der Geisterbahn fahren oder in die bunten Kabinen steigen, die einen in der Luft herumwirbelten. Dafür bekam er türkischen Honig oder gebrannte Mandeln. Meist bevor sie zum Flohzirkus gingen oder zum *Schichtl*, für den Vater zwei unverzichtbare Rituale. Manchmal hatte sich Anton später gefragt, ob der Anblick einer Guillotine, vor allem der des rollenden Kopfes, nicht unbewusst seine Berufswahl beeinflusst hatte.

Als kleiner Junge hatte er sich mit Begeisterung in die düsteren Zeiten von Sherlock Holmes hineingedacht. Da wollte er später im Leben lieber der Kopf sein, der Verbrecher jagt, als der, der abgehackt wird und dann verloren über den Boden rollt.

Als er ins Büro zurückkam, standen seine beiden Kollegen vor dem Computer und gingen die Schlagzeilen der Presse durch.

Bekannter Partylöwe brutal ermordet.
Promi-Arzt erschossen, während er operierte.
Die letzte Kugel traf ins Herz.

»Ich glaub's nicht«, sagte Herbert plötzlich und lachte, auch Veronika begann zu kichern.

»Schau mal, Abi. Die haben es geschafft, deinen Namen falsch zu schreiben.«

Der Kommissar kam näher. Tatsächlich, hier stand es: »Tiersack.«

»Sehr witzig«, knurrte er, doch komisch fand er es nicht. Das Telefon läutete. Anton hob ab, es war für Veronika. Diese schüttelte den Kopf, das konnte nicht sein. Man rief sie doch immer nur auf dem iPhone an. Sie zerrte das Handy aus der Tasche, die Batterie war leer.

»Kommen Sie jetzt endlich?«, fragte der Kommissar, der ungehalten wurde. Wie kam jemand dazu, seine Leitung zu benutzen, wenn er mit Veronika reden wollte?

Sie nahm den Hörer. Schon nach den ersten Worten veränderte sich ihr Gesichtsausdruck.

»Vielen Dank. Das hilft uns weiter, wirklich. Wir melden uns gleich noch einmal.«

Sie legte auf. Eine Sekunde genoss sie die Spannung im Raum.

»A wie Annemarie«, sagte sie dann. Der Kommissar konnte nicht folgen, Herbert schon.

»Sprichst du von dem Ring des Toten?«

Sie nickte, hob den Kopf und warf ihre Locken zurück, eine kleine Geste des Triumphs.

»Das war jemand von Karstadt. Die Frau in der Schmuckabteilung war krank, als ich dort war, um wegen des Rings nachzufragen. Man hat ihr später erzählt, was wir suchen. Da hat sie sich erinnert.«

»Waren die Kunden ein Paar?«

»Nein, eine einzelne Frau.«

Der Kommissar sprang auf. Endlich. Es war die erste konkrete Spur.

Er öffnete die Schublade und steckte die Plastiktüte mit dem Ring ein.

Dann griff er nach seinem Mantel.

»Los.«

Herbert, der in seine Lederjacke schlüpfen wollte, hielt er zurück.

»Du bleibst hier und gehst weiter deinen Neigungen nach.«

»Wie darf ich das verstehen?«

»Du kümmerst dich um die Frauen«, sagte der Kommissar und zeigte auf die Telefonnummern aus Scharnhorsts privater Liste.

»Wie standen sie zu ihm? Gab es Probleme? Eifersucht, gekränkte Eitelkeit, Geldgeschichten. Das Übliche.«

»Also nichts Intimes?«

»Nur wenn es der Ermittlung dient.«

»Kann ich darauf bei Gelegenheit zurückkommen?«, fragte Herbert.

Doch das hörte nur noch Veronika, der Kommissar war schon auf dem Gang.

Sie fuhren zum Nordbad und parkten auf dem Gehsteig. Vor dem Kaufhaus stand eine Currywurstbude, neben dem Eingang warteten zwei Bettler. Doch diesmal hatte der Kommissar dafür keinen Blick. Er suchte die Abteilung Uhren und Schmuck. Sie war hinter den Sonderangeboten.

Die Verkäuferin, eine ältere, schon etwas füllige Dame, biss sich nervös auf die Lippen, als sich der Kommissar als Ermittler der Kriminalpolizei vorstellte. Die Bezeichnung Mordkommission vermied er in solchen Fällen. Da sich die Frau, die stark nach Parfüm roch, immer wieder über die toupierten Haare fuhr, um ihre Aufregung zu verbergen, schlug er vor, ins Café zu gehen. Dort würden sie eine ruhige Ecke finden.

Sie lehnte ab. Um sich zu erinnern, müsse sie in der vertrauten Umgebung bleiben. Das machte Sinn.

»Keine große Geschichte. Wir suchen nur jemanden«, sagte er, um sie zu beruhigen.

»Ja, wenn ich helfen kann«, erwiderte die Verkäuferin, immer noch verunsichert von der Präsenz des Kommissars.

»Ganz sicher«, sagte dieser und gab ihr den Ring des Toten.

»Verkaufen Sie solche Ringe?«

Sie nickte. »Das sind die billigsten.«

»Haben Sie auch diesen verkauft?«

»Ich glaube schon.« Sie setzte eine Brille mit goldenen Bügeln auf und betrachtete die Gravuren auf der Innenseite.

»Haben Sie diese Initialen geprägt?«, fragte Veronika.

Die Frau nickte.

»Viele wollen das ja heute nicht mehr.«

»Können Sie uns den oder die Kunden beschreiben?«, fragte der Kommissar.

»Es war eine Frau. Kräftig, nicht mehr jung. Bescheiden gekleidet. Unauffällig. Nicht besonders hübsch.«

Sie überlegte einen Moment. Dann lächelte sie.

»Aber gefreut hat sie sich. Das war schön zu sehen, wie die sich gefreut hat. Kommt ja nicht so oft vor heute, dass sich einer wirklich freut.«

Anscheinend war die Verkäuferin von der starken Emotion der Kundin noch immer beeindruckt. Das berührte den Kommissar.

»Erwähnte sie, wer ihr Verlobter war? Wem galt der andere Buchstabe?«

Die Frau überlegte.

»Es war etwas, was man nicht so oft hört. Wie Reginald oder so ähnlich.«

Ihr Gesicht, das zwischendurch ernst geworden war, strahlte wieder.

»Wir heiraten bald, hat sie gesagt. Und dann wird alles gut.«

Die Verkäuferin schwieg, ihr Mitgefühl war deutlich spürbar. Der Kommissar fing an, die Frau zu mögen.

»Wissen Sie, was sie damit gemeint hat?«

»Nein. Hab auch nicht gefragt. Das macht man doch nicht.«

»Vielleicht war sie schwanger«, warf Veronika ein.

Die Frau sah sie zweifelnd an.

»Möglich wär's schon. Aber vom Alter her grenzwertig.«

»Würden Sie die Person wiedererkennen?«

»Ja. Wer sich so freuen kann, den vergisst man nicht.«

Sie verabschiedeten sich. Sehr viel weiter hatte sie die Information nicht gebracht. Aber es war ein Anfang. Nach all den Irrwegen mit Makele.

Schweigend fuhren sie zurück. Ob die Frau, die den Ring in Auftrag gegeben hatte, inzwischen wusste, was mit ihrem Verlobten passiert war? Warum hatte sie sich nicht gemeldet? Das Foto des Toten war auf der Titelseite aller Zeitungen gewesen. Außerdem, wer heiratet, muss Papiere haben. Warum war der Tote dann nirgends registriert?

»Die Frau tut mir leid«, sagte Veronika in die Stille hinein. »Wenn eine so verliebt ist, und dann ist das plötzlich aus und vorbei, wie elend muss es der jetzt gehen.«

Da hatte sie recht. Vielleicht litt die Frau an Depressionen. Vielleicht lag sie im Krankenhaus. Auf alle Fälle mussten sie sie finden. Doch Annemaries gab es viele. Kräftige und unscheinbare auch.

20

Der Regen hatte aufgehört, der Kommissar setzte Veronika bei ihrer Vespa ab. Bevor sie aus dem Wagen stieg, sah sie ihn kurz an.

»Sie sehen müde aus.«

Das war er nicht. Im Gegenteil. Der kleine Erfolg hatte ihn wieder aufgebaut, vor allem nach dem frustrierenden Telefonat mit Makele.

Kaum war sie weg, sah er in den Rückspiegel. Müde? Er konnte in seinem Gesicht nichts Besonderes bemerken. Falten? Vielleicht war ihm sein Anblick so vertraut, dass ihm nichts mehr auffiel. Oder der Spiegel war zu klein.

Er fuhr nach Hause. Unterwegs dachte er noch einmal an die kurze Begegnung mit der Waldfee. Ihre unerwartete Zurückhaltung hatte ihn beeindruckt. Es war ihr gelungen, Distanz zu wahren, ohne ihre Freude über das Wiedersehen zu verbergen. Keine schlechte Leistung.

In der Wohnung zog Anton seinen Mantel aus und ging direkt ins Bad. Er stellte sich vor den Spiegel und betrachtete sein Gesicht. Wo waren diese Falten? Die Meinung einer Greisin, die mit einem Fuß schon im Sarg lag, konnte ihm eigentlich egal sein. Der Kommissar wusste, er war nicht eitel. Aber er war neugierig und der Wahrheit verpflichtet.

Also welche Falten hatte sie gemeint? Zugegeben, an den Mundwinkeln konnte er die zarte Andeutung einer

Falte erkennen. Wenn er den Kopf senkte, drückte er vorn am Hals die Haut zusammen, was tatsächlich viele Falten verursachte. Diese sah man aber kaum, da das Kinn sie verdeckte. Außerdem starrte er nicht dauernd auf den Boden, er war ja kein Schwammerlsucher.

Der Kommissar hob den Kopf. Das Einzige, was man objektiv als Falten bezeichnen könnte, waren die zwei Furchen, die von der Nase schräg nach unten zu den Mundwinkeln gingen. Er legte die Hände auf seine Wangen und zog die Haut hinten zu den Ohren. Jetzt waren die Falten weg. Anscheinend war es das, was man unter »Lifting« verstand. Die Beschreibung *Gereift im Spannungsfeld des Lebens,* wie es in seinem Internetprofil stand, wäre dann aber nicht mehr angebracht. Kein Weg ohne Spuren. Wer will schon aussehen wie einer, an dem das Leben vorübergegangen ist? Ganz ohne Narben?

Er beugte sich vor und fuhr sich mit der Hand über das Gesicht, das sich rau anfühlte, denn er hatte sich am Morgen nicht rasiert. Sollte er sich einen Bart wachsen lassen? Keinen richtigen natürlich, der macht einen noch älter. Nein, den kurzen »Dreitagebart«, den Leute so gerne trugen, die sich als kreativ bezeichneten. Der verlieh Männern das leicht verwilderte Flair, bei dem man nicht gleich an einen Bürojob dachte. Eher an mäßig aufregende Abenteuer. Also keine Expeditionen in den Himalaja oder nach Borneo, das würde Frauen nur abschrecken. Eher stilvolle Safaris im Luxuszelt. In der Serengeti auf der Terrasse sitzen, frisch geduscht, mit einem *Sundowner* in der Hand und die Elefanten beobachten. So ein Bart wäre nicht schlecht. Und dazu die neue Brille, die er vergessen hatte abzuholen.

Für einen Augenblick schüttelte er den Kopf über sich. War dieser Anton Biersack, der allergisch gegen Lifestyle-Ambitionen war, gerade dabei, sich an einem von Werbestrategen entwickelten Image zu orientieren?

Er trat ein paar Schritte zurück. Jetzt enthüllte der Spiegel seine ganze Figur. Wieder war die Hose nach unten gerutscht. Sein Bauch ließ ihr keine Wahl. Es war Zeit zu handeln.

21

Auf dem Weg zum Fitnessstudio dachte er noch einmal über den Mord an Scharnhorst nach. Die unglaubliche Naivität des Täters irritierte ihn. Kein Mensch bei Verstand würde in eine Praxis stürmen, nur mit einer Perücke verkleidet, und den Arzt erschießen. Keiner – außer einer Person im psychischen Ausnahmezustand. Woher aber hatte der Täter die Pistole? Schusswaffen waren nicht leicht zu beschaffen, eine Frau würde man in den einschlägigen Kreisen mit Argwohn betrachten. Auf jeden Fall hätte sie sich die Pistole vorher besorgen müssen. Das sprach nicht für im Affekt, sondern war ein Indiz für kühl geplante Rache. Vielleicht hatte der Täter gewollt, dass es aussah wie eine Tat im Affekt. Dadurch konnte er den Verdacht auf jemanden lenken, dem man das zutrauen würde, um selbst im Dunkeln zu bleiben. Aber so eine Person gab es bisher nicht.

Die einzige Figur in dem Spiel, der er vieles, wenn auch nicht alles zutraute, war die Witwe. Sie war blond und verdächtig schnell am Tatort gewesen. Doch die Vermutung, sie würde sich verkleiden, um vor den Augen der Angestellten ihren Mann zu ermorden, war absurd.

Da es inzwischen stärker regnete, musste er dicht an den Häusern entlanggehen. Die vorbeifahrenden Wagen, die wie immer viel zu schnell fuhren, spritzten das Wasser der Pfützen auf den Gehsteig. Nicht immer konnte er ausweichen. Nach zehn Minuten stand er vor einer hell erleuchteten Glaswand mit blauem Schriftzug: *The Body Factory.* Er ging hinein.

Hinter einer futuristisch gestylten Theke standen zwei äußerst attraktive und schlanke Mädchen. Während er noch überlegte, an welche er sich wenden sollte, kam ein Mann von etwa dreißig Jahren durch die Tür. Ein drahtiger Typ, die Sporttasche mit dem Nike-Logo lässig über die Schulter geworfen. Der junge Mann hatte den spezifisch federnden Gang, der Dynamik und einen durchtrainierten Körper suggerierte.

»Ciao«, sagten die Schönen.

Der Typ warf eine Plakette auf den in der Theke eingebauten Sensor, es piepste.

»Ciao«, sagte er und verschwand im Gang.

Anton trat vor und zeigte seinen Gutschein.

»Willst du dich erst ein bisschen umsehen oder gleich trainieren?«, fragte die Schwarzhaarige mit den Rehaugen. Er wollte beides.

Ihre blonde Kollegin, die aussah wie eine kalifornische Surferin, brachte ihm zwei Plastiktüten, die er über seine Straßenschuhe stülpen musste.

Dann ging sie zum Mikrofon und rief: »Julius!« Während der Name noch durch den Saal hallte, schenkte ihm die Schwarzhaarige ein Lächeln.

»Einen Augenblick, bitte.«

Ihre Augen strahlten wohldosierte Freundlichkeit aus.

Eine Mischung aus Sportlehrer und Filmschauspieler erschien. Der junge Mann führte Anton durch das Studio. Die Räume waren großzügig über zwei Stockwerke verteilt. Der Mann, der ihm zugeteilt worden war, trug ein blaues Poloshirt mit dem Aufdruck *Trainer.*

»Bei uns kannst du alles machen. Krafttraining, Aufbautraining, Konditionstraining. Wir bieten natürlich auch Gruppenkurse an, Poweryoga und mehr, da wäre es besser, du meldest dich an. Manche sind ziemlich voll.«

Anton hatte inzwischen verstanden, dass hier alle per Du waren. Das Angebot an Geräten war überwältigend. Manche Maschinen sahen so kompliziert aus, dass er sich fragte, ob man sie ohne Bedienungsanleitung in Gang setzen konnte. Und noch etwas fiel ihm auf. Die meisten der jungen Frauen und Männer, die an den Geräten zugange waren, hatten einen Körper, wie ihn der Kommissar selbst in seinen besten Jahren nicht gehabt hatte. Trotz der Skitouren.

Sie schienen sich auch nicht zu quälen, sondern trainierten mit der unbekümmerten Selbstverständlichkeit derer, die eigentlich nicht trainieren müssten. Nur hinten im Eck quälte sich ein älterer, etwas beleibter Herr auf einer Rudermaschine und schwitzte. Anton war erleichtert.

»Ich nehme an, du willst heute erst mal mit ein paar Grundübungen beginnen«, sagte der Trainer. Anton nickte. »Also Arme, Rücken, Bauch.«

»Bauch wäre nicht schlecht«, murmelte er und fragte sich, ob der Trainer das immer sagte oder ob dieser ihm bereits angesehen hatte, wo die Problemzone war.

Der junge Mann führte ihn zu den entsprechenden Geräten.

»Zuerst musst du den Kreislauf etwas ankurbeln. Das bringt auch Kondition«, sagte er und zeigte auf eine Reihe von Laufbändern, dann auf die Stehfahrräder. »Eins von beiden, mindestens zwanzig Minuten. Erst dann gehst du an die Geräte. Wichtig ist: Bei jeder Übung musst du an die Grenze gehen. Und dann darüber hinaus.«

»Wie meinen Sie das?«, fragte Anton und ärgerte sich, dass er das Du vergessen hatte.

»Du trainierst, bis du nicht mehr kannst. Und dann machst du noch einen Satz.«

Der Kommissar hütete sich zu fragen, was mit »Satz« gemeint war. Wahrscheinlich eine Reihe von zehn bis zwanzig Übungen pro Gerät, ohne Pause.

»Umkleidekabinen sind unten. Alles andere auch. Solarzelle, Biosauna, türkisches Dampfbad, finnische Sauna, Aromabad.«

Anton nickte, als hätte er nichts anderes erwartet.

»Kommst du zurecht?«

Der Kommissar warf einen letzten Blick in den Saal. Er war eindeutig der Älteste. Einen Augenblick überlegte er, ob er nicht wieder gehen sollte. Das aber würde er sich nicht verzeihen.

»Klar«, sagte er.

Der Trainer ging weg.

Als der Kommissar allein war, fiel ihm auf, dass die Wände verspiegelt waren. Jeder, der zur Garderobe ging, konnte sich im Profil betrachten. Auch er warf einen Blick zur Seite. Doch was er sah, gefiel ihm auch hier nicht.

Am Ende des Gangs kam er an einer großen Glaswand vorbei, durch die man in einen Nebenraum schauen konnte. Aus dem Inneren dröhnten monoton pochende Rhythmen. In schneller Abfolge streckte eine Gruppe von Menschen Arme und Beine in diverse Richtungen. Sie folgten den Kommandos einer Trainerin, die auf einem Podest stand. Die junge Frau, schön, dynamisch, durchtrainiert, hatte einen Mikrofonbügel vor dem Mund. Sie strahlte begeisterte Motivation aus, auch wenn die gemischte Gruppe Mühe hatte, dem Tempo der Vorturnerin zu folgen. Für

Anton, der nicht beim Militär gewesen war, hörten sich die harten Kommandos an wie der Drill einer amerikanischen Eliteeinheit, den er aus Filmen kannte.

Kurz darauf hatte er sich umgezogen und kam zurück in den Saal. Inzwischen waren mehr Leute da. Mit einem Blick sah er, dass er nicht optimal gekleidet war. Zwar waren seine alte, aber bequeme Jogginghose und das T-Shirt aus dem gleichen Jahrzehnt für die anstehende Aufgabe bestens geeignet. Doch alle anderen, die sich hier abarbeiteten, schienen einem Dresscode zu folgen, der von seinem Lichtjahre entfernt war. Zugegeben, er sah nicht sexy aus. Deshalb war er auch nicht hier.

Doch so pragmatische Ansichten hatte außer ihm niemand. Deshalb die Spiegelwand. Was ihn tröstete: Nicht jeder der Männer war so stilsicher gekleidet wie die Frauen, die selbstbewusst ihre Körper zur Schau stellten.

Manche seiner Geschlechtsgenossen trugen modische Shorts, die so eng am Körper klebten, dass nichts verborgen blieb. In diesem Punkt war seine Hose diskreter.

Eine gute Stunde und fünfzehn Geräte später war er zu erschöpft, um noch eine Bewegung zu machen, die nicht unbedingt erforderlich war. Als er das verschwitzte T-Shirt und die Hose in den Garderobenschrank hängte und nach dem Handtuch greifen wollte, klingelte das Telefon. Es war Herbert. Kurz vor Dienstschluss hatte noch der Polizeipräsident im Büro angerufen. Der Chefredakteur der berüchtigten Tageszeitung hatte sich beschwert, der Kommissar hätte einen seiner Reporter rüde ignoriert. Das kam einer Majestätsbeleidigung gleich.

»Der Krunert war echt sauer«, sagte Herbert. Pause. »Warum keuchst du eigentlich so?«

»Ich trainiere.«

»In der Disco?«

Aufgrund seiner Erschöpfung hatte Anton das rhythmische Pulsieren der Loungemusik, die ständig alle Räume der Anlage beschallte, nicht mehr wahrgenommen.

»Was denn? Kontaktversuche in der Kampfzone?«

»Sonst noch was?«, fragte der Kommissar.

»Du hattest dem Krunert doch versprochen, in dieser sensiblen Angelegenheit sensibel vorzugehen.«

»Du wirst es nicht glauben, aber im Augenblick bin ich durchaus sensibilisiert«, erwiderte der Kommissar, und das war nicht gelogen. Schließlich stand er splitterfasernackt da und spürte immer noch den rasenden Puls im ganzen Körper.

»Umso besser, ich wollte dich nur warnen, falls da morgen früh was auf dich zukommt.«

»Sehr freundlich. Gute Nacht.«

Der Kommissar legte auf. Er hatte keine Lust, sich mit den Befindlichkeiten anderer zu beschäftigen, im Augenblick war er mit den eigenen ausgelastet.

Er wickelte sich das Handtuch um die Hüften und ging zur Biosauna. Jetzt, da die Anstrengung vorbei war, spürte Anton, wie jeder Muskel seines Körpers durchblutet wurde. Ein gutes Gefühl.

Er öffnete die Tür, entschlossen, sich gleich auf den Rücken zu legen, die neutralste Position für die Wölbung an seinem Bauch, die sich nackt noch ungenierter präsentierte.

Die Sauna war halb leer, fünf Männer, drei Frauen. Sofort wurde ihm klar, in der geplanten Lage würde er nur gegen die Decke starren. Unter den gegebenen Umständen war das schade. Also stieg er nach oben, wo er einen guten Überblick hatte, und setzte sich.

Zwei der schwitzenden Männer saßen direkt vor ihm. Einer massierte seine Muskeln, der andere wischte sich mit einem Schaber den Schweiß vom Körper. Auf den Planken gegenüber lagen zwei Frauen. Groß, schlank, attraktiv. Eine weitere saß eine Stufe höher, die langen Haare gingen ihr bis zu den Brüsten. Anton spürte, wie gut ihm dieser Anblick tat. Er lehnte sich zurück. Seit zwei Jahren hatte er keinen nackten weiblichen Körper mehr gesehen.

Kurz darauf erschien ein jüngeres Mädchen. Es hatte ein Handtuch um den Körper gewickelt, legte es dann aber ab, um sich daraufzusetzen. Wieder ein schöner Anblick. Doch etwas irritierte ihn. Es dauerte einen Augenblick, bis er merkte, was es war. Keine der Frauen hatte Schamhaare. Eine Rasur im Intimbereich schien heute Standard zu sein. Dass sich sogar einige Männer daran orientierten, hatte er schon unter der Dusche festgestellt. Eine Variante des Zeitgeistes, die er bisher nicht kannte.

Die Sauna wurde langsam voll. Er war froh, einen Platz ganz oben gewählt zu haben. Zwar war es da am heißesten, aber es war auch dunkler. So konnte er in Ruhe Voyeur spielen, ohne selbst im Blickfeld zu sein. Er blieb länger als geplant. Immer wieder wunderte er sich, mit welcher Nonchalance sich einige der nicht mehr ganz jungen Frauen präsentierten. Unbekümmert zogen sie im Liegen die Knie an und boten so den daneben sitzenden Männern einen ungestörten Blick in intimste Biotope.

Nach zwanzig Minuten hatte der Kommissar genug gesehen und geschwitzt. Doch gerade als er gehen wollte, öffnete sich noch einmal die Tür. Wieder kamen zwei Frauen herein. Da die Luft vom Aufguss vernebelt war, konnte er ihre Gesichter nicht gleich erkennen. Doch dann, als sie näher kamen, senkte er den Kopf und drückte sich ins Eck. Es waren Monica Slovica und Angela, die in der Praxis am Empfang gesessen hatte. Sie setzten sich auf die Stufen gegenüber. Mit einem dünnen Tuch banden sie sich die Haare hoch, dann streckten sich auf dem Rücken aus. Makellose Körper. Kein Schamhaar. Anton wartete, bis beide die Augen geschlossen hatten. Dann stieg er über die Handtücher der vor ihm Sitzenden leise nach unten. Aus dem Augenwinkel sah er, wie Frau Slovica Angelas Hand berührte. Eine diskrete Geste, fast zärtlich.

Der Kommissar schlug die Holztür hinter sich zu und atmete tief ein. Fast wäre er zu lange geblieben, sein Herz raste. Doch er fühlte sich so gut wie schon lange nicht mehr.

Als er nach Hause kam, verspürte er Appetit. Keinen großen Hunger, dafür hatte er sich zu sehr gequält, aber doch etwas, mit dem er sich belohnen konnte.

Er trank ein großes Glas Wasser, öffnete eine Dose *Pâté de Sanglier,* toastete den kleinen Rest des Toskaner Weißbrots, den er noch hatte, und schenkte sich ein Glas Riesling ein. Er fühlte sich ausgelaugt, aber in Form. Vielleicht würde er wieder einmal zum Training gehen, nicht zu oft, nur wenn es gerade passte. Dafür musste er nicht Clubmitglied werden, sondern konnte eine Zehnerkarte kaufen, ein akzeptabler Kompromiss.

Noch einmal dachte er an die beiden Frauen in der Sauna. Für einen kurzen Augenblick hatte es so ausgesehen, als wären sie ein Paar. Oder Verbündete. Es war still im Zimmer, diesmal hatte er keine Musik aufgelegt. Die einzigen Töne waren seine Essgeräusche.

Die kleine Mahlzeit war gut, der Riesling auch. Doch an diesem Abend wurde ihm wieder einmal klar, dass Wein zu zweit besser schmeckt. Objektiv war das zwar falsch, aber das zählte jetzt nicht. Und an noch etwas erinnerte er sich. Der Blick auf einen nackten Frauenkörper war ein ästhetischer Genuss. Mit oder ohne Schamhaar.

Er stand auf und wählte Hildegards Nummer. Sie war nicht da. Er hinterließ keine Nachricht.

22

Am nächsten Morgen, als er die Augen aufschlug und sich bewegte, spürte er alle Muskeln seines Körpers. Auch die, von deren Existenz er bisher nichts gewusst hatte. Ein gutes Gefühl. Er duschte, rasierte sich aber nicht. Das Projekt »Safari-Bart« sollte seine Chance bekommen. Dafür trug er unterm Kinn etwas Rasierwasser auf. Parfüm hatte er nicht. Nach längerer Überlegung zog er eine dunkle Armani-Jeans an, einen schwarzen Rollkragenpullover und die italienische Lederjacke, die er sich geleistet hatte, als er mit seiner Tochter unterwegs gewesen war. Dann suchte er nach der *San-Francisco*-Mütze, fand sie aber nicht. Schließlich entdeckte er sie in der Waschmaschine. Zwar hatte er keine Ahnung, wie sie dort hinkam, doch aus Erfahrung wusste er, dass es keinen Sinn hatte, darüber nachzudenken.

Das Wetter war besser geworden, er würde keinen Mantel brauchen.

Auf dem Weg zur U-Bahn ging er am Brillenladen vorbei, der schon geöffnet war. Marianne hatte heute frei. Dafür bediente ihn ein junger Mann mit einem Ring im Ohr. Die Brille saß gut, doch sein Gesicht erschien ihm mit diesem eckigen Gestell auf der Nase so anders, dass er sich fremd vorkam. Nur die getönten Gläser, die er sich hatte einreden lassen, sahen tatsächlich cool aus. Ob sie im Büro Sinn machten, war eine andere Sache.

Die U-Bahn kam sofort. Er stieg ein. Neben ihm standen Studenten, die sich über eine Klausur unterhielten. Hinter diesen lümmelten sich ein paar Schüler auf den Bänken. Zwei alte Frauen saßen steif da und hielten ihre Taschen fest, als fürchteten sie, jemand könnte sie ihnen wegnehmen. Die meisten der Jugendlichen hatten den Knopf eines Mobiltelefons im Ohr und hörten Musik. Zwei tippten Nachrichten in ihr Telefon, einer packte einen Hamburger aus und biss hinein. Im Eck saß ein Penner mit einer Bierflasche. Das alles registrierte der Kommissar mit heiterer Gelassenheit. Er war erleichtert, nicht nur von schönen Menschen umgeben zu sein wie am Abend zuvor.

Nachdem ihn die Rolltreppe am Marienplatz ins Freie geschoben hatte, sah er hoch zum Himmel. Es würde nicht regnen. Außerdem war es wärmer geworden.

Im Präsidium nahm der Kommissar nicht den Lift, sondern lief die Treppe hoch. Wären auch hier an den Wänden Spiegel gewesen, er hätte den federnden Gang geübt. Zugleich wunderte er sich, warum er so guter Laune war. Das konnten nicht nur die Nachwirkungen des Trainings sein. Er blieb stehen und überlegte einen Augenblick.

Sein Instinkt sagte ihm, dass heute ein guter Tag war. Irgendetwas würde passieren. Er wusste nicht, was, aber er ahnte, dass er in seinen Ermittlungen diesmal einen entscheidenden Schritt vorankommen würde.

Herbert war schon im Büro, er telefonierte die Liste durch. Als der Kommissar ins Zimmer kam, legte er auf. »Nur noch sieben«, sagte er und strich eine der vor ihm liegenden Telefonnummern aus.

»Frauen?«

Herbert nickte.

»Und?«

»Alle liebten ihn.«

Der Kommissar setzte sich und nahm die Mütze ab. »Eine muss ihn nicht geliebt haben.«

»Die, mit denen ich bisher gesprochen habe, sind alle entsetzt über das, was passiert ist. Einige haben beim Reden geweint.«

»Kann man simulieren«, sagte der Kommissar und wartete, dass sein Kollege etwas über die neue Brille sagte. Herbert sagte nichts.

Draußen ertönte die Sirene eines Krankenwagens. Der Kommissar sah hinaus. Auf den kahlen Ästen saßen heute keine Vögel.

»Wenn ich merke, dass bei einer was nicht stimmt, fahre ich hin und rede mit ihr. Aber die wohnen natürlich alle woanders.«

»Wenn's sein muss, dann fahr.«

Herbert wunderte sich, warum sein Chef so einsilbig war.

»Hast du schlecht geschlafen?«, fragte er, als er dessen unrasiertes Gesicht bemerkte.

»Im Gegenteil.«

Der Kommissar setzte sich. Herbert hatte das Gefühl, sein Chef sah ihn an, als würde er auf etwas warten.

»Er scheint ein guter Typ gewesen zu sein. Jedenfalls für seine Geliebten. Elegant, charmant, großzügig.«

Da der Chef auch auf diese Informationen nicht einging, begann er, eine neue Nummer aus der Liste zu wählen.

»Fällt dir nichts auf?«, unterbrach ihn der Kommissar. »Gute Lederjacke«, sagte Herbert. »Hast du aber schon angehabt.«

Der Kommissar stand auf und sah auf die Uhr. Der

Staatsanwalt musste schon da sein. Der Durchsuchungsbeschluss für die Villa auch.

»Du bleibst an den Frauen dran. Nach Feldafing fahre ich diesmal allein«, sagte er.

Herbert reagierte nicht, denn er hatte gesehen, dass hinter seinem Chef die Tür aufgegangen war.

»Guten Morgen.« Veronika hatte einen Becher Kaffee in der Hand und kaute an einem Hörnchen. Kaum hatte sie den Kommissar erblickt, blieb sie stehen. Dann sagte sie ein Wort, gegen das er sonst allergisch war, das aber in diesem Moment seine Seele streichelte.

»Geil.«

Ohne hinzusehen, bemerkte Herbert, dass sein Chef erleichtert aufatmete.

»Die steht Ihnen ausgezeichnet, Herr Kommissar«, fügte sie hinzu, nachdem sie den Becher abgestellt hatte. Nun hatte auch Herbert verstanden. Er beugte sich zu Veronika und flüsterte so, dass ihn jeder hören konnte.

»Ich habe absichtlich nichts gesagt. Zu viel Lob steigt ihm zu Kopf.«

Bevor der Kommissar reagieren konnte, klingelte das Telefon. Herbert hob ab.

»Der Krunert. Wegen gestern«, flüsterte er und hielt dabei das Mikrofon des Hörers zu. Der Kommissar schüttelte den Kopf und deutete zur Tür.

»Der Hauptkommissar ist leider schon aus dem Haus«, sagte Herbert. »Aber ich kann Sie beruhigen, die Ermittlungen kommen gut voran.« Er machte eine Pause und hörte zu. »Ich verstehe. Aber wir dürfen uns von penetranten Reportern nicht bei der Arbeit behindern lassen. Der Hauptkommissar möchte den Fall schnell abschließen, dafür haben Sie doch sicher Verständnis, Herr Präsident.«

Herbert legte auf und grinste seinen Chef an. »Dass du gestern Abend besonders sensibilisiert warst, geht ihn ja nichts an, oder?«

Die letzte Bemerkung hätte er sich sparen können, dachte der Kommissar, obwohl er an dem diplomatischen Auftritt seines Kollegen sonst nichts auszusetzen hatte.

Kurz darauf fuhr er los. Veronika blieb da, sie sollte bei den Gesprächen mit den Frauen dabei sein, die Herbert noch führen musste. Vielleicht würden ihr gewisse Untertöne auffallen, die Männer nicht wahrnahmen.

23

Als Anton auf die Autobahn Garmisch einbog und der Blick auf die Berge frei wurde, konnte er feststellen, dass das Wetter dort besser war als in der Stadt. Die Wolkendecke hatte bereits Löcher, über den Alpen lag ein blauer Streifen, und in den Bergen schien die Sonne. Das sah nach Föhn aus. Es könnte der erste schöne Tag werden seit Wochen.

Auf der Höhe von Possenhofen, wo die Straße nah am Seeufer entlangführte, hielt er an und schaltete den Motor ab. Die Luft war mild, stellenweise kam auch hier die Sonne durch. Er stieg aus und sah hinaus auf den See. In einer Lichtinsel glänzte die Wasseroberfläche. Zwei Blässhühner ließen sich treiben. Ein friedlicher Anblick. Er ging vor bis zum Steg. Ein paar Minuten lang genoss er das Privileg, sich mit der Zeit treiben zu lassen wie diese Tiere. Was taten die eigentlich den ganzen Tag? Warum gab es Blässhühner überhaupt, welchen Zweck hatte ihre Existenz? Solche Gedanken kamen ihm eigentlich sonst nicht.

Der Kommissar trat vor und betrachtete sein Spiegelbild im Wasser. Vielleicht waren viele der Fragen, die sich Menschen stellten, einfach sinnlos. Und dann wunderten sich manche, dass es auf sinnlose Fragen keine sinnvollen Antworten gab. Vielleicht war das Leben ja ganz einfach, man musste nur da sein und es leben, wie es die Tiere vormachten.

Ein paar Wellen brachten sein Spiegelbild im Wasser zum Schaukeln. Er hob den Kopf und sah wieder hinaus auf den See. Für einen kurzen Augenblick mochte er die schwarzen Hühner, sie existierten einfach, genauso wie er. Da erübrigt sich die Fragerei. Dann fuhr er weiter.

Den Besuch in der Villa hatte er vorher angekündigt. Deshalb rechnete er damit, den Wagen des Anwalts in der Einfahrt zu sehen. Doch da stand nur ein alter Golf. Frau Scharnhorst, die den Toröffner betätigt hatte, wartete am Eingang.

»Sie kommen allein?«, fragte sie und sparte sich die Begrüßung.

»Sie sind ja auch allein«, erwiderte der Kommissar und stieg aus.

Diesmal trug sie einen blauen Hosenanzug, über dem Oberteil hingen diverse Goldketten. Sie sah müde aus. Offensichtlich waren Anti-Aging-Präparate keine Wundermittel, bei Frau Scharnhorst jedenfalls schienen sie nicht zu wirken.

»Armin konnte heute nicht«, sagte sie und öffnete die Tür. Der Kommissar folgte ihr ins Haus, dort zeigte er ihr den Durchsuchungsbeschluss. Sie ignorierte das Papier und sah ihn kühl an.

»Warum tun Sie das?«, fragte sie.

»Was?«

»In unserer Privatsphäre schnüffeln.«

Der Kommissar verzog das Gesicht. Etwas musste hier grundsätzlich geklärt werden.

»Gnädige Frau, ich bin hier nicht zu meinem Vergnügen. Um den Tod Ihres Mannes aufzuklären, muss ich mehr über ihn wissen. Am besten alles. Dazu gehört auch sein Privatleben. Jeder Täter hat ein Motiv. Eifersucht, Rache,

Gier. Was es in diesem Fall war, weiß ich noch nicht, aber ich werde es herausfinden. Ob Sie mich dabei unterstützen oder nicht, ist Ihre Sache. Aber ich werde nicht dulden, dass Sie meine Arbeit behindern. Wenn Sie kein Interesse daran haben, dass der Täter gefunden wird, ich habe eines.«

Das kam schärfer, als er beabsichtigt hatte, zeigte aber Wirkung.

»Bitte, sehen Sie sich um«, sagte sie leise.

Langsam schritt er durch die Räume des Hauses, sie folgte ihm. Alles war, wie er es erwartet hatte, elegant und teuer wie auf den Fotos eines Architekturmagazins. »Wo ist eigentlich Rosa?«, fragte er unvermittelt.

Die Witwe sah ihn misstrauisch an.

»Woher kennen Sie ihren Namen?«

»Haben Sie ihn das letzte Mal nicht erwähnt?«

»Habe ich nicht.«

»Und wo ist sie?«

»Weg. Ich brauche sie nicht mehr.«

Er ging nach oben. Mehrere Schlafzimmer, luxuriöse Bäder. Dann ein Arbeitszimmer mit Seeblick. Auf der leeren Schreibtischplatte ein Monitor, daneben die Tastatur. Der Computer fehlte.

»Wo ist der Rechner?«, fragte er.

»In Reparatur.«

»Bei welcher Firma?«

»Bei einem Freund.«

»Seit wann?«

»Seit gestern.«

Er ging ans Fenster. Unten stand ein Gärtner und schnitt die Bäume mit einer Motorsäge. Wahrscheinlich gehörte ihm der Golf vor der Tür.

Der Kommissar drehte sich wieder um.

»Frau Scharnhorst, ich warne Sie. Sollten Sie versuchen, Beweismaterial zu vernichten, kann das unangenehme Folgen haben.«

»Machen Sie sich nicht lächerlich«, entrüstete sie sich. »Welche Beweise? Verdächtigen Sie etwa mich?«

»In zwei Stunden ist das Gerät in meinem Büro«, sagte er leise. »Wenn Ihnen das nicht passt, können Sie ja Ihre Beziehungen spielen lassen.«

Sie warf ihm einen giftigen Blick zu und ließ ihn allein.

Nachdem er sich auf beiden Etagen umgesehen hatte, ging er wieder nach unten. Sie stand in der Eingangshalle und wartete.

»Wo ist der Keller?«, fragte er. Sie lachte herausfordernd. »Interessieren Sie sich für die Weinauswahl meines Mannes? Oder seine abgelegten Anzüge? Vielleicht auch für unsere Skiausrüstung oder die Golfschläger?«

»Frau Scharnhorst, ich möchte die Räume im Untergeschoss sehen. Jetzt. Habe ich mich deutlich genug ausgedrückt?«

»Machen Sie, was Sie wollen«, zischte sie und verschwand in der Küche.

Der Kommissar sah sich um. In der Eingangshalle gab es drei Türen, durch die er bisher nicht gegangen war. Eine führte zur Gästetoilette, die andere in eine Besenkammer. Die dritte Tür war größer und aus Eisen. Er drückte sie auf und stand vor einer Treppe. Seine Hand suchte nach dem Lichtschalter, fand aber keinen.

Langsam stieg er im Dunkeln nach unten. Die Treppe endete vor einem schmalen Gang. Er tastete sich weiter voran und kam zu einer zweiten Eisentür. Sie war nicht verschlossen. Er drückte sie auf. An den Türscharnieren, die anders klangen, spürte er, dass er in einem großen Raum stand. Wieder tastete er nach dem Lichtschalter. Diesmal fand er ihn. Sekunden später erstrahlte der Raum in grellem Neonlicht. Dem Kommissar stockte der Atem. Er stand in einem komplett ausgestatteten Operationssaal.

In diesem Augenblick ertönte hinter ihm eine schneidende Stimme.

»Ich hoffe, Sie haben nichts dagegen, dass mein Mann auch zu Hause gearbeitet hat?«

Für den Bruchteil einer Sekunde blitzte der Gedanke in ihm auf, sie würde mit einer Pistole in der Hand dastehen. Er wirbelte herum.

»Keineswegs. Wenn er diese sicher nicht unbeträchtlichen Einkünfte korrekt versteuert hat.« Das saß.

Um Zeit zu gewinnen, ging er ein paar Schritte auf die Witwe zu.

»Ich nehme an, die entsprechenden Details finden sich auf der Festplatte des defekten Computers?«

Für einen Moment wirkte sie irritiert.

Sie drehte sich schnell um und ging weg. Er lief ihr nach. Als er hinter ihr die Treppe hochstieg, hatte er das Gefühl, als wäre ihre Gestalt geschrumpft. Im Salon blieb sie stehen.

»Wollen Sie etwas trinken?«

Der provozierende Tonfall in ihrer Stimme war verschwunden.

»Nein danke.«

Sie ließ sich auf die blaue Couch fallen und griff nach der Zigarettenschachtel.

»Warum operierte er hier und nicht in der Praxis?«, fragte er.

»Mein Mann hatte prominente Kunden, die legten Wert auf Diskretion.«

»Kunden aus dem Nahen Osten?«

»Auch solche, ja.«

»Was für Operationen führte er denn aus?«

»Fragen Sie ihn. Ich war nicht dabei.«

Sie zündete die Zigarette an. Einige Sekunden vergingen, keiner sprach.

»Werden Sie den Mörder kriegen?«, fragte sie dann.

»Sicher«, sagte der Kommissar und hatte zum ersten Mal das Gefühl, es war nicht gelogen. Er ging zum Ausgang. »Ich komme wieder«, sagte er. »Und vergessen Sie den Computer nicht.«

Als er vor dem Haus stand, kam die Sonne durch. Er blinzelte und genoss die Wärme auf der Haut. Dann ging er vor zum Teil des Grundstücks, das an den See grenzte. Dort arbeitete der Gärtner. Seine Leiter war immer noch an den gleichen Baum gelehnt. Der Mann stand auf der obersten Stufe und schnitt mit der Säge trockene Äste ab. Den Kommissar schien er nicht gehört zu haben, denn als dieser näher kam, fiel ein größeres Holzstück dicht vor ihm auf den Boden, es hätte ihn fast getroffen.

»Hallo«, rief der Kommissar. Der Mann schaltete die Säge ab und sah nach unten.

Es war der Tauchlehrer, der die Leiche im See geborgen hatte.

»Sie haben also mehrere Berufe, Herr Stammer?«

Der Kommissar hatte den forschen Mann noch gut in Erinnerung. Dieser jedoch erkannte ihn nicht sofort. Vielleicht lag es an der neuen Brille. Er nahm sie ab.

»Sie wissen, wer ich bin?«

Jetzt erinnerte sich der junge Mann auf der Leiter.

»Schau an, der Kommissar! Was machen Sie denn hier?«

»Ich sehe mich um, das ist nämlich mein Job. Und Ihrer?«

»Vom Tauchen kann man nicht leben. Ich mache alles Mögliche. Gartenarbeit, kleine Reparaturen, Besorgungen.«

Er legte die Säge weg.

»Haben Sie den Mörder schon?«

Der Kommissar schüttelte den Kopf und zeigte auf das Bootshaus.

»Liegt da drin ein Motor- oder ein Segelboot?«

»Ein Riva-Nachbau. Spezialanfertigung. Fährt elektrisch.«

»Kann ich mal sehen?«

»Wenn Sie unbedingt wollen.«

Der Tauchlehrer stieg von der Leiter. Sie gingen auf das kleine Holzhaus zu. Nach ein paar Schritten drehte sich der Kommissar kurz um. Oben, am Fenster des Arbeitszimmers, stand die Frau und beobachtete ihn. Er ging weiter.

»Haben Sie einen Schlüssel?«

»Nein. Aber ich weiß, wo er ist«, erklärte ihm sein Begleiter. »Ich kümmere mich nämlich auch um Boote.«

Als sie vor der Hütte standen, hob der Tauchlehrer die Arme. Seine Hände tasteten sich auf einer Leiste unterm Dach entlang. Da lag der Schlüssel. Der junge Mann sperrte auf. Innen war es dunkel, doch von der Seeseite kam etwas Licht.

»Der Strom ist im Winter abgeschaltet.«

Er griff nach einer Taschenlampe, die er vorher eingesteckt hatte, und knipste sie an.

Das Boot lag in einer Art Trockendock in Miniaturausführung. Ein kleiner Kran hatte es hochgehoben, nun ruhte es in den zwei Schlaufen eines Metallgerüsts, einen

Meter über dem Wasser. Nur am Gardasee hatte der Kommissar so ein elegantes Schiff gesehen.

Der Tauchlehrer zeigte auf einen Kasten in der Ecke.

»Da sind die Batterien drin. Damit ist das Boot über zehn Knoten schnell.«

»Lautlos?«

Er nickte. Der Kommissar hob den Arm und fuhr mit den Fingern über die Schlaufen, die das Boot trugen. Als er die Hand zurückzog, hatte er eine Staubschicht auf den Fingern.

»Wann ist das Boot zum letzten Mal benutzt worden?«

»Keine Ahnung. So Ende Oktober.«

»Und seitdem nie mehr?«

»Nicht dass ich wüsste.«

Der Kommissar öffnete den Batteriekasten. Darin waren zwei Teile, die größten, die er je gesehen hatte. Die Kontakte waren sauber eingefettet und sahen nicht aus, als ob man sie in letzter Zeit angeschlossen hätte.

»Könnte man eigene Batterien mitbringen und dann einfach losfahren?«, fragte er.

»Die sind schwer zu kriegen. Nur bei einem Spezialhändler in Bardolino.«

Oder man hatte ein ähnliches Schiff.

»Kennen Sie noch andere Bootsbesitzer?«

»Einige schon.«

Der Kommissar ging zur Tür. Nach ein paar Schritten stand er wieder in der Sonne.

»Vielleicht melde ich mich noch einmal. Vorläufig vielen Dank«, sagte er und wollte sich verabschieden. Der Tauchlehrer hielt ihn am Ärmel fest.

»Moment mal. Sie haben mir noch gar nicht gesagt, was Sie hier machen.«

Mit einem Ruck zog der Kommissar seinen Arm zurück. Er mochte es nicht, wenn man ihn anfasste.

»Meinen Job. Das habe ich Ihnen doch schon gesagt.«

Auf dem Weg durch den Park entdeckte der Kommissar einen kleinen Schuppen, der an die Rückwand der Garage angebaut war. Er drehte sich um, der Tauchlehrer war am Bootshaus stehen geblieben.

»Was ist da drin?«

»Ein anderes seiner Spielzeuge.«

»Kann ich mal sehen?«

Der junge Mann lief über den Rasen. Er drückte die Tür auf, das Holz knirschte auf dem Kies. Langsam fiel Licht ins Innere des Schuppens. Dort stand ein Oldtimer.

»Austin Healy, 1953«, sagte der Tauchlehrer.

Der Kommissar ging um den Wagen herum. Zwar verstand er nicht viel von solchen Autos, aber er sah, dass dieses Modell perfekt restauriert war.

»Fuhr er oft damit?«

»Kaum. Hin und wieder zu Oldtimer-Ralleys.«

»Wohin fährt man denn da?«

»Über kleine Straßen. Auch mal ins Gebirge, nach Innsbruck oder so.«

Der Kommissar wurde hellhörig. Innsbruck? Daher kam doch der Zettel in der Lederhose.

»Zog er sich dafür besonders an?«

»Manchmal fahren die in Tracht, ganz bayerisch, wie auf alten Postkarten.«

Um Zeit zu gewinnen, öffnete der Kommissar die Motorhaube und warf einen Blick auf die Zylinder.

»Reparieren Sie das auch?«

»Nein, dafür hat er einen Spezialisten.« Der junge Mann

stockte, dann verbesserte er sich. »Sorry, hatte er einen Spezialisten.«

Der Kommissar sah den Tauchlehrer genauer an. Nicht unsympathisch, aber plötzlich sehr zurückhaltend. Oder vorsichtig.

»Mochten Sie ihn?«

»Er war okay. Es gibt Schlimmere.«

Das konnte man immer sagen.

Er ließ den jungen Mann stehen und ging zurück zu seinem Wagen. Unterwegs kam er an dem Golf des Tauchlehrers vorbei. Er warf einen Blick ins Innere. Auf dem Beifahrersitz lag eine finster blickende Statue. Es war eine Holzfigur, fremd und archaisch. In ihrem gewölbten Bauch steckten rostige Nägel.

Der Kommissar lächelte. Er hatte recht gehabt, es war ein guter Tag. Vor ihm lag – der gestohlene Fetisch.

Er ging wieder zurück. Der Tauchlehrer, der ihn aus der Ferne beobachtet hatte, kam ihm entgegen.

»Woher haben Sie die Figur in Ihrem Auto?«, fragte der Kommissar und konnte die Aufregung in seiner Stimme nicht ganz verbergen.

»Aus dem Müll.«

»Von diesem Haus?«

Der Tauchlehrer nickte. »Wahrscheinlich hat die Alte das Zeug weggeworfen.«

Der Kommissar blickte hoch zum Fenster. Doch da stand niemand mehr.

Als der Kommissar den Wagen über den Kiesweg auf die Ausfahrt zusteuerte, jagten sich die Gedanken in seinem Kopf. Er spürte, er musste zur Ruhe kommen, bevor er den nächsten Schritt plante. Die Wolken am Himmel hatten sich aufgelockert, die Sicht auf die Berge war jetzt ganz frei.

Er fuhr nach Süden. Am Ende von Seeshaupt bog er links ab und parkte hinter dem *Lido,* einem Restaurant am Wasser, das im Sommer auch einen Biergarten hatte. Hier war er schon öfter gesessen, wenn in seiner Lieblingswirtschaft, dem *Fischmeister* am Ostufer, kein Platz mehr war. Oder ihm die Atmosphäre von Porschefahrern, Filmleuten und Werbetypen, die sich dort am Wochenende breitmachten, nicht behagte.

Die große Terrasse vor dem *Lido* war leer, nur im Inneren saßen einige Gäste. Er ging vor zum Holzsteg, der neben der Mole des Jachtclubs hinaus ins Wasser ragte und in einer breiten Plattform endete, auf der man sich mit einem Bierglas in der Hand sonnen konnte. Er legte sich hin und lehnte den Kopf gegen einen der Pfosten, die den Steg stützten.

Im Sommer war die Marina nebenan voller Boote, doch jetzt lag da nur ein altes Segelboot, das aussah, als hätte man es vergessen. Die Sonne blendete ihn, zum ersten Mal seit langer Zeit. Er richtete sich auf und zog den Kragen der Jacke hoch. Der Wind, der von hinten kam, war noch kühl, nur im Gesicht konnte man die Wärme spüren. Das Wasser im See war so klar, dass er auf den schlammigen Grund sehen konnte. Dort lagen ein paar Steine und zwei Bierflaschen.

Der Fetisch. Warum entwendet ein Afrikaner eine solche Figur, und wieso landet diese bei einem prominenten Chirurgen, der dubiose Operationen durchführt?

Scharnhorst war abergläubisch, also konnte man ihn mit einem Fetisch erschrecken, vielleicht sogar unter Druck setzen. Aber wozu? Was hatte der Schwarze von ihm gewollt?

Auf diese Fragen hatte der Kommissar noch keine Antwort, aber das beunruhigte ihn nicht. Denn heute hatte er etwas bekommen, mit dem er nicht gerechnet hatte. Eine mögliche Verbindung zwischen den beiden Morden. Wenigstens sah es im Augenblick so aus. Ein Schwarzer, dem man ein Organ entnommen hatte, wird getötet. Ein Chirurg, der imstande ist, Organe zu verpflanzen, wird ebenfalls getötet. Doch vorher wird er von einem Afrikaner mit einem Fetisch bedroht.

Von dem gleichen Mann, den er operiert hatte?

Gedanklich war das eine naheliegende Verbindung, aber noch gab es dafür keinerlei Beweise. Er konnte nicht einmal mit Sicherheit behaupten, dass Scharnhorst Organe verpflanzt hatte, auch wenn es ganz danach aussah.

Das musste er schnell herausfinden, und deshalb hatte er allen Grund zurückzufahren, um noch einmal mit der Gattin des Toten zu sprechen.

Zwei Enten paddelten am Steg entlang. Sie schaukelten sanft auf den Wellen. Als sie näher kamen, sahen sie zu ihm hoch. Er war der einzige Mensch auf dem Steg. Und sie die einzigen Enten.

Wieder spürte der Kommissar, das war ein guter Tag. Und er war noch nicht zu Ende.

Er erhob sich und ging zurück. Die Bretter unter seinen Füßen bogen sich leicht. So müsste sich ein federnder Gang anfühlen, dachte der Kommissar und schritt energisch voran.

24

Als er zurück zur Villa fuhr, stand der Tauchlehrer vor dem Haus und wusch den Mercedes der Witwe. Die Garage stand offen, in ihr parkte ein dunkler Jaguar, wahrscheinlich der Wagen des Toten.

Frau Scharnhorst war nicht überrascht, ihn wiederzusehen, jedenfalls ließ sie sich nichts anmerken. Diesmal saß der Kommissar auf dem blauen Sofa, die Dame des Hauses ging auf und ab. Da er nicht wusste, wie er beginnen sollte, war er froh, dass er sich noch an den Namen erinnern konnte, den die Verkäuferin des Rings genannt hatte. Denn nun konnte er tun, was er nicht oft tat. Er bluffte.

»Hatten Sie die Statue mit den Nägeln von Reginald?«

Sie blieb stehen. Der Kommissar spürte, wie die Gedanken in ihr rasten. Doch sie hatte sich gut im Griff.

»Von wem sprechen Sie?«

»Einem Afrikaner. Die kennen sich mit solchen Figuren aus.«

»In diesem Haus verkehren keine Neger.«

Das kam bissig. Kein Wunder, dass die Dame in Florida Golf spielte und nicht in Nairobi.

»Woher hatten Sie dann den Fetisch?«

»Wovon sprechen Sie?«

»Von der Figur, die Sie in den Müll geworfen haben.«

»Ich hatte sie nicht, mein Mann hatte sie.«

»Aber wie kam die Statue hierher?«

Sie zündete sich eine Zigarette an und begann wieder, auf und ab zu gehen.

»Ich weiß es nicht. Das Ding stand plötzlich im Keller.«

»Sie meinen, im Operationssaal.«

Keine Reaktion.

»Wer hat die Figur dort hingestellt?«

»Keine Ahnung. Ich hätte es nicht gestattet.«

Der Kommissar stand auf.

»Verstehe, deshalb haben Sie die Statue auch gleich weggeworfen, als Ihr Mann tot war und nicht mehr protestieren konnte.«

Sie schwieg, was der Kommissar als Zustimmung interpretierte.

»Wann haben Sie den Fetisch zum ersten Mal gesehen?«

Nun überlegte sie kurz, schien sich der Bedeutung der Frage aber nicht bewusst zu sein.

»Ich bin ja nur sehr selten da unten. Vielleicht vor einer Woche, oder zwei?«

Also kurz bevor der Schwarze starb. Das passte.

»Wollte jemand Ihren Mann unter Druck setzen?«

Sie sah ihn erstaunt an.

»Jeder mochte ihn. Warum also hätte das jemand tun sollen? Oder wollen?«

Genau das fragte sich der Kommissar auch.

Sie ging zum Fenster und sah hinaus auf den Park, der zum See führte.

»Da unten liegt ein schönes Boot«, sagte der Kommissar und unterbrach damit die Stille. »Wann haben Sie es das letzte Mal benützt?«

»Ich weiß nicht, vielleicht Ende Oktober. Ist das wichtig?«

»Ich werde die Spurensicherung bitten, das Boot zu untersuchen.«

Sie drehte sich um. »Und was suchen Sie da, wenn ich fragen darf?«

»Kleine Partikel, die vielleicht auf dem Sitz haften geblieben sind, von einer Lederhose.«

Sie lachte, in ihrem Blick lag kein Argwohn mehr.

»Polizisten sind merkwürdige Menschen. Und Sie ganz besonders, Herr Kommissar.«

Zum ersten Mal hatte sie ihn korrekt mit seiner Berufsbezeichnung angesprochen.

»Mein Mann trug keine Lederhosen. Er hatte vor Jahren mal eine uralte, aber die ist längst entsorgt. Kann ich Ihnen sonst noch mit einer Auskunft dienen?« Das Lächeln war immer noch da.

Der Kommissar stand auf und ging auf sie zu. Die Witwe nahm einen Zug aus der Zigarette und blies ihm den Rauch entgegen. Er wartete, bis sich dieser verzog, dann kam er noch einen Schritt näher.

»Frau Scharnhorst, hat Ihr Mann Organe verpflanzt?«

Sie drehte sich um und ging zum Fenster. Die Hand, mit der sie die Zigarette an der Scheibe ausdrückte, zitterte leicht.

»Wir werden es sowieso erfahren. Außerdem sind Sie nicht verantwortlich für das, was Ihr Mann getan hat.«

Ein paar Sekunden sprach niemand. Dann wandte sie sich dem Kommissar wieder zu. Das Lächeln war verschwunden.

»Mein Mann hat Menschen geholfen. Natürlich gab er ihnen, was sie brauchten. Ein Arzt tut immer das, was nötig ist. Beantwortet das Ihre Frage?«

»In der Tat.«

Der Kommissar ging zur Tür.

»Auf Wiedersehen.«

»Der Computer ist unterwegs in Ihr Büro«, rief sie ihm nach.

»Danke.«

Er ging hinaus. Es war immer noch sonnig.

Der Tauchlehrer fuhr den Wagen zurück in die Garage. Der Kommissar wartete, bis er zurückkam.

»Sie schon wieder«, sagte der junge Mann und sah ihn mürrisch an.

»Wissen Sie, wo Rosa jetzt ist?«

»Sie hat Freunde in München, ich glaube in Haidhausen. Vielleicht ist sie bei denen. Oder zurück nach Südamerika.«

»Was ist ihr Familienname?«

»Fuentes. Sonst noch was?«

»Ich schicke ein paar Leute vorbei, die sich mal das Boot ansehen.«

»Wozu?«

»Routine.«

Dem Kommissar fiel nichts mehr ein, aber irgendetwas hielt ihn zurück. Dann tauchte eine Frage in ihm auf, die ihn selbst überraschte, denn sie ergab keinen Sinn. »Wer reparierte den Oldtimer?«

»Ein Typ bei Freising. Ziemlich schräg.«

»Haben Sie eine Nummer?«

»Steht im Internet. *Adam's Senior Car Service.*«

»Komischer Name.«

»Passt doch zu seinen Kunden.«

Der Kommissar verabschiedete sich. Während er in den Wagen stieg, fragte er sich, warum er diese letzte Frage gestellt hatte. Er wusste es nicht. Vielleicht hatte Frau Scharnhorst ja recht gehabt, vielleicht waren Kommissare tatsächlich merkwürdige Menschen.

Als Anton auf dem kleinen Privatweg zurück zur Straße fuhr, war er in Gedanken versunken. Deshalb vergaß er, in den Verkehrsspiegel auf der anderen Seite zu schauen, bevor er beschleunigte. Den großen, dunklen BMW, der in den Weg einbiegen wollte, übersah er. Obwohl der Kommissar sofort hart auf die Bremse stieg, konnte er nicht verhindern, dass die beiden Fahrzeuge aufeinanderprallten.

Zuerst der Krach, dann die Stille. Und das Bewusstsein, dass jetzt Ärger auf ihn zukam. Wie er so etwas hasste. Die erbosten Unfallgegner, der Papierkram vor Ort, der Papierkram in der Dienstelle.

Außerdem stand er als Trottel da, denn die Schuldfrage war eindeutig. Unwillig stieg er aus, bereit, die erste Welle von Beschimpfungen über sich ergehen zu lassen. Doch diese kam nicht. Der Fahrer des BMW sagte nichts. Er stieg auch nicht aus.

Der Kommissar ging vor und betrachtete den Schaden. Beide Wagen waren seitlich in Höhe der Stoßstange aufeinandergestoßen. Bei dem gegnerischen Fahrzeug war der Kotflügel stark eingedrückt und der Scheinwerfer beschädigt. Das Dienstfahrzeug hatte nur eine kleine Beule, durch die das Blech über dem Reifen nach innen gedrückt wurde. Der Kommissar richtete sich wieder auf. Das Fenster an der Fahrerseite des BMW surrte, die dunkel getönte Scheibe senkte sich, aber nur halb. Da die Frontscheibe spiegelte, konnte der Kommissar den Fahrer kaum erkennen.

»Schlimm?«, fragte der Mann.

»Es geht so. Ist natürlich meine Schuld, da gibt's nichts zu diskutieren«, antwortete der Kommissar.

»Kann passieren«, sagte der Fahrer, der keine Anstalten machte auszusteigen.

»Schauen Sie sich das bitte an. Dann können wir die Adressen austauschen, ich habe die Versicherungsunterlagen im Wagen.«

»Nicht nötig«, sagte der Fahrer. »Ist doch nicht der Rede wert.«

Ein leichter Akzent, der Mann könnte aus dem Osten stammen, dachte sich der Kommissar. Kroatien, Albanien vielleicht.

Durch den Fensterspalt versuchte er, die Gestalt im Inneren genauer in Augenschein zu nehmen. Etwa fünfundvierzig Jahre alt, dunkelhaarig, kantiges Gesicht, buschige Augenbrauen, teure Lederjacke, Rolex-Uhr. Für diese Beobachtung blieb ihm nur eine Sekunde, denn nun setzte der Mann eine dunkle Sonnenbrille auf. Doch er stieg nicht aus.

»Bitte, mir wäre es wirklich lieber, Sie würden sich den Schaden ansehen. Nur so können wir dann die Formalitäten erledigen.«

»Bagatellschäden interessieren mich nicht.«

Der Fahrer machte eine winzige Pause, es schien so, als wollte er lächeln.

»Alles Gute, Herr Kommissar.«

Die Scheibe fuhr wieder hoch. Der Fahrer legte den Rückwärtsgang ein und schoss zurück auf die Straße. Sekunden später war er verschwunden.

Das Ganze hatte kaum eine Minute gedauert. Der Kommissar stieß mit dem Fuß gegen das kaputte Blech des Kotflügels. Was für eine merkwürdige Begegnung. Nicht einmal die Wagennummer hatte er sich gemerkt. LA – ST23 …? Peinlich. Er beugte sich vor und zog mit beiden Händen an dem Blech, das den linken Vorderreifen streifte. Nichts passierte. Erst als er den Kotflügel mit ganzer Kraft nach hinten riss, kam der Reifen frei.

Der Kommissar stieg ein, steckte den Schlüssel ins Zündschloss, fuhr aber nicht los. Er fühlte sich plötzlich unwohl.

Das flaue Gefühl im Magen sagte ihm, dass er das, was er eben erlebt hatte, in ein größeres Geschehen einordnen müsste. Das aber konnte er nicht. Deshalb das Unbehagen.

Die kurze Konfrontation mit dem Unbekannten war wie ein Blitz in verborgene Bereiche seines Gedächtnisses eingedrungen, hatte diese kurz erhellt, aber nicht lange genug, um zu erkennen, was darin verborgen war. Doch er spürte, es waren unangenehme Dinge.

Wenn er es gewollt hätte, hätte der Fahrer sofort verschwinden können, ohne sich auf ein Gespräch einzulassen. Doch er war so lange sitzen geblieben, bis er den Kommissar erkannt hatte. Und bis er diesem das unter die Nase reiben konnte.

Für einen Augenblick kam Anton das Ganze wie ein Spiel vor. War da nicht dieses süffisante Lächeln gewesen? Der Fremde schien sich an ihn zu erinnern. Doch offenbar hatte er kein Verlangen danach, einem Kriminalbeamten gegenüberzustehen, den er von früher kannte.

Der Kommissar musste den Mann im Wagen also schon einmal gesehen haben. Vielleicht nur ganz kurz, so wie eben. Doch wo und wann fiel ihm ebenso wenig ein wie der Name des Unbekannten. Alles, was er hatte, war ein dumpfes Gefühl. Wie Hunde, die eine Spur riechen, aber nichts sehen.

Die Euphorie des Kommissars über den bisher so erfolgreichen Tag war verschwunden. Er fuhr los.

Nicht mal das Unfallformular würde er korrekt ausfüllen können. Unfallgegner? Unbekannt. Kennzeichen? Unvollständig. Und das bei einem Ermittlungsbeamten. Eine ideale Geschichte für Kantinengespräche.

Um sich abzulenken, beschleunigte er. So merkwürdig das alles war, eins stand fest: Frau Scharnhorst hatte höchst ungewöhnliche Besucher.

25

Als er sich dem Mittleren Ring näherte, ballten sich dunkle Wolken am Himmel. Doch es regnete erst, als er den Wagen in die Garage fuhr. Dann stürmte er hoch ins Büro. Dort musste er erst seinen Groll loswerden.

»Rosa, das Hausmädchen, ist weg, sie heißt übrigens Fuentes. Schaut nach, ob sie ausgereist ist. Wenn nicht, ist sie bei Freunden in Haidhausen. Dort gibt es sicher eine Kneipe, in der sich Ausländer, vor allem Südamerikaner, gerne treffen. Findet sie.«

»Vielleicht im *Lissabon*«, schlug Veronika vor.

»Egal wo«, sagte der Kommissar und zeigte auf Herbert. »Das ist sein Job, er kennt das Mädchen. Da muss er nachts einfach ein bisschen in der Gegend rumhängen. Das wird ihm nicht besonders schwerfallen.«

»Das gibt Überstunden«, sagte Herbert, der sich nicht anmerken ließ, dass er das gerne in Kauf nahm. Der Kommissar ignorierte die Bemerkung.

»Zweitens. Ein Fahrzeug mit dem Kennzeichen *Landshut ST 23* und dann noch zwei Ziffern. Seht nach, ob der Computer dazu was findet, auch wenn die Nummer nicht vollständig ist.«

»Was ist damit?«, fragte Veronika und notierte sich die Angaben.

»Nichts.«

Der Kommissar setzte sich. Da es so aussah, als ob er

nichts weiter sagen wollte, begann Herbert mit seinem Bericht. »Unsere Kollegen haben jetzt alle, die am See wohnen, befragt. Ein Boot hat draußen niemand gesehen innerhalb der letzten vierzehn Tage. Nicht mal die Wasserwacht. Es gab nur zwei Fischer, die Bojen kontrolliert haben, aber das war untertags.«

»Und nachts? Hat irgendjemand ein merkwürdiges Geräusch gehört?«, fragte der Kommissar, obwohl er wusste, dass Elektroboote lautlos fuhren.

»Nein, außer einem. Ein Rentner, der nachts nicht gut schläft und deshalb manchmal spazieren geht. Er meint, vor ungefähr einer Woche war was, so um vier Uhr früh.«

»Und?«

»Na ja, der Mann hört nicht mehr gut, und nachts hatte er sein Hörgerät nicht dabei.«

»Also hat er jetzt was gehört oder nicht?«

»Schon, aber es klang nicht wie ein Boot, meinte er.«

»Sondern?«

»Keine Ahnung. Er wusste es selbst nicht. Außerdem war es stockdunkel gewesen, gesehen hat er jedenfalls nichts.«

Wenn ein alter Mann ohne sein Hörgerät dennoch ein Geräusch hört, muss dieses verdammt laut gewesen sein, dachte der Kommissar.

»Hast du seine Nummer?«

»Alles notiert. Du kannst ihn jederzeit anrufen.«

»Wo wohnt er?«

»In Ambach.«

Also nahe bei der Stelle, wo die Leiche gefunden wurde. Der Kommissar steckte die Notiz ein und schilderte kurz die Ereignisse vom Vormittag, den Unfall erwähnte er nicht. Am Ende griff er in seinen Rucksack und holte den Fetisch hervor.

»*The missing link*«, sagte Herbert anerkennend.

»Danke, geht's auch in der Landessprache?«

»Darwin. So hat er die fehlenden Glieder in seiner Beweiskette zur Evolutionstheorie genannt.«

»Aber uns fehlen sie nicht, wir haben doch jetzt eins«, sagte Veronika.

»Eben.«

Der Kommissar nickte zufrieden. Das Bindeglied zwischen den beiden Morden stellte er neben seinen Computer. Der Fetisch sah dort reichlich skurril aus, schien sich aber wohlzufühlen.

»Und wie lief es bei euch? Wie steht's mit den Konkubinen des Arztes?«

»Schade, dass er tot ist«, sagte Veronika und lachte. »Nun komme ich zu spät.«

»Sie hat nicht unrecht«, stimmte Herbert zu. »Scharnhorst scheint wirklich ein stilvoller Casanova gewesen zu sein. Hat die Frauen verwöhnt, wie er nur konnte.«

»Und sie ihn sicher auch«, warf Veronika ein.

»Die wussten alle, dass er auch andere hatte, aber jede scheint das akzeptiert zu haben.«

»Wenn ein Mann ehrlich ist, akzeptieren Frauen vieles«, ergänzte Veronika mit Nachdruck. Herbert ignorierte die Bemerkung.

»Aber etwas wird euch überraschen«, sagte er und machte eine kalkulierte Pause. »Einige der Frauen waren Männer.«

Der Kommissar holte tief Luft und ließ seinen Körper ein paarmal im Sessel hin und her schwingen. Auch das noch. Der große Frauenheld war schwul oder zumindest bisexuell.

Er wandte sich an Veronika.

»Glauben Sie immer noch, Sie hätten was verpasst?«

»Das hat mir der Kollege verschwiegen«, sagte sie. »Kein Wunder, wir sprachen ja eben von Ehrlichkeit.«

Sie warf Herbert einen vernichtenden Blick zu, dann wandte sie sich wieder an den Kommissar.

»Solange ich bei den Gesprächen anwesend war, waren es nur Frauen, und die hatten ihn in bester Erinnerung.«

Sie machte eine kurze Pause, als würde sie nochmals nachdenken.

»Außer einer.«

Der Kommissar beugte sich vor, als ahnte er, dass jetzt etwas kommen könnte, das er lieber nicht hören würde. »Welche?«

Herbert blätterte in den Namenslisten.

»Da sind ja immer nur Vornamen drauf«, erklärte er. »Auch die jungen Männer waren unter Mädchennamen gespeichert. Warte mal, hier, das ist sie.«

Er machte einen Kreis um den letzten Namen der Liste und reichte sie dem Kommissar.

»Und das ist tatsächlich eine Frau?«, fragte dieser, ließ sich aber seine Bestürzung nicht anmerken.

»Ja, leider hat sie gleich wieder aufgelegt, als wir uns meldeten. Auch mit Veronika wollte sie nicht reden. Die scheint völlig durchgedreht zu sein.«

Kein Wunder. Der markierte Name war – *Aurelia.*

Der Kommissar sah zum Fenster hinaus. Es regnete wieder. Der gute Tag war nun endgültig vorbei. Aurelia – die Tochter des Polizeipräsidenten? Das Mädchen, das in letzter Zeit so durcheinander gewesen war?

Er ahnte, ab jetzt würde er sich auf sehr dünnem Eis bewegen.

Der Kommissar griff nach der Tastatur seines Computers und ging ins Internet.

Er suchte nach einem digitalen Adressverzeichnis. Der Name war nicht sehr häufig, aber vielleicht hatte er Glück, und es gab davon mehrere. Er tippte *Aurelia* und *Krunert* ein, den Nachnamen des Präsidenten. Er hatte kein Glück. Die Telefonnummer, die vor seinen Augen auftauchte, stimmte mit der auf Scharnhorsts Liste überein.

Jetzt hatte er auch die Adresse des Mädchens. Er stand auf und holte seine Jacke. Über so ein heikles Thema durfte er nicht sprechen, das musste er persönlich erledigen.

»Ich muss mal kurz weg«, sagte er und ging zur Tür.

»Keine weiteren Auskünfte?«, fragte Herbert.

»Nein«, knurrte der Kommissar und verschwand.

Das Gespräch, das ihm bevorstand, würde äußerst schwierig werden, wahrscheinlich noch delikater als das Treffen mit der Waldfee.

26

Aurelia Krunert wohnte in Neuhausen, in einem älteren, aber frisch renovierten Mietshaus. Als der Kommissar vor der Eingangstür stand und die Namen an der Klingelliste durchging, kamen ihm Bedenken. Wie alt war die Tochter überhaupt? Würde sie ihn hereinlassen? Stand sie unter Drogen? Eine unangenehme Situation, in der er fürchterlich ins Fettnäpfchen treten konnte.

Vielleicht hätte er nicht allein kommen sollen. Ein Zeuge war in solchen Fällen immer hilfreich. Veronika? Sie war zu jung und hatte keine Erfahrung mit psychisch labilen Menschen.

Herbert war auch keine gute Lösung, zwei Polizisten auf einmal, das könnte zu viel Druck bedeuten. Am besten wäre eine neutrale Person. Etwas älter, aber jemand, dem das Mädchen vertrauen konnte. Jemand wie die Waldfee. Diesen Gedanken hätte er gerne verhindert. Doch jetzt war er da.

Und er machte Sinn. Hildegard war Heilerzieherin und arbeitete mit Behinderten. Vielleicht hatte sie die Sensibilität, die er sich selbst nicht zutraute, wenigstens nicht in so einem delikaten Fall. Und sie war neutral, so würde das Gespräch nicht wie ein Verhör aussehen. Dennoch, sie anzurufen, einfach so, nach der misslungenen Begegnung und seinem penetranten Schweigen, erschien ihm absurd.

Das konnte er ihr nicht zumuten. Während er noch mit

sich haderte, sah er, dass seine Finger bereits ihre Nummer wählten.

»Hildegard Hartmann.« Die Stimme war sanft.

Dennoch erschrak er, denn er wusste nicht, wie er anfangen sollte.

»Hallo, wer ist da?«

Irgendwas muss ich jetzt sagen, sonst legt sie auf, dachte sich der Kommissar und wischte die feuchten Hände an der Hose ab.

»Hier ist Anton.«

Schweigen.

»Anton, der sich nicht mehr gemeldet hat.«

»Ich weiß.«

»Und der dich neulich kurz gesehen hat.«

»Der mich neulich kurz übersehen hat.«

Sie hatte ja recht. Wieder fiel ihm nichts ein.

»Warum rufst du an?« Ihre Stimme war ruhig, sie schien nicht halb so nervös zu sein wie er.

»Ich wollte dich um einen Gefallen bitten.«

Wieder Schweigen.

»Nichts Besonderes, es dauert höchstens eine Stunde.«

Eine Lüge, aber in diesem Fall verzeihlich.

»Und? Was ist es?«

Das war nicht leicht zu erklären, schon gar nicht am Telefon.

»Können wir uns nicht kurz treffen und darüber reden?«

Schweigen.

»Ich muss jemanden besuchen, und es wäre schön, wenn du dabei wärst.«

»Warum ich?«

»Weil mir niemand anderes einfällt.«

So ehrlich hatte er gar nicht sein wollen, aber die Worte waren schneller gewesen als seine Gedanken.

Schweigen.

»Also gut. Ich habe um siebzehn Uhr frei. Sehen wir uns um neunzehn Uhr, essen eine Kleinigkeit, und du sagst mir, was los ist.«

»Und nachher hättest du kurz Zeit?«

»Unter Umständen.«

»Gut, dann also bis später.«

»Moment mal, wo treffen wir uns denn?«

Richtig, das Wichtigste hätte er in der Aufregung fast vergessen.

»Wo du willst.«

»Also dort, wo wir schon mal waren. Der letzte Versuch ging ja ziemlich daneben, wie du weißt.«

»Dann bis später«, sagte der Kommissar, der nicht an das erinnert werden wollte, was er seit Tagen erfolgreich verdrängt hatte. Wieder spürte er den Puls in den Schläfen. Er war nervös geworden, und das ärgerte ihn. Die Haustür, vor der er immer noch stand, ging auf. Eine Mutter mit Kinderwagen kam heraus. Er ging weiter.

Was sollte er jetzt tun? Er hatte noch zwei Stunden vor sich und hasste es, warten zu müssen. Vor allem wenn ihm heikle Dinge bevorstanden. Da fiel ihm ein, dass er heute einen Termin beim Arzt hatte. Ausgerechnet die lästige Prostata-Vorsorgeuntersuchung, die er so lange vor sich hergeschoben hatte. Das passte zu seinem Stimmungsbild. Immerhin konnte er mit dem Termin die Zeit totschlagen, zwar nicht auf angenehme Weise, aber tot war tot.

Die Praxis des Urologen lag im Lehel. Anton war noch nie bei einer Vorsorgeuntersuchung gewesen und war erstaunt, wie viele Leute im Wartezimmer saßen. Wie immer, wenn er irgendwo warten musste, griff er nach einem Automagazin, obwohl er sich für Autos nicht interessierte. Da er in seinem Beruf ständig logische Schlussfolgerungen ziehen musste, empfand er manchmal ein diebisches Vergnügen daran, etwas Sinnloses zu tun. Zum Beispiel verlorene Socken zu suchen oder passende Staubsaugerbeutel im Supermarkt aufzuspüren, obwohl die Seriennummer, die er brauchte, nie vorrätig war. In Automagazinen konnte er in Ruhe die differenzierte Bewertung von Fahrzeugen studieren, die er sich nie kaufen würde und die ihn auch gar nicht interessierten. Dabei lernte er viel Überflüssiges.

Zum Beispiel, dass allein im Sitz eines Wagens der »Premium-Klasse« über fünfzehn Motoren eingebaut waren, nur um die Position unterschiedlicher Fahrer zu speichern. Als ob es sonst keine Probleme gäbe. Am meisten gefiel ihm die Rubrik »Test«, ein Verfahren, das die Deutschen sicher mehr liebten als andere Völker. Dabei mussten Modelle aus dem gleichen Marktsegment gegeneinander antreten wie Gladiatoren in der Arena.

Noch mehr liebte er Artikel aus der Zeitschrift *Warentest*, die aber bei Ärzten selten auslag. Dort trafen Staubsauger, Rasierer und Saftpressen aufeinander, was einen ganz eigenen Reiz hatte.

Gerade als er sich in den Test von mobilen Dachträgern vertiefen wollte, kam eine junge Frau im weißen Kittel aus dem Labor und flüsterte mit der Dame an der Rezeption. Es war Claudia, die Taucherin, die damals die Leiche entdeckt hatte.

Der Kommissar überlegte, ob er sie ignorieren sollte. Doch die vielen Jahre in seinem Beruf hatten ihn gelehrt, Zufälle nicht als solche zu sehen. Manche bargen ein geheimes Potenzial, das sich nur dem erschloss, der es ergründen wollte.

Er legte das Magazin weg und ging vor zur Rezeption.

»Entschuldigen Sie bitte, erinnern Sie sich noch? Vor einer Woche am See?«

Sie überlegte einen Augenblick, schüttelte aber den Kopf.

Er nahm die neue Brille ab.

»Natürlich, Sie sind der Mann von der Polizei.«

Die Dame an der Rezeption blickte interessiert hoch. Der Kommissar bat das Mädchen ans andere Ende des Wartezimmers. »Wie geht's Ihren Tauchversuchen?«

»Die sind vorläufig eingestellt. Und Sie, haben Sie schon eine Spur?«

»Wir haben immer irgendwelche Spuren. Aber darüber darf ich nicht sprechen.«

»Sind Sie dienstlich hier?«

»Nicht direkt.«

Sie warf ihm einen prüfenden Blick zu.

»Stimmt, in Ihrem Alter sollte man sich regelmäßig untersuchen lassen.«

Die Bemerkung brachte den Kommissar kurz aus dem Konzept, wobei ihm klar war, dass er keines hatte. Der Impuls, mit dem Mädchen zu sprechen, war ganz spontan aufgetaucht, ohne Erwartungen. Er setzte die Brille wieder auf.

»Mich hat damals beeindruckt, wie Sie bei diesem Sauwetter in den See gehen konnten, ich meine die ganze Gruppe.«

»Da ist der Michael eisern. Außer er kann selber nicht.«

»Kam das auch vor?«

»Na ja, er macht ja so alles Mögliche. Manchmal musste er am Samstag Leute vom Flughafen abholen.«

»Wissen Sie, warum?«

»Nein, ich glaube, er hat dann Patienten zu einem Arzt gefahren.«

Die Dame an der Rezeption hob die Hand und zeigte nach hinten.

»Entschuldigen Sie, ich muss wieder vor. Viel Glück, Herr Kommissar«, sagte Claudia und sah ihn mitfühlend an. »Keine Sorge, es tut nicht weh.«

Sie zwinkerte ihm zu und ging zurück ins Labor. Was bringt ein so zartes Mädchen dazu, sich im Winter in einen eiskalten See zu stürzen?, überlegte der Kommissar. Einmal mehr wurde ihm bewusst, wie sinnlos es war, die Psyche von Frauen erkunden zu wollen. Und er nahm sich vor, diesen Vorsatz beim Treffen mit der Waldfee eisern zu befolgen.

Es tat tatsächlich nicht weh, auch wenn die Prozedur etwas befremdlich war. Als er bei der analen Inspektion dem Zugriff des Arztes ausgesetzt war, musste er an den toten Arzt denken, der schwul war. Nein, bisexuell. War das wichtig? Hatte diese Tatsache in irgendeiner Weise mit dem Mord zu tun?

Er durfte sich wieder auf den Rücken legen, doch die Untersuchung war noch nicht zu Ende. Welche Patienten hatte der Tauchlehrer vom Flughafen abgeholt?

Was wusste der Mann von Scharnhorsts Aktivitäten? Eine kalte Berührung unterbrach seine Gedanken. Für den Einsatz des Sonars schmierte ihm der Arzt eine Creme auf den Bauch. Als er die Bewegung der Finger spürte, die ihn an eine Massage erinnerten, tauchten im Kopf des Kommissars plötzlich andere Assoziationen auf. Auch er hatte früher gerne massiert. Ein nach Zitronengras duftendes

Aromaöl war der wunderbare Auftakt zum Liebesspiel mit seiner Frau gewesen.

Im Grunde der einzige, den er in seiner Ungeduld akzeptieren konnte und der ihm auch selbst lustvolle Gefühle verschafft hatte. Vor allem wenn er es war, der massiert wurde. Für einen Augenblick versuchte er, sich vorzustellen, seine Hände würden Hildegard massieren. Es gelang ihm nicht. Das Ergebnis der Untersuchung war negativ. Kein Befund. Die Ermittlung des PSA-Werts, die der Arzt auch noch gerne durchgeführt hätte, lehnte der Kommissar ab. Die hätte er selbst bezahlen müssen, und im Internet hatte er gelesen, dass die Ergebnisse wenig aussagekräftig waren. Als er durchs Wartezimmer ging, hoffte er, Claudia noch einmal zu sehen, doch sie blieb verschwunden.

Draußen war es schon dunkel. Als er ein paar Schritte gegangen war, läutete das Telefon. Es war Herbert. Er informierte den Kommissar darüber, dass der Computer aus Feldafing eingetroffen war.

»Dann macht euch an die Arbeit. Die Kollegen sollen auch darauf achten, ob versucht wurde, Daten zu löschen.«

»Logisch. Abends sind wir dann dienstlich in Haidhausen, okay?«

»Wieso wir?«

»Soll die Veronika was lernen oder nicht?«

»Ihr könntet euch ja aufteilen.«

»Multipler Einsatz, ich verstehe. Und du?«

»Ebenso.«

»Was soll das heißen?«

»Habe ich doch eben gesagt.«

Bevor sein Kollege nachfragen konnte, legte der Kommissar auf. Er hatte noch etwas Zeit und beschloss, ein

Stück mit der U-Bahn zu fahren und dann in Schwabing noch ein paar Schritte zu Fuß zu gehen. Die Untersuchung heute musste er noch verkraften. Vielleicht war er auch heute besonders sensibel. Diesen Vorwurf hatte ihm allerdings bisher noch keine Frau gemacht.

Es wäre auch eher ein Kompliment gewesen.

Hildegard trug diesmal Jeans und eine gefütterte Lederjacke. Die langen Haare hatte sie zu einem Pferdeschwanz gebunden. Sie war zurückhaltend, aber nicht unfreundlich. Anton bestellte Penne mit Salsiccia, sie Risotto mit Steinpilzen in Safransauce. Er trank einen roten Nero d'Avola, sie einen weißen Lugana, was ihn überraschte.

»Ich dachte, du trinkst keinen Alkohol?«

»Regeln, die man nicht bricht, werden zum Dogma«, sagte sie und lächelte kühl.

Eine gute Einstellung, fand Anton, der sich oft damit quälte, dass viele gute Vorsätze nur kurzfristig eingehalten wurden.

»Wie geht's deinen Problemfällen?«

Gute Frage, wenn man davon absah, dass jeder Fall ein Problem war und man natürlich auch ohne Leichen Probleme haben konnte. Immerhin wusste Hildegard Bescheid, jedenfalls über das, was in der Zeitung gestanden hatte.

»Wir kommen voran. Aber es ist mühsam, wie immer«, sagte er und trank einen Schluck. »Über Details darf ich nicht sprechen.«

Sie schwiegen einen Moment.

»Übrigens noch danke für die Rose.«

»Hast du nicht verdient.«

Dazu fiel dem Kommissar nichts ein. Wahrscheinlich hatte sie recht.

»Dass du dich gar nicht mehr gemeldet hast, fand ich übrigens auch nicht okay.«

Diesmal suchte er nach einer Antwort, doch sie fuhr gleich fort.

»Aber so gequält, wie du da gesessen hattest, warst du sicher heilfroh, als du gehen konntest.«

»Tut mir leid. Aber ich bin so etwas nicht gewohnt.«

»Ich schon. Ich suche mir nämlich jeden Tag ein verkorkstes Exemplar der Marke *Gereift im Spannungsfeld des Lebens,* weil man als Frau sonst Minderwertigkeitskomplexe bekommt.«

Sie trank einen großen Schluck, erst jetzt spürte der Kommissar die Nervosität, die hinter ihrem Lächeln verborgen war.

»Ich freue mich, dass wir jetzt hier sitzen und reden«, sagte er, und das war nur eine halbe Lüge. Sie stellte das Glas ab. »Nur reden?« Er senkte den Blick und betrachtete den Wein in ihrem Glas, der ihm heute so durchsichtig vorkam wie die Taktik seiner Gesprächsführung.

»Bei was kann ich dir denn helfen?«, fragte sie und sah ihn dabei so mitfühlend an, als stünde ihm eine Prostata-Operation bevor. Anton versuchte zu erklären, was er vorhatte. Dass es um die Tochter des Polizeipräsidenten ging, erwähnte er nicht.

»Habt ihr keine geschulten Psychologen?«, fragte sie.

»Schon.«

»Aber?«

»Ich dachte, das wäre ein guter Vorwand, dich wiederzusehen.«

Das war die andere Hälfte der Lüge.

Einen Moment blickte sie ihn zweifelnd an, musste dann aber lachen.

»Jetzt siehst du so verlegen aus, dass ich dir schon fast glauben könnte.«

Der Kommissar wurde rot.

»Jetzt noch mehr«, flüsterte sie.

Er lehnte sich zurück, um ihrem prüfenden Blick zu entkommen.

»Und sonst fällt dir nichts auf?«, fragte er und rückte mit der linken Hand den Brillenbügel am Ohr zurecht.

»Na ja, für jemanden, der mit einer Frau verabredet ist, bist du schlecht rasiert.«

Irritiert fuhr er sich mit der Hand über das stoppelige Kinn.

»Das wird noch. Und sonst?«

Sie schmunzelte, als würde ihr sein unbeholfener Charme gefallen.

»Die neue Brille macht dich strenger, entschlossener«, sagte sie dann, »aber mir war die alte lieber. Damit sahst du braver aus. Aber auch gemütlicher.«

»Wahrscheinlich trifft weder das eine noch das andere zu«, sagte der Kommissar.

Sie öffnete ihre Haare und beugte sich vor.

»Vielleicht habe ich ja doch noch Gelegenheit, das herauszufinden.«

Dann kam das Essen.

27

Aurelia war neunzehn. Schlank, ein sinnlicher Mund, kurze, dunkle Haare, die ungepflegt wirkten. Sie war barfuß, trug zerrissene Jeans und ein T-Shirt mit dem Aufdruck *fuck-off*. Die dunklen Ringe unter den blauen Augen lagen tief, die Schminke war verschmiert, wahrscheinlich hatte sie geweint. Sie sah verwildert aus, vielleicht auch verzweifelt. Die Lider zuckten nervös, die Hände zitterten.

Ist sie auf Entzug?, fragte sich der Kommissar, der sich als Kollege ihres Vaters vorstellte und Hildegard als seine Freundin. Zuerst wollte ihnen Aurelia die Tür vor der Nase zuschlagen, doch Hildegard stellte den Fuß dazwischen. Dann drohte sie, das Mädchen in die Klinik zu schicken, und sie würde jetzt gleich den Notarzt rufen. Das wirkte.

Als sie durch die kleine Wohnung gingen, in der überall Kleidungsstücke auf dem Boden lagen, entdeckte der Kommissar einen dunklen Anorak. Er sah aus wie der, den die flüchtige Täterin auf dem Foto getragen hatte.

In den Zimmern gab es kaum Möbel, nur einen Ikea-Schrank, dessen Türen offen standen. Daneben ein riesiges Himmelbett mit Batik-Vorhängen und einem Spiegel an der Decke. Auf dem Boden lagen schwarze Handschellen.

Aurelia setzte sich auf die Matratze, die Besucher blieben im Zimmer stehen.

Zuerst übernahm Hildegard das Gespräch. Schnell wurde klar, das Mädchen war total fertig. Sie hatte Scharnhorst bei einem Prominentengeburtstag kennengelernt, der sich zu einer Kokainparty entwickelte. Der Arzt war ihre erste große Liebe gewesen. Zwischen den beiden kam es zu einem wilden Verhältnis von etwa fünf Wochen, dann hatte Scharnhorst sie fallen lassen. Freundlich, aber entschlossen. Das hatte sie nicht verkraftet. Nervenzusammenbruch, Drogenrausch, Alkoholexzess, die ganze Palette.

Freunde hatten einen Selbstmordversuch verhindert und ihren Vater verständigt, der einen Therapeuten engagierte. Diesen hatte sie in der ersten Sitzung geohrfeigt, anschließend war sie verschwunden. Nach den Tagen der Verzweiflung waren ihre Gefühle in Hass umgeschlagen. Ja, sie hätte Scharnhorst am liebsten umgebracht. Doch jetzt hat es eine andere getan. Und wenn … Sie konnte nicht weitersprechen und bekam einen Weinkrampf.

Dem Kommissar war klar, dass ein so übersensibles Mädchen, wenn es zutiefst verletzt wird, zu allem fähig ist. Vor allem, wenn es unter starken Drogen stand.

»Wo waren Sie am Dienstagvormittag?«, fragte er.

»Hier, zu Hause.«

»Hat Sie jemand gesehen?«

»Nein, warum?«

Der Kommissar ging zur Toilette.

Auf der Ablage über dem Waschbecken standen Schachteln mit bunten Pillen. Neben der Dusche hingen zwei Perücken, eine blond, die andere rothaarig.

Er zupfte ein paar Haare aus der blonden, steckte sie ein und ging zurück ins Schlafzimmer. Aurelia lag inzwischen auf dem Bett, Hildegard hielt ihr ein Glas Wasser an den Mund.

»Haben Sie Ihrem Vater Orchideen geschenkt?«

»Vor ein paar Tagen. Das mit dem Psychiater war gut gemeint. Er konnte ja nicht wissen, dass das ein Scheißtyp war.«

»Hatten Sie ihm von ihrem Verhältnis mit Dr. von Scharnhorst erzählt?«

»Bin ich bescheuert? Die sind doch zusammen im Rotary Club.«

Plötzlich erschien ein Lächeln auf ihrem Gesicht, ihre Stimme wurde leise.

»Außerdem hat mich Rüdiger gebeten, unsere Liebe vorläufig für mich zu behalten. Wie einen geheimen Schatz.«

Sie senkte den Kopf und legte die Hände auf ihre Augen, in denen Tränen standen.

Der Kommissar überlegte: Wie weit wurde dieses Mädchen von seinen zerstörerischen Aggressionen gesteuert? Was war Fantasie, was Realität?

Schwierige Frage.

»Was würden Sie Rüdiger erzählen, wenn Sie noch einmal mit ihm sprechen könnten?«

Das Mädchen sprang auf.

»Schade, dass dich schon eine erledigt hat. Sonst hätte ich es getan. Damit.«

Sie bückte sich und zog einen langen Dolch unter dem Bett hervor, der aussah wie ein Theaterrequisit. Der Kommissar nahm ihn ihr aus der Hand. Der Dolch war echt, hatte aber eine Besonderheit. Der Griff aus Elfenbein hatte die Form eines *Dildo.*

»Wo haben Sie denn das Ding her?«, fragte er und schlug mit der flachen Klinge gegen die Metallschiene des Bettgestells. Bei dem klirrenden Geräusch stutzte das Mädchen und rieb sich die Augen. Erst jetzt schien es die Besucher richtig wahrzunehmen.

»Kommt ihr von Rüdiger?«, schrie sie. »Sagt ihm, er kann mich mal. Und seine ganzen Versprechungen soll er sich irgendwo hinstecken. Und abtreiben lass ich das Kind nicht, da kann er sich auf den Kopf stellen.«

Auch das noch. Der Kommissar erschrak und wusste nicht, was er darauf sagen sollte. Hildegard schüttelte den Kopf und zog ihn am Arm.

»Lass sie, wir sollten jetzt gehen.«

Der Kommissar blieb stehen, eine Frage musste er noch stellen.

»Wozu haben Sie die Perücken?«, fragte er.

Aurelia brauchte einen Moment, um den Satz zu verstehen. Dann stürzte sie auf ihn zu und hämmerte mit den Fäusten gegen seine Brust.

»Er mochte das«, schrie sie. »Ich habe alles für ihn getan. Die ganzen Spiele, die perversen Sachen, die geilen Jungen, alles hab ich gemacht, alles nur für ihn.«

Sie hörte auf zu schlagen, packte den Kommissar an den Ärmeln und sah ihn flehend an.

»Wenn man liebt, macht man doch alles für den anderen, nicht wahr?«

Noch einmal schluchzte sie, dann brach Aurelia zusammen. Hildegard kniete sich zu ihr.

»Können wir dir helfen?«

Das Mädchen drehte sich weg. »Mir kann niemand helfen.«

Die Stimme klang, als käme sie aus einer Gruft. Akut suizidgefährdet, dachte der Kommissar. Und er fragte sich, wie er das dem Polizeipräsidenten beibringen konnte. Und wie dieser darauf reagieren würde, dass seine Tochter unter Mordverdacht stand.

Hildegard lief ins Schlafzimmer. Sie durchsuchte die Pillenschachteln, fand ein Präparat, das sie kannte, und löste davon drei Kapseln in Wasser auf.

»Trink das. Wenn du das Kind behalten willst, musst du leben. Und stark sein.«

Aurelia sah sie ausdruckslos an. Wenigstens öffnete sie die Lippen so weit, dass ihr Hildegard das Medikament einflößen konnte.

»Danke«, sagte Aurelia. »Und jetzt geht. Und sagt dem Rüdiger, er soll endlich anrufen.«

Hildegard stand auf und packte den Kommissar an der Jacke.

»Komm jetzt.«

Sie ging zur Tür, Anton folgte ihr.

Als sie auf der Straße standen, regnete es leicht. Der Kommissar hatte vorgehabt, mit seiner Begleiterin noch ein Glas Wein zu trinken, doch die Begegnung mit dem verstörten Mädchen hatte ihm mehr zugesetzt als erwartet. Hildegard schien seine Gedanken zu erraten.

»Du brauchst jetzt einen Whisky«, sagte sie. »Aber den trinkst du besser allein.«

»Danke. Du warst wirklich eine große Hilfe.«

»Armes Ding. Hat sich total verrannt.«

»Manche Männer sind Schweine«, sagte der Kommissar.

Es klang so hilflos, dass Hildegard lachen musste.

»Gott sei Dank nicht alle.«

Sie beugte sich vor und drückte ihm einen Kuss auf die Wange.

»Besauf dich nicht.«

Bevor er antworten konnte, hatte sie sich umgedreht und ging weg.

28

Der Kommissar steckte die Hände in die Taschen und lief auf die nächste U-Bahnstation zu. Woher hatte Aurelia die Waffe? Jemanden mit dem Dolch umzubringen war eine Fantasievorstellung, mit dieser Waffe wäre sie nie in die Praxis gegangen, zumal das Teil nur schwer in die Handtasche gepasst hätte.

War einem Mädchen wie ihr eine solche Tat zuzutrauen? Schwer zu sagen, aber verneinen konnte er die Frage auch nicht. Jedenfalls hatte sich sein Bild von Scharnhorst durch Aurelias Aussage entscheidend verändert. Charmant, sicher. Großzügig auch, kein Problem bei dem Einkommen. Aber der gut aussehende Charmeur war auch ein rücksichtsloser Typ gewesen, der nicht davor zurückschreckte, junge Mädchen für seine erotischen Spiele zu missbrauchen. Um sie dann mit leeren Versprechungen sitzen zu lassen. Wahrscheinlich ein pathologischer Fall. Alles, was gut aussah und was er kriegen konnte, hatte er sich genommen.

Während Anton noch überlegte, wie man mit solchen Neigungen dennoch reich und berühmt werden konnte, läutete das Telefon. Es war Herbert, wie immer.

»Wir hatten Glück«, brüllte er, um den Geräuschpegel des Lokals zu übertönen, in dem er stand. Für eine Sekunde wusste der Kommissar nicht, wovon der Kollege sprach.

»Rosa, das Hausmädchen. Wir haben sie gefunden. Sie saß tatsächlich im *Lissabon.*«

»Und deshalb rufst du mich jetzt an? Das hättet ihr mir doch morgen erzählen können?«

»Ich dachte, du wolltest vielleicht vorbeikommen. Ist ganz nett hier, du könntest mit ihr reden, und die Frauenquote ist auch nicht schlecht.«

Eigentlich hatte Anton vorgehabt, dem Rat Hildegards zu folgen und nach Hause zu gehen. Aber vielleicht war auch das eine gute Idee. Unter Leuten zu sein würde seine Psyche vielleicht eher wieder aufbauen, als allein zu Hause Whisky zu trinken.

Außerdem war er schon lange nicht mehr in einer Kneipe gewesen, in Haidhausen schon gar nicht. Da der Kommissar heute ebenfalls Überstunden machte, leistete er sich ein Taxi. Der Fahrer war ein Schwarzer.

»Kommen Sie aus Ghana?«, fragte ihn der Kommissar, nachdem der Mann den Taxameter eingeschaltet hatte.

»Nix Ghana. Tansania«, sagte der Fahrer. »Kennen Sie?«

Der Kommissar schüttelte den Kopf.

»Jetzt schön warm. Wasser auf Sansibar fast dreißig Grad.«

»Wären Sie jetzt nicht lieber dort?«

»Dort ich sitze auf Esel, hier ich sitze in Mercedes.«

»Aber sonst, das Klima, die Menschen?«

Der Mann überlegte eine Weile, dann lachte er leise in sich hinein.

»Hier viele Leute einsam. Deutsche wollen oft allein sein. In Afrika nicht. Dort niemand ist allein. Allein sein ist wie in der Hölle sein.«

Eine interessante Beobachtung, dachte der Kommissar. Die Vorstellung, den restlichen Abend in Gesellschaft, also afrikanisch zu verbringen, gefiel ihm. Vielleicht stellte er auch deshalb noch eine Frage, die ihm sonst nicht in den Sinn gekommen wäre.

»Sie wissen doch, viele Schwarze, natürlich auch andere Ausländer, sind illegal in Deutschland.«

Der Fahrer wurde ernst.

»Du Polizei?«, fragte er.

Der Kommissar schüttelte den Kopf.

»Ich habe nichts mit Immigration und Ausweispapieren zu tun. Gar nichts. Es ist mir auch scheißegal«, fügte er grimmig hinzu, um seine Aussage überzeugender klingen zu lassen.

»Ich hätte nur eine Frage.«

»Was für Frage?«

»Wenn die mal abends irgendwo weggehen und sich amüsieren wollen …«

»Illegal ist nix lustig«, unterbrach ihn der Fahrer.

»Ich weiß, so habe ich es nicht gemeint. Wenn so einer ein Bier trinken oder tanzen will mit deutschen Frauen, wo geht er dann hin?«

Der Fahrer überlegte so lange, dass der Kommissar dachte, er würde nicht mehr antworten.

»Weiß nicht. Vielleicht *Naraponga,* vielleicht *Ali Baba.* Oder nur *Wilder Wirt.* In Giesing.«

»Danke.«

Der Kommissar gab ihm fünf Euro Trinkgeld, obwohl die Information mehr wert gewesen wäre. Vor allem die über Himmel und Hölle, dachte er und bedauerte, dass er so geizig gewesen war.

Die Musik war laut, aber nicht unangenehm. Kubanischer Salsa. Die gute Stimmung im Saal war mit den Händen zu greifen. Man hatte das Gefühl, jeder redete mit jedem, viele Köpfe wippten im Rhythmus der Musik. Nur mit Mühe konnte sich der Kommissar an den Menschen vorbeizwängen, die dicht gedrängt hinter der Theke standen und versuchten, ihr Glas vor dem neuen Gast in Sicherheit zu bringen. Die Leute redeten Spanisch, Portugiesisch, Englisch.

Nach einer Weile entdeckte er Herbert und Veronika, sie saßen ganz hinten, mit Rosa. Also noch weiter durch die Menge. Immer wenn er eine attraktive Frau sah, versuchte Anton, sich nah an ihr vorbeizuzwängen, damit er sie genauer anschauen konnte. Doch meist waren sie im Gespräch mit einer Freundin und schienen kein Interesse daran zu haben, mit Männern zu reden. Vielleicht war er auch zu spät dran, und die Partner des Abends hatten sich schon gefunden. Jedenfalls hatte er das Gefühl, dass alle Frauen durch ihn hindurchsahen, nur die Männer nicht, die Angst um ihre Gläser hatten.

Und Veronika, die ihn zuerst sah und ihm zuwinkte. Rosa hatte zwei Freundinnen dabei, auch sie sprachen Spanisch. Nachdem er die Mädchen begrüßt hatte, nickte der Kommissar seinen Kollegen zu und sah sich suchend um. Es gab keinen freien Stuhl.

Herbert sprang auf. »Setz dich. Was willst du? Bier oder Wein oder Schlimmeres?«

»Portwein. Aber ein großes Glas«, schrie der Kommissar. Er fragte sich, wie er bei dem Krach und der Enge mit Rosa ein vernünftiges Gespräch führen sollte. Aber versuchen konnte er es wenigstens.

»Sind Sie traurig, dass Sie nicht mehr dort arbeiten können?«, schrie er in ihre Richtung.

Das Mädchen schüttelte vehement den Kopf.

»Nicht traurig. Ohne Doktor war es immer schrecklich im Haus. Frau ist böse.«

»Was hat sie getan?«

»Nichts getan. Nur böse sein. Mit mir, mit Ausländern.«

»Wieso? Gab es noch andere?«

»Manchmal kommen andere.«

Der Kommissar beugte sich zu Veronika.

»Schade, dass wir das Foto des Toten nicht dabeihaben. Wir müssen sie aufs Revier bestellen.«

»Nicht nötig.«

Sie holte ihr iPhone hervor und tippte auf den Monitor. Nach ein paar Sekunden hatte sie das Bild des toten Afrikaners auf dem Schirm und reichte es dem Kommissar. »Danke«, sagte dieser und zeigte dem Mädchen das Foto.

»Ist auch dieser Mann einmal ins Haus gekommen?«

Rosa erschrak, als sie das Gesicht der Leiche sah.

»Madre de dios. Warum er sieht so schrecklich aus?«

»Er ist tot.«

Entsetzt hielt sich das Mädchen die Hand vor den Mund und bekreuzigte sich.

»Und? War er da?«

»Ich glaube schon.«

»Wann?«

»Vor zwei, drei Wochen. Zweimal. Er war zu Fuß, deshalb ich erinnere mich.«

Jetzt erschien Herbert mit dem Portwein, den er sicherheitshalber hoch über den Köpfen der Gäste balancierte. Der Kommissar stand auf. »Bestell sie aufs Revier«, schrie er Veronika ins Ohr. »Wir müssen ihre Aussage aufnehmen.«

Dann nahm er dem Kollegen das Glas aus der Hand und genehmigte sich einen großen Schluck. Das hatte er verdient, denn was das Mädchen eben gesagt hatte, war der erste Beweis dafür, dass die beiden Toten miteinander zu tun gehabt hatten. Zwar hatte er längst vermutet, dass der Fetisch von dem Schwarzen stammte, den man im See gefunden hatte. Aber Vermutungen brachten ihn nicht weiter.

Der Kommissar ließ den Blick über die Köpfe der Menge schweifen. Mehr als fünfzig Prozent Frauen, alle ins Gespräch vertieft. Darunter einige, die ihm gefallen hätten. Jedenfalls auf den ersten Blick. Obwohl er zugeben musste, auf den zweiten war ihm heute auch Hildegard attraktiv erschienen. Zumal sie sich in dieser schwierigen Situation glänzend bewährt hatte. Auch dass sie ihn anschließend so souverän verabschiedet hatte, hatte ihn beeindruckt. Keine Spur mehr von ihrem anfänglichen Verhalten. Im Gegenteil, ein bisschen anhänglicher hätte sie sogar sein dürfen, dachte er und musste über sich selbst lachen.

In dieser lauten, überfüllten Kneipe fühlte er sich in diesem Augenblick so wohl, dass er sich fragte, ob Afrikaner in Deutschland nicht als Therapeuten arbeiten sollten.

29

Am nächsten Morgen schlief der Kommissar etwas länger. Der dumpfe Kopf, mit dem er schließlich erwachte, erinnerte ihn an den vorigen Abend, beeinträchtigte aber die gute Laune nicht, da er sie mit in den Schlaf genommen hatte. Das Einzige, was ihm im Magen lag, war das Gespräch mit dem Polizeipräsidenten. Es würde äußerst heikel werden, zumal er mit der Gegenwart von Hildegard seine Befugnisse überschritten hatte. Doch vielleicht sollte er das gar nicht erwähnen.

Da kaum Wolken am Himmel waren, zog er das englische Tweedsakko an, das er trotz der ausgebeulten Ärmel immer noch liebte. Bevor er die Wohnung verließ, stellte er sich im Gang vor den Spiegel und probierte nacheinander beide Brillen. Veronika fand die neue gut, aber die junge Generation hatte natürlich einen anderen Geschmack. Streng oder gemütlich? Eine schwere Entscheidung.

Schließlich fällte er ein salomonisches Urteil. Dienstlich streng, privat gemütlich. Nur heute, wo er zum Chef musste, war das strenge Erscheinungsbild nicht angebracht. Er wollte auf keinen Fall den Eindruck erwecken, er würde unerbittlich gegen dessen Tochter ermitteln, sie vielleicht sogar als Tatverdächtige verhaften. Das konnte er sich erst erlauben, wenn er eine lückenlose Beweiskette, am besten ein Geständnis hatte. Selbst dann würde es noch schlimm genug werden.

Als er in der U-Bahn stand und dort wie immer die Boulevardzeitungen der Fahrgäste mitlesen konnte, stellte er bei der Lektüre fest, dass er das heikle Gespräch jetzt gar nicht führen konnte, denn heute fand die Beerdigung von Scharnhorst statt. Um elf Uhr auf dem Friedhof von Feldafing. Der Polizeipräsident würde sicher auch da sein. Wie anscheinend jeder, der sich zu den Wichtigen zählte. Wer wichtig war, bestimmten in München entweder die *Abendzeitung, Die Bunte* oder die zahllosen Talkshows.

Bei dem heutigen Event, auch wenn es auf einem Friedhof stattfand, drohte ein gesellschaftliches Ereignis der schlimmsten Art. Die Gemeinde hatte bereits mehrere Wiesen zu Parkplätzen umfunktioniert. Um den erwarteten Ansturm bekannter Persönlichkeiten zu bewältigen, würden sämtliche Hilfskräfte, von der Freiwilligen Feuerwehr bis zum Schützenverein, geschlossen im Einsatz sein.

Der Kommissar, dem eine solche Begräbnisshow, wie es Herbert formulierte, zuwider war, beschloss zu tun, was er normalerweise nie tat, nämlich hinzufahren. Vielleicht ergab sich etwas Unverhofftes, das ihm weiterhelfen würde.

Natürlich erwartete er nicht, dass der Mörder auftauchte, so etwas gab es nur in amerikanischen Filmen. Aber es würde ihn amüsieren, die zahlreichen Lobreden auf den Toten zu hören, obwohl er genau wusste, dass sich hinter der glamourösen Fassade ein ganz anderer Scharnhorst verborgen hatte. Natürlich würde die Öffentlichkeit davon früher oder später erfahren. Wann und wie, das aber lag in seiner Hand, und diese Macht genoss er. Zumindest die seltenen Male, wo der Kontrast zwischen Sein und Schein so spektakulär war wie in diesem Fall.

Im Präsidium ging er diesmal die Treppe hoch und übte wieder den federnden Schritt. Nicht schlecht. Als er ins

Büro kam, war Herbert dabei, die Daten des Computers aus der Villa zu analysieren.

»Du wirst dich freuen«, sagte er, sobald der Kommissar das Zimmer betrat. »Und das Finanzamt erst recht.«

Nach einem ersten Blick auf das Gesicht seines Chefs schüttelte er vorwurfsvoll den Kopf.

»Hast du dich schon jetzt auf die neue Brille gesetzt?«

Der Kommissar wunderte sich, dass sein Kollege den optischen Rückfall in den Status quo schneller zur Kenntnis nahm als eine Veränderung. Dies bestärkte wieder einmal seine Zweifel an der Zuverlässigkeit von Zeugenaussagen.

»Hast du was gegen ein variables Erscheinungsbild?«, sagte er.

Sein Kollege senkte den Kopf, als müsse er über diese Aussage länger nachdenken. Bevor er etwas erwidern konnte, legte ihm der Kommissar ein gefaltetes Papiertaschentuch auf den Schreibtisch.

»Da drin ist das Haar einer Perücke. Lass das im Labor prüfen und mit dem vergleichen, das die Spurensicherung in der Praxis gefunden hat.«

Herbert faltete das Tuch auf und hielt das dünne Haar ins Licht.

»Wo hast du das her?«

Der Kommissar antwortete nicht. Da Herbert wusste, dass sein Chef nichts sagen würde, solange er sich eines Verdachts nicht sicher war, legte er das Haar beiseite und widmete sich wieder den Daten auf dem Monitor.

»Was der an Kohle gemacht hat, ohne was zu versteuern, ist gigantisch.«

»Dann ist er ja in guter Gesellschaft«, erwiderte der Kommissar, der nicht wirklich überrascht war. »Hat man versucht, Daten von der Festplatte zu löschen?«

»Einige. Aber das haben wir wieder hingekriegt.«

»Ich schau's mir später an, ich fahr nämlich jetzt zu seiner Beerdigung.«

Herbert sah ihn erstaunt an.

»Ohne Einladung? Da wird's schwer werden mit dem Leichenschmaus. Ob die dich hinlassen ans *Käfer*-Buffet?«

»Die gehen in die *Kaiserin Elisabeth.*«

»Auch nicht schlecht. Ich meine, wenn du eingeladen wärst.«

»Vielleicht fahr ich nach Andechs«, sagte der Kommissar.

»Du kannst ja in die Kantine gehen. Heute gibt's Sauerbraten.«

Anton ging hinaus. Die Aussicht, den Nachmittag draußen verbringen zu können, tat ihm gut.

Auf dem Gang kam ihm Veronika entgegen. Sie musterte ihn kritisch.

»Haben Sie sich wieder für den klassischen Look entschieden?«

Sprach sie von der Brille oder vom Sakko? Was immer sie mit klassisch meinte, es gefiel ihm nicht.

»Sie ziehen doch auch nicht jeden Tag das Gleiche an. Aber wenn es Sie freut, werde ich morgen wieder die andere Brille tragen«, sagte er und fühlte sich ziemlich albern.

»Ich finde einfach, Sie wirken damit noch …« Einen Augenblick suchte sie nach Worten: »… noch männlicher«, sagte sie schließlich und war froh, sich mit dieser Formulierung gerettet zu haben. Der Kommissar war erleichtert, wobei er das »noch« besonders schätzte. Vorher keineswegs männlich gewesen zu sein hätte ihm weniger gefallen.

Er wollte weitergehen, doch sie hatte noch etwas auf dem Herzen.

»Bei den Nachforschungen zu dem Nummernschild von Landshut, das nicht vollständig war, ist nicht viel herausgekommen. Zu viele Variablen. Aber wenigstens ist kein Wagen als gestohlen gemeldet, dessen Nummernschild diese Ziffern hat. Und auch in den BMW-Werkstätten ist kein Fahrzeug zur Reparatur gebracht worden, das auf die Beschreibung passt.«

»Danke. Nehmen Sie heute die Aussage von Rosa auf?«

Sie nickte.

»Und wohin gehen Sie?«

»Zu Scharnhorsts letztem Gang.«

»Viel Vergnügen.«

»Ich werde mich bemühen«, sagte der Kommissar. »Auch wenn ich Beerdigungen und Hochzeiten nicht mag.«

»Warum auch die nicht?«

»Wenn ich an so ein strahlendes Brautpaar denke, frage ich mich immer, wie lange das Glück anhält. Zwei Jahre, fünf? Sie wissen doch, fast die Hälfte der Ehen wird geschieden. Wenn einer stirbt, ist es wenigstens endgültig.«

Er sah, wie ihr Gesicht nachdenklich wurde, und ging weiter.

Für die Fahrt wählte er den Unfall-Passat, der immer noch so in der Garage stand. Er dachte, das passt. Ein kaputtes Auto fährt zur Beerdigung eines kaputten Menschen. Allzu dicht würde er sich dem Trauerzug ohnedies nicht nähern können, denn er war nicht angemessen gekleidet. Deshalb kehrte er noch einmal um und holte sein Fernglas aus dem Schrank. Und den Regenschirm, man konnte nie wissen.

»Du könntest übrigens auch mal was anderes tun«, sagte

Herbert, der immer noch vor dem Computer saß. »Ich meine, statt Andechs.«

»Das heißt?«

»Fasten.«

»Ich mach jetzt regelmäßig Fitness«, sagte der Kommissar beiläufig und wollte gehen.

»Wegen der Frauen?«

»Wegen mir.«

Der Kommissar war sich nicht sicher, ob das eine große oder kleine Lüge war. Er wollte wieder zur Tür, aber sein Kollege hielt ihn zurück. Herbert hatte gerade eine Meldung auf den Bildschirm bekommen.

»Das könnte dich interessieren. Gestern gab es eine Explosion im Parkhaus von Starnberg. Ein Wagen, auf den deine Beschreibung passt, ist ausgebrannt. Es war ein dunkler BMW. Sieht aus, als hätte man ihn angezündet.«

Der Kommissar trat näher, auf dem Bildschirm tauchten Bilder des Wracks auf.

»Ich nehme an, keine Kennzeichen, keine Seriennummer.«

»Könnte gut sein«, sagte Herbert und klickte sich in die weiterführenden Links ein. Nicht schlecht, dachte der Kommissar. Am helllichten Tag sein Auto abzufackeln, damit alle Spuren zu verwischen und dann seelenruhig mit der S-Bahn nach Hause zu fahren war ziemlich clever. Doch auch die Verstümmelung der Fingerspitzen bei dem Toten war clever gewesen. Die Ahnung, die damals in ihm hochstieg, hatte ihn nicht getäuscht. Er hatte es mit Profis zu tun.

»Sieht so aus, als hätte dieser wunderbare Arzt Kontakte zum organisierten Verbrechen gehabt«, sagte der Kommissar und ging hinaus.

30

Als er durch Starnberg fuhr, wurden die Wolken dichter. Kurz darauf begann es heftig zu regnen. Das würde dem Beerdigungsevent nicht guttun, dachte der Kommissar und konnte sich eine gewisse Genugtuung nicht verkneifen. Bereits ein paar Kilometer vor Feldafing war an der Straße alles zugeparkt. Am Friedhof hatten Journalisten und Kamerateams ihre Plätze schon früh eingenommen, sonst würden sie später nichts sehen. Missmutig harrten sie unter den mitgebrachten Regenplanen aus, einige hatten Bierflaschen in der Hand. Der Kommissar suchte sich einen Platz am Rande, etwas erhöht, so dass er einen guten Überblick hatte. Noch zwanzig Minuten. Es wurde schlimmer als erwartet. Mehr Leute, längere Reden, endlose Lobpreisungen, ständiges Blitzlichtgewitter. Und dann, am offenen Grab, die lange Reihe der Kondolierenden.

Ganz vorn die Witwe im schwarzen Lackmantel. Neben ihr eine junge, schlanke Frau, die unter einem Regenschirm stand und in ihren hohen Schuhen und dem dünnen Mantel zu frieren schien. Wahrscheinlich die Tochter aus Amerika. In der Mitte entdeckte der Kommissar den Polizeipräsidenten, er ging vor dem Staatsanwalt und hinter zwei Fußballstars, die dunkle Lederjacken anhatten. Neben ihm ein älterer Regisseur von TV-Serien mit seiner jungen Drittfrau. Weiter hinten, das heißt nach all den Leuten, die fotografiert werden mussten und wollten, kam eine kleine Gruppe, um die sich niemand kümmerte. Darunter der Gärtner, den der Kommissar inzwischen als Tauchlehrer abgespeichert hatte, denn in dieser Funktion hatte er ihn kennengelernt.

Als die Schlange der Kondolierenden kleiner wurde, wollte der Kommissar gehen, denn im Sakko fror er zunehmend. Der Wind pfiff mittlerweile so stark, dass er Mühe hatte, den Regenschirm festzuhalten. Doch jetzt tauchte am anderen Ende des Friedhofs eine Gestalt im dunklen Anorak auf. Sie lief durch den Regen, ohne Schirm.

Als sie näher kam und der Kommissar die Person durch den Feldstecher verfolgen konnte, sah er, wer es war – Aurelia. Sie trug die blonde Perücke.

Anton stockte der Atem. So wie sie angezogen war, sah das Mädchen aus wie die Mörderin auf dem Foto. War Aurelia verrückt geworden? Wollte sie etwas Wahnsinniges tun, vor allen Gästen? Oder wollte sie sich nur outen als das, was sie war: die Täterin? Dann war dieser Aufzug eine Art Geständnis, das aber nur der Kommissar als solches erkennen würde. Sie aber konnte nicht wissen, dass er da war.

Auf halbem Weg zwischen Eingang und Grabstätte zog Aurelia etwas aus der Tasche. Es dauerte einen Moment, bis der Kommissar erkennen konnte, was es war – der Dolch mit dem Dildogriff.

Was hatte das zu bedeuten?, dachte der Kommissar, der plötzlich Angst bekam. Wollte sie am offenen Grab Harakiri machen oder sich sonst irgendwie theatralisch verabschieden? Vor all den Kameras?

Anton warf den Schirm weg, steckte das Fernglas ein und begann zu laufen. Was immer sie vorhatte, er musste es verhindern.

Einen Hügel hinabzurennen, dessen Erdreich vom Regen durchnässt ist, ist schon mit Profilsohlen nicht einfach. Mit den Schuhen, die Anton anhatte, war es unmöglich. Nach etwa zwanzig Metern rutschte er aus und fiel in voller Länge auf den schlammigen Boden. Beim Sturz verlor er seine Brille. Sie zu suchen, kostete wertvolle Sekunden. Als er wieder auf den Beinen stand, war Aurelia bereits nahe am Grab. Er lief wieder los, wusste aber, er würde es nicht mehr schaffen. Zehn Meter vor dem Ziel hielt er keuchend inne. Jetzt konnte er nur noch beobachten, was passieren würde.

Aurelia blieb stehen. Sie war die Letzte und deshalb allein am Grab. Sie verbeugte sich kurz, dann machte sie eine ausholende Geste und warf den Dolch auf die roten Rosen, die den Sarg bedeckten. Eine Szene wie im Kino, dachte der Kommissar. In diesem Augenblick tauchte wie aus dem Nichts ein Fotograf auf. Er schoss ein paar Bilder des einsamen Mädchens, dann richtete er das Objektiv auf den Dolch im Grab.

Doch bevor er abdrücken konnte, war der Kommissar bei ihm. Mit einem schnellen Griff riss er dem Mann die Kamera aus der Hand und warf sie hinunter in die Grube. Diesen Typen kannte er, es war der schmierige Kerl, der ihm auf der Pressekonferenz nachgelaufen war.

»Sag mal, bist du verrückt geworden, du Arsch«, schrie der Fotograf, dem nicht sofort klar wurde, wer der Mann war, der vor ihm stand. Der Kommissar packte seinen Gegner am Kragen und zog ihn nah an sich heran.

»Wenn ich das Foto des Mädchens in der Zeitung sehe, wirst du nie wieder eins machen. Das schwöre ich dir, und wenn's das Letzte ist, was ich als Hauptkommissar tue. Da kannst du dich dann beschweren, solange du willst«, brüllte er und stieß den Mann zur Seite.

Aurelia stand immer noch unbeweglich da, als hätte sie von der Szene nichts mitbekommen. Der Kommissar legte ihr den Arm um die Schultern.

»Es ist vorbei. Sie müssen nach Hause. Sonst erkälten Sie sich.«

Sie reagierte nicht. Stumm stand sie im Regen, der auf sie niederprasselte. Dann unterbrach das Klicken einer Serienbildautomatik die Stille. Der Mann hatte sich die Kamera zurückgeholt und fotografierte jetzt den Kommissar mit dem Mädchen. Doch schon ließ dieser Aurelia los und rannte mit erhobenen Fäusten auf den Fotografen zu. Der Mann wich zurück, hörte aber nicht auf, Bilder zu schießen. In der nächsten Sekunde stieß ihn der Kommissar so heftig gegen die Brust, dass der Fotograf fast gestürzt wäre.

»An dir vergreife ich mich nicht«, schrie er ihn an, dann wurde seine Stimme schneidend.

»Doch wenn du deinen Job behalten willst, solltest du jetzt auf der Stelle verschwinden. Es gibt hier Leute, die machen mit jemandem wie dir kurzen Prozess.«

Die Worte machten mehr Eindruck als seine Fäuste. Der Fotograf wurde unsicher, er ließ die Kamera sinken.

Der Kommissar drehte sich um, ging zurück zu Aurelia und nahm ihr die Perücke ab.

»Es ist vorbei. Also, fahren wir jetzt zusammen nach Hause?«

Das Mädchen sah ihn hilflos an, dann warf sie sich gegen seine Brust und schluchzte. Der Kommissar nahm sie in die Arme und führte sie zu einem der beiden Sanitätswagen, die vor dem Friedhof in Bereitschaft standen.

Dort zeigte er den Leuten seinen Dienstausweis.

»Kümmert euch um sie. Am besten, ihr gebt ihr ein Beruhigungsmittel und fahrt sie ins Krankenhaus, ein paar

Tage unter Beobachtung könnten nicht schaden.« Die Sanitäter nahmen das Mädchen, das sich teilnahmslos führen ließ, und setzten es in den Wagen.

Als Anton zurück zum Parkplatz ging, waren die meisten Gäste schon auf dem Weg zum Hotel, in dem die Bewirtung stattfand. Nur die wenigen, die keine Einladung hatten, standen noch in kleineren Gruppen bei ihren Autos, da der Regen etwas nachgelassen hatte. Der Tauchlehrer wollte gerade in seinen Wagen steigen, doch der Kommissar hielt ihn auf.

»Auf den Leichenschmaus verzichten Sie?«

»Bin nicht eingeladen.«

»Ich auch nicht.«

Der Tauchlehrer musterte das verschmutzte Sakko und die nasse Hose seines Gegenübers. Und die Perücke.

»Kein Wunder, so wie Sie aussehen.«

Der Kommissar ging um den Wagen herum und stieg ein, ohne aufgefordert worden zu sein. Der Tauchlehrer setzte sich auf den Fahrersitz.

»Und was soll das jetzt?«, fragte er misstrauisch.

»Mir ist kalt, fassen wir uns kurz«, sagte der Kommissar. »Sie haben gelegentlich Gäste von Scharnhorst vom Flughafen abgeholt.«

»Ich wüsste nicht, was Sie das angeht«, sagte der Tauchlehrer und machte das Radio an. Der Kommissar machte das Radio wieder aus.

»Lassen Sie mich eins klarstellen. Vielleicht hat Ihnen Frau Scharnhorst Schweigegeld angeboten. Das ist mir egal. Aber hier geht es um Mord. Wenn Sie etwas verschweigen, machen Sie sich strafbar. Außerdem könnte das durchaus geschäftsschädigend sein.«

Immer noch sah ihn der Tauchlehrer düster an.

»Stellen Sie sich vor, eine unserer Lieblingszeitungen bringt ein Bild von Ihnen.«

»Ja und?«

»Darunter dann die Schlagzeile *Ist ein Gärtner in den Mordfall verwickelt?* Fragen kann man ja, ist erlaubt, wie Sie wissen.«

Der Tauchlehrer starrte hinaus auf das schlammige Feld, auf dem inzwischen kaum mehr Autos standen. Es begann wieder heftiger zu regnen. Er schaltete die Zündung ein und ließ den Scheibenwischer laufen. Ein monotones Geräusch, das dem Kommissar in diesem Augenblick vorkam wie ein Metronom. Ein unbeteiligter Mechanismus, der einem die Zeit bewusst macht, die man sonst nicht wahrnehmen würde.

»Also, haben Sie Leute abgeholt?«

»Im Winter. Wenn das Wetter so schlecht war, dass sie nicht fahren konnten. Oder wollten.«

»Sind die sonst mit dem Leihwagen gekommen?«

»Nein, mit dem eigenen.«

»Woher?«

»Aus Prag.«

Der Kommissar brauchte einen Moment, um diese Information einzuordnen. Sie passte nicht in das verschwommene Bild, das er sich bisher von dem Fall gemacht hatte.

»Wie viele?«

»Immer die gleichen. Zwei Frauen.«

»Die Fahrt vom Flughafen nach Feldafing dauert ja etwas. Über was haben die geredet?«

»Nicht viel. Und wenn, dann auf Tschechisch.«

»Haben Sie eine Ahnung, warum sie kamen?«

»Es waren wohl Ärzte. Sie hatten silberne Koffer dabei.«

Nun wurde dem Kommissar klar, was hier gespielt wurde. Schwierige Operationen konnte Scharnhorst nicht allein durchführen. Der Arzt brauchte einen Anästhesisten und einen Assistenten. Wenn diese aus dem Ausland kamen, konnte er seine Geschäfte leichter geheim halten. Und die Koffer dienten dem Transport der entnommenen Organe.

Es waren Kühlboxen oder enthielten transportable Perfusionsgeräte, die Blutersatz durch das Gewebe spülten, damit es nicht abstirbt. Scharnhost konnte ja den Patienten die Organe nur entnehmen. Verpflanzen konnte er sie nicht, das musste in Spezialkliniken durchgeführt werden. Das hatte Dr. Claussen dem Kommissar erzählt, als dieser sich bei ihm über Transplantationen informiert hatte. Vielleicht hatte sich auf diesem Gebiet eine neue Art von Mafia entwickelt, die mit Leuten aus dem Osten zusammenarbeitete. Dort stand wahrscheinlich auch die Klinik zur Organverpflanzung.

»Kennen Sie den Fahrer eines dunklen BMWs aus Landshut?«

Der Tauchlehrer schien einen Augenblick zu zögern, schüttelte dann aber den Kopf.

»Danke. Wenn Sie mal Hilfe brauchen, rufen Sie mich an«, sagte der Kommissar.

»Ich – Sie?«, fragte der Tauchlehrer.

»Man weiß nie.«

Der Kommissar stieg aus und wollte die Tür schließen, beugte sich aber noch einmal nach innen.

»Ich würde mich gerne noch einmal im Haus umsehen. Ohne Frau Scharnhorst. Jetzt wäre eine gute Gelegenheit. Wie könnte ich da reinkommen?«

»Ich hab keinen Schlüssel. Aber sie vergisst oft, den Hintereingang abzuschließen.«

In der Aufregung anlässlich der Beerdigung könnte sie es auch diesmal vergessen haben, dachte Anton und beschloss, sein Glück zu versuchen.

Der Tauchlehrer startete den Motor, der Kommissar schlug die Tür zu.

31

Diesmal parkte er oben an der Straße und ging zu Fuß zur Villa. Die Mauer, die das Grundstück umschloss, war an der Stelle, an der sie ans Seeufer stieß, etwas niedriger. Dort konnte er vielleicht hinüberklettern. Er warf einen Blick auf das Haus. Eine der Überwachungskameras hatte ihn im Blickfeld. Das war nicht zu ändern.

Als er sich hochstemmte, bedauerte er, nicht schon früher die *Body Factory* besucht zu haben. Zweimal rutschte er auf der glatten Mauer ab, beim dritten Mal hatte er keine Kraft mehr. Er blickte sich um. Unter einem Busch lag ein alter Autoreifen. Den holte er hervor und stellte ihn gegen die Wand. Auch wenn der Gummi unter seinem Gewicht etwas einknickte, es reichte.

Dennoch musste er seine letzten Kraftreserven mobilisieren, um sich mit den Armen hochzudrücken. Dann ließ er sich auf der anderen Seite ins Gras fallen. Einen Moment blieb er keuchend liegen. Jetzt war er bis auf die Haut durchnässt. Mühsam richtete er sich wieder auf und ging auf die Villa zu. Er hatte Glück, die Hintertür war offen. Vorsichtig betrat er den Gang, der zur Küche führte. Zugleich wunderte er sich, warum er sich bemühte, leise zu sein, denn offensichtlich war niemand da.

Wahrscheinlich weil er das Gefühl hatte, ein unbefugter Eindringling zu sein, was in seinem Leben noch nicht oft vorgekommen war. Im Grunde wusste er ohnedies nicht, was er hier wollte. Für eine genaue Untersuchung der Räume hätte er Kollegen von der Spurensicherung mitnehmen müssen. Die würden am nächsten Tag ohnehin da sein, um sich das Boot vorzunehmen. Da hätte er mitgekonnnt, doch mit der Witwe im Nacken hatte er nie das Gefühl, seiner Intuition folgen zu können. Seine innere Stimme hatte ihn schon öfter auf Spuren gebracht, die rational nicht in sein Blickfeld geraten wären. Darauf hoffte er auch jetzt.

Und dann hörte er das Geräusch. Da war ein Kratzen. Unten im Keller. Er war doch nicht allein. Ein paar Sekunden bewegte er sich nicht. Instinktiv griff seine Hand unter die Achsel, doch er hatte keine Waffe dabei. Auf Beerdigungen war das nicht üblich. Vorsichtig zog er die Schuhe aus und schlich über den Boden.

Einige Sekunden lang war es wieder ruhig. Doch dann ertönte das Geräusch eines Bohrers. Der Kommissar nutzte die Gelegenheit, um ins Wohnzimmer zu laufen. Kaum war er da, verstummte der Bohrer. Wieder war es ganz still.

Bis sein Telefon läutete. Er zog es aus der Tasche, das Läuten wurde lauter. Auf dem Display stand die Nummer von Herbert. Der Kommissar suchte nach der Taste, mit der er das Gerät abschalten konnte, doch in der Aufregung fand er sie nicht. Es läutete weiter. Lauter als zuvor. Schließlich blieb ihm nichts anderes übrig, als den Ruf anzunehmen.

»Jetzt nicht«, flüsterte er und legte auf.

In diesem Augenblick hörte er, wie im Innenhof ein Motor gestartet wurde. Er lief zum Fenster und sah nur noch, wie der Wagen durch das Tor verschwand. Es war ein dunkler Audi. Und wieder eine Landshuter Nummer, die er nicht mitbekam.

Verdammt. Der Kommissar spürte, wie eine kalte Wut in seinen Körper aufstieg, die ihm fast die Kehle zudrückte.

Doch die Wut brachte nichts. Er ließ sich in einen Sessel fallen, atmete tief durch, dann rief er im Büro zurück.

Herbert hob ab, kam aber nicht zu Wort.

»Dunkelgrauer Audi, Landshuter Nummer. Fährt jetzt von Feldafing los, vielleicht Richtung München. Suchmeldung. Fahrzeug stoppen und Fahrer identifizieren.«

Bevor sein Kollege nachfragen konnte, legte er auf. Er hatte nicht viel Hoffnung, dass die Aktion erfolgreich sein würde. Der Kommissar wusste inzwischen, dass sein Widersacher, wer immer es sein mochte, ziemlich gerissen war. Wahrscheinlich stellte er das Fahrzeug irgendwo ab und fuhr mit dem Taxi weiter.

Der Kommissar stand auf und ging zur Treppe, die in den Keller führte. Die Tür zum Operationssaal stand noch offen. Als er den kühlen, fast leeren Raum betrat, der im Licht der Neonröhre seltsam unwirklich aussah, bemerkte er mit einem Blick, was der unbekannte Eindringling hier getan hatte. Hinter einer Spiegelblende versteckt war ein Tresor in die Wand eingelassen. Der Mann hatte versucht, ihn aufzubrechen. Der Bohrer, den er benutzt hatte, und verschiedene Spezialwerkzeuge lagen noch auf dem Boden. Anscheinend war er geflüchtet, als er hörte, dass noch jemand im Haus war.

Gute Idee, bei jemandem einzubrechen, der auf einer Beerdigung ist, dachte der Kommissar. Doch zugleich hatte er Zweifel daran, dass der Unbekannte gewaltsam eingedrungen war. Woher wusste er von dem Versteck? Kannte auch er den Trick mit der Hintertür? Nein, sein Wagen stand vor dem Haus. Er musste ganz normal durch das elektrische Tor und dann durch die Eingangstür gekommen sein. Also kein Einbrecher.

Was war in dem Safe? Vermutlich Hinweise auf die in den Organhandel verwickelten Personen. Sicher brisante Papiere.

Er öffnete die Schublade einer Metallkommode, auf der medizinische Geräte standen, und entdeckte einen Stoß Fotos: junge blonde Männer. Sexualpartner des Opfers? Hatte es Scharnhorst hier, auf der Bahre des OP, mit ihnen getrieben?

Er steckte die Bilder ein und rief Herbert an.

»Was wolltest du vorher?«

»Das Labor hat die blonde Haarsträhne untersucht, die du mitgebracht hast. Sie ist aus Kunststoff, aber sie passt zu der, die wir auf dem Stuhl in der Praxis gefunden haben.«

»Danke. Ich komme.«

Er legte auf. Das war ein Indiz, wenn auch nicht sehr aussagekräftig. Perücken wie diese waren Massenware, wahrscheinlich aus China. Jede hatte Haare aus der gleichen Fabrikation. Es wäre leicht, eine paar Perücken zu kaufen und sie untersuchen zu lassen. Doch das war Aufgabe der Verteidigung oder der Staatsanwaltschaft. Er hatte nur die Ergebnisse von Ermittlungen vorzulegen. Diese zeigten immer mehr in eine Richtung, die ihm nicht gefiel.

Da alle Parkplätze in der Umgebung des Hotels *Kaiserin Elisabeth* besetzt waren, parkte er am Golfplatz und ging zu Fuß. Es regnete nicht mehr. Der Kommissar wusste, er sah schmutzig aus. Und er fühlte sich entsprechend. Aber das, was er jetzt vorhatte, musste sein, gerade weil er so heruntergekommen aussah. Das verlieh ihm etwas Gnadenloses, dachte er und musste lachen.

Er kam sich vor wie Bruce Willis, der sich durch den

Dreck gekämpft hat und jetzt mit der letzten Kugel im Lauf vor dem Gegner steht. Leider wusste der Kommissar nicht, wer sein Gegner war. Aber er ahnte, wer ihn kannte. Ob diese Person ihm das verraten würde, war eine andere Frage.

Am Hotel benutzte er den Eingang zur Straße. Durch die großen Glasfenster konnte er die Trauergemeinde sehen, die an festlich gedeckten Tischen saß. Immer noch waren Fotografen und TV-Teams da, als wäre dieses Ereignis eine Show und nicht der Abschied von einem Toten. Im Gang wandte er sich an eine Bedienung, die mit einem vollen Tablett aus der Küche kam und auf dem Weg in den Saal war.

»Kennen Sie Frau Scharnhorst, die Witwe?«

»Natürlich. Sie ist doch Gastgeberin.«

»Können Sie Frau Scharnhorst bitte kurz herausbitten?«

Die Frau musterte sein Äußeres und verzog das Gesicht. »Ich glaube nicht, dass sie jetzt verfügbar ist.«

»Richten Sie ihr aus, die Polizei möchte sie sprechen. Und zwar sofort.«

Er ließ sich in einen der Sessel fallen, die in der Lobby standen, und wartete.

Es dauerte nicht lange, dann rauschte die Witwe durch die Flügeltür. Sie trug ein glänzendes schwarzes Kleid und hatte dezenten, aber teuren Schmuck angelegt.

»Was erlauben Sie sich? Eine Trauerfeier zu stören, haben Sie keinen Respekt?«

»Kann hinderlich sein in meinem Beruf«, sagte der Kommissar und blieb sitzen.

Frau Scharnhorst warf einen Blick auf seine verdreckte Gestalt und schüttelte empört den Kopf.

»Ich werde den Polizeipräsidenten holen. Er soll ruhig

sehen, in welchem Aufzug sich seine Mitarbeiter bei feierlichen Anlässen präsentieren.«

Der Kommissar stand auf.

»Tun Sie das. Übrigens nehme ich an, Sie sind darüber informiert, dass in Ihrem Haus eben eingebrochen wurde.«

Die Frau, die schon auf dem Weg zurück in den Saal war, blieb stehen.

»Woher wissen Sie das?«, sagte sie mit einer Stimme, in der plötzlich keine Aggression mehr zu spüren war, nur Verunsicherung.

»Es ist mein Job, Dingen nachzugehen, die außerhalb der Legalität passieren. Aber ob das in diesem Fall zutrifft, ist noch unklar.«

Ihre Lippen zitterten kurz, dann hatte sie sich wieder im Griff. »Wie meinen Sie das?«

Der Kommissar ging auf sie zu, bis er dicht vor ihr stand und die kleinen Schweißperlen auf ihrem Gesicht sehen konnte.

»Wollten Sie nicht den Polizeipräsidenten holen?«

»Was wollen Sie?«, flüsterte sie.

»Die Wahrheit«, sagte der Kommissar. »Ich erwarte Sie morgen in meinem Büro.«

Sie wollte etwas entgegnen, presste dann aber die Lippen zusammen und ging mit schnellen Schritten in den Saal zurück.

Der Kommissar sah ihr nach, bis sie durch die Flügeltür verschwunden war. Dann setzte er sich nebenan ins Bierstüberl, er musste sich aufwärmen. Zu diesem Zweck bestellte er eine Leberknödelsuppe und ein Glas Rotwein. Das war zwar nicht vernünftig und in dieser Kombination fragwürdig, aber das musste jetzt sein.

32

Auf der Heimfahrt stellte er die Heizung auf volle Leistung, denn er fror immer noch. Wahrscheinlich hatte die Suppe das Schlimmste verhindert, eine Erkältung würde er nicht bekommen. Die konnte er sich auch nicht leisten, denn er spürte, dass er seinem Ziel langsam näher kam. Jetzt durfte er nicht ungeduldig werden, sein alter Fehler. Und ohne Waffe würde er nicht mehr aus dem Büro gehen, auch wenn er sie schon lange nicht mehr benötigt hatte und es lästig war, den ganzen Tag das Gewicht der Pistole zu spüren.

Er fuhr nach Hause, zog sich um und war etwas später zurück in seinem Büro.

Herbert wartete bereits auf ihn. Er hatte die Daten des Computers ausgedruckt. Doch bevor er seinem Chef die Ergebnisse präsentieren konnte, winkte dieser Veronika und ging mit ihr hinaus auf den Flur.

»Ich hätte da was für Sie«, sagte er. »Aber es darf niemand erfahren. Die Sache ist nicht dienstlich, aber sie liegt mir sehr am Herzen.«

»Mache ich gerne. Um was geht es?«

»Erkundigen Sie sich, in welchem Krankenhaus eine Aurelia Krunert liegt.«

»Das Mädchen von der Liste? Ist die etwa mit dem Polizeipräsidenten verwandt?«

»Das bleibt unter uns.« Der Kommissar legte ihr den

Finger auf die Lippen. Eine Geste, die er im gleichen Augenblick bereute, denn die Berührung ihrer weichen Haut hatte etwas Sinnliches, das nicht hierhergehörte. »Sie wissen von nichts«, flüsterte er. »Das Mädchen hatte heute bei der Beerdigung einen Schwächeanfall. Das hat niemand mitbekommen außer mir. Das soll auch so bleiben. Ich möchte nur wissen, wie es ihr geht. Klar?«

»Klar, sagte sie, legte ihren Kopf zur Seite und sah ihn prüfend an.

»Haben Sie die neue Brille wirklich nur wegen mir aufgesetzt?«

Erst jetzt wurde dem Kommissar bewusst, dass er diese zu Hause nach dem Duschen tatsächlich mitgenommen hatte.

»Natürlich«, sagte er. Es war zwar eine Lüge, hätte aber auch die Wahrheit sein können. Und er hatte den Eindruck, dass seine Antwort sie freute. Aber wahrscheinlich war das nur eine dumme Idee.

Im Büro hatte Herbert inzwischen verschiedene Druckseiten auf dem Schreibtisch ausgebreitet.

»Behandlungsdaten, Honorarrechnungen, Telefonnummern, Patientenliste«, erklärte er. »Dazu Notizen über deren Befund. Viele der Namen sind allerdings abgekürzt.« Der Kommissar beugte sich über die Listen und studierte die Einzelheiten. Bei den meisten der abgekürzten Namen war dahinter das Land vermerkt, aus dem die Patienten kamen. Besonders oft tauchten die Buchstaben UE auf, United Emirates. Also Kunden aus Dubai und Abu Dhabi. Es gab aber auch andere Länder wie Syrien, Ägypten und den Iran. Die Summen, die Scharnhorst kassierte, waren beeindruckend. 80 000 bis 150 000 Euro waren keine Seltenheit. Doch wie wurde das Geld überwiesen? Hinweise auf Transfers fehlten. Was ihm auffiel: Es gab auch Abkürzungen, hinter denen keine Geldbeträge standen.

W.S. – P.T. – M.S. – R.

Vielleicht hatte er seine Geliebten kostenlos behandelt, dachte der Kommissar und fragte sich, ob das Männer oder Frauen gewesen waren. Die Operationen fanden in größeren Zeitabständen statt, etwa alle 6–8 Wochen.

Der letzte Eintrag war fünfzehn Tage alt. »R«. Stand das für *Reginald?* Das könnte passen.

Am Ende der Liste standen zwei Namen, hinter denen sehr kleine Beträge verzeichnet waren.

Eva Blahaceska 500.

Tula Pavlikovac 300.

Das Datum hinter den Namen stimmte mit den Daten der durchgeführten Operationen überein. Dann mussten das die Besucher sein, die der Tauchlehrer vom Flughafen abgeholt hatte.

»Lass diese Namen überprüfen, in Prag und Umgebung«, sagte der Kommissar. »Das sind die Ärzte, die ihm geholfen haben. Eine muss Anästhesistin sein. Deren Aussage wird in diesem Fall entscheidend sein.«

»Wofür?«

»Dass Scharnhorst unsere Wasserleiche operiert hat.«

Zufrieden lehnte sich der Kommissar zurück. Er war ein gutes Stück vorwärtsgekommen. Die fehlenden Bankverbindungen würde er im Safe finden, davon war er überzeugt. Doch auch wenn langsam viele Fäden zusammenliefen, etwas war unklar. Wie hatte der Tote Kontakt zu dem prominenten Arzt hergestellt? Oder umgekehrt, wie hatte man ihn kontaktiert?

Die Antwort auf diese Frage würde vielleicht zur Klärung der beiden anderen führen, die ebenfalls offen waren. Wer hatte den Schwarzen umgebracht? Und warum?

Der Kommissar sah aus dem Fenster. Draußen auf dem Baum saß wieder eine Krähe. War das ein gutes Zeichen? Er warf einen Blick auf Herbert, der im Netz nach tschechischen Krankenhäusern suchte.

»Hast du heute Abend Zeit für eine dienstliche Recherche? Im Kneipenmilieu?«

Herbert sah erstaunt hoch.

»Schon wieder?«

»Ich möchte drei Tanzlokale überprüfen, in denen sich manchmal illegale Flüchtlinge aufhalten. Wir ermitteln, ob unseren toten Afrikaner dort jemand gesehen hat und wenn ja, wann und mit wem?«

»Hätten wir das nicht schon längst tun sollen?«

Da hatte der Kollege nicht unrecht.

»Wann bitte?«

Manchmal fallen einem die Dinge eben erst ein, wenn sie einem einfallen, dachte der Kommissar, sagte aber nichts, denn er wollte nicht wie Karl Valentin klingen. Außerdem waren sie mit diesem Makele lange auf der falschen Spur gewesen. Zu lange.

»Wir müssen seine Freundin finden. Schließlich kennen wir jetzt die Frau, die ihr den Ring verkauft hat und die Person identifizieren kann.«

»Wenn es die Freundin des Toten war.«

»Stimmt. Deshalb gehen wir heute in die Bars, um einen Zeugen zu finden, der beide zusammen gesehen hat.«

»Und weshalb noch?«

Herbert ahnte, dass sein Chef noch eine Karte im Ärmel hatte.

»Ich frage mich, wie man potenzielle Organspender anheuert«, antwortete der Kommissar. »Solche Orte könnten ein guter Platz sein, eine Art Jagdgrund für Händler. Oder Zuhälter der anderen Art.«

»Aber ob die reden?«

»Das liegt an dir. Du machst das *Ali Baba* und den *Wilden Wirt,* ich das *Naraponga.*«

Herbert ging hinüber ans Waschbecken, über dem ein Spiegel hing, und strich sich über die Haare.

»Das wird ein harter Einsatz.«

»Wieso?«

»Was glaubst du, wie viele frustrierte Frauen dort auf Beute lauern?«

»Wenn du morgen nicht da bist, wissen wir ja, wo wir dich suchen müssen.«

»Im See.«

»Du kannst ja die Badehose mitnehmen.«

Der Kommissar packte seine Unterlagen zusammen und verließ das Büro.

In der U-Bahn überlegte er sich, ob es klug war, in solche Tanzcafés allein zu gehen. Würde ein einzelner Mann nicht auffallen, sah man ihm vielleicht sogar an, dass er von der Polizei war? Diese Frage hatte er sich schon lange nicht mehr gestellt. Außer vor dem Treffen mit Hildegard. Sollte er sie mitnehmen? Als Paar wären sie unauffällig. Doch die Idee, sie schon wieder anzurufen, war ihm unangenehm.

Zwar hatte er den Abend gestern nicht so ausklingen lassen können, wie er es sich vielleicht gewünscht hätte, aber sich schon am nächsten Tag wieder zu melden war eigenartig, und eigenartig war etwas, das der Kommissar auf keinen Fall sein wollte.

Jedenfalls wenn es um Frauen ging. Außerdem würde es wieder ein dienstliches Treffen sein, und er wollte nicht, dass sie sich ausgenutzt fühlte. Was wollte er dann?

Einerseits hatte ihm die selbstbewusste, ironische Art, mit der sie ihn behandelt hatte, imponiert, andererseits war er der Ansicht, er hatte genug Buße getan, und sie sollten jetzt wieder auf Augenhöhe miteinander sprechen. Aber nicht im *Naraponga.* Da würde er vielleicht sogar tanzen müssen, und das konnte er der Waldfee nun wirklich nicht antun.

33

Um einundzwanzig Uhr ging er los. Das Lokal befand sich im Keller einer großen Bierhalle. Als er die Stufen hinabging, kamen ihm die Klänge einer Musik entgegen, die ihn an seine Kindheit erinnerte. *La Paloma,* der zeitlose Schmachtsong, schien die Flügel auszubreiten und ihn den Gang entlangzutragen. Kein Wunder, es ging ja um eine Taube. Ein komisches Gefühl, dachte der Kommissar und wunderte sich, woher es kam. An den zwei Gläsern des argentinischen *Malbecs,* die er sich vorher gegönnt hatte, konnte es nicht liegen. Der Rotwein war ausgezeichnet gewesen, er hatte ihn vor zwei Tagen im *Mercado Latino* am Viktualienmarkt gekauft und über fünfzehn Euro bezahlt. Es war auch nicht so, dass er sich Mut antrinken musste. Er wollte nur nicht sofort als Außenstehender erkannt werden. Vielleicht hätte er doch die Waldfee anrufen sollen.

Er stieß die Flügeltür zum Tanzsaal auf und blieb überrascht stehen. Es war düster, fast dunkel. Die roten und blauen Lampen, die dem Raum eine Atmosphäre zwischen Puff und Seniorendisco verliehen, erinnerten ihn an seine Schulzeit. An die seltenen Abende, an denen man in spärlich beleuchteten Kellern von Freunden, die reiche Eltern hatten, ungestört Partys feiern konnte. Dort konnte man dann zu den wilden und doch zärtlichen Songs der Rolling Stones zum ersten Mal ein Mädchen eng an sich drücken und im Dunkeln mehr von ihr ertasten. Damals gab es noch kein Internet, und die Anatomie des weiblichen Geschlechts musste noch persönlich erforscht werden.

Hier sahen alle Frauen so aus, als wären sie bereits gründlich erforscht worden.

Keine war jünger als vierzig. Und wer je über die Narben des Lebens nachgedacht hatte, die ältere Gesichter so interessant machen, der war hier am richtigen Platz. Vielleicht bin ich etwas angetrunken, dachte der Kommissar, als er sich seiner fast boshaften Gedanken bewusst wurde. Gut so.

Jetzt wechselte das Licht, eine glitzernde Kugel an der Decke schickte bunte Strahlen in den Raum. Die Musik wurde schneller, erinnerte an einen Foxtrott.

Er ging weiter und sah sich um. Etwa zehn Frauen saßen auf einzelnen Stühlen, die meisten am Rand der Tanzfläche. Wenige tanzten. In der Mitte des Raums umarmten sich zwei Paare weiterhin innig, obwohl die Musik lauter und rhythmischer geworden war.

Gegenüber war eine Bar. Dort saßen zwei Pärchen. Vereinzelt schlenderten Männer durch den Saal und musterten die Frauen. Als sich die Tanzenden voneinander lösten, sah der Kommissar, dass der männliche Partner in beiden Fällen ein Schwarzer war.

Er machte sich auf den Weg zur Theke und bemerkte, dass im hinteren Teil noch zwei Afrikaner im Raum waren, die sich unterhielten, ein dritter kam gerade aus der Toilette.

»Hey.«

Eine Hand hielt ihn am Ärmel fest. Der Kommissar drehte sich um. Vor ihm stand eine große, etwas korpulente Frau, die nicht mehr jung war, aber auch nicht wirklich alt. Lila T-Shirt, enger roter Rock. Blonde strähnige Haare, ein Ohrring, eine dünne Silberkette mit einem Medaillon aus Bernstein. Ein scheues Lächeln.

»Tanzt du mit mir?«

Ihre rauchige Stimme schien den Raum zu füllen, obwohl sie leise gesprochen hatte. Der Kommissar suchte einen Fluchtweg, fand aber keinen. Sein Gegenüber war anscheinend vertraut mit solchen Situationen. Sie interpretierte die Zurückhaltung als Zustimmung und zog ihr Opfer auf die Tanzfläche. Die Musik wurde langsamer, das Licht dunkler. Auch das noch.

Zögernd legte der Kommissar der Frau die Hand auf die Schulter. Sie schmiegte sich an ihn und übernahm die Führung.

Während sich der Sänger in dem neuen Lied theatralisch fragte, über wie viele Brücken er noch gehen müsse, überlegte der Kommissar, was er sagen sollte. Doch auch das nahm ihm seine Tanzpartnerin ab.

»Ich bin die Erika. Ich hatte heute Frühschicht. Deshalb kann ich mir leisten, mal auszugehen. Und du, bist du zum ersten Mal hier?«

Anton nickte.

»Das sieht man dir an«, flüsterte ihm Erika ins Ohr und drückte ihn enger an sich. Ihre großen Brüste und das breite Becken, mit dem sie sich an ihn schmiegte, signalisierten robuste Bereitschaft …

»Wie heißt du denn?«, fragte Erika.

»Helmut«, sagte der Kommissar. Kaum hatte er die Lüge ausgesprochen, schämte er sich. Er hatte eine Frau in seinen Armen, die sicher kein leichtes Leben hatte, die mutig auf ihn zugegangen war und ihn vielleicht sogar begehrte.

Wie kam er dazu, sich überlegen zu fühlen? Nur weil

er vielleicht mehr verdiente und auf der sozialen Leiter etwas weiter oben stand? Hatte er nicht noch vor Kurzem selbst im Internet nach Kontakten gesucht? War er nicht auf bestem Weg, ein frustrierter alter Polizist zu werden, der nur noch im Beruf präsent war? Für einen Beamten keine große Leistung.

»Bist du Beamter?«, fragte ihn Erika.

Anton nickte.

»Im Finanzamt?«

Anton schüttelte den Kopf.

»Nein, da reden sie ja wenigstens«, sagte sie. »Und sind anständig rasiert.«

Sie lachte und strich mit dem Finger über die Narbe an seinem Kinn, die unter den Stoppeln kaum mehr zu sehen war.

»Lass das bitte«, sagte er.

»Siehst du, du kannst doch sprechen.«

Unbekümmert strahlte sie ihn an, dann drückte sie ihm einen Kuss auf die Stirn.

»Du bist so herrlich schüchtern. Und das in deinem Alter.«

Die Musik wechselte. Sie ließ ihn los, jetzt war Rock'n'Roll angesagt. Die Bemerkung über sein Alter war für den Kommissar der Anlass, sich zurückzuziehen, bevor sie auch noch seine Falten ins Gespräch bringen würde.

»Ich muss was trinken«, murmelte er, drehte sich um und ging zur Bar.

»Ich auch«, sagte Erika und hängte sich bei ihm ein. Sie war so fröhlich, dass ihn sein Missmut ärgerte. Doch schon in der nächsten Sekunde hatte er sich so weit im Griff, dass er den Missmut akzeptierte und sich über ihre Fröhlichkeit ärgerte. Diese provozierte ihn. Merkwürdig. Vielleicht hätte er vor seinen Recherchen doch keinen Alkohol trinken sollen, dachte er und löste sich aus dem Arm von Erika, der wieder auf seiner Schulter lag.

»Tut mir leid, ich bin heute nicht gut drauf. Ich glaube, ich muss allein sein.«

Sie sah ihn an wie jemand, der diesen Spruch schon oft gehört hatte. Das Lächeln auf ihrem Gesicht verschwand.

»Wenn du's mit dir aushältst, bitte«, sagte sie und ließ ihn stehen.

Der Kommissar musste an die Bemerkung des Taxifahrers denken. Deutsche seien gern allein, für Afrikaner hingegen sei das Alleinsein die Hölle. Vielleicht war er gerade an einem Ort, wo sich Himmel und Hölle begegneten. Der tote Afrikaner und seine deutsche Frau schienen für eine kurze Zeit glücklich gewesen zu sein. Dem Kommissar hingegen war das schon lange nicht mehr passiert.

Anton setzte sich auf einen Barhocker und fragte sich, warum er plötzlich so schlechter Laune war. Da er darauf keine Antwort fand, bestellte er ein Weißbier. Der Barmann war ein älterer Herr mit Glatze und Schnurrbart, der so aussah, als würde er eine Harley-Davidson fahren. Aber wahrscheinlich war er nur ein Rentner mit Fahrrad. Nur? Dem Kommissar wurde bewusst, dass die Zeit, in der er selbst Pensionist sein würde, nicht allzu weit weg war. Und ein Motorrad dieser Preisklasse würde auch er sich kaum leisten können, zumal er den Tücken einer solchen Maschine hilflos ausgeliefert wäre.

Um seinen depressiven Gedanken zu entkommen, erinnerte er sich an seinen Auftrag und holte das Foto des Toten aus seiner Tasche.

»Haben Sie diesen Mann schon einmal gesehen?«

»Bist du von der Polizei?«, fragte der Alte und sah ihn misstrauisch an.

»Sehe ich so aus?«

Der Mann musterte ihn eine Weile.

»Vielleicht schon, vielleicht nicht.«

»Also, war er da?«

»Ja, einmal. Mit einer Frau. Die haben fast nur getanzt. Das konnte er.«

»Und die Frau?«

»Die hing ja dauernd an ihm dran. Ich meine, die waren richtig verliebt.«

»Wie sah sie aus?«

»Mittelgroß, kräftig. Nicht schön, aber nett.«

Er zeigte auf Erika. »Ein bisschen wie die, nur nicht blond.«

»Würden Sie die Frau wiedererkennen?«

Der Mann nickte. Der Kommissar trank einen Schluck Bier, der Schaum setzte sich langsam. Dann holte er den Zwanzig-Euro-Schein aus der Tasche, den er sich zurechtgelegt hatte, und schob ihn über die Theke. Wieder eine dieser Ausgaben, die er nicht abrechnen konnte.

»Ich hätte noch eine andere Frage.«

Der Schein verschwand.

»Tauchen hier manchmal auch Männer auf, die nicht zum Tanzen kommen?«

Der Mann antwortete nicht.

»Leute, die mit den Schwarzen Bier trinken. Und ihnen irgendwelche Geschäfte vorschlagen.«

»Hier gibt's keine Drogen.«

»Andere Geschäfte.«

»Welche denn?«

»Geschäfte mit Ärzten. Mit Krankenhäusern.«

Der Mann drehte sich um und verschwand. Der Kommissar trank sein Bier aus und fragte sich, wie er hier wahrgenommen wurde, in den Augen der anderen. Als Single, der auf bessere Zeiten hoffte? Aber sich zu schade war, sich auf eine Frau einzulassen, wenn sie auftauchte? Im Saal war es inzwischen voller geworden. Mehr Paare tanzten. Die Musik spielte *Guantanamera.* Anton fühlte sich noch immer unwohl, obwohl er verstehen konnte, warum die Leute hierherkamen. Selten war er an einem Ort gewesen, an dem die unerfüllte Sehnsucht der Menschen so ungeschminkt spürbar war wie hier. Und an dem ihm die eigene so bitter bewusst wurde.

Nein, er war nichts Besseres, und vielleicht würde er eines Tages selbst hier enden.

Ob es dann noch eine Erika gäbe, die ihn ansprechen würde? Der Kommissar spürte, dass er aufgrund des Alkohols sentimental wurde, und das mochte er nicht. Er legte ein paar Münzen auf die Theke und wollte gehen, als der Barkeeper zurückkam und sich zu ihm beugte. »Entweder du bist von der Polizei, dann solltest du jetzt verschwinden. Denn das, wonach du suchst, ist eine Nummer zu groß für dich. Oder du bist nicht von der Polizei, dann solltest du keine Fragen stellen, die dir eine Menge Ärger bringen können.«

Anton stand auf und ging. Seine Vermutung, er habe es mit einer neuen Form des organisierten Verbrechens zu tun, verdichtete sich.

34

Am nächsten Tag kaufte sich der Kommissar auf dem Weg zur U-Bahn selbst eine Zeitung. Das war naheliegend, denn auf der Titelseite des berüchtigten *Tagesblatts* entdeckte er sein Bild. Es war kein schmeichelhaftes Foto und keines, auf dem man ihn sofort erkennen würde. Noch infamer war die Schlagzeile:

Ist Kommissar Biersack dieser Belastung gewachsen?

Das Foto zeigte ihn mit schmerzverzerrtem Gesicht, als er zum ersten Mal versucht hatte, ein Gewicht zu stemmen. Das Bild musste heimlich im Fitnessstudio aufgenommen worden sein. Daneben war noch ein kleineres Foto abgedruckt, auf dem man Anton in bayerischer Tracht auf der Straße sah, mit einem Megafon in der Hand. Darunter standen ein paar Zeilen zum Thema Scharnhorst, in dem der Autor die Frage stellte, ob der »Lederhosen-Kommissar« für diesen sensiblen Fall wirklich geeignet wäre. Die alte Geschichte.

Es folgte ein kurzer Bericht über die Beerdigung in Feldafing mit diversen Fotos, darunter auch eine Großaufnahme des *Dildo-Dolchs* auf den Rosen. Doch keines von Aurelia und auch keines, auf dem er das Mädchen tröstend umarmte. Wenigstens da hatte seine Drohung gewirkt.

Als er die Treppe zum Büro hochstieg, war seine Stimmung auf dem Tiefpunkt. Die Story im auflagenstärksten Blatt der Republik war die denkbar schlechteste Voraussetzung für das heikle Gespräch mit dem Polizeipräsidenten.

Er öffnete die Tür. Seine beiden Kollegen saßen auf dem Sofa und lasen gemeinsam den ominösen Artikel.

»Dreißig Kilo zu stemmen, Mann, das hätte ich dir nicht zugetraut«, sagte Herbert.

»Aber man sieht ja auch, dass es dir nicht leichtfällt.«

Der Kommissar schwieg und hängte seine Jacke auf.

»Wann war denn das?«, fragte Herbert und zeigte auf das andere Foto.

»Vor deiner Zeit«, knurrte der Kommissar.

»Das Bayerische steht ihm aber nicht schlecht«, sagte Veronika.

»Sie meinen, ich sollte auch hier in kurzen Lederhosen erscheinen?«

Herbert machte eine Geste, als könne er sich das durchaus vorstellen. Der Kommissar setzte sich.

»Wie lief es gestern Abend im *Ali Baba* und im *Wilden Wirt?*«

»Negativ«, sagte Herbert und legte einen Zettel auf den Tisch. »Hier ist die Spesenrechnung.«

Er sah seinen Chef an, als erwarte er dazu einen Kommentar, doch dieser legte den Zettel achtlos weg. Dann kam die Geste, die der Kommissar erwartet hatte. Herbert zeigte mit dem Daumen zur Decke, symbolisch sozusagen auf den Polizeipräsidenten.

»Du sollst hochkommen. Er wartet schon.«

Der Kommissar stand auf und wandte sich an Veronika.

»Wie geht's Aurelia?«

»Einigermaßen, den Umständen entsprechend. Sie liegt in Bogenhausen.«

»Danke.«

Er ging hinaus.

Eine Trumpfkarte hatte er, wenigstens eine kleine.

Der Polizeipräsident stand mit ernstem Gesicht hinter seinem Schreibtisch. Vor ihm lag die Doppelseite mit den Fotos. Als der Kommissar hereinkam, schlug sein Chef mit der flachen Hand auf den Tisch.

»Zuerst eine offizielle Beschwerde und nun das. Was denken Sie sich eigentlich, Biersack? Wollen Sie die ganze Abteilung lächerlich machen?«

»Sie wissen genau, dass ich für das, was irgendein Idiot schreibt, nicht verantwortlich bin.«

Der Kommissar versuchte, so kühl wie möglich zu bleiben.

»Schon das dämliche Foto, Sie müssen den Typen doch provoziert haben. Der schreibt doch nicht umsonst so bösartig.«

»Offensichtlich schon.«

»Und diese Geschmacklosigkeit hier?«

Der Präsident zeigte auf das Foto mit dem Dolch.

»Wer zum Teufel erlaubt sich so etwas?«

Aufgrund des unfreundlichen Empfangs warf der Kommissar alle guten Vorsätze über Bord.

»Ihre Tochter.«

Es wurde still. So still, dass der Kommissar sein eigenes Herz schlagen hörte.

»Was wollen Sie damit sagen?«

»Dass Ihre Tochter ein Verhältnis mit Scharnhorst hatte.« Einen Augenblick starrte ihn der Präsident entgeistert an, dann sank die große Gestalt in sich zusammen. Seine Hand tastete nach dem Stuhl, er musste sich setzen.

»Es dauerte ein paar Wochen, dann ließ er sie fallen. Wie üblich«, fuhr der Kommissar fort. »Das hat sie nicht verkraftet. Deshalb die Ausfälle, die Drogen, Sie wissen ja selbst.«

Der Präsident schwieg eine Weile. Er schien sich überwinden zu müssen weiterzusprechen.

»Und dieses obszöne Messer?«

»Ich nehme an, sie war ihm sexuell hörig. Zu was Frauen dann fähig sind, ist hinreichend bekannt.«

Es dauerte eine Weile, bis dem Präsidenten die Tragweite dieser Aussage bewusst wurde.

»Woher wissen Sie das alles?«, fragte er dann leise und sah den Kommissar so hilflos an, dass dieser sich unwohl fühlte. Er spürte, der Mann, der ihm gegenübersaß, litt, wie nur Väter leiden können. Das wusste er aus Erfahrung, und deshalb tat ihm Krunert leid.

»Ich musste Aurelia besuchen. Im Lauf meiner Ermittlungen.«

Sein Gegenüber schüttelte den Kopf, als könne er immer noch nicht begreifen, was hier vorging.

»Ermittlungen? Wieso denn das?«

»Ihr Name stand in Scharnhorsts privater Telefonliste.«

Der Präsident senkte den Blick und starrte auf einen Punkt im Nichts.

»Sie müssen sich um sie kümmern. Sie braucht Hilfe«, sagte der Kommissar.

»Wo ist sie jetzt?«

»Im Bogenhausener Krankenhaus. Zur Beobachtung.«

»Haben Sie Aurelia dort hingebracht?«

Der Kommissar nickte. Für eine Weile schwiegen beide, als wären ihnen die Worte verloren gegangen. Dann hob der Präsident den Kopf und sah sein Gegenüber aus müden Augen an.

»Ich war vorher nicht sehr freundlich. Entschuldigen Sie das bitte.«

Er machte eine Pause, sein Blick wanderte zu den Orchideen am Fenster.

»Sie hat es nicht leicht gehabt. Nach dem Tod ihrer Mutter. Vielleicht war ich auch …«

Er zögerte kurz: »… kein guter Vater.«

Der letzte Satz stand wie eine Anklage im Raum, auch wenn ihn so sicher schon viele Väter gesagt hatten. Das könnte ich mich auch fragen, dachte der Kommissar und hatte plötzlich das Gefühl, den Mann gegenüber schonen zu müssen. Doch das konnte er nicht.

»Wann hat Aurelia Sie zuletzt besucht?«

»Am Tag vor Rüdigers Ermordung.«

Der Kommissar zögerte einen Augenblick, denn mit der nächsten Frage würde er eine Grenze überschreiten, hinter der es kein Zurück mehr gab.

»Haben Sie Ihre alte Dienstwaffe noch?«

Der Präsident starrte ihn an, als hätte er die Frage nicht verstanden.

»Was wollen Sie damit sagen?«

»Nichts. Ich ermittle nur. Auch wenn es mir in diesem Fall viel schwerer fällt, als Sie vielleicht glauben. Aurelia ist ein gutes Mädchen. Sie hat sich verirrt, aber sie wird zurückfinden. Wir machen es ihr leichter, wenn wir jeden Verdacht ausräumen.«

»Wie meinen Sie das?«

»Wenn Sie die Waffe noch haben, geben Sie diese bitte zur ballistischen Untersuchung. Aurelia hat kein Alibi. Sie ist so verstört, dass sie zu allem fähig wäre, und sie hat eine Perücke, die mit den in der Praxis gefundenen Haaren übereinstimmt.«

Der Präsident verbarg das Gesicht in seinen Händen.

»Bitte gehen Sie jetzt.« Seine Stimme war kaum hörbar.

Der Kommissar kam näher und legte ihm die Hand auf den Arm.

»Auf eines können Sie sich verlassen, Herr Krunert.«

Ein Geräusch ertönte, das an ein Schluchzen erinnerte.

»Ich werde alles tun, um zu beweisen, dass Aurelia unschuldig ist. Das verspreche ich Ihnen.«

Der Kommissar ging zur Tür. Unterwegs warf er einen letzten Blick auf die Orchideen. In dem kalten Raum wirkten sie wie ein Lichtstrahl. In diesem Augenblick fühlte er sich verpflichtet, Aurelia zu retten.

35

Müde kam der Kommissar ins Büro zurück. Seine beiden Kollegen saßen vor dem Computer und sahen sich die Presseberichte alter Kriminalfälle an. Er konnte gerade noch *Spektakuläre Geiselnahme* lesen, dann klickten sie sich aus dem Programm. »Schon gut«, sagte er. »Ich werde euch alles erzählen. Beim Mittagessen.«

»In der Kantine?«, fragte Herbert.

»Im *Andechser.*«

Der Kommissar sah auf die Uhr. In einer Stunde würde Frau Scharnhorst hier sein. In der Zwischenzeit könnte er tun, was ihm zuwider war, aber leider unaufschiebbar. Er öffnete die Schublade und suchte nach dem Schadensformular für den Unfall in Feldafing.

»Das nächste Mal fahr wieder ich«, sagte Herbert, der ihn beobachtete. »Weißt du übrigens, dass Veronika gut schießen kann?«

»Ja und?« Der Kommissar sah keinen Zusammenhang zwischen dieser Mitteilung und dem lästigen Ausfüllen lästiger Formulare.

»In der Ausbildung war sie Jahrgangsbeste.«

»Wir sind hier nicht beim F.B.I.«

Herbert wurde klar, dass die jetzt anstehende Tätigkeit die Laune seines Chefs nicht heben würde, und hielt den Mund.

Frau Scharnhorst kam eine halbe Stunde zu spät, wahrscheinlich hatte sie keinen Parkplatz bekommen. Der Kommissar nutzte die Zeit, um sich noch einmal die im Computer der Villa gespeicherten Daten anzusehen. Er fand ein Konto bei einer Bank in Innsbruck, auf das in unregelmäßigen Abständen große Summen bar oder per Scheck eingezahlt worden waren. Innsbruck? Der Zettel aus der Lederhose fiel ihm wieder ein. Ein merkwürdiger Zufall. Aber diesmal war er sich sicher, dass es keiner war.

Als die Witwe schließlich erschien, trug sie den gleichen schwarzen Lackmantel wie auf der Beerdigung. Sie sah erschöpft aus, hatte aber nichts von ihrer aggressiven Energie eingebüßt.

»Musste das sein?«, sagte sie, ohne zu grüßen.

»Was meinen Sie, gnädige Frau?«, fragte Herbert.

»Dass ich extra hierherkomme.«

»Sieht so aus, sonst wären Sie nicht hier«, sagte der Kommissar und zeigte auf das Sofa.

»Setzen Sie sich.«

Sie ließ sich nieder, den Mantel behielt sie an.

»Wollen Sie nicht ablegen, Frau Doktor?«, fragte Herbert.

»So lange wird's ja wohl nicht dauern.«

»Kann man bei Hauptkommissar Biersack nie wissen.«

Sie sprang auf und warf ihm einen herausfordernden Blick zu.

»Das werden wir ja sehen.«

Der Kommissar sah zum Fenster hinaus. Wieder war keine Krähe da.

»Übrigens werde ich nachher Dietmar Krunert besuchen, wenn ich schon mal hier bin.«

»Den Polizeipräsidenten? Haben Sie einen Termin?«, fragte Veronika.

»Ich brauche keinen Termin.«

Herbert schnürte seinen rechten Schuh, der offen war. Veronika holte sich Block und Kugelschreiber, der Kommissar ließ sich in seinen Schwingsessel fallen.

»Frau Scharnhorst, wir sollten die Karten auf den Tisch legen.«

»Dann fangen Sie doch mal an.« Sie setzte sich wieder.

»Ihr Mann hat mit seinen geheimen Aktivitäten sehr viel verdient. Die Summen sind im Computer aufgelistet. Wie bekam er das Geld, wie kam es nach Innsbruck?«

»Wieso Innsbruck?«

»Das frage ich Sie ja gerade.«

Sie blickte zur Decke.

»Ich war in seine Geschäfte nicht eingeweiht.«

»Vielleicht nicht in alle. Aber auch das müssen Sie uns erst beweisen.«

Sie zog den Mantel aus, sagte aber nichts.

»Warum lügen Sie?«, fragte der Kommissar und sah sie freundlich an.

Die Witwe sprang wieder auf.

»Das ist eine Unverschämtheit. Was erlauben Sie sich eigentlich?«

»Er ist der Chef, der kann sich alles erlauben«, flüsterte ihr Herbert zu.

Bevor sie reagieren konnte, fuhr der Kommissar fort.

»Vor ein paar Tagen haben Sie abgestritten, dass ein Afrikaner namens Reginald Ihren Mann in Feldafing besucht hat. Doch dafür haben wir Zeugen.«

»Ja und?«

»Was hat Reginald von Ihnen gewollt? Warum brachte er Ihrem Mann den Fetisch?«

Sie zuckte die Achseln, verlor aber ein wenig von ihrer Arroganz.

»Woher kamen die Patienten, denen Ihr Mann Organe entnommen hatte?«

»Keine Ahnung.«

»Wohin wurden die entnommenen Organe transportiert?«

Schweigen.

»Haben Sie die Telefonnummern der Ärzte aus Prag?«

Sie spitzte die Lippen und sah ihn herausfordernd an.

»Sind die nicht im Computer?«

Ihre Stimme hatte wieder den ironischen Klang, der dem Kommissar missfiel.

»Frau Scharnhorst, Ihr Mann hatte an einem Afrikaner, der in der Patientenliste als R vermerkt ist, eine Nierenoperation durchgeführt. Dieser Mann wurde kurz darauf ermordet. Seine Leiche fand man im Starnberger See. Zwar wurde Ihr Gatte inzwischen leider auch getötet, aber vielleicht war er in den ersten Mord verwickelt. Auf jeden Fall hatte er die falschen Freunde.«

»Ach ja, und welche?«

»Zum Beispiel den Fahrer des dunklen BMW mit Landshuter Nummer, der Sie neulich besuchen wollte.«

»Da er mich nicht besucht hat, weiß ich nicht, wen Sie meinen.«

Der Kommissar stand auf.

»Frau Scharnhorst, ich warne Sie. Mit dem Finanzamt werden Sie auf jeden Fall Ärger bekommen. Doch das betrifft mich nicht. Mir geht es um die Morde. Wenn Sie mit uns zusammenarbeiten, kann das für Sie nur von Vorteil sein.«

»Wollen Sie mir drohen? Das Opfer, das Sie zu interessieren hat, ist mein Mann, nicht irgendein Neger. Vergessen Sie das gefälligst nicht.«

»Drohen?« Der Kommissar warf seinen Kollegen einen amüsierten Blick zu.

»Da kennen Sie uns aber schlecht, gnädige Frau«, sagte Herbert und setzte eine empörte Miene auf.

»Sie wird uns schon noch kennenlernen«, sagte Veronika und lächelte wie ein Engel. Der Kommissar wunderte sich, wie eingespielt sein Team inzwischen war.

Die geballte Provokation verfehlte ihre Wirkung nicht. Die Witwe sprang auf und stemmte die Fäuste in die Hüften. »Ich will unverzüglich mit Polizeipräsident Krunert sprechen.«

Sie warf einen zornigen Blick in die Runde.

»Selbstverständlich, gnädige Frau.« Herbert reichte ihr das Telefon.

»Nebenstelle 412.«

Sie wählte und hielt den Hörer ans Ohr.

»Hier ist Gundula Scharnhorst. Verbinden Sie mich bitte mit Dietmar Krunert.« Pause. »Und warum nicht?« Pause. »Unsinn, sagen Sie ihm, ich bin hier im Haus und muss ihn sprechen. Ja, sofort.« Sie wartete. »Und später?« Pause. »Auch nicht?«

Die Witwe legte auf. Es wurde still im Raum. Herbert sah wieder hinaus auf die Straße, Veronika schien zu studieren, was sie bisher geschrieben hatte, und der Kommissar malte Männchen auf seine Schreibtischunterlage.

Als er schließlich sprach, sah es aus, als redete er mit sich selbst.

»Manche Menschen sind eigenartig. Sie wollen, dass man den guten Namen ihres Ehepartners und damit auch den eigenen durch den Schmutz zieht.«

Er hob den Kopf und sah der Witwe in die Augen.

»Wollen Sie, dass die Presse erfährt, was im Keller Ihrer Villa vorgegangen ist? Das Gruselkabinett des Dr. Scharnhorst? Wenn die Leute erfahren, was Ihr Mann für seine Operationen eingenommen hat und welche armen Typen dafür herhalten mussten, ist es schnell vorbei mit dem Prominentenstatus.«

Er machte eine Pause und sah wieder zum Fenster raus. Jetzt saß auf dem Baum eine Krähe.

»Kann ich Sie unter vier Augen sprechen?«, fragte Frau Scharnhorst nach einer Weile. Der Kommissar gab seinen Kollegen ein Zeichen, den Raum zu verlassen.

»Was wollen Sie von mir?«, fragte sie, als die Tür wieder geschlossen war.

»Wer ist der Mann in dem dunklen BMW?«

»Von wem reden Sie?«

»Von dem, der neulich zu Ihnen kam und der für Sie den Safe öffnen sollte.«

Die Witwe lachte spöttisch und schüttelte den Kopf.

Der Kommissar ging zu seinem Schreibtisch und setzte sich.

»Wie Sie wissen, hat gestern jemand versucht, den in der Wand versteckten Safe in Ihrem Keller zu öffnen. Der Mann war kein Einbrecher, er wurde von Ihnen bestellt. Weil Sie zu dem Tresor keinen Schlüssel haben und auch nicht wissen, wo ihn Ihr Mann versteckt hat.«

»Das ist eine Unterstellung.«

»Er kam vorn durch die Tür. Entweder Sie haben ihm aufgemacht, bevor Sie auf den Friedhof gingen, oder er hat selbst aufgesperrt.«

»Wenn ich den Mann bestellt hätte, dann wohl kaum zu einem Zeitpunkt, an dem ich nicht da war.«

Klingt logisch, dachte sich der Kommissar. Doch vielleicht war es umgekehrt.

Sie ging absichtlich weg, so hatte sie ein Alibi und konnte die Unschuldige spielen, wenn etwas schiefging.

»Ich schlage vor, wir schicken Ihnen morgen einen Spezialisten und öffnen den Safe. In diesem Fall, aber auch nur in diesem, haben Sie nichts zu befürchten, denn was immer da drin ist, Sie sollten davon nichts wissen. Sonst hätten Sie ja einen Schlüssel gehabt.«

Die Witwe antwortete nicht, schien aber seinen Vorschlag zu akzeptieren. Wenigstens das. Der Kommissar holte die Fotos der jungen Männer hervor, die er im Keller gefunden hatte.

»Waren das alles Patienten?«

»Die sind doch viel zu jung.«

»Nicht als Organspender.«

»Ich kenne sie nicht.«

»Waren es Sexualpartner Ihres Mannes?«

Sie gab die Fotos zurück und lachte trocken.

»Herr Kommissar, unsere Ehe war am Ende. Sobald Rüdiger auch noch mit jungen Männern anfing, hatte ich wirklich genug. Aber wir brauchten uns. Ich brauchte sein Geld, er eine Frau an seiner Seite, die gesellschaftlich akzeptabel war. So haben wir uns arrangiert. In diesem Sinn war es dann doch eine gute Verbindung. Jeder bekam das, was er brauchte.«

»Woher kamen die jungen Männer?«

»Keine Ahnung. Vielleicht hat er ein paar von ihnen ins Bett gezerrt, ich weiß es nicht.«

»Wer waren sie?«

»Irgendwelche Jungs, die er irgendwo fotografiert hat. Für seine Kunden.«

Der Kommissar, der aufgestanden und im Raum spazieren gegangen war, blieb stehen.

»Für Kunden? Das müssen Sie mir erklären.«

»Manche wollten wissen, woher das Organ kam, das sie bestellten. Einem Prinzen aus Kuwait können Sie doch nicht sagen, das ist die Niere von einem Neger. Nein, das musste schon ein Weißer sein. Also zeigte er ihnen so ein Foto.«

Auch bei arabischen Millionären ging es anscheinend nur um Äußerlichkeiten, dachte der Kommissar. Ob es die Niere eines Christen oder Atheisten war, schien keine Rolle zu spielen, selbst in Ländern, in denen die *Scharia* herrschte.

»Verschlägt es Ihnen die Sprache?« Sie lachte bitter. »Wenn Sie wüssten, was bei den Reichen so alles möglich ist.«

Der Kommissar zeigte zur Krähe draußen auf dem Baum.

»Manchmal wünschte ich mir, so ein Vogel zu sein. Dann könnte ich durch das Fenster schauen, hätte aber mit dem, was in den Köpfen der merkwürdigen Wesen hier drinnen vorgeht, nichts zu tun.«

Sie holte eine Packung Zigaretten aus der Tasche und steckte sich eine an.

»Kann man als Polizist Romantiker sein?«

»Nein.« Der Kommissar setzte sich wieder. »Aber ich versichere Ihnen, dass ich froh bin, nicht mehr zu wissen, als ich wissen muss.«

Sie nahm ihren Mantel und ging zur Tür.

»Wir sehen uns also morgen?«, sagte er.

»Finden Sie den Mörder.«

Die Witwe ging hinaus und schlug die Tür zu.

36

Im *Andechser* war es voll wie immer. Das Lokal trug den Namen des wegen seiner Biere und seines Gartens so berühmten Klosters am Ammersee. Den Berg, auf dem die Gebäude standen, nannten manche nicht zu Unrecht Bayerns heiligen Bierberg. Deshalb war die kleine Wirtschaft hinter der Frauenkirche bei Einheimischen und zugereisten Gästen gleichermaßen beliebt. Das Lokal war nicht groß, aber die langen Tische waren stets dicht besetzt, und so ergab sich immer eine mehr oder weniger intensive Kommunikation zwischen Menschen unterschiedlichster Herkunft. Norddeutsche, Italiener, Russen, Australier und Japaner, daneben auch Bayern.

Da der Kommissar eine Geschichte erzählen wollte, die in seinen Augen eher intim war, entschied er sich für einen Platz im Freien. Zwar konnte man dort unter Heizstrahlern stehen, war aber dem Qualm der Raucher ausgesetzt. Doch nur hier fanden sie einen Tisch, an dem sie allein waren.

Als sie die Bestellung aufgaben, störte es den Kommissar, dass er zu den Weißwürsten kein richtiges Bier trinken konnte. Können hätte er zwar, aber zu Mittag im Dienst Alkohol zu trinken war verpönt, und als Chef musste er mit gutem Beispiel vorangehen. Also beschränkte er sich auf ein Alkoholfreies, was ihm wie ein Sakrileg vorkam.

Herbert warf einen Blick auf den Nebentisch. Dort standen zwei Frauen im offenen Lodenmantel, unter dem sie ein Dirndl trugen. Sie sprachen Hochdeutsch. Auch sie aßen Weißwürste, hatten aber Schwierigkeiten, diese mit Messer und Gabel in den Griff zu bekommen.

»Du weißt schon, wie Deutschlands großer Fresskritiker die Weißwurst einmal bezeichnet hat?«, fragte Herbert den Kommissar, der gerade ein Stück Brezel in den Napf mit süßem Senf tunkte.

»Der Siebeck? Keine Ahnung.«

»Albino-Pimmel.«

Veronika, die die Bemühungen der beiden Damen auch beobachtet hatte, musste schallend lachen. Der Kommissar nicht, er fühlte sich in seiner Berichterstattung, die er eben beginnen wollte, unterbrochen. Außerdem war ihm ein wenig Senf auf die Hose getropft und hatte einen Fleck hinterlassen.

»Was hätte der dann erst zu *Sauren Zipfeln* gesagt?«, sagte Herbert, der die Vorlieben seines Chefs kannte.

»Kann man die auch essen?«, fragte Veronika.

»Können, aber nicht müssen«, knurrte der Kommissar und kaute an seiner Brezel. Herbert spürte, dass er seinem Chef den Wind aus den Segeln genommen hatte.

»Sorry, ich wollte dich nicht unterbrechen«, sagte er und stieß Veronika mit dem Ellbogen in die Seite. Sie hörte auf zu lachen. Der Kommissar nahm einen neuen Anlauf. »Das war so. Wir waren alle auf der Wies'n, Dezernat I und II, eine Art Betriebsausflug.«

»Er meint das Oktoberfest«, flüsterte Herbert zu Veronika, die aus Franken kam.

»Meinst du, sie weiß das nicht?« Der Kommissar wurde langsam ungeduldig. »Also wir waren im Spaten-Zelt, es war noch relativ früh, ich sag mal so bei der zweiten Maß.«

Herbert musste schmunzeln, so bayerisch hatte er seinen Chef noch nicht erlebt.

»Und als wir da so sitzen, läutet mein Telefon. Banküberfall mit Geiselnahme in der Sonnenstraße. Der Bernhuber war krank, der Kowalski im Urlaub, also haben die mich angerufen.«

Die Getränke kamen. In Erinnerung an das denkwürdige Ereignis nahm der Kommissar einen großen Schluck, verzog aber das Gesicht. Er hatte vergessen, dass er alkoholfreies Bier bestellt hatte. Die Kollegen tranken Apfelschorle. Zu Leberkäse und Spanferkel! Beim Anblick des Getränks, das ihn an Urin erinnerte, und der Vorstellung der anstehenden Speisenfolge drehte sich dem Kommissar der Magen um. Um sich abzulenken, fuhr er fort.

»Also war nur ich verfügbar und musste raus. So wie ich war, in der kurzen Lederhose. Rein in den Streifenwagen, hin zum Tatort. Die Presse war natürlich auch schon da. Zwei Stunden hab ich mit denen in der Bank verhandelt. Und die Fotografen immer hinter mir. Dann haben sie versprochen, die Geiseln gehen zu lassen, es waren fünf.«

Er holte sich eine neue Brezel und biss energisch hinein, als könne er die dramatischen Ereignisse nicht länger mit nüchternem Magen schildern.

»Wir haben ja nicht gewusst, wer die Geiseln waren. Und die selber wussten auch nichts, weil man ihnen gleich nach dem Überfall Kapuzen über den Kopf gezogen hatte und sie gar nicht mitgekriegt hatten, wer Kunde oder Bankangestellter war und wer zu den Gangstern gehörte. So schnell ging das alles. Schließlich kamen sie raus.

Wir verhörten sie im Café nebenan, dann bekamen sie psychologische Betreuung. Plötzlich war einer weg. Zuerst fiel uns das nicht auf, erst später, als wir ihre Aussagen zu

Protokoll nehmen wollten. Und jetzt ratet mal, wer das war?«

Der Kommissar blickte in zwei ratlose Gesichter.

»Der Chef der Bande. Er ist seelenruhig rausmarschiert und hat seine zwei Kumpels zurückgelassen. Wir dachten, er sei von der Bank, denn er kam im Anzug und hatte einen Businesskoffer dabei. Da war über eine Million drin.«

»Und?«, fragte Herbert.

»Damit ist er uns entwischt.«

Der Kommissar schwieg, die Geschichte seiner Niederlage hatte ihn erschöpft.

»Und die zwei, die noch in der Bank waren?«, fragte Herbert schließlich.

»Haben wir geschnappt. Aber keiner hat geredet.«

Nun kam das Essen. Alle blickten stumm auf ihre Teller. Die Geschichte war in der Tat beeindruckend.

»Natürlich war ich am nächsten Tag überall in der Zeitung«, fuhr der Kommissar fort und begann die erste Weißwurst zu essen.

»Als Lederhosenkommissar.«

»Irgendwie war das aber auch witzig, oder?«, fragte Veronika.

Der Kommissar hielt inne und sah sie grimmig an.

»Nachträglich vielleicht. Aber nicht, wenn du vor allen Leuten zum Deppen gemacht wirst.«

Sie aßen schweigend. Doch plötzlich richtete sich Herbert auf und legte das Messer weg.

»Abi, vielleicht ist das, was ich jetzt sage, saudumm.«

»Kann gut sein«, sagte der Kommissar und griff nach dem Senftopf, denn für ihn waren Weißwürste vor allem Senfträger.

»Der *Lederhosenkommissar* – das ist doch für dich damals wie ein Label geworden, eine Art Markenzeichen.«

»Leider«, gab der Kommissar zu und schnitt die zweite Wurst der Länge nach auf.

»Jetzt denk an unsere Leiche im See«, fuhr Herbert fort. »Das mit der Lederhose – könnte das nicht eine Anspielung gewesen sein? Auf damals?«

Die Hand über dem Teller hielt inne. Der Kommissar schaute auf den Rest seiner Weißwurst. Dann hätte also der Mörder dem Toten eine Lederhose angezogen, nur um ihn, den Chef der Mordkommission, zu provozieren? Eine absurde Idee, aber nicht ausgeschlossen. Auch wenn ihm ein vergleichbarer Fall bisher nicht untergekommen war.

Mit dem Messer zog er den Rest der Weißwurstpelle ab.

»Da könnte was dran sein.« Der Kommissar ärgerte sich. Auf diesen Gedanken hätte er selbst kommen müssen. Gerade er, der die Geschichte doch kannte, sie aber in den hintersten Winkel seines Gedächtnisses verbannt hatte, da sie ihn noch immer ärgerte. Bevor er diese Überlegung verinnerlichen konnte, setzte Herbert nach.

»Wie lange hast du damals den Mann gesehen, als er mit dem Koffer aus der Bank kam?«

»Nur ganz kurz, ein paar Sekunden vielleicht, ich war ja mit den Opfern des Überfalls beschäftigt.«

Der Kommissar ließ die Szene vor seinen Augen noch einmal ablaufen.

Plötzlich kam ihm der entscheidende Gedanke. Der Mann im dunklen BMW! Auch ihn hatte er nur kurz gesehen, aber gleich gespürt, das war nicht das erste Mal. Jetzt wurde es ihm klar. Es war dasselbe Gesicht wie damals.

Kaum zu glauben. Der entkommene Bankräuber hatte ihm gestern lächelnd gegenübergesessen! Also deshalb war der Typ nicht ausgestiegen und hatte ihn sogar noch so unverschämt gegrüßt. Warum wollte der Mann den Safe knacken? Arbeitete er immer noch allein? Vermutlich nicht. Organhandel war ein internationales Business. Sich mit diesen Leuten anzulegen war äußerst riskant.

Er schob seinen Teller weg, jetzt hatte er keinen Appetit mehr. Hatte ihn der Alte an der Theke gestern nicht gewarnt? Das sei eine Nummer zu groß für ihn, den Hauptkommissar, hatte er gesagt.

Mal sehen. Anton fühlte sich wie ein Tiger, der seine Beute riecht, aber nicht weiß, wo sie sich aufhält. Und der natürlich auch nicht ahnt, wie groß oder gefährlich sie ist.

»Und?«, fragte Herbert, dem das lange Schweigen seines Chefs merkwürdig vorkam.

»Ich lass mich nicht verarschen. Von dem nicht«, murmelte der Kommissar, der seine neue Erkenntnis noch für sich behalten wollte. Als der Kellner vorbeikam, winkte er ihm zu.

»Ein Weißbier.«

Dafür brauchte er sich nicht zu entschuldigen, denn er wusste, die Probleme, die ihn quälten, sah man ihm an.

37

Nach dem Mittagessen schickte er die beiden zurück ins Büro, er wollte noch ein paar Minuten allein sein. Das Wetter war besser geworden. Es war noch frisch, aber der Himmel war heller, und der kalte Wind hatte sich gelegt, der ihnen vorher auf dem Weg zum Lokal ins Gesicht geweht hatte.

Er bog in die Fußgängerzone ein und mischte sich unter die Menge der Leute, die scheinbar ziellos auf und ab gingen. Was jetzt? Zwar wusste er nun, wer der Verdächtige war, aber wie konnte er ihn finden?

Es war keineswegs sicher, dass der Gesuchte im Raum Landshut wohnte. Profis benutzten Kennzeichen wie Schuhe, die man bei Bedarf wechselt. Was ihn frustrierte, war die Tatsache, dass all seine Überlegungen ein großes Manko hatten. Es fehlten die Beweise. Selbst wenn er den Mann verhaften würde, was könnte er ihm vorwerfen? Mit etwas Glück vielleicht das unbefugte Eindringen in die Villa. Und mit noch mehr Glück den gescheiterten Versuch, einen Tresor zu öffnen. Aber den Mord an dem Afrikaner? Im entscheidenden Punkt war er immer noch keinen Schritt weitergekommen.

Der Kommissar ging schneller. Vorbei an den üblichen Geschäften, Schuhe, Kleider, Kosmetik, standardisierte Konsumtempel wie in jeder Stadt.

Vor dem Beate-Uhse-Laden blieb er unwillkürlich stehen. Als er das feststellte, fragte er sich, was dieses Wort eigentlich bedeutete. *Unwillkürlich* – also ohne seinen Willen? Anscheinend hatte der Körper gerade eine Entscheidung getroffen, bei der er, Anton, nicht beteiligt gewesen war. Jedenfalls nicht sein Kopf. Etwas hatte entschieden, hier stehen zu bleiben. Was war das? Und warum?

Er betrachtete die Fotos der kaum bekleideten Mädchen in ihren aufreizenden Dessous. Nicht wirklich prickelnd. Auch die diversen Apparate und Cremes zur Stimulierung ließen ihn kalt. Es gab nichts, was es nicht gab.

Schwarze Lederhalsbänder mit Metallbeschlag, Peitschen mit Silbergriff, Fetisch-Accessoires, Tangas aus Leder, schwarze Latexslips mit Reißverschluss und das, was man eine SM-Grundausstattung nennen könnte. Nur die aufblasbaren Gummipuppen fehlten im Angebot. Die Augen des Kommissars wanderten über das alles, ohne es wirklich wahrzunehmen. Warum war er hier stehen geblieben?

Dann fiel es ihm ein: der Dildo-Dolch.

Irgendetwas in seinem Unterbewusstsein hatte eine Verbindung zwischen der ungewöhnlichen Waffe und den hier ausgestellten Geräten hergestellt, die einer ähnlichen Funktion dienten. Erstaunlich.

Bei der Assoziationskette zum Thema Lederhose hatte dieser Mechanismus leider nicht funktioniert. Wieder einmal wurde ihm bewusst, wie wenig Einfluss er darauf hatte, ob sein Gehirn richtig oder falsch kombinierte. Alles, was er tun konnte, war, penibel zu ermitteln, das hieß, Fakten zu sammeln. Und dann zu hoffen, dass die Milliarden Zellen in seinem Kopf daraus die richtigen Schlüsse ziehen würden.

Die Tür des Ladens ging auf, drei schwarz verschleierte Frauen kamen heraus. Sie mussten aus Katar kommen oder einem anderen Land mit besonders strengem muslimischem Kodex, denn sie trugen keine normalen Schleier. Nicht nur ihr ganzer Körper war bis zu den Knöcheln in schwarze Tücher gewickelt, auch der Kopf war verhüllt. Nur ein Schlitz unter der Stirn blieb frei, gerade groß genug für die Augen. Die Frauen trugen größere Einkaufstüten und unterhielten sich angeregt. Welche Dinge sie zur Stimulierung verborgener Lüste in dem Laden gekauft hatten, würde ihr Geheimnis bleiben.

Der Anblick der schwarz verhüllten Gestalten, die sich in der Menge verloren, amüsierte den Kommissar. Wäre sein Kopf nicht mit anderen Dingen belastet, hätte er jetzt seine Fantasie spielen lassen und wäre in Gedanken den Damen in die Gemächer ihres Palastes gefolgt. Jetzt aber vibrierte das Telefon in seiner Hosentasche. In diesem Augenblick ein seltsames Gefühl. Dann hatte er die Verbindung: Frau Scharnhorst, sie war außer sich.

»Meine Reifen. Jemand hat sie zerstochen, alle vier.«

Der Kommissar musste die Witwe erst beruhigen, bevor sie schildern konnte, was geschehen war.

»Also, ich war noch einkaufen und dann beim Friseur, und als ich anschließend ins Parkhaus ging, waren alle Reifen platt. Einfach zerstochen. Stellen Sie sich das mal vor. Jetzt sitze ich hier fest und kann nicht mehr weg.«

»Ich bin sicher, dieses Problem werden Sie lösen. Außerdem liegen solche Delikte nicht in meiner Zuständigkeit. Rufen Sie die Polizei an.«

Einen Augenblick sagte sie nichts. Dann wurde ihre Stimme, die bisher schrill und erregt war, ganz leise.

»Herr Kommissar, ich habe Angst.«

Was sollte er darauf sagen, geschieht Ihnen recht? Er hatte keine Ahnung, ob diese Tat nur die mutwillige Beschädigung eines Luxusfahrzeugs war, wie es aus Neid oder Boshaftigkeit immer wieder vorkommt, oder ob das mit seinem Fall zu tun hatte.

»Frau Scharnhorst. Gehen Sie zur Polizei, die nehmen alles auf. Ich kann Ihnen leider nicht helfen. Und Herr Krunert bestimmt auch nicht.«

Er beendete das Gespräch und ging zurück.

Im Büro war alles friedlich. Veronika schraubte an der Kaffeemaschine, die wieder mal kaputt war, Herbert saß vor dem Computer, wie immer.

»Die Adressen der tschechischen Ärzte habe ich. Telefonnummern auch.«

»Kannst du hinfahren?«

»Nach Prag? Jetzt?«

»Natürlich nur, wenn du abends keine wichtige Verabredung hast.«

»Hab ich natürlich. Aber der Dienst geht vor.«

»Ich kann auch fahren«, sagte Veronika und legte den Schraubenzieher weg.

»Nein, wir brauchen ein offizielles Protokoll, da hat er mehr Erfahrung. Die Aussage der Ärzte wird unser einziger Beweis dafür sein, dass der Afrikaner von Scharnhorst operiert worden ist, bevor er starb.«

»Aber nicht getötet.«

»Das glaube ich auch nicht. Aber es muss eine Verbindung geben zwischen ihm und dem Täter.«

»Was macht dich da so sicher?«, fragte Herbert. »Intuition«, rief Veronika von hinten.

Der Kommissar dachte an das, was ihm dazu eben in der Fußgängerzone durch den Kopf gegangen war. Wahrscheinlich hatte sie recht. Aber langsam war es an der Zeit, dass die Zellen in seinem Gehirn Schlussfolgerungen produzierten, die zu greifbaren Ergebnissen führten. »Immerhin haben wir jetzt den *Missing Link*«, sagte der Kommissar beiläufig.

»Und der wäre?«, fragte Herbert, der solche Anspielungen von seinem Chef nicht gewohnt war.

»Der Mann im dunklen BMW.«

»Der mit dir spielt?«, sagte Herbert.

»Nicht mehr lange«, erwiderte der Kommissar, der diese Demütigung noch nicht überwunden hatte. Er wollte sich setzen, doch jetzt klopfte es an der Tür.

»Herein«, rief der Kommissar.

Es klopfte wieder. Da niemand kam, ging er zur Tür. Draußen stand der Polizeipräsident.

»Kann ich Sie kurz sprechen, Biersack?«

»Kommen Sie doch rein.«

»Ich meine unter vier Augen«, sagte Krunert leise.

Der Kommissar schloss die Tür hinter sich und ging mit dem Besucher den Gang entlang.

Der Präsident war verwirrt, er hatte Mühe, das, was er sagen wollte, flüssig zu erzählen.

»Ich war über Mittag zu Hause. Um nach der Waffe zu suchen. Die habe ich ja seit über fünfzehn Jahren nicht mehr in der Hand gehabt.«

»Und?«

»Es ist mir peinlich, Ihnen das zu sagen.«

Er machte eine kleine Pause, als müsse er sich bemühen weiterzusprechen.

»Ich habe sie nicht gefunden.«

»Wo hatten Sie die Pistole denn aufbewahrt?«

Der Kommissar wusste, dass es dafür strenge Vorschriften gab.

»Wissen Sie, wir sind zweimal umgezogen, und irgendwie ist mir die Waffe aus dem Sinn gekommen. Nach so langer Zeit. Ich habe sie ja auch nie mehr gebraucht.«

Verloren? Das war in der Tat peinlich. Schlimmer, es war ein Dienstvergehen.

»Hätte Aurelia die Waffe finden können, aus Zufall?«

»Wenn schon ich sie nicht mehr gefunden habe? Aber ausschließen kann man das natürlich nicht.«

Der Kommissar war unschlüssig, wie er dieses Geständnis interpretieren sollte. Nun hatte er keine Möglichkeit herauszufinden, ob die Waffe benutzt worden war. Damit konnte er auch die Unschuld der Tochter nicht mehr beweisen. Ganz abgesehen davon, dass sie sich theoretisch die Pistole auch woanders hätte besorgen können. Doch das passte nicht zu dem verwirrten Mädchen.

»War Aurelia nach dem Tod von Scharnhorst noch einmal bei Ihnen?«

»Ja, aber nur kurz. Sie wollte etwas aus ihrem Zimmer holen.«

Also hätte sie die Waffe unauffällig zurückbringen können. Hatte der Präsident gelogen, um seine Tochter zu schützen?

Krunert blieb stehen und holte einen Schlüssel aus der Tasche.

»Durchsuchen Sie ihre Zimmer. Vielleicht finden Sie die Pistole.«

Er gab dem Kommissar den Schlüssel, sah ihn aber nicht an.

»Ich bezahle die Miete, deshalb habe ich auch einen. Sie können natürlich auch jederzeit meine Wohnung durchsuchen.«

»Warum sollte ich?«

Der Präsident antwortete nicht. Er wusste, dass der Kommissar, wenn es sein musste, davor nicht zurückschrecken würde.

»Aurelia ist noch im Krankenhaus«, sagte er leise. »Sie werden ungestört sein.«

»Wollen Sie das wirklich?«, fragte der Kommissar, dem davor graute, die Waffe tatsächlich zu finden.

»Die Ermittlungen gehen vor.«

Der Polizeipräsident drehte sich um und ging weg. Eine gebeugte Gestalt, die in dem langen Gang immer kleiner wurde.

Der Kommissar spürte, jetzt brauchte er einen Kaffee. Er ging in die Kantine, in der um diese Zeit niemand mehr war. Der Saal wirkte verlassen. Leere Resopaltische, leere Stuhlreihen. Auch die Theke war bereits leer geräumt. Der Raum sah aus, als wären hier nie Menschen gewesen. Das Surren der Kaffeemaschine, die er in Gang setzte, war das einzige Geräusch. Er setzte sich ans Fenster und beobachtete den Inhalt seiner Tasse. Als er mit dem Löffel die Milch in der dunklen Flüssigkeit umrührte, entstanden auf der Oberfläche kleine Luftblasen. Sie erinnerten ihn an seine Gedanken.

Auch diese tauchten unvermittelt auf, wann immer sie wollten. Leider war in seinem Gehirn nichts, worin er umrühren konnte, um die Dinge in Gang zu bringen. Einmal mehr war er überrascht, wie wenig er tun konnte, um den zündenden Einfall, den er so dringend benötigte, herbeizuführen oder wenigstens zu beschleunigen. Nein, er konnte nichts tun. In einer leeren Kantine, in der es nach Putzmitteln roch, ergab sich Hauptkommissar Biersack seinem Schicksal. Was blieb ihm auch anderes übrig.

Und genau in diesem Augenblick tauchte in seinem Gehirn der Gedanke auf, auf den er so lange gewartet hatte. Er stieg hoch, unverhofft und unkontrolliert, wie die Bläschen in seiner Tasse. Es war so einfach. Der Polizeipräsident konnte seine Waffe nicht finden. Das war bedauerlich, denn Scharnhorst war mit einer Polizeipistole ermordet worden. Doch solche Pistolen gab es überall. Andererseits, es waren nur zwei Schüsse. Der Schütze hatte gut getroffen. Weil er mit einer Waffe umgehen konnte. *Weil es einer von uns war!*

Auf diese Idee hätte er schon früher kommen können. Doch warum zum Teufel hätte eine Polizistin einen prominenten Arzt erschießen sollen?

Das war so abwegig, dass er die Möglichkeit nicht in Betracht gezogen hatte. Doch plötzlich sah alles ganz anders aus. Die Kollegin verliebt sich in einen illegalen Flüchtling. Das war denkbar. Das, was daraus folgte, auch. Sie rächt ihren Liebhaber, der kurz nach seiner Begegnung mit dem Arzt umgebracht worden ist. Wahrscheinlich hatte ihr der Afrikaner vor seinem Tod noch Dinge von Scharnhorst erzählt, die ihn als Schuldigen hingestellt hatten, vielleicht nicht als Mörder, aber als den, der am Anfang der tödlichen Kausalkette stand.

Und da ist sie dann durchgedreht. Das kann auch einer Polizistin passieren.

Was war nun der nächste logische Schritt? Er musste alle Polizistinnen ermitteln, die Annemarie hießen. Selbst mit dem Computer würde das eine Weile dauern, in Bayern gab es etwa sechstausend Frauen im Polizeidienst. Deshalb war es klüger, sich zuerst auf den Raum München zu beschränken, zumal der Ring mit der Gravur in der Stadt gekauft worden war und man das Paar im *Naraponga* gesehen hatte.

Die Stadt beschäftigte über eintausend Polizistinnen. Eine Aufgabe für den Rechner der Personalabteilung. Dann musste er die Dienstpläne der infrage kommenden Personen überprüfen. Wer hatte frei am Tag der Ermordung? Wer hatte ein Alibi, wer nicht? Bei den Frauen, die übrig blieben, würde er die Dienstwaffe konfiszieren und eine ballistische Untersuchung veranlassen. Wenn die Pistole der Polizistin die gleichen Merkmale aufwies wie die in der Praxis abgefeuerten Kugeln, hatte er den Täter. Genauer: die Täterin.

Natürlich gab es keine Garantie, dass eine Polizistin den Mord begangen hatte, aber er hatte das starke Gefühl, auf der richtigen Spur zu sein. Damit konnte er auch Aurelia entlasten. Vielleicht machte ihn diese Perspektive so sicher. Wie immer diese Überlegungen in seinem Gehirn auch zustande kamen, Tatsache war, der entscheidende Funke in seinen Synapsen war plötzlich aufgetaucht, ohne sein Zutun.

Er legte den Löffel weg. Die Oberfläche des Kaffees war jetzt ganz ruhig. So wie er. Der Kommissar schob den Stuhl zurück und ging zur Tür.

Die volle Tasse, die seine Gedanken stimuliert hatte, blieb zurück.

38

Veronika war allein im Büro und Herbert schon unterwegs nach Prag. Der Kommissar besprach mit ihr, wie sie nun vorgehen mussten. Die Arbeit würden sie sich teilen, die Sache mit dem Computer würde er ihr überlassen. An den Gedanken, dass sie jetzt gegen eine Kollegin ermittelten, mussten sich beide noch gewöhnen. »Könnten Sie sich vorstellen, jemanden zu erschießen?«, fragte er, als sie die ersten Telefonate hinter sich hatten. Veronika verneinte nicht sofort, wie er erwartet hatte, sondern musste kurz überlegen.

»Ganz ausschließen kann man im Leben nichts, denke ich. Ich weiß nicht, zu was ich fähig wäre, unter bestimmten Umständen«, sagte sie schließlich. »Wenn man ganz tief in der Seele verletzt wird, vielleicht auch noch absichtlich, kann wohl jeder Mensch Dinge tun, die er nicht für möglich gehalten hätte.«

»Was sagt Ihre Intuition?«

»Frauen empfinden tiefer, also leiden sie auch stärker. Eine Kurzschlusshandlung unter extremem Druck ist also immer möglich. Auch bei einer Polizistin.«

Der Kommissar war froh, dass sie mit ihm übereinstimmte. Dann läutete das Telefon, es war Frau Scharnhost. Schon wieder. Doch diesmal war der herrische Ton in ihrer Stimme verschwunden.

»Herr Kommissar, Ihren Besuch morgen können Sie streichen.«

»Wieso?«

»Während ich in der Stadt war, ist der Safe aufgebrochen worden. Er ist jetzt leer.«

Es wurde still in der Leitung. Bleib jetzt ganz ruhig, sagte sich der Kommissar, der spürte, wie die Wut in ihm hochstieg.

»Benachrichtigen Sie die Polizei vor Ort, sie wird den Fall untersuchen. Zusätzlich schicke ich unsere Spurensicherung vorbei«, sagte er. »Und komme trotzdem«, fügte er hinzu. Dann legte er auf.

Das Miststück. Aber raffiniert war sie. Die Frau fährt eiskalt ins Polizeipräsidium und lässt in der Zwischenzeit zu Hause den Safe aufbrechen. Vor so viel Unverfrorenheit hatte er fast schon Respekt.

»Aber vielleicht ist ja wirklich jemand in ihr Haus eingedrungen«, wandte Veronika ein. »Denken Sie an die zerstochenen Reifen. Dadurch musste sie viel länger in der Stadt bleiben als vorgesehen, und der Mann konnte in Ruhe den Safe knacken.« Gut, auch das war eine Möglichkeit. Da der Kommissar die Witwe nicht mochte, hatte er sich spontan für eine negative Interpretation des Vorfalls entschieden. Verständlich, aber nicht professionell.

»Vielleicht hat sie die Reifen selbst zerstochen«, gab er zu bedenken.

»Auch möglich. Aber so einfach ist das gar nicht.«

Wieder hatte sie recht. Mit einem normalen Taschenmesser war es fast unmöglich, den festen Gummi zu durchstechen, man musste schon sehr geschickt sein und große Kraft aufwenden. Die Witwe hätte also das entsprechende Werkzeug mitnehmen müssen. Oder sie hatte einen Helfer. Den Tauchlehrer? Möglich. Doch warum sollte sich der junge Mann in eine kriminelle Aktion verwickeln lassen?

Der war vorgewarnt, er wusste, wie schnell sich auch bei Reichen und Prominenten das Blatt wenden konnte.

Zwei Stunden später lag die Auswertung der Dienstpläne vor. Es gab einundvierzig Annemaries, sieben davon hatten zur Tatzeit keinen Dienst gehabt, drei schieden aus, weil sie entweder zu alt oder zu jung waren. Der Kommissar bat Veronika, mit den übrigen Kontakt aufzunehmen und ihr Alibi zu prüfen. Er konnte später immer noch dazustoßen, wenn es Unstimmigkeiten gab, und für die Kollegin war es eine gute Übung.

»Immer nachfragen«, schärfte er ihr ein. »Wenn die Frauen bei ihrem Freund waren oder im Sportclub oder beim Friseur, notieren Sie Namen und Telefonnummern. Sie müssen jede Aussage überprüfen. Wenn etwas faul klingt oder Sie sich nicht sicher sind, melden Sie sich.«

An ihrem Gesichtsausdruck konnte der Kommissar erkennen, dass sie dankbar war, eine wichtige Aufgabe übernehmen zu dürfen.

»Und was machen Sie?«, fragte sie.

»Ich fahre nach Feldafing. Das mit dem Safe ist ziemlich ungewöhnlich, finden Sie nicht?«

»Wie so vieles in diesem Fall.«

Wieder einmal hatte sie recht. Ob es ein Vergnügen war, mit einer Frau zusammen zu sein, die dauernd recht hatte? Das wusste der Kommissar nicht, aber wenn sie so attraktiv war wie diese Kollegin, würde er über so etwas großzügig hinwegsehen. Veronika sah ihn nachdenklich an, als hätte sie seine Gedanken erraten. »Wenn alles vorbei ist, also wenn wir den Fall gelöst haben …«, begann sie und zögerte weiterzusprechen.

»Was dann?«, fragte der Kommissar.

»Zeigen Sie mir dann etwas von der Stadt? Ich meine nicht die Orte, wo Touristen hingehen. Die kenne ich schon. Etwas Besonderes, das Ihnen ganz persönlich gefällt.«

Was sollte er darauf sagen? Veronika war noch nicht lange in München, und bei ihrem Gehalt konnte sie auch keine großen Sprünge machen. Doch darum ging es nicht, sie wollte etwas anderes. Ein persönliches Highlight, wie Herbert sagen würde. Er hatte keine Ahnung, was das sein könnte, über diese Frage hatte er noch nie nachgedacht.

»Machen wir«, sagte er. »Je besser Sie ermitteln, desto eher spiele ich den Touristenführer. Aber nur einmal.«

Sie lachte und sah ihn keck an.

»Glauben Sie, die Frauen laufen Ihnen ständig nach?«

»Viel Glück«, brummte er und ging hinaus. Im Gang fragte er sich, ob ihre letzte Bemerkung, die einen sensiblen Bereich seiner Seele getroffen hatte, wirklich nötig gewesen war.

39

Das Wetter wurde besser, schon hingen Wolkenfetzen am Himmel, die nach Föhn aussahen. Er fuhr schneller, obwohl es ihn nicht drängte, Frau Scharnhorst schon wieder zu begegnen. Als er sich Starnberg näherte, war der Kommissar so in Gedanken versunken, dass er eine Radarkontrolle übersah. Das passierte ihm nicht oft, dennoch war es ärgerlich. Er zeigte seinen Ausweis und durfte weiterfahren. Ein Privileg, das er eigentlich nicht verdient hatte, denn es war keine dringende Fahrt, wo es auf Minuten ankam. Aber wenn in Bayern Politiker, die im Rausch Menschen überfahren, Verkehrsminister werden konnten, durfte auch er sich diesen kleinen Vorteil gönnen. Während er vor der roten Ampel stand, an der rechts die Straße nach Herrsching abzweigte, also auch zum Kloster Andechs, fiel ihm ein Phänomen ein, über das er schon öfter nachgedacht hatte.

Wer zum Bierberg pilgern wollte, hatte die Wahl, entweder mit der S-Bahn zu kommen und noch ein Stück zu gehen oder mit dem Wagen zu fahren. Fast alle nahmen das Auto, die Parkplätze waren am Wochenende überfüllt. Nun war aber das Bier vom Kloster berühmt und berüchtigt, was vor allem den starken Bock betraf, der auch ausgeschenkt wurde. Dennoch hatte Kommissar Biersack noch nie gehört, dass es in der Nähe von Andechs Polizeikontrollen gegeben hätte. Auch keinem seiner Bekannten war der Fall eines Alkoholtests bekannt.

Vielleicht gab es ein Arrangement zwischen dem mächtigen Abt und der lokalen Polizeidienststelle. Unter Berufung auf die viel zitierte *Liberalitas Bavariae* wurden hier vielleicht zwei oder mehr Augen zugedrückt, um das Geschäft des Klosters nicht zu beeinträchtigen. Natürlich wusste der Kommissar nicht, ob sein Verdacht berechtigt war. Anderen Biergartenbesitzern gegenüber wäre das unfair gewesen. Dennoch hätte er, der sich doch der Gerechtigkeit verschrieben hatte, den Missstand, wenn es ihn denn gab, nicht wirklich tadeln können. Insgeheim fand er ihn sogar sympathisch.

In der Villa am See war die örtliche Polizei schon da. Der Safe war professionell angebohrt und dann aufgebrochen worden. Die Witwe ging nervös auf und ab, doch diesmal hatte sie ihn wenigstens begrüßt.

Nachdem er sich am Tatort umgesehen hatte, ging er zu ihr. Sie sah schlecht aus. War ihre Aufregung gespielt, oder war sie tatsächlich verunsichert?

»Eigentlich sehr praktisch für Sie, dass jemand den Safe leer geräumt hat«, sagte er.

»Wie meinen Sie das?« Ihre Stimme war spitz, aber nicht aggressiv wie üblich.

»Ganz einfach. Wenn im Tresor Dinge gewesen wären, die Ihren Mann oder Sie belastet hätten, so sind sie jetzt weg.«

»Wovon sprechen Sie?«

»Fragen Sie sich doch einfach, wozu brauchte er einen Safe? Für Ihren Schmuck?«

Sie sah ihn hilflos an. Der Kommissar ging vor zu den Kollegen. »Wann hat euch Frau Scharnhorst angerufen?«

»Gegen fünfzehn Uhr, gleich als sie mit dem Taxi nach Hause gekommen war.«

»Habt ihr etwas Besonderes entdeckt?«

»Bisher nicht. Die Kollegen von der Spurensuche sind noch unterwegs.«

Auch die würden nichts finden, dachte der Kommissar und ging zurück zu der Witwe, die sich auf das blaue Ledersofa gesetzt hatte.

»Wollen Sie einen Kaffee, ein Mineralwasser?«, fragte sie.

»Nein danke.«

Ihre Arroganz war verflogen.

»Ich habe Angst.«

»Das sagten Sie schon. Aber die wäre nur berechtigt, wenn Sie etwas wüssten, das anderen schaden könnte. Da Sie aber dauernd behaupten, von nichts eine Ahnung zu haben, gibt es dafür keinen Grund.«

»Aber wenn ich schon im eigenen Haus nicht mehr sicher bin.«

»Jetzt schon. Es ist ja nichts mehr da.«

»Sie haben was gegen mich. Antipathie oder Sozialneid?«

Der Kommissar lachte.

»Da hätte ich in meinem Beruf viel zu tun. Neid macht nicht nur unglücklich, er hat auch keinen Sinn.«

Sie schenkte sich einen Cognac ein, sagte aber nichts. »Soll sich eine Verkäuferin bei Aldi etwa grämen, weil sie nicht die Tochter von Bill Gates ist? Ein Busfahrer, weil er kein Fußballer ist, der Millionen kassiert? Oder ich, dass ich aussehe wie Anton Biersack und nicht wie Brad Pitt?«

Sie öffnete ein Päckchen Zigaretten und zündete sich eine an.

»Ich beneide manche Menschen schon«, sagte sie, während sie in die Flamme des Streichholzes starrte, das sie noch ein paar Sekunden brennen ließ.

»Wirklich? Welche?«

»Alte Frauen, die im Park auf der Bank sitzen und einfach schauen. Irgendwohin. Und der Hund sitzt neben ihren Füßen und schaut auch. Auf irgendwas, eine Blume, einen Baum, einen Vogel. Das sieht so friedlich aus. Als ob sie alle Sorgen und allen Ärger hinter sich gelassen hätten.«

»Haben sie vielleicht«, sagte der Kommissar, der ihr solche Gedanken nicht zugetraut hätte. »Trotz ihrer mickrigen Rente.«

Sie trank das Glas in einem Schluck leer.

»Ach, immer das Geld«, sagte sie und sah müde aus.

Der Kommissar setzte sich auf den Ledersessel gegenüber.

»Wie kamen eigentlich die großen Summen auf das Konto nach Innsbruck? Das ist heutzutage ja nicht mehr so einfach, da werden die Banken schnell misstrauisch.«

»In Innsbruck?« Die Vorstellung schien sie zu amüsieren. »Keine Ahnung, wie er das gemacht hat. Ich glaube, es lief über einen Investmentfonds auf den Kanalinseln. Jedenfalls hat er mal so was erwähnt. In Guernsey oder so.«

Guernsey? Der Kommissar erstarrte, das konnte nicht sein.

»Was ist daran komisch?«, sagte sie, da sie sein Erstaunen bemerkte. »Solche Transaktionen sind doch heute ganz normal.«

»Wie hieß der Fonds?«, fragte der Kommissar und hatte plötzlich einen trockenen Mund.

»Das kann Ihnen die Bank sagen. Wenn sie möchte.« Sie machte einen tiefen Zug aus der Zigarette.

»Glauben Sie immer noch, ich mache Ihnen etwas vor?«

Ein kühles Lächeln erschien auf dem Gesicht des Kommissars.

»Wenn Sie das tun, machen Sie es erstaunlich gut.«

Die Witwe stand auf und ging zu der beleuchteten Schrankwand, vor der ein riesiger Flachbildschirm stand. Sie nahm einen Umschlag aus einer der Schubladen.

»Das war alles, was noch im Tresor war. Wie Sie sehen, ich verheimliche Ihnen nichts.«

Sie warf ihm den Umschlag zu, er machte ihn auf. Es waren Fotos, von Drogen- und Sexpartys. Nichts Besonderes. Einige Politiker erkannte er, auch ein paar Prominente aus der TV- und Modeszene. Auf einem Bild war Aurelia abgelichtet, halb nackt warf sie sich Scharnhorst um den Hals. Auf einem anderen entdeckte er Staatsanwalt Brandhorst. Leicht bekleidet saß er in einem Kreis junger Männer, die ebenfalls so gut wie nichts anhatten.

»Kann ich die beiden haben?«, fragte der Kommissar.

»Wenn Sie möchten.«

Er steckte die Fotos ein und ging zur Tür.

»Ich glaube, wir werden den Tatverdächtigen in Kürze verhaften. Dann hören Sie von mir.«

Er ging hinaus, blieb aber nach ein paar Schritten vor dem Haus wieder stehen.

Auf der Mauer gegenüber saß ein Fotograf. Sein langes Teleobjektiv zeigte auf die Tür, wo der Kommissar stand. Es war der Mann, mit dem er kürzlich aneinandergeraten war.

»Frau Scharnhorst, kommen Sie bitte kurz.«

Sie erschien mit brennender Zigarette im Mund.

»Sehen Sie den Mann dort auf der Mauer?«

Die Witwe blickte in die angegebene Richtung, damit war jetzt auch sie im Sucher der Kamera.

»Was soll das bedeuten?«, fragte sie erschrocken.

»Nichts Besonderes«, sagte der Kommissar. »Es geht nur um die Schlagzeile im *Tagesblatt,* morgen früh. Raten Sie mal?«

Sie sah ihn unsicher an und warf die Zigarette weg.

»Razzia in der Luxusvilla. Welches Geheimnis steckt hinter der Fassade des ermordeten Arztes? So oder so ähnlich, Sie werden sehen.«

»Und warum tun Sie nichts?«

»Nicht mein Ressort. Aber Sie könnten vielleicht etwas tun.«

»Ich? Soll ich den Mann verprügeln?«

Das wäre eine Szene gewesen, die der Kommissar nur zu gerne gesehen hätte.

»Sie könnten ausnahmsweise Ihre Beziehungen spielen lassen«, sagte er. »Es wäre für einen guten Zweck.«

Dann ging er hinüber zu seinem Wagen.

40

Auf der Heimfahrt ging ihm der unglaubliche Zufall nicht mehr aus dem Kopf, der ihm heute diese unerwartete Information zugespielt hatte: Guernsey. War es nicht grotesk, dass er im Zug der Ermittlungen plötzlich beim Nachfolger im Bett seiner Frau gelandet war und er diesem jetzt das Leben schwer machen könnte? Er war sich sicher, die ominöse Investmentfirma war die, bei der dieser Typ arbeitete. Nun könnte der Kommissar Amtshilfe beantragen und mit den englischen Kollegen im Büro des Mannes auftauchen. Die würden dem Banker ein paar unangenehme Fragen stellen, die ihn in Bedrängnis bringen könnten. Grimmig starrte der Kommissar vor sich hin. Ein verlockender Gedanke.

Aber war das sein Stil? Billige Rache mithilfe seines Jobs? Dann dachte er an Hildegard. Würde sie das gutheißen? Von seiner Tochter ganz zu schweigen.

Er beschleunigte den Wagen. Nein, das war seine Sache nicht. Sollte die Steuerfahndung machen, was sie wollte, er würde sich nicht einmischen. Auch die Fotos in der Villa hatte er mitgenommen, ohne Hintergedanken. Es wäre fatal, wenn sie der Presse in die Hände fielen. Obwohl ihm der Staatsanwalt gleichgültig war, dem hätte er es sogar gegönnt. Vielleicht konnte das Bild ja später einmal nützlich sein, wenn ihn der Schnösel weiter ärgerte. »Schauen Sie doch mal die Fotos in der Ermittlungsakte Scharnhorst an« wäre dann als kleiner Hinweis schon genug.

Am Ende von Starnberg standen immer noch die Polizisten mit der Radarfalle. Wieder hatte er das im Gebüsch verborgene Gerät übersehen. Doch die Beamten hatten gerade einen vorausfahrenden Porsche herausgewinkt und waren beschäftigt. Während er weiterfuhr, fragte er sich, wie er den Abend gestalten sollte.

Langsam bekam er Hunger. Sollte er zum Spanier gehen und *Zarzuela* essen? Einen Fischeintopf, der, wenn er gut gewürzt war und ausreichend Knoblauch enthielt, ausgezeichnet sein konnte. Oder gegrillten Baby-Oktopus mit Schafskäse beim Griechen? Aber er hatte Lust auf Rotwein, und die Lammkoteletts, die es dort gab, waren zwar nicht schlecht, aber immer zu wenig. Gleich um die Ecke gab es auch einen guten Vietnamesen, doch asiatische Gerichte passten nicht zum Wein, jedenfalls meistens. Am liebsten würde er selbst kochen, Lammbraten *à la Provençale,* also nur in Olivenöl mit *Herbes de Provence* und Oliven im Topf.

Und natürlich vorher reichlich mit Knoblauch gespickt. Auf den hatte er Appetit. Später legte er dann immer noch ein paar Kartoffelstücke dazu, die mitgarten und am Ende wunderbar dufteten. Aber ganz allein? Dazu hatte er keine Lust.

Inzwischen stand er im Stau der Baustelle am Ende der Autobahn. Sollte er Hildegard anrufen, um den Lammbraten mit ihr zu teilen? Um ihr für die Unterstützung neulich zu danken? Wahrscheinlich hatte sie so kurzfristig ohnedies keine Zeit, viel würde er also nicht riskieren. Er wählte ihre Nummer. Nach ein paar Klingeltönen hob sie ab.

»Hättest du heute Lust auf Lamm?«, fragte er so spontan, wie ihm der Gedanke gekommen war.

»Anton?« Die Verbindung war nicht gut.

»Ja, ich würde mich als Koch zur Verfügung stellen.«

Sie antwortete etwas, das er nicht verstand.

»Sag das bitte noch mal«, schrie er ins Telefon, obwohl das unsinnig war. Bevor er hören konnte, was sie sagte, klopfte es an die Scheibe. Draußen stand eine Polizistin. Auch das noch. Er sah in den Rückspiegel, hinter ihm stand ein Streifenwagen mit eingeschaltetem Blinklicht. Er ließ das Fenster herab. »Sie wissen, was Telefonieren kostet?«, fragte die Uniformierte. Sie hatte ein herbes Gesicht, in dem auch nicht die kleinste Nuance von Charme zu erkennen war. Er zeigte seinen Dienstausweis. Sie studierte ihn ausführlich.

»Kriminalpolizei. Mordkommission. Interessant«, sagte sie schließlich in einem Tonfall, als würde sie Küchenschaben zählen.

»Kann ich jetzt weiterfahren?«, fragte der Kommissar, denn inzwischen war die Ampel wieder grün. Wortlos gab sie ihm den Ausweis zurück und ging zurück zu ihrem Wagen.

Der Kommissar fuhr los. Nach ein paar Sekunden hielt er das Handy wieder ans Ohr. Zu spät, Hildegard hatte aufgelegt. War das eine Fügung des Schicksals? Oder sollte er noch einmal anrufen und das Gespräch fortsetzen? Er entschied sich für Letzteres, ein bisschen Hartnäckigkeit musste sein. Doch jetzt war die Leitung besetzt.

Das Schicksal war also auch hartnäckig. Er legte das Telefon weg und fädelte sich in die komplizierte Umleitung ein, die es an dieser Stelle gab.

Auch später hatte er kein Glück. Nun war sie nicht mehr da. Schließlich landete er beim Italiener, allein. Er bestellte *Tagliatelle mit schwarzen Trüffeln,* dazu den Hauswein, der, wie so oft, äußerst banal war. Schon nach einigen Bissen wusste er, dass auch das Gericht keine gute Bestellung gewesen war. Nach einer Weile kam der Kellner mit strahlendem Lächeln an ihm vorbei.

»Alles gut, Dottore?«

Der Kommissar schüttelte den Kopf.

»Sind das Trüffel aus China?«

Er war einmal am Viktualienmarkt gewesen und hatte bemerkt, dass es neben den sündteuren Pilzen aus Italien und denen aus Frankreich auch ganz billige Knollen gab. Die kamen aus China und schmeckten nach nichts. Der Italiener hob die Augenbrauen und warf dem Kommissar einen Blick zu, der früher zum Duell geführt hätte.

»Wollen Sie mich beleidigen?«

Ohne die Antwort des Gastes abzuwarten, drehte sich der Kellner um und verschwand. Und jetzt? Der Kommissar war davon überzeugt, dass der leichte Trüffelgeschmack der Nudeln von billigem Trüffelöl kam, das chemisch aromatisiert worden war. Er stand auf und legte das Geld für den Wein auf den Tisch. Einfach wegzugehen, das machte er nicht oft, denn dazu brauchte man gute Nerven. Eine Leiche zu begutachten war sein Job, aber schlechte Köche in die Schranken zu weisen, dazu musste er sich überwinden. Heute fiel es ihm leichter als sonst, vielleicht weil er an Hildegard dachte und sich vornahm, sie gleich ein letztes Mal anzurufen.

Als er den Teller stehen ließ und betont missmutig hinausging, stellte er mit Genugtuung fest, dass die anderen Gäste sein Verhalten registrierten. Gut so. Italienische Restaurants, in denen jeder Gast mit *Dottore* begrüßt wurde, sollte man grundsätzlich meiden, dachte er und schlug die Tür hinter sich zu.

Diesmal erreichte er die Waldfee. Inzwischen war es zum Kochen zu spät, aber sie freute sich, dass er an sie gedacht hatte. Das Projekt Lammbraten wurde verschoben. Sie endeten in einer Studentenkneipe, aßen Schinkennudeln wie früher und fühlten sich wohl.

Als er abends allein im Bett lag, dachte er noch kurz darüber nach, wie entspannend es sein kann, mit einer Frau zusammen zu sein, ohne den Druck, sie beeindrucken oder verführen zu müssen. Das bedeutete nicht, dass die erotische Komponente eliminiert war, sondern sie hatte die Freiheit, sich zu entfalten, wenn es die Umstände erlaubten. Wenn nicht, war das auch in Ordnung. Das war keine Selbstverständlichkeit. Der Kommissar schlief zufrieden ein.

41

Am nächsten Morgen war er im Büro allein. Herbert war noch in Prag, hatte aber eine E-Mail geschickt, dass er die Aussagen der beiden Ärztinnen bekommen würde.

Veronika war noch unterwegs, um die Alibis der Polizistinnen zu überprüfen.

Vor dem Fenster saßen drei Krähen. Es versprach ein spannender Tag zu werden.

Dann bekam er zwei Anrufe. Der erste kam von der Spurensicherung. Die Kollegen hatten in der Villa nichts Brauchbares gefunden, weder im Keller beim Safe noch im eleganten Elektroboot. Das überraschte ihn nicht. Als das Telefon das zweite Mal klingelte, war der Tauchlehrer dran.

»Herr Kommissar, Sie hatten doch gesagt, Sie könnten mir vielleicht helfen, wenn mal was ist.«

»Wenn ich kann. Und Sie mir auch helfen.«

»Also ich bin da gestern bei Starnberg in eine Polizeikontrolle geraten.«

»Und?«

»Na ja, ich war zu schnell.«

»Ist mir auch schon passiert.«

Der Kommissar hatte jetzt andere Dinge im Kopf.

»Getrunken hatte ich auch was.«

»Und?«

»Der Führerschein ist weg. Für einen Monat. Ohne den kann ich doch nicht arbeiten.«

»Pech für Sie.«

Einen Augenblick war es still in der Leitung.

»Können Sie etwas für mich tun?«

»Ich kann mich nicht in die Angelegenheiten anderer Dienststellen einmischen. Aber natürlich kann ich die Kollegen um einen Gefallen bitten. Wenn ich dafür einen Grund sehe.«

Wieder war es kurz still.

»Vielleicht weiß ich noch was«, sagte der Tauchlehrer.

»Reden Sie.«

»Hier am Telefon?«

Nein, es wäre besser, er würde gleich ein Protokoll aufnehmen, dachte der Kommissar.

»Dann kommen Sie zu uns aufs Revier.«

»Ohne Führerschein? Ich wohne in Aufkirchen.«

Da würde er tatsächlich lange unterwegs sein. Inzwischen würde vielleicht Veronika zurück sein, und sie hätten wichtigere Dinge zu tun.

»Gut, ich komme raus. Wo können wir uns treffen?«

»In Berg. In dem alten Hotel unten am See.«

»In einer Stunde.«

Der Kommissar legte auf. Es war ihm nicht unangenehm, das Büro zu verlassen. Vielleicht könnte er nachher beim *Buscharner Wirt* in Ambach eine gebratene Renke essen. Und sich dann kurz auf den Steg setzen, wenn das Wetter mitspielte und er im Büro noch nicht gebraucht würde.

Bernd Stammer sah nicht gut aus. Entweder hatte der Tauchlehrer eine beträchtliche Menge Restalkohol im Blut, oder die letzten Tage waren auch für ihn schwierig gewesen. Sie saßen an einem Tisch des sonst leeren Lokals und blickten hinaus auf den See. An der Dampferanlegestelle schwamm ein einzelner Schwan, etwas früh für die Jahreszeit, dachte der Kommissar und wartete, dass das Gespräch in Gang kam. Der Tauchlehrer schwieg immer noch. Entweder hatte er es sich anders überlegt, oder er hatte Angst. Wie die Witwe. Aber vor wem?

»Ich wäre ziemlich sauer, wenn ich umsonst gekommen wäre«, sagte der Kommissar schließlich und goss etwas Milch in seinen Kaffee.

»Ich will da nicht mit reingezogen werden«, erwiderte der Tauchlehrer.

»Ich ziehe nicht an Ihnen.«

Der junge Mann überlegte noch eine Weile, dann begann er zögernd zu sprechen.

»Einmal war ich in der Garage, um am Wagen seiner Frau das Kühlwasser nachzufüllen«, sagte er schließlich. »Die Tür war nur angelehnt, Scharnhorst wusste nicht, dass ich da war.«

Der Kommissar schwieg und wartete auf den Fortgang der Geschichte.

»Er kam aus dem Haus mit einem Mann, den er gerade behandelt hatte. Ich meine, das nehme ich an, denn der hatte sich gerade bedankt.«

»Und dann?«

»Bevor der Mann in seinen Wagen stieg, hat er etwas gesagt, was ich merkwürdig fand.«

Der Kommissar sah ihn fragend an, wollte aber nicht unterbrechen.

»Wenn Sie mal Hilfe brauchen, in Angelegenheiten, die schwierig sind, rufen Sie uns an. Wir erledigen auch Dinge, die sonst niemand erledigt.‹

Das klang, als hätte Scharnhorst auch Mitglieder des organisierten Verbrechens behandelt. Vielleicht kam so der erste Kontakt zustande.

»Wie sah der Mann aus?«

»Schwarze Haare, Lederjacke, elegantes Hemd mit Krawatte, teure Schuhe, hätte ein Ausländer sein können.«

»Nicht schlecht für jemanden, der nur durch den Türschlitz schaut.«

»Ich habe mich schon immer gewundert, was in dem Haus vorging. Drinnen war ich ja nie.«

»Wer war der Mann in dem schwarzen BMW?«

»Den habe ich Ihnen eben beschrieben.«

Der Kommissar lehnte sich zufrieden zurück. Die Fahrt hatte sich gelohnt.

»Würden Sie ihn wiedererkennen?«

Der Tauchlehrer zögerte einen Augenblick.

»Sie reden von einer Gegenüberstellung?«

»Genau.«

»Ja – wenn er ein paar Jahre kriegt. Nein – wenn er wieder freikommt.«

Merkwürdige Aussage, dachte der Kommissar, aber verständlich.

Er stand auf.

»Ich schau mal, was ich tun kann.«

Sie verabschiedeten sich. Der Tauchlehrer radelte davon, der Kommissar fuhr den See entlang, auf dem noch ein leichter Nebel lag, der sich aber bald lichten würde.

42

Was ihm am *Buscharner Wirt* gefiel, waren die Innenräume. Es war ein historisches Bergbauernhaus, das man in dem weitläufigen Erholungsgebiet am Südostufer des Sees wiederaufgebaut hatte. Der Biergarten lag fast am Wasser, doch nur im Winter, wenn man innen saß, konnte man die Atmosphäre des alten Hauses spüren. Die dicken Holzplanken der Wände, die kleinen Sprossenfenster, das antike Mobiliar und die schlichten Holztische waren von einer Gemütlichkeit, die man sonst nicht mehr so leicht fand. Vor allem wenn es kalt war, man die Schneeflocken durch die Scheiben beobachten konnte und sich am Kachelofen eine Bauernente mit Knödel gönnte.

Heute schneite es nicht, es war sogar warm. Vielleicht würde der Frühling in diesem Jahr etwas früher kommen. Aufgrund des unvermittelt auftretenden Föhnwetters waren in München manchmal schon im Februar die Biergärten für ein paar Tage geöffnet, die Illusion vom Ende des Winters hatte hier Tradition. Doch hier am See gab es für den Ausschank im Freien nicht genügend Gäste, schon gar nicht unter der Woche.

Als der Kommissar noch überlegte, ob er eine gebratene Renke oder die Ente bestellen sollte, klingelte das Telefon. Es war Veronika.

»Ich bin alle durch. Es ist nur eine Polizistin übrig geblieben, die kein Alibi hat. Anna Menzel. Sie wohnt in

Giesing, Schönstr. 31. Heute hat sie Frühschicht und wird ab fünfzehn Uhr zu Hause sein.«

»Danke, ich fahr dann gleich hin«, sagte der Kommissar. Er zeigte in der Speisenkarte auf *Bauernente*, da die Bedienung wartend vor ihm stand.

»Soll ich auch kommen?«

»Nicht nötig.«

Er legte auf. War das klug? Bei so einem delikaten Verhör hätte eine Frau vielleicht hilfreich sein können. Andererseits, wenn sie zu zweit auftauchten, war die Polizistin vielleicht so erschrocken, dass sie keine Aussage machen und auf einem Anwalt bestehen würde. Oft war es ihm gelungen, Täter zu einem Geständnis zu verleiten, indem er ganz ruhig mit ihnen gesprochen und ihnen dabei klargemacht hatte, wie aussichtslos die Situation für sie war, angesichts einer erdrückenden Beweislage.

Von erdrückend konnte in diesem Fall allerdings nicht die Rede sein. Er konnte nur hoffen, dass er mit einer anderen Methode erfolgreich sein würde: Der Überraschungseffekt, gepaart mit einem geschickten Bluff, wie beim Pokern.

Nach dem Essen ging er hinaus auf den Steg. Ein kleines Ruderboot mit einem Angler ließ sich in der Mitte des Sees treiben. Der Himmel über dem Gebirge war stellenweise klar, nur über dem Gipfel der Zugspitze hatten sich ein paar größere dunkle Wolken geballt. Es war fast windstill. Die Oberfläche des Wassers war dunkel, doch die Farbschattierungen änderten sich, von tiefem Grün, blassem Grau bis zu kaltem Blau. Je nachdem, ob ein Wolkenfetzen vor der Sonne war oder die Strahlen ungefiltert den See erreichten.

Der Kommissar dachte über das Gespräch mit dem Tauchlehrer nach. Mit dessen Beschreibung des BMW-Fahrers und seiner eigenen Erinnerung an den Mann könnte er ein Phantombild erstellen und eine Fahndung veranlassen. Doch solange er keine Beweise hatte, ergab das wenig Sinn. Dazu kam, dass er über das organisierte Verbrechen in Bayern nicht viel wusste. Dafür gab es im Landeskriminalamt eine eigene Abteilung. Als er mit dem Leiter einmal in der Kantine Mittag gegessen hatte, hatte dieser erzählt, dass sich die familiären Strukturen der italienischen Mafia vor allem im Allgäu etabliert hätten. Kempten sei das Zentrum. Auch verschiedene Gangs aus Albanien seien hier tätig, vor allem im Drogengeschäft. War jetzt auch der Organhandel dazugekommen? Mit Sitz in Landshut?

Ein paar Enten schwammen regungslos im Wasser. Gelegentlich tauchte eine ab und kam an einer anderen Stelle wieder hoch. Erstaunlich, wie lange sie unten bleiben konnte und welche Strecken sie dabei zurücklegte. Weiter entfernt fuhr ein offenes Boot mit Motor, sehr laut. Wahrscheinlich ein Fischer. Nach kurzer Zeit erreichten die Wellen, die das Boot verursachte, die Stegpfosten. Das Wasser schmatzte unter seinen Füßen und kräuselte sich, sobald es mit dem Holz in Kontakt kam.

Der Kommissar setzte sich auf die Planken, seine Füße baumelten über der Wasseroberfläche. Außer ihm war niemand da. Er blickte nach Süden. An den Stellen, an denen die Wolkendecke durchbrochen war, bildeten sich Lichtinseln über den Bergen. Sie tauchten die Hänge, auf denen noch Schnee lag, in weißes Licht. Anton ließ seinen Blick über den See von der Zugspitze nach Norden wandern, bis Bernried, dann weiter nach Tutzing. Alles sah ungeheuer friedlich aus. Weit draußen auf dem Wasser lagerte eine große Anzahl von Blässhühnern, es mussten Hunderte sein. Die Köpfe mit den kleinen weißen Punkten konnte er kaum noch erkennen. Nur als Gruppe, die sich als Ganzes leicht bewegte, unterschieden sich die dunklen Flecken von der glitzernden Oberfläche des Wassers.

Plötzlich, als würden sie einem geheimen Kommando folgen, flogen sie hoch. Das damit verbundene Geräusch, ein zappelndes Schlagen von ein paar Hundert Flügeln, wanderte über den See. Sie flogen nur ein kleines Stück, dann ließen sie sich wieder nieder. Was hatte die Tiere zu dem kurzen Flug veranlasst? Welches Huhn war als erstes auf die Idee gekommen, den Schwimmort zu wechseln, nur um sich ein paar Hundert Meter weiter im Wasser treiben zu lassen? Wieder einer dieser unnützen Gedanken, die ihm im Kopf herumschwirrten.

Der Kommissar fragte sich, warum er so ruhig war. In einer Stunde würde er die mutmaßliche Täterin verhaften. Damit war einer der beiden Fälle gelöst, auch wenn die Polizei dabei nicht gut dastand. Bei der anstehenden Pressekonferenz würde er Krunert den Vortritt lassen, falls dieser dazu in der Lage war. Für die Journalisten, die seit Tagen auf neue Informationen lauerten, könnten die intimen Enthüllungen eine kleine Sensation bedeuten. Am Abend würde er dann guten Grund haben, den Tag mit einer edlen Flasche ausklingen zu lassen. Vielleicht mit einem *Barolo,* aber da er keine Zeit haben würde, den Wein rechtzeitig zu dekantieren, wäre das ein Frevel. Vielleicht lieber die letzte Flasche *Côte Roti,* die er im Keller hatte, oder einen *Blaufränkischen* aus dem Burgenland. Oder gar den *Pesquera* von Alejandro, der zurzeit sein Lieblingswein war, obwohl er sich ihn nur selten leisten konnte? Es würde eine schwere, aber nicht unangenehme Entscheidung werden.

Der Kommissar sah auf die Uhr. Bald konnte er fahren, die Schicht der Polizistin ging zu Ende. Er stand auf und ging zurück zum Wagen.

43

Das Haus in der Schönstraße war ein Mietsblock aus den Sechzigerjahren. Nach dem zweiten Klingeln surrte der Türöffner. Der Kommissar ging hinein, die Frau wohnte im vierten Stock, ohne Lift. Als er oben ankam, war die Tür angelehnt. Er läutete noch einmal. Im Türspalt tauchte ein blasses Gesicht auf. Es war die Polizistin, die ihn gestern wegen des Telefonats im Auto verwarnt hatte. »Biersack, Kripo München«, sagte er.

Sie machte die Tür auf und ließ ihn herein. Die Frau trug nur einen Bademantel und kam gerade aus der Dusche. Die Haare hingen ihr in wilden Strähnen über das Gesicht.

»Kommen Sie geradeaus durch. Ich bin gleich da.«

Keine Frage nach dem Grund seines Besuchs, sie schien nicht überrascht zu sein.

Langsam ging er durch den Gang. An der Garderobe hing ein dunkler Anorak, daneben ein roter Schal. Das Wohnzimmer war schlicht. Schrankwand, Sitzgruppe, Fernseher. Wie überall.

An der Wand ein größeres Foto in silbernem Rahmen: ein Afrikaner, der lachend eine weiße Frau umarmt. Sie strahlt vor Glück. Es war der Tote aus dem See. Die Personen auf dem Foto sahen so fröhlich und optimistisch aus, dass der Kommissar die Polizistin zuerst nicht erkannte. War das wirklich die gleiche Person, die ihm gerade mit einem Gesichtsausdruck geöffnet hatte, als wäre sie gar nicht anwesend? Die ihn gestern verwarnt hatte?

Auf dem Beistelltisch lagen einfache afrikanische Schmuckstücke. Zwei Armreifen, eine Halskette aus Muscheln, ein fein geschnitztes Kästchen aus Holz. Der Kommissar setzte sich auf einen der beiden Sessel. Das TV-Magazin, das auf dem Boden lag, war bereits drei Wochen alt.

Die Polizistin kam zurück, immer noch im Bademantel. Doch jetzt trug sie darunter einen Büstenhalter und eine Jogginghose, um den Kopf hatte sie ein Handtuch gewickelt. Keinerlei Anzeichen, als würde sie in dem Besucher den Mann erkennen, dessen Papiere sie gestern so lange studiert hatte.

»Was wollen Sie?«, fragte sie. Es klang nicht so, als wäre sie neugierig.

Der Kommissar zog das Bild der blonden Frau an der U-Bahn aus der Tasche und zeigte es ihr.

»Sind Sie das?«, fragte er leise.

Sie nickte. So einfach war das? Der Kommissar konnte es nicht glauben.

Er schwieg eine Weile, um ihr die Gelegenheit zu geben, sich zu äußern.

Sie sagte nichts.

»Wie kommt eine Polizistin auf die Idee, einen Arzt in seiner Praxis zu erschießen, am helllichten Tag?«, fragte er schließlich.

Sie starrte durch ihn hindurch auf einen Punkt, den nur ihre Augen wahrnahmen. »Warum nicht? Wenn einem dieser Mann das Liebste wegnimmt, was man hat.«

Was sollte der Kommissar jetzt noch sagen? Jetzt musste das Geständnis nur noch detaillierter formuliert werden, dann war der Fall erledigt.

»Was haben Sie sich dabei gedacht? War Ihnen nicht klar, dass man Sie finden würde? Die Perücke war ja eine etwas schlichte Verkleidung.«

»Das war mir egal.«

Merkwürdig. Der Kommissar sah sie scharf an, doch sie schien ihn nicht wahrzunehmen.

»Es war Ihnen egal, als Mörderin verurteilt zu werden?« Sie nickte und schwieg. Der Kommissar war irritiert. Diese Aussage passte nicht in das Bild eines Menschen, der zwar im Affekt, aber nicht ohne Plan handelt.

»Das verstehe ich nicht«, sagte er.

Die Frau hob den Blick und sah ihn aus leeren Augen an. »Ich habe Krebs. In fünf Monaten werde ich sterben.«

Der Kommissar brauchte einen Augenblick, um diese Information zu verdauen.

»Aber dann hätten Sie mit Ihrem Verlobten das gemeinsame Glück ja auch nur noch kurz genießen können?«, sagte er und ärgerte sich im gleichen Augenblick über seine Bemerkung.

Die Polizistin richtete sich auf. Ein Funken Leben schien in ihren Körper zurückzukehren.

»Eine Liebe, wenn man endlich mal eine hat, ist das, was dem Leben Sinn gibt. Das hätten wir bis zur letzten Minute gemeinsam erfahren können. Und vorher hätten wir noch geheiratet.«

Sie hatte Schwierigkeiten zu sprechen, in ihren Augen standen jetzt Tränen.

»Dann hätte Reginald meine Pension bekommen. Und hätte endlich ein Leben in Würde und Anstand leben können. Nach all dem, was er durchgemacht hatte.«

Der Kommissar schluckte, er musste sich zwingen, weitere Fragen zu stellen.

»Können Sie mir sagen, welchen Konflikt Reginald mit Dr. von Scharnhorst hatte?«

»Konflikt? Das Schwein hat sein Leben zerstört. Unser Leben.«

Eine archaische Wut schien ihren Körper zu ergreifen, die im Raum physisch spürbar war.

»Zuerst verspricht man ihm eine Aufenthaltsgenehmigung. Und Geld und was weiß ich alles. Dann raubt man ihm sein Organ und wirft ihn weg. Er ist ja nur ein Schwarzer.«

Die Frau ging jetzt so erregt im Zimmer auf und ab, dass der Kommissar bedauerte, allein gekommen zu sein. Ein hysterischer Anfall war nicht das, womit er besonders gut umgehen konnte.

»Das Schwein hat auch schlampig gearbeitet. Es gab Komplikationen, die Wunde heilte nicht richtig. Doch jetzt war der Doktor nicht mehr zu sprechen. Wichtige Termine. Soll der Schwarze doch verrecken.«

»Deshalb der Fetisch?«

»Reginald wollte ihm Angst machen. Außerdem glaubte er selber dran. Er war überzeugt, dass der Arzt dann nicht mehr lange leben würde.«

Womit er recht hatte, dachte der Kommissar.

»Danke für Ihre Offenheit.«

Seine Worte schienen die Polizistin in die Realität zurückzuholen, die sie in ihrer Wut und ihrem Schmerz für Momente hinter sich gelassen hatte.

Der Kommissar stand auf.

»Darf ich Sie bitten, Ihre Dienstwaffe zu holen. Ich muss sie beschlagnahmen.«

Sie stand auf und ging ins Schlafzimmer. Anton wartete eine Weile, er hörte kein Geräusch mehr. Was machte sie in dem Zimmer? Die Frau war völlig fertig, vielleicht brauchte sie Zeit. Andererseits, jemand, der so am Ende war, konnte unberechenbar sein. Das hatte sie schon einmal bewiesen. Seine rechte Hand suchte nach seiner Pistole, sie war griffbereit. Immer noch war es still.

Dann fiel der Schuss.

Während der Kommissar auf den Notarzt wartete, fragte er sich, ob er die Verzweiflungstat hätte verhindern können. Wohl kaum. Nach dem Tod ihres Verlobten hatte die Frau keine Lebensenergie mehr gehabt. Ein paar Monate früher oder später zu sterben war ihr egal. Zwar hatte er jetzt die Täterin, aber diese hatte sich der Bestrafung durch Selbstmord entzogen. Das machte die Sache einfacher. Die ballistische Untersuchung der Waffe würde den endgültigen Beweis liefern, aber der war nur noch ein Beleg für die Akten.

Er rief den Polizeipräsidenten an. Nun würde man Aurelia in Ruhe lassen. Das Mädchen brauchte eine Kur, keine Gefängniszelle. Wenigstens das hatte der Tag gebracht. Er hatte den Mörder von Scharnhorst, aber wer den Afrikaner ermordet hatte, wusste er immer noch nicht. Zwar hatte er einen Verdacht, aber wie er diesem nachgehen sollte, war noch unklar. Anton fühlte sich elend. Einen Grund zu feiern hatte er nicht.

44

Am nächsten Morgen las er in der U-Bahn die *Süddeutsche Zeitung*. Das machte er normalerweise beim Frühstück, doch heute war er spät dran. Er hatte schlecht geträumt und vergessen, die Batterien seines Weckers zu erneuern. Im Lokalteil fand er einen Bericht über die älteste Brauerei der Welt, gegründet um das Jahr eintausend in Weihenstephan bei Freising. Da der Kommissar schon einmal eine Führung im Biermuseum mitgemacht hatte, wusste er, dass das nicht ganz stimmte. Schon die Sumerer hatten Bier gebraut, allerdings aus Brot. Und ob man deren Fabrikationsstätten schon als Brauerei bezeichnen konnte, war eine andere Frage. In Freising war man ein paar Tausend Jahre später natürlich schon weiter. *Freising* – im Gehirn des Kommissars blitzte eine Erinnerung auf. Aber an was?

Er faltete die Zeitung zusammen und schloss die Augen. Doch sosehr er sich auch konzentrierte, es fiel ihm nicht ein.

Im Büro wartete Veronika. Sie konnte es kaum erwarten zu hören, wie sich die Polizistin bei ihrer Festnahme verhalten hatte. Der Bericht des Kommissars war so kurz, wie es die Begegnung gewesen war. Das Mädchen war schockiert.

»Bin ich froh, dass ich da nicht dabei war.«

Eine Weile sagten sie nichts. Herbert hatte eine Nachricht hinterlassen, dass er im Lauf des Tages zurückkommen würde, mit den unterschriebenen Protokollen. Aber die waren jetzt nicht mehr wichtig.

»Erinnern Sie sich an das, was Sie mir versprochen haben?«, sagte Veronika und sah ihn unsicher an, als wisse sie nicht, ob das der richtige Zeitpunkt für diese Bemerkung war.

»Ehrlich gesagt, nein«, antwortete der Kommissar.

»Wenn der Fall gelöst ist, zeigen Sie mir etwas in der Stadt.«

»Und von welchem der beiden Fälle war die Rede?«

Das Lächeln auf ihrem Gesicht verschwand. So präzise war die Vereinbarung nicht gewesen. Der Kommissar bedauerte, sie mit seiner Antwort enttäuscht zu haben, denn ihr Lächeln hatte ihm gutgetan.

»Also gut, wir machen später Brotzeit«, sagte er, denn in diesem Augenblick war ihm der Artikel über die historische Brauerei eingefallen. Und seine Gedanken an das Biermuseum beim Isartor. Das war seine Rettung, denn in einem der beiden Türme des Tors befand sich etwas, das man durchaus als besonderen Ort bezeichnen konnte.
»Und wohin geht's?«, fragte sie.

»Ins Valentin-Musäum«.

Ihr Gesichtsausdruck zeigte ihm, dass sie davon noch nie gehört hatte. Umso besser.

»Valentin war ein berühmter bayrischer Komiker.«

»So wie Otto oder Bully Herbig?«

Der Kommissar versuchte, sich nichts anmerken zu lassen. Sie konnte ja nichts dafür.

»Nicht wirklich. Das war vor Ihrer Zeit. In den Dreißigerjahren.«

»Und was für Witze hat man damals gemacht?«

Was sollte er darauf antworten?

»Witze ist vielleicht nicht der richtige Ausdruck. Es waren eher philosophische Kalauer. Der Mann war ein Querdenker, er liebte das Absurde.«

Darunter konnte sie sich nichts vorstellen, wurde aber neugierig.

»Dann schauen Sie doch mal, wann die aufmachen«, sagte er.

Veronika ging ins Internet und wurde schnell fündig. »*11 h 01*. Komisch. Kann das sein?«

»Durchaus«, sagte der Kommissar und erzählte ihr, dass vor Jahren der Eintritt ja auch noch 99 Pfennig gekostet hatte, für Neunzigjährige in Begleitung ihrer Eltern aber frei war.

Kurz darauf gingen sie los.

Im Tal, kurz nach dem Wirthaus *Schneider*, der traditionellen Weißbierschänke, zeigte der Kommissar in eine kleine Gasse auf der rechten Seite.

»Dahinten ist übrigens das Biermuseum.«

»Das passt zu München«, sagte sie, »in Berlin gibt's ja auch ein Beate-Uhse-Museum.«

Die Logik dieser Bemerkung erschloss sich ihm nicht. Andererseits, wenn er an die verschleierten Frauen aus Katar dachte, war es durchaus möglich, dass die Geschäfte besagter Dame die Emanzipation in orientalischen Frauengemächern förderten. Dann hatte sie einen Platz im Museum und damit in der Geschichte der soziokulturellen Entwicklung der Völker auch verdient. Dieser lange Gedankengang hatte den Kommissar erschöpft.

Er ging schneller und bedauerte, dass er sich keinen klassischen »Frühschoppen« gönnen durfte. Ein Weißbier um diese Zeit war früher üblich gewesen, aber damals hatten die Leute körperlich gearbeitet und konnten den Alkohol nachher wieder ausschwitzen. Am Computer hatte der Kommissar noch nie geschwitzt und wenn, dann nur weil es im Zimmer zu heiß war.

Vor dem Isartor blieben sie stehen.

»Da drin ist das Museum?«, fragte Veronika und ließ ihren Blick über die Burgmauer wandern, hoch zu den kleinen Fenstern unterm Dach. »Da wäre ich allein nie hergekommen.«

Der Kommissar war zufrieden. Sie gingen die enge Wendeltreppe hoch. Die Museumsräume, zwei übereinanderliegende Zimmer, waren voll mehr oder weniger unsinniger Gerätschaften, die den skurrilen Humor des Komikers illustrierten. Die historischen Fotos der langen, dürren Gestalt mit der großen Nase faszinierten Veronika, aber auch viele der Ausstellungsstücke. So die Figur des Mannes, *der beim Ausfüllen seiner Steuererklärung irrsinnig wurde.* Vor einer alten Emailschüssel, die mit Wasser gefüllt war, blieb sie länger stehen. Auf dem dazugehörigen Schild stand: *Diese wunderbare Schneeplastik ist leider geschmolzen.*

»Irgendwie erinnert mich das an unsere Arbeit«, sagte sie.

»Wieso das?,« fragte der Kommissar.

»All diese mühsamen Ermittlungen, die ja oft Jahre dauern. Und wenn der Täter dann gefasst ist, ist alles nicht mehr wichtig.«

Ganz falsch war diese Überlegung nicht. Galt das aber nicht für vieles? Für die Jahre der Ausbildung, für die einer gescheiterten Ehe? Vielleicht sogar für das Leben an sich?

Eigenartig. An einem Freitag um elf Uhr dreißig stand der Kommissar vor einer einfachen Schüssel mit Wasser und stellte sich philosophische Fragen. Hatte sich diese auch die tote Polizistin gestellt und keine Antwort gefunden?

Wieder einmal wunderte sich der Kommissar, wie ernst Valentin sein konnte, wenn er komisch war. Sie gingen weiter.

Das Café oben im Turmstüberl, das im Stil der alten Zeit eingerichtet war, gefiel ihr sehr, vor allem die ausgestopfte Fledermaus, die an einer Schnur unter der Decke hing und jedes Mal, wenn die Tür aufging, nach unten kam. Der Kommissar bestellte Cappuccino und zwei *Aus'zogne,* eine Art flache Rohrnudel. Da Herbert nicht anwesend war, riskierte er damit keine anzügliche Bemerkung. In den Schränken standen Gegenstände aus der Zeit, als Valentin in München lebte. Schnupftabakdosen, bemalte Keramikpfeifen, Bierkrüge mit verzierten Deckeln und mehr oder weniger kitschigem Aufdruck.

Und dann passierte es. Die historisch anmutende Umgebung zündete im Gehirn des Kommissars eine Assoziationskette, die ähnlich wie eine Zündschnur auf einen Gedanken zulief. Die alte Brauerei – Weihenstephan – Freising. *Freising* – war das nicht der Ort, an dem Scharnhorst seine Oldtimer reparieren ließ? Die einzige Spur, der er bisher nicht nachgegangen war, weil er sie nicht als solche erkannt hatte: *Adam's Senior Car Service.*

Er wählte die Nummer des Tauchlehrers, der erst nach längerem Läuten antwortete und nicht erbaut war, schon wieder von der Polizei belästigt zu werden.

»Wann haben Sie die Lederhose von Scharnhost zum letzten Mal gesehen?«

»Ist schon eine Weile her. Sie lag im Kofferraum des Oldtimers.«

Der Kommissar legte auf. Jetzt hatte er kein schlechtes Gewissen mehr, während der Dienstzeit im Turmstüberl zu sitzen, denn wer weiß, wann ihm dieser Gedanke sonst gekommen wäre.

Sie gingen zurück ins Büro. Seine Eingebung behielt der Kommissar für sich. Noch wusste er nicht, ob diese Spur ihn weiterbringen würde oder ins Leere führte. Sollte sich seine Idee als Sackgasse erweisen, wollte er Veronika nicht dabeihaben. Das hätte nicht zu seinem Image als erfolgreicher Ermittler gepasst, das er bisher ohnedies nur ungenügend unter Beweis gestellt hatte.

Um die Kollegin abzulenken, beauftragte er sie, sämtliche Dokumente für den Abschluss des Falls vorzubereiten. Damit würde sie eine Weile beschäftigt sein. Er suchte inzwischen im Internet die Adresse der Freisinger Werkstatt. Als Veronika kurz hinausging, nahm er seine Jacke und legte ihr einen Zettel hin.

Bin zu *Adam's Senior Cars* gefahren.

So hatte sie etwas, worüber sie grübeln konnte. Dann ging er direkt in die Garage.

45

Er nahm die Autobahn nach Norden, bog aber kurz nach dem Flughafen ab, denn die Werkstätte war nicht direkt in Freising, sondern irgendwo in der Nähe, auf dem Land. Es begann zu regnen. Und dann geschah das, was ihm in den letzten zehn Jahren nicht mehr passiert war. Das Lenkrad schlingerte, er musste bremsen, spürte aber, der Wagen lief nicht mehr richtig. Also blieb er stehen.

Wie vermutet, hatte er einen platten Reifen. Jetzt konnte er nur hoffen, dass der Golf, den er aus dem Pool der Dienstfahrzeuge geholt hatte, Werkzeug an Bord hatte. Der Wagenheber war da, aber der Kreuzschlüssel fehlte. Er fand nur einen gebogenen Steckschlüssel, aber mit diesem konnte er die verrosteten Schrauben nicht lösen. Selbst als er auf das Teil sprang und sein ganzes Körpergewicht einsetzte, bewegte sich nichts. Sollte er die Polizei verständigen? Wegen einer Schraube? Das war lächerlich.

Es regnete stärker. Auf der kleinen Straße war wenig Verkehr. Zweimal versuchte er, ein Fahrzeug anzuhalten, doch es half nichts. Keiner hatte das, was er brauchte.

Inzwischen war er bis auf die Haut durchnässt. Was konnte er tun? In der Nähe stand ein kleines Häuschen, etwas ärmlich. Er lief hinüber und läutete. Ein alter Mann schlurfte zur Tür, hinter ihm trottete ein Schäferhund. Der Kommissar hatte Glück, in der Garage war eine kleine Werkstatt. Darin stand ein verrosteter Fiat. Während der

Alte nach dem Werkzeug suchte, bemühte sich der Kommissar, Konversation zu machen.

»Schön ruhig haben Sie's hier«, sagte er und bereute die Bemerkung gleich wieder, denn schon erfüllte ein tiefes Dröhnen den Raum.

»Ich meine abgesehen von den Flugzeugen«, fügte er hinzu. »Sie wohnen ja nah an der Einflugschneise.«

Der Alte schwieg und hob eine alte Plane hoch. Doch darunter war nichts. Der Hund schnüffelte.

»Wenigstens nachts fliegen sie kaum noch.«

Der Mann ließ die Plane wieder fallen.

»Aber es gibt ja noch die kleinen. Die können dir auch auf die Nerven gehen.«

»Sie meinen die Hobbyflieger?«, fragte der Kommissar.

Der Alte nickte und zeigte mit der Hand in eine Richtung, die vielleicht Nordwesten war.

»Dahinten ist ein kleiner Flugplatz, in Berghain.«

Er öffnete eine Kiste mit verrosteten Werkzeugen, auch da war nichts.

»Aber die kleinen Maschinen, die sind doch auf Sichtflug angewiesen, die dürfen nachts nicht fliegen«, sagte der Kommissar, um das Gespräch in Gang zu halten.

»Das sagt man so«, brummte der Alte. »Aber dann halten die sich nicht dran, und was kannst' machen? Nix.«

»Sie meinen, manchmal fliegen die doch nachts? Da müssen Sie sich täuschen.«

Der Mann richtete sich auf und warf dem Besucher einen gekränkten Blick zu.

»Ich bin zwar alt, aber ich seh wie ein Adler, und hören tu ich auch noch. Und neulich, wo der Hund in der Nacht rausmusste, hab ich eine Maschine gesehen, gerade als sie ankam, niedrig, schon dicht über den Bäumen, weil sie ja dahinten landen musste.«

»Wann war das?«, fragte der Kommissar, eher aus Routine, als dass er es unbedingt wissen wollte.

»Vor ungefähr zwei Wochen. Es war saukalt, aber die Nacht war klar.«

Der Alte drückte die Tür des Fiats auf. Das gesuchte Teil lag auf dem Beifahrersitz. Der Kommissar bedankte sich und ging zurück zu seinem Wagen.

Nach einer Viertelstunde war alles erledigt. Er brachte das Werkzeug zurück und folgte den Anweisungen des Navigationssystems, das ihn zuerst durch kleine Dörfer lotste, dann durch einen Wald. Als sich dieser lichtete, kam er zu drei einzelnen Gebäuden. Das erste war ein heruntergekommenes Bauernhaus. Die Stimme im Navi sagte: »Sie sind am Ziel, sie sind am Ziel, sie sind …«

Er schaltete das Gerät ab.

Auf dem Gelände des Hofs standen keine Oldtimer, sondern nur Wracks.

Als der Kommissar näher kam, sah er ein Schild mit Adams Firmennamen. Überflüssig, dachte er, wer hierherfindet, weiß, was er sucht. Und was ihn erwartet. Nur er wusste das nicht.

Auf einigen der verrosteten Autos wucherte bereits Moos. Die Werkstatt schien es schon lange zu geben, auch wenn von Oldtimern nichts zu sehen war. Ein Tor ging auf, die Scharniere quietschten unangenehm. Ein großer, kräftiger Mann erschien. Etwa fünfundvierzig Jahre alt, blond, Vollbart. Sein grüner Overall war ölverschmiert, die Füße steckten in Gummistiefeln.

»Sind Sie Herr Adam?«, fragte der Kommissar.

»Schon.«

»Ich dachte, Sie reparieren Oldtimer?«

»Kommt drauf an.«

»Auf was?«

»Welche Marke, welches Modell, welcher Kunde.«

Einen Moment wusste der Kommissar nicht weiter. Er war froh, dass der merkwürdige Typ ihn nicht gefragt hatte, was er wollte. Der bemerkte, dass sein Besucher fror, und machte das Tor einen Spalt weiter auf.

»Sie können auch reinkommen.«

Der Kommissar betrat die Scheune.

In der Mitte des Raums stand ein schwarzer Citroën aus den Fünfzigerjahren. Das Modell, das man Gangsterlimousine nannte, weil es in vielen Filmen so eingesetzt wurde. Dieses war besonders kostbar, denn es war ein Cabriolet, davon gab es nur wenige. Der Wagen sah aus wie neu.

»Gratuliere, gute Arbeit«, sagte der Kommissar und täuschte Kennermiene vor.

Der Mann musterte ihn schweigend.

»Warum sind Sie so nass?«

»Reifenpanne. Passiert mir bei schönem Wetter nie.«

Anton setzte sich auf eine Holzkiste, die neben einem Benzinfass stand. Es roch nach alten Metallteilen, Rohöl und Schmiermitteln.

»Restaurieren Sie auch englische Wagen?«

»Kommt darauf an. Marke, Modell, Kunde.«

Die Augen des Mechanikers sahen den Besucher ausdruckslos an.

»Einen Austin Healey?«, fragte der Kommissar.

Adam ließ sich in einen freistehenden Autositz fallen.

»Ihr Wagen?«

Sollte er Scharnhost erwähnen? Der Kommissar war sich

nicht sicher, ob er damit den einsilbigen Typen nicht endgültig zum Schweigen bringen würde. Vielleicht hatte dieser am Nummernschild erkannt, dass er von der Polizei war, und spielte Katz und Maus mit ihm.

»Entschuldigen Sie, haben Sie eine Toilette?«, fragte er, um Zeit zu gewinnen. Adam zeigte auf eine Tür am Ende der Scheune.

»Kein Licht. Die Taschenlampe hängt an der Klinke.«

Der Kommissar ging an dem Oldtimer vorbei ans Ende der Halle, nahm die Lampe vom Haken und öffnete die Tür. Sie knirschte in den Angeln. Er fragte sich, warum ein Mechaniker, der Autos liebt, nicht einen Tropfen Öl auf diese Scharniere gab. Vielleicht war der Mann akustisch unsensibel. Das Licht der Taschenlampe wanderte über die Wände des winzigen Raums. Uralte *Playboy*-Fotos, Bilder aus vergilbten Automagazinen und ein paar Polaroidfotos.

Nun lenkte der Kommissar den Kegel der Lampe auf das Foto in der Mitte. Es zeigte einen dunkelhaarigen Mann, der neben einer Cessna stand. Sofort beschleunigte sich der Puls des Betrachters, dieses Gesicht kannte er.

Es war der Typ im dunklen BMW, der entkommene Bankräuber.

Auf dem Bild sah er deutlich jünger aus, aber er war es, eindeutig. In der gleichen Sekunde blitzte im Gehirn des Kommissars etwas auf, das die bisher verstreuten Informationen zu einer neuen Erkenntnis bündelte. Die kleine Maschine, die nachts über die Wälder geflogen war, der Rentner am See, der ein Geräusch gehört hatte, das nicht von einem Boot kam – das alles ergab jetzt einen Sinn, wenn die Leiche des Afrikaners vom Flugzeug aus ins Wasser geworfen worden war. Und vorher hatte man ihn hier umgebracht.

In der engen, stinkenden Bude, in der er immer noch stand, klopfte dem Kommissar das Herz bis zum Hals. Sollte er den Mann da draußen auf den nächtlichen Flug ansprechen? Wenn er und der Mörder unter einer Decke steckten, war das nicht ungefährlich. Er löste das Foto von der Wand und steckte es ein. Dann betätigte er die Spülung, um den Schein zu wahren.

Als er zurückkam, kniete Adam hinter dem Lenkrad des Citroën und schraubte an der Verkleidung der Armaturen.

»Kennen Sie diesen Mann?«, fragte der Kommissar und zeigte ihm das Bild.

Adam kroch aus dem Auto. Eine Sekunde sah er den Besucher ausdruckslos an, dann griff er nach dem Bild. »Möglich. Er erinnert mich an jemanden.«

Es sah aus, als würde er nachdenken. Vielleicht überlegt er, mit welchem Metallteil er mir eins über den Schädel gibt, dachte der Kommissar. Wie bei dem Afrikaner. Seine Waffe lag im Auto. Er hatte das nasse Sakko ausgezogen und dann das Schulterhalfter abgenommen, um unauffällig zu bleiben.

Der Mann legte das Foto weg.

»Der kommt manchmal. Boris mag Autos. Und Flugzeuge.«

Er griff nach einer Coladose, die auf dem Sitz lag, und riss sie mit den Zähnen auf.

Dann nahm er einen Schluck, der nicht enden wollte, und warf die leere Dose ins Eck.

»Er hat jetzt eine Cessna 182, in Weiß. Starkes Teil. Kann man sogar zum Fallschirmspringen benutzen.«

Der Kommissar überlegte, wie er sich zurückziehen konnte, ohne noch mehr Argwohn zu erregen.

»Und, wie ist das jetzt mit dem Austin Healy?«

»Muss ich mir überlegen. Bringen Sie mir ein Foto.«

»Mach ich. Bis dann.«

Der Kommissar drehte sich um und ging zum Tor, wobei er bei jedem Schritt sämtliche Sinne anspannte. Der Mann könnte ja nachsetzen und ihn von hinten angreifen.

Nichts passierte.

46

Als er auf dem Rückweg wieder durch den Wald fuhr, blieb er kurz stehen und gab die Stichworte »Flugplatz« und »Berghain« in seinem Navi ein. Der Ort war nur neun Kilometer entfernt. Der Regen hatte aufgehört, es wurde heller. Er fuhr los. Obwohl es ihn erbärmlich fror, zögerte er keinen Moment, denn er spürte, die Lösung des Falls stand kurz bevor.

Es war einer dieser Wald-und-Wiesen-Flughäfen. Ein Hangar, ein Turm, eine Baracke, die als Fliegercafé diente. Die Rollbahn war ursprünglich eine Wiese, auf der man ein kurzes Stück geteert hatte. Er suchte den Verantwortlichen und fand ihn im Tower. Der Flugleiter war ein junger Mann in Pullover und Jeans. Diesmal zeigte der Kommissar seinen Ausweis, bat aber um Diskretion. »Steht hier eine weiße Cessna 182?«, fragte er und zeigte auf die Baracke mit dem Blechdach. Der Flugleiter nickte.

»Wem gehört sie?«

»Dem Boris.«

»Und der volle Name?«

»Müsste ich nachschauen. Jeder nennt ihn so. Wenn er mal auftaucht«, sagte der junge Mann. »Meistens redet er mit niemandem. Ist aber okay.«

»Aber Sie haben seine Adresse?«

»Müsste im Computer sein. Unten im Büro.«

Der Kommissar ging zum Fenster und sah hinunter auf

die Startbahn, auf der gerade ein Ultraleichtflieger zum Start ansetzte.

»Kann man mit einer Cessna nachts fliegen?«, fragte der Kommissar.

»Das ist verboten.«

»Schon, aber könnte man so einen Flug durchführen? Ohne von der Flugsicherung bemerkt zu werden?«

Der Verantwortliche schüttelte den Kopf.

»Das ist noch nie passiert.«

»Aber könnte es passieren, theoretisch?«

Der Mann zog die Stirn in Falten und überlegte eine Weile.

»Rein technisch schon. Aber das müsste man ganz raffiniert anstellen.«

Der Kommissar bedankte sich. Es war also doch möglich. Wie es der alte Mann gesagt hatte. Zufrieden ging er hinaus.

Die Adresse von Boris würde er später bekommen, sobald die Schicht zu Ende war. Vorher durfte der Flugleiter seinen Platz nicht verlassen.

Als der Kommissar zu seinem Wagen zurückging, spürte er die Kälte nicht mehr. Endlich hatte er die Lösung des Rätsels. Und er stand kurz davor, den Mann zu verhaften, der ihn so unverschämt provoziert hatte. Und der ihm seit Jahren immer wieder entkommen war. Das hatte ihm schon lange zugesetzt.

Kurz vor der Autobahn blieb er stehen. Er hätte das Foto von Boris mitnehmen sollen, unter irgendeinem Vorwand. Hätte er ein Telefon gehabt wie Veronika, hätte er das Bild heimlich fotografiert. Aber so? Er fuhr in eine Einfahrt und drehte um. Nun blieb ihm nichts anderes übrig, als diesen merkwürdigen Adam noch einmal zu konfrontieren. Aber nicht ohne Waffe.

Langsam fuhr er zurück auf den Hof. Als er den Motor ausmachte, wurde es still. Nur der Wind pfiff durch die Wracks der verrosteten Autos. Der Kommissar stieg aus, seine Waffe steckte er am Rücken hinter den Gürtel. Er wartete eine Weile, aber niemand kam.

Dann ging er auf das Tor zu, es war nicht verschlossen. Um es zu öffnen, musste er so stark ziehen, dass er auf dem nassen Boden fast ausgerutscht wäre. Dabei warf er einen Blick zur Seite. In einem kleinen Schuppen, den er beim ersten Besuch nicht wahrgenommen hatte, stand ein dunkler Audi. War der Wagen vorher schon da gewesen? Er konnte sich nicht erinnern.

Wieder wartete er einen Augenblick. Das Knirschen des Tors hatte die Stille unterbrochen, aber niemand tauchte auf. Er blickte nach innen. Der alte Citroen stand verlassen in der Halle, von Adam keine Spur. Der Kommissar zog seine Waffe und entsicherte sie. Mit der Pistole im Anschlag ging er weiter.

Nach ein paar Schritten wurde ihm klar, hier war tatsächlich niemand. Auch die Toilette war leer. Er ließ die Waffe sinken. Was jetzt? Der Kommissar spürte, wie ihm die Kälte zusetzte, er musste niesen. Das Geräusch schien im Raum zu explodieren. Nun wurde ihm klar, er musste dringend nach Hause. Er steckte die Pistole ein und ging auf den Ausgang zu.

»Keine Bewegung.« Die Stimme hinter ihm war kalt und hart.

Er blieb stehen.

»Waffe auf den Boden.«

Langsam zog er die Pistole aus dem Gürtel und ließ sie fallen. Dann drehte er sich um. Der Mann, der die russische Armeepistole auf ihn richtete, kniete im Wagen, er hatte auf den Vordersitzen des Citroën gelegen. Es war Boris, der Fahrer des dunklen BMW. Jetzt stieg er aus und setzte sich auf den linken Kotflügel.

»Hätte nicht gedacht, dass wir uns so bald wiedersehen«, sagte er.

»Ich schon«, erwiderte der Kommissar.

»Vor allem unter so unglücklichen Umständen.« Die Andeutung eines Lächelns erschien auf dem Gesicht des Mannes. »Ich meine unglücklich für dich, Anton.«

Jetzt lächelte auch der Kommissar. Obwohl ihm nicht danach zumute war und ihm die vertrauliche Anrede auf die Nerven ging.

»Was wollen Sie tun? Mich erschießen?«

Boris lachte.

»Das wäre stillos. Zumal wir schon so lange miteinander zu tun haben.«

Er machte eine ausholende Geste mit der Pistole.

»Setz dich doch. Zigarette?«

Mit der freien Hand zog er ein Päckchen aus der Tasche. Der Kommissar schüttelte den Kopf und ließ sich auf dem einzelnen Autositz nieder. Geschickt zündete sich Boris mit einer Hand eine Zigarette an und steckte sie zwischen seine Lippen.

»Was war in dem Safe?«, fragte der Kommissar.

»Gewisse Dokumente, die für gewisse Herren wichtig waren.«

»Dann arbeiten Sie also nicht mehr allein?«

Boris grinste.

»In diesen harten Zeiten?«

Er steckte zwei Finger in den Mund und pfiff. Die Tür an der Rückwand des Schuppens ging auf. Adam kam herein, er hatte eine Schachtel in der Hand.

»Alles fertig«, sagte der Mechaniker.

Boris nickte und gab ihm ein Zeichen, hinten zu bleiben. Der Mann setzte sich auf einen Stoß alter Reifen.

»Warum haben Sie den Schwarzen getötet?«, fragte der Kommissar. Er bluffte, weil er nichts mehr zu verlieren hatte.

»Der Typ hat Ärger gemacht. Er musste weg. Ist immer wieder beim Doktor aufgetaucht. Angeblich war da was mit der Wunde. Und mit irgendwelchen Papieren. Keine Ahnung.«

Er machte eine kurze Pause.

»Und Scharnhorst hatte ja diesen Tick, er war höllisch abergläubisch. Das mit dem Totem hat ihn total fertiggemacht. Er durfte das Ding ja nicht mal anrühren, glaubte er, sonst würde er sofort tot umfallen.«

»Hat Scharnhorst Sie beauftragt, den Mann umzubringen?«

»Der? Der war doch ein Weichei. Er wollte ihn nur loshaben. Meinte, wir sollten ihn zurückbringen nach Afrika.« Er schüttelte den Kopf.

»Dummerweise drohte uns der Typ auch noch. Er sei mit einer Polizistin verlobt und so. Das hat gewissen Leuten nicht gefallen.«

»Und dann?«, fragte der Kommissar, der längst vor Kälte zitterte.

»Wir holten ihn hierher und überlegten, was wir tun sollten. Ich hatte vor, ihn nach Kroatien zu fliegen und ihn dort auszusetzen. Als er das mitbekommen hatte, fing er an zu randalieren. Wegen dieser Polizistin. War anscheinend richtig verliebt, der Typ.«

Boris lächelte.

»Von Liebe verstehen Sie wohl nicht viel. Kein Wunder in Ihrem Beruf«, sagte der Kommissar. Das Lächeln verschwand. Boris erhob sich und kam näher.

»Aber du, Anton, du verstehst was von der Liebe, nicht wahr?«

Einen Augenblick sahen sie sich schweigend an. Zwei Männer, die im anderen die gleichen Schwächen erkannt haben. Der Kommissar fühlte sich noch unwohler.

»Warum haben Sie ihn erschlagen?«, fragte er, um das Schweigen zu brechen.

»Sagte ich doch. Er hat sich aufgeführt wie ein Verrückter. Wir wollten ihn eigentlich nur kaltstellen, aber vielleicht war der Schlag ein bisschen zu kräftig. Kann vorkommen.«

Boris zuckte die Achseln, als wäre er von alldem nicht betroffen. Adam saß immer noch regungslos da. Der Kommissar fragte sich, was dessen Rolle in diesem Spiel war. Doch zuerst musste er noch etwas anderes klären.

»Und dann haben Sie ihn vom Flugzeug aus in den See geworfen?«

»War doch eine elegante Lösung.«

»Und die verätzten Fingerkuppen?«

»Ein bisschen provozieren wollte ich dich schon. Du hast mich ja auch öfter geärgert, in der langen Zeit, die wir uns jetzt kennen.«

Boris' Stimme hatte ihren beiläufigen Ton verloren und war jetzt fast freundschaftlich.

»Und deshalb die Lederhose?«, fragte der Kommissar.

Boris überlegte einen Moment, das Gespräch schien ihn zu amüsieren.

»Weißt du, Anton, in unserem Job gibt's wenig zu lachen. Man könnte sagen, die meisten Kollegen sind ausgesprochen humorlos. Ich nicht. Das hättest du schon damals bei der Sache mit dem Leichenwagen merken müssen.«

Also das war er auch. Der Mann, der damals den Toten in den Leichenwagen gelegt hatte. Der Kommissar betrachtete das kantige Gesicht, die krausen schwarzen Haare, die wachen Augen, das ironische Lächeln. Nicht wirklich unsympathisch. Und sehr clever. Der Typ hätte auch in einem anderen Beruf erfolgreich sein können. Aber wer konnte schon sagen, wie das Leben dieses Mannes verlaufen war, was ihn dahin gebracht hatte, wo er jetzt stand? In einer Garage bei Freising, mit einem Kommissar, der vor Kälte zitterte und keine Waffe mehr hatte.

»Und das Flugzeug?«

»Wer hart arbeitet, darf sich doch auch mal was gönnen, meinst du nicht?«

Seine Hand warf die Zigarette weg, sie verglühte in einer Pfütze.

»Sie mussten damit die Metallkisten mit Organen transportieren. Nach Osten, in ein Krankenhaus.«

Boris antwortete nicht. Er sah den Kommissar an wie ein Wissenschaftler im Labor sein Versuchstier, das begreifen will, was mit ihm geschieht.

»Wir werden Sie kriegen, und das wissen Sie auch«, sagte der Kommissar.

»Irrtum. Außerdem hast du keinerlei Beweise.«

»Ich bin sicher, dass die Spurensicherung in Ihrer Maschine Partikel der Lederhose finden wird«, erwiderte der Kommissar, auch wenn er daran nicht wirklich glaubte. Für den Bruchteil einer Sekunde erschien ein Hauch von Unsicherheit auf dem Gesicht seines Gegners.

»Mit guten Freunden einen Rundflug zu machen ist nicht verboten.«

»Ich habe Zeugen, die Ihre Maschine über dem See gesehen haben. Und auch hier bei der Landung. Einer hat sogar den Abwurf beobachtet«, sagte der Kommissar, der kein Problem hatte, in dieser Situation der Wahrheit etwas nachzuhelfen. Dann zeigte er auf Adam, der im Hintergrund das Gespräch regungslos verfolgte. »Außerdem weiß ich nicht, ob der da wegen Beihilfe zum Mord zwanzig Jahre ins Gefängnis wandern möchte. Ich glaube, der ist gar kein Krimineller.«

Der Mechaniker hob den Kopf, sagte aber nichts.

Boris schüttelte den Kopf und hob die Pistole.

»Spielt keine Rolle mehr. Ich bin gleich weg, meine Maschine ist startklar. In dem Safe war genügend Bargeld, so dass es für mich vorläufig keinen Grund gibt, in dieses Land zurückzukehren.«

Ohne seinen Gegner aus den Augen zu lassen, ging er nach hinten und holte sich den Karton, der neben Adams Füßen lag. Der Kommissar warf einen Blick auf seine Dienstwaffe, sie lag etwa drei Meter entfernt. Er wusste, er würde nicht schnell genug sein.

»Und wie soll das hier jetzt weitergehen?«, fragte er, als Boris zurückkam. Dieser lächelte ihn freundlich an.

»Wenn ich Handschellen hätte, würde ich dich einfach irgendwo anketten und hierlassen. Dich bewusstlos zu schlagen liegt mir nicht. Außerdem kann das schiefgehen, wie wir bei dem Neger gesehen haben.«

Er zog die buschigen Augenbrauen hoch, als würde er das nun Kommende tatsächlich bedauern.

»Sosehr mir das missfällt, Anton, ich werde dir wohl ins Knie schießen müssen, damit du Ruhe gibst«, fuhr er fort.

»Aber keine Sorge, sobald ich in der Maschine sitze, werde ich den Notarzt rufen.«

Warum zum Teufel musste ich nur umkehren, dachte der Kommissar und begann, seine intuitiven Eingebungen zu hassen.

Dann hörte er die Vespa draußen auf dem Hof.

Ein einziger Gedanke zuckte durch seinen Kopf: Nein, nicht auch das noch.

Er hatte sich nicht getäuscht. Schon tauchten die roten Locken im Türspalt auf.

»Hallo, ist da jemand?«, rief Veronika. Sie hatte einen Regenponcho an, an dem das Wasser ablief, und trug den Helm unter dem Arm.

»Bitte treten Sie ein«, sagte Boris und verbarg die Hand mit der Waffe hinter seinem Rücken.

Der Kommissar schwieg, für eine Warnung war es jetzt zu spät.

Unbekümmert ging Veronika auf die beiden Männer zu. Die Pistole auf dem Boden schien sie nicht wahrzunehmen, den Kommissar auch nicht.

»Bin ich hier richtig beim Oldtimer-Service?«

»Stimmt. Womit können wir Ihnen helfen?«, sagte Boris. »Also, mein Freund hat da so ein altes Teil, einen Alfa. Aber er weiß nicht, was es kosten würde, den mal herzurichten. Sie können mir doch da sicher weiterhelfen.«

Mit Entsetzen sah der Kommissar, wie sie sich scheinbar zufällig der Stelle näherte, an der seine Waffe lag. Nein, Mädchen, schrie es in ihm. Das hier ist kein Film, spiele jetzt verdammt noch mal nicht die Heldin! Als ihr Fuß die Pistole fast berührte, konnte er sich nicht mehr beherrschen.

»Lass das«, schrie er.

In der gleichen Sekunde hatte Boris verstanden. Die Hand mit der Waffe im Anschlag war wieder da.

»Ihr kennt euch? Wie interessant?« Er kam näher.

»Das macht die Sache natürlich einfacher«, sagte er freundlich. »Und für Anton viel angenehmer, vor allem für sein Knie.«

Der Kommissar verstand nicht, was er damit meinte. Veronika stand regungslos da. Wenn sie Angst hatte, konnte sie diese gut verbergen.

»Diese hübsche Dame wird jetzt mit mir einen kleinen Ausflug machen. Solltest du versuchen, Ärger zu machen, wird sie weniger hübsch nach Hause kommen. Haben wir uns verstanden?«

Noch einmal lächelte er.

»Da sie mich begleiten wird, muss ich dich nicht unschädlich machen. Umso besser.«

Der Kommissar musste sich zwingen, ruhig zu bleiben. Was konnte er tun? Unwillkürlich ging er einen Schritt auf seinen Gegner zu. Boris hob die Pistole.

»Autoschlüssel, Telefon«, sagte er und streckte seine Hand aus. Der Kommissar warf die Sachen auf den Boden. Sein Gegenüber bückte sich und steckte sie ein.

So schnell, dass die kurze Chance, die sich der Kommissar ausgerechnet hatte, zunichte wurde. Dann griff Boris nach der Schachtel, die er auf dem Citroën abgestellt hatte, und warf dem Kommissar einen letzten Blick zu.

»Wir werden uns wahrscheinlich nicht wiedersehen, Anton.«

Trotz der Warnung seiner inneren Stimme ging der Kommissar noch einen Schritt auf seinen Gegner zu. Klug war das nicht, Boris hatte den Finger am Abzug. Im Gehirn des Kommissars rasten die Gedanken. Sollte er, eingerostet wie er war, einen der alten Tricks versuchen? Einem Profi gegenüber? Das war lächerlich. Sein Gegenüber schien die Absicht seines Gegners zu erraten.

»Schade«, sagte Boris. »Aber jetzt bist du selber schuld.«

Der Knall und der höllische Schmerz in der Schulter kamen in der gleichen Sekunde. Der Kommissar ging in die Knie. Boris sah ihn an wie ein Kind, das man bestrafen muss, ohne es zu wollen. Dann richtete er die Mündung der Waffe auf Veronika.

»Gehen wir.«

Er zeigte zur Tür. Sie warf einen Blick auf den am Boden gekrümmten Körper ihres Chefs. Erst als ihr Boris den Lauf der Waffe in die Seite drückte, machte sie zögernd den ersten Schritt.

»Das Mädchen bleibt da.«

Die Stimme aus dem Hintergrund kam so unerwartet, dass Boris überrascht stehen blieb. Er drehte sich um, ohne Veronika aus den Augen zu verlieren.

Adam war aufgestanden. Er hatte eine Eisenstange in der Hand.

»Misch dich nicht ein«, warnte ihn Boris und hob die Pistole.

»Nicht das Mädchen«, sagte Adam und kam näher.

Von draußen kam das Geräusch eines Wagens. Boris wirbelte herum. In diesem Moment warf Adam die Stange. Das schwere Metall traf den Gegner am Hinterkopf. Boris taumelte und ließ die Schachtel fallen. Dann schoss er. Adam, der auf ihn losstürmen wollte, schrie auf. Die Kugel hatte ihm den Oberschenkel durchschlagen. Der schwere Mann ging zu Boden. Boris drehte sich wieder um und stutzte.

Veronika war weg. Sie hatte den kurzen Moment genutzt und war hinausgestürzt. Einen Augenblick stand Boris ratlos da, seine linke Hand fuhr über die Platzwunde an seinem Kopf. Sie blutete. Dann blickte er auf die Schachtel, die er hatte fallen lassen. Sie lag am Boden, ohne Deckel. Der Karton war voller Geldbündel.

Boris hob ihn auf, ging auf den Kommissar zu, der sich gerade mühsam wieder aufrichten wollte, und richtete die Waffe auf sein Bein.

»Ob mit oder ohne Geisel, ist ja auch egal. Aber nun muss ich dich leider doch ruhigstellen.«

Er schüttelte den Kopf, als würde er das bedauern.

»Die Schulter ist bald wieder okay. Aber wenn das Knie kaputt ist, läufst du für den Rest des Lebens auf Krücken.«

Pause.

»Dann wirst du dich jeden Tag an mich erinnern.«

Für einen kurzen Augenblick erschien in seinem Gesicht ein Ausdruck von Mitgefühl.

»Ich ruf dich mal an, Anton. Von Montenegro aus. Um zu sehen, wie's dir geht.«

Der Lauf seiner Waffe senkte sich.

»Passt das zu einem Mann, der sich so viel auf seinen Humor einbildet?«

Der Kommissar sah ihm in die Augen, musste aber vor Schmerz die Lippen zusammenpressen.

»Manchmal muss man Regeln durchbrechen, sonst werden sie zum Dogma.«

Das hatte Hildegard auch gesagt. Was für eine absurde Situation.

Boris zielte auf das rechte Knie des Kommissars. Anton schloss die Augen. Er versuchte, sich auf den neuen Schmerz vorzubereiten, der gleich wie ein Feuerstoß durch seinen Körper rasen würde.

Dann fielen zwei Schüsse. Doch der Schmerz kam nicht.

Der Kommissar öffnete die Augen. Mit gesenktem Kopf kniete Boris vor ihm und keuchte. Sein rechter Arm hing leblos am Körper herab, er blutete stark. Die Kugeln hatten den Unterarm durchschlagen. Die Pistole lag auf dem Boden. Der Kommissar streckte sich, mit einem Fußtritt beförderte er sie außer Reichweite.

Dann sah er zum Eingang hinüber. In der Toröffnung stand Veronika, erst jetzt ließ sie ihre Waffe sinken. Gegen das grelle Tageslicht konnte der Kommissar nur die Silhouette mit den langen Haaren sehen.

Nun tauchte hinter ihr noch eine andere Gestalt auf, die das Tor weiter öffnete.

Es war Herbert. Während seine Kollegin noch wie betäubt dastand, um zu verarbeiten, was sie eben getan hatte, lief er zu seinem Chef und half ihm auf die Beine. »Ich habe ihr meine Dienstwaffe gegeben. Sie kann das besser«, sagte er. »Geht's einigermaßen?«

»Jetzt schon«, sagte der Kommissar. »Wie kommst du überhaupt hierher?«

»Ich war auf der Autobahn, schon ganz in der Nähe, als sie mich anrief. Sie war ganz besorgt und fragte, ob ich nicht dazukommen könnte.«

Als der Kommissar wieder aufrecht stand, kam Veronika auf ihn zu.

»Wie sind Sie auf die Idee gekommen, mir nachzufahren?«, fragte er.

»Weibliche Intuition.«

Sie lächelte ihn an. Ein Engel, der diesen Namen tatsächlich verdiente.

»Danke.«

Erst jetzt kam ihm zu Bewusstsein, dass nun alles vorbei war.

47

Eine Stunde später lag Hauptkommissar Biersack im Krankenhaus. Drei Wochen, prophezeiten ihm die Ärzte. Unangenehme Aussichten, aber die Erleichterung, beide Fälle gelöst zu haben, machte die Sache erträglich. Außerdem hatte Hildegard versprochen, ihn gelegentlich zu besuchen. Hoffentlich bald, denn inzwischen hatten sich die Stoppeln in seinem Gesicht zu einem markanten Bart verdichtet, würden aber die Dreitagesfrist in Kürze überschreiten.

Schon am nächsten Morgen klopfte Herbert an die Tür. Da er seinen Chef gut kannte, hatte er keine Blumen, sondern eine Flasche *Barbaresco* in der Hand.

»Weißt du was, Abi? Die Baumgartner von der Personalabteilung, die ist jetzt auch bei *Parship*«, verkündete Herbert, als wäre dies die Mitteilung, auf die der Kommissar seit Wochen gewartet hatte. »Die hat sich zehn Jahre jünger gemacht, und das Foto ist uralt.«

Der Kommissar stöhnte, aber nicht vor Schmerzen.

»Mit Charme und Esprit will sie ihren Partner verwöhnen, sich verlieren im Rausch wilder Sinnlichkeit. Die Baumgartnerin!«

Herbert war entweder empört oder in seinem Gerechtigkeitssinn verletzt oder beides.

»Und Grundkenntnisse in Tantra hat sie angeblich auch. Diese Bissgurke.«

Der Kommissar starrte zur Decke.

»Du, das steht in ihrem Profil. Ich kann's dir ausdrucken.«

»Bitte nicht.«

Endlich erkannte sein Besuch, dass dieses Thema den Patienten nicht so faszinierte, wie er gehofft hatte.

»Ich wollte dich halt aufmuntern, in deinem Zustand«, sagte Herbert. »Geht's einigermaßen?«

Der Kommissar nickte. »Gibt's was Neues?«

»Die arbeiten an der Presseerklärung. Der Krunert ist sehr zufrieden, hört man. Aber das wird er dir selber sagen, vielleicht.«

Herbert ging zum Fenster und sah hinaus. Es war sonnig, nur noch vereinzelt zogen dunkle Wolken über den Himmel.

»Kennst du das Libet-Experiment?«, fragte er unvermittelt.

»Wer war das?«

»Ein Gehirnforscher.«

»Ist das jetzt wichtig?«, fragte der Kommissar, den die Schulter schmerzte, denn er hatte am Morgen die Tabletten nicht genommen.

»Na ja, es zeigt, dass wir keinen freien Willen haben.«

»Willst du mich damit aufmuntern?«

»Im Ernst, das sagen viele Neurologen ja schon lange.« Für einen Augenblick dachte der Kommissar an die unkontrollierte Aktivität der Synapsen in seinem Gehirn. Gedanken, vor allem Geistesblitze, kamen, wann sie wollten, und nicht, wann er sie brauchte. Vielleicht war da tatsächlich was dran.

»Wie ging denn dieses Experiment?«

»Du sollst eine einfache Entscheidung treffen. Zum Beispiel auf einen roten oder grünen Knopf drücken. Dabei hat man festgestellt, dass sich die Hand auf einen der beiden Schalter schon zubewegt, noch bevor das Gehirn die Entscheidung getroffen hat. Dieses tut zwar nachher so, als hätte es was entschieden, aber das ist Illusion.«

Der Kommissar überlegte, ob das eine Erklärung sein könnte für intuitive Handlungen. Über deren Ursachen hatte er schon oft nachgedacht.

»Im Gehirn läuft alles nach biochemischen Gesetzen ab. Ursache–Wirkung. Da ist kein *Ich,* das irgendetwas steuert. Also auch kein freier Wille«, fuhr Herbert fort, der immer noch die Wolken beobachtete.

»Was willst du mir damit sagen?«

Herbert drehte sich um. »Auf den ersten Blick klingt das schrecklich, ich weiß. Aber dann, wenn du darüber nachdenkst, gibt dir das eine wahnsinnige Freiheit.«

»Versteh ich nicht«, sagte der Kommissar, dem der Gedanke, eine biologische Maschine zu sein, nicht behagte. »Du tust einfach das, was du tust. Weil du gar nicht anders kannst.«

Herbert schien sich in echte Begeisterung hineinzusteigern.

»Du brauchst nichts mehr zu bedauern. Denn auch früher hast du ja nie anders handeln können, als du gehandelt hast. Was das Tröstliche daran ist, du kannst nichts mehr falsch machen. Du bist frei, verstehst du? Richtig und falsch gibt es nicht mehr, weil du keine Alternativen hast.«

Der Kommissar fand diesen Gedankengang zwar anregend, aber für einen Menschen, der sich vor Schmerzen kaum bewegen kann, nicht besonders aufbauend.

»Ist das jetzt wirklich wichtig?«, fragte er leise.

»Du, das hat wahnsinnige Konsequenzen. Auch für unsere Arbeit.«

Der Kommissar drehte den Kopf zur Seite, aber Herbert ließ sich nicht aufhalten.

»Wenn du nie anders handeln kannst, als du handelst, gibt es keine Schuld mehr. Das gilt natürlich auch für Kriminelle. Unser ganzes Rechtssystem steht auf dem Prüfstand. Einer der bekanntesten Gehirnforscher hat schon eine Eingabe ans Verfassungsgericht gemacht.«

Nun hatte der Kommissar genug. Er wollte allein sein.

»Bist du gekommen, um mir das zu sagen?«

Herbert schüttelte den Kopf. Er ging ans Fenster und sah wieder hinaus.

»Nein«, sagte er schließlich. Die Euphorie aus seiner Stimme war verschwunden.

»Warum dann?«

»Wegen der ballistischen Untersuchung.«

»Ja und?«

»Die Kugel, die Scharnhorst getötet hat, stammt nicht aus der Waffe der Polizistin.«

48

Die nächsten Tage schlief der Kommissar schlecht. Das lag nicht an den Schmerzen.

Er war frustriert und hilflos, eine Mischung, die er hasste. Entgegen dem Rat der Ärzte hatte er sich noch einmal sämtliche Unterlagen des Falls kommen lassen. Irgendetwas musste er übersehen haben. Aber was? War Aurelia doch die Täterin? Das wollte er nicht glauben.

Wenn er an das Gespräch mit der Polizistin kurz vor ihrem Selbstmord dachte, musste er sich eingestehen, vorschnelle Schlüsse gezogen zu haben. Die Frau hatte nie ausdrücklich zugegeben, Scharnhorst getötet zu haben. Die Behauptung stand zwar suggestiv im Raum, war aber nie ausgesprochen worden.

Zwar war die Polizistin entschlossen gewesen, es zu tun, darüber hatte sie auch ganz offen geredet. Mit diesem Vorsatz war sie auch in die Praxis gegangen, aber im letzten Moment hatte sie es sich anders überlegt. Warum, das konnte er sie nicht mehr fragen.

Nachdem er alle Akten mehrfach durchgegangen war, fiel ihm etwas auf. Der letzte Patient, den der Arzt vor dem Afrikaner operiert hatte, war mit M. S. in die Liste eingetragen. Für diese Behandlung hatte Scharnhorst kein Honorar berechnet. Auch die tschechischen Ärztinnen waren an diesem Tag nicht da gewesen. M. S. – könnte das *Monica Slovica* bedeuten?

Und wenn ja, was konnte er daraus schließen?

Als er das Protokoll von Angela noch einmal genau durchlas, entdeckte er etwas Merkwürdiges. Entgegen ihrer ersten Aussage gleich nach dem Mord erklärte sie später, auf der Toilette gewesen zu sein, als die Schüsse fielen. Sie sei zwar gleich herausgestürzt, aber da war die Person mit der Perücke bereits weg.

Frau Slovica habe ihr zugerufen, zum Fenster herauszuschauen, um zu sehen, wohin die Frau ging, denn die habe eben auf den Doktor geschossen.

Das war das Entscheidende: Angela hatte nicht mit eigenen Augen gesehen, dass die Polizistin den Behandlungsraum betreten hatte. Und das hatte diese auch nicht. Dann fiel ihm noch ein, dass das Mädchen ja auf der Schauspielschule gewesen war. Und dass ihre Hände so unnatürlich gezittert hatten.

Der Keim des Verdachts, der im Gehirn des Kommissars aufgetaucht war, wuchs weiter, als er am nächsten Tag den Anruf einer großen Versicherungsgesellschaft bekam.

»Ist dort Hauptkommissar Biersack?«

»Ja, aber der ist nicht im Dienst«, sagte der Kommissar und wollte auflegen.

Doch die Stimme am Telefon war schneller.

»Der Fall Scharnhorst ist abgeschlossen, wie wir vor einigen Tagen der Zeitung entnommen haben, richtig?«

»Scheint so«, sagte der Kommissar, der keine Lust hatte, die neuen, unangenehmen Erkenntnisse in der Öffentlichkeit breitzutreten.

»Gut, wir haben nämlich, nachdem wir das in der Presse gelesen hatten, die Versicherungen ausbezahlt. Wir dachten, das sollten Sie wissen.«

Dem Kommissar schwirrte der Kopf. Welche Versicherungen? Was er nun erfuhr, erhöhte seinen Blutdruck und verstärkte damit die Schmerzen so, dass er wieder Tabletten nehmen musste. Scharnhorst hatte für jede seiner Geliebten, die in der Telefonliste standen, eine Lebensversicherung abgeschlossen.

Keine große, hunderttausend Euro, aber für die Betroffenen war es eine charmante Geste, eine Art Abfindung. Risikoversicherungen wurden ja erst im Todesfall fällig, und da der Arzt gesund und in bester Verfassung war, blieb die Prämie niedrig.

Der Kommissar schüttelte den Kopf. Diese Informationen hätte er längst haben müssen. Die entsprechenden Papiere hatten wohl im Safe gelegen.

Doch es gab zwei Sonderfälle. Die Police von Aurelia Krunert war noch nicht unterschrieben. Vielleicht wollte Scharnhorst das Mädchen zwingen, ihn in Ruhe zu lassen. Die andere Besonderheit betraf den Vertrag einer Frau, die nicht auf der Telefonliste stand. Monica Slovica sollte eine Million bekommen. Und wie der Kommissar eben erfuhr, hatte sie diese inzwischen auch.

Der Aufenthalt im Krankenhaus ging ihm zunehmend auf die Nerven. Es drängte ihn, seinem Verdacht nachzugehen, doch hier konnte er nichts tun. Wenigstens hatte er mehrere interessante Begegnungen mit Hildegard, die seiner Seele guttaten. Sie brachte ihm sogar einen Bartschneider. Für den Safari-Bart, den sie mit Wohlgefallen zur Kenntnis genommen hatte.

Herbert kam mit wissenschaftlichen Magazinen, die der Kommissar nie las, obgleich er sich vornahm, sie später zu lesen. Auch Veronika kümmerte sich um ihn, die Ärzte hielten sie für seine Tochter, eine Annahme, der er nicht widersprach.

Dazwischen führte er lange Telefongespräche, öfter mit dem BKA, dann auch mit französischen Kollegen.

Als Herbert seinen Chef endlich nach Hause fuhr, war Anton schon besserer Laune. Von seinem Verdacht hatte er dem Kollegen bisher nichts erzählt. Zwar hatte der den Gedanken damals als Erster ins Spiel gebracht, aber vorläufig wollte er die Sache allein verfolgen, das war er seinem Ruf schuldig.

Die Vorleistung von Herbert würde er später schon noch ins rechte Licht rücken, sollte es überhaupt etwas zu rücken geben. Denn dass er ohne Beweise mit seinen Bemühungen im luftleeren Raum kreiste, war dem Kommissar sehr wohl bewusst.

49

Eine Woche später fuhr er mit Hildegard nach Südfrankreich. Sie hatte sich ein paar Tage freigenommen. Die Reise war eine gute Gelegenheit herauszufinden, ob die erotische Komponente zwischen ihnen stark genug war, um in die Tat umgesetzt zu werden. Doch vorher hatte er noch etwas zu erledigen.

Das Wetter war wunderbar. Zwar blies ein leichter Mistral, aber schon hinter Lyon war der Himmel wolkenlos. Als sie eine Pause machten, rochen sie den Ginster und hörten die ersten Grillen. Die steinige Landschaft der *Garrigue* hieß sie willkommen.

»Was musst du denn vorher noch erledigen?«, fragte Hildegard.

Der Kommissar ahnte, was sie mit vorher meinte.

»Etwas Dienstliches. Wenn es vorbei ist, erzähl ich dir alles.«

Im Luberon bogen sie von der Autobahn ab und folgten kleineren Straßen. Sie mussten in die Nähe von Menerbes, ein Dorf am Fuße des Mont-Ventoux-Massivs. Diesen habe schon Cézanne gerne gemalt, hatte ihm Hildegard erklärt, und er nahm sich vor, den Maler bei Gelegenheit zu googeln.

Hinter Avignon warf er einen Blick auf die Landkarte. Das Navi hatte er nicht eingeschaltet, im Urlaub fand er es spannender, einer Spur ohne elektronische Vorgaben zu folgen. Auch wenn er sich zweimal verfuhr, das machte nichts.

Das gemeinsame Studium der Landkarte und das folgende Rätselraten, welche der winzigen Dorfstraßen gemeint sein könnte, vereinte sie. Jetzt waren sie ein Paar, das in gemeinsamer Mission unterwegs war.

Hildegard fand das wunderbar, was den Kommissar beruhigte. Er hatte ohnedies gehofft, sie würde seinen Verzicht auf moderne Kommunikationsmittel wenn nicht romantisch, so doch aufregend finden. Zwar lag darin ein kleiner Widerspruch, denn in seiner Jacke steckte ein nagelneues iPhone, doch das wusste nur er.

Nach einer weiteren Stunde romantischer Irrfahrten standen sie vor einem edel restaurierten Bauernhaus, einem typischen *mas de provence.* Das Schild *à louer* war durchgestrichen. Der Kommissar parkte unter einem Baum, ein paar Schritte entfernt. Er holte ein Diktiergerät aus dem Handschuhfach und schaltete es ein.

»Also, du hältst dein Telefon mit dem Hörer dicht an das eingebaute Mikrofon hier oben«, sagte er zu Hildegard. »Die Verbindung zu mir darf nicht unterbrochen werden, sonst zeichnet das Gerät nicht mehr auf. Auf keinen Fall ausschalten, auch wenn du mich nicht mehr hörst, klar?«

»Weil man dich umgebracht hat?«, sagte sie. Er sah ihr an, dass sie sich Sorgen um ihn machte.

»Keine Sorge, ich muss dich ja noch verwöhnen.«

»Ob es je dazu kommt?« Sie sah ihn skeptisch an, machte sich aber bereit.

Während der Kommissar auf das Haus zuging, bewunderte er die alten Schindeldächer der Gebäude und die Natursteinmauern, die stellenweise mit Efeu überzogen waren. Nur die Satellitenschüssel störte.

Dann läutete er. Nach einer Weile surrte der Türöffner. Er ging hinein. Den Pool hatte er von außen nicht gesehen. Am Rand sonnten sich zwei nackte Frauen: Monica Slovica und Angela. Die Assistentin legte die Fernbedienung aus der Hand und richtete sich auf. Sie brauchte einen Moment, um den Mann, der da in weißer Hose und Polohemd vor ihr stand, wiederzuerkennen.

»Was wollen Sie denn hier?«, fragte sie kühl, schien aber nicht weiter nervös zu sein.

Sie wickelte sich in ein Handtuch und bedeckte auch den Körper von Angela. Diese suchte die Hand ihrer Freundin und hielt sie fest.

»Keine Angst, Liebes«, flüsterte ihr Monica zu, dann stand sie auf.

»Kann ich mich setzen?«, fragte der Kommissar.

Die Gastgeberin zeigte auf zwei Gartenstühle. Sie standen an einem Tisch, über dem ein Sonnenschirm aufgespannt war. Der Kommissar nahm Platz und legte sein Telefon vor sich hin.

»Ich muss leider erreichbar bleiben, auch im Urlaub.«

»Wenn Sie meinen«, sagte Monica. Auffallend an ihr waren der durchtrainierte Körper und der fast herbe Gesichtsausdruck, der aber sofort sinnlich wurde, wenn sie lächelte.

Jetzt lächelte sie nicht. Eine attraktive Frau, dachte der Kommissar, aber in die Quere kommen sollte man ihr nicht.

»Also, um was geht's?«

Der Kommissar ließ seinen Blick über die gepflegte Anlage schweifen. Angela gab vor, in einem Magazin zu blättern.

»Schön haben Sie es hier«, sagte er anerkennend. »Aber er war ja auch großzügig.«

Ihre Gesichtszüge wurden hart.

»Sie wollen, dass wir uns unterhalten? Über Scharnhorst?«

»Deshalb bin ich hier.«

Mit einem schnellen Griff packte sie das Handy und warf es in den Pool.

»Gut, reden wir.«

Lautlos versank das Telefon in dem blauen Wasser.

Der Kommissar wollte aufspringen, hielt sich aber zurück. Zu spät. Er kam sich vor wie ein Trottel. Was blieb ihm jetzt noch übrig? Weitermachen. Schließlich ging es um die Wahrheit, auch wenn er sie nicht mehr beweisen konnte.

»Warum?«, fragte er.

»Er hatte es verdient.« Mehr sagte sie nicht.

Der Kommissar überlegte, wie er das Gespräch weiterführen könnte.

»Sie waren der vorletzte Patient, den er in Feldafing behandelt hatte. Welche Beschwerden hatten Sie?«

»Beschwerden?« Sie lachte. »Ich war schwanger von ihm. Er wollte mich untersuchen. Doch dann hat er mich betäubt und mir das Kind geraubt. Gegen meinen Willen. Ohne zu fragen. Wissen Sie, was das für eine Frau bedeutet?«

Die Härte aus ihrem Gesicht war verschwunden.

Der Kommissar blieb stumm.

»Nein, das können Sie nicht. Er hat das Kind in meinem Bauch getötet. Ohne einen Ton zu sagen. Nur weil es so bequemer war für ihn.«

Die letzten Worte hatte sie hervorgepresst, als müsse sie sich zwingen, über ihr Trauma zu sprechen.

»Aber bei der Versicherung war er großzügig«, sagte der Kommissar.

»Das wäre für unser Kind, hat er noch gesagt«, sagte sie leise. »Bevor er mich betäubt hat.«

Ihre Lippen zitterten. Der Kommissar spürte, wie sehr sie sich bemühte, die Kontrolle nicht zu verlieren. Er fühlte sich unwohl. Das Leid dieser starken Frau war so offensichtlich, dass es ihm peinlich war, weitere Fragen zu stellen.

»Und das Mädchen?«, fragte er leise mit einem Blick auf Angela.

»Die hat nichts damit zu tun.«

Sie machte eine kurze Pause, dann fuhr sie fort.

»In meinem Leben wird es keine Männer mehr geben.«

Wieder war es still. Nur die Grillen zirpten, und die Durchlaufpumpe des Pools surrte leise.

»Woher kam die Waffe?«, fragte der Kommissar.

»Von meinem Vater. Er sammelt Handfeuerwaffen. In der Ukraine lernte ich schon als Kind schießen. Als er mich in München besuchte, ließ er seine Pistole da. Er hatte gelesen, dass in Deutschland Leute in der S-Bahn zu Tode geprügelt werden. Ich sollte mich mit der Waffe schützen.«

»Hatten Sie die Pistole in der Tasche?«

»Nein, sie war im Büro versteckt. Ich wartete nur auf eine Gelegenheit.«

»Aber warum in der Praxis? Sie hätten sich mit Scharnhorst doch irgendwo verabreden können?«

»Weil es so verrückt war. Und deshalb nie ein Verdacht auf mich fallen würde. Hat ja auch funktioniert.«

»Und warum gerade an diesem Tag, in diesem Moment?«

»Keine Ahnung. Die eigenartige Frau im Wartezimmer

war uns gleich aufgefallen. Die wollte irgendetwas, was nicht normal war. Und als sie dann plötzlich wieder ging und Angela auf der Toilette war, dachte ich, das ist der Moment. Keine Ahnung, warum gerade dann.«

Sie schwieg. Der Kommissar dachte an das, was ihm Herbert im Krankenhaus erzählt hatte. Der Mensch hat keine Wahl. Jeder handelt, wie er handelt, weil er nicht anders kann. Er stand auf.

»Können Sie damit leben?«, fragte er leise.

»Habe ich eine Wahl?«

Der Kommissar sah sie schweigend an. Eine schöne Frau. Dann ging er hinaus, ohne sich zu verabschieden.

Noch in derselben Nacht fuhren sie zurück. Hildegard hatte einen Anruf von ihrer Tochter bekommen. Sie lag im Krankenhaus, ein Fahrradunfall. Dann würde die Waldfee ohnehin länger weg sein. Sie musste ihrer Mutter in Norddeutschland den Umzug ins Altersheim organisieren.

Eine Weile fuhren sie, ohne zu sprechen. Der Kommissar fragte sich, was Schuld bedeutete. Er hatte den Täter ermittelt, aber er hatte keine Beweise. Würde der Staatsanwalt aufgrund seines Berichts Anklage erheben? Wenn nicht, war das gerecht?

Er hatte Verständnis für die Mörderin, aber seine Aufgabe bestand nicht darin, Verständnis zu haben, sondern den Täter vor Gericht zu bringen. Für ihn persönlich war es eine Genugtuung, den Fall gelöst zu haben. Und für die Schuldige? Wäre es gerechter, wenn Monica Slovica zwanzig Jahre in einer Zelle sitzen würde? Wem wäre damit gedient? Solche Fragen hatte er sich bisher nicht gestellt.

Doch die Ereignisse der letzten Tage hatten ihn sensibilisiert. Ob das in seinem Job sinnvoll war, würde sich erst erweisen.

50

Drei Wochen später fuhr Anton Biersack zum Ostufer des Starnberger Sees. Er hatte frei, es war Samstagnachmittag und so warm, dass man meinen könnte, der erste Frühlingstag hätte sich eingeschlichen. Die Wiesen waren schon länger grün, aber die Temperaturen noch frisch gewesen, besonders nachts. Heute aber war Biergartenwetter.

Als er von Holzhausen in Richtung Seeheim abbog, um das letzte Stück an der Uferstraße entlangzufahren, traf er auf ein unerwartetes Hindernis. Eine Herde von Kühen blockierte die Straße. Gemächlich trotteten die Tiere auf eine weiter hinter ihnen liegende Wiese zu. Die schweren Euter baumelten bei jedem Schritt hin und her. Anton fragte sich, ob sie das Gewicht quälte, das sie da mitschleppen mussten. Vielleicht hatten sich die Tiere aber auch schon daran gewöhnt.

Ganz hinten humpelte ein alter Bauer in Gummistiefeln und einem verschmutzen Overall. Er hatte einen Stock in der Hand, um damit die eine oder andere Kuh, die allzu gemächlich unterwegs war, anzutreiben oder jedenfalls so zu tun. Einige Autos, darunter ein Porsche Cayenne, standen mitten in der Straße, umringt von Kühen, deren Hörner oft nur Millimeter am kostbaren Lack der Wagen entlangstreiften. Dem Kommissar gefiel diese Situation, man konnte nichts tun außer warten. Für einen Augenblick schien die Zeit stehen zu bleiben.

Es schien ihm, als ob er hier in einem anderen Jahrhundert gelandet wäre, in dem Computer, Castingshows und Atomkatastrophen noch unbekannt waren. Der Porschefahrer hupte und versuchte, zwischen den Tieren durchzufahren. Er kam nur ein paar Meter weit. Eine besonders behäbige Kuh blieb direkt vor seinem Wagen stehen und sah ihn durch die Scheibe neugierig an.

Erst als nach geraumer Zeit der Bauer nachkam, dem Tier einen Schlag aufs Hinterteil versetzte und etwas in sich hineinmurmelte, das wohl nur für diese Spezies verständlich war, setzte es sich wieder langsam in Bewegung. Dabei drückte es sich so eng an der Karosserie des Wagens entlang, dass es sicher Spuren hinterlassen würde. Der Kommissar fühlte einen Hauch von Schadenfreude.

Endlich ging es weiter. Die letzten Kühe trotteten in stumpfsinniger Ergebenheit hinter den anderen her. Der Porsche war bereits mit röhrendem Auspuff losgefahren, nun konnte auch Anton seinen Peugeot durch den Wald hinunter zum See steuern. In einigen Minuten würde er an seinem Lieblingsplatz sitzen, dem Biergarten beim *Fischmeister.* Dort war er mit Hildegard verabredet. Er hatte ihr erklärt, dass dieser Ort am Dampfersteg der einzige in der Welt war, wo man durch den Maßkrug hindurch die rote Scheibe der untergehenden Sonne sehen könnte und davor noch ein Segelboot, das durch den Sonnenball hindurchfuhr.

Das hatte ihr gefallen. Und was das Wetter anging, so konnte es durchaus einen Sonnenuntergang geben, der zu seiner Beschreibung passte.

Also keine schlechten Aussichten.

Dank an:

Jo Baier
Renate & Rainer Erler
Christina Haberlik
Alexander Kölbing
Cristina Motta-Simoes
Adam Scharl
Christoph Schwarz
Stefan Diebl, Landratsamt Starnberg
Peter Beck, Pressestelle Polizeipräsidium